근대
서사의
행방

근대
서사의
행방

강헌국 지음

문학동네

2004년 가을 나는 모교인 고려대학교의 교수가 되었다. 그 직전까지 나는 대전의 한 전문대학 문예창작과에서 시 창작 담당 교수로 재직했다. 내가 대학원에서 전공한 분야는 한국 현대소설이었지만 그와 별도로 시인으로 등단해 활동한 이력 덕에 첫 직장을 얻었다. 시를 써서 문예지에 발표하고 강의실에서 학생들의 습작에 조언하는 일은 내게 정신적 만족뿐 아니라 생활의 여유도 가져다주었다. 그러나 대학원에서 전공한 분야와 다른 일을 하며 살고 있다는 생각을 떨치기 어려웠다. 소설 연구자로서 내가 들인 시간과 공력이 별 성과 없이 사라지는 것 같았고 내 정체성에 대한 의구심이 생기기도 했다. 소설 연구자와 시인과 시 전공 교수 사이를 오가느라 쩔쩔매고 있다는 자각이 들 때마다 나는 어느 하나 제대로 하는 게 없다고 자조했다. 전공을 시로 바꿔서 연구와 창작과 생활을 한 줄에 세우는 고려도 했다. 그러던 중 내 삶의 전기가 찾아왔다. 모교의 부름을 받은 것이었다.

새 직장이 내게 맡긴 역할은 한국 현대소설 전공 분야의 교수였다. 그 역할은 이직하기 전에 내가 하던 일들을 더는 필요하지 않게 만들었다. 소설 전공 교수에게 시인이라는 호칭이 붙는 게 어색했고 시에 관한 강의를 할 기회도 없었다. 이직을 계기로 나는 시 쓰는 일을 접었다. 문예지에서 오는 시 원고 청탁을 사양했고 시와 관련한 행사나 모임에도 발을 끊었다. 나를 시인으로 기억하는 상황을 만나면 남의 일처럼 외면했다. 창작에서 마음을 떼는 일이 쉽지 않았다. 굳이 그럴 것 없이 연구와 창작을 병행하면 되지 않느냐는 생각도 해볼 만했다. 그러나 시 쓰는 일이 내겐 여력으로 할 수 있을 만큼 만만한 일이 아니었다. 연구 이외의 일에 역량을 분산시킬 수 있을 만큼 내가 여유롭지 못하다는 판단도 들었다. 나는 한눈팔지 말고 학문의 연구자로서 본연의 일에 전념해야 한다고 다짐했다. 그렇게 하는 것이 나를 선택한 은사들의 기대에 부응하는 길이기도 했다.

내가 굳이 마음가짐을 새롭게 하지 않아도 연구를 게을리할 수 있는 형편은 아니었다. 대학들은 저마다 교수의 연구 활동을 평가하는 양적 기준을 정해 인사 자료로 삼았다. 교수가 직위를 유지하고 때에 맞춰 승급과 승진을 하려면 연구 실적이 필요했다. 연구 실적은 학회지에 게재된 논문의 수로 산정되었다. 그런데 학회지는 복수의 논문을 실어야 하므로 소설로 치면 단편 정도의 분량을 논문 한 편에 배당했다. 그 분량 탓에 학회지 게재 논문은 연구자들 사이에서 소논문으로 불렸다. 소논문이라는 명칭에는 그보다 큰 규모의 연구를 환기하는 반성적 인식이 투사되어 있다. 그러한 인식에도 불구하고 소논문을 초과하는 수준의 연구를 회피하는 경향이 학계에 만연해 있었다. 연구 실적의 압박이 극심한 현실에서 긴 시간이 소요되는 연구는 연구자 자신에게 손실을 불러올 공산이 컸다. 소논문이 대세를 이루자 일관된 기획에 따라 체계적으로 구성된 단독 연구서의 출간이 희소해졌다. 그 대신 학회지에 이미 발표한 소논문들을 나중에 한데 모은 논문집이 저서 출간의 일반적 형태로 자리잡았다. 나는 기왕에 연구자로서 새 출발하는 마당에 소논문 발표에서 논문집 출간으로 이어지는 상투적인 경로를 답습하고 싶지 않았다. 서로 다른 주제의 소논문들을 수록한 논문집보다 온전한 단독 연구서를 저술하고 싶었다. 연구자로서 내가 품은 학문적 의욕은 연구 실적이라는 현실적 요구와 배치되었다. 연구서 저술과 소논문 쓰기 사이의 모순을 타개할 방안이 모색되어야 했다. 그래서 나는 학회지에 발표된 소논문들을 논문집이 아닌 단독 연구서로 결집하는 구상을 했다. 저서 규모의 연구 계획을 밑그림으로 그려놓고서 한 부분씩 학회지에 소논문으로 발표하기로 했다. 일종의 조각 그림 맞추기였고 소논문은 각각의 조각이 되는 셈이었다.

조각 그림 맞추기 방식으로 실현할 저서급 연구의 대상으로 나는 이광수와 김동인과 염상섭을 떠올렸다. 박사논문을 마치고 나서 다시 그만한 규모의 연구를 하게 된다면 그 세 명에 관한 것이 되어야 한다고 생각했다. 박사논문에서 수행된 한국 근대소설의 서사와 담론에 관한 일반이론적 고찰이 소설사의 차원으로 연장되는 것이 자연스러워 보였고, 근대소설사 초창기의 주역인 이광수와 김동인과 염상섭을 주목하게 되었다. 소설 연구자의 역할을 소홀히 하며 보낸 세월을 건너서 나는 오래 접어두었던 옛 구상을 다시 들추어냈다. 이광수와 김동인과 염상섭은 그들에 관한 선행 연구가 방대하게 누적된 상태여서 연구 대상으로서 부담스러울 수 있었다. 나는 이미 많은 사람이 들러 샅샅이 살펴보고 떠난 자리에 뒤늦게 도착한 기분이 들었다. 의미의 면에서 계속

증식하고 갱신되는 미결정적 현재성이 문학 본문의 본질이라고 믿는 나로서는 설령 많이 연구된 대상이라도 새로운 논의가 여전히 가능하다고 기대했다. 게다가 주제론에 편중된 한국 근대문학 연구의 지배적인 경향이 방법론에 초점을 둔 내 연구에 더 많은 여지를 허락했다. 주제는 방법을 통해 본문으로 구현되므로 방법의 조력이 없다면 주제는 작중에서 그 본연의 가치를 획득하기 어렵다. 방법에 대한 주제의 의존 관계를 고려한다면 문학 연구가 주제론에 편중되는 현상은 바람직하지 않다고 나는 문학 연구자로서 일찍부터 생각해왔다. 서사학에서 배운 이론들은 그러한 인식을 실천하는 데 유효한 도움이 되었다. 방대하게 누적된 선행 연구의 압박에도 불구하고 나는 이광수와 김동인과 염상섭에게서 방법론적 논의의 가능성을 보고 있었다.

과한 의욕으로 거창하게 세운 계획을 실현하는 과정은 수월치 않았다. 밑그림의 한 조각에 해당하는 소논문을 작성하는 일에서부터 가외의 고충이 따랐다. 학회지 게재용 소논문이 되려면 내 계획의 전후 맥락과 상관없이 독립적인 원고를 만들어야 했다. 장편소설의 연재분처럼 그 전후의 논의가 전제된 소논문 게재는 현실적으로 허락되지 않았다. 전체에서 떨어져나와 불완전할 수밖에 없는 한 부분을 그 스스로 완결된 것처럼 만드는 일이 매번 어려웠다. 개별성을 표시하는 테두리가 뚜렷한 소논문들이 쌓일수록 나중에 그것들을 서로 맞출 때 드는 부담이 느는 것 같아서 미리부터 우려스러웠다. 소논문들이 집결하는 최종 단계에 대한 때 이른 걱정 못지않게 애초에 설계한 구도에 대한 회의도 시간이 갈수록 깊어졌다. 그 구도를 벗어나는 경우가 각론 차원의 논의에서 종종 나타나서 체계적인 연구서로 귀결되는 진행을 장담할 수 없게 만들었다. 최종 결과물에 대한 확신이 흐릿해지면서 내 조각 그림 맞추기는 더디게 진척되었고 나는 슬금슬금 게을러졌다. 애초의 다짐은 잊혔고 내가 그려두었던 밑그림은 빈자리가 숭숭 남은 상태로 방치되었다.

방심한 채 타성에 자신을 내맡기고 사는 자에게 세월은 더 무자비하게 흐르는 것 같았다. 전체 재직 기간의 삼분의 이가 지난 무렵 나는 문득 불안해졌다. 내가 연구자로서 야심차게 기획한 일을 마무리하지 못하고 정년을 맞을 것 같은 예감이 들었다. 저무는 거리에서 귀가를 서두는 사람처럼 나는 조급해졌다. 초심을 되새기면서 느슨해진 마음을 다잡았고 밑그림의 남은 빈자리에 들어갈 소논문들을 꾸역꾸역 마저 썼다. 필요한 분량의 소논문들이 마련되었다고 조각 그림 맞추기가 저절로 완료되는 것은 아니었다. 일찍이 우려한 대로 조각들이 빈틈없이 맞물리는 경우는 거의 없었다. 서로 겹치거나 어긋나거나 밑이 훤히 보이도록 사이가 벌어진 조각들이 지난 과정에서 내가 저지른 실수와 부주의를 생생하게 들춰 보여주었다. 그 상태로는 한 권의 연구서가 되기 어려울 것 같았다. 밑그림에 들어맞도록 조각들을 다듬어야 했다. 반복을 제거하고 용어를 통일하고 논리와 문장을 정돈하는 데에 제법 많은 시간이 소요되었다. 전체 원고를 손보는 내내 나는 부끄러운 부분들을 분칠하여 감추는 짓을 하는 것 같아서 마음이 불편했다. 그 와중에 새로운 구상까지 떠올라 나를 난감하게 만들었다. 이상의 「날개」에 관한 소논문을 준비하던 중에 나는 이상도 본 연구에 포함하고 싶어졌다. 방법 자체를 서사로 구현하려는 그의 시도는 방법의 서사화로 일컬을 만했다. 그러나 이상을 포함하기 위해 애초의 계획을 변경할 수 없었다. 감당할 수 없을 정도로 작업의 덩치를 키우는 선택 앞에서 발길을 돌리며 나는 훗날을 기약하기로 했다. 방법의 서사화라는 발상이 내포된 논문 한 편을 부록으로 싣는 선에서 연구자로서 내 욕망을 유보하고 그간 중단했던 원고 작업을 계속 진행했다. 이리저리 뚝딱거리고 매만진들 처음에 기대했던 원대한 그림은 되지 않았다. 전체를 아예 다시 쓰지 않는 한 당초의 포부를 온전히 이루기는 어려워 보였다. 덜 깬 머리와 무딘 손을 탓하면서 부족한 원고를 세상에 내보이기로 했다.

이 연구서를 준비하는 과정에서 많은 훌륭한 선행 연구들을 만났다. 나는 그 연구들이 이룬 성과에 큰 빚을 졌다. 그 채무 내역서의 첫 줄부터 아래로 몇 줄을 여기에 적어본다. 김윤식 교수님은 이 연구서에서 다룬 세 소설가마다 총체적인 수준의 개별 작가 연구를 남겼다. 이 연구서는 그분이 펼쳐놓은 논의의 자장 안에 자리함으로써 가치를 획득한다. 김종균, 이보영 두 분 교수님이 각각 저술한 전작 장편급의 염상섭 연구서는 후배 연구자인 내게 귀감이 되었다. 서영채 교수가 박사논문에서 추진한 기획은 내가 이 연구서에 착수하도록 자극했다. 나는 그의 저서를 자주 들춰 보았다. 김경수 교수가 진행한 일련의 연구들은 염상섭의 소설을 조망하는 데 유효한 범례와 지침이 되었다. 그는 기존의 전집에 수록되지 않은 「광분」과 「불연속선」을 책으로 펴내어 내 수고를 덜어주기도 했다. 「무화과」를 펴낸 류보선 교수에게도 비슷한 신세를 졌다. 김동인의 서술 방식에 대한 정연희 교수의 연구와 김동인의 역사소설에 대한 강영주 교수님의 연구가 있어서 내 논의가 진전될 수 있었다. 앉아서 읽고 생각하고 쓰는 일은 그럭저럭 해내지만 발품 팔고 다니면서 묻고 찾는 일을 꺼리는 나는 연구자로서 실증적인 면에서 치명적인 약점을 지녔다고 자인한다. 원전을 확정하고 작가의 생애 연보를 작성하고 작품의 목록을 정리하고 작가가 살아간 시대를 재구성해낸 선행 연구들 앞에서 나는 숙연해질 수밖에 없었다. 남이 수고로이

닦아놓은 길을 뒤에서 편히 걷는 것 같아서 고맙고 송구스러웠다. 비록 내가 이 연구서에서 선행 연구와 다른 견해나 주장을 제기했고 선행 연구의 어떤 부분들을 비판했다 하더라도 그것은 뒤따라가는 연구자로서 편익을 누린 데 불과했음을 분명히 밝혀둔다. 나보다 앞선 연구자들이 쌓아올린 성과가 없었다면 내 논의는 불가능했다.

이 연구서의 윤곽이 드러날 정도로 소논문들이 발표된 시점에서 나는 은사인 송하춘 선생님께 내 계획을 처음으로 말씀드렸다. 송선생님은 내가 다룬 세 소설가가 주인공으로 등장하는 소설을 예전에 구상한 적이 있다고 하시면서 당신께서 창작에서 못한 일을 내가 연구에서 해주기 바란다는 말씀으로 나를 격려해주셨다. 스승과 제자가 비슷한 생각을 했다는 사실에 나는 마냥 즐거웠다. 김인환 선생님은 정년퇴임 전에 가진 한 대담에서 당신의 공부를 잇는 후학으로 나를 지목하셨다. 나중에 지면을 통해 그 대담을 접하고 연구자로서 너무 과분한 평가를 받은 것 같아서 송구스러웠다. 내 공부가 그분의 발치에도 미치지 못하는 등급임을 이 기회에 분명히 밝혀둔다. 대학원 시절부터 줄곧 내게 각별한 관심을 베풀어주신 최동호 선생님께도 나는 늘 감사한 마음을 갖고 있다. 같은 해 대학에 입학하여 같은 길을 걸어온 강진호 교수에 대한 우의도 여기에 적어둔다. 그와의 인연이 언제나 내게 큰 힘이 되었다. 어디 강진호 교수뿐이랴. 송하춘 선생님의 문하에서 한 시절을 함께 보낸 심재휘, 황경, 김찬기, 정혜경, 김한식, 신종곤, 박유희, 박진, 최성윤, 박영준, 김지영, 그리고 또 누구, 누구…… 오래 소식을 끊고 지냈어도 연락이 닿게 되면 반갑게 맞아주는 그들이 고맙다. 이상우 교수와 대학 시절 쌓은 친분이 직장까지 이어져서 나는 좋았다. 나와 같은 분야를 전공하는 권보드래 교수는 훌륭한 연구 성과들로 나를 분발케 했다. 끝으로 손실이 뻔히 보이는 책의 출판을 맡아준 문학동네에 경의를 표한다.

서문을 핑계삼아 이 연구서와 관련이 적거나 없는 말을 장황하게 늘어놓았다. 오랜만에 책을 내는데다 회갑도 지난 터여서 내 삶의 어떤 면을 기록해두고 싶었다. 내가 모교에 부임했을 때 내 은사들이 정년을 앞두고 있었다. 이제 내가 그때 그분들의 나이가 되었다. 세월 참 빠르다.

2024년 10월
강헌국

차례

'소설'이라는 이름

동아시아에서 소설은 아주 오래된 이름이다. 중국에서 문헌으로 확인되는 최초의 용례는 기원전으로 거슬러올라간다. 장자는 세속적 이익을 위해 꾸며낸 글을 소설이라 부르며 하찮게 여겼다. 가치판단이 다분히 개입된 그런 식의 식별은 그후로도 계속되었다. 경학과 역사를 제외한 분야는 천시되었고 그중 일부가 소설로 호명되었다. 실용적인 용도의 글이 소설로 취급되는가 하면 패관이 세간의 사정들을 모아 정리한 문서도 소설로 불렸다. 정사에 실리지 못한 각종의 기록들을 통칭하는 용어로 소설이 사용되기도 했다. 패관의 문서나 야사 부류의 기록물들이 온전히 사실에 입각한 것은 아니었다. 그중에는 허구의 이야기들도 섞여 있었다. 그처럼 허구와 사실에 걸쳐 두루 사용된 소설은 명대에 이르러 서사문학을 일컫는 용어로 자리잡았다. 『수호지』와 『삼국지연의』가 유교 경전에 견줄 만하다는 평가를 받을 만큼 소설의 지위가 상승했다.

한국에서 문헌으로 확인되는 소설의 첫 용례는 고려 말 이규보의 『백운소설』이다. 남아 있는 고대의 문헌이 희소하기에 소설은 고려 말 문헌에 이르러 처음 확인된 것으로 보인다. 각종의 글을 포괄하는 집합적 명칭으로는 그보다 일찍 사용되었을 것이다. 『삼국유사』에 실린 신화와 전설, 인물전, 일화, 지리 등이 중국에서 소설로 통칭되었다는 사실을 감안하면 그러한 추정이 가능하다. 시화와 잡록을 수록한 『백운소설』은 소설의 광범위한 용법을 보여준다. 『금오신화』가 소설로 불린 것도 그 용어가 포괄하는 범주를 짐작하게 한다. 소설이 신화를 포함하는 상위의 범주로 전제된 것이다. 어숙권과 이수광은 제목에 패설, 소록, 잡기, 신화, 총화, 쇄록, 한화, 전, 야언, 서림 등이 들어간 책도 『금오신화』와 마찬가지로 소설에 포함시켰다. 중국에서처럼 한국에서도 소설은 균일한 장르에 한정된 용어는 아니었다. 필요에 따라 외연적 경계가 유동적이었던 소설은 조선 후기에 이르러 주로 서사체를 가리키는 용어가 되었다. 조선 후기 서사문학의 융성과 발맞춰 벌어진 현상이었다. 그 기조는 근대 전환기까지 이어져 그 시기의 신문에 실린 서사체의 공식 분류 명칭이 소설이었다. 소설이 서사 일반에 대한 범칭으로 사용되었다.[1]

20세기 초기 한국의 소설가들에게 소설은 그 앞 시대까지 소설로 불린 글들과 같은 부류는 아니었다. 그들은 자신들의 소설이 『금오신화』

---

1 이상의 두 문단은 조남현의 『소설신론』에 정리된 내용을 바탕으로 작성했다. 조남현, 『소설신론』, 서울대학교출판부, 2004, 2~29쪽 참조.

에서 『홍길동전』을 거쳐 연암의 소설로 이어지는 전통을 계승한다고 생각하지 않았다. 그들이 소설을 창작하면서 염두에 두었던 모범들은 디포, 위고, 톨스토이 같은 유럽 소설가들의 작품이었다. 그리고 그 소설의 본래 이름은 노블novel이었다. 노블은 서구의 근대에 등장한 서사 양식을 일컫는데 종전의 서사 양식들과 비교하여 현격히 새로워 그런 이름으로 불렸다.[2] 동어반복적인 표현을 쓰자면 노블을 노블로 만든 것이 바로 노블이었다. 노블은 우선 시간의 면에서 종전의 서사 양식들과 뚜렷한 차이를 보였다. 종전의 서사 양식들이 과거를 시간적 배경으로 삼았던 데 비해 노블의 시간적 배경은 당대였다. 노블이 시간적 배경을 과거로 설정할 경우 그 과거는 현재로 이어진 선형적 시간 위의 한 좌표였고 그래서 현재로부터 소급될 수 있는 역사로서의 과거였다. 그에 비해 노블 이전의 서사 양식에서 과거는 그 스스로 닫힌 과거여서 현재로부터 소급하여 도달할 수 없었다. 시기가 명기된 경우에도 현재와 무관한 과거라는 명목적 의미 이상은 아니어서 노블에서와 같은 역사적 의의를 획득하지 못하였다. 신화에서 로맨스에 이르는 서사 양식에는

---

2 노블의 어원과 관련하여 다음을 인용한다. "'노블(novel)'은 이태리어 노벨라(novella)에서 왔다. 노벨라는 새롭고 작다(new and small)는 의미이다. 영어에서는 그중 '작다'를 제거하고 '새롭다'는 부분을 남겨 용어를 만들었다. 노블은 책 분량의 허구 서사체들을 일컫는 용어가 되었다."(Thomas C. Foster, *How to Read Novels Like a Professor: A Jaunty Exploration of the World's Favorite Literary Form*, Harper Perennial, 2008, p. 5) 학부 교재 수준의 도서에서 어떤 전제나 단서 없이 서술된 것으로 보아 노블의 어원에 관한 인용문의 설명은 정설이다. 인터넷의 어원사전들에서도 동일한 내용이 확인된다. 문학의 역사는 양식들의 등장과 퇴장의 역사로 볼 수 있다. 등장한 양식들은 퇴장한 양식들에 대해 언제나 새로웠을 것이다. 새로움은 새로 출현한 양식이 당연히 갖춰야 할 요건이다. 그런데 어떤 양식이 새롭다는 명칭을 부여받는다면 그 새로움의 정도가 짐작된다. 종전의 양식들이 이룬 새로움의 수준을 초월하는 새로움이 노블이라는 명칭으로 나타났을 것이다. 따라서 새로움은 노블의 본질적 가치로 인정된다.

신과 영웅 같은 초월적 존재나 왕과 귀족 같은 고귀한 신분을 가진 인물이 주인공이었지만 노블에서는 세속 세계의 평범한 인물이 주인공으로 등장했다. 초월적 존재나 고귀한 신분은 그들이 등장하는 서사체에서 집단의 운명을 대표했다면 노블의 주인공은 사적인 이해관계에 사로잡힌 개인이었다. 그런데 그 개인은 인식과 행동의 면에서 사적 한계를 넘어서기도 하여 '문제적'이었다. 노블은 당대 현실의 객관적 재현을 추구했기에 고정된 형식적 규범을 지닐 수 없었다. 현실이 완결되지 않은 과정이어서 그 현실을 다루는 노블의 형식도 완성될 수 없었고 그러한 미완성의 형식이 역설적이게도 노블을 종전의 서사 양식과 구별시키는 형식적 특징이 되었다. 정전급의 이론서들이 고찰한 노블의 새로운 면을 간략히 열거하자면 이상과 같다.[3]

서구의 노블은 동아시아에서 소설로 번역되었다.[4] 노블에 비하면 소설은 오래된 용어였다.[5] 한국의 근대 전환기에 소설은 서사 일반에 대

---

3 '정전급의 이론서들'은 게오르크 루카치와 미하일 바흐친과 이언 와트의 저서를 일컫는다. 그 저서들의 번역서 서지 사항은 다음과 같다. 게오르크 루카치, 『소설의 이론』, 김경식 옮김, 문예출판사, 2007; 미하일 바흐친, 『장편소설과 민중언어』, 전승희·서경희·박유미 옮김, 창작과비평사, 1988; 이언 와트, 『소설의 발생』, 강유나·고경하 옮김, 강, 2009.

4 황종연은 "역사의 우연에 의해 노블은 소설로 번역되었고, 노블 개념은 소설 개념으로 번안되었지만 노블과 소설의 차이는 적어도 노블을 경험한 한국 최초의 세대에게는 (……) 명백한 것이었다"고 했다. 황종연, 「노블, 청년, 제국—한국 근대소설의 통국가간(通國家間) 시작」, 『상허학보』 14집, 상허학회, 2005, 264쪽.

5 유럽의 근대 문명이 동아시아에 수용되는 과정에 번역이 매개되었다. 번역은 한자를 이용하여 신조어를 만드는 방식으로 진행되었다. 가토 슈이치는 그 방식을 세 가지로 분류했다. "하나는 기존 한자의 의미를 바꾸지 않고 조합해서 쓴 경우, 두번째는 '자유'처럼 이전에 있었던 한어의 의미를 바꿔서 사용한 경우, 세번째로는 '부동산'처럼 완전히 새롭게 만들어낸 경우지요." 그 구분에 따르면 노블의 번역어인 소설은 두번째에 해당하는데 다만 종전까지 그 단어에 누적되었던 의미들이 대체로 유지된 상태에서 새로운 의미가 추가되었다는 점에서 가토 슈이치의 두번째 유형에 온전히 일치하지 않는다. 마루야마 마사오, 가토 슈이치, 『번역

한 범칭으로 자리를 잡았다. 그러한 상태에서 소설이 노블의 번역어로 쓰이자 노블의 종적 차이보다 서사 갈래의 일원으로서 노블의 유적 공통성이 강조되었다. 동류에 속한 종들의 종적 차이를 빚는 요소는 유적 공통성을 이루는 요소보다 양적인 비중이 미미하다. 그 작은 차이로 조류에서 비둘기와 독수리가, 포유류에서 소와 사자가 갈린다. 서사 갈래에 속하는 노블과 근대 이전의 서사 양식들도 공유하는 요소가 많을 수밖에 없다. 그에 비해 한 손에 꼽을 정도의 특징들이 노블을 종전의 서사 양식과 구별했다. 노블의 유적 공통성과 종적 변별성은 시선의 높이에 따라 그중 하나가 상대적으로 두드러져 보이게 되어 있었다. 그런데 노블의 번역어로 선택된 소설은 노블의 유적 공통성을 주목하게 했다. 새로 유입된 대상에 새 이름 대신 이미 쓰던 이름을 붙이자 기존의 소설관에 노블이 흡수되는 현상이 초래된 것이다. 그 결과 노블의 본질적 가치인 새로움이 가려졌고 소설에 이미 누적되어 있던 인식이 노블을 재규정했다. 종래에 소설을 정의하던 '가담항어'와 '도청도설'이 노블에도 통용되었다. '가담항어'와 '도청도설'은 의미의 면에서 노블의 정의로 틀리지 않았지만 그 술어들이 유래한 맥락이 부적절했다. 객관적이고 중립적인 설명이 가능한데 노블과 역사적으로 아무 관련이 없는 맥락에서 정의를 끌어다 쓸 필요는 없었다. 게다가 그 술어들에는 소설을 경시하는 시각이 내포되어 있는데 노블이 그렇게 경시될 이유가 없었다. '소설 나부랭이'라는 세간의 표현도 소설을 천하게 여기던 근대 이전의 풍조에서 비롯한 것이어서 노블로서는 억울한 누명이었다. 고전과 근대라는 시대구분이 추가된들 노블이 지닌 변별성이 두드러지지

과 일본의 근대』, 임성모 옮김, 이산, 2000, 106쪽.

않았다. 오히려 전근대에서 근대로 이어지는 소설의 사적 연속성이 강조되었다. 근대소설의 기원이 조선 후기로 소급된다고 서술한 문학사가 있었고 한국 서사문학의 유구한 전통에 근대소설을 위치시킨 연구도 나왔다.

장편소설과 단편소설을 나누는 관행에서 단적으로 드러나는 바와 같이 한국의 근대소설에 대한 인식은 노블로 정의되기 어렵다. 번역어 소설이 빚은 인식적 굴절을 돌아보는 일은 근대소설을 새로운 서사 양식으로 재인식하는 계기가 될 수 있다.[6] 본 연구는 그러한 인식의 필요성을 전제하면서 근대소설사 초기의 주요 동향을 이광수와 김동인과 염상섭의 소설을 통해 고찰하고자 한다.

다른 출발들

이광수는 와세다대학교 철학과 2학년에 재학하던 시기 매일신보에 「무정」을 연재했다. 「무정」은 훗날 최초의 근대 장편소설로 공인되었다. 김동인은 자신이 창간을 주도한 『창조』에 「약한 자의 슬픔」을 발표했고 그 사실을 근거로 최초의 근대 단편소설 작가임을 자처했다. 실증적인 자료 발굴과 더불어 그 주장은 유지되기 어려워졌지만 발표 지면

---

6 노블로 포착되지 않는 한국의 근대소설에 대한 인식이 개념의 수준에서 정립되어야 한다. 다음의 의견이 그러한 연구에 지침이 될 수 있다. "19세기 서유럽과 러시아의 소설적 성취에는 제국주의 시대의 문명 담론이 엮어 넣은 허울을 다 벗겨내고도 뚜렷이 남은 실질이 있다. 그런 작품들과 서구의 소설 담론이 각국(비서구권의 국가들—인용자)에 언제, 왜, 어떻게 주목되었으며, 이에 따른 언어·문화적 횡단에서 어떤 해석·변이·융합이 일어났는지를 문학장의 변동 역학 속에서 보아야 한다." 김홍규, 『근대의 특권화를 넘어서—식민지 근대성론과 내재적 발전론에 대한 이중비판』, 창비, 2013, 160쪽.

을 기준으로 한다면 아예 틀린 것도 아니다. 「약한 자의 슬픔」은 전문 문예지에 발표된 최초의 근대 단편소설이 분명하다. 김동인은 「춘원연구」를 써서 이광수에 대한 경쟁의식을 드러내기도 했다. 염상섭은 김동인과 소설에 관한 지상 논쟁을 벌이던 중에 「표본실의 청개구리」를 발표했다. 논적이 처음으로 발표한 소설을 읽고서 김동인은 '강적'이 나타났다는 찬사를 보냈다. 염상섭은 근대소설사에서 어떤 형태로든 '최초'라는 기록을 획득하지 못했지만 그러한 기록을 무색하게 하는 첫 작품으로 선행 주자 격의 두 작가와 어깨를 나란히 했다.

이광수와 김동인과 염상섭이 근대 초기 소설사를 추진한 핵심 동력이었다는 데에 이견이 있을 수 없다. 그들은 소설이 같은 이름의 전래 서사 양식과 구별되는 새로운 서사 양식이라는 인식을 분명하게 지니고서 소설을 창작했다. 그러한 인식의 저변에는 일본 유학과 근대 교육의 세례를 통한 근대 체험이 자리했다. 그들에게 근대는 개인이 자기 삶의 주인이 되는 시대였다. 이광수는 개인의 자유를 억압하는 구습으로부터 해방되어야 한다면서 '신종족'을 자처했다. 김동인은 '참자기'의 근거로 극도의 이기주의를 제시했다. 염상섭은 자아를 각성하여 개성을 발견해야 한다고 주장했다. 신종족과 참자기와 개성은 주체로서의 개인을 다르게 표현한 것이다. 그런데 그 개인이 추구해야 할 삶의 가치에서 그들은 차이를 드러냈다. 이광수와 염상섭은 정의와 선 같은 본질적인 가치들이 삶의 지표가 되어야 한다는 원론에서 일치했지만 그 가치들의 실현 가능성을 두고서는 견해가 갈렸다. 이광수는 고귀한 가치는 반드시 실현되어야 한다는 견해를 고수했다. 그가 보기에 현실은 비루했고 그래서 그 현실을 개선하려 했다. 선각자를 자처하면서 대중을 계몽하려 했던 그의 태도는 독선적이었다. 염상섭은 본질적인 가치들을 옹호하면서도 그 가치들이 세속에서 얼마든지 무력하거나 무용할 수 있다는 사실을 인정했다. 금전과 권력을 두고 사적 욕망들이 전쟁을 벌이는 세속에서 정의와 선 같은 본질적 가치들에 대한 옹호는 공론으로 취급되기 일쑤였다. 그러한 현실을 전제로 자신의 신념을 실현할 가능성을 모색했다는 점에서 그의 태도는 반성적이었다. 주체로서의 개인에 대한 김동인의 견해는 예술에 국한되어 전개되었다. 이광수와 염상섭에게 예술이 삶의 일부였다면 김동인은 예술을 삶보다 우위에 두었다. 김동인에게 개인 주체는 곧 예술적 주체를 의미했고 삶의 의의는 예술 창조 행위에서 획득되었다. 위대한 예술적 성취를 위해 삶을 희생해도 무방하다고 여길 정도로 그는 삶을 경시했다. 예술가의 창작을 신의 창조와 동일시함으로써 그는 예술에 숭고한 가치를 부여했다. 예술을 절대화하고 거기에 한정하여 삶의 의의를 구하는 협소하고 비타협적인 그의 태도는 유아적이라고 불릴 만하다.

근대적 개인 주체로서 이광수가 독선적이었고 김동인은 유아적이었다면 염상섭은 반성적이었다. 독선과 유아는 서로 연결되거나 호환될 수 있는 유의어이지만 대중을 향한 이광수와 김동인의 태도를 구별하기 위해 사용되었다. 이광수가 대중을 계몽의 대상으로 여겨 독선적이었던 데 비해 김동인은 대중을 경시하여 유아적이었다. 이광수의 독선은 대중이 무지한 데 비해 자신은 훌륭한 식견과 경륜을 지녔다는 자부심에서 비롯했다. 그에게 소설은 그러한 자부심을 펼치는 터전이었다. 그는 현실에서 실현 불가능한 자신의 신념과 포부를 소설을 통해 구현했다. 본질적 가치들을 이상화함으로써 그는 결과적으로 현실의 관계들이나 제약들로부터 멀어졌다. 김동인은 자신의 소설에서 신처럼 군림하려 했지만 여의치 않았다. 실제 창작에서 그의 의도대로 되지 않

는 경우가 잦았다. 의도와 다른 결과를 두고서 그는 당혹해하거나 불만
스러워했다. 신의 피조물처럼 완벽한 소설을 쓰고 싶은 그의 소망은 예
술에 관한 한 그를 이상주의자로 만들었다. 그에게 삶과 현실은 소설적
성취를 위한 재료에 불과했기에 타인과의 공감이 어려웠고 당대 현실
에 대한 이해도 미흡했다. 염상섭도 이광수와 김동인처럼 세속 현실과
불화했지만 그 불화를 주관적으로 해소하기보다 객관적으로 파악하려
했다. 그는 자신의 소설에서 주제나 의도에 따라 현실을 과장하거나 가
공하지 않았다. 자신이 믿는 본질적 가치들이 부정되고 심지어 희화되
는 자가당착을 감수하면서까지 그는 현실을 가감 없이 재현하려 했다.
그의 소설에 내포된 주제는 현실을 통해 본질적 가치를 반성적으로 재
인식하는 과정을 통해 객관성을 획득할 수 있었다.

　이광수와 김동인과 염상섭이 근대적 개인 주체로서 각각 취한 태도
는 그들의 소설이 주제의 면에서 서로 다른 방향을 향하도록 했다. 독
선적인 이광수가 계몽적 이상주의를 지향했다면 유아적인 김동인은 예
술적 이상주의를 지향했고 반성적인 염상섭은 사실주의를 지향했다.
이광수의 소설과 김동인의 소설은 이상주의를 공유했어도 세부적인 지
향에서 상반되었다. 이광수의 계몽이 주체로부터 세계로 발산하는 이
타적 지향이었던 데 반해 김동인의 예술은 세계로부터 주체로 수렴하
는 이기적 지향이었다. 그처럼 상반된 지향은 그들의 소설에 등장하
는 주인공의 특징이 되기도 했다. 이광수의 주인공은 완성된 인격으로
서 세계를 개조하려 했다는 점에서 종교적 성자를 방불케 했다. 「흙」의
허숭이나 「사랑」의 안빈 같은 인물들이 그 대표적인 사례였다. 김동인
의 주인공은 어떤 특정 영역이 자신을 위해 존재하거나 복무해야 한다
고 여겼다는 점에서 봉건시대의 영주에 비견될 만했다. 「배따라기」의

형이나 「광염소나타」의 백성수 같은 인물에서 그러한 특징이 뚜렷하게
드러났다. 전자의 특정 영역이 가족이었다면 후자의 특정 영역은 예술
이었다. 염상섭의 주인공에게서는 이타적인 지향과 이기적인 지향이
공존하면서 긴장 관계가 형성된다. 「만세전」의 이인화와 「삼대」의 조덕
기 같은 인물들이 그러한 특징을 잘 보여주었다. 그들은 본질적 가치들
의 이타적인 의의를 위해 사적 개인으로서 이기적 욕망을 포기하지 않
았고 그렇다고 이기적 욕망에 매몰되어 본질적 가치들을 망각하지도
않았다. 식민지 치하에서 생활을 영위하면서 시대적 소명의식을 견지
했던 그들에게서 서구의 근대 혁명을 주도했던 시민과 유사한 면모가
읽힌다. 이광수의 성자와 김동인의 영주와 염상섭의 시민은 개별 사례
까지 포괄하는 분류 범주가 되기에는 불충분하고 다만 지배적인 경향
을 표현하는 수사로서 적절할 것이다. 근대적 개인 주체로서 소설 창작
에 착수한 세 작가가 진행한 지점을 성자와 영주와 시민이 각각 표시한
다. 시민이 가리키는 바와 같이 그들 중 염상섭이 근대 서사 장르로서
소설이 요구하는 수준에 이르렀다.

주제와 관련하여 이광수와 김동인과 염상섭의 각기 다른 지향은 그
것을 서사로 전개하는 방법의 차이로 연장되었다. 주제는 방법을 통해
본문으로 실현되므로 주제에서의 차이가 방법의 차이로 나타나기 마
련이다. 이광수는 있는 그대로의 현실 대신 그 현실에서 비롯된 상상을
서사로 전개했다. 그가 비루한 현실 속에서 소망하고 기대한 바는 소설
에서 실현되었다. 현실의 결핍은 충족되었고 현실에서 불가능한 일이
성취되었다. 성자 형상의 주인공이 고난을 겪고 헌신하는 과정을 통해
절망은 희망으로 바뀌었고 현세에 천국이 도래할 것 같았다. 본 연구는
그러한 특징을 상상의 서사화로 명명한다. 김동인은 자신의 소설에서

신처럼 군림하고자 했기에 소설의 세계가 자신이 통제할 수 있는 범위로 국한되어야 했다. 유한한 존재인 인간의 신 노릇은 세계 전체에서는 불가능하고 그 세계의 한 부분에 제한적으로 허락될 수 있다. 신의 속성을 표현하는 전지전능에 빗대면 김동인의 소설에서 작중 주체가 통제할 수 있는 범위는 지각이 미치는 반경 안쪽으로 한정되었다. 대상을 지배하려면 우선 그 대상에 대한 인지가 전제되어야 하기에 그의 소설 창작은 지각의 한계에 갇힐 수밖에 없었다. 본 연구는 그러한 특징을 지각의 서사화로 일컫는다. 염상섭은 소설에서 논설을 전개하려 했다. 개념을 논리적으로 전개하는 논설을 본연의 속성으로 지닌 글은 논문이나 평론, 칼럼 등이다. 소설도 서술에서 논설을 부분적으로 채용하지만 염상섭의 경우는 그런 일반적인 수준을 넘었다. 논설을 통해 주제가 표명되기 일쑤였고 주제에 관한 논설이 서사의 바탕이 되기도 했다. 추상적 논리로 전개되는 논설은 세속의 현실과 어긋나거나 충돌하곤 했고 염상섭은 그런 사태를 이광수처럼 가르쳐 바로잡으려 하지 않았다. 그는 논설과 현실 사이의 괴리와 모순을 성찰했고 그 사이에서 대안을 찾아보려는 쉽지 않은 시도를 계속했다. 본 연구는 그러한 과정을 개념의 서사화로 명명한다.

상상과 지각과 개념은 문학을 성립시키는 기본 요소들이다. 문학의 일반적 정의는 인식과 형상의 결합인데 개념은 인식의 단서가 되고 지각은 형상의 조건이 된다. 개념에서 비롯된 사유가 주제로 조직됨으로써 소설은 단순히 흥미로운 이야기에 머물지 않게 된다. 지각을 통한 경험은 구체적 현실이 소설에 재현되도록 한다. 상상은 인식과 형상 양자에 관련된다. 개념적 사유가 추상적이거나 초월적으로 전개되려면 상상의 힘을 빌려야 한다. 상상은 비현실적인 사태나 가공의 세계를 형상화하는 정신의 능력이기도 하다. 이광수와 김동인과 염상섭의 소설에서도 상상과 지각과 개념이 기본 요소로서 기능했다. 이광수의 방법적 특성을 일컬어 상상의 서사화라고 명명했다고 그의 소설에 지각과 개념이 부재했다는 의미는 아니다. 지각과 개념을 배제한 소설은 존재할 수 없으며 상상만으로 소설을 쓰는 것도 불가능하다. 이광수의 소설 창작에서 상상이 지각과 개념보다 주도적이었다는 의미로 그렇게 명명했다. 김동인의 소설에서는 지각이, 염상섭의 소설에서는 개념이 주도적이어서 지각의 서사화와 개념의 서사화로 각각 명명했다. 근대 초기 소설사를 견인한 세 소설가가 그처럼 방법의 면에서 뚜렷한 개성으로 대비되었다. 다양하고 풍요로운 소설사의 전개를 예비하는 의미 깊은 출발이었다.

주제론과 방법론, 그리고 테리 이글턴

내용과 형식의 이분법은 문학작품의 이해에 보편적으로 전제된다. 그 이분법에 따르면 그간 한국 근대문학 연구는 내용에 관한 논의에 주력해왔다. 작품의 국면들을 작가의 생애에 비추어 읽었고 작품을 통해 작가의 정신세계가 탐사되었다. 논의의 범위가 작가 개인을 넘어 시대로 확장되어 작가의 현실 인식이 검토되었고 작중에 그려진 시대상을 통해 당대의 주요 가치 체계들이 고찰되었다. 사상과 이념의 차원으로 논의가 진전되면서 사회과학적 지식이 포섭되었고 철학과 역사학 관련의 연구들도 거론되었다. 연구사의 전개 속에서 학문 세대별로 관심의 차별화가 나타나기도 했다. 민족, 계급, 근대성, 탈식민, 기억, 문화 등은 그 차별화의 양상을 단적으로 드러내는 핵심 주제어들이다. 세대마다 당대 서구의 유력한 사조나 이론의 영향을 받아서 논거와 술어에서 변화가 초래되었다. 내용에 주목하는 한국 근대문학 연구의 지배적인 경향은 이광수와 김동인과 염상섭에 관한 선행 연구에서도 그대로 드러난다.

이광수의 「무정」은 최초의 근대소설로서 그것이 지닌 소설사적 의의에 관한 연구를 다수 누적시켰다. 작품에 투영된 근대적인 의식과 제도들이 주로 거론되었다. 「무정」과 그 후속 장편들은 자전적인 성격이 강하여 생애와 작품 사이를 오가는 순환적 독해를 조장했다. 생애의 사실들을 참조하여 작품이 해석되거나 그 반대로 작품에서 생애의 사실들이 유추되었다. 그의 사상적 면모로 계몽주의와 민족주의가 논의되었고 자유연애를 통한 사적 욕망의 실현 양상이 검토되었다. 지도자나 선각자를 자임하는 그의 태도에서 선민의식이 파악되었고 그 선민의식이 민족에 대한 비하로 나타났다는 비판이 제기되었다. 민족에 대한 비하나 허무주의는 그가 소설에서 형상화한 계몽주의의 이면에 드리운 그늘이었는데 그 논리적 근거로 사용된 진화론과 우생학에 대한 고찰도 수행되었다. 일제 말 그가 벌인 친일 행보의 씨앗이 그의 민족 계몽 사상에 이미 내포되어 있었다는 결과론적 논의가 제출되었고 기독교와 불교에서 입은 영향도 작품 해석에서 중요하게 다뤄졌다.

김동인의 경우 선행 연구가 우선 주목한 바는 예술지상주의로 일컫는 그의 예술관이었다. 그의 예술지상주의는 종종 이광수의 계몽주의와 대비되었고 이광수에 대한 그의 대결 의식도 중요하게 고려되었다. 예술지상주의는 예술의 주체인 예술가를 지고한 존재가 되게 하여 소설가가 그의 작품에서 신처럼 군림한다는 주장을 성립시켰다. 신격의 소설가가 작중에서 펼치는 작용은 인형 조종술로 명명되어 그의 단편들을 읽는 데 소환되었다. 내용에서 보이는 억지스러움이 인형 조종술의 효과로 인식되어 소설가의 작위가 노골화하는 것이 인형 조종술의 문제점으로 지적되었다. 예술성을 추구하는 그의 단편들은 사실주의에 반한다는 비판을 받았으며 그가 생계를 위해 쓴 장편 역사소설들은 통속적이라고 평가되었다. 그가 남긴 소설의 형식에 관한 이론적 논의도 연구되었다. 그런 연구들이 있어서 그의 경우는 형식이나 기법을 논의한 선행 연구의 사례가 이광수나 염상섭에 비해 상대적으로 더 눈에 뜨인다.

염상섭의 초기작을 뒤덮은 주관적 독백은 근대적 자아의 개성 표현으로 이해되었다. 그러한 이해에 그의 논설이 관련되었고 자연주의가 원용되었으며 당대 일본문학의 동향이 일종의 제도로서 참조되기도 했다. 초기작의 주관적 경향이 「만세전」을 계기로 객관 쪽으로 선회했고 그 후속 장편들이 당대 현실의 객관적 재현을 일관되게 추구함에 따라 그 장편들의 사실주의적 면모들에 대한 고찰이 다양하게 수행되었다. 작품에 서술된 내용이 식민지 현실의 재현으로서 지닌 의의가 인정되면서 서술 주체의 현실 인식도 관심을 받았다. 그의 현실 인식에 관한 검토는 더 근원적인 차원의 논의로 연장되어 당대의 이념적 지형에서 염상섭의 좌표를 특정하려는 시도들이 제출되었다. 보수주의와 사회주의와 민족주의가 그를 이념적으로 지칭하는 데 동원되었고 두 개의 이념이 서로 엮여 사용되기도 했다. 그의 중·장편에서 중요한 비중으로 등장하는 여성 인물들이 여성주의적 시각에서 주목되었고 작중 배경으로 빈번하게 설정된 일상도 지속적인 논의 대상이었다.

이광수와 김동인과 염상섭에 관한 선행 연구를 이같이 개관해보면 내용 논의에 편중된 한국 근대문학 연구의 전반적 경향이 뚜렷하게 파악된다. 한국 근대문학 연구가 내용에 관한 논의에 주력했다고 하여 형식을 전적으로 배제했다는 의미는 아니다. 내용과 형식은 작품에서 명확하게 분리되지 않고 서로 맞물리거나 상호 침투하는 관계여서 양자 중 어느 한쪽에 관한 논의는 다른 한쪽을 수반하지 않을 수 없다. 내용에 관한 논의의 필요에 따라 형식이 부수적으로 언급되기도 했다. 형식을 본격적으로 다룬 연구의 사례가 전혀 없는 것은 아니다. 다만 근대문학 연구의 총량에서 그러한 사례들의 비중은 미미했다. 내용과 형식의 관계에 비하면 그만한 비중은 적절치 않다. 이즈음에서 본 연구는 내용과 형식을 다른 용어로 대체하기로 한다. 주제와 방법이 그 용어이다. 내용과 형식이 결과로서 실현된 본문의 상태를 대상으로 삼는 데 비해 주제와 방법은 그 결과에 이르는 과정이나 전후 맥락과 관련된다. 주제는 창작 과정에서 내용으로 실현될 의미를, 수용 과정에서는 내용으로부터 해석될 의미를 모두 가리킨다. 의미의 면이 강조된 주제가 작품의 의미 작용을 묘사하는 용어로 적절하다고 판단된다. 형식이 정태적인 대상에서 파악된다면 방법은 그 대상을 실현하는 과정을 포괄한다. 형식도 방법이 구현한 결과 중 하나이다. 작품의 존재 방식을 기술하는 용어로 형식보다 방법이 적절하다고 판단된다. 게다가 내용과 형식의 광범위한 용례가 소설에 국한된 본 연구의 서술에 혼란을 초래할 수 있다. 본 연구는 추후로 내용과 형식 대신 주제와 방법을 사용하여 논의의 대상을 분별하고 논지 전개를 선명히 하는 편의를 취하기로 한다.

바뀐 용어로 다시 표현하자면 한국 근대문학 연구는 주제론에 편중되었으며 방법론에는 소홀했다. 주제는 '무엇'에, 방법은 '어떻게'에 각각 해당한다. 창작은 '무엇'인 주제에 '어떻게'인 방법이 작용하는 과정이며 그 작용의 결과가 작품이다. 주제론이 작품에서 고찰한 현실 인식과 시대상, 사상, 이념 등은 방법을 통해 작품에 구현된다. 어떤 작품이 주제의 면에서 고평을 받는 일은 방법의 조력이 있어야 벌어질 수 있다. 방법에 힘입지 못한다면 주제는 그 가치대로 작품에 드러나기 어렵다. 배후에서 복무하는 방법이 주제를 작품에 온전히 구현하고 결과적으로 주제론의 주목을 불러일으킨다. 따라서 어떤 작품이 거둔 주제론적 평가는 그 작품의 방법론적 성취이기도 하다. 주제론이 대세인 한국 근대문학 연구에서는 그 방법론적 성취가 묻혀버리다시피 해왔다.

방법은 작품의 의미 작용 전체에 작용하는데도 불구하고 방법 자체는 연구의 시선에 잘 포착되지 않는다. 방법이 이룬 결과에 방법 자체가 가려지기 때문이다. 주제론에 편중된 한국 근대문학 연구의 현 상황은 작품에서 방법까지 통찰하지 못하는 근시안적인 연구 시선과 무관하지 않다. 그 근시안은 작품을 피상적인 수준에서 읽은 후 작품에서 이탈한다. 이른바 외재적인 방향으로 논의가 발전하는 것이다. 역사학과 철학과 사회과학의 분과들에서 이뤄진 연구가 거론되면서 심도 있는 논의가 전개된다. 그런데 그처럼 다른 학문에 기댐으로써 나타날 수 있는 부작용은 문학작품이 논의의 대상이나 목적에서 논의를 위한 소재나 단서로 전락하는 사태이다. 문학에서 출발하여 역사학이나 철학이나 사회과학의 분야들에 가닿고 끝나는 논의의 형태는 한국 근대문학의 주제론적 연구에서 하나의 유형으로 자리잡았다. 그 유형에서 문학작품은 역사학에서 다루는 사실을 방증하는 사례로, 또는 철학이나 사회과학의 분과에서 제출된 이론과 개념을 구체화한 사례로 위치 지워진다. 그러나 문학작품은 그러한 사례 노릇에 부합하지 않는 불편하고도 모호한 속성을 지닌다. 문학작품은 역사학의 사료로서 불확실하고 철학과 사회과학 분야에서 제출된 개념과 이론을 확인하기에는 의

미의 순도가 떨어진다. 따라서 역사학이나 철학, 사회과학의 분과들에 도착하는 논의에서 문학작품은 굳이 번거롭게 우회하는 과정처럼 비칠 수 있다. 그 학문들에서 문학작품이 그다지 유용하지 않다는 것이다.

문학을 다른 학문으로 이전하는 식의 논의는 문학 연구의 학문적 정체성에 관한 문제를 제기하게 한다. 어떤 학문 분야든 완전히 고립됨으로써 정체성을 획득하지는 않으며 학문의 전공 분과들은 서로 관계를 맺을 수 있다. 학제 간 연구나 경계 허물기, 융합, 통섭 등은 그 관계 맺기를 일컫는 표현들이다. 보편적인 주제를 중심으로 여러 분과가 공동 논의의 장에서 저마다의 의견을 제출할 수 있다. 그러나 어떤 한 분과가 그 자체의 위상을 망각할 정도로 다른 분과를 추종하는 것은 바람직하지 않다. 역사학과 철학과 사회과학의 전공 분과들이 저마다의 영역과 정체성을 각자 견지하는 마당에서 문학을 외면하는 문학 연구의 행보가 정당할 수 있을지 의문이다. 문학의 고유한 영역을 해체하고 그 정체성을 희석함으로써 얻어질 결과가 우려스럽기도 하다. 비유로 표현하자면 그런 연구는 제집 버리고 이집 저집 다니며 필요한 것을 빌리거나 곁불을 쬐다가 때에 따라 집주인은 그다지 반기지 않는데 아예 곁방살이로 들어앉는 격이다.

문학의 고유한 영역이라는 전제에 대해 이글턴처럼 반론을 제기할 수 있다. 그는 널리 통용되는 문학에 대한 정의들을 비판하고는 그 정의들이 가리키는 문학은 없다고 주장했다.[7] 그런데 그의 비판에 거친 면들이 있어서 살펴두고자 한다. 그가 거론한 문학에 관한 정의들은 문학을 순일하게 규정하는 특징이라기보다 문학에서 상대적으로 두드러

---

7 테리 이글턴, 『문학이론입문』, 김명환·정남영·장남수 옮김, 창작과비평사, 1989, 7~26쪽.

진 특징을 일컫는다. 그 특징은 다른 분야에도 공유될 수 있으며 다른 특징들과 공존할 여지도 있다. 그런 유의 정의는 사람으로 치자면 지배적인 인상이나 평판과 유사한데 그런 것들에는 여지가 얼마든지 있을 수 있다. 예컨대 '인수는 노래를 잘 부른다'라는 의견에 대해 '인수는 운동을 잘한다'가 반론으로 대립하지 않는다. 인수는 노래도 운동도 잘하는 사람이다. 인수가 지닌 여러 면모는 하나의 특징으로 그를 규정하는 것을 불허한다. 개인뿐 아니라 종의 차원에서 인간이 지닌 다양한 특징들도 인간을 하나의 특징으로 규정하는 것을 불허한다. 인간의 특징을 일컫는 정의들은 서로 모순되기보다 연결된다. 그래서 "인간은 생각하는 존재이며 언어를 사용하고 도구를 다루며 사물을 제작하고 예술활동을 하며……"라는 식으로 정의들을 잇달아 엮는 진술이 가능하다. 문학에 대한 정의들도 인간에 대한 정의들처럼 이해되어야 한다. 문학작품 자체가 담론으로서 복합적인 속성들과 다양한 면모를 지닌 대상이어서 하나의 특징으로 정의되지 않는다. 문학이라는 상위 범주도 그러한 작품들을 포괄하므로 하나의 특징으로 규정될 수 없다. 문학에 관한 기존의 정의를 비판하려면 정의된 특징 외에 다른 여지가 가능하다는 이해가 전제되어야 한다. 그러나 이글턴은 그러한 전제를 무시한 채 문학에 관한 기존의 정의들을 일종의 전칭명제로 바꿔서 범주화한 후 득의에 찬 비판을 전개했다.

첫 비판의 대상으로 불려나온 '상상적인 글'이라는 정의는 문학에서 상상적인 면이 강하다는 뜻이지 문학이 전적으로 상상적이기만 하다는 뜻은 아니다. 그런데 그는 대표적인 특징을 가리키는 정의를 범주로 전제한 후 영문학의 사례를 들어 그 정의의 부당함을 지적했다. 영문학에 포함된 수필과 설교문과 서간과 역사서와 철학서 등이 과연 상상적

인 글이냐는 것이다. 그러나 그가 '상상적인 글'이라는 정의에 반하는
사례로 든 글들이 전적인 상상은 아닐지라도 상상적인 특징을 지닌다
는 사실 또한 부인할 수 없다. 그 한 예로 홉스의 『리바이어던』은 상상
에서 비롯한다. 상상을 허구와 동일시한 부분에서는 비판을 위한 조작
이 의심되기도 한다. 상상은 사실에서 비롯하거나 사실에 바탕을 두기
도 하므로 사실과 허구 양쪽에 걸쳐 있지 온전히 허구는 아니다. 그런
데 그는 상상을 허구와 동일시한 후 허구와 사실의 대립 관계에서 '상
상적인 글'이라는 정의의 오류를 지적했다. 그가 보기에 어떤 글은 사
실을 기록하여 상상이 아님에도, 다시 말해 허구가 아님에도 문학에 포
함되고 어떤 글은 순전한 허구임에도 문학으로 간주되지 않으므로 '상
상적인 글'이라는 정의가 틀렸다는 것이다. 잘못된 전제에서 비롯한 그
비판은 억지에 가깝다.

  '상상적인 글'을 비판한 방식은 그후 불려나온 다른 정의들에도 적
용되었다. '언어를 특별한 방식으로 사용하는 것'이라는 문학의 특성을
가리킨 정의도 전칭명제로 범주화한다. 거기에서 담론의 속성도 무시
된다. 언어의 수준에서 최상위에 위치하는 담론의 속성이 순일할 수 없
다. 담론보다 하위 수준으로 내려갈수록 단위 요소의 속성이 단순해져
서 용이하게 규정된다. 그에 비해 담론은 문장이나 단어나 음절처럼 그
속성이 쉽게 파악되지 않는다. 문장이 무수히 만들어질 수 있는 만큼
그 문장들의 집합인 담론은 여러 다양한 맥락들이 교차하고 중첩되어
복잡다단한 속성을 지니기 마련이고 담론의 한 종류인 문학작품도 그
러하다.[8] 본문 중에는 일상적인 언어 표현도 당연히 포함된다. 소설과
시에서 일상의 대화가 얼마든지 나올 수 있다. 일상 대화에서도 문학적
인 수사가 얼마든지 쓰일 수 있다. 한 문장이 문학적인가 일상적인가의

여부는 그 문장에 국한되지 않고 그 문장이 놓인 문맥과 거기에서 하는 기능까지 고려해 판단되어야 한다. '언어를 특별한 방식으로 사용하는 것'은 그러한 문맥과 기능을 문학의 특성으로 주목하는 정의이다. 소설 본문에서 일상적인 대화 한 구절을 끄집어내어 그게 문학적일 수 있느냐고 묻는다거나 일상의 대화에 사용된 수사적 표현을 들면서 일상의 대화도 문학이 아니냐고 반문하는 것은 정당하지 않다. 그런 유의 문제 제기는 하나의 담론이 순일한 속성을 지닌다는 전제에서 가능하다. 그러나 앞서 밝힌 대로 담론의 속성 자체가 복합적이므로 그의 비판은 잘못된 전제에서 제기된 것이다.

형식주의의 핵심 개념 중 하나인 '낯설게하기'도 공격 대상이 되었다. 그는 런던 지하철역의 안내 문구인 "에스컬레이터에서는 개를 안고 가셔야 합니다"를 두고서 "만일 어떤 떠돌이 잡종 개라도 찾아서 팔에 안고 올라가지 않는다면 에스컬레이터에 탑승 금지를 당한다는 건가?"라고 물었다.[9] 어떤 글이든 낯설게 읽힐 수 있다는 주장으로 '낯설게하기'의 개념적 유효성을 해소하려는 것이다. 그러나 그의 물음은 '낯설게하기'보다 문해력에 관련된다. 언어는 불투명한 기호라서 전언으로서 다소간 모호성을 띠기 마련이다. 그 모호성은 전언이 진술된 맥락에 힘입어 줄어든다. 따라서 영어가 모국어인 런던 시민이 지하철역에서 상기한 안내문을 이글턴처럼 오인할 가능성은 거의 없다. 문해력

---

8 바흐친은 '단일 언어'의 이념을 비판하면서 언어의 분화와 다양성에 주목했다. 그 분화와 다양성이 단일 언어의 구심력에 대해 원심력으로 작용함으로써 언어에는 "탈중심화와 분열의 과정이 끊임없이 진행된다"고 했다. 언어에 관한 그러한 이해를 근거로 바흐친은 소설 담론의 다양성을 고찰했다. 미하일 바흐친, 같은 책, 78~79쪽.

9 테리 이글턴, 같은 책, 14~15쪽.

과 관련하여 빚어지는 오독의 가능성을 '낯설게하기'로 처리하는 것은 건강부회이자 초점이 빗나간 비판이다. '낯설게하기'에 이어 거론된 '자기 지시적'이라는 정의도 특성이 아닌 범주로 간주되고 거기에 반례가 제시된다. 문학이 언어를 매체로 삼는 한 의사소통이라는 언어의 기본적 기능에서 예외일 수 없다. 그 기능은 문학이 다른 부류의 담론들과 공유하는 유적 공통성이다. 그런데 문학은 그러한 공통성과는 별도로 전언이 운반하는 내용보다 전언 자체에 주목하게 하는 면이 있어서 '자기 지시적'이라고 정의된다. 그 정의가 문학을 다른 부류의 담론들과 구별하는 종적 특성이다. 문학이 지닌 유적 공통성과 종적 특성을 혼동하면 이글턴처럼 비판할 수 있다.

'잘 쓴 글'이나 '훌륭한 글'은 '자기 지시적'인 문학의 종적 특성이 반영된 정의인데 표현에서 오류가 있었다. '잘 쓴'이나 '훌륭한'에 가치판단이 들어 있어서 비판을 면할 수 없었다. 문학을 다른 부류의 담론들과 구별하려는 서술적인 취지가 요령부득의 표현으로 왜곡된 셈이다. 이글턴은 그 표현을 빌미삼아 사실과 가치판단에 관한 논설을 장황하게 전개했다. 정의의 서술적 취지가 제대로 이해되었다면 비판은 표현의 오류를 지적하는 데서 그쳤을 것이다. 사실과 가치판단에 관한 그의 논설은 그 자체로는 타당하지만 '잘 쓴 글'이나 '훌륭한 글'이라는 정의의 서술적 취지에 직접 관련되지 않는다.

이글턴은 문학에 관한 기존의 대표적인 정의들을 비판적으로 검토한 후 "문학을 '객관적이고' 기술적인 범주로 보아서는 안 되는 것"[10]이라고 했다. 타당한 주장이긴 하지만 그 자신도 문학을 '범주'로 본 한 사

---

10 같은 책, 26쪽.

람이다. 문학에 관한 종래의 정의들은 문학에서 현저히 드러나는 특성을 가리키는데 그는 그 특성을 범주로 간주하고서 비판했다. 자신이 벌인 사태를 자신이 비판한 격이다. "문학을 구성하는 가치판단들이 역사적으로 가변적이라는 사실뿐만 아니라, 또한 이 가치판단 자체도 사회의 이데올로기들과 밀접한 관계를 가지고 있다는 사실"[11]이라는 결론은 반박할 여지 없이 자명하다. 그러나 어찌 문학만 그렇겠는가. 역사학도 철학도 사회과학의 분과들도 다 그렇다. 그래서 역사는 계속 다시 쓰이고 철학의 개념과 이론은 계속 재정립된다. 사회과학 분과들의 대상인 사회와 정치와 경제도 곤충처럼 명확하게 존재하지 않아서 계속 재설정되고 당대의 지배적인 가치 체계와 밀접하게 관련되어 이해된다. 역사적 가변성과 이데올로기와의 연관성은 인문학과 사회과학의 일반적인 속성이다. 그러한 전체 판도에서 개별 학문의 고유한 영역을 상정하는 것이 문제가 될 수 없으며 관습적이거나 제도적인 차원에서 인정되는 영역을 굳이 부정할 이유도 없다. 오히려 개별 학문마다 본연의 영역과 정체성을 지키는 것이 다른 전공들과의 연계와 전체 학문의 공동체를 위해 유익할 것이다.

주제론이 대세인 한국 근대문학 연구의 일각에서 보이는 다른 학문에 대한 추종과 종속화의 경향은 재고되어야 한다. 본 연구가 수행하는 방법론적 고찰은 문학의 고유한 영역과 문학 연구의 정체성을 인식하는 일과 관련된다. 문학을 문학으로 인식하는 것은 문학의 미래와 문학 연구자의 자부심과 관련된 문제로 판단된다. 문학 연구를 한다면서 문학을 외면하고 배격한다면 문학이 학문의 한 분야로서 존속할 수 있을

---

11 같은 쪽.

지 우려된다. 프라이가 칠십여 년 전에 「도전적 서론」이라는 제하에 펼친 주장은 여전히 유효해 보인다.[12]

---

12 노스럽 프라이는 『비평의 해부』의 「도전적 서론」에서 비평이 체계화된 학문으로 정립되어야 하며 인접 영역들에 대해 독자성을 유지하면서 관계를 맺어야 한다고 주장했다. 그의 글에서 비평은 문학 연구와 같은 의미로 사용되었다. 노스럽 프라이, 『비평의 해부』, 임철규 옮김, 한길사, 2000, 45~92쪽.

제1부

이광수, 상상의 서사화

1. 상상의 발견

계몽주의자의 연애

이광수는 정을 옹호하면서 계몽주의자로서의 행보를 시작했다. 그는 "인人은 실로 정적情的 동물이라"[1]고 하면서 인간의 지고한 행동과 성취는 정이 원동력이 되어 나타난다고 보았다. 그의 초기 논설이 형성하는 문맥에서 정은 개인의 마음속에서 우러나는 자발적인 움직임들을 통칭하는 포괄적인 의미로 사용되었다. 사랑과 미움 같은 각종의 감정에서 욕망, 개성, 자유의지 등에 이르는 여러 가지 정신의 모습이 거기에 포함된다. 이광수는 그러한 정의 발현을 막는 현실에 맞서서 정을 교육하는 데에 힘써야 한다는 주장을 펼쳤다. 물론 그의 주장이 대면한

---

1 이광수, 『이광수 전집 1』, 삼중당, 1971, 526쪽. 이하 이 전집에서 인용할 경우 인용문의 말미에 '『이광수 전집』 권수, 쪽수'의 형태로 표시한다. 원문의 한자는 한글로 바꿔 표기하고 의미의 전달에 필요할 경우는 한자를 병기한다. 원문의 오기는 인용자가 바로잡았다.

현실은 재래의 인습이 지배하는 조선의 사회였다. 그가 보기에 개인의 자유를 억압하는 조선의 인습은 부정되어야 마땅했다. 그는 동시대의 청년들에게 "우리는 선조도 없는 사람, 부모도 없는 사람(어떤 의미로는)으로 금일금시今日今時에 천상으로서 오토吾土에 강림한 신종족으로 자처하여야 한다"(『이광수 전집』 10, 37쪽)고 선포했다.

신종족을 자처한 이광수가 부정해야 할 조선의 인습으로 우선 지목한 것이 결혼 제도였다. 가문의 유지가 목적인 조선의 결혼 제도에서 개인의 의사는 전혀 고려되지 않았다. 부모가 배우자를 결정하고 자식은 그 결정에 순종했다. 부모의 강제에 따른 조혼을 이광수는 야합과 다름없다고 비판했다. 조선의 가정을 부조父祖 중심에서 자녀 중심으로 개혁해야 한다는 주장은 자유연애에 대한 옹호로 이어졌다. 자녀 중심의 가정이 되어야 개인은 부모의 강제에서 벗어나 배우자를 구할 수 있었다. 개인이 스스로 결정하여 결혼에 이르려면 연애가 반드시 전제되어야 했다. 그래서 이광수는 "연애야말로 혼인의 전제조건이외다. 혼인 없는 연애는 상상할 수 있으나 연애 없는 혼인은 상상할 수 없는 것이외다"(『이광수 전집』 10, 43쪽)라고 역설했다.

재래의 결혼 제도가 지닌 폐해는 「소년의 비애」에서 탐구되었다. 방학을 맞아 고향에 돌아온 문호는 사촌 누이동생 난수의 신랑 될 남자가 천치라는 사실을 듣고서 파혼하도록 난수의 부친을 설득한다. 그러나 난수의 부친은 파혼은 양반의 체면에 맞지 않는 일이라면서 딸의 혼사를 그대로 진행한다. 문호는 일찍부터 난수에게 시적 재능이 있다고 생각했는데 그녀가 그 재능을 펼치지 못한 채 원치 않는 결혼을 해야 하는 것이 안타깝다. 문호는 난수에게 서울로 도망가자고 하지만 그녀는 듣지 않는다. 그녀는 부친의 뜻을 거역할 수 없었던 것이다. 이튿날 문호는 난수를 보며 비애와 혐오를 느낀다. 난수는 자신의 의지대로 삶을 선택하지 못하여 불행을 맞이한다. 「소년의 비애」는 이광수가 논설에서 제기했던 문제를 소설화한 사례였다.

이광수의 초기 논설들과 「소년의 비애」는 배우자 선택의 문제를 거론함으로써 재래의 인습이 지닌 모순과 폐해를 성토했다. 개인이 자유로운 의지에 따라 배우자를 선택해야 한다면 그 전제인 자유연애가 관심의 초점이 되어야 했다. 재래의 인습에 맞서 계몽의 이름으로 전개한 전면전에서 이광수는 연애를 최전선에 내세웠다. 연애는 재래의 인습에 확실한 타격을 입히는 계몽의 도구가 될 수 있었다. 그러나 계몽에게 연애는 유용성 못지않은 위험성을 지니기도 했다. 이광수의 정 개념을 구성하는 핵심 요소라고 할 수 있는 연애는 그 본성상 계몽에 포섭되기 어렵다. 계몽이 집단적이고 공적인 동향인 데 반해 연애는 개인의 내밀한 정서이다. 연애가 그 본성을 분명히 할수록 '계몽적 사유의 타자'[2]로서 위치하게 되어 있었다.

「방황」과 「윤광호」는 계몽과 연애 사이의 갈등이 심화되는 양상을 보여주었다. 「방황」의 '나'는 마음이 적막하여 생의 의욕을 전혀 느끼지 못한다. '나'는 감기를 앓고 있지만 감기보다 더 심각한 것이 외로움이 깊어져 생긴 마음의 병이다. 일찍이 '나'는 조선 사람을 위해 몸을 바치겠다는 각오로 조선의 청년들을 가르쳤고 계몽적인 글을 신문과 잡지에 발표하기도 했으나 그 모든 일이 허무하게 느껴진다. '나'의 마음에 생긴 병을 고칠 수 있는 것은 연인에게 받는 애정이다. 그 애정이 작중에 '인혈주사人血注射'로 표현된다. 친구의 우정은 연인의 애정 같은 온

---

2 서영채, 『사랑의 문법』, 민음사, 2004, 73쪽.

기를 '나'의 생활에 가져오지 못하고 오히려 '나'를 적막하게 만든다. 「윤광호」의 동명 주인공 윤광호도 「방황」의 '나'처럼 마음의 병을 앓는다. 그는 특대생 상을 받고서 신문에 소개되고 조선 유학생계는 그를 자랑스러워한다. 그러나 특대생의 기쁨은 금세 사라지고 그는 깊은 적막과 비애를 느낀다. 인류와 민족, 명예, 성공 같은 공적 가치는 그를 만족시키지 못한다. 그는 애정을 갈망한다. 연애만이 그의 적막과 비애를 위로할 수 있다. 그러던 중 그는 P에 대해 열병 같은 애정을 품게 된다. 급기야 자신의 감정을 P에게 고백하지만 냉담한 반응에 절망하여 자살한다. 「윤광호」에서 연애는 삶을 철저하게 소진할 정도이다. 그 파괴적인 힘을 먼저 처리해야 연애는 계몽을 수행하는 도구가 될 수 있었다.

「방황」과 「윤광호」에서 연애가 계몽에 세운 대립각은 선명했다. 연애의 열망 앞에서 계몽적 의무는 차라리 무기력하고 무의미했다. 그래서 이광수는 정을 계몽의 방향으로 순치하려는 취지에서 '정육론情育論'을 펼쳤다. 구습에서 해방된 정은 계몽의 기획에 포섭되어야 했다. 정의 대표적 현상인 연애도 계몽에 복무하는 방향으로 처리되어야 했다. 「무정」의 종반부에서 이광수는 계몽주의자로서 연애를 처리해야 하는 상황을 맞는다. 「무정」의 방법적 특성을 검토한 후 그 부분을 거론하기로 한다.

두 벌의 서사

「무정」 전반부의 서사는 영채와 형식이 각각 주인공인 두 줄기로 진행된다.[3] 그 두 서사는 비중의 면에서 서로 대등한 상태로 병렬하거나 교차한다. 하나의 사건을 양쪽의 서사가 공유하는가 하면 한쪽 서사의 사건이 다른 쪽 서사를 추동하기도 한다. 그런데 선행 연구에서는 그 두 서사의 비교를 넘어서 각 서사의 내적인 구성 방식을 해명하는 수준까지 논의가 진척되지 않았다. 어떤 두 항목 사이의 비교는 그 양자가 저마다 고유하게 지닌 특성이 있어서 성립한다. 두 항목이 개별적으로 지닌 내적 특성에 대한 이해는 양자의 비교를 보완하는 효과가 있다. 「무정」의 경우 영채 중심의 서사와 형식 중심의 서사는 매일신보 연재 85회분까지 각각 고유한 방식으로 조직된다. 그 두 서사의 서로 다른 내적인 구성 방식은 선행 연구에서 충분히 규명되지 않은 상태여서 추가 논의의 여지가 있다.[4] 영채의 서사와 형식의 서사가 구성되는 방식을 차례로 살피기로 한다.

서사를 구성하는 단위 사건을 가리켜 단락이라고 부른다. 관례상 단락은 통사체로 표시된다. 가령 '영채는 박진사의 딸이다' 같은 문장은 영채의 서사를 구성하는 한 단락이 된다. 서사의 구성 방식에 대한 이

---

3 「무정」의 전반부가 영채 중심의 서사 진행선과 형식 중심의 서사 진행선으로 이루어진다는 기존의 고찰은 폭넓은 지지를 얻었으며 「무정」 연구의 한 전제가 되었다. 이와 관련하여 김열규와 김경수의 언급을 인용한다. "「무정」은 (……) 크게 보아서 두 가닥의 이른바, '스토리 라인'을 향유하고 있다. 하나는 형식과 영채 사이의 것이고 다른 하나는 형식과 선형 사이의 것이다." 김열규, 「이광수 문학의 문법—담화론적 접근을 위한 한 시도」, 『춘원 이광수 문학연구』, 연세대학교국학연구원 엮음, 국학자료원, 1994, 103쪽: "말하자면 「무정」은, 비록 표면상으로는 형식의 성장담이라는 큰 흐름 속에 영채와 병욱 및 선형의 정신적 성장담이 합류하는 것으로 그려져 있지만, 사실상은 주로 형식과 영채의 성장 과정 자체를 동시에 문제삼고 있는 작품이라고 볼 수 있다." 김경수, 「현대소설의 형성과 겁탈—『무정』의 근대성 재론」, 『한국 현대문학의 근대성 탐구』, 문학사와 비평연구회 엮음, 새미, 2000, 124쪽.
4 이와 관련하여 고전소설의 서사 유형에 비추어 「무정」의 서사 구성의 원리를 밝힌 서영채의 연구 성과가 주목되어야 한다. 그의 연구에 따르면 「무정」 전반부에서 영채 중심의 서사는 애정 소설의 혼사 장애를, 형식 중심의 서사는 영웅소설의 혼사 장애를 구현한다. 서영채, 「무정」 연구」, 서울대학교 석사학위논문, 1992, 1쪽.

해를 진전시키기 위한 시도로써 단락을 주어부와 서술부로 분절한다. 주어부는 서사의 중심인물로 고정된다. 영채의 서사에서도 단락들의 주어부는 모두 영채이다. 따라서 각 단락의 성격은 영채와 결합하는 서술부로 규정된다. 「무정」의 전반부에서 영채의 서사를 이루는 단락들의 주어부와 서술부가 결합하는 양상은 다음과 같다.

주어부	서술부
영채	1) 박진사의 딸이다. 2) 형식과 정혼한 사이이다. 3) 박진사가 무고한 누명을 쓰고 수감되자 형식과 헤어진다. 4) 친척집에 맡겨져 구박을 받으며 지낸다. 5) 친척집에서 도망쳐 나온다. 6) 박진사를 구하기 위해 기생이 된다. 7) 월향이라는 이름으로 기생 생활을 한다. 8) 형식에 대한 절의를 지킨다. 9) 형식과 재회한다. 10) 배명식과 김현수에게 겁간을 당한다. 11) 자살하기 위해 형식을 떠난다.

위의 표에 열거된 서술부들은 동일한 주어부인 영채와 개별적으로 결합하여 하나씩 단락을 형성한다. 서술부의 교체가 새로운 단락을 이루면서 서사가 진행되는 것이다. 주어부가 일정하므로 단락의 속성은

교체되는 서술부에 의해 규정된다. 서술부들은 그 속성상 상태와 동작으로 구분된다. 1) 2) 4) 7) 8)은 상태에, 3) 5) 6) 9) 10) 11)은 동작에 해당한다.

상태의 단락들을 따로 연결하면 행복에서 불행으로 향하는 영채의 삶이 드러난다. 1)과 2)에서 박진사의 딸로서 유복한 상태이던 영채는 4)와 7)과 8)에 표시된 대로 친척집에서 더부살이로 지내다가 기생이 된다.

동작의 단락들에는 영채에게 불행을 가져오거나 그 불행을 심화한 사건들이 포함된다. 3)에서 영채는 집안의 몰락으로 형식과 헤어진다. 5)와 6)은 영채의 불행이 심화하는 과정을 나타낸다. 신산스러운 친척집 더부살이에서 탈출한 영채는 기생이 되고 더 큰 불행이 그녀에게 닥친다. 영채는 부친을 구할 목적으로 기생이 되지만 박진사는 딸의 선택을 가문의 수치로 여겨 자살한다. 9)와 10)과 11)은 영채가 불행의 나락으로 가라앉는 과정을 표시한다. 영채는 어린 시절의 정혼 관계를 회복하기 위해 형식을 찾는다. 그러나 그 재회가 빌미가 되어 형식은 영채가 겁간당하는 현장을 목격하게 된다. 영채에게 순결은 형식의 배우자가 될 자격을 의미한다. 영채는 훼절함으로써 그 자격을 잃었고 그로써 더 살아야 할 이유도 사라졌기에 자살을 결심한다. 현재의 불행을 타개하려는 영채의 선택들이 기대에 반하는 결과를 가져오는 과정이 동작의 단락들을 통해 전개된다.

단락들의 속성에 이어 의미의 면에서 단락들의 접속 방식을 살피기로 한다. 단락들은 연속이나 변화의 관계로 서로 접속된다.

연속의 관계로 파악되는 짝들은 1)-2), 3)-4), 6)-7), 8)-9), 10)-11)이다. 1)-2)는 영채의 행복한 삶이 지속하는 국면에 해당한다. 3)-4)는 집안의 몰락이 영채에게 초래한 사건들로 연속된다. 6)-7)은 영채가 기생이 되어 지내는 시기로 포괄된다. 8)-9)는 영채가 절의를 지킴으로써 성립되는 형식과의 재회로서 선후 관계를 맺는다. 10)-11)은 훼절과 그로 인한 영채의 자살 결심으로 짝을 짓는다. 그처럼 연속 관계로 접속하는 짝들에 변화의 관계로 접속하는 짝들이 번갈아 개입하여 서사의 진행 방향이 결정된다.

변화의 관계로 접속되는 단락의 짝들은 2)-3), 4)-5), 7)-8), 9)-10)인데 모두 앞 단락의 상태를 부정하는 방향이다. 2)-3)에서 영채의 행복이 부정된다. 4)-5)는 영채가 고통스러운 현실을 부정하는 과정이다. 7)-8)에서 영채는 절의를 지킴으로써 기생의 신분을 부정한다. 9)-10)은 영채와 형식의 정혼 관계가 부정되는 진행이다. 형식은 겁간의 위기에 처한 영채를 구하지 못하고 그 현장을 속수무책으로 목격한다. 전대의 영웅소설에서는 위기에 처한 여주인공은 남주인공에 의해 반드시 구출된다. 형식은 그 남주인공처럼 탁월한 능력을 소유한 비범한 존재가 아니어서 배명식과 김현수를 격퇴하지 못한다. 개인이 영웅 노릇을 할 수 있는 시대가 아니었다. 영채의 서사는 훼절한 영채가 유서를 남기고 평양으로 떠남으로써 불행한 결말을 맞는다. 1)의 행복한 상태는 11)의 불행을 향한 동작으로 귀결된다. 영채의 서사가 부정의 방향으로 진행된 것이다.

영채의 서사와 같이 형식의 서사를 표시하면 다음과 같다.

주어부	서술부
형식	1) 고아이다. 2) 박진사의 집에 기식하며 공부한다. 3) 일본 유학 후 경성학교 영어 교사가 된다. 4) 선형의 가정교사가 된다. 5) 어릴 적 정혼한 영채와 재회한다. 6) 영채의 신분에 대해 상상한다. 7) 영채가 겁간당하는 장면을 목격한다. 8) 자살하러 떠난 영채의 시신을 찾으려다 포기한다. 9) 광대한 우주에 대해 상상한다. 10) 선형과 약혼한다.

　형식의 서사도 단락들의 속성과 그것들의 접속 방식으로 파악될 수 있다. 번거로움을 피하기 위해 영채의 서사를 두고 진행한 논의의 과정을 여기서 되풀이하지 않고 고찰된 결과를 요약하여 제시하기로 한다. 위의 표에 열거된 서술부들을 속성으로 바꾸면 '상태-상태-동작-동작-동작-상태-동작-동작-상태-동작'이 된다. 고아인 형식은 영어 교사가 되고 부잣집 딸인 선형과 약혼한다. 고아에 비하면 영어 교사와 부잣집 사위는 신분의 상승이자 세속적인 성공을 의미한다. 1)의 불행한 상태가 10)의 행복을 향한 동작으로 마무리되는 것이다. 형식의 서사를 이루는 단락들도 연속이나 변화의 방식으로 접속되는데 변화는 긍정의 방향으로 진행한다. 5)는 그러한 진행에 역행하는 방향성

을 내포한다. 그러나 영채가 유서를 남기고 사라짐으로써 형식에게 긍정적인 방향으로 진행되는 서사는 계속 이어진다.

불행에서 행복으로 향하는 형식의 서사는 행복에서 불행으로 향하는 영채의 서사와 대조된다. 의미의 면에서 영채의 서사가 부정의 방향성을 내포한다면 형식의 서사는 긍정의 방향성을 내포한다. 시간의 면에서도 두 서사는 서로 다른 양상을 보인다. 영채의 서사는 작중의 현재부터 과거를 점유한다. 영채의 출생과 성장에서 멸문 이후 그녀가 겪은 고난이 서사의 주된 내용을 이룬다. 그에 비해 형식의 출생과 성장은 작중에서 매우 소략하게 처리된다. 형식이 경성학교 영어 교사가 되기까지의 경위는 생략되고 그가 일본에 유학했다는 사실이 간단하게 언급된다. 형식의 서사는 작중의 현재, 다시 말해 그가 선형의 가정교사로 초빙되는 대목부터 본격적으로 개시된다. 작중에서 영채의 서사가 과거로부터 형식을 만나는 현재로 진행하는 데 반해 형식의 서사는 그 현재로부터 미래로 진행한다. 두 서사는 상반된 시간대를 점유한다.

서사의 구성이나 서사가 점유한 시간대에서 보이는 대조 말고도 형식의 서사에서는 영채의 서사에 부재한 특징이 고찰된다. 영채의 서사는 사건들이 계기적으로 접속되어 이루어진다. 사건들의 계기적 접속은 서사 일반의 보편적인 전개 방식이다. 그런데 형식의 서사에는 사건이라고 부르기 어려운 요소들이 개입하여 서사를 추진한다. 앞에 열거한 단락들 중 6)과 9)가 그것들이다. 그 두 단락은 형식이 상상하는 상태를 표시한다. 상상은 실제 벌어진 사건이 아니라 정신의 활동이다. 그런데 그 정신의 활동이 서사의 수준에서 사건처럼 기능하는 경우가 6)과 9)이다. 만일 형식의 서사에서 상상 부분을 덜어낸다면 사건들의 관계가 불연속적이 되어 개연성이 떨어진다. 형식은 영채가 돌아간 후 그녀의 신분을 의심하기 시작한다. 영채가 평양에서 왔다는 기생 월향이라고 추측하고 그녀의 정조와 관련하여 어지러운 상상을 한다. 그 상상이 애초에 막연히 제기된 가설을 기정사실로 바꾼다.

> 박선생의 따님이 그만 기생의 몸이 되었는가. 혹 어떤 유아랑과 오늘 저녁에 만나기를 약속하고 그 약속한 시간이 오기 전에 잠깐 나를 찾은 것이 아닌가. 또는 그 유아랑을 만나러 가는 길에 잠깐 나를 찾은 것이 아닌가. 그렇게 생각하면 그럴 듯도 하다. 아까 영채의 뒤를 따라 행길에 나갔을 때에 교동파출소 앞으로 어떤 키 큰 남자와 여자 하나이 어깨를 걸고 내려가는 양을 보았더니, 그러면 그것이 영채던가. 그럴진댄 지금 영채는 어떤 요리점에 앉아서 어떤 부랑한 남자와 손을 마주잡고 안기며 안으며, 한 술잔에 술을 나눠 마시며 음란한 노래와 음란한 말로 더러운 쾌락을 취하렷다.(『이광수 전집』 1, 38쪽)

영채와 재회한 직후에 형식이 영채와 월향을 동일시할 그 어떤 근거도 나오지 않는다. 영채가 월향이라는 사실은 나중에 확인된다. 그런데 무근한 추측에서 비롯된 상상이 꼬리에 꼬리를 물고 증폭하는 과정이 인용문에서 엿보인다. 그 상상은 다음날 아침까지 형식을 잠들지 못하게 한다. 뜬눈으로 밤을 지새운 형식은 퇴근 후 월향의 집을 찾아간다. 그 집에서 영채가 배명식과 김현수에게 끌려갔다는 말을 들은 형식은 그 뒤를 쫓는다. 강박적 집착에 가까운 상상이 영채가 겁간당하는 장소까지 형식을 이끈 것이다. 만일 형식이 상상하는 과정이 부재하다면 그의 발길이 월향의 집을 거쳐 청량리까지 이어지기 어렵다.

유서를 남기고 떠난 영채를 찾아서 평양으로 갔던 형식이 중도에 포기하고 서울로 돌아와 선형과 약혼하는 과정도 사건들의 관계만으로는 개연성을 획득하지 못한다. 정혼한 여자가 자살한 다음날 다른 여자와 약혼하는 식으로 곧바로 전개된다면 형식은 몰염치의 극치를 보여주는 인물이 된다. 세속적인 욕망을 위해 얼마든지 비정해질 수 있는 성격의 소유자로 부각될 것이다. 서사의 전개도 급작스럽고 억지스럽게 여겨질 수 있다. 그런데 평양에서 경성으로 돌아오는 야간 기차 안에서 광대한 우주를 두고 장황하게 펼쳐지는 형식의 상상이 두 사건 사이를 매개함으로써 사건 전개의 부자연스러움을 완화한다.

> 자기는 이제야 자기의 생명을 깨달았다. 자기가 있는 줄을 깨달았다.
> 마치 북극성이 있고 또 북극성은 결코 백랑성도 아니요 노인성도 아니요, 오직 북극성인 듯이, 따라서 북극성은 크기로나 빛으로나 위치로나 성분으로나, 역사로나 우주에 대한 사명으로나, 결코 백랑성이나 노인성과 같지 아니하고, 북극성 자신의 특징이 있음과 같이, 자기도 있고 또 자기는 다른 아무러한 사람과도 꼭 같지 아니한 지와 의지와 사명과 색채가 있음을 깨달았다. 형식은 웃으며 차창으로 내다본다.(『이광수 전집』 1, 118쪽)

인용문은 형식의 우주적 상상력이 도달한 결론 부분이다. 형식은 광대한 우주 속에서 하나의 주체로서 자기 존재를 인식한다. 형식에게 그러한 인식은 자유의 근거가 된다. 형식은 한 주체로서 외적인 구속에서 벗어나 자기의 삶을 자유로이 선택할 수 있다고 생각한다. 그 자유를 반겨서 형식은 창밖을 보며 웃음을 짓는다. 자유로운 존재로서의 자기 인식이 형식을 영채에 대한 죄의식에서 해방하고 아무 망설임 없이 선형과의 약혼에 이르게 한다. 따라서 거창하게 펼쳐지는 우주적 상상력 이란 기능의 면에서는 형식과 선형의 약혼을 합리화하는 수단에 불과 하다. 상상이 불연속적인 사건 사이를 매개하여 서사의 흐름을 자연스 럽게 만든 것이다.

「무정」에서 빈번하게 나오는 형식의 상상 장면을 부정적으로 바라 보는 시각이 일찍부터 있었다.[5] 상상 장면들은 「무정」의 군더더기이자 중요한 결함으로 지적되었다. 상상이 거듭되면서 인물의 성격과 작중 의 사태들이 생동감을 잃는다는 것이었다. 서사를 추진하는 상상의 기 능이 고려된다면 그러한 비판이 재고될 수 있다. 상상이 사건처럼 기능 하면서 서사의 전개에 필수 요소로 기능하는 것은 형식의 서사를 영채 의 서사와 구별하는 뚜렷한 특징이다. 영채의 서사는 사건들의 연쇄로 진행되고 사건들의 관계로부터 개연성을 마련한다. 형식의 서사에서는 사건과 동등한 가치를 지닌 상상이 불연속적인 사건들을 매개하여 서 사를 추진한다. 상상에 의해 서사가 개연성을 획득하는 것이다.

상상이 서사의 구성 단락으로 기능하는 사례는 「무정」 이전의 소설 에서는 나타나지 않았다. 신소설에서 등장인물의 내면이 부분적으로

---

5 김동인은 형식을 '공상의 대가'라고 부르는가 하면 "공상! 공상! 왜 작자는 등장하는 모든 인물을 이렇듯 공상 즐기는 사람으로 만들었는지"라고 불평을 토로하기도 한다. 김동인, 『김 동인 평론 전집』, 김치홍 엮음, 삼영사, 1984, 104쪽. 김동인의 평론을 집대성한 이 책은 삼중 당판(1976)의 『김동인 전집』에 누락된 글들을 수록하고 있어서 그 전집보다 자료적 가치가 높다. 따라서 김동인의 평론은 이 책을 1차 자료로 삼되 현대식 표기로 바꾸어 인용하기로 한 다. 조남현도 「무정」에서 상상 장면이 과도하게 나오는 데 주목한 논자이다. 그 또한 "한 줄의 현실적인 행동이나 언사에 수십 줄의 공상이나 회상이 따라다니다보면 인물의 생동감은 말할 것도 없고 작품 전체의 리얼리티도 무산되기 쉬운 것이다"라고 하면서 「무정」에서 펼쳐지는 상상에 대해 부정적으로 평가한다. 조남현, 「「무정」의 구성방법」, 『문학사상』 1976년 10월호, 364~365쪽.

나타났지만 그 경우는 이미 벌어진 사건에 대한 등장인물의 정신적 반응 정도이며 '생각하다' 유의 서술부로 제한되어 그 기능이 서사의 수준까지 미치지 않았다.[6] 그러나 「무정」에서는 본격적으로 펼쳐진 상상이 서사의 수준에서 사건처럼 기능하기에 이른다. 따라서 상상의 사건화는 형식의 서사를 영채의 서사와 구별할 뿐 아니라 「무정」과 이전 서사체들을 가르는 특징이기도 하다. 가히 '상상의 발견'이라고 부를 만한 소설사적 사건이었다.

「무정」 전반부의 영채 부분과 형식 부분은 서사의 구성 방식에서뿐 아니라 서사를 본문으로 실현하는 담론의 작용에서도 서로 구별된다. 두 서사에 다르게 작용하는 담론에 대해 살피기로 한다.

사건 서술과 내면 서술

서사를 간단히 정의하면 시간의 흐름 속에서 인물들이 야기하고 당면하는 사건들이라고 할 수 있다. 소설은 모종의 언술 방식을 통해 사건들의 의미 작용을 가능케 한다. 담론은 그러한 의미 작용이 실현되는 과정을 통칭한다. 담론의 작용으로 서사는 본문text으로 실현된다. 소설에서 서사를 전제하지 않은 담론이 존재할 수 없는 것처럼 담론을 통하

---

6 이와 관련하여 김영민의 소론을 인용한다. "1910년대에 들어 새롭게 나타나는 가장 중요한 소설적 요소는 인간의 내면 심리에 대한 관심이다. 그런데 1910년대 소설에서 발견할 수 있는 인간의 내면 심리에 대한 관심이란 인간 심리 자체에 대한 관심이 아님은 물론, 인간 존재에 대한 철학적 물음에서 오는 것도 아니다. 1910년대 소설에서 등장하는 인간 심리에 대한 관심은 현실적인 삶의 조건들의 결핍감에서 오는 경우가 대부분이다." 신소설보다 진전된 형태인 1910년대 소설에서도 인간 내면에 대한 관심은 사건들에 대한 정신적 반응의 수준에 머문다. 김영민, 『한국근대소설사』, 솔출판사, 1997, 349쪽.

지 않은 서사도 존재할 수 없다. 소설을 이해하자면 마땅히 서사와 담론을 함께 고려해야 한다.[7]

서사에 대한 담론의 작용 중 가장 기본적인 것이 사건 서술이다. 사건 서술은 그 수행 양상에 따라 여러 수준으로 구분되는데 사건들을 통시적인 순차에 따라 단순히 보고하는 것이 그중 최저 수준이다. 본 연구는 그러한 수준의 담론을 '단순 보고형 사건 서술'로 부르기로 한다. 신화나 전설, 민담, 고전소설과 같은 근대 이전의 서사체들은 단순 보고형 사건 서술을 잘 보여주는 사례들이다. 그 서사체들이 사건 중심적인 성격을 띠는 것은 담론 수행과 관련된다. 「무정」에서 영채의 담론 또한 단순 보고형 사건 서술의 수준에서 벗어나지 않는다.

> 벌써 십유여 년 전이다. 평안남도 안주읍에서 남으로 십여 리 되는 동네에 박진사라는 사람이 있었다. 사십여 년을 학자로 지내어 인근 읍에 그 이름을 모르는 사람이 없었다.
>
> (……)
>
> 그때 박진사의 딸 영채의 나이 열 살이니 지금 꼭 열아홉 살일 것이다.
>
> 박진사는 남이 웃는 것도 생각지 아니하고 영채를 학교에 보내며 학

---

7 소설 본문을 서사와 담론으로 나누어 분석하는 것은 서사 이론의 기본 전제이다. 컬러는 서사 이론가들마다 그 나름의 개념과 범주를 설정하지만 "이런 이론가들이 동의하는 어떤 것이 있다면 그것은 다음과 같다. 즉 서사 이론은 내가 '스토리'라고 부르는 것과 '담론'이라고 부르는 것 사이에 구분이 필요하다는 것인데, 스토리는 담론으로 표명되기 이전에 독립적으로 간주되는 일련의 행위와 사건을 말하고 담론은 사건의 서사적 재현을 말한다"고 하면서 서사 이론의 기본 전제에 대해 설명한다. 인용문의 '스토리' 대신 본 연구는 '서사'라는 용어를 사용한다. Jonathan Culler, *The Pursuit of Signs:* Routledge & Kegan Paul, 1981, pp. 169~170.

교에서 돌아온 뒤에는 소학, 열녀전 같은 것을 가르치고 열두 살 되던 해 여름에는 시전도 가르쳤다.(『이광수 전집』1, 21~22쪽)

　형식과 재회하는 시점까지 영채의 서사를 본문에 구현하는 담론은 대부분 인용문처럼 수행된다. '벌써 십유여 년 전'이라는 구절은 서사와 담론의 시간적 거리를 표시한다. 이미 벌어진 사건이 시간의 경과를 두고서 서술되는 것이다. '십유여 년 전'에 시작한 영채의 서사는 그녀가 성장하여 고난을 겪고 기생이 되기까지 통시적인 순서로 제시된다. 소설에서 물리적인 시간의 흐름을 배반하는 사건 배열은 빈번하다. 담론이 모종의 주제나 효과를 위해 시간적 발생 순서와 다르게 사건들을 배열함으로써 빚어지는 현상이다. 그런데 영채의 서사를 구현한 본문 부분에서는 그러한 현상이 보이지 않는다. 담론이 사건을 보고하는 것 말고 다른 목적을 갖지 않는 탓에 사건들이 발생 순서에 따라 통시적으로 서술된다.

　담론이 단순 보고형 사건 서술로 제한됨에 따라 인물은 사건을 충실히 수행하는 기능적 존재로 머문다. 인물을 사건의 한 기능으로 포섭하는 서술 방식이 영채의 내면 심리가 드러날 여지를 차단한다. 사유의 면이 가려진 영채는 행동하는 존재로 비친다. 그녀는 거듭되는 불행과 고난 속에서 삶이 전락하는 경로를 주저 없이 밟아간다. 사건들은 미리 정해진 운명처럼 벌어지고 그녀는 굳은 신념의 소유자처럼 행동한다. 그녀의 행동이 신념의 실천으로 비치는 까닭은 심리보다 사건에 주목하는 서술 때문이다. 행동들이 연속적으로 펼쳐짐으로써 행동의 주체는 내면의 고민이나 갈등이 없는 인물로 파악된다. 영채의 생각이 서술되는 다음과 같은 사례도 그녀의 확고한 신념을 전할 뿐이다.

영채는 이렇게 생각하였다. 선한 세상도 있기는 있고 선한 사람도 있기는 있건마는, 자기는 무슨 운수로 일시 그 선한 세상을 떠나고 선한 사람을 떠난 것이니, 일생에 반드시 자기는 그러한 세상과 사람을 찾을 날 있으리라고.

그러므로 그가 남대문 안에서 동대문까지 늘어선 만호 장안을 볼 때에, 이중에 어느 집이 칠 년 전에 자기가 있던 집과 같은 집이며, 종로 네거리에 왔다갔다하는 여러 만 명 사람을 대할 때에 이중에 어떠한 사람이 일찍 자기가 보던 사람과 같은 사람인가 하였다.

그는 좋은 옷을 입고 좋은 시계를 차고 자기에게 가까이하는 사람을 대할 때에 마음에는 항상 '너는 나와는 딴 세계 사람!' 하고 일종 경멸하는 모양으로 그네를 대하여왔다.

영채는 장안에 선한 집과 선한 사람이 있는 줄을 믿는다. 그러고 밤과 낮으로 그 집과 그 사람을 찾으려고 애를 쓴다. 그러나 영채의 기억에 있는 선한 사람은 오직 이형식이다.

영채가 칠 년 동안 수십 명, 수백 명의 남자를 대하되, 오히려 몸을 허하지 아니하고 주야 일념에 이형식을 찾으려 함이 실로 이 뜻이었다. 그러다가 마침내 형식이 서울에 있는 줄을 알고 이렇게 찾아왔던 것이다.(『이광수 전집』1, 61쪽, 밑줄은 인용자)

인용문에서 '생각하였다'는 '믿는다'를 거쳐 '주야 일념'으로 이어진다. 그 서술어들은 영채의 신념을 확인함으로써 갈등이나 고민 같은 정신의 과정을 제거한다. '믿는다'와 '주야 일념'으로 표명된 신념에는 회의나 불안의 그림자가 드리워 있지 않다. 사색하는 인물이 아니라 신념에 따라 행동하는 인물로서 영채의 면모가 인용문에서 선명하게 드러난다.

영채의 서사에 작용하는 담론의 특성은 지각의 초점이나 대화문을 통해서도 고찰된다. 그러나 단순 보고형 사건 서술에 한정되는 담론의 특성은 이 정도로 충분하다고 판단하여 담론의 다른 양상들에 대한 상술은 생략한다. 지각의 초점이 사건의 외부에 마련되고 인물들 간의 대화가 사건 서술 중에 인용의 형태로 제시되는 식의 특성이 형식의 서사에 관한 담론의 수행을 검토하는 과정에 비교를 위해 거론될 것이다. 영채의 서사는 단순히 보고하는 방식으로 서술되는 탓에 사건이 장면을 통해 극적으로 재현되지 않으며 대화도 장면 속에 현존하지 않는다.

형식의 서사를 구현하는 담론은 단순히 사건을 서술하는 수준에 머물지 않는다. 담론은 그보다 다채롭고 적극적으로 구사된다. 담론은 시간상 서사에 근접하고 지각의 초점은 사건의 내부에 마련된다. 사건은 묘사를 통해 장면으로 재현되고 인물들 간의 대화는 장면 속에 현존한다. 서술적 제시보다 극적 재현이 담론의 주된 수행 방식이 되고 있다.

> 형식은 누구를 향하는지 모르게 고개를 숙였다. 부인과 선형이도 답례를 한다. 부인은 형식을 보며,
> "제 자식을 위하여 수고를 하신다니 감사합니다. 젊으신 이가 언제 그렇게 공부를 많이 하셨는지, 참 은혜 많이 받으셨읍니다."
> "천만의 말씀이올시다."
> 하고 형식은 잠깐 고개를 들어 부인을 보는 듯 선형을 보았다.
> 선형은 한 걸음쯤 그 모친의 뒤에 피하여 한편 귀와 몸의 반편이 그 모친에게 가리었다. 고개를 숙였으매 눈은 보이지 아니하나 난대로 내

어버린 검은 눈썹은 하얗고 널찍한 이마에 뚜렷이 춘산을 그리고 기름도 아니 바른 까만 머리는 언제 빗었는지 흐트러진 두어 올이 볼 그레한 복숭아꽃 같은 두 뺨을 가리어 바람이 부는 대로 하느적하느적 꼭 다문 입술을 때리고, 깃 좁은 가는 모시 적삼으로 혈색 고운 살이 몽롱하게 비치며, 무릎 위에 걸어놓은 두 손은 옥으로 깎은 듯 불빛에 대면 투명할 듯하다.(『이광수 전집』1, 18쪽)

독서 행위에 대해 본문이 불러일으키는 박진감의 정도는 서사와 담론의 시간적 간격과 관련된다. 박진감은 서사와 담론이 시간상 가까울수록 증대되고 멀어질수록 감소한다. 영채의 서사에 대한 담론의 관계는 후자에 해당한다. 사건이 종료되고 어느 정도 시간이 경과한 뒤에 서술이 개시되는 경우이다. 그러나 인용문에서 담론은 사건에 근접하여 수행된다. 지각의 초점은 사건 내부의 인물들 사이에서 유동하고 그에 따라 인물들이 차례로 지각된다. 형식은 부인의 시선을 통해, 선형은 형식의 시선을 통해 보인다. 특히 선형의 모습은 초점화 인물인 형식의 시선을 통해 지각될 뿐 아니라 그의 내면 독백으로 묘사된다. '까만 머리는 언제 빗었는지'나 '불빛에 대면 투명할 듯하다' 같은 구절에서 드러나는 바와 같이 선형에 대한 묘사는 형식의 내면 독백을 그대로 옮긴 것이다. 대화는 서술적 제시 속에 인용의 형태로 포섭되기보다는 장면 속에 현존한다. 영채에 관한 담론에서 대화가 서술적 제시 속에 인용되는 사례를 들어 위의 인용문과 비교하기로 한다.

기생이란 다 좋은 처녀들이어니 하였다. 더구나 그 기생들은 다 글씨를 잘 쓰고 글을 잘 아는 것을 보고, 기생들은 다 공부를 잘한 처녀들이라 하였다.

　그래서 영채는 결심하였다. 그리고 그 사람에게,

　"저는 결심하였습니다. 저도 기생이 되렵니다. 저도 글을 좀 배웠습니다. 그래서 그 돈으로 아버지를 구하려 합니다."

하고, 영채는 알 수 없는 기쁨과 일종의 자랑을 감각하였다. 그 사람은 영채의 등을 어루만지며,

　"참 기특하다. 효녀로다. 그러면 네 뜻대로 주선하여주마."

하였다.

　이리하여 영채는 기생이 된 것이다. 영채는 결코 기생이 되고 싶어서 된 것이 아니요, 행여나 늙으신 부친을 구원할까 하고 기생이 된 것이라.(『이광수 전집』 1, 37쪽)

　인용문에서 대화는 특정한 장면의 구성요소가 아니다. 영채가 기생이 되기까지의 자초지종을 서술하는 중에 직접화법으로 인용된 것이다. 따라서 그 대화는 장면에 현존하는 대화와 성격이 다르다. 형식이 선형의 가정교사로 초빙되어 김장로 부부와 인사하고 선형을 대면하는 사건은 장면으로 재현된다. 그 경우 대화의 시공간적 좌표는 그 대화가 진행되는 장면 속으로 결정된다. 그러나 위의 인용문에서 대화는 사건 서술의 한 맥락으로 기능하며 그 시공간적 좌표도 모호하다. 형식의 담론과 영채의 담론 사이의 차이는 대화의 사용 면에서도 드러난다.

　「무정」의 담론은 영채보다 형식의 서사에 다채롭게 구사된다. 그로 인해 본문 중에서 형식의 부분이 영채의 부분보다 박진감 있게 전개된다. 담론은 형식의 부분에서 사건을 극적으로 재현할 뿐 아니라 형식의 내면을 서술하기도 한다. 형식의 내면은 주로 화자에 의해 분석되고 설

명되지만 형식이 지각의 초점이 되어 자유 간접 화법이나 내적 독백을 통해 드러나기도 한다. 그러한 내면 서술에 의해 형식은 상상의 주체가 되고 상상의 재료들인 각종 관념들은 그의 내면에서 교차한다. 개화와 전통, 정신과 욕망, 이상과 현실 등이 상상을 통해 내면에 출몰함에 따라 형식의 성격은 중복 결정된다. 기존의 논의에서 형식은 우유부단하고 줏대 없는 성격의 소유자로 비판되었다. 영채와 선형 사이에서 우왕좌왕하는가 하면 지사를 자처하다가 세속의 욕망을 추구하는 인물로 돌변하는 등「무정」전편에 걸쳐 형식은 서로 모순을 빚는 여러 면모를 노출하기 때문이다. 그러나 앞서 살핀 바와 같이 형식의 상상은 사건처럼 기능하면서 서사를 추진하기도 한다. 따라서 형식의 상상을 불필요한 사족 정도로 치부하는 것은 적절치 못하다. 활발하게 전개되는 상상을 통해 형식의 내면이 여러 상충하는 관념들의 토론장이 되고 거기에서 서사의 방향이 모색된다. 형식의 상상이 지닌 가치가 긍정된다면 그의 성격은 결함이 아닌 한 특징으로 파악된다. 상상에 의해 성격이 중복 결정되는 과정을 통해 형식은 고전소설의 주인공과 그 연장선에 자리한 영채에 대해 뚜렷하게 구별되는 개성을 획득한다. 장황하고 번잡한 내면 서술이 지닌 부정적인 측면을 부인하기 어렵지만 그러한 서술이 거두는 효과 또한 간과되어선 안 될 것이다. 내면 서술은 형식의 성격을 제시하는 차원을 넘어서 그가 펼치는 상상이 서사의 구성요소로서 기능하도록 한다. 담론의 적극적인 수행을 통해 정신의 현상인 상상이 서사의 수준으로 부상하여 사건 노릇을 하도록 하는 효과를 빚은 것이다. 단순 보고형 사건 서술에서는 기대할 수 없는 효과이다.

지양과 통합

「무정」의 서사와 담론은 연재 85회분까지 두 줄기로 전개된다. 영채와 형식이 각각 중심인물인 그 두 줄기는 사건들의 구성 방식과 서술의 수행에서 뚜렷하게 구별된다. 그런데 86회부터 형식의 방향으로 통합이 진행된다. 서사와 담론의 면에서 영채 부분이 형식 부분으로 지양되어 본문이 형식 중심으로 전개되는 것이다. 그러한 변화는 선행 연구에서 '영채의 부활 사건'으로 일컫는 86회 연재분에서 시작된다.

  이제 영채의 말을 좀 하자. 영채는 과연 대동강의 푸른 물결을 헤치고 용궁의 객이 되었는가.
  독자 여러분 중에는 아마 영채의 죽은 것을 슬퍼하여 눈물을 흘리신 이도 있을지요. 고래로 무슨 이야기책에나 나오듯, 늦도록 일점혈육이 없던 사람이 아들 아니 낳은 자 없고, 아들은 낳으면 귀남자 아니 되는 법 없고, 물에 빠지면 살아나지 않는 법 없는 모양으로, 영채도 아마 대동강에 빠지려 할 때에 어떤 귀인에게 건짐이 되어 어느 암자의 중이 되어 있다가 장차 형식과 서로 만나 즐겁게 백년가약을 맺어, 수부귀 다남자하려니 하고, 소설 짓는 사람의 좀된 솜씨를 넘겨보고 혼자 웃으신 이도 있으리라.
  혹 영채가 빠져 죽는 것이 마땅하다 하여 영채가 평양으로 간 것을 칭찬하신 이도 있을지요, 빠져 죽을 까닭이 없다 하여 영채의 행동을 아깝게 여기실 이도 있으리라. 이렇게 여러 가지로 독자 여러분의 생각하시는 바와 내가 장차 쓰려 하는 영채의 소식이 어떻게 합하여 틀릴지는 모르지마는, 여러분의 하신 생각과 내가 한 생각이 다른 것을 비

교해보는 것도 매우 흥미 있는 일일 듯하다.(『이광수 전집』1, 149쪽)

영채는 김현수와 배명식에게 참변을 당한 후 대동강에 투신자살하기 위해 평양으로 떠난다. 그후 작가가 본문에 등장하여 독자에게 직접 술회하는 이례적인 사태가 벌어진다. '고래로 무슨 이야기책'이라는 구절이 지시하듯 작가는 그 자신이 고전소설의 관례에 매우 익숙하다는 사실을 독자에게 알린다. 아울러 독자가 앞으로 전개될 영채의 이야기를 그러한 관례에 따라 짐작하는 것을 경계한다. 고난과 위기를 거쳐 '수부귀 다남자'로 이어지는 사건 전개를 '소설 짓는 사람의 좀된 솜씨'로 비판한 데서 드러나는 바와 같이 작가는 고전소설의 관례를 반성하면서 영채의 후일담을 그와 다르게 전개하겠다는 의도를 드러낸다. 그러나 추후 사건 전개와 관련한 작가의 소회는 그때까지 영채의 부분이 고전소설의 관례에 충실했다는 고백이 된다. 독자가 추후의 사건 전개를 미리 짐작할 수 있을 정도로 고전소설의 관례를 따랐다는 자의식이 작가에게 굳이 본문에 등장하여 발언하도록 한 것이다. 작가는 전과 다르게 전개될 영채의 후일담에 대해 기대해달라고 독자에게 청한다. 그렇다면 고전소설의 관례에서 벗어나는 소설 쓰기의 방식이 고려되어야 한다. 「무정」은 85회까지 영채와 형식이라는 두 줄기의 서사로 진행되는데 그중 영채 쪽을 부정하면 형식 쪽이 남는다. 영채의 후일담이 서사와 담론 면에서 선택할 수 있는 대안은 형식 쪽이다. 영채의 부분이 형식 쪽으로 지양되어 통합되는 진행이 인용문에 예고되어 있다.

영채가 평양행 열차에서 만난 병욱은 그러한 지양과 통합을 담당하는 인물이다. 병욱은 영채의 자살 계획이 얼마나 부당한가를 역설하면서 여자도 하나의 인격체로서 자신의 인생을 결정하는 자유와 권리를 지닌다고 강조한다. 영채가 구습에 얽매여 형식에 대한 절의를 지키기 위해 자살을 선택하는 것은 자신에 대한 의무를 저버리는 행위로 비판된다. 그런데 영채가 자살 계획을 포기하도록 설득하는 병욱의 주장은 기실 형식의 생각을 옮긴 것이다.

① 여자도 사람이지요. 사람일진대 사람의 직분이 많겠지요. 딸이 되고, 아내가 되고, 어머니가 되는 것도 여자의 직분이지요. 또 혹은 종교로, 혹은 과학으로, 혹은 예술로, 혹은 사회나 국가에 대한 일로 인생의 직분을 다할 길이 많겠지요. 그런데 고래로 우리나라에서는 남의 아내 되는 것만으로 여자의 직분을 삼았고, 남의 아내가 되는 것도 남의 뜻대로, 남의 말대로 되어왔어요. 지금까지 여자는 남자의 한 부속품, 한 소유물이 되려 하였어요. 마치 어떤 물품이 이 사람의 손에서 저 사람의 손으로 옮아가는 모양으로…… 우리도 사람이 되어야 합니다. 여자도 되려니와 우선 사람이 되어야 합니다. 영채씨께서 할일이 많지요. 영채씨는 결코 부친과 이씨만을 위하여 난 사람이 아니외다. 과거 천만대 조선과, 현재 십육억 동포와, 미래 천만대 자손을 위하여 나신 것이야요. 그러니깐 부친께 대한 의무 외에, 이씨께 대한 의무 외에도 조상께, 동포에게, 자손에게 대한 의무가 있어요. 그런데 영채씨가 그 의무를 닫치 아니하고 죽으려 하는 것은 죄외다.(『이광수 전집』 1, 155~156쪽)

② 영채는 과연 부모에게 대하여 효하지 못하였다. 지아비에게 대하여 정貞하지 못하였다. 그러나 그도 자기의 의지로 그러한 것이 아니오, 무정한 사회가 연약한 그로 하여금 그리하지 못하게 한 것이다.

설혹 영채가 자기의 의지로 효와 정에 대하여 생명의 의무를 다하지 못하였다 하자. 그렇다 가정하더라도 영채는 생명을 끊을 이유가 없다. 효와 정은 영채의 생명의 의무 중의 둘이니, 설혹 중요하다 하더라도 부분은 전체보다 작으니, 이 두 의무는 실패하였다 하더라도 아직도 영채의 생명에는 백천무수百千無數의 의무가 있다.

그의 생명에는 아직도 충도 있고, 세계에 대한 의무도 있고, 동물에 대한 의무도 있고, 산천山川이나 성신星辰에 대한 의무도 있고, 하느님이나 부처에 대한 의무도 있다.(『이광수 전집』1, 98쪽)

①은 병욱이 영채에게 하는 말이고 ②는 영채의 유서를 읽고 난 뒤 형식에게 떠오른 생각이다. 두 인용문은 사용하는 어휘가 서로 다를 뿐 그 저변의 뜻은 같다. 영채가 부모에게 효도를 다하지 못하고 형식에 대해 절의를 지키지 못한 것이 영채의 자의가 아닌 타의에 의한 결과이며 영채는 부친과 형식 외에도 세상에 대해 더 많은 의무가 있으므로 자살할 이유가 없다는 것이 ①과 ②의 대의이다. 두 인용문은 병욱이 형식의 생각을 영채에게 대신 전하는 관계로 파악된다. 비록 두 인용문은 본문에서 동떨어져 위치하지만[8] 서사상으로는 동 시간대에 벌어진 사건들을 전한다. 형식의 머리에서 ②의 생각이 전개되는 당시에 병욱이 ①의 주장을 하면서 영채를 설득하는 격이다. 병욱은 형식의 대리인으로서 이른바 '영채의 부활'을 추진한다. 비록 병욱은 형식을 비방하지만 생각하는 바가 형식과 같으며 영채의 자살을 막음으로써 형식에게 면죄부를 준다. 영채가 자살한다면 형식은 은인의 딸을 죽음에 이르

---

8 『이광수 전집』1 판본 기준으로 두 인용문 사이에는 58쪽의 거리가 있다.

도록 방관했다는 죄에서 결코 자유로울 수 없다. 병욱은 영채를 구원하여 황주로 데려감으로써 결과적으로 형식의 조력자 노릇을 한다.

영채가 병욱을 만난 이후 「무정」의 서사와 담론은 온전히 형식의 방향으로 진행된다. 그전까지 경합하고 대립하던 두 줄기가 형식 중심으로 재편된 것이다. 영채와 선형도 형식처럼 저마다 상상의 주체가 되고 그들의 상상이 서사의 수준에서 사건처럼 기능한다. 담론의 수행에서 서술은 사건에 근접하고 지각의 초점은 작중에 마련되어 사건은 장면으로 재현된다. 「무정」 전반부에서 영채의 부분이 고전소설의 연장선에 자리한다면 형식의 부분은 근대소설로 진입한다. 따라서 「무정」은 고전소설과 근대소설이 대립하다가 근대소설로 마무리되는 소설사적 전환의 과정을 그 스스로 내장한다. 전반부에 병존하는 고전소설의 면모로 인해 「무정」은 근대소설에 미달인 상태로 출발하지만 후반부에서 근대소설에 도달한다. 「무정」이 문제적인 것은 그 안에서 근대소설을 향한 운동 과정이 전개되기 때문이다. 「무정」의 근대소설다운 면모는 형식과 영채와 선형이 기차 안에서 우연히 만나는 장면에서 집약적으로 드러난다. 연애의 삼각관계로 설정된 세 주인공 사이의 갈등도 그 장면에서 비로소 본격화한다.

계몽을 위하여

영채는 황주에서 지내면서 심적인 안정을 되찾은 후 일본 유학을 떠난다. 영채가 병욱과 함께 타고 가는 부산행 열차에 형식이 약혼녀인 선형을 동반하고 오른다. 「무정」에서 형식과 영채와 선형은 삼각관계의 구도로 설정되지만 부산행 열차 안에서 조우하기 전까지 그들 사이에는 이렇다 할 갈등이 벌어지지 않는다. 그래서 그들의 관계가 "사랑의 삼각관계가 아니라는"[9] 주장도 제기되었다. 그 주장에 따르면 영채와 선형은 "이형식의 선택의지에 종속되어"[10] 그 둘 사이에는 갈등이 없다고 한다. 그들은 부산행 열차 안에서 처음 대면함으로써 연적으로서 서로의 존재를 인식한다. 그전까지 영채나 선형에게 형식이 연애의 상대로 존재했다고 보기 어렵다. 그 둘에게 형식은 전통적인 의미에서 부친이 '짝지어준 배필'이었다. 영채와 형식의 정혼은 박진사가 한 일이었다. 선형과 형식의 약혼도 김장로의 계획에 따라 성사된다. 김장로는 형식을 사위로 삼을 요량으로 그를 가정교사로 초빙한다. 영채는 부친이 명한 대로 형식의 아내가 되기 위해 온갖 고생을 무릅쓴다. 선형은 형식에게 호감이 없음에도 부친이 시킨 대로 그와 약혼식을 치른다. 영채와 선형에 대한 형식의 관계에서 구습에 맞선 자유연애의 관념은 보이지 않는다. 오히려 그 관념은 형식의 친구이자 병욱의 오빠인 병국에게서 제기된다. 형식에게 보낸 편지에서 병국은 애정 없는 부부관계를 한탄하면서 '전인격적 사랑'을 갈망한다. 결혼할 당시 병국의 나이는 열두 살이었고 신부는 열일곱 살이었으므로 병국 부부는 조혼의 피해자들인 셈이다. 병국의 편지는 형식에게 자신과 선형의 관계를 돌아보게 한다. 당사자의 의지와 무관하게 성립된 결혼으로 선형이 장차 불행해질지 모른다고 생각한 형식은 단도직입적으로 묻는다, "선형씨는 나를 사랑하십니까?"라고. 선형은 그 질문을 점잖지 못하게 여긴다. 형식이 기생집에 드나든다는 항간의 소문에 마음이 편치 않았던 선형은

9   송하춘, 『1920년대 한국소설연구』, 고려대학교 민족문화연구소, 1985, 23쪽.
10 같은 쪽.

그가 기생에게 하던 짓을 자신에게도 한다고 오해한다.

영채와 선형은 재래의 결혼 제도에 따라 형식과 각각 혼약 관계를 맺었다. 두 여성이 같은 남성과 시차를 두고 혼인 약속을 함으로써 혼약의 삼각관계가 형성된 셈인데 그 관계는 세 인물이 부산행 기차 안에서 만나면서 연애의 삼각관계로 바뀐다. 그들은 정혼자나 약혼자가 아닌 연애의 대상으로 서로를 발견한다. 형식과 선형의 약혼 사실을 접한 영채는 정혼의 의무를 다하려 했던 지난 세월을 후회하면서 비탄에 잠긴다. 영채는 형식과의 재결합을 갈망하는데 그 길을 통해 한 개인으로서 자신의 행복이 실현된다고 여기기 때문이다. 선형은 영채와의 만남을 통해 형식에 대해 종전까지 품었던 의심을 풀지만 형식이 영채를 만나러 가자 분노한다. 홀로 남은 선형은 질투로 인해 "자기의 내장이 빠지직 타는 듯하고 코로는 시꺼먼 불길이 활활 나오는 듯하다"(『이광수 전집』1, 196쪽). 형식은 영채와 선형 사이에서 갈팡질팡하면서 자신의 어지러운 감정을 계몽적 사유로 정리하려 한다. 조선의 장래를 위해 새로운 문물을 배우고 익혀야 한다는 결심에 이르는 중에 영채와 선형에 대한 그의 소유욕이 노출된다.

대체 자기는 누구를 사랑하는가. 선형인가, 영채인가. 영채를 대하면 영채를 사랑하는 것 같고, 선형을 대하면 선형을 사랑하는 것 같다. 아까 남대문에서 차를 탈 때까지는 자기는 오직 선형에게 몸과 마음을 다 바친 듯하더니, 지금 영채를 보매, 선형은 둘째가 되고 영채가 자기의 사랑의 대상인 듯도 하다.

그러다가 또 앞에 앉은 선형을 보매 '이야말로 내 아내, 내 사랑하는 아내' 하는 생각도 난다. 자기는 선형과 영채를 둘 다 사랑하는가. 그

렇다 하면 동시에 두 사람을 다 같이 사랑할 수가 있을까?(『이광수 전집』1, 191쪽)

영채와 선형 사이에서 갈등하는 형식을 우선이 부러워하는 대목이 인용문의 앞쪽에 배치되어 있다. 거기에서 우선은 자신이 형식이라면 조선의 일부다처제에 따라 영채를 첩으로 맞겠다고 생각한다. 우선에게 형식은 엄격한 일부일처주의자로 비치지만 형식의 내면에는 가부장적인 소유욕이 잠재되어 있다.

영채의 갈망과 선형의 질투와 형식의 소유욕은 그 세 인물이 형성한 삼각관계의 갈등을 고조시킨다. 그들 각자의 감정 상태는 삼각관계의 다른 두 인물이나 최소한 한 인물에게는 결코 용납되기 어려울 뿐 아니라 치명적인 위해를 가할 만한 파괴력을 지니고 있다. 비를 맞으며 어둠 속을 달리는 기차의 내부가 고조되는 갈등으로 뜨겁게 달궈진다. 기차가 남으로 내려갈수록 그 갈등은 해소되기는커녕 격화될 태세이고 종착지인 부산이 파국의 장소로 예견될 정도이다. 그 파국을 향해 달리던 기차가 삼랑진에서 문득 멎는다. 수해로 철길이 끊겨 기차가 더 나갈 수 없게 되자 삼각관계의 갈등도 중지한다. 그 직전까지 갈등하던 인물들이 합심하여 수재민 구호를 위한 자선 음악회를 연다. 음악회를 성공리에 마치고 한껏 고무된 형식은 영채와 선형과 병욱에게 민족의 계몽을 역설하고 세 여성은 그 사명에 헌신하겠다고 다짐한다.

기차 안에서 벌어진 삼각관계의 갈등은 사적 감정으로서 연애의 정체를 고스란히 드러낸다. 「방황」과 「윤광호」에 나타난 대로 그 감정의 파괴력은 가공스러울 정도여서 그대로 방관하면 형식이 표방하는 계몽의 이념마저 무너질 수 있었다. 기차의 정거는 갈등을 수습하기 위한 일종의 임시 조치였다. 삼각관계의 당사자들이 계몽운동에 일제히 동원되는 와중에 갈등은 은폐된다. "「무정」의 서사는 사랑이라는 개인적 진정성의 영역을 민족 계몽이라는 공동체적 차원의 가치로 덮어 가림으로써 비로소 균형을 유지할 수 있었던 것이다."[11]

자선 음악회 이후 주요 등장인물들의 후일담은 일종의 상상된 미래로서 제시된다. 그들은 저마다의 소망을 이루어 행복한 삶을 누리고 세상은 눈부신 발전을 거듭하여 날로 아름다워진다. 「무정」은 그처럼 행복한 미래를 예견하면서 막을 내리지만 그 예견과 식민지 현실 사이에 가로놓인 괴리는 부연 설명이 필요치 않을 만큼 분명하다. 「무정」에서 당대의 현실이 "인생 또는 사회의 실상도로 제시되지 못하고, 있어야할 것에 대한 '욕망의 환상도'로 묘사되었다는" 것이다.[12] '욕망의 환상도'는 방법의 면에서 근대적인 성취를 이룬 「무정」의 인식적 한계를 표현한다.

11 서영채, 같은 책, 64쪽.
12 송하춘, 같은 책, 36쪽.

2. 욕망과 환상

어떤 징후

이광수는 논설을 통해 정을 해방해야 한다는 주장을 펼쳤다. 「무정」의 종반부는 해방된 정의 상태와 추이를 보여주는 사례이다. 형식과 영채와 선형 사이에서 벌어지는 삼각관계의 갈등은 걷잡을 수 없이 격화되어 파국을 향해 치닫는다. 연애가 사적 감정으로서 지닌 야성적인 속성이 연애의 열병에 휩싸인 세 인물을 통해 노출된다. 그 속성은 순치가 어려울 만큼 격렬하여 정을 육성해야 한다는 이광수의 지론에 포섭되지 않는다. 연애가 사적 감정으로서의 정체를 드러내면서 공적 이념인 계몽을 위협할 가능성이 농후했다. 「무정」에서 삼각관계의 갈등이 임계점에 이르기 전에 강제로 중단된 데에 연애가 계몽에 입힐 타격에 대한 우려가 작용했을 것으로 판단된다.

「무정」에서 중단된 연애는 「어린 벗에게」에서 더 열정적으로 진전된다. 계몽을 연애의 명분으로 주변화함으로써 그러한 진전이 가능했다. 선행 연구에서 「어린 벗에게」는 이광수의 계몽적 논설과 관련하여 거론되었다. 논설의 주장이 창작을 통해 실천된다는 전제에서 「어린 벗에게」가 고찰되었다. 그래서 본문 중에서 논설의 주장에 해당하는 부분이 선별적으로 주목되었다. 작중인물이 사랑의 열망을 토로하고 타인의 정을 갈구하는 부분이 부각되었으며, 서술자가 구습을 비판하고 자유연애를 옹호하는 부분이 거듭 인용되었다. 논설과 소설 사이에서 주제적 동일성이나 유사성을 확인하는 대개의 연구들은 논설 쪽에 논의의 초점을 맞추었다.[13] 논의의 필요에 따라 본문의 일부가 선택적으로 주목되었고 본문의 전모가 논의된 사례는 상대적으로 희소했다.[14] 자주 거명되면서도 본격적으로 논의되지 않았다는 점이 「어린 벗에게」에 관한 선행 연구의 실정이다.

　「어린 벗에게」의 서간체 서술 형식과 '병' 모티프가 별도의 주목을 받기도 했다.[15] 그러한 관심은 이광수의 계몽적 논설을 거론하기 위한

13　다음의 연구들이 이 경우에 해당한다. 이재봉, 「근대문학의 논리와 소설의 형식─이광수의 초기 단편을 중심으로」, 『국어국문학』 35집, 부산대학교 국어국문학회, 1998; 서영채, 같은 책; 김경미, 「1910년대 이광수 단편소설의 '정'의 양가성 연구」, 『어문학』 89집, 한국어문학회, 2005; 배개화, 「이광수 초기 글쓰기에 나타난 '감정'의 의미」, 『어문학』 95집, 한국어문학회, 2007; 서희원, 「공동체를 탈주하는 방랑과 죽음으로 귀환하는 여행─「어린 벗에게」, 『유정』」, 『한국문학연구』 40호, 동국대학교 한국문학연구소, 2011.

14　본문 자체에 논의를 집중한 사례로 권정호의 연구가 있다. 그 연구에서 「어린 벗에게」의 서사와 담론이 주제와 관련하여 논의되었다. 권정호, 「춘원의 「어린 벗에게」 소고─내용구조를 중심으로」, 『진주교육대학교 논문집』 27집, 1983.

15　다음 연구들이 이에 해당한다. 서경석, 「초기 춘원 소설의 '병(病)' 모티프와 그 성격」, 『외국문학』 45호, 열음사, 1995; 안미영, 「이광수 초기 단편에 나타난 '병 모티프' 고찰」, 『어문론총』 37호, 한국문학언어학회, 2002; 유홍주, 「한국 근대 고백소설의 형성과 담론 양상─이광수의 「어린 벗에게」를 중심으로」, 『현대문학이론연구』 26집, 현대문학이론학회, 2005.

과정에서 표명되기에 논설에 초점을 둔 선행 연구의 대체적인 경향에 포함된다. 서간체로 수행된 고백은 개인의 내면 고백이라기보다 이광수의 전기적 사실을 기록하고 그의 신념 체계를 전하는 수준의 자기 서사로 규정되었다.[16] 고백 주체의 반성과 회오가 아니라 계몽적 교화를 목적으로 하고 있어서 전형적인 고백의 구조에서 벗어난다는 주장도 제기되었다.[17] 이광수의 초기 단편소설에 나타난 성장소설의 면모에 주목한 논의도 제출되었다.[18] 그러나 그 정도의 연구로 「어린 벗에게」에 내재한 특성들이 충분히 해명되었다고 보기 어렵다. "「어린 벗에게」는 나름의 서사를 가진 텍스트라기보다는 '고백'이라는 근대문학의 성격을 실증해주는 하나의 질료로, 또는 기존의 연구 경향을 보충하는 자료로 활용된 측면이 크다"[19]는 언급에는 그 작품에 대한 선행 연구의 관심 수준이 함축되어 있다.

「어린 벗에게」가 연구의 차원에서 받은 홀대가 그 작품 자체의 미흡함에서 기인한 것일 수 있다. 일찍이 김동인은 「어린 벗에게」를 두고 "열熱과 공상으로 찬 사구辭句로 꾸며 나아가다가, 사건적으로는 아무 결말도 보이지 않고 '끝' 자를 달아놓았다"[20]고 평가했다. 구성의 면에서 결함이 있다는 지적이었다. 그후 「어린 벗에게」의 구성에 대한 언급이 한 차례 더 있었다.[21] 「어린 벗에게」의 구성을 거론한 사례가 그처럼

---

16 서은혜, 「1910년대 이광수 단편소설의 '자기-서사'적 특성」, 『춘원연구학보』 7호, 춘원연구학회, 2014, 227쪽.

17 손자영, 「1910년대 이광수 단편소설의 고백 서사적 특징 연구」, 『이화어문논집』 42집, 이화어문학회, 2017, 97쪽.

18 유승미, 「이광수 초기 단편 소설의 이니시에이션 연구」, 고려대학교 석사학위논문, 2011.

19 서희원, 같은 글, 226~227쪽.

20 김동인, 같은 책, 93쪽.

희소한 이유는 그 작품의 구성적 결함이 너무 당연한 사실이어서 굳이 언급할 필요가 없었기 때문이었을 수 있다. 서간체로 된 「어린 벗에게」의 수신인을 두고 기존의 논의들에서 보이는 석연치 않은 입장도 그 작품에 내재한 모호한 국면들에서 초래된 오해일 수 있다. 본문 중에 '그대'로 호명되는 대상은 불특정 다수의 조선 청년으로 파악되거나 아니면 막연한 수신인으로 간주되었다. 전자가 '나'에게 계몽의 대상이라면 후자는 '나'의 편지를 받아 읽는 기능적 존재이다. 이광수의 계몽적 논설을 전제하고 「어린 벗에게」를 살핀 논자들은 '그대'를 당대의 조선 청년들로 단정했다. '그대'를 기능적 존재로 여기는 논의도 발신자의 계몽적 주장을 주목하고 있어서 넓게 보아 전자의 주장에 포함된다. 다만 수신인을 당대의 조선 청년이라는 집단으로 단정하기 어렵게 하는 부분들이 본문의 도처에서 보이는 탓에 유보적인 입장을 취했을 것이다. 그 부분들에서 '그대'는 '나'의 연인으로 설정된다. '나'가 '그대'에게 표현하는 감정은 매우 사적이고 그들 사이에는 연애와 관련한 구체적인 사건들도 있다. 이광수의 계몽적인 논설에 의거한 연구들이 그 부분들을 외면함으로써 본문의 실상을 호도했다. '그대'와 '나'의 관계를 확정함으로써 선행 연구에 형성되어 있는 오해를 수정해야 한다.

「어린 벗에게」의 구성적 특성과 편지 수신인에 관한 문제는 그간 본격적으로 거론되지 않았다. 선행 연구에서 그 두 가지는 해명하기 곤란하다고 여겨 회피한 듯하다. 침묵함으로써 문제를 덮으려 한 것이다. 따라서 그 문제를 정면으로 거론하는 일은 「어린 벗에게」에 대한 이해

---

21 이재선은 「어린 벗에게」에 대해 "이는 소설로서의 형상력이 빈곤하나 20년대로 이어지는 강한 구성적 동기의 출발로서는 비중이 적지 않다"고 했다. 이재선, 「춘원의 초기단편과 서간형태」, 『최남선과 이광수의 문학』, 신동욱 엮음, 새문사, 1981, I-110쪽.

를 심화하고 그 작품의 가치를 가늠하는 데 필요한 과정이 된다. 부자연
스러운 구성과 불확정적인 수신인의 상태는 「어린 벗에게」의 특별한 면
모가 겉으로 드러난 징후일 수 있다. 우선 그 징후를 주목하기로 한다.

나, 김일련, 그대

「어린 벗에게」의 첫번째 편지는 상해에 체류중인 '나'가 병석에 누
운 사정을 전하면서 시작한다. 중병을 앓는 신세가 되고 보니 '나'는
'그대'가 더욱 그립다. 곁에서 돌보아주는 사람 없이 홀로 고통을 겪던
'나'에게 중국식 복장의 여인이 남동생을 데리고 나타난다. 그들은 '나'
를 위해 약을 달이고 식사를 준비한다. 여인은 삼 일 동안 밤낮을 가리
지 않고 '나'를 간호하고 그 덕에 건강을 되찾은 '나'는 여인을 은인으
로 여기게 된다. 두번째 편지에서 기력을 회복한 '나'는 여인을 찾아 나
선다. 여인이 사는 곳을 알지 못하는 '나'로서는 그녀를 찾을 길이 없
다. 거처로 돌아온 '나'는 여인이 자신을 간호해주던 모습을 떠올리며
그녀를 그리워한다. 여인에 대한 사랑의 감정을 주체하지 못하던 '나'
는 우연히 책상 서랍에서 여인이 두고 간 편지 한 통을 발견한다. 그 편
지에서 여인은 자신이 김일련이라고 밝힌다. 김일련은 육 년 전 '나'가
와세다대학 정치학과에 다닐 때 열렬히 사랑하던 대상이었다. 여인이
김일련이라는 사실을 확인한 '나'의 반응은 다음과 같다.

나는 이 서간을 펴든 대로 한참이나 멍멍하니 앉았었나이다. 김일련!
김일련! 옳다 듣고 보니, 그 얼굴이 과연 김일련이로다. 그 좁으레한
얼굴, 눈꼬리가 잠깐 처진 맑고 다정스러운 눈, 좀 숙는 듯한 머리와

말할 때의 살짝 얼굴 붉히는 양하며 그중에도 귀밑에 있는 조그만 허물—과연 김일련이러이다. 만일 그가 상해에 있는 줄만 알았더라도 내가 보고 모르지는 아니하였으리이다. 아아 그가 김일련이런가?(『이광수 전집』 8, 74~75쪽)

육 년 전에 열렬히 사랑하던 김일련에게 사흘 동안 간호를 받으면서 '나'가 그녀를 알아보지 못하는 사태가 자연스러울 수 없다. '나'는 김일련이 남긴 편지를 보고서야 뒤늦게 여인의 생김새를 떠올리고 그녀가 김일련임을 알려주는 특징으로 '귀밑에 있는 조그만 허물'을 생각해 낸다. 그러나 '나'는 병석에 누워 있을 당시에 이미 그녀의 모습을 자세히 살펴본 바 있다.

부인은 그리 찬란하지 아니한 비단옷에 머리는 유행하는 양식 머리, 분도 바른 듯 만 듯, 자연한 장밋빛 같은 두 보조개가 아침 광선을 받아 더할 수 없이 아름답더이다. 그뿐더러 매우 정신이 순결하고 교육을 잘 받은 줄은 그 얼굴과 거지와 언어를 보아 얼른 알았나이다. 나는 그가 아마 어느 문명한 야소교인의 가정에서 가장 행복하게 자라난 처자인 줄을 얼른 알았나이다.(『이광수 전집』 8, 69쪽)

연인의 모습은 그 상대에게 강한 인상을 남기기 마련이다. 그 인상은 적절한 계기나 자극이 주어질 때마다 의식에 재생된다. 과거의 연인과 비슷하게 생긴 사람을 보면 그 사람을 통해 옛 연인을 떠올리게 된다. 연인에 대한 인상의 강도는 사랑의 밀도에 비례한다. 세월이 흐른 뒤 연인의 모습을 기억조차 못하게 된 경우를 두고 사랑의 진정성을 주장하기 어려울 것이다. '나'는 육 년 전에 김일련에게 사랑을 고백하는 편지를 보냈지만 거절을 당하고 "되는대로 생활, 낙망, 비관적 생활을 일 년이나 보내었"(『이광수 전집』8, 81쪽)다. 그처럼 실연의 고통을 겪게 한 당사자와 재회한다면 '나'는 당연히 그녀를 알아보아야 한다. 그런데 인용문에서 '나'는 자신을 간호하는 여인이 김일련이라는 사실을 전혀 알지 못한다. '장밋빛 같은 두 보조개'와 '귀밑에 있는 조그만 허물'은 김일련을 확인할 수 있도록 하는 특징이다. 그러나 그러한 특징 앞에서도 '나'의 기억은 김일련을 불러내는 방향으로 작동하지 않는다. 도리어 '나'는 김일련이 차려준 음식을 먹으며 "알지 못하는 처녀가 알지 못하는 이국병인異國病人을 위하여 정성을 들여 끓인 죽을 먹"(『이광수 전집』8, 70쪽)었다고 단언한다. 서로 전혀 모르는 사이였던 '나'와 여인은 '나'의 책상 서랍에서 발견된 편지 한 통에 의해 갑자기 친밀한 관계로 위치 지워진다. 육 년은 '나'에게 김일련을 까맣게 잊게 할 정도의 세월이 되기 어렵다. 김일련이 남기고 떠난 편지를 읽고 '나'가 비로소 돌이키는 과거의 일은 그러한 망각을 가정할 수 없게 한다. '나'는 서술자로서 억지스러운 사건 진행을 의식하고서 "만일 그〔김일련―인용자〕가 상해에 있는 줄만 알았더라도 내가 보고 모르지는 아니하였"(『이광수 전집』8, 75쪽)을 거라고 궁색하게 변명한다. 그러나 그 정도의 변명이 억지스러운 진행을 보완하기에는 불충분하다.

'나'로서는 전혀 모르던 중국 여인이 돌연 김일련으로 둔갑하는 과정은 첫번째와 두번째 편지 사이에 가로놓인 간극을 은폐하지 못한다. 그 간극을 구성상의 결함으로 지적하면서 「어린 벗에게」를 완성도의 면에서 미흡한 소설로 처리하는 선택이 있을 수 있다. 억지스러운 사건 진행을 작가의 역량 부족 탓으로 돌릴 수 있다. 그러나 그러한 단정을 유보하고 본문에 대한 분석을 진전시키는 시도도 해봄직하다. 만일 그 시도가 어떤 결과를 가져온다면 그 결과는 「어린 벗에게」가 지닌 구성상의 특성으로 등록될 수 있을 것이다.

편지 형식을 취한 「어린 벗에게」는 그 수신인이 제목에 명기되어 있다. '어린 벗'은 본문 중에서 '그대'로 호명되므로 '어린 벗=그대'의 등식이 성립한다. 따라서 수신인을 확정하려면 본문 중에 서술되어 있는 '그대'에 관한 정보를 수집해야 한다. 기존의 연구는 그 수신인에 대해 "'어린 벗'이라 지칭되는 수신자'[22] '계몽의 대상자로 선택된 고백의 대상자'[23] '소중한 친구'[24]로 규정하거나 아예 언급하지 않았다. 그러나 본문 안에서 수신인의 정체를 확인할 수 있는 서술을 얼마든지 찾을 수 있다. 첫번째 편지에서 '나'는 편지의 수신인을 '사랑하는 벗'으로 부른다. 여기서 그 사랑이 다수의 불특정한 대상을 향한 보편적 의미의 사랑이 아니라 '그대'라는 연인을 향한 사적인 감정이라는 사실은 이후의 서술들에서 확연히 드러난다. 병석에 누운 '나'는 '그대'를 간절히 생각하고 예전에 '나'가 앓았을 때 곁에서 정성껏 간호해주던 '그대'의 모습을 회상한다. '그대'는 그때 '나'에게 무를 깎아주었고 '나'는 복숭아 같았던 그 무의 맛을 아직 기억한다.

그때 그대가 냉수 먹는 것이 해롭다 하여 밤에 커다란 무를 얻어다가 깎아주던 생각이 나나이다. 초갈焦渴한 중에 시원한 무—사랑하는 그

22 서영채, 같은 책, 38쪽.
23 유홍주, 같은 글, 186쪽.
24 김경미, 같은 글, 243쪽.

대의 손으로 깎은 무를 먹는 맛은 선도仙桃—만일 있다 하면—먹는 맛
이라 하였나이다.(『이광수 전집』8, 66쪽)

　　선행 연구에서 보는 대로 '그대'를 '나'가 계몽의 대상으로 설정한 당
대의 '청소년 집단'으로 간주한다면 그 집단 전체가 병석에 누운 나에
게 무를 깎아 먹이는 기이한 사태가 벌어지게 된다. '그대'는 '나'의 구
체적인 기억 속에 자리하고 있으므로 편지의 수신을 위해 설정된 기능
적 존재도 아니다. "그대가 무릎 위에 내 머리를 놓고 눈물을 흘리던 생
각이 더 간절하게 나나이다"(같은 쪽)라는 진술에서도 확인되는 바와
같이 '그대'는 엄연히 작중에 등장하는 인물이다. 그처럼 본문은 '나'와
'그대'가 연인 관계임을 명시하며 그 관계에서 '나'는 '그대'에게 사랑
을 고백한다.
　　'그대'를 향한 '나'의 사랑은 구체적이고도 내밀하여 계몽이라는 공
적 이념으로 치환되기 어렵다. 두 인물은 그들만 관련된 사건을 공유
하고 있으며 그 사건은 서사의 층위에서 기능한다. 「어린 벗에게」는 김
일련과 '나' 사이에 있었던 일들을 중심 서사로 삼는다. 그런데 '그대'
가 단순히 '나'의 편지를 수신하는 기능적 존재가 아니라 '나'의 연인으
로서 서사의 층위에 존재하게 되면 '그대'와 '나'와 김일련의 관계는 설
명이 곤란할 정도로 복잡해진다. 두번째 편지에서부터 '나'는 김일련에
대한 사랑을 '그대'에게 토로한다. 그러나 '나'와 '그대'가 연인 관계로
서 김일련에 대한 '나'의 회상에 전제되므로 '나'는 사랑하는 여자에게
다른 여자에 대한 사랑을 고백하는 상황인 셈이다. 그러한 상황은 해괴
할뿐더러 연구의 차원에서 처리가 쉽지 않다. 「어린 벗에게」에 대한 선
행 연구는 서사의 면에서 '나'와 김일련의 관계에, 주제의 면에서 계몽

적 논설에 집중하면서 '그대'와 '나'의 관계는 외면했다. '그대'와 '나'를 연인 관계로 간주함으로써 벌어지는 상황이 쉽게 정리되지 않아서 그 부분에 대한 설명은 누락한 채 본문의 일부를 선택적으로 주목했다. 본문의 실상을 호도하는 방향으로 논의가 진행된 것이었다.

상상과 꿈

상상은 「어린 벗에게」의 지배적인 특징으로 꼽힐 만하다. '나'의 상상이 본문의 여러 곳에서 펼쳐진다. '나'는 병석에서 '그대'의 간호를 받는 상상을 하고 중국식 복장의 이웃 여인이 떠난 뒤에 그녀의 모습을 상상한다. '나'는 책상 서랍에서 그 여인이 두고 간 편지를 발견하고는 그 편지의 내용에 대해 상상한다. 편지는 중국식 복장의 여인이 김일련임을 알려주고 '나'는 그녀와 관련된 과거의 일을 회상한다. '나'는 과거에 실제로 벌어졌던 일뿐 아니라 그 당시 했던 상상도 회상한다. 그래서 그 회상은 사실과 상상이 뒤섞여 전개된다. 와세다대학에 재학중이던 '나'는 친구 김일홍의 소개로 그의 동생 김일련을 알게 된다. 그후 어느 날 '나'는 김일홍의 책상 서랍에서 김일련이 찍힌 사진을 발견한다. '나'는 그 사진을 보며 상상에 잠기고 급기야 사진에 입을 맞춘다. '나'는 김일련에게 구애하는 내용의 편지를 보내고 사흘 후에 김일련이 보낸 답장을 받는다. '나'는 편지봉투를 뜯기 전에 편지의 내용을 상상한다. 그 상상 속에서 김일련은 '나'의 편지를 거듭 읽고 '나'를 그리워한다. '나'는 김일련이 "나를 생각하며 내가 이 편지 읽는 광경을 상상하고 있으"(『이광수 전집』 8, 78쪽)리라 상상한다. '나'의 상상 속에서 김일련이 상상한다. 회상 속에서 상상하고 상상 속에서 다시 상상이 펼쳐진다. 그러나 '나'의 상상과 달리 봉투에서는 김일련의 편지 대신 '나'의 편지가 나온다. 김일련이 '나'의 편지를 그대로 되돌려보낸 것이다. 분노와 슬픔에 사로잡혀 있던 '나'는 잠이 들고 꿈을 꾼다. 꿈속에서 '나'는 김일련이 보낸 편지를 받는다. 그 편지에서 김일련은 '나'에게 공원에서 만나자 한다. '나'는 히비야공원 분숫가에 앉아서 김일련을 기다리며 행복한 상상을 한다. 꿈은 그 자체가 상상의 속성을 지니므로 여기서도 두 겹의 상상이 전개된다. 상상 안에서 다시 상상이 전개되는 것이다. 김일련이 도착하여 '나'의 편지를 되돌려보낸 데 대해 사과하고 '나'는 그녀의 사랑을 확인한다. '나'는 김일련과 헤어지기 전에 입을 맞추고 꿈에서 깬다.

본문 중에 명기된 대로라면 육 년 전 '나'와 김일련은 두 차례 잠깐 만났을 뿐이다. 김일홍이 여동생인 김일련을 '나'에게 소개했고 그후 어느 날 '나'는 김일홍의 부탁으로 책을 사서 김일련에게 가져다준 적이 있다. 그 두 차례의 짧은 만남 뒤에 '나'는 김일련에게 편지를 보낸다. '나'의 회상에서 그 사실들을 덜어내고 남는 부분은 모두 상상이다. '나'는 육 년 전의 사실보다 그때의 상상을 더 소중하게 회상한다. 그래서 회상이 끝난 뒤에 다시 과거의 상상을 사실처럼 떠올린다.

내 심서心緖는 육 년과 같이 산란하였나이다. 그래서 종일 그를 찾아 돌아다녔나이다. 내가 이 담요에 얼굴을 대고 있을 제 히비야日比谷 꿈이 역력히 보이나이다. 그것은 꿈이로소이다. 그러나 나는 그것은 꿈이 아니라 하나이다. 만일 그것이 꿈이면 세상만사 어느 것이 꿈 아닌 것이 있사오리까. 그 꿈은 참 해명解明하였나이다. 그뿐더러 일순간의 꿈이 내 일생에 가장 크고 중요한 내용이 되는 것이니 이것이 어찌

꿈이오리까.(『이광수 전집』 8, 81쪽)

　'나'는 과거에 꾼 꿈을 사실로 기억하려 한다. 꿈이 사실처럼 생생하기 때문에 사실이라는 주장은 전혀 논리적이지 않으며 다만 간절한 소원을 표현할 뿐이다. '나'의 회상에서는 히비야공원의 꿈뿐 아니라 다른 상상들도 사실처럼 생생하다. '나'는 상상 속에서 감각적인 경험을 하며 거기에 등장하는 다른 인물은 제 목소리로 말을 한다. 상상의 장면이 객관적 사실성을 획득할 정도로 묘사된다. 그래서 사실과 상상 간의 경계가 모호해지고 더 나아가 상상이 사실처럼 여겨지는 결과를 빚는다. 「무정」에서 형식의 상상이 서사의 수준에서 사건처럼 기능하는 양상을 앞 장에서 고찰했다. 「어린 벗에게」에서 상상은 본문 전체를 조성할 정도로 더 적극적으로 사용된다.

　상상을 사실로 여기려는 정신 작용의 저변에는 상상이 사실로 성취되기를 바라는 소원이 자리한다. 「어린 벗에게」에서 '나'의 상상이 예외 없이 낙관적으로 전개되는 것은 그러한 소원성취와 밀접하게 관련된다. '나'는 중국식 복장의 여인이 남기고 간 편지의 봉투를 뜯기 전에 그 안에 '나'에 대한 여인의 사랑을 고백하는 내용이 들어 있을 거라고 상상한다. 앞에서 언급한 대로 '나'는 김일련이 '나'의 편지를 받고 기꺼이 답장을 쓰는 모습을 상상하고 김일련과 만나는 꿈을 꾼다. '나'의 상상에는 절망스럽거나 불길한 장면이 전혀 나오지 않는다. '나'에게 상상과 소원성취는 동전의 양면과 같다.

　프로이트는 소원성취가 꿈의 본질이라고 주장했다. 그에 따르면 "꿈은 의미 없이 부조리한 것도 아니며, 풍부한 우리 표상들의 일부가 잠자는 동안 다른 일부가 깨어나기 시작해야 가능한 것도 아니다. 그것은 완벽한 심리적 현상이며, 정확히 말해 소원성취이다".[25] 꿈에 관한 프로이트의 주장은 「어린 벗에게」의 구성적 특성을 설명하는 데 유효하게 참조된다. 이 작품에서는 상상뿐 아니라 작중 현재의 사건도 소원성취의 방향으로 진행된다. '나'가 김일련과 재회하여 연인 사이로 발전하는 과정은 과거에 이루지 못한 소원을 성취하는 과정이기도 하다. 과거에 '나'의 구애를 거절함으로써 '나'를 절망에 빠뜨렸던 김일련은 작중 현재에는 '나'가 소원하는 대로 '나'의 앞에 나타난다. 프로이트는 억압된 소원이 압축과 전위라는 꿈 자체의 작업을 거쳐 외현적인 꿈의 내용이 된다고 하면서 "'꿈-전위와 꿈-압축'은 꿈-형성을 담당하는 두 명의 공장장이라고 볼 수 있다"[26]고 했다. 중국식 복장의 여인이 김일련이었음이 드러나는 사건 진행은 꿈의 압축과 전위로 설명된다. '나'는 소원의 성취를 위해 과거로부터 김일련을 호명하여 여인의 자리에 위치시킨다. 여인이 김일련이 되는 과정은 논리적으로 중개되지 않는다. 양자 사이의 거리는 은유와 연상과 상징 같은 비논리적인 매개로 압축되고 과거의 김일련은 여인의 자리로 옮아온다. 사건은 꿈처럼 진행되고 그 때문에 개연성을 획득하기 어렵다.

   세번째 편지에서 '나'가 김일련과 재회하는 장면도 중국 여인이 김일련으로 변하는 과정 못지않게 부자연스럽다. '나'는 타고 가던 배가 수뢰에 피폭되어 침몰하는 긴박한 상황에서 김일련과 재회한다. '나'는 어느 선실에서 들리는 구조 요청에 그리로 달려가 도끼로 문을 부순다. 그전까지 '나'에게 없던 도끼가 필요한 순간 '나'의 손에 들려 있다. 인

---

25 지그문트 프로이트, 『꿈의 해석(상)』, 김인순 옮김, 열린책들, 1997, 179~180쪽.
26 같은 책, 400쪽.

과율이나 현실원칙은 꿈의 형성에 개입하지 못한다. 꿈에서는 모순적인 사태들이 양립할 수 있으며 상황이 불합리하게 전개될 수 있다. 난데없이 '나'의 손에 쥐어진 도끼는 「어린 벗에게」의 작중 현재가 꿈처럼 구성되고 있음을 보여주는 또다른 사례이다. 도끼로 문을 부순 '나'는 선실 안에 있던 두 여인을 구한다. 공교롭게도 그중 한 여인이 김일련이다. 문이 잠겨서 선실 안에 있는 승객들이 나오지 못하는 상황은 석연치 않고 그때 마침 '나'의 손에 도끼가 들린 것도 억지스러운데 김일련이 선실에서 나오는 우연이 펼쳐진다. 그 우연은 단순히 기이한 것이 아니라 무리하게 조성된 상황의 결과이다. '나'가 절체절명의 위기에 처한 김일련을 구하는 일은 그녀의 사랑을 획득하려는 '나'의 소원성취와 직결된다. 따라서 김일련은 우연히 선실 안에 있어서 '나'의 구조를 받는 것이 아니라 '나'의 구조를 받기 위해 선실 안에 있어야 한다. 중국식 복장의 여인이 김일련이 되었던 것처럼 그녀는 '나'의 소원이 호명하는 대로 선실에서 나온다. '나'의 소원에 따라 김일련이 준비되었다가 나타나는 격이다. 그래서 김일련은 인과적인 사건 전개보다는 압축과 전위를 통해 문이 잠긴 선실에 위치한 것처럼 보인다.

꿈의 문장들

「어린 벗에게」에서 김일련과 관련한 '나'의 과거 회상은 사실보다 상상을 위주로 전개된다. 상상이 사실로 실현되기를 바라는 '나'의 소원은 상상과 사실의 경계를 모호하게 만드는 결과를 빚는다. 소원의 성취를 지향하는 전개가 꿈과 유사한 방식의 구성으로 나타난다. 사실과 구별되지 않는 상상과 꿈처럼 전개되는 구성은 「어린 벗에게」의 사실성 여부에 의문을 제기하게 한다. 그와 관련하여 본문에서 주목되어야 할 바는 '나'가 기절했거나 잠들었다가 깨는 장면들이다. 그 장면들은 본문의 사건 진행에서 중요한 국면이나 전기가 된다. 상해에서 병이 든 '나'가 혼수상태에서 깨어났을 때 중국식 복장의 여인이 등장한다. 사라진 그 여인을 찾는 데 실패한 후 '나'는 "한참이나 담요에 엎디어 있다가" 일어나서 책상 서랍에 있는 김일련의 편지를 발견한다. 엎드린 상태는 잠의 자세이므로 잠든 상태로 간주될 수 있다. 작중 현재로부터 육 년 전 '나'는 잠이 들어 꾼 꿈에서 김일련과 만나 서로의 사랑을 확인한다. 꿈에서 벌어진 일이 작중 현재에서 '나'와 김일련이 연인으로 재회하도록 하는 구실이 된다. 그 육 년 전에 '나'와 김일련을 연인 관계로 인증하는 근거가 사실의 차원에서는 전혀 존재하지 않는다. 따라서 꿈이라는 비현실적인 사태가 서사를 진행시키는 근거로 기능한다. 상해에서 배를 타고 해삼위로 가던 '나'는 잠이 들었다가 깨어서 배가 폭침되는 상황을 맞는다. 배가 침몰한 후 김일련과 함께 널판을 붙잡고 바다 위를 표류하던 '나'는 정신을 잃는다. '나'가 정신을 차렸을 때 '나'는 구조선의 선실에서 김일련의 곁에 누워 있다.

본문에서 수면과 각성은 중국식 복장을 한 여인의 출현에서 선박의 폭침에 이르기까지 사건을 추진하는 계기로서 기능한다. 그런데 빈번하게 나타나는 수면과 각성은 기왕에 검토되었던 상상에 더해져서 본문의 사실성에 대한 회의를 부른다. 수면과 혼수, 상상 등의 비중이 클수록 본문은 사실로부터 멀어진다. 상상이 사실과 다르지 않다고 주장하는 '나'에게 혼수나 수면의 상태에서 깨어나는 것이 과연 현실로의 귀환이 될 수 있을까? 그 깨어남이 현실이 아닌 꿈으로 진입하는 단계일 수 있다는 가능성을 전혀 배제하기 어렵다.

우리 심장은 일 초 일 초 뛰나이다. 일 분 가나이다, 이 분 가나이다.
이때에 가끔 물바래가 우리 열熱한 얼굴을 적시더이다. 우리는 한 걸
음 한 걸음 우으로 우으로 올라가나이다. 다만 일순간이라도 할 수 있
는 대로 생명을 늘이려 하는 인생의 정상은 참 가련도 하여이다. 구조
정도 어디 갈 데가 있는 것이 아니요 후에 오는 배만 기다리는 고로
그 주위로 슬슬 떠다닐 뿐이러이다. 가끔 여자의 울음소리가 물결 소
리와 함께 울려올 뿐이로소이다. 십 분이 지났나이다. 남은 것은 삼십
분.(『이광수 전집』 8, 83쪽)

선실에서 잠이 들었다가 '더할 수 없는 공포를 가지고' 깨어난 '나'는
배가 폭침되는 사태를 맞는다. 인용문에 보이는 대로 그처럼 긴박한 상
황에서 '나'는 시간을 분 단위로 계측할 만큼 냉정하다. '나'의 냉정한
태도는 '나'와 작중 상황 사이에 거리를 만든다. '나'는 화자이자 작중
인물이기 때문에 작중 상황 안에서 서술해야 한다. 그러나 '나'는 죽음
의 위기에 처한 작중인물로서 화자의 역할을 수행하지 않는다. '우리'
라는 주어가 사용되어서 '나'의 화자 역할이 외형상 작중에서 수행되는
것처럼 보인다. 그러나 상황을 설명하고 분석하는 태도의 면에서 화자
는 작중 상황의 외부에 위치한다. 배가 침몰하는 상황은 시간을 분 단
위로 계측할 만큼 여유롭지 못하다. 널판을 붙들고 바다에 뜬 '나'가 김
일련과 서양 부인을 두고 누구를 구해야 할지 고민하는 상황도 현장감
이 없다. '나'는 "아직 국가가 있다. 국가가 있으니 내외국의 별別이 있
다, 그러니까 다 살지 못할 경우에 내 동포를 살림이 당연하다 하였나
이다"(『이광수 전집』 8, 85쪽)라고 김일련을 선택한 이유를 설명한다.

생명이 위태로운 상황에서 그처럼 논리적인 사유를 전개한다는 것이 현실적으로 가능해 보이지 않는다. 따라서 작중 상황을 서술하는 존재는 그 상황의 위험에서 벗어나 있다고 판단해야 한다. 작중 상황의 내부에 있어야 할 화자의 서술 행위가 작중 상황의 외부에서 그 상황과 거리를 두고 수행되기 때문에 위기의 상황이 실감나게 제시되지 않는다. 서술과 사건이 서로 부합하지 않고 그로써 사건의 사실성은 훼손된다. '나'가 화자와 작중인물로 분리됨으로써 화자인 '나'가 작중인물인 '나'를 관찰하는 사태는 꿈에서 벌어지는 현상과 유사하다. 꿈꾸는 당사자는 자신의 꿈에서 행동하는 주체인 동시에 관찰하는 주체가 된다. 그래서 배우가 자신이 출연한 영화를 보는 것처럼 꿈꾸는 당사자는 자신이 등장하는 꿈의 장면을 본다. 꿈속에서 벌거벗은 자신을 보면서 부끄러워하기도 하고 시험을 치르는 자신을 보면서 불안에 사로잡히기도 한다. 프로이트는 인간이 꿈을 꾸면서 '이것은 꿈일 뿐이다'라고 생각하는 것은 꿈의 장면들에 대한 반성적 의식이 일종의 검열 기제로서 작용하기 때문이라고 설명했다. 배가 침몰하고 '나'가 김일련과 더불어 널빤지를 붙잡고 표류하기에 이르는 일련의 사건들이 꿈처럼 보이는 것은 '나'가 그 사건들에 대해 관찰하고 묘사하는 의식으로서 기능하기 때문이다.

배의 폭침 이후 전개되는 사건은 꿈처럼 서술된다. '나'가 선실에 갇힌 김일련을 구하는 장면이 지닌 꿈과 같은 속성은 이미 설명되었다. 빈번하게 나타나는 수면과 각성의 과정은 꿈과 사실의 경계 사이에 혼란을 가져온다. 회상 속에 상상이 있고 상상 속에 다시 상상이 전개되기도 한다. 그러한 특징들은 본문 전체가 꿈의 문장들로 이루어진다는 판단을 부른다. 도입부에서 잠이 든 '나'는 본문이 끝날 때까지 잠에서 깨어나지 않고 그와 더불어 꿈이 계속 진행된 것일 수 있다. 그래서 '나'가 '모르나이다'를 되풀이하는 종결 부분은 이제 막 꿈이 깨려는 단계에서 자신의 꿈을 관찰하는 의식의 진술처럼 들린다.

> 이제 김낭金娘과 나와 서로 대좌하였으니 양개兩個의 영혼이 제 맘대로 고동하나이다. 그러나 눈에 보이지 아니하는 미묘한 줄이 만인의 맘과 맘에 왕래하니 이 줄이 명일에 갑과 을과를 어떠한 관계로 맺아놓고 병정丙丁과 무기戊己와를 어떠한 관계로 맺아놓으리이까. 나는 모르나이다, 모르나이다. 김낭과 내가 장차 어떠한 관계로 웃을는지 울는지도 나는 모르나이다, 모르나이다.
> 나는 이제는 명일 일을 예상할 수도 없고 순간 일을 예상할 수도 없나이다. 다만 만사를 조물의 의意에 부付하고 이 열차가 우리를 실어가는 데까지 우리 몸을 가져가고 이 영혼을 끌어가는 데까지 우리는 끌려가려 하나이다. (『이광수 전집』 8, 90쪽)

꿈이란 꿈속의 이야기가 완결되어서 끝나는 것이 아니다. 꿈은 그 이야기의 완결 여부와 무관하게 각성과 더불어 끝난다. 비록 그 각성의 지점이 이야기의 중간이어서 이야기가 아직 끝나지 않았더라도 꿈으로서는 끝이다. 「어린 벗에게」는 구성의 면에서 완결되지 않은 지점에서, 마치 각성으로 꿈이 중단되는 방식으로 끝난다. 「어린 벗에게」의 구성은 현실의 법칙이 아닌 꿈의 방식으로 짜인다는 점에서 이채롭다. 꿈속에서 꿈을 꾸고 그 꿈들이 상상으로 연결되는 그 독특한 구성과 유사한 사례가 「어린 벗에게」로부터 근 한 세기 뒤에 나온 한 할리우드 영화에서 보인다. 꿈들이 중첩된 영화 〈인셉션〉[27]의 구성 방식은 「어린 벗에게」에서 이미 시도된 것이었다.

부칠 수 없는 편지

　앞서 지적한 바와 같이 편지 형식을 취한 「어린 벗에게」에서 수신인으로 설정된 '그대'는 '나'와 연인 관계이다. '나'와 '그대'가 연인 관계임을 확인해주는 사적인 진술들이 본문에서 쉽사리 발견된다. 그런데 본문은 김일련에 대한 '나'의 열렬한 연애 감정을 고백하는 내용으로 채워진다. '그대'와 김일련은 동일인이 아니므로 '나'는 다른 여성에 대한 연애 감정을 연인에게 토로하는 셈이다. 그러한 상황은 해괴할뿐더러 현실적으로 용인될 수 없다. 다른 여성에게 연애 감정을 고백하는 편지를 자신의 연인으로부터 받는 일을 기꺼이 감수할 여성은 세상 어디에도 없다. 현실에서 그런 편지는 실수로 잘못 부친 경우에 한해 예외적으로 존재할 수 있을 뿐이다. 상식에 비추어 판단하건대 김일련에 대한 연애의 열정을 '그대'에게 고백하는 '나'는 정상이 아니거나 매우 뻔뻔하다.

　'나'의 편지가 현실에서 용인될 수 없다면 그 편지가 현실을 벗어난 맥락에 존재할 것이다. 꿈이 그러한 맥락으로 상정될 만하다. 꿈에서 부치는 편지는 관습이나 도덕 같은 현실의 제약에서 자유로울 수 있다. 사랑하는 여자에게 다른 여자에 대한 사랑을 고백하는 상황이 꿈에서는 가능하다. 꿈에서는 모순되는 것들의 양립이 가능하고 그래서 모순

27　2010년 개봉된 크리스토퍼 놀런 감독의 영화. 인물들이 꿈속에서 꿈을 꾸는 방식으로 세 겹 중층을 이룬 꿈들을 오가면서 서사가 진행된다.

이 없다.

 '꿈이 소원성취'라는 프로이트의 명제는 '나'가 현실에서 부치지 못하고 꿈에서 부친 편지의 존재를 이해하게 한다. 그 명제는 김일련에 대한 '나'의 연애를 상상과 꿈의 맥락에 위치시키는 데 이미 활용되었다. 그러나 '나'가 꿈과 상상을 통해 성취하려는 소원은 김일련과의 연애를 이루는 데 그치지 않는다. 그 소원만으로는 '나'가 김일련에 대한 연애의 감정을 '그대'에게 고백하는 사태가 설명되지 않는다. 프로이트의 명제에서 소원은 공공연히 표명될 수 없어서 은폐되거나 억압된 소원을 의미한다. 김일련에 대한 '나'의 고백은 그처럼 은폐되고 억압된 소원의 드러난 일부에 불과하다. 드러나지 않은 부분을 발굴하여 이미 드러난 부분과 결합하면 그 소원이 온전하게 파악된다. 그 소원의 전모는 김일련과 '그대'를 동시에 사랑하고, 더 나아가 동시에 소유하려는 소원으로 이제는 소원보다 욕망이라는 낱말이 더 적실할 것이다. 두 여자를 동시에 사랑하고 소유하려는 '나'의 욕망을 현실이 허락하지 않으므로 그 욕망을 담은 '나'의 편지는 꿈속에서 꿈의 문장들로 작성되어야 한다. 일부다처의 욕망이라고도 부를 수 있는 '나'의 욕망은 꿈의 문장들 속에 은밀하게 감춰져 있어서 현실의 시각으로는 좀처럼 판독되지 않는다. 게다가 본문에서 검열 기제처럼 작동하는 계몽적 논설은 그러한 욕망이 더 보이지 않도록 위장한다.

 「어린 벗에게」에는 계몽적 논설이 세 차례 장황하게 펼쳐진다. 정과 연애와 결혼에 대한 그 논설은 이광수가 「금일 아한 청년과 정육」과 「조선 가정의 개혁」 「혼인에 대한 관견」 등에서 주장한 내용을 그대로 옮겨온 것이다. 그 논설 부분은 본문의 다른 부분들과 조리 있게 맞물리지 않고 겉돈다. 가령 두번째 편지의 논설 부분에서 사랑의 실제적

이익으로 '정조'와 '품성의 도야와 사위심事爲心의 분발'과 '여러 가지 미질美質을 배움'을 든다. 한 이성에게 전심을 다하는 동안 다른 이성에게 관심을 두지 않으므로 연애는 그 당사자에게 정조를 지킬 수 있게 해준다고 한다. 연인들은 연애의 상대에게 잘 보이려고 품성을 닦고 능력을 계발하여 대사업을 이룬다고 한다. 연인들은 연애를 통해 헌신과 동정과 이해와 정신적인 쾌락 등의 미덕을 배울 수 있다고 한다. 사랑의 실제적 이익 세 가지를 논의한 이후로는 사랑이 부재한 조선의 현실에 대한 개탄이 이어진다. 본문에서 연애에 관한 그러한 논변은 중국식 복장의 여인에 대한 '나'의 연애 감정을 합리화할 목적으로 전개된다.

> 이 의미로 보아 내가 그대를 사랑하는 것이나 또는 지금 내 새 은인을 사랑하는 것이 조금도 비난할 여지가 없을뿐더러 나는 인생이 되어 인생 노릇을 함인가 하나이다.(『이광수 전집』8, 74쪽)

인용문에서 '이 의미'란 연애와 관련하여 그때까지 전개된 논설의 의미를 일컫는다. 그 논설에 따라 '나'가 그대를 사랑하면서 '새 은인'인 중국식 복장의 여인을 사랑하는 것이 정당하다는 것이다. 그러나 그 논설 어디에도 '나'를 변호하는 근거는 나오지 않는다. 한꺼번에 두 여인을 사랑하는 것이 정조를 지키는 것은 아니며 애인에게 잘 보이기 위해 품성을 닦는 일도 아니다. 두 여인을 사랑함으로써 여러 가지 미덕을 익힐 수 있는 것도 아니다. 논설과 '나'의 사랑은 의미의 면에서 전혀 연결되지 않는다. 「어린 벗에게」에서 계몽적 취지를 담고 있는 논설들은 그 자체로도 논리적 완성도가 떨어질 뿐 아니라 작중의 사건 진행과 부합되지 않는 별도의 의미를 지닌다. 그러한 논설이 본문 중에 장황하게 전개되는 진짜 이유는 '나'의 욕망을 은폐하는 데 있다. 공적인 취지를 내포한 담론은 일부다처의 욕망이 가시화되지 않도록 감추는 수단으로서 유용하다. 따라서 논설은 주제를 표명하기보다 '나'의 욕망을 가리기 위한 위장 담론으로 장황하게 전개된 것이다. 선행 연구는 「어린 벗에게」의 논설에 주목하여 이광수의 계몽사상에 대한 논의를 누적해왔다. 그러한 연구 경향은 위장 담론에 현혹된 결과이며 그로써 본문의 실상이 제대로 파악되지 못한 것이다. 「무정」에서 격화되던 연애의 갈등이 계몽의 방향으로 무마되었다면 「어린 벗에게」에서 계몽은 금기의 욕망을 은폐하는 공적 명분 노릇을 한다.

「어린 벗에게」에 나타난 일부다처의 욕망은 이광수의 내면에 은폐된 욕망이기도 하다. 그 욕망은 「무정」에서 형식이 영채와 선형을 두고 갈등하는 과정에서 엿보였다. 이광수의 소설에서 동성애의 욕망은 연구의 차원에서 일찌감치 포착되어 논의된 데 비해 일부다처의 욕망은 전혀 주목되지 않았다. 이광수의 소설에서 한 남성 주인공이 복수의 여성들에게 추앙과 흠모의 대상이 되는 경우가 흔히 보인다. 「어린 벗에게」는 그러한 구도가 일부다처의 욕망에서 비롯한다고 추정하게 하는 단서가 된다.

3. 계몽과 연애, 그 불편한 관계에 대하여

꺼지지 않는 불화의 불씨

「무정」의 종반부에 본격화한 삼각관계의 갈등은 계몽적 담론으로 옮겨져 해소된다. 「어린 벗에게」의 '나' 임보형이 앓는 연애의 열병은 민족 계몽이라는 공적 명분에 기대어 정당화된다. 계몽은 전자에서 연애의 파국적 진행을 중단하고 후자에서 연애의 열정을 순화하지만 그렇다고 계몽과 연애가 불화할 불씨가 제거된 것은 아니다. 연애가 사적 감정으로 그 순도를 높일수록 연애에 대한 계몽의 장악력은 느슨해진다. 양자의 불화가 격화할수록 계몽은 공적 명분으로서의 현실적 가치를 잃고 공론으로 전락한다. 그러한 추이가 「개척자」와 「재생」에서 읽힌다. 연애는 계몽으로부터 분리되어 그 스스로 추상적 이념으로 정립된다. 본 장에서는 「무정」과 「어린 벗에게」 이후 이광수의 소설에 나타난 계몽과 연애의 관계 변화를 고찰하고 그로써 구성되는 연애의 이념을 파악하기 위해 「개척자」와 「재생」에 대한 논의를 전개한다.

선행 연구에서 「개척자」와 「재생」은 「무정」에 비해 주목을 덜 받았을 뿐 아니라 부정적으로 거론되었다. 「개척자」는 완성도의 면에서 미흡하다고 평가되었는데 주제를 노골화하는 서술 방식이 문제였다.[28] 「재생」은 통속물로 취급되었으며 계몽에 대한 작가의 집착이 서사적 박진감을 훼손한다는 지적이 있었다.[29] 「개척자」와 「재생」에 걸쳐 나타나는 계몽과 연애의 관계에 대한 심도 있는 연구도 제출되었다.[30] 그 연구는 타당한 성과를 거두었지만 연구자가 지닌 두 가지의 강박적인 면모는 언급을 요한다. 그 하나는 계몽을 이광수 문학의 본질로 보아야 한다는 강박이고 다른 하나는 전제된 이론 모형의 유효성을 입증해야 한다는 강박이다. 첫번째 강박은 이광수의 문학에 관한 선행 연구에서 보편적으로 나타나는 현상이다. 그러나 개인과 민족에 대한 이광수의 사유는 「무정」 이후 계몽이라는 명목에 포괄되기 버거울 정도로 변모한다. 그러한 변모에서 나타난 양상들을 포괄하려면 계몽은 필요에 따라 그 외연이 성형되는 편의적 개념이 되어야 하며 그러고도 처리되지 않는 잉

28　「개척자」에 대해 권영민은 "「무정」에 비해 이야기의 완결성이 떨어진다"고 평가하였고 김경미는 "작가는 서술 과정에서 자신의 목소리를 노출시키면서, 과학의 중요성, 문명화의 중요성을 노골적으로 표출하고 있다"고 비판하였다. 권영민, 『한국현대문학사 1』, 민음사, 2002, 206쪽; 김경미, 『이광수 문학과 민족 담론』, 역락, 2011, 55쪽.

29　김윤식은 "「재생」은 한갓 통속적 수준에서 벗어나지 못한다"고 하였으며 박혜경은 "두 작품[「재생」과 「그 여자의 일생」을 가리킴—인용자]에서 작가의 계몽적 개입이 서사의 표면으로 돌출해 나오는 양상이 빈번해짐에 따라 보다 지속적이고 안정감 있는 서사적 리얼리티의 구축에 필요한 긴장감을 현저히 상실하게 된다"고 한다. 김윤식, 『이광수와 그의 시대』, 한길사, 1986, 821쪽; 박혜경, 「계몽의 딜레마—이광수의 『재생』과 『그 여자의 일생』을 중심으로」, 『우리말글』 46집, 우리말글학회, 2009, 304쪽.

30　서영채, 같은 책, 65~97쪽.

여를 남기게 된다. 앞서 지목된 연구에서도 계몽의 개념이 재설정된다. 「재생」을 논의하기 위해 설정된 계몽은 「개척자」의 김성재와 민은식이 대변하는 계몽과 거리가 있다. 그 연구의 두번째 강박은 「재생」의 후반 부에서 신봉구가 추구하는 사랑의 이념을 낭만적 사랑의 이상화로 규 정하는 데에서 나타난다. 그 연구에서 전제된 낭만적 사랑은 사랑과 성 과 결혼이 삼위일체가 된 상태로서 신봉구가 추구하는 사랑의 이념과 어긋난다. 금욕주의와 인류애 같은 덕목으로 구성된 사랑의 이념에 낭 만적 사랑을 위한 자리는 마련되지 않는다. 이론적 전제의 유효성을 입 증해야 한다는 강박이 낭만적 사랑으로 논의가 회귀하도록 하여 '이상 화되는 낭만적 사랑'이라는 표현을 주조했다. 전제로 삼은 이론의 설 명력이 한계에 봉착했음에도 그 이론을 고수하면 설명의 대상이 변형 되는 결과가 초래될 수 있다. 선행 연구 중 하나가 본 장의 논의와 직접 관련이 있어서 길게 언급했다. 그 연구의 두 가지 강박은 이후의 논의 를 통해 조정될 것이다.

결별의 과정

「개척자」는 제목에서 이미 계몽의 의도를 뚜렷하게 표명한다. 제목 이 가리키는 작중인물은 김성재와 그의 여동생 김성순이다. 「개척자」 는 도입부에서 성재의 실험실을 보여줌으로써 제목이 함의하는 바를 환기한다. 그 부분에서 성재는 매우 분주하게 실험을 진행한다. 시험관 과 주정등과 천평이 실험 기구로, '여러 가지 기괴한 약품'과 '백색 분 말'이 실험용 물질로 언급된다. 실험에서 벌어지는 현상은 '무슨 괴악 한 냄새 나는 와사가 피어오른다'거나 '수증기 같은 것이 피어오른다'

로 표현된다. 그 정도의 모호하고 막연한 설명으로는 성재가 하는 실험의 정체와 가치가 제대로 드러나지 않는다.

성재가 하는 실험의 중요성이 실험 그 자체로는 드러나지 않으므로 다른 방식으로 강조되어야 한다. 그래서 성재가 실험에 들인 세월과 공력이 소개된다. 그는 칠 년 동안 실패를 거듭하면서 실험을 계속했다. 두 전문대학이 그에게 교수직을 제안했으나 그는 실험에 전념하기 위해 그 제안을 수락하지 않았다. 그가 일정한 수입도 없이 실험에만 몰두한 탓에 가산이 줄고 전 재산이 은행에 압류당하는 일이 벌어진다. 채권자인 함사과는 전에 성재의 부친으로부터 신세를 졌다. 성재의 부친은 가산의 탕진과 함사과의 배신에 분노하여 실신하고 급기야 사망에 이르렀다. 성재의 실험은 그러한 고통과 비극 속에서도 계속되어야 할 만큼 소중하다.

성재는 자신의 실험에 대해 "성공하면 세상 일, 실패하면 내 일"(『이광수 전집』 1, 216쪽)이라고 생각한다. 그는 공리적 효과를 위해 실험에 매진하는 것이다. 학자의 연구 목적에는 공리적 효과 말고도 진리 탐구가 있다. 공리적 효과와 진리 탐구 사이의 우선순위와 위계에 대해서는 입장에 따라 다를 수 있지만 양자는 서로 무관하지 않다. 순수하게 진리 탐구를 목적으로 한 연구가 공리적 효과를 거두기도 하고 공리적 효과를 위한 연구가 진리 탐구를 수행하여 학문적 진보를 이루기도 한다. 어느 경우든 진리 탐구라는 의의를 학문 연구에서 배제하기 어렵다. 그런데 성재의 실험에서는 공리적인 면만 강조된다. 성재에게서 진리를 추구하거나 학문적 성과를 욕망하는 모습은 전혀 보이지 않는다. 그는 그저 세상을 위한다는 사명감으로 실험을 계속한다. 그의 실험은 학문적 가치보다는 공리적 효과에 의해 그 중요성을 보장받는다. 공리적 효과를 달성한다면 그것이 어떤 실험이든 상관없이 중요하다. 성재가 실험에 성공하여 달성하려는 공리적 효과의 구체적인 내용은 민족의 계몽이다. 그는 그러한 목적을 추구한다는 점에서 학자라기보다 계몽적 지식인에 가깝다. 작중에서 그는 화학자로 불리지만 그의 관심은 실험 자체가 아니라 그 실험이 가져올 계몽적 가치에 맞춰져 있다. 그의 실험은 민족을 위한 것이기에 지고한 가치를 지닌다는 논리가 성립된다. 그러한 논리는 민족을 위한 그의 실험은 어떤 희생을 치르더라도 계속되어야 한다는 주장으로 확장될 수 있다. 가산이 탕진되고 그로 인해 부친이 화병으로 사망하는 일이 벌어져도 성재의 실험은 민족을 위한 것이기에 정당성을 지닌다. 그가 동생 성순에 대한 변영일의 청혼을 수락하는 것도 용납되어야 한다. 민족을 위한 그의 실험이 계속되려면 변의 재정적 원조가 필요하고 성순은 원치 않는 결혼을 해야 한다. 계몽이 그 목적을 달성하기 위해 맹목화하는 계몽의 역설이 벌어지는 것이다.

성순은 개척자라기보다 개척자로 호명된 존재이다. 성재와 민은식이 차례로 성순을 개척자로 호명한다. 성순이 계몽적 사명을 실천하기 위해 성재의 실험을 헌신적으로 보조하는 것은 아니다. 성재를 위한 성순의 수고는 오누이 간의 정에서 비롯한다. "성순이가 성재를 위하여 전력을 다하는 것은 오직 이러한 종류의 애정에서 나왔다 함이 마땅하다"(『이광수 전집』 1, 215쪽)고 본문에 서술되어 있다. 성순은 실험 자체의 추이보다는 실험의 실패로 성재가 절망하기 때문에 슬퍼하고 성재가 기뻐하는 모습을 보고 싶어서 그의 실험이 성공하기 바란다. 오빠에 대한 성순의 애정을 성재는 계몽의 입장에서 이해한다. 성재에게 성순은 계몽적 사업의 동반자이다. 그 사업의 성공을 위해 성재는 어떤 어려움 속에서도 실험을 계속해야 하고 성순도 헌신해야 한다. 그래서 성순은 동경 유학을 포기해야 하고 심지어 변영일과 결혼해야 한다. 오빠에 대한 성순의 애정은 변과 결혼하도록 강요받게 되자 임계점에 이른다. 성순의 마음속에는 친동기 간의 정보다 강력한 다른 정이 자리하고 있다. 화가 민은식에 대한 연애의 감정이 그 정체이다. 성순은 자신의 일기에 "나는 지금토록 오빠를 세상에서 제일가는 사람으로 알았더니 M은 암만해도 오빠보다 나은 것 같다. (……) 지금은 웬일인지 M 없이는 살 것 같지 아니하다"(『이광수 전집』 1, 244쪽)고 적는다. M은 민은식을 일컫는다. 민을 향한 성순의 마음은 순수하고 열렬하다. 성순은 연애의 환희와 번민을 일기에 고스란히 기록한다. 민을 사랑하는 성순으로서는 변과 결혼하라는 성재의 요구를 받아들일 수 없다. 성순의 배우자를 결정하는 문제에서 성재의 계몽적 사업은 성순을 포섭하지 못한다. 성순의 연애는 계몽과 무관하다. 성순이 변과의 결혼을 회피하는 이유를 성재는 그녀의 일기를 통해 알게 된다. 성재는 민이 유부남이어서 그와의 결혼이 불가하다고 성순에게 말한다. 민에게 아내가 있다는 사실이 성순에게는 금시초문이다. 그럼에도 민을 계속 사랑할 것인가, 아니면 변과 결혼할 것인가. 그 물음이 성순에게 내밀어진다. 민에 대한 사랑을 지속하는 것은 성순이 마음속에서 일어나는 정의 움직임을 따라 자신의 삶을 선택하는 것이다. 그 반면 변과의 결혼은 성순이 자기 삶의 주인 되기를 포기하는 것이다.

성순이 선택의 기로에서 망설일 때 민은 성순에게 "성순씨는 성순씨의 성순이지요. 어머니의 성순입니까. 오라버니의 성순입니까?"(『이광수 전집』 1, 257쪽)라고 묻고는 성순이 자기 삶의 주인이 되려면 구습과 전쟁을 벌여야 한다고 주장한다. 민에 따르면 성순의 전쟁은 민의 그림 그리기나 성재의 실험과 동등한 의의를 지닌다. 민은 예술로, 성재는 과학으로 새 조선의 건설에 이바지하려 한다. 성순이 마음이 향하는 대로 연애를 이루는 것도 조선 사회를 위하는 일이 된다. 성순은 민이 말한 진정한 연애를 하겠다고 결심한다. 진정한 연애란 남녀가 서로의 개성을 이해하고 존중하여 영육의 일치를 이룸으로써 성립된다. 성재에 이어 민이 계몽적 담론을 통해 성순을 개척자로 호명한 셈이다. 민이 성순을 끌어들여 구축한 계몽의 전선은 성재와 대적하기 위한 것이다. 성재도 계몽의 한 주체라는 점에서 민의 전선은 그 정체성의 면에서 다소 혼란스러워 보인다. 그러나 성재는 계몽적 사업을 빌미로 성순의 자유로운 연애를 억압한다는 점에서 구습을 답습하는 행태를 보인다. 성재의 계몽이 권력화하여 억압을 행사한 것이다. 민이 최전선에 배치한 성순의 연애가 성재의 계몽에 내포된 허위를 공격한다. 구습에 대한 전쟁에 이어 권력화한 계몽에 대한 전쟁에서도 연애가 공격의 수단이 된 것이다.

성순은 동창들을 만나 서로의 근황을 나누는 자리에서 인습에 젖어 사는 친구들의 모습을 본다. 그들에게서 주체성에 대한 자각은 보이지 않는다. 성순은 그들과 비교하여 자신이 선각자라고 생각한다. 성순은 아내와 어머니가 아닌 한 사람의 여자로서 살아가려 한다. 여성의 삶에 대해 아무런 인식을 지니지 못한 친구들이 성순에게 무식해 보인다. 성순은 민에 대한 자신의 사랑이 조선 사회를 위한 계몽적 의의가 있다고 여겨 선각자의 역을 자처한다. 그러나 변과의 결혼 날짜가 임박한 시점에서 민은 성순에게 변과의 결혼을 권함으로써 성순의 기대를 배반한다. 얼마 전까지만 해도 성순에게 자기 삶의 주인이 되기 위한 전쟁을 치러야 한다고 강변하던 민이었다. 민은 성순과의 사랑을 이룰 방도를 마련할 길이 없어서 현실과 타협하고자 한다. 성순은 민의 태도에 분노하고 자신의 연애가 지닌 계몽적 의의를 회의하게 된다. 성순은 자신의 연애가 민의 계몽에 포섭될 수 없을 만큼 강렬하다는 사실을 깨닫는다. 그 연애의 열도에 비하면 민의 계몽은 한낱 허울에 불과하다. 민이 어째서 자신을 사랑하느냐고 성순에게 묻자 성순은 아무 이유도 조건도 요구도 없이 그를 사랑한다고 대답한다. 비로소 연애는 그 본연의 모습을 계몽 앞에 드러낸다. 성순이 오누이 간의 정에 끌려 성재의 실험을 보조했던 것처럼 민에 대한 연애 감정도 그녀의 마음에서 저절로 우러난 것이다. 성순의 감정이 발현되는 데 계몽이 끼어들 자리는 없다. 그처럼 순수하게 사적인 감정을 민이 계몽의 입장에서 포섭하고 재단하려 한 것이다. 처음부터 성순은 민족의 계몽과 무관한 연애의 열병을 앓았다. 그 열병은 일찍이 「방황」과 「윤광호」의 주인공들이 앓았던 것이기도 하다. 그 순수하고 강렬한 연애 앞에서 민의 계몽이 뒤집어쓴 위선의 허울이 벗겨진다.

「무정」에서 중단되고 「어린 벗에게」에서 제어되었던 계몽과 연애의 불화가 「개척자」에서 격화되어 파국을 향한다. 그 과정에서 계몽과 연애는 「개척자」의 주제로 존립하기 어려울 정도로 동요한다. 주제의 면에서 나타난 위기가 방법에 반영되어 「개척자」의 서사는 파행적으로 진행된다. 상관성이 부족한 사건들과 돌연한 삽화들이 서사 내적인 개연성과 합리성을 현저하게 떨어뜨린다. 심지어 귀신이 등장하기도 한다. 귀신은 근대 이전의 서사체에서 흔히 보였지만 근대에 접어든 이후로는 서사체에서 사라졌다. 과학이 지배하는 시대의 서사체에 귀신이 등장할 여지가 없기 때문이었다. 귀신의 사례에서 보는 바와 같이 「개척자」에서 상상은 고삐가 풀린 듯 분방하게 작동한다. 추구할 의미가 분명치 않은 상태에서 상상이 그 스스로 방향 상실의 서사를 만든 것이다.「개척자」가 결과적으로 지니게 된 그처럼 기이한 면모들은 그로부터 수십 년 후의 컬트 영화를 떠올리게 한다. 후대의 시선과 감각으로「개척자」를 다시 읽어도 흥미로울 듯하다.

　주제가 중도에 지속력을 잃음으로써「개척자」는 어수선하고 산만한 작품이 되고 말았지만 성순이 민과 이별하는 장면은 각별한 주목을 요할 만큼 빛이 난다. 이 장면은 이광수의 소설에서 주제로서 계몽과 연애가 분리되는 지점을 상징하는 것으로도 읽힌다.

　　　"어떻게 하시려고."

　　　"그것은 알으셔서 무엇합니까…… 가겠습니다."

　　　하고 문고리에 손을 댄다.

　　　"어떻게 하기로 작정하셨어요?"

　　　하고 민도 일어선다.

　　　"다 작정하였어요…… 갑니다."

　　　하고 얼른 문을 열고 뛰어나간다. 민도 따라 나갔다.

　　　그러나 성순은 뒤도 돌아보지 아니하고 대문을 나서서 컴컴한 묘등 넓은 길로 내려간다. 종묘 음침한 수풀 속으로 찬바람이 훌훌 내어분다. 밟혀서 거뭇거뭇한 눈 위로 하얀 성순의 몸이 걸어가는 모양이 보인다. 한참 있다가 성순의 그림자가 우뚝 서는 것은 아마 뒤를 돌아봄인 듯, 민은 저편에 아니 보일 줄은 알면서도 한번 팔을 둘렀다. 그리고 아무것도 아니 보이는 어두움을 물끄러미 바라볼 때에 민은 형언할 수 없는 비애를 깨달았다.(『이광수 전집』1, 283쪽)

민을 뒤에 남기고 성순은 홀로 간다. 이광수의 소설에서 계몽과 연애는 그렇게 결별한다. 만일 성재와 성순을 개척자로 설정한 것이 이광수의 의도였다면 연애의 본성이 그러한 의도를 허락하지 않은 셈이다. 연애가 계몽의 일환이나 도구가 될 수 없음을 분명히 하는 사태를 이광수로서도 수긍해야 했을 것이다. 민이 깨닫는 '형언할 수 없는 비애'를 이광수는 이 소설의 창작 도중에 느꼈을 법하다. 이광수는 자신의 계몽적 작의를 벗어나 움직이는 연애를 좇아 글을 써야 했을 것이다. 성순이 사라진 어둠 쪽을 망연히 바라보는 민처럼 이광수도 그 연애에 대해 속수무책이었을 것이다. '하얀 성순의 몸'은 성순의 옷 빛깔을 가리키지만 외적인 준거와 맥락에서 자유로워진 연애의 외로운 상태를 표상하기도 한다. 성순은 타산적인 현실에서 자신의 사랑이 머물 자리를 찾지 못하고 깊은 허무와 대면한다. 「개척자」 이전에 발표된 이광수의 소설에서 연애의 열정이 현실에서 겪는 허무를 인용문처럼 간결하면서도 깊은 울림을 빚어내도록 표현한 사례는 단언컨대, 없다. 성순은 자신의 연애를 절대화하는 길을 간다. 계몽은 홀로 가는 그 사랑에 손 한 번 흔들어주고 안타까워할 뿐이다.

연애의 이념화, 그리고 인류애의 곤경

　「개척자」의 성순은 자살함으로써 자신의 연애를 절대화하지만 「재생」은 계몽과 결별한 연애의 다른 행보를 보여준다. 「재생」의 신봉구는 기미만세운동에 적극 가담했다가 일경에 검거되어 삼 년간의 수감 생활을 마치고 세상에 나온다. 봉구는 출옥하자마자 김순영의 행방을 수소문한다. 삼 년 전 봉구는 만세운동 준비를 함께하면서 순영과 사랑에 빠졌고 수감생활중에도 오로지 그녀를 생각하며 지냈다. 봉구는 이른바 '나라 일'로 옥살이를 했지만 출옥 후에 그 일에 아무런 관심을 보이지 않는다. "나는 조선을 사랑한다—순영이를 낳아서 길러준 조선을 사랑한다. 만일 순영이가 없다고 하면 내가 무슨 까닭으로 조선을 사랑할까?"(『이광수 전집』 2, 24쪽)라는 봉구의 독백에서 사적 감정은 공적 의무보다 우위에 있다. 순영과 함께 만세운동을 준비하던 시절에도 "봉구는 무슨 까닭으로 이 운동을 시작하였는가, 그것조차 잊어버렸다"(『이광수 전집』 2, 23쪽). 봉구는 순영이 기뻐한다고 여겨 민족 독립을 위한 운동에 열의를 가질 수 있었다. 애초에 봉구는 공적인 사명감으로 만세운동에 뛰어들었으나 순영을 사랑하게 되면서 그는 자기가 벌이는 운동의 모든 의미를 그녀를 통해 확인한다. 순영을 향한 봉구의 감정은 순수하다. 「개척자」의 성순도 품었던 그 감정은 계몽과 같은 공적인 요청에 무관심하다. 양자가 공존할 경우 계몽은 연애에 종속적인 관계로 설정된다.

봉구의 기대와 달리 순영에게 봉구는 일찍이 잊힌 존재였다. 만세운동을 준비할 당시 순영은 봉구와 함께 일하며 정답게 지냈지만 그를 연애 상대로 여긴 정도는 아니었다. 그래서 만세운동 이후 순영은 봉구를 곧 잊었다. W여학교 학생으로서 기숙사 생활을 하는 순영에게는 그녀의 빼어난 미모에 반해 청혼하는 남자가 많았으나 정작 그녀가 사랑하는 남자는 없다. 전문학교 교수인 김박사가 순영에게 집요하게 구애하지만 그녀는 아랑곳하지 않는다. 장안의 갑부이자 난봉꾼인 백윤희도 순영을 노린다. 순영의 둘째 오빠인 순기는 순영을 백의 첩으로 들여보내고 그 대가로 거액을 챙기려 한다. 백과 순기의 이해관계가 맞아서 순영을 백의 첩으로 만들기 위한 음모가 진행된다. 순영은 순기에게 속아 백의 집을 방문한다. 백의 집에서 물질적인 풍요와 사치를 보고서 순영은 마음이 크게 흔들린다. 방학을 맞은 순영은 순기에게 이끌려 동래온천으로 여행을 간다. 동래온천에서 순기는 순영을 홀로 남겨둔 채 사라지고 백이 나타나 순영의 정조를 유린한다. 백을 통해 육체적 쾌락에 눈을 뜬 순영은 이후 백과 함께 원산의 한 별장에서 오십 일 동안 부부처럼 지내면서 술과 담배도 배운다. 봉구가 출옥하여 순영에게 사랑을 고백하는 편지를 띄웠을 때 순영은 백과의 결혼식을 앞둔 상태였다.

봉구의 편지를 읽고 감동하기 전까지 순영은 이성에 대해 연애의 감정을 경험한 적이 없었다. 결혼과 행복에 대한 그녀의 기대는 연애의 경험이 없는 젊은 여성이라면 막연히 품을 만한 정도의 것이다. 순영의 마음속에서 연애의 감정은 미발현 상태이고 그런 그녀가 물질적 탐욕과 육체적 쾌락에 유혹되어 타락한다. 순영이 처음 백의 집에 가서 만난 명선주는 "아무리 사랑이 좋더라도 먹고야 한다"면서 "내 동무도 사랑만 찾아다니다가 행랑살이를 하게 되었다"(『이광수 전집』 2, 51~52쪽)는 말을 한다. 아직 절실한 연애를 경험하지 않은 순영에게 선주는 인생에서 연애보다 돈이 우선한다는 주장을 펼친 것이다. 선주의 그 말에 힘입어 백의 집에 전시된 부와 사치는 순영에게 뚜렷한 인상을 남긴다. 순영은 원산의 별장에서 백과 더불어 경험한 육체적 쾌락을 연애로 오인하기도 한다. 백이 순영과의 정신적 교감에는 처음부터 관심이 없고 오로지 그녀의 육체에서 성적인 만족만을 취하려 한다는 사실이 간과된다. 그런 상황에서 당도한 봉구의 편지는 순영을 혼란에 빠뜨리기에 충분하다. 순영은 봉구의 순수하고 열정적인 고백에 감동하고 봉구와의 기억을 되새긴다. 비로소 순영의 마음에서 순수한 연애의 감정이 우러난다. 순영이 그러한 마음으로 돌아보니 백과 지낸 나날은 추악하고 혐오스럽기만 하다. 봉구의 열정에 마음이 움직인 순영은 봉구와 석왕사로 여행을 떠난다. 봉구는 빈털터리 가난뱅이지만 그의 사랑은 백의 재산 못지않다고 순영은 생각한다. 그러나 순영은 자신이 순결한 여성이 아니라서 봉구의 아내가 될 자격이 없다고 생각한다. 게다가 백의 재산에서 기대되는 풍요와 사치를 순영으로서는 포기하기 어렵다. 봉구와의 여행에서 돌아온 순영은 돈을 좇아서 백과 결혼식을 올린다.

이광수의 소설에서 핵심 주제 격인 계몽과 연애의 관계를 통시적으로 조망하건대 「개척자」를 거치면서 연애는 계몽과 분리된다. 「개척자」는 연애가 재래의 인습을 공격하는 계몽의 전사가 아니라 순정한 감정임을 분명히 한다. 「재생」의 순영은 계몽과 결별한 연애가 처한 상태를 보여주는 사례이다. 순영은 물질적 탐욕과 육체적 쾌락의 유혹에 무방비 상태로 노출된다. 순영은 근대 교육의 세례를 받았고 만세운동에도 참여했지만 그러한 과정이 그녀에게 계몽적 효력으로 나타나지 않는다. 순영의 양심도 백의 유혹에 대한 방어기제로서 작동하지 못한다. 순영은 백과 결혼하기까지 양심의 가책을 느끼기는 하지만 그렇다고 결혼을 향한 진행을 멈추지 않는다. 연애가 계몽과 분리된다는 것은 계몽의 준칙으로부터 자유로워진다는 것을 의미한다. 계몽의 준칙에는 도덕성이 내포되어 있어서 계몽이 연애를 포섭할 경우 그 준칙은 연애에 대해 도덕적 제어장치로서 순기능을 한다. 그러나 연애가 계몽과 분리되면서 그 장치도 연애로부터 제거된다. 도덕적 장치가 제거된 연애는 물질적 탐욕과 육체적 쾌락에 취약한 상태에 놓인다. 순영이 백의 첩이 되는 과정에서 연애는 돈의 위력 앞에 무력하다. 연애가 개인의 순수한 감정으로서 지닌 가치는 무시되고 황금만능의 세태에서 금전적으로 거래될 수 있는 명목으로 전락한다. 연애가 부와 사치를 획득하기 위한 수단이 되는 것이다. 선주는 그러한 연애관을 지닌 채 윤변호사와 살고 순영은 선주가 먼저 간 길을 따라나선다. 계몽과 결별한 후 황금 만능의 세태에 좌우되는 연애의 상태는 봉구의 경우에서도 나타난다. 순영으로부터 배신당한 후 봉구는 김영진으로 이름을 바꾸고서 인천의 한 미두 중매점에 취직한다. 봉구는 오백만원 모으는 일을 인생의 목표로 정한다. 순영을 사이에 둔 경쟁에서 가난 때문에 백에게 패한 봉구는 부를 축적하여 순영에게 복수하거나 그녀를 되찾으려 한다. 돈의 위력을 믿게 되었다는 점에서 봉구는 백과 다를 바 없다.

　봉구는 국제 정세에 대한 감각을 발휘하여 미두점 사장이 큰돈을 벌도록 돕는다. 그 일로 사장은 봉구를 신임하게 되고 그를 사윗감으로 내심 정해둔다. 사장의 딸 경주는 일찍부터 봉구를 짝사랑한다. 순영을 잊지 못하는 봉구로서는 경주의 구애를 받아들일 수 없다. 순영은 자신이 백의 성적인 노리개에 불과하다는 사실을 깨닫고 백과의 결혼을 후회하는 한편 봉구를 그리워한다. 봉구는 사장의 심부름으로 백을 만나러 갔다가 유모차에 누워 있는 아기를 보게 된다. 봉구는 그 아기가 바로 자신과 순영이 석왕사에 여행을 갔을 때 생긴 아기가 틀림없다고 확신하고서 "꼭 나로구나!"라고 속으로 부르짖는다. 봉구가 아기를 들여다보는 동안 순영이 나타난다.

　　"왜, 거기 섰나. 어서 앞서 가지."
　하는 소리가 분명히 순영의 소리다.
　　"네, 이 손님께서 아기를 보시느라고."
　하고 유모는 책망을 피하려는 듯이 핑계를 대고는 아기수레를 끌고 가려는 모양이다.

　봉구는 픽근 몸을 돌려서 유모에게 끌려가는 아기를 보았다. 하얀
것만이 보이고 얼굴은 안 보였다. 아직도 순영은 봉구의 뒤에 있다. 봉
구는 결심한 눈을 마침내 순영에게로 돌렸다.

　순영은 멈칫 섰다.(『이광수 전집』 2, 107쪽)

　봉구와 순영이 재회하는 장면은 극적인 긴장감을 불러일으킨다. 유
모차의 아기는 그들의 엇갈린 관계가 아직 마무리되지 않았음을 환기
한다. 그들은 그 재회에 상반된 반응을 보인다. 봉구는 순영에 대해 불
같이 분노하지만 순영은 봉구를 향한 자신의 마음을 재확인한다. 그날
밤 순영은 봉구를 찾아가 함께 도망가자고 애원한다. 그러나 봉구의 냉
담한 태도 앞에서 순영은 발길을 돌린다.

　순영이 봉구를 만나는 사이에 봉구의 사장이 살해당하는 사건이 벌
어진다. 봉구는 그 사건의 범인으로 지목되어 구금된다. 봉구는 경찰서
에서 수사를 받을 때나 재판정에서 검사의 심문을 받을 때 침묵으로 일
관함으로써 살인범의 누명을 쓴다. 자포자기의 상태에 빠진 봉구는 삶
의 의욕을 느끼지 못하여 자신이 무죄임을 굳이 밝히려 하지 않는다.
공범으로 체포된 경주는 봉구를 구하기 위해 자신이 부친 살인범이라
고 주장하면서 모든 죄를 혼자 뒤집어쓰려 한다. 순영은 봉구의 알리
바이를 증명하기 위해 증언대에 선다. 그 행동은 순영이 위험을 자초하
는 일이다. 순영은 그 증언을 통해 자신이 유부녀의 처지로 옛 애인을
은밀히 만났음을 인정하는 것이 된다. 그로써 순영은 백에게 버림을 받
고 세간의 지탄을 받을 수 있다. 순영은 그러한 위험을 알면서도 봉구
를 위해 증언을 한 것이다. 비록 경주와 순영의 증언이 봉구에 대한 사

형선고를 막지 못하지만 봉구는 그들이 증언대에서 보여준 자기희생적인 모습에 감동한다. 봉구는 독방에서 사형 집행 날을 기다리면서 상상의 나날을 보낸다. 세상을 저주하면서 악착같이 돈을 모으려 했던 자신을 반성하고 삶과 세상의 이런저런 면모들을 떠올린다. 꼬리를 물고 이어지던 그의 상상은 마침내 한 깨달음에 도달한다.

> 사람들이 모두 한 사슬에 달린 고리요, 한 그릇 피에 맺힌 방울이라 하면, 서로 귀애하고 서로 아끼고 서로 붙들고 울고 웃고 살아갈 것이 아닌가. 간수도 사람이요 죄수도 사람일진댄, 하나이 하나를 얼러대구 하나이 하나를 원망할 필요도 없는 것이 아닌가? 봉구는 모든 사람을 사랑할 생각을 하였다. 죽는 시각까지에 천하 만민을 모두 자기의 사랑의 품속에 안아보고 싶었다. 봉구는 가만히 눈을 감고 전 인류를 자기의 품속에 넣는 것을 상상해보았으나 분명히 품속에 들어가지를 아니하는 것 같았다.(『이광수 전집』 2, 153쪽)

봉구의 깨달음은 논리적 사유가 아닌 상상의 연쇄로부터 비롯한다. 그는 "예수께서 십자가상에서 하신 모양"(『이광수 전집』 2, 154쪽)을 상상하면서 자신도 예수처럼 인류를 사랑하고 싶다고 염원한다. 인용문에서 인간은 '한 사슬에 달린 고리'와 '한 그릇 피에 맺힌 방울'로 상상된다. 그러한 상상들이 그를 인류애라는 깨달음으로 이끈다. 상상이 주제 차원의 의미를 지어 서사의 전기를 마련하는 과정은 「무정」에서 상상이 서사의 수준에서 사건처럼 기능하는 양상을 떠올리게 한다. 인류애에 이른 봉구의 상상으로 「재생」의 서사는 새로운 국면을 맞는다.

「재생」 이전에 발표된 이광수의 소설에서 인류애가 나타난 예는 없다. 다소 생소한 그 인류애는 선행 연구에서 부정적으로 거론되었다. 봉구가 크게 깨달은 듯 인류애를 염원하는 모습을 두고 '서정적 순간의 산물일 뿐이다'[31]라거나 '일시적인 상상적 '비전'에 지나지 않는 것'[32]이라는 견해가 제기되었다. 봉구의 인류애가 계몽의 차원에서 검토되기도 했다. 봉구의 인류애는 "근대적 계몽의 열기구를 타고 봉건의 현실 위로 날아올랐던 계몽 초기 열혈 청년들의 자기도취적 열정과 유사한 속성을 지니고 있다"[33]는 것이다. "이광수가 소설에 강박적으로 민족과 계몽 담론을 개입시켜, 개성 있는 주인공들을 사상의 꼭두각시로 만든 것 같다는 혐의를 지울 수 없다"[34]는 주장도 있었다.

봉구가 상상적 비상을 통해 도달한 인류애는 그전까지 이광수의 소설에서 주제로 다뤘던 연애와 계몽에 대해 다른 차원에 위치한다. 「무정」과 「어린 벗에게」에서 연애는 계몽의 휘하에 배속되었으나 「개척자」를 거쳐 「재생」에 이르면서 연애는 계몽에서 벗어나 인류애라는 숭고한 차원으로 비상한다. 계몽은 그 스스로 더 높은 차원을 지향함으로써 인류애로 갱신된다. 사적 감정인 연애와 공적 이념인 계몽이 모두 인류애라는 숭고한 차원으로 승화된다. 연애와 계몽에 대해 차원을 달리하는 이념으로 인류애를 이해하는 것은 이광수의 사상적 행보를 추적하는 데 유용한 전제이다. 상상력을 빌려 상향하는 이광수의 사유가

31 서영채, 같은 책, 95쪽.

32 박혜경, 같은 글, 309쪽.

33 같은 쪽.

34 김지영, 「1920년대 이광수 문학에 나타난 '자아'의 갈등과 '육체'의 문제」, 『한국현대문학연구』 16집, 한국현대문학회, 2004, 146쪽.

민족의 수준을 넘어서게 되는 지점이 논설에서는 「민족개조론」이고 소설에서는 「재생」이다. 인류가 포착될 만큼 광활한 시야는 높은 고도에서 확보된다. 그 고도에서 내려다보면 인간은 모두 한 형제이고 그래서 민족들 간의 경계도 흐릿해진다. 정신적 기준도 그 고도만큼 높아져서 현실은 저급하거나 조악해 보이게 된다. 인류애의 실천자는 자신이 사랑할 대상을 열등한 존재로 파악하고 그 대상이 열등한 상태를 벗어날 수 있도록 가르쳐야 한다는 사명감을 갖게 된다. 계몽이 인류애를 실천하는 방법으로 호출되는 것이다. 그로써 인류애가 계몽으로 간주되는 착시 현상이 벌어질 가능성이 농후해진다.

인류애가 계몽을 방법으로 취한다고 하여 인류애와 계몽을 등치시키는 것은 온당치 못하다. 방법과 목적은 동일시될 수 없다. 그럼에도 선행 연구에서는 「재생」의 인류애를 계몽의 그릇에 담아 이해하려 했다.[35] 그 논의는 개념의 외연과 층위를 오해한 것이다. 이광수의 문학에서 계몽이라는 용어는 민족이라는, 더 정확히 말하면 조선 민족이라는 의미상의 목적어를 전제한다. 계몽이 단독으로 쓰여도 그 앞에는 민족이 생략되어 있다고 간주해야 한다. 계몽은 민족을 그 대상으로 한정하는 데

---

35 서영채는 「재생」에서 순영이 용서받지 못한 것과 관련하여 "이광수는 계몽과 사랑을, 타락해버린 유용성과 합리성의 세계로부터 끌어올려 다시 순정한 영역에 등재할 수 있게 되고, 이 과정에서 이광수의 계몽은 제도의 개혁이라는 목표로부터 윤리적 엄격성의 추구를 향해 선회를 한다"고 파악했다. 박혜경은 「재생」의 봉구가 "작가의 계몽적 명령을 충실히 이해하는 열렬한 이념형의 인물로 변모해간다"고 했다. 김병구는 "민중의 삶을 개선할 필요성을 역설한 계몽의 서사화가 이광수 소설의 일관된 문제틀"이라고 전제하면서 「재생」에서 봉구의 자기희생적 삶의 실천이 자기 자신에 대한 원한의 감정에 기반을 두었다고 했다. 이러한 기존의 연구들은 「재생」에서 출현한 인류애를 계몽의 시각에서 파악하고자 했다. 서영채, 같은 책, 97쪽; 박혜경, 같은 글, 308쪽; 김병구, 「이광수 장편 소설 『재생』의 정치 시학적 특성 연구」, 『국어문학』 54집, 국어문학회, 2013, 197쪽.

비해 인류애는 말 그대로 민족을 초월하여 인류를 향하는 사랑이다. 인류는 민족보다 상위의 개념으로 민족을 포괄한다. 따라서 인류애는 계몽의 차원에서 제대로 파악되지 않는다. 계몽은 인류애를 실천하는 수단으로서 인류애의 하위에 자리를 매겨 검토해야 한다. 「재생」에서 봉구는 인류애의 한 실천으로 조선 민족을 계몽하려 한다.

경훈의 자수로 무죄방면된 봉구는 모친과 경주를 데리고 금곡에 정착한다. 그곳에서 봉구는 주민들과 함께 노동하고 야학도 운영하면서 인류애를 실천하고자 한다. 그렇게 삼 년이 흐른 어느 날 순영이 딸을 데리고 봉구를 찾아온다. 백의 외도에 신물이 난 순영은 백의 집을 나와서 혼자 힘으로 살아보려 했으나 여의치 않았다. 순영은 백으로부터 옮은 성병과 그간의 고생으로 몰골이 피폐하다. 봉구는 그런 순영을 따뜻하게 대하지 않는다. 순영은 봉구의 집에서 사흘을 머물고 금강산으로 가서 딸과 함께 자살한다. 순영의 자살에서 단죄의 의미를 읽은 기존의 논의가 있다.[36] 그러나 예수의 사랑을 실천하고자 다짐한 봉구가 순영을 단죄했다고 보는 것은 본문의 실상을 호도하는 것이다. 예수는 원수마저 사랑하라고 가르쳤다. 그러한 맥락에서 순영의 자살은 작가에 의한 단죄로도 파악되지 않는다. 봉구가 인류애라는 이상을 추구하

---

36 순영의 죽음을 봉구, 또는 작가에 의한 단죄로 해석한 연구자는 서영채이다. 그후 박혜경은 봉구가 순영에게 '도덕적 단죄자의 이미지'로 자리잡고 있다고 했고 김경미는 순영의 죽음을 "민족주의에 위배되는 비정상성, 비도덕성은 추방될 수밖에 없다는 작가의 민족 담론이 반영된 부분"으로 이해했으며 김병구는 같은 사안에 대해 "작가가 김순영의 '더럽고 거짓된 삶'에 대하여 의식적으로 단죄를 내린 것이라고 해석할 수밖에 없다"고 함으로써 서영채의 해석에 동조했다. 서영채, 같은 책, 95쪽; 박혜경, 같은 글, 303쪽; 김경미, 「이광수 연애소설의 서사전략과 민족담론―『재생』과 『사랑』을 중심으로」, 『현대문학이론연구』 50집, 현대문학이론학회, 2012. 12쪽; 김병구, 같은 글, 192쪽.

도록 의도한 장본인인 이광수가 봉구로 하여금 순영을 단죄하도록 처리했다고 보는 것은 앞뒤가 맞지 않는다. 순영이 자살에 이른 이유를 설명하려면 봉구의 인류애를 검토해야 한다.

전술한 바와 같이 봉구가 이념으로서 추구하는 인류애는 사적 감정인 연애와 차원을 달리한다. 봉구는 인류애의 사역자이기에 그의 사적인 감정은 자유롭지 못하다. 이념의 사역에 저촉된다면 사적인 감정은 억제되어야 한다. 이념화된 사랑은 부모가 자식을 사랑하듯, 교사가 학생을 사랑하듯 사람들을 차별 없이 고루 사랑할 것을 명령한다. 그 명령을 따르려는 봉구에게 한 남자로서 한 여자를 사랑할 수 있는 여지가 허락되지 않는다. 그러나 순영이 옛 애인인 봉구를 찾아오면서 그에게 기대한 바는 인류애가 아니라 사적인 감정으로서의 연애이다. 순영은 봉구가 자신을 인류애의 입장에서 동정하기보다 여자로 맞아주기를 희망한 것이다. 그것이 순영이 삶에서 마지막으로 품어본 실낱같은 희망이다. 그러나 숭고한 이념의 사역자로 나선 봉구에게 한 여자의 애인이나 남편이 되는 길은 이미 차단되었다. 봉구가 순영을 연인으로 맞이하지 못하는 사정은 그가 끝내 경주와 결혼하지 못하는 사정과 동일하다. 순영과 경주는 봉구가 추구하는 이념의 추종자로서 그의 곁에 머물 수 있다. 그러나 순영은 봉구의 추종자가 아니라 연인으로 남고 싶기에 그의 곁에 더 머물지 못한다. 순영은 자살함으로써 봉구에 대한 자신의 사랑을 절대화한다. 봉구의 인류애는 그 숭고한 높이와 광대한 넓이에도 불구하고 한 여인의 순정한 감정조차 포용하지 못하는 곤경을 빚는다. 따라서 순영의 자살은 봉구와 이광수의 단죄가 아니라 그들이 설정한 인류애에서 초래된 곤경으로 이해되어야 한다.

순영의 자살 소식을 전해 듣고서 봉구는 고통스러워한다. 그가 추구한 인류애의 곤경이 순영의 자살을 방조하였고 또한 그에게 슬픔과 후회를 가져왔다. 그가 그러한 슬픔과 후회를 다시 겪지 않으려면 아예 현실세계를 떠나거나 세속적인 관계로부터 초탈한 성자가 되어야 한다. 전자는 「유정」의 최석이 간 길이고 후자는 「사랑」의 안빈이 간 길이다. 「재생」 이후 연애가 밟아갈 행보는 이미 봉구를 통해 예견되어 있었다.

4. 민족 계몽의 이론과 실천

계몽의 방법

「무정」은 형식을 비롯한 주요 인물들의 후일담을 전한 후 그들처럼 훌륭한 인재들이 앞으로 많이 나와 조선에 희망찬 미래가 펼쳐질 것이라고 전망하면서 막을 내린다. "어둡던 세상이 평생 어두울 것이 아니요, 무정할 것이 아니다"(『이광수 전집』1, 209쪽)라는 진술은 '무정'한 시대의 종결 선언처럼 읽힌다. 그러나 현실은 「무정」의 전망과 다르게 전개되었다. 일제의 식민 통치는 조선에 더 짙은 어둠을 드리웠다. 일제의 탄압과 수탈로 빈궁이 심화하고 풍속이 타락하는 등 세상은 갈수록 무정해졌다. 「무정」이후 진행된 식민지의 현실에 비추면 형식 일행이 수재민 구호 음악회를 마치고 여관에 모여 교육 구국을 다짐하는 모습은 순진해 보인다. 민족 계몽의 주체를 자임하는 젊은이들의 격정적인 외침으로 밝은 미래를 낙관할 만큼 「무정」의 현실 인식은 안이했다.

계몽적 사업의 방법과 그 실천 가능성에 대한 고민은 전혀 없고 굳은 신념만으로 그 사업의 성과가 담보된 것처럼 처리되었다.

계몽에 대한 이광수의 낙관적 전망은 그가 구습 타파와 문명개화를 동전의 양면처럼 간주한 데서 비롯한다. 그는 문필 활동 초기에 발표한 계몽적 논설들에서 조선 전래의 인습을 맹렬히 비판했다. 구습이 타파되면 문명개화가 자동으로 성취된다는 신념이 그러한 비판의 저변에 자리한다. 그러나 구습 타파가 곧바로 문명개화를 보장하는 것은 아니었다. 계몽적 사업에서 문명개화의 성취는 구습 타파와 구별되는 부가적 과정이다. 파괴가 건설의 전제이긴 해도 건설 자체가 될 수 없는 것처럼 구습 타파는 문명개화를 위한 정지의 과정이지 문명개화의 성취는 될 수 없다. 문명개화의 과정은 구습이 타파된 지점에서 비로소 본격적으로 전개된다. 그의 초기 논설에서 그 과정에 대한 고려는 보이지 않는다. 계몽적 사업의 성과에 대한 낙관적 전망이 표명될 뿐이었다. 「무정」의 결말도 그 연장선에 자리한다.

계몽의 성패가 구습 타파에 달렸다고 전제하기에 이광수는 문명개화의 과정을 직접 상술하기보다 구습에 대한 비판에 주력했다. 문명개화의 우월한 가치는 그러한 비판을 통해 반사적으로 부각되었다. 이광수로서는 직접 문명의 내용을 다루거나 문명개화의 과정을 기획하는 일이 용이하지 않을 수 있었다. 여기서 문명이란 구미 열강이 거둔 근대의 성과를 일컫는다. 그는 주로 일본 유학과 인쇄 매체를 통해 문명과 접촉했다. 따라서 그의 문명 이해는 조선의 구습에 대한 이해에 비해 상대적으로 제한될 수밖에 없었다.

식민지 출신 유학생에게 제국주의 일본의 발전상은 선망과 동경의 대상이 되었다. 책이나 정기간행물 같은 인쇄 매체의 선별적 소개는 문명에 대한 관념적 이해를 조장했다. 그에게 서구 문명은 이상적 관념이될 수 있어도 비판적 성찰의 대상이 되기 어려웠다. 그에게 문명이 이상적 관념이라면 조선의 구습은 경험이었다. 그가 지목하는 구습들은조선에 태어나 살면서 직접 경험한 것들이었다. 그래서 구습에 대한 비판은 그에게 득의의 영역이었다. 비판의 대상이 익숙했기에 그는 실질적이고도 구체적인 비판을 펼칠 수 있었다. 이상화된 문명을 척도로 삼아 구습을 비판하는 구도가 그렇게 형성된 것이었다. 이광수의 초기 논설은 대부분 그러한 구도로 작성되었다. 가령 「야소교가 조선에 준 은혜」는 이상적 가치들을 기독교의 이름으로 전제한 후 조선에서는 도덕이 타락했고 여성을 차별했고 조혼의 폐가 있었으며 사상이 침체했고개성을 억압했다고 비판했다. 제목의 함의와 달리 논의의 초점은 기독교의 미덕이 아니라 구습의 폐해를 지적하는 쪽에 맞춰졌다. 초기의 다른 논설들도 그와 유사한 구도를 취했다. 「금일 조선야소교회의 결점」에서는 여전히 건재한 구습이 예수교회를 도리어 타락시켰다고 주장했다. 「부활의 서광」은 조선에 사상과 문학 같은 정신생활이 부재하다고비판한 후 신문명의 도입으로 희망이 보인다고 했다. 이광수의 초기 논설들에서 문명에 대한 일말의 회의나 부정도 찾기 어렵다. 문명은 구습을 비판하기 위한 이상적 모범이거나 미래에 성취해야 할 목표로서 제시되었다.

구습 타파만으로는 문명개화를 성취하기에 불충분하다는 인식을 이광수가 갖게 된 것은 1920년대로 접어든 이후이다. 그 무렵 민족의 장래에 대한 그의 전망은 비관적으로 바뀌어 있었다. 1차세계대전 종전후의 국제정세와 3·1운동 이후의 세태, 망명에서 귀국에 이르는 개인적 이력 등이 그의 태도 변화에 복합적으로 작용했다고 판단된다. 「무정」의 결말을 무색하게 만드는 현실 인식이 문명개화의 과정에서 봉착할 난관들을 그에게 직시하도록 했을 것이다. 그러나 비관적 전망이 민족 계몽에 대한 그의 신념을 꺾은 것은 아니었다. 오히려 그는 민족 계몽의 이론을 재정립함으로써 비관적 전망을 극복하려 했다. 그로써 구습에 대한 비판만으로 낙관적 전망을 확보하는 사고방식은 철회된다. 그의 계몽적 사유는 구습의 근원에 해당하는 민족성으로 소급하고 거기에서 출발하여 문명개화를 위한 조건과 실천 방법을 기획한다. 「민족개조론」은 그러한 사유의 결과로서 제출되었다.

「민족개조론」은 그 규모와 체계, 내용의 면에서 이광수의 계몽적 사유를 대표하는 위상을 점유하는 만큼 발표 당시뿐 아니라 그 이후에도 지속적으로 논의되었다. 식민지 체제에 비추어 그 글이 취한 정치적 입장의 정당성 여부가 주로 검토되었다. 논의마다 표현에서 다소간 차이가 있지만 선행 연구는 그 글을 반민족적으로 평가하는 데에서 이견을 나타내지 않았다.[37] 그런데 비교적 근자에 제출된 연구들은 종전과 다른 시각에서 「민족개조론」에 대한 이해의 지평을 확장했다. 「민족개조

---

37 「민족개조론」이 발표된 직후 최원순, 신상우, 신일용, 김제관 등이 그 글에 대해 비판했다. 그들의 비판은 「민족개조론」이 자아낸 사회적 공분의 연장선상에서 전개되었다. 그런 만큼 이광수에 대한 인신공격성 언급이 종종 보인다. 특히 3·1만세운동을 "무지몽매한 야만 인종이 자각 없시 추이하여 가든 변화"라고 한 이광수의 평가는 네 명의 평자 모두로부터 지탄을 받았다. 민족성에 대한 이광수의 주장이 비판되었으며 민족성 개조보다 제도 개혁이 우선이라는 주장이 제기되었다. 김제관은 근대와 관련한 이광수의 무지를 지적하기도 했다. 「민족개조론」에 대한 당대의 부정적 평가와 관련하여 최주한은 "1920년대 초반의 이러한 정치문화적 지형은 이광수의 민족개조론에 대한 후대의 연구들에서도 논의의 기본틀이 되어왔다"고 한다. 최원순, 「이춘원에게 문(問)하노라」, 동아일보, 1922. 6. 3~4; 신상우, 「춘원의 민족개조론을 독하고 그 일단을 논함」, 『신생활』 1922년 6월호; 신일용, 「춘원의 민족개조론을 평함」, 『신생활』 1922년 7월호; 김제관, 「사회문제와 중심사상」, 『신생활』 1922년 7월호; 최주한, 「이광수의 민족개조론 재고」, 『인문논총』 70집, 서울대학교 인문학연구원, 2013, 258쪽.

론」이 제안서의 형식을 따라 작성되었다는 견해가 제기되었고,[38] 그 글의 성립 과정과 맥락들이 실증적으로 고찰되었다.[39] 「민족개조론」의 탈정치성이 식민지 조선 민족의 실상을 은폐한 혐의가 있다는 지적도 있었다.[40] 본 장에서는 선행 연구의 성과들을 참조하여 「민족개조론」에서 제안된 기획의 실현 가능성을 검토한 후 「흙」에 관한 논의로 진행한다.[41] 「민족개조론」과 「흙」은 서로 다른 장르에 속할 뿐 아니라 발표 시점의 면에서도 십 년 정도 상거를 두지만 양자는 기획과 실천의 관계로 파악된다. 「흙」의 계몽적 서사 부분은 「민족개조론」의 소설적 형상화로서 자리한다. 따라서 두 글을 엮어 읽음으로써 이광수의 계몽적 기획과 그 실천에 대한 이해를 구체화할 수 있을 것이다.

---

38 김현주, 「논쟁의 정치와 「민족개조론」의 글쓰기」, 『역사와현실』 57호, 한국역사연구회, 2005.

39 최주한, 같은 글.

40 김항, 「개인, 국민, 난민 사이의 '민족' ― 이광수 「민족개조론」 다시 읽기」, 『민족문화연구』 58호, 고려대학교 민족문화연구원, 2013.

41 「흙」에 관한 기존의 논의는 주로 그 소설의 계몽주의를 중심으로 전개되었다. 「흙」의 계몽주의와 관련하여 부정과 긍정의 시각이 공존하는바, 전자가 피상적인 현실 인식과 식민주의적 경향을 비판하는 데 반해 후자는 개인과 집단을 통합함으로써 식민 현실을 극복하려는 지향을 상찬한다. 근자에 제출된 「흙」에 관한 부정적 논의로 권보드래와 주영중의 것이 주목된다. 권보드래는 허숭이 민족 계몽이라는 이상의 지지를 바탕으로 "공상적 자기 존대와 과장된 자기 비하를 통일시킨 독특한 감성적 메커니즘을 완성시킨다"고 비판한다. 주영중은, 공동체적 주체와 개별적 주체 사이에서 나타내는 허숭의 이중성이 민족개조운동에서 정치성을 배제하게 하였고 결과적으로 일제의 식민지 논리를 수용하게 만들었다고 주장한다. 권보드래, 「저개발의 멜로, 저개발의 숭고 ― 이광수, 『흙』과 『사랑』의 1960년대」, 『상허학보』 37집, 상허학회, 2013, 296쪽; 주영중, 「이광수의 소설 『흙』의 이중 주체 연구 ― '민족개조사상'과 관련하여」, *Journal of Korean Culture*, 한국어문학국제학술포럼, vol. 33, 2016.

「민족개조론」의 실현 가능성

「민족개조론」은 학술 논문이나 시사평론이라기보다 정책 제안서에 가깝다. 기존의 한 연구에 따르면 「민족개조론」은 "제안서의 체제를 거의 완벽하게 구현하고 있"[42]다. "제안서는 '방법method'과 '기획project'이라는 근대사상을 구현하는 지극히 '과학적인' 문서 양식"[43]인데 「민족개조론」은 그 양식에 따라 작성되어서 과학적인 문서라고도 했다. 제안서의 가치는 제안의 유효성과 시행 가능성에서 획득된다. 효과가 없거나 실현 불가능한 제안은 제안서의 가치를 훼손한다. 형식적 조건을 완비해도 제안된 내용이 부실하면 좋은 제안서가 될 수 없다. 「민족개조론」의 제안도 유효성과 실현 가능성의 면에서 문제를 노출한다. 우선 글의 작성 동기와 제안의 시행에 소요되는 기간 사이에 나타난 불일치가 「민족개조론」에 제안된 내용의 유효성을 의심하게 만든다. 「민족개조론」은 조선 민족의 개조가 시급하다는 인식에서 시작된다.

> 이 시대사조는 우리 땅으로 들어와 각 방면으로 개조의 부르짖음이 들립니다. 그러나 오늘날 조선 사람으로서 시급히 하여야 할 개조는 실로 조선 민족의 개조이외다.(『이광수 전집』10, 116쪽)

> 마치 전기 작용과 온도의 조절로 식물의 성장을 촉진하는 모양으로 무슨 인공 촉진 방법을 쓰지 아니치 못한 긴급한 처지에 있는 것이외

---

42 김현주, 같은 글, 123쪽.

43 같은 쪽.

다.(『이광수 전집』10, 143쪽)

조선 민족의 개조는 절대로 긴하고 급함과, 민족의 가능함과, 그 이상
과 방법을 말하였습니다.(『이광수 전집』10, 145쪽)

「민족개조론」은 글 전체에 걸쳐서 민족 개조의 시급성을 환기한다.
개조가 세계적 조류인 시대에 조선 민족의 개조가 시급하여 '인공 촉
진'과 같은 특단의 방법이 필요하다고 한다. 그런데 조선 민족에게 개
조가 시급한 이유가 모호하게 제시된다. '조선 민족의 쇠퇴'를 그 이유
로 드는데 '쇠퇴'가 가리키는 구체적인 사태는 글에 명시되지 않는다.
물론 그 사태는 일제의 강점으로 식민 상태에 처한 당대 조선의 현실을
일컫는다. 조선의 식민 상태는 기정사실로서 글에 전제되기에 굳이 언
급할 필요가 없을 수 있다. 그러나 개조의 시급성을 강변하면서 그 동
기를 얼버무린다면 개조의 목적마저 모호해지는 결과가 빚어진다. 조
선 민족의 쇠퇴가 일제 강점과 직접 관련되므로 개조의 목적은 마땅히
국권회복에 맞춰져야 한다. 이광수는 "조선 민족의 쇠퇴의 근본 원인
은 타락된 민족성에 있다"(『이광수 전집』10, 126쪽) 하고 "정치적 독
립은 일종의 법률적 수속이니, 이는 독립의 실력이 있고, 시세가 있는
때에 일종의 국제법상의 수속으로 승인되는 것이지 운동으로만 될 것
은 아니외다"(『이광수 전집』10, 132쪽)라고 한다. 식민 상태가 민족
성의 타락에서 초래된 결과로 간주된다면 일제 강점과 조선의 식민화
를 잇는 인과적 연결고리가 가려진다. 정치적인 독립을 국제적인 승인
에 따른 법적 절차 정도로 여기는 진술에서는 식민 상태를 심각하게 여
기지 않는 태도가 읽힌다. 그처럼 이광수의 민족 개조는 국권회복을 목

적으로 직접 겨냥하지 않는다. 그렇다면 민족 개조의 목적에 대해 다시 묻지 않을 수 없다. 국권회복 이외에 그 어떤 현실적인 목적을 달성하기 위해 민족 개조를 시급히 추진해야 하는가? 「민족개조론」은 그 물음에 대해 민족 개조를 성취하기 위함이라는 동어반복적 답변을 내놓는다. 개조의 구체적인 목적을 접어둔 채 개조를 완성하기 위해 개조를 한다는 것은 방법과 목적을 혼동하는 오류에 해당한다. 어떤 사업이든 목적이 불분명하면 그 사업을 추진하기 위한 동력을 획득하기 어렵다. 민족 개조가 시급하다고 아무리 호소해도 목적이 분명하게 제시되지 않는다면 그 시급함이 듣는 이에게 절실하게 여겨지지 못한다.

「민족개조론」은 사업 추진 일정에서도 시급성에 반하는 제안을 한다. 시급하다는 민족 개조가 '장구한 사업'으로 계획된다. 개조의 사상이 조선 민족 전체의 여론이 되려면 일만 명의 개조된 지식인이 필요한데 그 인원을 확보하는 데 삼십 년이 걸린다고 한다. 그런데 그 삼십 년은 민족 개조를 시작하기 위한 준비 기간에 불과하다. "만 명을 얻음이 민족 개조의 완성이 아니라, 이에 민족 개조의 기초가 확립함이니, 정말 민족 개조 사업의 본업은 이에 시작할 것"(『이광수 전집』 10, 136쪽)이라고 한다. 이광수에게 민족 개조는 영원한 사업이다.

> 이는 오십 년, 백 년, 이천 년의 영구한 사업이외다. 이 사업에는 끝이 있을 것이 아니라, 조선 민족으로 하여금 영원히 새롭게, 젊게 하기 위하여 영원한 개조 사업을 영원히 계속할 것이외다.(같은 쪽)

시급한 민족 개조에 장구한 사업 기간이 유효할 수 없다. 사업 추진을 위해 제시된 일정이 애초에 사업을 기획하게 만든 시급성을 해소시키는 결과를 초래한다. 이 장구한 기간에 의해 민족 개조는 전혀 시급하지 않은 사업이 된다. 의사가 당장 수술이 필요한 응급환자로 진단하고서 식이요법이나 운동요법 같은 장기 처방만 내리는 격이다. 제안서의 형식에 비추어 본다면 「민족개조론」은 사업 기간을 명기하지 않은 제안서이다. '오십 년, 백 년, 이천 년의 영구한'이라는 모호한 표현은 사업 기간을 적지 않은 것과 다를 바 없다. 따라서 「민족개조론」은 제안서로서 목적뿐 아니라 사업 기간도 분명하게 제시하지 않은, 부실한 문서이다.

제안서로서 「민족개조론」의 미흡한 면은 단체의 조직과 관련한 제안에서도 드러난다. 이광수는 「민족개조론」의 서두에서부터 일관되게 개조 운동은 단체를 조직하여 추진해야 한다고 주장한다. 그는 소크라테스가 민족 개조 운동의 선각자이지만 단체를 조직하지 않은 탓에 실패했다고 본다. "단체를 만드는 것은 개조된 각 개인으로 하여금 개조의 환경 속에 계속적으로 처하게 하는 데 절대로 필요한 것"(『이광수 전집』 10, 119쪽)이라는 것이다. 단체가 개인의 계속적인 개조를 위한 환경 노릇을 하려면 단체 자체의 지속성이 전제되어야 한다. 내적 결속력은 단체의 지속을 위해 무엇보다 필요하다. 그런데 「민족개조론」이 제안하는 조직 방식은 단체의 내적 결속력을 약화시킬 가능성이 농후하다.

내가 말하는 민족 개조주의는 이 범주 중에 어느 것에 속한 것도 아니요, 또 어느 것을 특히 배척하는 것도 아니외다. 이 개조주의자 중에는 제국주의자, 자본주의자도 있을 수 있는 동시에 민족주의자, 영농주의자도 있을 수 있는 것이외다. 이런 것은 정치 조직에 관한 것이니, 개조주의에는 아무 상관이 없는 것이외다.

(······)

또 이 개조주의는 주의 자신이 어떤 종교도 아니요, 또 기성의 어떤 종교에도 특별히 가담하는 자도 아니외다. 동시에 어떤 종교를 배척하는 자도 아니외다. 야소교인도 가, 천도교인도 가, 유교인도 가, 무종교인도 역 가외다.(『이광수 전집』 10, 136~137쪽)

인용문은 민족의 일원이면 이념과 종교에 상관없이 누구나 민족 개조를 추진하는 단체에 참가할 수 있어야 한다고 제안한다. 개조 운동이 민족에 대해 개방성과 포용성을 지녀야 한다는 취지가 그 제안에서 읽힌다. 그러나 그처럼 범민족적인 성격의 단체는 내적 결속력이 취약하지 않을 수 없다. 이념이나 종교가 같은 사람들 간의 결속력은 일반적으로 높은 편에 속한다. 민족 개조의 단체가 서로 다른 이념과 종교들을 포괄하는 상위의 단체가 되려면 그 개별 집단의 내적 결속력보다 강한 결속력을 지녀야 한다. 가치와 이해관계에서 개별 집단들을 조정하거나 압도할 수 있어야 한다. 그렇게 하지 못한다면 서로 다른 이념과 종교 간의 경계선이 균열의 금으로 변하여 민족 개조의 단체를 와해시키게 된다. 그러나 「민족개조론」에는 기성의 이념과 종교를 포괄하고 통합할 만한 가치와 논리가 제시되지 않는다. 이념이나 종교로 나뉘는 개별 집단들 사이에, 또는 개별 집단과 민족 개조의 단체 사이에 갈등과 분규가 발생하는 경우 그러한 사태를 해결할 방법도 준비되어 있지 않다. 민족 개조가 장구한 사업이어서 단체를 결성하여 추진해야 한다면 그 사업 추진의 주체가 되는 단체가 지속성을 지녀야 한다. 단체의 지속 가능성은 그 단체의 내적 결속력에서 마련되는데 위의 인용문처럼 구성된 단체는 와해의 위기에 상시 노출된다. 그처럼 부실한 조직으로 장구한 사업을 제안한다는 것은 비현실적이다.

「민족개조론」에서 단체의 결성과 더불어 개조의 방법으로 거듭 환기되는 것이 개조 운동의 비정치성이다. 정치권력으로부터 개조 운동을 지키려는 의도가 그 비정치성에 내포된다. 일제의 식민 통치라는 현실 상황을 고려하면 충분히 제기될 만한 주장이다. 그런데 개조 운동의 비정치성은 「민족개조론」이 전개하는 논리의 맥락과 상충한다. 그 글은 상편에서 민족 개조 운동이 단체를 결성하여 추진되어야 한다고 주장한 후 역사상 성공적인 민족 개조 운동의 사례로 "프레드릭 대왕 시대의 프러시아, 뾰뜨르대제 시대의 아라사와, 인텔리겐치아 사회주의자 등의 아라사에서 한 운동, 일본 명치유신 등"(『이광수 전집』 10, 120쪽)을 열거한다. 그 사례들은 예외 없이 정치적이다. 일본의 명치유신에 대한 부연 설명에서도 정치성이 노출된다. 일본의 명치유신에는 명치천황을 중심으로 유수의 정치가, 사상가, 교육가, 학자, 문사, 실업가 등이 한 단체의 단원들처럼 참여하였다고 한다. "중심인물을 통하여 나오는 명령에 복종하여 조직적으로 민족 개조의 대사업을 경영한 점"(같은 쪽)이 명치유신의 단체 사업다운 면모로서 주목된다. 여기서 '중심인물'은 물론 명치천황을 지칭한다. 민족 개조의 모범 사례들 중에서 러시아의 사회주의자들을 제외하면 모두 제국주의와 관련된다. 러시아 사회주의자들의 경우는 '사설 단체적 성격이 농후'(같은 쪽)하다는 이유로 제국주의의 사례들보다 저평가된다. 개조 운동의 모범 사례들을 통해 「민족개조론」의 정치성은 이미 표명된 셈이다. 제국주의를 찬양하면서 사회주의를 저평가하는 서술은 그 정치성이 지향하는 바를 구체적으로 시사한다. 제국주의가 개조 운동의 모범이라면 일본 제국주의의 식민 상태인 조선에게 민족 개조는 무망한 일이다.

현실 정치권력으로부터 개조 운동을 지키는 방법으로 비정치성이 선택된 것이라면 그 선택이 이미 정치적인 의도를 지닌다. 이광수는 개조 운동이 현실 정치권력에 대해 무력하다는 인식을 기본적으로 갖고 있다. 독립협회와 청년학우회의 해산이 그러한 인식의 형성과 밀접한 관련이 있어 보인다. 청년학우회에 대해 이광수는 "그 조직된 법이 이전의 모든 단체의 결점을 참고하여 거의 이상에 가깝게 된 것으로 보아 신시기의 획하는 것"(『이광수 전집』 10, 123쪽)이라고 극찬한다. 그러나 청년학우회는 "성립된 지 일 년도 못 되어 합병 때문에 해산"(같은 쪽)되었다. 청년학우회의 전말을 전하는 이광수의 서술에는 아무리 이상적으로 조직된 단체라도 정치권력의 조처에 대응할 방법이 없다는 판단이 내포되어 있다. 이광수 자신이 제안하는 개조 운동도 거기서 예외일 수 없다. 그래서 개조 운동이 진행중에 '정부의 해산 명령의 액을 당'할 가능성이 있기에 "절대적으로 정치와 시사에 관계함이 없고 오직 각 개인의 수양과 문화 사업에만 종사하므로 정부의 해산을 당할 염려가 없을 것"(『이광수 전집』 10, 135쪽)이라고 한다. 현실 정치에 대한 개조 운동의 입장은 개인으로 치자면 보신주의에 가깝다. 보신주의도 일종의 정치적 입장이다. 따라서 「민족개조론」이 표방하는 비정치성은 현실 정치와의 관계를 고려한 선택으로 '비정치성의 정치성'이라고 규정하는 것이 그 실상에 근접한다.

정치와 절대적인 거리를 유지함으로써 개조 운동을 지킬 수 있다는 생각은 지극히 안이하다. 정치권력으로부터 자립할 방법이 전혀 없다면 개조 운동의 운명은 불확실한 우연에 맡겨진다. 개조 운동이 개인의 수양에 주력한다고 그 상황이 달라지지 않는다. '정부의 해산 명령의 액'을 당할 가능성이 상존하여 민족 개조라는 장구한 사업은 공중 분해될 위험에 상시 노출된다. 개조 운동의 비정치성은 아무 전제 없이 스스로 성립되는 개념이 아니다. 개조 운동의 지속을 위한 보장은 결국 정치권력으로부터 유래할 수밖에 없다. 개조 운동은 비정치성을 선언함으로써 정치권력의 승인과 시혜를 암암리에 요청한다. 그 승인과 시혜가 전제되어야 민족 개조는 장기 사업으로 추진될 수 있다. 정치성을 내장한 비정치성이 아닌, 순수한 비정치성의 개조 운동은 식민 치하에서 사실상 지속 불가능하다.

「민족개조론」이 제안한 개조 사업은 목적과 기간이 불분명하며 그 시행에 있어서 우연과 요행에 의존한다. 이념과 종교를 초월하여 조직된 단체는 내적 결속력이 취약하고, 비정치적 입장은 개조 사업을 지키는 안전장치 노릇을 하지 못한다. 「민족개조론」이 제안서라면 실현 가능성이 희박한 제안을 하는 것이다. 그 제안은, 민족 개조를 요청한 시급한 상태가 더 악화하지 않은 채 정지해 있고 개조 운동에 참여한 집단들이 이념과 종교로 갈라서지 않으며 현실 정치권력이 개조 운동에 승인과 시혜의 입장을 항구적으로 견지한다는 특수 조건에서는 실현될 가능성이 있다.[44] 하지만 그 특수 조건이 현실에서 불가능하므로 「민족개조론」은 공론에 그친다. 그처럼 문서상에 펼쳐진 상상에 불과한 사업을 이광수가 야심차게 기획하도록 한 원동력이 앞 장에서 거론된 인류애이다. 이광수의 사유가 상상을 통해 인류애로 비상하는 과정이 「재생」에서 포착되었다. 「민족개조론」은 「재생」과 동급의 상상으로 작성

---

44 「민족개조론」이 "식민지 조선의 민족이 난민일 수밖에 없음을 의식에서 말소하는 탈정치화였다"고 한 김항의 지적을 이즈음에서 상기할 만하다. 김항, 같은 글, 198쪽.

된 논설로서 이미 그의 시선은 민족을 초월하여 인류를 굽어보는 고도까지 상승한 상태이다. 그 높이에서 확보된 거시적인 안목에서 개별 민족들은 하나의 인류로 포섭된다. 민족의 개조를 위한 계몽운동도 인류가 벌이는 세계사적인 사업의 일환으로 파악된다. 부처와 예수 급의 성인을 추종하는 인류애의 입장에서는 민족을 구분하지 않는다. 부처와 예수는 세계 만민을 차별 없이 대하라고 가르쳤기 때문이다. 다 같은 인류이므로 어떤 민족이 다른 민족에 대해 굳이 독립을 주장할 필요도 사라진다. 다른 민족들이 인류라는 테두리 안에서 서로 협력한다면 공영을 이룰 수 있다고 기대된다. 그런데 이광수가 개조 운동이 시급하다는 이유로 든 '세계적 조류'의 실상은 제국주의였다. 「민족개조론」은 그 조류를 따르려 하므로 식민 상태를 영구화하는 제안으로 오용될 가능성을 은연중에 내포하게 된다.

「흙」, 비정치적 개조 운동의 한계

「흙」이 "동우회 운동의 방편으로 씌어졌다"[45]고 하지만 더 거슬러올라가면 그 창작 동기가 「민족개조론」에 소급된다. 동우회가 「민족개조론」의 주장과 방법에 따라 결성된 단체이기에 그런 관계가 성립한다. 동우회가 「민족개조론」의 현실적 실천이었다면 「흙」은 「민족개조론」의 소설적 실천인 셈이다.

동우회는 「민족개조론」의 제안들에 대해 앞에서 제기한 문제를 드러내면서 해산의 과정을 밟았다. 「민족개조론」이 제안한 단체의 취약한

---

45 김윤식, 같은 책, 861쪽.

내적 결속력이 동우회에 그대로 나타났다. 동우회는 노선 갈등으로 내분의 조짐을 보였다. 사회주의와 민족주의를 두고 벌어진 그 갈등은 민족주의로 정리되었다.[46] 종교와 이념을 초월한 범민족적 성격의 단체를 결성하자는 「민족개조론」의 제안이 실현되지 못한 것이었다. 동우회는 정치와 거리를 두는 방식으로 존속하려 했지만 요인들이 일경에 체포됨으로써 강제해산되었다. 동우회의 해산은 「민족개조론」이 제안한 비정치적 개조 운동이 식민지 현실에서는 불가능하다는 사실을 입증한다. 그 불가능에 맞선 소설적 시도가 「흙」이었다.

「흙」에서 한민교는 민족운동의 구심점으로 설정된다. 그의 집에는 방문객의 발길이 끊이지 않는다. 그들은 한민교가 출강하는 학교에서 그에게 배우거나 서울 장안에 퍼진 그의 소문을 듣고 찾아온 학생들이다. 한민교는 그 학생들이 장차 민족을 위해 헌신하기를 바라는 마음에서 그들을 지도한다. 「민족개조론」에 의거하자면 학생들은 일만 명의 개조된 지식인으로 자라날 씨앗들인 셈이다. 그러나 한민교의 소망과 달리 학생들은 저마다의 사적 이해관계와 정념에서 자유롭지 못하다. "한선생의 집에 자주 다니는 동안 그들은 다 한선생의 뜻을 따르는 제자라면 제자요, 동지라면 동지지마는 학교를 졸업하고 혹은 직업전선으로 혹은 해외 유학으로 이태, 삼 년 떠나 있으면 아주 배반까지는 안 한다 하더라도 대부분 마음이 식어버렸다."(『이광수 전집』 3, 160쪽) 이건영과 김갑진이 그중 가장 타락한 경우이다. 프린스턴대학의 박사가 된 이건영은 결혼을 부를 거머쥘 기회로 여긴다. 경성제대 법과에서 수학한 김갑진은 호색한인데다 친일적인 성향을 지니고 있다. 그들은

---

46 동우회의 내분과 관련한 전말은 같은 책, 837~841쪽 참조.

뛰어난 인재들이지만 한민교의 소망에는 아랑곳하지 않고 사적인 욕망을 추구한다. 그들에게 조선 민족은 무시와 경멸의 대상일 뿐이다. 한민교가 주도하는 모임은 시간이 흐를수록 쇠퇴한다. 그는 교원 자격이 없다는 이유로 강사 자리를 잃어 생계마저 어려운 형편에 처한다. 청년을 조직하고 훈련하여 민족을 구하겠다는 그의 원대한 이상은 부정적 현실에 부딪혀 사그라든다.

「흙」이 재현하는 당대 현실에서 「민족개조론」의 기획을 추진하는 일은 거의 불가능하다. 이기심이 행동의 원리가 되는 세상에서는 인간들 간의 투쟁이 만연한다. 사익 증진과 욕망 충족을 인생의 목표로 여기는 사람들이 늘수록 인심은 각박해지고 풍속은 타락한다. 그런 세상에서 이타적인 가치를 위해 헌신하는 사람은 희소하다. 「흙」에서 한민교의 수제자 격인 허숭도 사적 욕망에 굴복하여 유순을 버리고 윤정선과 결혼한다. 그전까지 허숭은 고향인 살여울로 내려가 농촌 계몽운동에 일생을 바칠 결심을 하고 있었다. 그는 또한 고향 처녀인 유순을 평생의 반려로 맞을 작정이었다. 그러나 허숭의 그 결심은 윤참판이 사위가 되어달라고 제안하자 맥없이 무너진다. 명문가의 사위가 되어 미모의 아내를 얻고 부를 누릴 수 있다는 유혹을 허숭은 이기지 못한다. 허숭처럼 굳은 신념의 인물도 굴복시킬 만큼 세속의 욕망은 강력하다. 「흙」에는 이건영과 김갑진 말고도 돈과 쾌락을 좇는 인간 군상이 등장한다. 신참사는 헐한 품삯으로 살여울 농민들의 노역을 착취하면서 위세가 등등하다. 모내기 감독을 나온 농업 기수는 권력을 믿고 유순을 희롱하려 한다. 허숭이 왕진을 청하러 찾아간 읍내 이의사에게는 환자의 치료보다 돈이 우선이다. 그는 매매혼의 방식을 통해 유순을 첩으로 들이려 한다. 우연히 만난 두 선배 변호사에게 이끌려 찾아간 요정에서 허숭은 사회적으로 존경을 받는 인사들이 기생을 끼고 앉아 벌이는 술판을 목격한다. 명복 어멈은 김갑진에게 매수되어 그가 윤정선에게 접근할 수 있도록 돕는다. 유정근은 거짓말을 퍼뜨려 살여울 주민들이 허숭을 배척하도록 할 뿐 아니라 맹한갑이 유순을 살해하도록 사주한다. 허숭이 투옥된 이후 유정근은 대부업으로 재산을 불리는 한편 여학생 첩을 들이고 작은갑의 아내를 정부로 삼는다. 살여울 주민들은 유정근의 식산조합에서 잔치 비용과 노름 밑천 등으로 무분별하게 돈을 빌려 쓰다가 빚더미에 앉게 된다. 돈과 쾌락을 인생 최고의 목표로 추구하는 이들에게 인간의 존엄성이나 공동체적 가치는 철저하게 무시된다. 사욕의 전쟁터와 같은 현실에서 고귀한 이상을 실현하려면 범속한 수준의 능력과 인격으로는 불가능하다.

「흙」에서 허숭은 애초부터 비범한 능력과 인격의 소유자로 설정되어 있다. 그는 고학으로 고등문관시험에 합격하여 변호사가 될 만큼 유능할 뿐 아니라 선하고 정의로운 인품의 소유자이다. 여름방학에 귀향하여 야학을 연다거나 매춘부로 팔려가던 옥순을 자신의 여비를 모두 털어 구한 일에서 그의 성격이 잘 드러난다. 그러나 그가 그 정도의 능력과 인격을 지녔다 하더라도 사욕의 전쟁터와 같은 현실에서 계몽운동을 펼치는 일이 결코 녹록지 않다. 「민족개조론」으로 소급되는 한민교의 가르침을 실천하려면 허숭은 그 이상의 인물이 되어야 한다. 작품의 진행과 더불어 그는 성자로 변모해간다. 시련과 역경은 그를 좌절시키기보다 고귀하게 단련한다. 윤정선과의 불행한 결혼생활이 유순을 배반한 죄과라고 여긴 허숭은 살여울에서 계몽 사업을 함으로써 속죄하려 한다. 윤정선은 남편이 부재한 동안 김갑진의 유혹에 넘어가 훼절한다. 아내의 훼절에 허숭은 깊은 절망에 사로잡히지만 그런 일이 벌어진 것을 자신의 탓으로 돌리면서 아내를 용서한다. 허숭은 김갑진에게도 용서한다는 내용의 편지를 보낸다. 훗날 허숭은 윤정선에게서 난 김갑진의 딸을 자식으로 거둔다. 허숭이 살여울에서 벌이는 사업에는 그 어떤 사적 이해관계가 개입하지 않는다. 그에게는 살여울을 이상적인 농촌으로 변모시킨다는 이타적인 목표가 있을 뿐이다. 그는 사재를 털어서 마을의 열악한 위생 상태를 개선하며 농업 기수 사건으로 잡혀간 마을 사람들을 무료로 변호한다. 그러다가 과로로 쓰러지기도 한다. 그는 시련과 역경을 자기 성찰을 통해 감내하고 이겨냄으로써 지극히 자비롭고 희생적인 인물로 거듭난다. 살여울에서 펼치는 계몽 사업을 통해 그는 성자로서의 면모를 완성해간다.

이광수는 주인공의 정신적 수준을 상향 조정하는 방식으로 부정적인 현실에 맞서고자 한다. 따라서 현실의 사정이 열악할수록 주인공의 정신적 수준이 높아진다. 「무정」의 이형식은 계몽의 교사인 데 비해 「재생」의 봉구는 인류애의 사역자이다. 「흙」의 허숭은 그들보다 더 높은 성자의 위치에 오른다. 성자는 이광수가 현실에 맞서 끌어올린 주인공의 최고치이자 한계이다. 민족 개조 운동은 비정치적이어야 한다는 신념을 지닌 이광수에게 주인공의 정신적 수준을 높이는 것 이외의 방법은 가능하지 않다. 혁명가나 정치가에 의한 세상의 변화는 이광수의 상상력이 미치지 않은 영역이다. 그런데 「흙」의 현실은 성자로도 개선을 기대할 수 없을 정도로 속악하다. 유정근이 펼치는 중상모략 앞에서 허숭은 속수무책이다. 허숭이 공들여 이룬 조합은 분해되고 그는 마을 사람들에게 호색한으로 오해되어 손가락질을 당한다. 유정근이 대표하는 악의 배후에는 일제의 식민 통치가 자리한다. 그 현실 권력 앞에서 성자 허숭은 무기력하다. 유정근에게 밀려 살여울을 떠날 준비를 하던 차에 허숭은 일경에 체포된다. 허숭의 이상은 식민 현실에 부딪혀 좌초한다. 「민족개조론」의 제안이 현실적으로 실현 불가능하다는 것이 「흙」을 통해 검증된 셈이다.

「흙」은 종반으로 접어들면서 사실성이 결여된 전개를 보여준다. 유정근의 갑작스러운 개심으로 상황이 반전된다. 허숭에 대한 주민들의 오해가 해소되고 황폐해진 살여울에 새 희망의 기운이 불어넣어진다. 그러나 그전까지 유정근이 저지른 악행에 비추어 본다면 그가 작은갑의 협박에 굴복하여 살여울 주민들 앞에서 자신의 과오를 반성하는 모습은 설득력이 부족하다. 허숭에게 감화되었다는 고백도 실감을 불러일으키지 못한다. 이광수는 「재생」에서 김경훈을 갑작스럽게 개심시킴으로써 신봉구를 사형 집행 직전에 구해냈는데 그처럼 무리한 진행이 「흙」의 종반부에서 다시 사용된 것이다. 김갑진이 농촌 운동가로 변신한 모습도 유정근의 경우처럼 갑작스러워 설득력이 떨어진다. 유정근의 개심을 분기점으로 「흙」은 소망과 기대의 서사로 전환된다. 소망과 기대의 서사는 사실의 재현이 아닌 상상에 힘입어 구축된다.

「민족개조론」은 개조 운동의 전파 방식으로 감화를 들었다. 도덕적으로 각성한 지식인이 선전을 통해 다른 이들을 감화시킴으로써 개조 운동의 일꾼을 늘릴 수 있다고 했다. 그러나 그 주장이 「흙」의 현실적 구도에 위치하자 허황된 실체를 드러낸다. 유정근의 개심은 희망사항일 수는 있어도 「흙」의 서사적 전개와 당대 현실에서는 일어날 가능성이 거의 없다. 소망과 기대는 심정의 세계이지 논리의 세계는 아니다. 소설은 합리성이 지배하는 근대의 서사 양식이다. 객관 현실 대신 소망과 기대를 형상화하면서 「흙」은 근대소설다운 전개에서 벗어난다. 냉혹한 현실 앞에서 김윤식이 말한 저 '밤의 논리'가 작

동한 것이다.[47]

---

47 김윤식은 근대를 지배하는 합리주의를 '낮의 논리'로, 전근대를 지배하는 심정적 사고를 '밤의 논리'로 구분했다. 그에 따르면 "낮의 논리, 논리적 세계의 경우엔 적어도 70퍼센트 이 상이 아니면 어떤 일도 시작하지 않는다. 가능성의 확률이 그 이하로는 없기 때문이다. 그러 나 심정적 세계에서는 50퍼센트의 가능성만 있으면 바로 행동으로 나갈 수 있고 또 그럴 수 밖에 없다"고 했다. 근대의 서사체인 소설은 '낮의 논리'에 지배된다. 그러나 「흙」의 결말부를 추진하는 기대와 소망의 서사는 합리가 아닌 심정의 세계에서 비롯한다는 점에서 '밤의 논리' 의 작동으로 볼 수 있다. 김윤식, 같은 책, 420쪽.

5. 인류애의 이상과 현실

'높다'라는 말

인류애에 이르는 이광수의 사상적 추이는 그의 소설에 나오는 '높다'의 활용형 표현에서 뚜렷하게 드러난다. '높다'의 활용형이 인물의 정신적 면모나 인물들 간의 관계를 표시하는 데 자주 사용된다. 「무정」에서 형식은 정신적인 면에서 '높은' 인물로 설정된다. 그의 높이는 배학감을 비롯한 동료 교사들이나 이희경 일파의 학생들과 비교되고 그들에게 그는 질투와 경쟁의 대상이 된다.[48] 선형은 형식에게 영어를 배움

---

48 해당 구절을 인용한다. 밑줄은 인용자의 표시이다. 이하 각주 53까지 이것과 같은 목적으로 인용문을 제시하고 밑줄을 표시한다. "배학감도 (······) 학생들이 형식을 따르는 것은 형식의 인격이 자기보다 높고 따뜻함이라 하지 않고"(『이광수 전집』1, 48쪽); "지금의 희경이 보기에 (······) 장래에는 자기가 형식보다 열 배 스무 배나 높아질 것같이 보였다."(『이광수 전집』1, 184쪽); "다른 교사들은 형식을 그처럼 지식과 사상이 높은 자라고 인정하지 아니하였고"(『이광수 전집』1, 185쪽); "형식의 생각에, (······) 자기의 몸은 괴롭고 혼란한 티

으로써 자신의 자격이 높아질 거라고 기대한다.[49] 「개척자」에서는 성순의 동창들이 자신들의 교양 수준이 여느 남성들과 비교하여 높다고 여긴다.[50] 「재생」의 순영은 백윤희의 첩이 되기 전에 타인에 대해 우월감을 느낀다. 그녀의 우월감은 '높다'의 활용형이나 그 유의어로 표현된다.[51] 순영의 눈에 비친 봉구는 높고 귀하다.[52] 「유정」에서는 최석이, 「사랑」에서는 안빈이 높은 지위를 부여받는다. '높다'와 더불어 '거룩하다' '낫다' '위대하다' 등도 인물을 수직적으로 차별화하는 데 사용된다.[53] '높은' 대상에 대한 태도는 '우러르다'나 '존경하다' 등의 활용형으로 표현된다.

'높다'는 가치의 차원에서 이광수의 상상이 움직이는 방향을 분명하게 가리킨다. 그의 상상은 우열 관계로 가치의 등급이 매겨지는 수직 축에서 상승 운동을 한다. 그 수직 축의 첫 단계는 교사이다. 「무정」

끝세상을 떠나서 수천 길 높은 곳에 올라선 것 같았다."(『이광수 전집』 1, 168쪽)

49 "선형은 (……) 자기가 영어를 잘하게 되면 자기의 자격도 높아지고 남들도 자기를 지금보다 더 사랑하고 존경하리라 하였다."(『이광수 전집』 1, 55쪽)

50 "남자 자신이 그보다 높은 교양이 없으니까, 고등여학교를 졸업한 여자만 하여도 너무 교육이 높은 것을 한 할이만큼 그렇게 남자 교육이 낮으니까, (……) 그렇게 높게 자임하였던 것"(『이광수 전집』 1, 272쪽)

51 "순영의 푹 가라앉았던 맘은 점점 땅에서 떠오르려는 비행기 모양으로 슬슬 올라 뜨기도 하고 (……) 나는 학식으로 보더라도 저 사람들보다 나은 사람 아니냐? (……) 순영이 자기는 그 사람들보다 천 층 만 층 높고 깨끗한 천사와 같았다."(『이광수 전집』 2, 36쪽): "순영은 높은 자리에서 밑에 있는 자에게 호령하는 듯한, 훈계하는 듯한 태도로,"(『이광수 전집』 2, 61쪽)

52 "봉구에게는 심히 높고 귀한 무슨 힘이 있는 것을 순영은 봉구를 무서워하여 가슴이 두근거리면서도 깨달았다."(『이광수 전집』 2, 87쪽)

53 "정선의 귀에도, 아니 양심에도 숭의 말은 진리에 가까운 듯하고, 종교적 거룩함까지도 있는 듯하였다."(『이광수 전집』 3, 110쪽)

의 이형식이 대표하는 이 단계에는 「어린 벗에게」의 임보형을 비롯하여 「개척자」의 김성재와 민은식이 자리한다. 초기 단편에서 민족 계몽을 역설하는 청년들도 이 단계에 속한다. 이광수의 상상이 움직이는 수직 축에서 최고의 경지는 성인이다. 석가와 예수가 성인의 경지로서 빈번하게 언급된다. 「재생」의 봉구는 그 경지를 열망하여 인류애의 사역자가 된다. 추구하는 이상이 계몽에서 인류애로 높아진 만큼 인류애의 사역자는 교사보다 한 단계 위에 자리한다. 「재생」에서 봉구는 헌신과 봉사를 통해 성인의 길을 가고자 하나 성인이 되기에는 아직 불완전한 상태여서 인류애의 사역자에 머문다. 그에 비해 「흙」에서 허숭은 봉구보다 한 단계가 상승하여 성인의 바로 아래 단계인 성자가 된다. 성자는 이광수의 상상이 상승 운동을 통해 밀어올린 인간 주인공의 최고치이자 한계이다. 그런데 그의 상상은 그 단계에서 멈추지 않고 더 높은 단계를 바라본다. 성자의 단계를 지나 석가와 예수 같은 성인의 경지로 향하는 초월적인 시도가 「유정」과 「사랑」에서 펼쳐진다. 「유정」의 최석은 애욕을 초극하고 성인의 경지로 나아가기 위해 처절한 고투를 전개한다. 「사랑」의 안빈에게서는 성인의 경지에 근접한 풍모마저 느껴진다. 이광수 소설의 핵심적인 두 주제인 연애와 계몽도 가치의 차원에서 그의 상상이 벌이는 상승 운동에 포섭된다. 「무정」과 「어린 벗에게」에서 연애는 계몽에 포섭되거나 제어된다. 「개척자」를 거쳐 「재생」에 이르면서 연애는 계몽의 지배를 벗어나 인류애라는 숭고한 차원으로 비상한다. 계몽은 그 스스로 더 높은 차원을 지향함으로써 인류애로 갱신된다. 사적 감정인 연애와 공적 이념인 계몽이 모두 인류애라는 숭고한 차원으로 승화된 것이다. 「무정」과 「어린 벗에게」에서 엿보였던 일부다처의 욕망도 그 승화의 과정에서 해소된다. 이형식이나 임보형처럼 두 여인과 동시에 연인 관계가 되려는 욕망이 인류애의 성자에게는 허락되지 않는다. 그는 다만 고귀한 자리에 서서 복수의 여성들로부터 추앙을 받을 수 있다.

인류애는 이광수의 상향적인 상상이 설정한 정점에 자리한 이상이다. 「민족개조론」과 「재생」 이후 이광수의 사상은 인류애를 정점으로 재편된다. 민족은 인류의 일부로 파악되고 인류와 더불어 '만민'이나 '중생' 같은 단어들이 민족을 대체한다. 그러한 변화는 이광수가 불가에 귀의한 사정과 맞물린다. 연애와 계몽의 위상도 인류애를 정점으로 삼는 구도 속에 배정되어야 한다. 계몽은 인류애와 동질적인 계통이어서 인류애의 휘하에 그 자리가 수월하게 정해질 수 있다. 계몽은 인류애라는 목적을 실천하는 방법이자 수단으로서 그 역할을 부여받는다. 인류애의 수하인 계몽이 계몽하려는 대상은 물론 인류이며 민족은 인류라는 거시적인 맥락에서 파악된다. 그런데 인류애를 정점으로 하는 구도에 연애를 배속하는 일은 계몽에 대한 처리보다 수월하지 않다. 이광수는 초기 소설에서 그와 유사한 시도를 한 바 있다. 연애를 계몽의 도구로 삼으려는 그 시도는 실패했다. 연애는 계몽에 장악되지 않았고 오히려 그 자체의 본성을 분명히 하는 상황이 벌어졌다. 인류애를 정점으로 하는 구도에서도 연애는 처리되어야 할 문제로 다시 대두된다. 「무정」에서 삼각관계의 애정 갈등을 계몽적 담론으로 해소하거나 「어린 벗에게」에서 연애의 열정을 계몽적 의무 수행을 위한 동력으로 전환하는 식의 처리는 미봉의 수준에 그쳤다. 그 두 소설은 연애의 본성을 외면함으로써 계몽과 연애의 관계를 안이하게 처리했다. 인류애의 입장에서 연애를 처리하는 문제를 두고서 이광수는 종전과 달리 정면 대결의 방식을 취한다. 「유정」이 바로 그 정면 대결이 펼쳐진 자리이다.

「유정」은 이광수가 연애의 문제를 두고 벌인 고투의 끝을 보여준다. 그리고 그 대결의 경험을 통해 재조정된 인류애로의 접근 방법이 「사랑」에서 펼쳐진다. 두 작품을 두고 이루어진 선행 연구의 성과를 개관하고서 본 논의로 진행한다.

이광수는 자신의 작품 중에서 후대까지 남을 만하고 외국어로 번역될 만한 작품으로 「유정」을 꼽았으나[54] 그의 기대와 달리 「유정」은 후대의 연구에서 그다지 주목받지 못했으며 문학사에서도 긍정적으로 평가되지 않았다.[55] 작품론 격의 선행 연구에서는 최석의 정신적 고투가 지닌 의미가 주로 고찰되었다. 최석이 시베리아를 방랑하다가 죽음에 이르는 과정이 '도덕적인 자기완성'으로 파악되었고[56] 민족의 계몽이라는 공적 가치를 지니는 것으로 해석되기도 했다.[57] 한편 「유정」이 크로폿

---

54 해당 부분을 인용한다. "만일 내 작품 중에 후세에 끼칠 만한 것이 있다면 이 「유정」과 「가실」이라고, 그 역(亦) 외람한 말이나 외국어로 번역될 것이 있다면 그는 역(亦) 「유정」이라고 생각해요." 이광수에게 「유정」은 후세에 남을 만한 가치와 외국어로 번역될 가치를 아울러 지닌 유일한 작품이다. 『이광수 전집』 10, 524쪽.

55 조동일은 「유정」과 「사랑」을 "비정상적인 정신주의를 퍼뜨리는 위선적인 논리를 내세우는" '통속 연애소설'의 대표적 사례로 보았다. 권영민도 「사랑」과 더불어 「유정」을 "애정 갈등을 과장적으로 서사화한 통속소설의 범주를 벗어나지 못하고 있다"고 이해했다. 조남현은 「유정」의 문제점으로 '구성 면에서 우연성의 남발'과 '인물 심리의 불필요한 기복' '서술 태도의 면에서 리얼리티의 확보 실패' 등을 들었다. 조동일, 『한국문학통사 5』(2판), 지식산업사, 1989, 336쪽; 권영민, 같은 책, 208쪽; 조남현, 『한국현대소설사 2』, 문학과지성사, 2012, 178쪽.

56 박혜경은 최석이 내면의 투쟁을 통해 이룬 도덕적 자기완성에 '계몽의 프로젝트'가 내포될 가능성에 대해서도 언급했다. 박혜경, 「이광수 소설에 나타난 사랑과 계몽의 기획―이광수의 『유정』을 중심으로」, 『한국문학연구』 33호, 동국대학교 한국문학연구소, 2007, 247~272쪽.

57 서영채는 최석이 그리스도처럼 '죄 없는 책임의 실천자'가 되어 죽는 비극을 통해 이광수는 '조선이라는 공동체의 정신적 고양'을 희구했다고 주장했다. 서희원은 최석의 여정과 죽음을 통해 "공동체는 안정을 되찾는다"고 이해했으며 임보람은 "「유정」의 서사가 공동체를 향한 계몽의 외피를 입고 있지만, 아이러니하게도 그것을 추동하는 저변의 원리란 기실 가장

킨의 상호부조론에 영향을 입었다는 견해도 제시되었다.[58] 문학사에서 「사랑」은 「유정」과 한데 묶여 통속 연애소설로 저평가되었다.[59] 개별 작품론에서는 「사랑」의 종교적인 면과 통속적인 면이 주목되었다. 「사랑」에서 석순옥이 밟아가는 고행의 길은 불교의 육도六度를 의연히 실천하는 과정이고[60] 그녀가 대승 보살로 심화되는 과정으로 고평되었다.[61] 불교의 인과법이 「사랑」을 지배하는 원리라는 견해도 제기되었다.[62] 「사랑」이 누린 대중적 인기에는 과학 실험과 중생 구제 같은 고상한 면이 통속의 역설로서 작용했다는 해석이 제출되었고[63] '전근대적 유교 이데올로기'에 호응한 당대 독자의 의식 수준도 「사랑」의 판매고를 올리는 데 기여했다는 주장도 있었다.[64]

사적인 욕망의 발로이다."라고 함으로써 다른 견해를 제시했다. 서영채, 「죄의식, 원한, 근대성—소세키와 이광수」, 『한국현대문학연구』 35집, 한국현대문학회, 2011, 53쪽; 서희원, 같은 글, 235쪽; 임보람, 「『유정』에 드러난 사랑과 욕망의 문제 연구」, 『우리말글』 69집, 우리말글학회, 2016, 246~247쪽.

58 이경훈, 「인체 실험과 성전—이광수의 「유정」·「사랑」·「육장기」에 대해」, 『동방학지』 117집, 연세대학교 국학연구원, 2002, 205~223쪽.

59 각주 55 참조.

60 최정석, 「작품 「사랑」의 사랑 분석」, 『이광수 연구(하)』, 동국대학교부설 한국문학연구소 엮음, 태학사, 1984, 313쪽.

61 김용태, 「「사랑」의 사상적 연구」, 같은 책, 469쪽.

62 이계열은 "불교의 인과법을 문학적으로 형상화하는 데 문제가 있어 보인다"고 함으로써 작품의 완성도에 의문을 제기했다. 이계열, 「사랑의 구현 양상—이광수의 『사랑』을 중심으로」, 『현대소설연구』 67호, 한국현대소설학회, 2017, 198쪽.

63 허연실, 「1930년대 대중소설과 대중적 전략—이광수의 『사랑』을 중심으로」, 『현대소설연구』 28호, 한국현대소설학회, 2005, 165~182쪽.

64 정혜영은 박문서관의 유통 능력과 이광수라는 이름의 대중 장악력을 「사랑」이 상업적으로 성공한 이유로 꼽았으며 그 배후에서 '전근대적인 유교 이데올로기'가 작용했다고 주장했다. 정혜영, 「1930년대 '연애소설'과 사랑의 존재방식—이광수 「사랑」을 중심으로」, 『현대소설연구』 47호, 한국현대소설학회, 2011, 347쪽.

「유정」, 욕망의 실체

「유정」에서 최석은 유서를 남기고 집을 나와 여의도공항으로 간다. 그는 공항에서 만주로 가려던 애초의 계획을 변경하여 동경행 비행기에 오른다. 전날 그가 첫 시간 수업을 하러 들어간 교실의 칠판에는 '에로 교장 최석, 에로 여자고등사범학교 남정임'(『이광수 전집』 4, 40쪽)이라는 문구가 쓰여 있었다. 최석이 교장으로 재직하는 학교의 학생들까지 알 정도로 두 사람에 대한 추문이 세간에 널리 퍼져 있었다. 그 추문은 사실이 아니다. 그 추문은 최석의 아내가 정임의 일기를 오독함으로써 비롯되었다. 정임은 최석을 향한 연정을 상상으로 과장하여 일기에 적었는데 그 상상을 최석의 아내는 사실로 받아들였다. 평소에 남편과 정임의 관계에 의심의 눈초리를 보내던 그녀로서는 충분히 가능한 일이었다. 그녀는 남편의 외도에 관한 소문을 집밖으로 퍼뜨리고 그 소문은 최석에게 적대적인 사람들을 통해 걷잡을 수 없이 번져나갔다. 상상이 사실 노릇을 하면서 서사를 전개하는 계기가 된 것이다. 최석이 학생들의 조롱을 받고 학교를 사직한 날 저녁 '에로 교장'을 기정사실로 다룬 기사가 어느 신문에 난다. 딸자식 격인 정임과 불륜 관계라는 세간의 소문은 교육자인 최석에게 치명적이다. 사회적으로 이미 사형선고를 당한 것과 다름없는 상황에서 조선을 떠나는 것 외에 그에게 다른 선택의 여지가 없었다. 집에 남긴 유서가 가리키는 바와 같이 그가 가는 길의 끝에는 죽음이 예정되어 있다.

최석은 행선지를 동경으로 변경한 데 대해 "마지막으로 정임을 한번 보아야 하겠어서 동경으로 향한 것"(『이광수 전집』 4, 42쪽)이라고 밝힌다. 최석의 그 행보는 최석의 아내가 품는 의심이 전혀 근거 없는 것이 아님을 보여준다. 최석은 친구인 남백파와의 의리를 지키기 위해 정임을 수양딸로 거두어 돌보았다. 추문 때문에 조선을 떠나는 시점까지 그는 정임에 대해 부성애 이상의 감정을 품지 않았다고 친구에게 보낸 편지에서 주장한다. 그러나 정임을 향한 자신의 관능적인 관심을 은폐하지는 못한다. 일본 유학을 떠나는 정임을 환송하는 식사 모임에서 최석은 그녀의 미모를 깨닫고서 마음이 동요된다.

> 이때에 정임은 삼지창을 들다가 도로 놓으며 고개를 숙이는 모양이 내 눈에 띄었소. 아, 과연 정임은 미인이로구나 하는 생각이 번개같이 내 몸에 쩌르르하고 돌았소.
>
> 내 아내가 작별 선물로 지어준 진달래꽃빛 나는 양복과 틀어올린 검은 머리는 정임을 갑자기 더 미인을 만든 것 같았소. 그 투명한 살이 전깃불에 비친 양은 참 아름다웠고 가벼운 비단 양복이 그리는 몸의 선, 그리고 고개를 푹 수그린 양은 말할 수 없이 아름다웠소. 나는 처음 이렇게 아름다운 정임을 발견하였소.(『이광수 전집』4, 22쪽)

최석이 발견했다는 '아름다운 정임'이란 정확히 부연하면 '정임의 아름다운 몸'을 일컫는다. 최석은 정임의 외모를 눈여겨보다가 "어떻게도 가련한 동양적, 고전적 미인의 선인고! 리듬인고!"(같은 쪽)라며 속으로 찬탄한다. 병석에 누운 정임의 모습마저 최석의 눈에 아름답게 비친다. 정임이 위독하다는 전보를 받고 급히 동경으로 간 최석은 그녀를 대면하고서 "수척해서 좀 크던 눈이 더욱 커진 듯하였소. 그러나 그 얼굴은 더욱 옥같이 아름답고 맑아서 인간세계의 사람 같지 아니하였소"(『이광수 전집』, 4, 29쪽)라고 한다. 정임의 병세에 대한 걱정보다 그녀의 미모에 대한 감동이 최석의 마음에 먼저 일어난다. 이 소설에서 정임은 마음씨가 착하고 재능이 뛰어난 인물로 등장하지만 최석의 마음을 끄는 것은 그녀의 마음씨나 재능이 아니다. 최석은 정임의 외모에 끌리고 그녀의 내면은 그 외모에 연계되어 부수적으로 언급된다. 정임의 아름다운 외모는 그녀의 아름다운 심성이 표현된 것이라거나 아름다운 외모만큼 내면도 아름답다는 식이다.

정임의 몸을 주시하는 최석의 시선은 그의 욕망에 뿌리를 내리고 있다. 그 욕망이 의식될 때마다 최석은 곤혹스럽다. 그 욕망은 가정적으로나 사회적으로 철저히 은폐되어야 한다. 최석은 그 욕망에 부성애라는 자물쇠를 채워 자신과 정임의 관계가 가정과 사회에서 정당화되도록 한다. 그러나 최석의 의도와 달리 세상은 그와 정임 사이에서 부녀 관계가 아닌 남녀 관계를 읽어내고 그 결과 최석은 부도덕한 인물로 취급된다.

조선을 떠나는 최석의 발길이 동경의 정임에게 향하는 것은 그 부성애라는 자물쇠가 그만큼 헐거워졌음을 의미한다. 사회적으로 지켜야 할 지위나 위신이 그에게는 더 남아 있지 않았고 그래서 이전보다 자유로울 수 있다. 그러한 상태에서 이루어지는 정임과의 재회는 최석에게 있어 그동안 외면하고 억압해온 욕망을 수긍하고 또한 그로 인해 갈등하는 과정이기도 하다. 최석은 정임이 입원중인 병원으로 찾아가 그녀를 만난 자리에서 아버지로서의 입장을 고수하려 한다. 그러나 시간이 흐를수록 그는 정임을 두고 아버지와 연인이라는 두 입장 사이에서 동요하게 된다. 갑자기 나타난 최석을 의아하게 여기는 정임에게 최석은 학교를 사직하고 여행을 떠나는 중에 잠시 들렀다고 말한다. 최석에게 안 좋은 일이 생겼음을 직감한 정임은 울음을 터뜨리고 그와 더불어 최석도 평정을 잃는다. 최석은 정임을 달래고 여관으로 돌아오는 길에 대해 "나는 병원에서 어떤 모양으로 여관에 돌아왔는지 모르오. (……) 정임의 앞에서 억제하였던 모든 감정이 병원 문을 나서며 폭발이 된 것이오"(『이광수 전집』 4, 44쪽)라고 밝힌다. 최석은 그 폭발된 감정을 주체할 길 없어서 정임에게 편지를 쓴다. 그는 "네가 나를 사랑하는 만큼 나도 너를…"(『이광수 전집』 4, 45쪽)에서 쓰기를 멈춘다. 정임이 최석을 사랑하는 정도는 그녀의 일기에 기록되어 있다. 그 일기에서 정임은 최석을 향한 사랑의 열망과 현실적으로 실현 불가능한 그 사랑에 대한 절망을 토로했다. 따라서 정임이 최석을 사랑하는 만큼 최석이 정임을 사랑하고자 한다면 그것은 그가 그때까지 고수해온 아버지의 자리에서 연인의 자리로 내려오겠다는 의미가 된다. 그러나 최석은 사랑이라는 단어를 차마 쓰지 못하고 객실 밖으로 나가 빗속을 거닌다. 그 사이 최석을 찾아온 정임이 최석이 쓰다 만 편지를 읽는다. 보이로부터 손님이 왔다는 기별을 받고 객실로 돌아온 최석에게 정임이 다가와 안긴다. 최석의 편지가 두 사람을 부녀 관계가 아닌 연인 관계로 마주할 수 있도록 한 것이다. 최석의 마음을 확인한 정임에게 그는 더이상 실현 불가능한 사랑의 대상에 머물지 않는다. 그러나 최석은 극심한 갈등 끝에 자신의 욕망을 억압하고 정임을 딸의 자리로 되돌려놓는다. 정임은 최석을 따라가겠노라고 애원하다가 최석의 훈계를 듣고 객실을 나간다. 정임이 가던 발길을 돌려 되돌아왔을 때도 최석은 초인적인 절제력을 발휘하여 그녀를 붙잡지 않는다. 그러나 정임이 떠나자 그녀를 향한 최석의 그리움은 걷잡을 길 없다.

　　나는 정임이가 타고 나가는 자동차라도 볼 양으로 호텔 현관 앞이

보이는 꼭대기로 올라갔소. 현관을 떠난 자동차 하나가 전찻길로 나서
서는 북을 향하고 달아나서 순식간에 그 꽁무니에 달린 붉은 불조차
스러져버리고 말았소.

　　나는 미친 사람 모양으로,

　　"정임아, 정임아!"

하고 수없이 불렀소. 나는 이 사층이나 되는 꼭대기에서 뛰어내려서
정임이가 간 자동차의 뒤를 따르고 싶었소.(『이광수 전집』 4, 52쪽)

　　최석은 정임을 떠났지만 그녀에 대한 미련은 그에게서 사라지지 않
는다. 북만주를 거쳐 시베리아로 이어지는 그의 여정은 욕망으로부터
도피하는 과정이 되지 못한다. 끝없이 펼쳐진 평원 도처에서 그는 정임
의 환영을 보고 그녀의 이름을 거듭 외쳐 부른다. 그의 욕망은 문명의
세계를 벗어나자 오히려 야수처럼 광포해진다. 원시의 대자연 속에서
대면한 욕망의 민낯은 그를 낭패에 빠뜨린다. "형! 그 이상야릇한 짐승
들이 여태껏 사십 년간을 어느 구석에 숨어 있었소? 그러다가 인제 뛰
어나와 각자 제 권리를 주장하오?"(『이광수 전집』 4, 68쪽)라고 최석
은 편지의 수신인에게 묻는다. 이제 최석은 실체를 드러낸 욕망과 정면
으로 맞서 싸워 그것을 극복해야 한다. 그가 욕망하는 대로 정임을 불
러 함께 산다면 R의 전철을 밟는 것이 된다. 한때 사제지간이었던 R 부
부는 그들의 사랑을 금지하는 간도 사회로부터 야반도주하여 자신들만
의 보금자리를 이루었다. 최석은 여행 도중에 R 부부를 만나 그 사정을
듣는다. R 부부는 자신들의 사랑을 자랑스레 이야기하지만 최석은 그들
에게 불만과 환멸을 느낀다.

　　최석과 정임이 R 부부처럼 산다면 자신들에 대한 추문이 사실임을

입증하는 셈이 된다. 아울러 조선 사회의 최석 추방은 정당성을 획득한다. 그렇다면 조선 사회의 추문과 R 부부의 사랑을 넘어서 최석이 입증하려는 진실은 무엇인가. 그것은 최석이 욕망과 벌이는 정면 대결과 무관치 않다. 욕망이 제거되어 순수하게 정신적 차원으로 승화된 사랑이 바로 그가 입증하려는 진실이다. 그는 정임에 대한 사랑 자체를 자신의 마음에서 들어내려는 것이 아니다. 그는 욕망을 끊어냄으로써 그 사랑을 순전히 정신적인 차원으로 승화시키려는 것이다. 이 소설을 두고 "열렬한 사랑의 감정을 토로하는 형식을 통해 자기 존재의 도덕적 정당성을 추구하려는 주인공의 영적 사랑의 여정을 그리고 있는 작품"[65]이라고 한 기존의 평가는 그래서 정당하다. 그 여정의 막바지에서 그는 시베리아의 눈 덮인 삼림지대에 손수 통나무집을 짓고 은거하여 욕망과 처절한 고투를 벌인다. 친구에게 전달된 일기에서 최석은 자신의 고행을 예수와 석가의 고행에 견준다. 최석이 인류애를 지향한다는 것이 그 두 성인의 이름을 통해 드러난다. 투명하게 정화된 사랑에 도달하기 위해 욕망과 벌이는 그의 투쟁은 가히 필사적이고 실제로 그는 그 투쟁을 통해 죽음에 이른다. 결코 죽을 줄 모르는 욕망을 죽이기 위한 최후의 수단으로 그는 스스로 죽음을 선택한다. 욕망이 숙주로 삼고 있는 자신의 몸을 죽임으로써 욕망을 죽이고자 한 것이다. 그러나 욕망에 대해 거둔 그런 식의 승리가 바람직하다고 말하기 어렵다. 승리를 위해 너무 비싼 대가를 치렀기 때문이다. 이 소설의 화자가 "최석이가 자기의 싸움을 이기고 죽었는지, 또는 끝까지 지다가 죽었는지 그것은 영원한 비밀이어서 알 도리가 없었다"(『이광수 전집』 4, 90쪽)고 하면서 유

---

65 박혜경, 같은 글, 262쪽.

보적인 입장을 취하는 것도 최석의 죽음을 성인의 해탈과 동일시할 수 없기 때문이다.

정신적으로 숭고한 사랑을 추구하려면 욕망을 극복하거나 순치시키는 과정이 선행되어야 한다. 「유정」은 욕망의 그러한 처리 가능성을 극단적인 수준까지 타진한다. 「유정」 이전이나 이후에 쓰인 이광수의 소설에서 「유정」만큼 철저하게 욕망의 문제를 다룬 예는 없다. 이 소설에서 최석이 전개한 고투는 이광수 자신의 것이기도 하다. 그리고 그 고투를 통해 확인된 것은 난폭하고도 집요한 욕망의 실체이다. 그 욕망은 숭고한 정신에 치명적일 수 있다. 이광수는 「유정」의 실험을 통해 인류애의 이념이 욕망과 충돌하여 나타날 수 있는 곤경을 분명히 목격한다. 이광수가 「사랑」에서 욕망의 문제를 회피하는 우회로를 선택하는 것도 「유정」에서 한 경험과 무관하지 않다.

「사랑」, 고귀한 존재들의 승리

「사랑」은 주요 등장인물들의 좌담회로 끝을 맺는다. 그 좌담회는 회갑을 맞은 안빈이 요양원의 동료들을 불러모아 마련한 자리이다. 안빈의 표현을 빌리면 그 자리의 목적은 '신세타령'을 하는 데 있다. 이 소설은 그로부터 십수 년 전 석순옥이 안빈의 요양원으로 돌아오면서 사실상 종료된다. 허영과 한씨를 헌신적으로 돌보던 순옥이 그들이 죽은 후 안빈 곁으로 와서 안식을 찾음으로써 이 소설의 서사를 추진시킬 동력이 소진된 것이다. 그래서 안빈의 회갑을 맞아 주요 등장인물들이 모인 자리는 마치 연극이 끝난 후 배우들이 무대에 다시 등장해 벌이는 좌담회와 흡사하다.

연극이 막을 내린 후 좌담회 자리가 마련된다면 거기서는 당연히 해당 연극에 관한 대화가 오갈 법하다. 배우들이 자신이 맡은 배역에 대해 언급하고 극중 사건에 대한 후일담도 소개될 것이다. 극의 주요 국면에 내포된 의미가 설명되고 연극의 주제에 대한 부연 설명도 있을 것이다. 안빈이 소집한 좌담회에서도 그런 화제들이 언급된다. 지난 십오 년 동안 요양원 식구들은 바쁘게 지냈고 안빈의 세 아이는 장성했다. 좌담회에 참석한 이들은 하나같이 입을 모아 요양원에서 보낸 세월이 행복했다고 하면서 안빈의 고매한 인격을 칭송하고 그의 은덕에 감사한다. 요양원 식구들의 담화가 끝나자 안빈은 이 소설의 제목이자 핵심어이기도 한 사랑에 대해 설명한다. 그에 따르면 인간은 부처와 조국과 부모와 타인의 은혜 속에서 살기에 그 네 가지 은혜에 감사하는 것이 인간의 도리이며 그 도리를 다하려면 사랑을 실천하며 살아야 한다. 부처의 사랑은 사랑 중에서도 한량이 없는 사랑인데 인간이 자신을 잊는 사랑을 한다면 부처의 사랑을 실천할 수 있다. 자신을 잊고 타인에게 헌신하는 이타적인 사랑이란 바로 인류애를 의미한다.

인류애는 그 대상을 가리거나 선택하지 않는 보편적 형태의 사랑이다. 따라서 타자들에 배타적인 남녀 간의 연애가 들어설 여지가 거의 없다. 「사랑」의 순옥은 인류애의 그러한 속성을 잘 알고 있어서 안빈의 가르침에 충실한 제자가 되고자 한다. 그 외에는 안빈을 사랑할 방법이 그녀에게 허락되지 않는다. 안빈은 인류애의 이상을 실천하는 성자이기에 순옥은 그 성자를 한 남자로서 사랑할 수 없다. 좌담회에서 순옥은 "제가 그 정신으로 살 수 있을 때면 제가 사모하는 선생님의 품에 드는 것이거니, 이렇게 믿고 살아왔습니다"(『이광수 전집』 6, 296쪽)라고 한다. 순옥이 말하는 '그 정신'이란 인류애의 바탕이 되는 이타적 정신을 일컫는다. 순옥의 그 고백은 안빈을 사랑하는 그녀의 방법에 대한 고백이기도 하다. 안빈도 그런 방법이라면 순옥의 사랑을 받아들일 수 있다.

안빈의 회갑에 열린 좌담회는 이 소설의 제목이자 핵심어인 사랑이 구체적으로 인류애를 의미한다는 것을 명시한다. 그로부터 십수 년 전에 종료된 이 소설의 서사가 인류애라는 방향성을 내장하고서 진행되었다는 것이 그 좌담회를 통해 확인된 셈이다. 인류애는 이 소설에서 제일의 원칙처럼 설정되어 있다. 안빈에게는 인류애에 미치지 못하는 자신의 현실에 대한 반성은 있을지언정 인류애 자체에 대한 회의나 갈등은 추호도 없다. 「유정」의 최석은 극도의 정신성을 추구하면서도 정임에 대한 사랑을 끝내 포기하지 못하는 모순된 처지에서 그 나름의 해답을 찾아내려고 혼신의 노력을 다한다. 부단히 내적 갈등을 겪으면서 미지의 해답을 추구하는 최석에 비해 안빈에게는 인류애라는 해답이 이미 주어진 격이다. 따라서 인류애는 안빈이 구해야 할 해답이 아니라 증명해야 할 원칙이다. 수학의 표현을 빌려 말하자면 「유정」의 서사가 문제의 해답을 찾는 풀이의 과정이라면 「사랑」의 서사는 원칙의 원칙됨을 확인하는 증명의 과정이라고 할 수 있다.

「사랑」에서 인류애는 두 가지 방법으로 증명되는데 그 하나는 안빈의 과학 실험이고 다른 하나는 순옥이 허영의 아내로서 감당하는 고행이다. 안빈은 인간과 동물의 감정이 그들의 혈액에 모종의 물질을 분비시킨다는 가설을 세우고 이를 입증하기 위해 실험을 한다. 그 실험 중에 그는 아모르겐이라는 물질을 발견한다. 아모르겐은 인간이나 동물이 사랑의 감정을 지닐 때 혈액에 나타나는 물질인데 그 물질을 구성하는 성분에 따라 두 종류로 나뉜다. 암모니아나 유황으로 이루어져 악취를 풍기는 아모르겐이 있는가 하면 금 이온 성분이 다량으로 함유되어 향기가 나는 아모르겐이 있다. 전자의 아모르겐은 성적인 사랑에서 분비되는 데 반해 후자의 아모르겐은 부처나 예수 같은 성인의 자비심에서 분비된다. 안빈은 후자의 아모르겐을 아우라몬이라고 명명한다. 이제 인류애는 혈액에서 검출된 아우라몬 성분으로 증명될 수 있다. 안빈의 그러한 연구는 인류애의 실천보다 아우라몬의 보유를 우선시하는 논리적 전도를 초래한다. 만일 어떤 사람이 타인을 위해 봉사하고 헌신함으로써 인류애를 실천한다 해도 혈액에서 아우라몬이 검출되지 않는다면 그의 실천은 인류애의 자격을 획득하지 못한다는 논리가 안빈의 연구로부터 성립된다. 안빈의 논문을 정서하면서 아우라몬의 존재를 알게 된 순옥은 안빈이 그녀의 몸에서 채취한 혈액에서 아우라몬이 발견되었기를 간절히 바라는 한편 그 반대의 결과가 나타났을까봐 불안해한다. "그때 내 피에서 아우라몬이 발견될 수 있었을까? 만일 그랬으면 얼마나 좋을까?"(『이광수 전집』 6, 38쪽)라는 그녀의 불안과 소망은 아우라몬의 존재 여부에서 비롯된다. 그처럼 아우라몬의 보유가 목적이 된다면 인류애의 실천은 아우라몬의 획득을 위한 수단으로 전락할 수 있다.

순옥은 안빈에게 "전연히 유황과 암모니아가 없는 금 이온과 그윽한 향기만을 가진 피를 드리"(같은 쪽)겠다고 결심한다. 순옥의 그 결심을 위해 허영이 동원된다. 순옥은 휴일을 맞아서 허영과 함께 월미도로 나들이를 간다. 학생 시절부터 순옥을 따라다니며 구애하던 허영은 큰 기대를 품고 순옥과 동행한다. 그러나 허영의 기대와 달리 순옥은 안빈에게 건넬 혈액 표본을 채취할 목적으로 그 나들이를 계획한 것이다. 허영은 기대가 어긋나자 당황하고 절망하지만 순옥은 애초의 목적대로 자신과 허영의 혈액을 채취한다. 안빈은 순옥에게 건네받은 혈액을 분석한다. 허영의 혈액에서는 악취가 나는 성분이 검출되는 데 비해 순옥의 혈액에서는 아우라몬이 검출된다.

> 그때에 순옥의 귀에,
> "아우라몬 퓨어 아우라몬!"
> 하는 소리가 들렸다. 그러나 그 소리는 멀리멀리서 희미하게 들려오는 소리와 같았다.
> "순옥이, 아우라몬야. 성인의 피에서나 발견되리라고 생각하였던 아우라몬야."
> 하고 교의에서 일어설 때에 순옥은 뇌빈혈을 일으킨 사람 모양으로 안빈의 몸에 쓰러지고 말았다.(『이광수 전집』6, 51쪽)

순옥의 혈액에서 검출된 아우라몬 때문에 안빈은 그녀를 성인과 동일시한다. 그러한 결과를 위해 허영은 아무 영문도 모른 채 순옥에게 이용당한 셈이다. 자신이 아우라몬의 보유자임을 증명하고 싶은 순옥에게 허영의 사정은 고려되지 않는다. 순옥은 허영에게 성인다운 사랑을 베푸는 것보다 안빈에게 성인으로 인정받는 것을 더 중요하게 여긴다. 아우라몬으로 증명되는 안빈과 순옥의 세계에서 허영은 비천한 존재에 불과하여 얼마든지 무시되어도 무방하다.

「사랑」에서 순옥이 허영과 결혼하는 과정은 논리적 설득력이나 개연성이 매우 부족하다. 사랑하지 않는 허영과 결혼하려는 순옥의 결정을 설명하는 본문의 서술은 어지럽고 모순되어서 그러한 사건 전개가 억지스럽다는 사실을 인정하는 격이 된다. 그 결혼이 처음에는 순옥이 이

성적으로 선택한 길이라고 설명되다가 나중에는 인연의 탓으로 돌려진다. 순옥이 모성 본능에서 허영과 결혼하려 한다는 설명도 설득력이 없다. 순옥의 모성 본능이 반드시 허영을 향해야 할 필연성이 없기 때문이다. 그러한 본능은 허영이 아닌 다른 남자를 향해서 얼마든지 발현될 수 있다. "어째 모두들 들러붙어서 순옥이를 가기 싫다는 데로 억지루 끌어넣는 것만 같"(『이광수 전집』 6, 167쪽)다는 인원의 주장은 본문에 서술된 사실을 왜곡한다. 인원의 그 주장 앞쪽 어디에도 다른 사람들이 순옥에게 허영과의 결혼을 강요하는 장면은 나오지 않는다. 순옥이 허영과 결혼하는 과정이 무리하고 억지스럽기 때문에 그에 대한 본문의 설명이 그처럼 옹색하다. 순옥의 숭고한 사랑을 증명하는 방향으로 서사가 진행되어야 한다는 전제가 우선하고 그에 맞춰 사건들이 목적론적으로 짜이다보니 그처럼 옹색한 설명을 무릅쓰는 지경이 벌어진다.

안빈의 아내 옥남이 죽은 후 순옥이 안빈과 결혼한다면 두 사람에 대한 세간의 소문이 사실임을 확인해주는 셈이 된다. 순옥은 그녀를 향한 세간의 의혹이 잘못되었을 뿐 아니라 안빈에 대한 그녀의 사랑도 세간에서 짐작하는 부류에 속하지 않는다는 것을 보여주어야 한다. 순옥은 허영과 결혼함으로써 그녀의 숭고한 사랑을 증명하고자 한다. 아우라몬의 보유를 통해 자신의 인류애를 증명했던 순옥은 이제 고난이 예정된 결혼생활을 통해 그 인류애를 다시 증명하고자 한다. 순옥에게 인류애는 증명되어야 할 사랑이지 베풀어야 할 사랑이 아니다. 순옥은 인류애의 소유자로 증명됨으로써 남보다 우월해지려 한다. 허영은 아무 영문도 모른 채 이번에도 순옥의 인류애를 증명하는 데에 이용된다.

순옥과의 결혼으로 허영의 오랜 소원은 성취된다. 그러나 순옥은 애초부터 허영을 사랑하지 않았고 다만 인류애를 증명하기 위해 그와 결혼한 것이다. 성녀를 아내로 둔 허영의 삶이 행복할 리 없다. 허영이 순옥과의 결혼생활에서 기대한 것은 육체와 정신을 만족시키는 부부애였다. 그러나 순옥의 인류애는 허영의 기대를 충족시키기에는 지나치게 고귀하다. 순옥이 성녀로서 소임에 충실할수록 허영이라는 저급하고 세속적인 존재를 잔인하게 괴롭히는 셈이 된다. 사랑에 대한 기대가 서로 다른 그들 부부는 시간이 흐를수록 불행해질 수밖에 없다. 그 불행 속에서 순옥의 성스러움과 허영의 비천함이 선명하게 대조된다. 순옥은 끝없이 헌신하고 희생하는 데 반해 허영은 타락과 패륜의 나락으로 가라앉는다. 순옥과 허영의 결혼생활은 그처럼 성과 속, 선과 악, 우와 열을 차별화하는 과정으로 전개되며 그 각각의 대립에서 전자가 후자에 승리를 거두는 것으로 마무리된다. 허영 모자가 죽음으로써, 다시 말해 비천한 존재들이 일소됨으로써 순옥의 인류애는 그 고귀함이 증명된다.[66]

허영의 아내로서 고난에 찬 세월을 마치고 안빈의 요양원으로 돌아오는 순옥의 모습은 험한 임무를 완수하고 귀대하는 병사처럼 보인다. 그동안 순옥은 안빈이 파견한 사도로서 그가 부여한 임무를 수행한 것이다. 순옥은 고행을 통해 안빈의 이상인 인류애를 증명하는 임무를 완

---

66 기존의 연구 중 본 연구의 이러한 설명과 유사한 견해를 표명한 대목이 있어서 해당 대목을 인용한다. "'아우라몬/아모르겐', '그윽한 향기/비릿한 냄새 고약한 취소의 냄새', '인류애적 사랑/동물적 이기적 사랑', '선과 악' 그리고 사회적으로 존경을 받는 인물과 파멸하는 인물들 등, 이 소설을 이끌어나가는 서사 구조는 극명한 이분법적 논리에 근거해 있다. 이 이분법적 논리는 근본적으로 배제의 원리와 통제의 원리를 적용한 것이다." 신정숙, 「이광수 소설에 나타난 '민족개조사상'과 '몸'의 관계양상에 관한 연구―몸을 통한 개조의 '완결편' 「사랑」」, 『현대문학의 연구』 22호, 한국문학연구학회, 2004, 317쪽.

수한다. 욕망의 문제는 그 증명 과정을 교란시킬 가능성이 농후하므로 철저하게 회피되거나 은폐된다. 안빈과 순옥은 욕망을 정면으로 직시하기보다 우회하여 인류애를 지향한다. 「유정」의 트라우마가 이광수로 하여금 이 소설에서 욕망의 문제를 곁눈질하며 비껴가도록 하였을 것이다. 이 소설의 서사가 사랑에 대해 탐색하고 풀이하는 과정이 아닌 인류애라는 원칙을 증명하는 과정으로 짜인 것도 욕망의 파괴력에 대한 경계와 밀접한 관련이 있다.

안빈의 가르침과 그 가르침을 추종하는 순옥의 고행으로 인류애의 숭고한 가치와 의의가 증명되지만 그로써 인간이 구원되고 세상이 개선되었다는 소식이 이 소설에서 들리지 않는다. 다만 비천한 존재들에 대한 고귀한 존재들의 승리와 그들의 우월함이 확인될 뿐이다. 아우라몬이 상징하는 바와 같이 인류애를 수행하는 존재들은 혈통부터 다르다. 인류애를 증명하는 과정의 이면에는 비천하고 열등한 존재들을 멸시하고 추방하려는 의도가 은밀하게 도사리고 있다. 그래서인지 안빈의 회갑을 맞아 열린 좌담회는 승자들의 뒤풀이 자리처럼 보인다. 인류애가 우승열패의 제국주의적 사고와 연결될 가능성이 거기에서 읽히기도 한다. 이광수가 친일로 향하는 논리가 그렇게 마련된 것은 아닐까?

6. 기억의 연금술

자전적 글쓰기와 유사 자서전

자전적 성격은 이광수 문학을 뚜렷하게 변별하는 특징이다. 글쓴이의 경험과 사유는 글에 반영되기 마련이어서 어느 작가든 그의 글쓰기에서 자전적 성격을 전적으로 배제할 수 없다. 독서 행위에서도 작가는 당연히 이해를 위한 고려 대상이 된다. 독자는 그가 읽는 작품에 작가의 어떤 면모가 투영되어 있으리라는 추측을 지닌 채 독서를 진행한다. 작가와 그가 생산한 작품 간의 상관성은 널리 승인되는 통념이다. 그런데 이광수 문학에 내재된 자전적 성격은 그러한 통념을 재확인하거나 공유하는 수준을 초과하여 이광수를 다른 작가들과 변별시키는 특수한 가치를 지닌다.

자전적 성격은 이광수의 어느 특정 작품에 국한되지 않고 사십 년 가까이 전개된 그의 문필 활동 전반에 걸쳐 다양하게 나타난다. 이광수의 삶은 그의 소설에서 변용되거나 직접 재현된다. 가공의 인물을 설정하여 허구의 사건을 전하는 이광수의 소설들에서 그의 삶과 관련된 요소나 국면은 쉽사리 유추된다. 「무명」「육장기」「난제오」같은 소설에서는 작가와 화자 사이에 거리를 상정할 수 없을 정도로 양자가 밀착되어 있다. 「그의 자서전」과 「나―소년편, 스무살 고개」 연작[67]은 아예 자서전의 외양을 취한다. 수필로 분류되는 다수의 글에서 이광수는 과거를 회고하거나 현재의 신변사를 진술한다.

이광수 문학의 자전적 성격에 주목한 선행 연구에서는 그의 소설이 "자전적 삶을 구조화하고 있는 일종의 '자전적 공간'을 구성하고 있다는 가설을"[68] 입증했으며 그의 자전적 기록을 "일기류, 기행 및 수필류, 자전적 소설류, 자서전류"[69]로 분류하는 유형론을 전개했다. 그런데 그 연구들은 자전적 성격을 이광수 문학을 논의하기 위한 전제로서 당연하게 여긴 결과 그 전제 자체에 대한 검토는 소홀했다. 본 장에서는 이광수 문학의 자전적 성격 자체를 원인과 과정의 차원에서 검토함으로써 선행 연구를 보완하고자 한다. 그러한 목적을 수행하기 위해 두 가지 물음이 제기된다. 그 첫째는 이광수가 자전적 기록을 다량으로 생산하게 된 원인에 대한 물음이다. 이광수의 자전적 글쓰기는 강박적인 양상을 띨 정도로 반복해 진행되었다. 이광수가 자신의 삶을 표현하는 일

---

67 이하에서는 「나―소년편」과 「나―스무살 고개」를 개별적으로 지칭하는 경우를 제외하고 두 편의 연작을 한데 묶어 「나」로 표기하기로 한다.

68 최주한, 『제국 권력에의 야망과 반감 사이에서―소설을 통해 본 식민지 지식인 이광수의 초상』, 소명출판, 2005, 173쪽.

69 방민호, 「이광수의 자전적 문학에 나타난 작가의식 연구」, 『어문학논총』 22집, 국민대학교 어문학연구소, 2003, 113쪽.

에 그처럼 집착한 이유는 마땅히 해명되어야 한다. 둘째 물음은 이광수가 자서전을 두고 벌인 모순적 행보와 관련된다. 이광수는 자서전을 지향하면서 회피했다. 자서전의 성격이 농후한 글을 써도 정작 자서전은 쓰지 않으려 했다. 신변사를 전하거나 과거의 삶을 단편적으로 회고하는 수필들을 제외한다면 이광수가 쓴 본격적인 자서전은 「나의 고백」한 편뿐이다. 그는 자신의 삶을 기록하려고 하면서도 부단히 자서전으로부터 탈주했다. 그 모순적 행보가 이광수 문학의 자전적 성격을 해명하는 데 반드시 문제로서 제기되어야 한다. 「그의 자서전」과 「인생의 향기」[70]와 「나」를 검토하여 상기한 두 물음에 답하고자 한다. 그 세 편은 규모와 내용의 면에서 자서전에 가장 근접한다. 본 장에서는 자서전의 형식을 취하되 엄밀한 의미에서 자서전이 될 수 없는 그 세 편을 '유사 자서전'으로 통칭하기로 한다. 유사 자서전은 논의의 편의를 위해 마련된 명칭이다. 「육장기」와 「난제오」 「돌베개」도 유사 자서전으로 고려됨직하지만 앞에 지목한 세 편에 비해 자서전다운 면이 부족하다. 자서전이 과거로부터 현재로 이어지는 작가의 인생 역정을 기록하는 개인사인 데 비해 그 글들은 작가의 현재 심경과 신변사를 서술한다. 작가는 글의 주인공이 되지 못하고 주변의 현상이나 인물을 관찰하고 그 인상을 전하는 보고자로 주로 기능한다. 따라서 그 글들은 자서전의 한 부분이 될 수 있어도 그 스스로 자서전이 되기에는 미흡하다.

---

70 이광수가 1922년부터 1936년까지 여러 지면에 발표한 글들을 한데 엮어 펴낸 「인생의 향기」를 한 편으로 보는 데 이견이 있을 수 있다. 그러나 「인생의 향기」의 서문 격인 '감사와 사죄'에서 이광수는 그 글이 편지 형식의 자서전이 될 것이라는 기획 의도를 밝히고 있다. 그 기획 의도는 「인생의 향기」를 한 편의 자전적 문건으로 간주할 수 있도록 하는 이유가 된다.

인정 욕구

자전적 수필인 「다난한 반생의 도정」의 도입부에서 이광수는 '참회의 일단'을 삼기 위해 그 글을 쓴다고 밝힌다. 「인생의 향기」의 연재를 시작하면서 이광수는 "내 죄로 인하여 가슴을 아피시는 여러분에게 위선 죄인 된 나의 충성과 결심을 말씀드리고자 이 붓을 든 것"(『이광수 전집』 8, 229쪽)이라고 한다. 「나」의 서문에는 "내가 이 이야기를 쓰는 것은 (……) 이 이야기로 내 더러움을 아니 더러운 나를 살라버리자는 뜻이다"(『이광수 전집』 10, 536쪽)라는 진술이 보인다.

이광수의 자전적 글쓰기는 대개 참회의 태도를 전제한다. '참회'라는 낱말을 아예 글의 제목이나 소제목에 사용하는가 하면 참회가 글의 저작 의도로 명시된다. 참회를 노골적으로 표명하는 경우가 아니어도 이광수의 자전적 문건들에서 참회의 태도는 쉽사리 발견된다. 가령 "스스로 돌아보건대, 제 마음속은 여전히 탐욕의 소굴이어서 십오 년 전의 내가 그 더러움에 있어서, 그 번뇌에 있어서 조금도 다름이 없음을 발견하였고 (……) 나는 자신에 대하여 역정이 나고 말았소"(『이광수 전집』 8, 43쪽)라거나 "손에 끼인 때문은 가죽장갑이 내 손 그 물건의 불결함을 상징하는 것 같았다. 이 손으로 한 모든 깨끗지 못한 일들이 생각났다"(『이광수 전집』 8, 215쪽)는 식이다. 그러나 그 진술들을 그대로 수긍하여 참회를 이광수의 자전적 글쓰기에 내포된 본의로 간주하는 것은 적절치 못하다. 그것은 표방된 바와 달리 이광수의 자전적 글들에서 참회에 해당하는 내용이 거의 나오지 않기 때문이다. 굳이 찾아보자면 「나」에서 '나'가 문의 누님과 저지른 불륜의 사건 정도이다. 그러나 그 사건은 결국 '나'의 도덕적 승리로 마무리된다는 점에서 참회의 내용이라고 보기 어렵다. 「나」에서 '나'는 죄인이라기보다 숭고한 성자로 형상화된다.

이광수는 자전적 글들에서 스스로를 죄인으로 부르는 데 주저함이 없지만 죄의 구체적인 내용에 대해 침묵하는 대신 죄와 무관한 이야기들을 펼쳐놓는다. 그가 자전적 글쓰기를 통해 전하는 불행과 방랑과 성취의 이야기는 단죄의 대상이 될 수 없다. 따라서 참회는 그의 자전적 글쓰기를 포장하는 수사적 외양에 불과하다. 그 외양을 한 꺼풀 벗기면 자신을 고귀한 인물이라고 주장하는 그의 본색이 나타난다. 그 본색은 참회마저 자기과시의 한 방편으로 삼는다.

유사 자서전에서 이광수의 자기과시는 출생담으로부터 시작한다. 「그의 자서전」과 「나」에서 그는 자신이 집안의 귀한 존재로 태어났으며 조상이 대대로 벼슬을 한 명문가 출신이라고 한다. 그는 '아버지의 귀하고 귀한 만득자'로 '사대 봉사의 장손'이다. 아버지는 폐포파립으로 구걸을 다닐 정도로 무능했어도 그에 대한 애정만은 각별하여 병약한 그를 돌보기 위해 무슨 일이든 마다하지 않으려 했다. 선대에 문과를 통해 승지와 사간과 장령 벼슬을 산 이들이 있었고 "내 팔대조와 증조가 다 효자로 표정을 받아서 우리집 대문에 단청을 하고 붉은 널에 흰 글자로 효자 아무의 문이라고 새긴 정문 현판이 달렸"(『이광수 전집』 6, 438쪽)다고 한다. 「인생의 향기」에서 그는 자신의 출생에 신화적 의의마저 부여한다. 하나님이 준비를 다 갖춘 뒤에 "인제는 나와 놀아라"라면서 그를 세상에 불렀고 그렇게 부름을 받은 그는 "마치 만승의 황자 모양으로 당신이 차려놓으신 대궐에 쓱 나섰"(『이광수 전집』 8, 231쪽)다고 한다.

이광수가 유사 자서전을 통해 회고하는 어린 시절은 빈곤과 불행으로 점철되었다. 조부 때부터 가세가 기울어 그의 집안은 끼니를 잇지 못할 정도로 적빈의 상태였다. 아버지와 어머니는 그가 열한 살 되던 해에 열흘 간격으로 세상을 떠났고 그는 친지의 집들을 돌아다니며 기식했다. 「그의 자서전」과 「나」에서 그러한 빈곤과 불행은 명문가 출신의 고귀한 존재라는 그의 자부심에 대조되어 영웅적 고난처럼 그려진다. 비록 고아와 다름없는 처지에 입성도 남루했지만 사람들은 그의 잘난 재주를 칭찬했고 또래의 여자들은 그를 애정의 대상으로 여겼다. 그는 「그의 자서전」에서 예옥의 사랑을 받고 「나」에서는 실단이 선망하는 대상이다.

학창 시절과 중학교 교원 시절 그는 애욕으로 갈등하고 음주를 일삼기도 하지만 도덕적으로 타락하지 않으려 했다. 그는 중학교 교원으로 간 자신을 맞으러 정거장에 나온 학생들을 보며 "나같이 장한 사람이 너희들 선생으로 오는구나"(『이광수 전집』 6, 342쪽)라고 생각하기도 한다. 그는 '장한 사람'으로서 학생들을 지도하고 몽매한 마을 사람들을 계도하여 청결 운동을 벌인다. 「나―스무살 고개」에서 중학교 교원인 그는 겨울방학을 맞아 민중 교화를 목적으로 기독교 전도 여행을 나선다. 그 여행중에 그는 높은 산 바위 끝에 홀로 무릎을 꿇고 하나님께 기도를 올린다. 눈보라가 몰아치는 속에서 그는 자신의 속죄와 동포의 구원을 염원하며 눈물을 쏟는다. 「그의 자서전」에서 그는 러시아 치타에서 한인 신문사 일을 하던 중에 1차세계대전이 터져 참전하게 된 한인 출신의 러시아군 장교 R로부터 아내와 여동생을 돌봐달라는 요청을 받는다. R가 부탁한 두 여자와 한집에서 동거하는 그를 오해하여 비방하는 말들이 주변에 돈다. 두 여자도 그에게 애정 공세를 펼친다. 그러나 그는 두 여자와 오누이처럼 지내면서 R와 한 약속을 끝까지 지킨다.

유사 자서전에서 그런 식으로 고귀한 인물의 초상이 만들어진다. 그 인물은 불우한 환경 속에서도 높은 도덕성을 견지하며 계몽적 사명감이 투철하다. 불행과 역경은 그의 고귀함을 더욱 돋보이도록 한다. 「인생의 향기」와 「나」는 그 각각의 서문에서 참회의 의도로 쓰인다고 밝힌다. 「그의 자서전」의 저작 의도가 참회라고 서문 격인 '작자의 말'에 명기되어 있다.[71] 그러나 유사 자서전에서 참회는 핑계일 뿐이고 그 대신 자기과시가 펼쳐진다.

유사 자서전에서 이광수는 자신을 '잘난 이'나 '장한 사람'으로 부를 만큼 자부심이 강하지만 세상은 그를 인정해주지 않는다. 그가 설파하는 이상은 세상의 비난을 사고 그가 성심으로 한 행동은 곡해된다. 그는 사람들이 무지몽매하여 자신의 심오한 사상을 이해하지 못한다고 불만스러워한다. 숭고한 가치를 품고 있거나 재능이 비범하여 세상과 갈등하는 인물은 그의 소설에도 자주 등장한다. 「무정」의 이형식과 「재생」의 신봉구, 「개척자」의 김성순, 「흙」의 허숭, 「사랑」의 안빈과 석순옥 등이 바로 그들이다. 「무정」에서 이형식은 학생들로부터 배척을 당하고 「재생」의 신봉구가 간직한 순정은 황금만능의 세태와 충돌한다. 「개척자」에서 김성순의 사랑은 전통적인 결혼관에 의해 용인되지 않는다. 「흙」의 허숭은 주변의 몰이해 속에서 계몽사상을 실천하고 「사랑」에서 안빈과 석순옥의 정신적 사랑은 불륜으로 오해된다.

이광수는 유사 자서전에서도 고귀한 인물과 비루한 세계라는 대립 구도를 설정한다. 세계에 맞선 인물의 우월성을 돋보이게 하는 그 대립

---

71 "이제 그는 다 더럽고 다 낡아빠진 몸과 맘을 가지고 거짓의 껍데기를 벗은 새로운 인생을 찾아보려고 일어선다. —이것이 〈그의 자서전〉의 요령이다." 「「그의 자서전」 작자의 말」, 『이광수 전집』 10, 520쪽.

구도는 그의 인정 욕구에서 비롯한다. 그는 고난에 찬 자신의 삶과 그럼에도 타락하지 않은 자신의 정신을 알리고자 소설에 자전적 요소를 도입하는가 하면 자서전에 근접한 글을 작성했다. 그러한 글쓰기를 통해 그는 자신이 비난 대신 존경받아 마땅한 인물이라고 주장하려 했다. 따라서 그의 자전적 글쓰기는 인정 욕구를 실현하기 위한 과정이라고 할 수 있는데 그 욕구는 소설에서 자서전을 향할수록 뚜렷해진다. 허구의 세계를 구축하는 소설에서 그의 인정 욕구는 대리인 격인 작중의 주인공을 통해 간접적으로 표현될 수밖에 없다. 소설의 주인공이 적대적인 세계에 맞서 소기의 성과를 거두어도 그 성과는 소설 본문에 국한된다. 소설 주인공의 인정 욕구와 자연인 이광수의 그것은 불연속적이어서 소설에서 실현된 인정 욕구가 현실세계의 그를 만족시킬 수 없었다. 그는 인정 욕구를 허구가 아닌 현실에 투사하기 위해 「육장기」나 「난제오」 같은 사적 기록으로 진행하고 더 나아가 자서전에 근접한 글을 썼다. 그의 자전적 글쓰기는 인정 욕구의 충족과 더불어 정지하게 되어 있었다. 강박적으로 계속된 자전적인 글쓰기는 그의 인정 욕구가 거듭 좌절되었음을 의미한다.

인정 욕구에 관한 "헤겔의 모델은 실천적 '나'의 형성이 주체들 사이의 상호 인정이라는 전제와 결부되어 있다는 사변적인 테제에 그 출발점을 두고 있다. 즉, 두 명의 개인이 자주적으로 행동하는 개인화된 '나'라는 자기 이해에 도달할 수 있는 것은, 양자가 상대방을 통해 자신이 인정됨을 자신의 활동을 통해 느낄 때이다".[72] 그러나 유사 자서전

72 악셀 호네트, 『인정투쟁─사회적 갈등의 도덕적 형식론』, 문성훈·이현재 옮김, 동녘, 1996, 126쪽.

에서 자기과시로 발현하는 이광수의 인정 욕구는 상호 이해를 전제한다고 보기 어렵다. 자기과시는 지배 욕구로 변질된 인정 욕구의 실천이다. 상호 인정은 대등 욕구에서 출발한다. "'대등 욕구'가 제대로 실현되지 못하고 '왜곡'된다면, 지배-예속적 형태가 나타나게 될 것이다. 사람들은 욕구 충족의 용이성을 위해 상대방을 억누르고 타인을 자신의 지배 아래 두려고 한다. 이렇듯 타인의 존엄성과 자유를 박탈하고 자신의 특수성을 부각시키려고 하는 욕구는 '지배 욕구'이다."[73] 인간에게는 남보다 우월하고 싶은 욕구가 있다. 그 우월 욕구가 대등 욕구를 망각하지 않고 실현될 때 사회의 발전이 기대된다. 위대한 학문적 업적이나 예술적 성취, 훌륭한 공직 수행을 통한 사회적 기여, 악에 맞선 용기 있는 행동 등이 대등 욕구라는 전제를 해치지 않고 실현된 우월 욕구의 경우이다. 그러한 우월 욕구는 지배가 아닌 상호 인정을 지향한다. "그러나 우월 욕구를 지나치게 강조하다보면 순수성이 상실되고 우월 욕구가 배태하는 '대등 욕구라는 이면이 망각'되는 경우가 생겨난다. (……) 그래서 자신의 특수한 욕구나 능력이 보편적 욕구나 능력이어야 한다는 왜곡된 태도가 형성된다. 즉 '지배 욕구'로 변질되는 것이다."[74] 유사 자서전에서 고귀한 인물로 등장한 이광수는 그가 추구하는 이상과 신념에 어긋나는 타인들에 대한 적의를 숨기지 않는다. 삶과 세상의 문제에 대해 그는 늘 보편적 가치를 독점한 태도로 이야기하고 주장을 펼친다. 지배 욕구로 변질된 그의 인정 욕구는 자기과시로

---

73 이정은, 『사람은 왜 인정받고 싶어하나』, 살림, 2005, 74쪽. 이광수의 지배 욕구와 관련하여 그의 친일 민족주의에서 지배의 논리를 읽어낸 곽준혁의 논의를 참고할 만하다. 곽준혁, 「춘원 이광수와 민족주의」, 『근대성의 역설』, 헨리 임, 곽준혁 엮음, 후마니타스, 2009.

74 같은 책, 77~78쪽.

발현된다. 그에게 참회할 무엇이 있다 하더라도 그것은 자기과시에 의해 은폐되는 결과를 초래한다. 아울러 자기과시에는 허위가 개입할 가능성이 농후하다. 그의 자전적 글쓰기는 자서전에 근접하기는 해도 정작 자서전에 도달하지 않는데 그러한 행보에서 기억의 사실성에 대한 심문을 회피하려는 의도가 읽힌다. 유사 자서전에 진술된 기억의 사실성을 검토해보기로 한다.

지향과 탈주의 행보

자서전의 규약에 따르면 「그의 자서전」과 「인생의 향기」와 「나」는 자서전일 수 없다. 자서전이 성립하려면 화자와 저자의 일치라는 기본 조건이 충족되어야 한다.[75] 그런데 유사 자서전에서 화자는 이광수나 그의 아명인 '보경'으로 호명되지 않는다. 「그의 자서전」의 화자는 '남궁석'이고 '수경'이라는 아명으로 불리기도 한다. 「인생의 향기」에는 화자가 호명되는 장면이 한 번 나온다. 부모가 세상을 떠난 후 친척집에 맡겨진 여동생을 찾으러 '나'가 길을 떠나는 장면에서 동네 친구들이 '옥린'이라는 이름으로 '나'를 부른다. 「나」에서 화자의 이름은 '박도경'이다. 「그의 자서전」과 「인생의 향기」와 「나」 연작은 이광수의 삶을 큰 비중으로 반영하고 있어서 내용의 면에서 자서전으로 여겨질 만하다. 그처럼 "자기의 삶을 이야기하는 인물이 허구의 이름(즉 저자의 이름과 다른 이름)을 가진 경우에라도, 몇 가지 이유에서 독자가 그 인

---

75 이와 관련하여 필립 르죈의 언급을 인용한다. "자서전의 규약이란 결국 표지에 기록되는 작가의 이름으로 귀결되는 이러한 동일성의 문제를 텍스트 내에서 확실하게 드러내는 것을 의미한다." 필립 르죈, 『자서전의 규약』, 윤진 옮김, 문학과지성사, 1998, 36쪽.

물이 체험한 이야기가 그 작가의 것과 동일하다고 생각할 수 있는 경우
도 있다. 그럼에도 불구하고 그렇게 씌어진 텍스트는 자서전이 아니다.
자서전은 무엇보다도 저자와 주인공의 동일성이 언술 행위의 층위에서
주어져야 하며, 그 언술된 내용상의 유사성은 부차적인 문제이기 때문
이다."[76]

　　이광수는 인정 욕구에서 자신의 삶을 소설 속에 끌어들이고 더 나아
가 자전적 성격이 뚜렷한 소설을 썼다. 그는 유사 자서전의 경우처럼
자서전의 근처까지 다가가기는 해도 정작 자서전에 닿으려 하지 않았
다.[77] 화자의 이름으로 실명 대신 가명을 씀으로써 글에서 진술한 내용
에 대해 자연인으로서 져야 할 책임을 끝내 회피했다. 그에게 있어 실
명과 가명 사이는 자서전과 유사 자서전을 가르면서 사실과 허구를 구
분하는 거리이기도 했다. 그는 자신의 실명을 버리고 남궁석과 박도경
과 옥린이 됨으로써 사실의 관계로부터 자유로워졌다. 가명들에 의해
허구의 지평이 열리는 것이다. 따라서 유사 자서전에서 그가 '잘난 이'
나 '장한 사람'으로 자기과시를 하면서 펼쳐 보인 이야기들의 사실성이
의심스러워진다. 유사 자서전의 사실성은 무엇보다 기억의 문제와 관

76　같은 책, 34~35쪽.

77　이광수는 본 연구가 유사 자서전으로 언급한 세 편의 성격에 대해 모호한 입장을 취한
다. 그는 「인생의 향기」에 대해 "독자는 이것은 나라고 하는 주인공의 자서전으로 보아도 좋
고, 또는 소설가의 공상의 산물로 보아도 좋다"고 하며 「그의 자서전」에 대해서는 "어떤 산
사람의 자서전은 아닙니다. 더구나 나 자신의 자서전은 아닙니다. 그러나 넓은 의미로 볼 때
에는 내 자서전이라고 할 것입니다"라고 한다. 그는 「나」를 처음에는 '소설'이라고 하더니 나
중에는 "나라고 하는 한 물건이 어떤 모양으로 살아왔는가 하는 기록"이라고 한다. 그처럼
자서전에 대한 이광수의 태도는 모호하다. 「「인생의 향기」 서언」, 『이광수 전집』 10, 518쪽;
「「그의 자서전」 작자의 말」, 『이광수 전집』 10, 520쪽; 「「나」를 쓰는 말」, 『이광수 전집』 10,
534쪽, 536쪽.

련하여 검토되어야 한다.

　자서전은 저자의 기억에 의지하여 쓰인다. 정확한 기억은 자서전의 진실성을 담보한다. 그런데 유사 자서전 세 편을 비교해보면 이광수가 기억하는 내용이 글에 따라 차이를 드러내는 경우가 적지 않다. 같은 사건을 다르게 진술하는 그의 기억은 신뢰를 얻기 어렵다.

　「인생의 향기」에서 이광수는 '연분'이라는 소제목하에 실단이라는 여자와 관련한 일화를 언급한다. 동경에서 유학하던 '나'는 어떤 사정이 생겨 고향에 돌아왔다가 고모 댁에서 보름 명절을 지낸다. '나'와 사촌 여동생들은 고모 댁으로 놀러온 동네 처녀들과 어울려 마당에서 술래잡기를 하고 방에서 공기놀이를 한다. '나'는 동네 처녀들 중에 가장 자태가 고운 실단에게 마음이 끌리고 그녀도 '나'에게 호감을 보인다. 이윽고 밤이 늦어 놀이가 파하고 '나'는 실단을 집까지 바래다준다. '나'는 그후 "다시는 그를 만나주지 못하고 다시 동경으로 갔습니다. (……) 오 년 지나고 육 년이 지나는 동안 차츰 그의 생각은 잊어버려지고 말았습니다"(『이광수 전집』 8, 244쪽)라고 회고한다. 그러나 「나」에서는 「인생의 향기」와 전혀 다른 후일담이 전개된다. 「나」에서 '나'와 실단이 처음 만나는 과정은 「인생의 향기」와 대동소이하다. '나'는 외가에서 외사촌들과 술래잡기와 윷놀이를 하는데 그 놀이에 낀 동네 처녀 실단을 알게 되고 늦은 밤 그녀의 귀갓길에 동행한다. 「인생의 향기」의 '나'는 그후 실단을 다시 만나지 못했다고 하지만 「나」에서 '나'는 이튿날 실단의 집으로 부름을 받고 그녀의 아버지를 만난다. 며칠 후 생일을 맞은 '나'는 실단의 집에서 차려준 생일상을 받는다. 그로부터 삼 년 후 '나'는 동경에서 중학교를 마치고 고향에 돌아와서 실단의 소식을 듣는다. 실단은 삼 년 동안 '나'를 기다렸으나 '나'로부터 아무

기약이 없자 실망하고 다른 남자와 혼약을 맺는다. 실단의 혼인식 전날 '나'는 실단과 재회하고 서로의 마음을 확인한다. 그러나 혼사가 돌이 킬 수 없도록 진행되었고 '나'는 아무 준비도 안 된 상태여서 실단을 단 념한다. 실단의 남편은 결혼 후 얼마 지나지 않아서 죽는다. 유부남이 된 '나'에게 실단은 편지를 보내기도 한다. 실단과 헤어지고 이 년이 지 난 어느 날 '나'는 눈보라가 몰아치는 산속을 헤매다 찾아들어간 작은 암자에서 실단과 재회한다. 실단은 중이 되려고 금강산으로 가던 길에 그 암자에 머물고 있다. 이튿날 '나'는 실단과 작별하고 사오 년이 지난 뒤에 실단이 자살했다는 소식을 듣는다.

　세 편의 유사 자서전 사이에서 같은 사건에 대한 이광수의 기억이 차 이가 나는 경우는 실단의 일화 말고도 더 있다. 그와 관련한 몇몇 사례 를 들기로 한다. 이광수는 「나」에서 아버지가 만인계 사업 실패로 거 금을 날리고 치명적인 타격을 입었다고 하면서 이를 아버지의 사망 원 인으로 든다. 그러나 「그의 자서전」에서 아버지의 만인계 사업 실패는 두 문장으로 간략히 언급될 뿐 아버지의 사망 원인으로 거론되지 않는 다. 조부의 사망 시점도 「그의 자서전」과 「나」에 서로 다르게 기록되어 있다. 조부의 사망 시점이 「그의 자서전」에서는 '나'가 교사가 된 이후 인 데 비해 「나」에서는 교사가 되기 전이다. 「그의 자서전」의 '나'는 동 경 유학중에 방학을 맞아 고향에 돌아왔다가 친척의 중매로 결혼하지 만 「나」의 '나'는 교사가 된 이후에 친구인 문의 소개로 그의 외사촌 동 생을 아내로 맞는다. 「그의 자서전」의 '나'는 학교에서 교무주임직을 맡지만 「나」에서 '나'는 학생과 직원의 투표를 통해 교장으로 선출된 다. 「그의 자서전」에서 '나'가 교사로 근무하는 학교의 교주는 N이었 다가 N이 신민회 사건으로 검거된 후 서양인 R 목사로 바뀐다. 「나」에서는 교주가 한목사였다가 오웬 목사가 새 교주로 온다. 「그의 자서전」의 '나'는 N 교주의 신임을 받지만 뒤에 교주가 된 R 목사와는 신앙 문제로 갈등한다. 그에 비해 「나」에서 '나'는 한목사에 이어 오웬 목사와 차례로 충돌한다. '나'는 한목사에 대한 적의를 닭싸움으로 해소하고자 한다. 거듭되는 닭싸움과 그 싸움과 관련된 '나'와 한목사의 심리적 갈등은 「나」에서 비중 있게 다뤄진다. 그러나 「그의 자서전」에서는 집에서 '닭을 치고'라는 한마디만 나온다. 「인생의 향기」에서 '나'는 이 년간 교사 생활을 하다가 아무에게도 알리지 않고 학교를 떠난다. 그러나 「그의 자서전」에서 '나'의 교사 생활 기간은 사 년으로 회고되며 '나'가 떠나기 전에 송별회가 열렸고 학생들이 '나'를 배웅하기 위해 역까지 따라온다.

이광수는 「그의 자서전」의 첫 문단에서 그 글이 '내 자서전'임을 명기하며, 「인생의 향기」의 도입부에서는 자신이 지금 쓰는 글이 '결코 소설이 아닌데 일은 내 일'(『이광수 전집』 8, 229쪽)이라고 하면서 '글자마다 글귀마다 그대로 참'(『이광수 전집』 8, 230쪽)이라고 한다. 「나」에 대해서는 '내 이야기'를 '한번 있는 대로 적어보자는 것'(『이광수 전집』 10, 536쪽)이라고 한다. 이광수의 그러한 진술들은 「그의 자서전」과 「인생의 향기」와 「나」를 자서전으로 검토할 수 있는 이유가 된다. 그런데 그 세 편이 모두 한 사람의 자서전이라면 같은 사건에 대한 진술은 사실의 면에서 일치해야 한다. 그러나 이미 살핀 대로 이광수는 같은 사실을 글에 따라 다르게 기억한다. 유사 자서전에 쓰인 대로라면 한 사람이 동시에 세 가지 다른 인생을 산 셈이 된다.

같은 사건에 대한 다른 기억들뿐 아니라 글마다 선택적으로 작용하는 기억의 상호 관련성도 유사 자서전의 사실성을 의심하게 만든다. 유사 자서전의 세 편을 비교해보면 그중 하나에는 언급되지만 다른 둘에는 언급되지 않는 사건들이 있다. 글에 따라 선택적으로 작용하는 기억이 빚은 결과이다. 유사 자서전이 모두 한 사람의 삶을 서술한다고 전제한다면 하나의 글에만 언급된 사건은 다른 두 글의 사건들과 보완적인 관계를 형성하면서 이광수의 삶을 온전하게 구성하는 데 기여해야 한다. 다시 말해 유사 자서전의 사건들이 이광수의 삶을 이루는 국면들로서 서로 유기적인 상관관계를 맺어야 한다는 것이다. 그러나 이광수의 선택적인 기억은 유사 자서전들 사이에서 모순과 불일치를 빚는다.

「그의 자서전」의 첫 장에서 이광수는 서당에 다니던 시절과 심태섭이라는 열 살 연상의 사내에 대해 품었던 동성애적 감정을 회고한다. 그 대목에서 이광수는 동네의 서당에서 읽은 책의 이름들과 선생의 생김새, 거기서 공부하던 아이들의 면면을 기억하며 동네의 서당이 문을 닫아서 고개 너머 큰 서당에 다니게 된 연유도 서술한다. 심태섭은 큰 서당에서 만난 사내이다. 이광수는 서당에 다니던 시절 심태섭에 대한 '나'의 심정을 "나는 그가 나를 사랑해주는 줄을 느꼈다. 그가 나를 보고 빙그레 웃을 때면 나는 가슴이 울렁거리고 그의 품에 안기고 싶었다"(『이광수 전집』 6, 310쪽)고 적는다. 사월 파일 서당 아이들끼리 자성산에 오를 때 '나'와 심태섭이 나란히 걷는 모습이 연인 관계처럼 묘사되고 갑자기 내리는 비를 피해 찾아들어간 어느 바위 아래에서 심태섭은 '나'를 껴안고 입을 맞춘다. '나'는 그 입술의 향기를 글을 쓰는 현재까지 기억한다고 한다. 「그의 자서전」에서 그처럼 섬세한 부분까지 기억되는 서당 시절은 유사 자서전의 다른 두 편에는 나오지 않는다. 다만 「나」에서 "언제부터 어떻게 공부를 시작하였는지 모르거니와 한글도 깨치고 한문도 대학, 논어, 맹자, 중용, 고문진보, 전집, 사략 조권

하편 같은 것도 읽었다. 나는 맹자와 중용을 글방에서 배운 것은 기억하나 천자문과 그 밖의 것은 어디서 배웠는지 모르니 아마 아버지께 배웠을 것이다"(『이광수 전집』6, 441쪽)라고 하면서 서당 시절을 짧게 언급한다. 그러한 「나」에는 입맞춤의 감각마저 섬세하게 기억하는 「그의 자서전」의 서당 시절이 들어갈 자리가 마련되지 않는다. 따라서 「그의 자서전」에만 나오는 심태섭 관련 일화는 「나」에서 결락된 기억의 부분을 보완하는 역할을 하지 못한다.

「그의 자서전」의 예옥과 관련한 기억도 「인생의 향기」와 「나」에서는 언급되지 않는다. 「그의 자서전」에서 '나'는 부모가 세상을 떠난 후 친척집을 전전하다가 동학에 입도하고 박찬명의 집에서 지내게 된다. '나'는 박찬명 부부의 귀여움을 받고 그들의 딸인 예옥과 가까워진다. 그런데 박찬명의 집에 '나'보다 먼저 와서 지내던 운현이라는 아이의 배반으로 박찬명은 헌병대에 잡혀간다. '나'는 헌병대를 피해 서울로 도망쳤다가 동경으로 공부하러 간다. 방학을 맞아 고향에 돌아온 '나'는 운현이 예옥을 아내로 삼았다가 내쫓았고 예옥은 과부처럼 지낸다는 사실을 알게 된다. '나'와 인연을 맺지 못하고 불행해진 예옥의 이야기는 「나」에 나오는 실단의 이야기와 유사하다. 그러나 부분적인 유사성에도 불구하고 두 이야기는 인물과 사건의 면에서 명백히 다른 이야기이다. 그런데 「그의 자서전」에서 '나'가 예옥을 만나는 즈음에 「나」에서 '나'는 혼인을 앞둔 실단과 재회한다. 「그의 자서전」과 「나」를 동일인의 자서전으로 전제한다면 그 두 사건은 자연스럽게 맞물리지 않는다. 두 사건은 한 사람이 동시에 겪은 것이 되므로 양립하기 어렵다.

「그의 자서전」 후반부도 이광수의 선택적인 기억을 잘 보여주는 사례이다. 그 부분은 '나'가 한인 장교 R의 아내와 여동생을 데리고서 겪는 모험담으로 채워진다. 러시아 치타에서 출발한 '나'와 두 여성은 생사를 넘나드는 여정을 거쳐 북경에 정착한다. 대략 일 년 반에 걸치는 그 부분은 유사 자서전의 다른 두 편과 충돌하지 않는다. 「인생의 향기」에서는 그 부분에 해당하는 기간이 공백으로 남아 있고 「나」는 '나'의 교사 시절에서 끝난다. 따라서 「그의 자서전」의 후반부는 「인생의 향기」에 삽입되거나 「나」의 후위에 접속될 수 있다. 그러나 그 부분이 사실이 아님을 「나의 고백」이 확인한다. 「나의 고백」에서 이광수는 치타를 떠나 곧바로 귀국했다고 적고 있다.

 「인생의 향기」와 「그의 자서전」과 「나」가 빚는 모순과 불일치는 이광수의 기억이 부정확하게 작동되었음을 의미한다. 부정확한 기억은 기억된 내용의 사실성을 훼손한다.[78] 그런데 세 편의 유사 자서전이 사실성의 면에서 드러낸 문제를 이광수의 부정확한 기억력 탓으로 돌리는 것은 불충분한 설명이 될 수 있다. 자서전이 지닌 양식적 특성도 아울러 고려되어야 한다. 자서전은 저자의 기억을 전제하지만 기억만으로 자서전이 성립하지 않는다. 자서전도 일종의 서사체이므로 자서전의 저술에는 서사를 구축하려는 의지가 작용한다. 자서전이 서사체로서 지닌 양식적 특성은 기억과 마찰을 빚기 쉽다. 자서전의 저술에서 서사는 기억에 대해 수동적이거나 능동적일 수 있다. 기억을 위주로 자서전

---

78 참고로 최근 뇌과학의 연구 결과를 소개한다. 뇌과학에 따르면 기억은 "현재 순간에 현재의 요구에 따라 만들어지는 정신적 구성물이다. (……) 이것은 기억이 고정적이고 나눌 수 없는 실체라는, 과거로부터 전해지는 가보라는 인식과 상당히 다르다". 기억이 과거 사실의 보관이라는 통념이 부정된다면 기억의 사실성 여부를 묻는 일도 무의미해진다. 기억의 구성적 성격이 기억의 신뢰도를 떨어뜨릴 수 있다. 자서전에 서술된 내용의 진위에 대한 심문도 뇌과학의 관점에서 재구성되어야 할 것이다. 찰스 퍼니휴, 『기억의 과학―뇌과학이 말하는 기억의 비밀』, 장호연 옮김, 에이도스, 2020, 15쪽.

이 저술된다면 서사는 과거 사실을 충실하게 재현하는 일에 수동적으로 복무한다. 그러나 서사를 향한 의지가 자서전의 저술을 주도하면 서사는 기억을 능동적으로 직조한다. 그 경우 기억은 재현되기보다 "서사적 의지를 따르게 된다".[79]

기억과 서사 중 어느 쪽이 주도하는가에 따라 자서전의 사실성에 대한 신뢰도는 높아지거나 낮아진다. 서사를 향한 의지가 기억을 초과할 경우 자서전은 사실의 경계를 넘어 허구 쪽으로 진행한다. 자서전의 저술에서 서사를 배제하는 것이 전혀 불가능하므로 자서전은 허구의 유혹에 상시 노출된다. 그 유혹을 이기지 못하면 과거는 기억되기보다 제작되고 자서전의 저술은 애초에 표방한 자서전이라는 이름을 버리게 된다. 이광수의 유사 자서전이 이에 해당한다. 이광수는 인정 욕구를 실현하기 위해 자서전을 지향하지만 서사를 구축하려는 의지가 기억을 압도함으로써 자서전에서 이탈한다. 서사를 향한 그의 의지로 인해 유사 자서전의 기억은 신뢰도가 떨어진다. 기억의 이름으로 서술된 사건 중에는 「나」에서 실단의 부분이나 「그의 자서전」의 마아가릿과 엘렌에 관한 부분처럼 서사적 필요에 따라 제작된 것도 있다. 유사 자서전에서 기억은 재구성되거나 재배치되는 수준을 넘어서 제작된다. 자서전을 지향한 글쓰기가 서사를 구축하는 과정에서 허구의 유혹을 이기지 못한 셈이다. 그로써 자서전이라는 명목상의 외피 안쪽에 기억으로 위장된 허구가 자리하게 된다.

---

79 James Olney, *Memory and Narrative: The Weave of Life-Writing*, University of Chicago Press, 1998, p. 63. 이 책은 자서전을 성립시키는 두 축으로 기억과 서사를 주목하고 자서전의 서술에서 양자가 관련되는 양상을 검토한다. 기억과 서사에 대한 본 논문의 설명은 이 책에 의거한다.

유사 자서전에서 이광수는 과거의 사실을 재현하는 한편 잘 짜인 서사도 이루려 한다. 완성된 서사를 향한 의지의 이면에는 완성된 삶에 대한 소망과 기대가 자리한다. 이광수는 실제 살았던 삶이 아니라 살고 싶었지만 결국 그러지 못했던 삶을 자서전을 빙자한 글을 통해 구현하려 한 것이다. 그러한 소망과 기대가 상상을 활성화하여 서사가 실제의 기억을 넘어 상상의 방향으로 구축되도록 한다. 완성된 삶을 향한 상상이 기억에 대한 조작을 부른다. 상상이 기억 대신 기억처럼 기능하는 것이다. 허구 서사체에서 사건처럼 기능하던 상상은 유사 자서전에서 기억의 자리를 차지하여 삶을 주조한다. 상상이 허구의 범위를 넘어서 현실로 연장된 것이다. 그의 상상은 유사 자서전을 쓰는 현재뿐 아니라 과거로부터 호출되기도 한다. 「어린 벗에게」에서 과거의 사실이 아닌 과거에 꾸었던 꿈이 회상되는 것처럼 그는 과거에 상상했던 내용을 기억해내고 그렇게 기억된 상상이 서사를 추동하는 계기가 되기도 한다.

　　유사 자서전을 서술할 당시의 상상이든 기억된 상상이든 그것들은 모두 사실이 아니다. 상상으로 주조된 허구가 그의 글쓰기를 자서전에서 이탈하게 한다. 애초에 자서전을 표방했으나 자서전이 될 수 없는 글이 그렇게 만들어진다. 유사 자서전에서 상상을 매개로 기억을 변형하고 조작하는 그의 솜씨는 연금술에 비유될 만하다. 그 연금술을 통해 그는 인정 욕구를 실현하면서 기억의 사실성에 대한 심문을 회피한다. 그의 인정 욕구는 자서전의 자리에서 자기과시로 실현되지만 기억의 사실성에 대한 그의 책임 회피는 허구의 자리에서 허락된다. 허구라는 전제는 기억의 사실 여부에 대한 심문을 효과적으로 피할 수 있는 구실이다. 소설가는 그가 쓴 작품의 사실 여부에 대한 심문을 받지 않는다. 자서전의 저자는 그의 자서전에 서술된 내용에 대해 공적 책임을 져야 한다는 점에서 소설가와 다르다. 이광수는 허구를 핑계로 사실성의 심문을 회피함으로써 결과적으로 공적 책임에서 면제되려 했다. 그는 인정 욕구의 충족과 공적 책임의 면제라는 두 가지 목표를 이루기 위해 자서전을 지향하면서 자서전에서 이탈하는 곡예를 거듭했다.

막힌 탈주로와 「나의 고백」

이광수가 「인생의 향기」의 첫째 장에 해당하는 '감사와 사죄'를 발표한 때는 1922년으로 상해에서 귀국한 이듬해이다. 그는 동경에서 「2·8 독립선언서」를 작성한 후 상해로 탈출하여 임시정부에서 대외 홍보와 관련한 일을 하며 두 해를 보냈다. "이광수의 귀국은 3·1운동의 중진급 지도층이 아직도 옥중에 있는 때인 만큼 한국 지식층에게는 충격적인 사건이었다. (……) '변절자 춘원'이라는 소문이 날 만도 했던 것이다."[80] 세상은 그에게 변절에 대한 참회와 속죄를 요구하는 상황이었다. '감사와 사죄'라는 첫 장의 제목이 지시하는 바와 같이 「인생의 향기」는 그러한 상황과 관련하여 기획되었다. 그러나 그는 임시정부 생활을 접고 귀국하게 된 내력에 대해 「인생의 향기」에서 일언반구도 하지 않았다. 참회를 표방하고 시작한 글에서 세상이 그의 죄로 지목한 변절에 대해 침묵한 것이었다. 참회가 진실성을 획득하려면 죄에 대한 고백이 철저해야 한다. 그러나 철저하지 못한 그의 고백은 세상의 요구를 외면할뿐더러 진실성도 부족하다. 「인생의 향기」가 애초의 기획에서 벗어나 일화들의 산만한 집합으로 귀착한 것도 진실 앞에서 주저하는

---

80 김윤식, 같은 책, 713쪽.

그의 태도와 무관하지 않다.

「그의 자서전」은 1936년과 1937년에 걸쳐 조선일보에 연재되었다. 그에 앞서 이광수는 안창호의 투옥과 동우회 활동의 침체로 실의에 빠졌다. "여태껏 해온 일이 '속인 것'만 같다는 심적 상태에 그는 이른 것이다. 일종의 허탈감이었다."[81] 그 허탈감을 극복하기 위해 그는 법화경의 행자가 되었고 홍지동에 집을 지었다. 「그의 자서전」의 저술 동기도 그러한 맥락에서 파악되어야 한다. 실패의 나락으로 떨어진 인생을 건져내려는 내적 욕구가 그에게 자서전을 쓰도록 한 것이었다. 현실의 실패를 자서전 쓰기로 보상하려는 그의 시도는 기억을 재생하기보다 서사를 구축하는 방향으로 진행했다. 완성된 생을 지향하는 목적론적 서사는 그가 현실 속에서 겪는 허탈감의 원인에 해당하는 기억들을 삭제했다. 임시정부에서의 활동을 접고 귀국한 사건이나 일제의 탄압으로 무력해진 동우회 활동은 그에게 변절과 실패의 기억들인데 그 기억들은 「그의 자서전」에서 전혀 언급되지 않았다. 그 대신 온갖 역경 속에서 도덕적 순결성을 잃지 않는 고귀한 인물이 창조되었다. 그러나 그 인물은 이광수가 소망하는 자아이지 그의 현실적 자아는 아니다.

광복 이후 이광수는 일제 말에 한 친일 행위로 인해 궁지에 몰렸다. 세상이 그에게 친일의 죄를 묻는 상황에서 그는 「나」를 집필했다. 그러한 상황은 그가 「인생의 향기」를 기획하던 상황과 유사했다. 그가 「나」에서 세상의 심문에 대처하는 방식도 「인생의 향기」에서와 다르지 않았다. 참회를 표방하며 시작한 「나」에서 그는 정작 참회해야 할 친일 행위에 대해 침묵하는 대신 어린 시절의 불행과 청년 시절의 애욕 갈등

---

81 같은 책, 893쪽.

등을 전한다. 「나」의 결말에서 그는 애욕의 갈등을 극복하고 민족을 위해 신에게 기도하는 지도자로 거듭난다. 세상은 그에게 친일의 죄를 추궁하는데 그는 민족의 지도자로 자신을 형상화했다. 현실의 실패를 자서전 쓰기로 보상하려는 시도가 「그의 자서전」에 이어 「나」에서도 나타난 것이다. 「나」에서 그는 기억을 복구하기보다는 서사를 구축함으로써 이상적 자아를 창조했다.

「인생의 향기」와 「그의 자서전」과 「나」는 그 나름의 현실적 계기에 의해 작성되었다. 이광수는 세상이 그의 변절을 비난할 때 「인생의 향기」를 기획했고, 세상이 그에게 친일의 죄를 물을 때 「나」를 썼다. 「그의 자서전」은 그가 필생의 사업으로 여기던 동우회 운동이 좌초할 위기를 맞은 시점에서 집필되었다. 그는 자신의 정당성을 변호하고 자신의 가치를 확인하려는 인정 욕구에서 자서전 쓰기에 착수하지만 진실에 입각하기보다는 서사를 구축함으로써 자서전에서 이탈하곤 했다. 그 결과 자서전도 아니고 소설도 아니면서 양자의 속성을 복합적으로 지닌 유사 자서전이 산출되었다. 그는 유사 자서전을 통해 인정 욕구를 실현하는 한편 기억의 사실성에 대한 심문을 회피하는 이중적 성과를 노렸다. 그러나 그가 자서전을 두고 벌이는 지향과 탈주의 행보가 불가능한 상황이 전개되었다. 반민족행위처벌법이 국회에서 논의되고 부일협력자에 대한 단죄가 본격화됐다. 그러한 상황에서 그는 다시 자서전 쓰기에 착수했다. 그러나 새로 쓰는 자서전에서는 유사 자서전의 방식이 허락되지 않았다. 자신에게 친일의 죄과를 치를 것을 요구하는 세상 앞에서 가명 뒤로 숨고 상상의 서사를 구축할 수 없었다. 그는 실명으로 사실을 기억하고 진술해야 했다. 기억을 윤색하거나 제작하려는 시도는 더이상 용납되지 않았다. 그처럼 허구로 빠져나가는 탈주로가 차단된 상태에서 저술된 자서전이 바로 「나의 고백」이었다. 따라서 「나의 고백」은 그가 처음이자 마지막으로 쓴 자서전이다.

　「나의 고백」은 사실의 면에서 의심스러운 구석이 거의 없다. 저자와 화자가 일치하고 인물들도 영문 이니셜이 아닌 실명으로 불린다. 러일전쟁부터 해방 직후까지 이광수가 겪은 일들이 왜곡 없이 진술될 뿐 아니라 망명한 애국지사들의 활동상과 임시정부 출범 당시의 사정이 비교적 소상하게 기록된다. 조선문인보국회 활동이나 학병 권유 강연 같은 그의 친일 행위도 은폐되지 않는다. 「나의 고백」에서 그는 기억의 사실성에 대한 심문을 회피하지 않았다. 그러나 「나의 고백」이 사실에 충실하다고 해서 참회의 진실성까지 획득한 것은 아니었다. 그의 인정 욕구는 친일 행위와 관련하여 참회보다 변명을 지향한다. 유사 자서전에서 그는 기억으로 위장된 허구로 서사를 구축함으로써 인정 욕구의 실현을 꾀했다. 「나의 고백」은 사실성을 충족해야 하므로 유사 자서전의 방법이 용납되지 않았다. 허구로 빠져나가는 탈주로가 차단된 상태에서 그는 서사 대신 논리를 구축함으로써 새로운 돌파구를 마련한다. 기억의 연금술이 정지한 자리에서 논리의 연금술이 전개된다.

　「나의 고백」에서 이광수가 구축한 논리는 두 가지이다. 하나는 자신이 민족을 위해 친일을 했다는 논리이고 다른 하나는 민족의 분열을 막기 위해 친일파를 용서해야 한다는 화합의 논리이다. 민족정신을 밀수입 포장해 소설로 썼다는 그의 주장은 첫번째 논리에 포섭된다. 그런데 그 두 가지 논리는 서로 양립할 수 없는 모순 관계를 형성한다. 그가 민족을 위해 친일을 했다면 그는 친일에 대해 용서를 구하기보다 오히려 당당해야 한다. 반대로 친일파를 용서해야 한다면 친일은 민족에 대한 죄가 되므로 민족을 위한 친일이라는 논리가 들어설 자리가 없다. 그도 두 논리 사이의 모순을 의식한 듯하다. 화합의 논리는 「나의 고백」의 부록인 '친일파의 변'에서 전개되는데 그 글에 대해 그는 "내게 직접 관계된 일은 아니어서 제삼자의 처지에서 쓴 것"이라고 함으로써 두 논리를 구별하려 한다. 그러나 친일파에 대해 제삼자의 처지라는 전제는 그에게 성립할 수 없다. 그는 친일파에 속해 있고 친일파를 변명하는 것은 곧 그 자신을 변명하는 것이다. 그처럼 「나의 고백」의 두 논리는 서로 모순되지만 그것들을 따로 떼어놓으면 그 각각은 나름의 타당성을 지닌 것처럼 보일 수 있다. 근거와 이유와 사례를 적절하게 활용하는 논리의 연금술이 빚은 착시 효과 때문이다. 그러한 착시 효과를 빚을 정도로 그의 친일 변명 논리는 해방 공간에서 가능한 최고치에 이르렀다고 할 수 있다. 그러나 백 보 양보하여 그의 논리가 아무리 타당하다 하더라도 분명한 것은 논리가 사실을 초월하지 못한다는 것이다. 그의 친일은 명백한 사실이고 친일을 변명하는 그의 논리는 그 사실을 확인할 뿐이다.

제2부
김동인, 지각의 서사화

1. 반재현론反再現論의 의미

이론, 자부심의 근거

1918년 12월 25일 재일 조선 유학생들이 동경의 청년회관에 모여 국권회복을 결의했다. 김동인과 주요한도 그 자리에 있었다. 집회가 끝난 후 그들은 동인지를 창간하여 신문학운동을 벌이기로 의기투합했다. 김동인에 따르면 『창조』는 "정치운동은 그 방면 사람들에게 맡기고 우리는 문학으로"[1]라는 취지로 창간되었다. 문학을 독립된 고유 영역으로 여기는 그의 입장이 이 진술에서 고스란히 드러난다. 정치운동을 하는 사람들이 정치를 아는 만큼 자신은 문학을 안다는 자부심도 읽힌다. 그는 그 자부심을 바탕으로 소설을 창작했고 소설에 관한 이론적

---

1 김동인, 『김동인 평론 전집』, 김치홍 엮음, 삼영사, 1984, 11쪽. 이하 이 책에서 인용할 경우 말미에 '『김동인 평론』, 쪽수'의 형태로 표시한다. 원문의 오기는 인용자가 바로잡았다.

논의를 펼쳤다.

『창조』창간호의 끝에 편집후기 격으로 실린 「남은 말」에서 그 자부심의 일단이 포착된다. 그는 같은 책에 발표된 자신의 「약한 자의 슬픔」이 "아직까지 세계상世界上에 있은 모든 투 이야기(작품)―리얼리즘, 로맨티시즘, 심벌리즘 들의 이야기―와는 묘사법과 작법에 다른 점이 있"²다고 주장했다. 그는 서양의 문예사조 셋과 두 종의 방법을 들면서 소설에 대한 자신의 이론적 지식을 과시했다. 「약한 자의 슬픔」은 그만한 지식이 있는 사람이 썼다는 것이다. 물론 당시까지 세계에 있었던 모든 투의 이야기를 문예사조 셋으로 포괄하는 것은 가당치 않다. 작법은 묘사법을 포함하므로 양자를 대등하게 열거하는 것은 개념의 수준에서 오류가 된다. 그러나 그가 모종의 이론으로 자신이 쓴 소설에 가치를 부여하려 한 점은 주목될 만하다. 그의 주장은 이론이 소설의 가치를 보증하고 독자는 이론으로 보증된 소설의 가치를 수용해야 한다는 논리를 내장한다. 그 논리대로라면 그는 소설 창작에서 독자보다 이론을 먼저 고려하는 셈이 된다. 독자는 소설에서 흥미와 감동, 교훈 정도의 효과를 기대한다. 이론은 독자의 기대와 일치하거나 일치하지 않을 수 있다. 만일 양자가 괴리된다면 이론은 독자를 계몽하는 권위를 행사할 가능성이 농후해진다. 소설의 수용과 관련하여 비평가가 독자에 대해 우월한 지위를 점유한다는 사고방식은 한국 근대소설사의 전개를 통해 공고해졌다. 그 사고방식을 정당화하는 근거가 이론이다. 비평가는 이론을 근거로 소설을 평가하고 정전을 선별하는 권위

---

2 김동인, 「남은 말」, 『창조』 1호, 1919. 2, 81쪽. 원문을 현대식 표기로 바꾸었으며 한자는 의미 전달에 필요한 경우에만 병기했다.

를 행사함으로써 소설의 수용을 관리하려 했다. 「남은 말」에서 김동인은 이미 그러한 조짐을 드러냈다. 이론으로부터 권위를 창출하고 그 권위로 독자를 가르치려 했다.

김동인의 그러한 권위의식은 그가 염상섭과 펼친 논쟁에서도 표출되었다. 『현대』지에 발표된 김환의 「자연의 자각」을 염상섭이 혹평하자 김동인이 그에 대해 반론을 펼쳤다. 김동인으로서는 "듣지도 보지도 못한 제월〔염상섭—인용자〕이라는 무명 인사가 불쑥 나서서 소설 평을 휘두르고 있는 사태란 용납되기 어려운 일로 보였다".[3] 김동인은 김환을 변호하기 위해 염상섭에게 반론을 제기한 것이 아니었다. 염상섭이 소설 비평가 행세를 했다는 사실이 김동인에게 거슬린 것이다. 자신을 제외한 당대의 누구도 감히 소설을 논할 수 없으며, 논해서는 안 된다는 것이 김동인이 품었을 법한 생각이었다. 「제월 씨의 평자적 가치」에서 김동인은 아랫사람을 가르치듯 염상섭의 비평 행위가 부당함을 지적했다. 그 글에서 김동인은 염상섭의 "소설 작법에 대한 지식이 제로"라고 단언한 후 "소설 작법을 모르는 사람은 소설 평자가 될 자격이 없다"(『김동인 평론』, 11쪽)고 일갈했다. 김동인은 자신에게 소설 비평가의 자격을 인증할 지식과 권위가 있음을 공언한 셈이었다.

염상섭과의 논쟁에서 단적으로 드러난 바와 같이 김동인은 소설과 관련하여 당대의 그 누구도 필적할 수 없는 이론적 지식을 갖췄다고 자부했다. 그러한 태도가 허세가 아님은 김동인이 소설과 관련하여 지속적으로 펼친 논의들이 입증한다. 그 논의들은 일반 이론에서 문학사론을 거쳐 작가론과 작품론 및 단평에 이르기까지 다양하게 분포하며 양

---

3   김윤식, 『염상섭연구』, 서울대학교출판부, 1987, 114쪽.

적인 규모 못지않은 질적인 성과를 거두었다. 특히 「소설작법」은 당대의 한국 소설론이 도달한 수준을 대표한다고 평가되며 「춘원연구」는 최초의 본격적인 작가론으로서 비평사적 의의를 부여받았다. 따라서 김동인의 문필 활동 중에서 소설론이 차지하는 비중을 도외시하기 어렵다. 김동인에 관한 연구는 주로 그의 소설을 중심으로 이루어졌으며 이미 다량의 성과가 축적된 상태이다. 그의 소설론은 소설보다 시기적으로 훨씬 뒤에 주목되었다. 비평가로서 김동인의 면모가 재인식되었고 그의 소설론에 비추어 소설이 논의되었으며 그의 소설론만을 대상으로 삼은 연구들이 제출되었다.[4] 김동인의 소설론은 "시점, 인형 조종술, 화자로서의 작가, 단순화와 통일, 참인생, 언문일치, 힘의 예술 등의 말로 압축"[5]된다. 그런데 선행 연구에서 그 어휘들이 지칭하는 국면들을 한데 아울러 총체적으로 검토한 사례는 보이지 않는다. 주로 인형 조종술이나 시점론 같은 특정 국면을 선별하여 논의하는 정도에 그쳤다. 그러한 사정의 저변에는 김동인의 소설론에 일관성이 없다는 시각이 자리한다. 김동인의 문학은 그의 생애만큼이나 모순으로 점철되어 있어서 일정한 질서로 조직되지 못한다는 것이다. 일관성이 결여된 대상을 군이 총체적으로 고찰할 필요가 없다는 고정관념이 김동인의 소

---

4 김동인의 소설론과 소설의 관계를 검토한 논의들로는 김상태, 「김동인 소설이론과 그 실제」, 『김동인』, 이재선 엮음, 서강대학교출판부, 1998; 박종홍, 「『창조』 소재 김동인 소설의 '일원묘사' 고찰」, 『현대소설연구』 25호, 한국현대소설학회, 2005; 정연희, 『근대 서술의 형성』, 월인, 2005 등이 있으며 김동인의 소설론만을 집중적으로 검토한 논의들로는 최병우, 『한국 현대 소설의 미적 구조』, 민지사, 1997; 최시한, 「김동인의 시점과 시점론」, 『김동인 문학의 재조명』, 문학사와 비평학회 엮음, 새미, 2001; 최성윤, 「김동인의 창작방법론과 「소설작법」의 의의」, 『한국문학이론과 비평』 30집, 한국문학이론과 비평학회, 2006 등이 있다.

5 최시한, 같은 글, 34쪽.

설론에 대해 형성되었을 법하다. 그러나 김동인의 소설론을 하나의 전체로 상정하고 소설에 관한 그의 글들을 읽어보는 것도 의미 있는 시도일 수 있다. 그러한 읽기를 통해 모종의 체계가 파악된다면 기존의 평가를 수정하고 보완하는 의의가 있을 것이다.

김동인의 소설론에는 다양한 술어들이 등장한다. 그 술어들은 서로 다른 맥락에서 필요에 따라 채택되고 사용되었기에 개념의 면에서 경계와 수준이 일정치 않다. 임으로 설정된 사례도 보인다. 산만하고 어지럽게 전개된 그 술어들을 그대로 수용한다면 김동인의 소설론 전체를 파악하려는 시도는 처음부터 난관에 빠지게 된다. 그 술어들을 일반적인 개념으로 해석하여 범주화하는 일이 필요한 이유이다. 그러한 취지에서 인형 조종술과 지각론과 효과론을 기본 범주로 설정한다. 인형 조종술의 범주는 참소설과 참인생, 인형 조종술 같은 어휘를 포함한다. 지각론의 범주에는 시점, 단순화, 통일, 구성 등이 속한다. 사실, 리얼리즘, 실재미, 작가로서의 화가 등은 효과론의 범주로 정리된다. 추후의 논의는 그 세 범주에 따라 전개된다.

인형 조종술 재검토

김동인의 초기 평론에는 '참자기' '참사랑' '참예술' '참인생' '참생활'이라는 복합어들이 나온다. 그 복합어들에 공통된 접두어 '참'은 어떤 이상적인 상태를 표시한다. 자기라고 다 같은 자기가 아니고 진짜의 자기가 따로 있다는 것이다. 사랑과 예술과 인생과 생활에 대해서도 같은 말을 할 수 있다. 존재한다는 이유만으로 '참'이라는 가치를 부여받을 수 있는 것이 아니다. 김동인에게 '참'은 사실reality이 아닌 진실truth

의 의미로 사용된다.

참자기와 참사랑, 참예술, 참인생의 첫 용례는 김동인이 『학지광』18호에 게재한 「소설에 대한 조선 사람의 사상을…」에서 보인다. 그 글에서 그는 소설을 천시하는 조선 전래의 사고방식이 온당치 못하다고 비판한후 참된 소설은 저속한 흥미를 추구하지 않으며 예술에 속한다고 했다.

> 소설가는 즉 예술가요, 예술은 인생의 정신이요, 사상이요, 자기를 대상으로 한 참사랑이요, 사회 개량, 신인합일을 수행할 자이오.
> 쉽게 말하자면 예술은 개인 전체이오.
> 참예술가는 인령이오.
> 참문학적 작품은 신의 섭攝이오.(『김동인 평론』, 31쪽)

소설에 대한 김동인의 생각을 압축적으로 표현한 위의 인용문에는 논리가 부재한다. 첫 문장에서 '인생의 정신'과 '사상' '자기를 대상으로 한 참사랑' '사회 개량, 신인합일을 수행할 자'는 '예술'이 주어인 통사체의 서술부들로서 서로 계열 관계를 형성한다. 그러나 그 서술부들은 기능적으로 교체될 뿐 그것들 사이에 어떤 논리가 전개되지 않는다. 인생의 정신과 사상, 자기애가 사회 개량과 정신 합일의 수행과 의미의 면에서 관련을 맺으려면 논리적 절차들이 매개되어야 한다. 둘째 문장의 '쉽게 말하자면'은 '다시 말하자면'이나 '바꿔 말하자면'의 의미인데 첫째 문장의 서술부들은 둘째 문장의 '개인 전체'로 수렴되지 않는다. 예술을 개인의 창조적 정신 작용의 표현으로 본다면 둘째 문장은 다소 과장되긴 했어도 그 스스로 의미를 획득한다. 둘째 문장의 '예술'과 셋째 문장의 '참예술가'를 맞바꾼다면 두 문장 사이의 관계가 더 적절해질 수 있다. 그러나 참문학적 작품이 신의 섭리라는 데 이르면 논리가 구축될 가능성은 다시 사라진다. '개인 전체'와 '인령'이 '신의 섭'으로 연결되는 맥락이 구축되지 않는다. 따라서 인용문 전체는 논리가 부재한 수사에 불과하다. 예술이 모종의 지고한 가치를 지닌다는 주장을 수사적 표현의 중첩을 통해 강변한 것이다. 논리가 부재하므로 어째서 예술이 그러한 가치를 지니는지 분명치 않다. 인용문 뒤로도 유사한 방식의 주장이 이어진다. 김동인은 "서양 문명의 사조를 지배하고 창조한 이 소설을"(『김동인 평론』, 32쪽) 조선에서 천시하는 풍조는 잘못이며 '예술의 진리'와 '소설의 진미'를 모르기 때문이라고 한다. 그러나 서양 문명에서 소설이 차지하는 위상에 대한 단정적 진술은 재고되어야 하며 개념적 부연 없이 제시된 '예술의 진리'와 '소설의 진미'도 수사에 그친다. 그래서 "일언이폐지하고, 우리는 참자기, 참인생, 참생활을 이해하여야 하오. 이것을 이해하려면 참예술을 이해해야 하오"(같은 쪽)라는 제언이 설득력을 획득하기 어렵다.

「소설에 대한 조선 사람의 사상을…」의 주장은 수사의 수준을 벗어나지 못한다. 논리가 결핍된 채 주장을 강변하여 소설이 어째서 신의 섭리에 비견될 만한 가치를 지니는지 모호하다. 그 모호함을 해소하는 논리는 김동인의 다른 글에서 찾아진다. 「자기의 창조한 세계」에서 김동인은 수사가 아닌 논리로써 주장을 펼친다. 그 글에서 소설이 지고한 가치를 갖도록 하는 근거로 창조성이 거론된다.

어떠한 요구로 말미암아 예술이 생겨났느냐, 한마디로 대답하려면, 이것이다. 하느님의 지은 세계에 만족지 아니하고, 어떤 불완전한 세계든 자기의 정력과 힘으로써 지어놓은 뒤에야 처음으로 만족하는, 인생의 위대한 창조성에서 말미암아 생겨났다.

　예술의 참뜻이 여기 있고, 예술의 귀함이 여기 있다. 어떻게 자연이 훌륭하고 아름답되, 사람은 마침내 자연에 만족지 아니하고 자기의 머리로써 '자기가 지배할 자기의 세계'를 창조하였다. 사람이 사람다운 가치도 여기 있거니와, 사람다운 사람의 예술에 대하여 막지 못할 집착을 깨닫는 점도 여기 있다.(『김동인 평론』, 20쪽)

　인용문의 진술은 세계의 완전함과 신의 존재를 관련시키는 목적론적 사유에 바탕을 둔다. 그 사유에 따르면 세계는 신이 창조하였으므로 완전하며 창조는 신의 위대함을 확인케 하는 권능이다. 인간도 동식물과 마찬가지로 신의 피조물이다. 그러나 인간은 예술을 통해 창조 행위를 함으로써 다른 피조물들과 구별된다. 인간의 예술이 신이 지은 세계만큼 완전하지 못하더라도 창조한다는 사실 자체만으로도 인간은 위대하다. 창조는 본래 신의 권능이므로 인간이 예술을 통해 창조적 능력을 발휘하는 것은 신을 닮으려는 행위로 이해된다. 김동인이 판단하기에 인간다움의 가치는 신의 피조물로서 신의 섭리에 순종하는 데 있지 않고 자기의 세계를 창조하는 데 있다. 예술에 대한 인간의 집착은 인간다움의 가치를 실현하기 위한 시도이다. 따라서 인간의 자신에 대한 사랑에서 예술이 기원한다는 논리가 성립한다. "이것―이 사랑이, 예술의 어머니라면 어머니랄 수도 있고, 태라면 태랄 수도 있다. 자기를 대상으로 한 참사랑이 없으면, 자기를 위하여 자기의 세계인 예술을 창조할 수 없다. 자아주의가 없으면 하느님이 지은 세계에 만족하였을 것이오, 따라서 예술이 생겨날 수가 없다."(같은 쪽) 참사랑은 자신을 향한 사랑이고 참자기는 그러한 사랑의 대상이자 주체를 일컬으므로 양자 사이에 순환논법의 오류가 보인다. 참자기와 참사랑은 '극도의 에고이즘'(같은 쪽)으로 포괄됨으로써 그 오류가 가려진다.

예술이 인간의 이기주의에서 비롯한 창조의 결과라면 창조는 참예술을 규정하는 기준이 된다. 인간의 예술이 신의 창조에 근접할수록 그 예술은 진정성을 획득한다. 그래서 김동인은 "이 세상의 문예 예술가를 내다보면은, 참예술가다운 예술가는 과연 몇이나 있느냐, 인생을 자기 손바닥 위에 올려놓고(인생의 지은 세계는 즉 인생 그것이 아니면 안 되니까) 이리 굴리고 저리 굴릴 만한 능력을 가진 문학자가 몇이나 되는가"(『김동인 평론』, 21쪽)라고 물을 수 있다. 톨스토이에 대한 김동인의 평가를 빌려 말하자면 참된 예술가는 "자기가 창조한 자기의 세계를 자기 손바닥 위에 올려놓고, 자기가 조종하며, 그것이 가짜든 진짜든 거기에 만족"(『김동인 평론』, 23쪽)한다. '소설가=신'이라는 등식으로 표현되는 인형 조종술은 그렇게 언명되었다.

인형 조종술은 김동인의 소설론을 지탱하는 중심 개념의 하나여서 선행 연구에서 집중적으로 검토되었다. 그러나 인형 조종술에 대한 그간의 이해는 피상적인 수준에 그쳤다. 인형 조종술과 관련한 김동인의 진술을 적극적으로 해석하여 그 심층의 의미를 추출하지 못한 데서 빚어진 결과였다. 인형 조종술을 두고 "작가는 신인 만큼 자기가 창조한 인물(세계)을 인형 놀리듯 지배해야 된다는 것이다"[6]라거나 "동인은 작품의 창작에 있어서 작가의 의도를 무엇보다 우선했다는 것은 명백하다"[7]라고 언급한 것은 "인형 놀리는 사람이 인형 놀리듯 자기 손바닥

---

6 김윤식, 『김동인 연구』(개정판), 민음사, 2000, 214쪽.

7 김상태, 같은 글, 137~138쪽.

위에 올려놓고 놀렸다. 거꾸로도 세워보고, 바로도 세워보고, 웃겨도 보고, 울려도 보고, 자기 마음대로 그 인생을 조종하였다"(『김동인 평론』, 23쪽)는 김동인의 진술을 다른 말로 옮겨 적은 데 불과했다. 그 진술에서 정작 적극적으로 해석해야 할 부분은 신과 세계의 관계이다. 인형 조종술은 기독교의 유일신 관념에 입각한다. 기독교의 신은 전지전능한 창조주로 믿어진다. 그러나 인간의 눈에 신은 보이지 않는다. 신이 세계를 자유자재로 조종하더라도 인간은 그러한 신의 작위를 작위로 인식하지 못한다. 오히려 인간은 자유의지에 따라 스스로 행동한다고 생각하며 세계가 그 나름의 질서에 의해 저절로 운행된다고 여긴다. 세계에 대한 신의 조종은 신에게는 임의적이지만 인간에게는 그렇지 않다. 자신이 창조한 세계를 조종하는 신의 손길을 인간은 전혀 알지 못한다. 세계의 운행에서 어떤 의도성도 파악되지 않는다. 신이 자유자재로 하는 조종이 인간에게는 결코 강제와 억지로 나타나지 않기 때문이다. 신의 섭리가 있다면 그 섭리는 그처럼 지극히 은밀하여 인간으로서 전혀 짐작되지 않는다.

김동인은 예술가가 자신의 작품에 대해 신과 같은 위치에 있다는 발상에서 인형 조종술을 주장한다. 따라서 인형 조종술의 의미는 신의 전지전능과 세계의 완벽한 질서라는 관계에서 유추되어야 한다. 그 관계에서 세계를 임의대로 조종하는 신의 작용이 인간에게는 어색하거나 부자연스러워 보이지 않는다. 신의 임의가 인간에게 완벽한 질서로 현현하는 사태는 인형 조종술의 이해에 그대로 옮겨 적용되어야 한다.[8]

---

8 신의 전지전능과 세계의 완벽한 질서 사이의 관계가 인형 조종술의 이해에 전제되지 않으면 인형 조종술은 자기만족을 위한 기교주의 정도로 축소되어 이해된다. 다음이 그러한 이해의 사례이다. "예술가는 한 작품을 잘 꾸려나가는 기술을 지닌, 훌륭한 테크니션이면 충분하

그렇다면 인형 조종술이 구사된 작품은 신이 창조한 세계처럼 완벽해야 한다는 논리가 성립한다.[9] 소설가는 인형을 놀리듯 인물들을 자유자재로 지배하여 작품을 창조하지만 그 작품에서 소설가의 작용이 노출되지 않아야 한다. 신의 섭리를 인간으로서 전혀 파악할 수 없는 것처럼 소설가의 인형 조종술은 작품에서 지극히 은밀하고 필연적이어야 한다. 만일 소설가의 작용이 작품의 문면에 노출된다면 인형 조종술이 제대로 구사되지 못한 경우이다. 인형 조종술은 신의 수준에 비견되는 솜씨를 소설가에게 요구한다는 점에서 소설 기법의 극한에 접근한다.

인형 조종술을 거론한 선행 연구들은 '소설가=신'이라는 등식에 붙잡혀 인형 조종술이 지향한 작품의 상태를 간과했다. 그 연구는 인형 조종술을 소설가의 수준에서 보았으되 작품의 수준에서는 보지 못한 것이다. 인형 조종술의 논리 안에는 소설가의 작품이 신이 창조한 세계처럼 완벽해야 한다는 주장이 내포된다. 그 주장을 간과하지 못하면 김동인의 소설에서 '신이 되고자 하는 욕망'만을 읽어내는 데 그치게 되고 소설가의 의도와 작위가 작품에서 노골적으로 드러난 작품을, 다시 말해 소설가가 인물을 인형 놀리듯 조종하는 모습이 그대로 보이는 작

다는 것이다. 다시 말해 김동인의 생각은 자기가 쓰고 싶은 것이면 아무것이든, 모양새 좋게 잘 다듬어내서 창조자 혹은 테크니션으로서의 자기만족을 느끼면 충분하며, 자기가 다룬 인생 속에 파고들거나 고민하거나 그 인생을 자기 인생과 관련지어 생각해서도 안 된다는 것이다." 이주형, 『한국 현대소설과 민족현실의 인식』, 역락, 2007, 185쪽.

9   이와 유사한 취지로 이미 황종연이 개괄적인 수준에서 언급했음을 밝혀둔다. 해당 부분을 인용하면 다음과 같다. "소설가가 창조한 세계는 신이 창조한 세계와 마찬가지로 그 창조자의 의지를 구현하는 어떤 불가시적 섭리에 따라 그 나름의 법칙, 과정, 목적을 가지고 존재한다. 소설가가 행하는 신적 창조의 재연(再演)은 그래서 단순히 어떤 가능한 세계를 상상하는 것이라기보다는 자립적이고 자율적인 세계를 발명하는 것이다." 황종연, 「낭만적 주체성의 소설―한국근대소설에서 김동인의 위치」, 『김동인 문학의 재조명』, 100쪽.

품을 인형 조종술이 잘 구사된 사례로 오해하게 된다.[10] 인형 조종술이 제대로 수행될수록 그 조종술은 도리어 노출되지 말아야 하는데 선행 연구에서는 그와 반대로 이해한 것이었다.

　김동인은 인형 조종술의 입장에서 톨스토이와 도스토옙스키를 비교할 때 두 작가 중 톨스토이가 더 위대하다고 평가했다. 선행 연구에서는 그러한 평가에 타당성이 부족하다고 판단하여 "문제는 그가 톨스토이를 정당히 파악했는가의 여부에 있지 않고, 이와 같은 소설관(작가는 신의 입장에 선다는 것)을 확고히 지지하고, 이 방법론에서 작품을 썼다는 점에 있다"[11]고 하거나 "도스토옙스키와 톨스토이에 대한 이와 같은 평가는 지나치게 편향된 시각의 소산이라는 점에서 많은 문제점을 내포하고 있다"[12]고 했다. 그러나 작가의 창작 행위에만 국한하지 않고 창작 행위의 결과인 작품까지 고려하여 인형 조종술의 의미를 이해한다면 두 작가에 대한 김동인의 평가가 부당하다고 보기 어렵다. 김동인이 보건대 도스토옙스키는 자기가 창조한 인생을 지배하지 않고 거기에 빠져 "큰 모순된 부르짖음을 당연한 듯이 발하였다"(『김동인 평론』, 23쪽). 인형 조종술에 철저하지 못하여 작품 내적인 균형과 질서

10　김윤식은 『김동인 연구』에서 김동인의 삶과 문학을 '신이 되고자 하는 욕망'으로 설명했다. 신격의 소설가가 되려는 김동인의 욕망은 신이 창조한 세계처럼 완벽한 소설을 당연한 목표로서 설정하게 되어 있다. 김윤식은 그러한 점을 고려하지 않고 김동인의 의도와 작위만을 주목했다. 가령 김윤식은 「유서」를 인형 조종술의 전형적인 예라고 했으나 김동인은 그 작품을 두고 처음에는 동인미가 강렬한 소설이라고 했다가 나중에 자신의 견해를 부정했다. 인형 조종술에 대한 김윤식의 이해로는 그러한 변화가 설명되지 않는다. 김윤식, 같은 책, 253쪽; 『김동인 평론』, 81쪽.

11　김윤식, 「반역사주의 지향의 과오」, 『김동인』, 80쪽.

12　김진석, 「김동인 소설과 미의식의 문제」, 『현대문학이론연구』 14집, 현대문학이론학회, 2000, 79쪽.

가 무너졌다는 것이다. 관념적인 서술을 통해 주제의식을 강하게 드러내는 도스토옙스키의 소설에 대해 충분히 가능한 지적이다. 반면 김동인이 본 톨스토이는 인형 조종술을 능수능란하게 구사하여 자율적인 세계를 창조했다. 비록 그 세계는 규모 면에서 실제의 세계보다 작을지라도 내적으로는 신이 창조한 세계처럼 자연스럽고도 사실적이다. 세계 속에 작용하는 신의 섭리처럼 인형 조종술은 작품 내에서 정교하고 은밀하게 기능하면서 독자에게 사실감을 불러일으킨다. 김동인은 도스토옙스키의 소설이 관념적인 데 비해 톨스토이의 소설이 사실적이라는 일반의 이해를 부정한 것이 아니다. 다만 톨스토이 소설의 사실성을 현실 묘사가 아닌 인형 조종술의 결과로 보았다는 것이 김동인의 다른 점이었다. 인형 조종술로 이룬 작품은 그 자체의 질서로 인해 기본적으로 사실성을 담보하기 마련이다. 따라서 작품에 그려진 바를 외부의 현실과 비교하여 굳이 그 진위를 따질 필요가 없다. 김동인은 톨스토이가 "창조한 인생은, 가짜든 진짜든 그것은 상관없다"(같은 쪽)고 했다. 인형 조종술이 사실성에 우선하며 사실성을 창출한다는 것이다. 김동인에 따르면 소설가는 자기가 창조한 세계를 보며 만족해한다. 피조물에 대한 신의 만족감을 염두에 둔 발언이다. '소설가=신'과 더불어 '소설가의 작품=신이 창조한 세계'를 함께 고려할 때 인형 조종술의 의미가 분명하게 드러난다.

지각의 방법론

「자기의 창조한 세계」에서는 인형 조종술의 내용이 비유로 표현되어서 그 실천 양상을 구체적으로 알기 어렵다. 소설가가 인생을 손바닥

위에 올려놓고 자기 마음대로 조종한다는 진술로부터 유추할 수 있는 의미는 임의성이다. 만일 신이 창조한 세계를 고려하지 않는다면 인형 조종술에 의한 작품은 소설가의 독단과 억지를 구현한 소산으로 오해되기 쉽다. 김동인의 소설론 전반에서 자기모순과 이율배반을 읽어내는 기존의 논의는 그러한 오해에서 비롯했다. 한마디로 첫 단추를 잘못 끼운 격이다.

인형 조종술의 구체적인 내용은 「소설작법」에서 개진되었다.[13] 선행 연구에서는 「자기의 창조한 세계」로부터 오 년 뒤에 발표된 「소설작법」이 인형 조종술과 상충한다고 보았다. 「소설작법」을 계기로 김동인의 소설론이 변화를 맞으며 그로써 인형 조종술이 포기되거나 수정되었다는 것이다. 다음의 인용문이 그러한 주장을 밑받침한다.

> 작품 속에서 활약하는 인물들도, 어떤 성격과 인격을 가진 유기체이매, 아무리 그 작자라 할지라도, 마음대로 그들을 처분할 수 없다. 작품 중도에서 작자가 그 작품 내에 활약하는 인물의 의지에 반하여, 제 뜻대로 붓을 돌리면 거기서는 모순과 자가당착밖에는 남을 것이 없다.(『김동인 평론』, 42쪽)

소설 속의 인물은 하나의 유기체이므로 소설가가 임의로 처리할 수 없으며 만일 그런 식으로 인물을 다루면 작품이 모순과 자가당착에 빠진다는 취지의 진술을 두고 "인형 조종설을 주장하던 동인이 그것의 한계를 느끼고 자신의 생각을 바꾼 것으로 보인다"[14]라는 주장이 제출

---

13 「소설작법」의 전체 내용은 최성윤에 의해 검토된 바 있다. 최성윤, 같은 글.

될 만하다. 인형 조종술에 대한 기존의 반쪽짜리 이해에 기댄다면 인용문은 김동인 스스로 인형 조종술을 정면으로 부인한 매우 뚜렷한 증거처럼 보인다. 그러나 신과 같은 위치의 소설가가 지향하는 작품의 상태를 전제하면 인용문은 다르게 해석된다. 인용문에 곧바로 이어지는 진술은 인형 조종술에 대한 김동인의 생각이 변했다는 주장에 의문을 제기하게 한다.

> 그런지라, 톨스토이의 말을 본받아서, 두 번 세 번 사건과 인물과 배경을 결합시키고 결합시켜서, 집필중에 작품 내의 인물로써 반역적 행동을 취치 않게 하는 데 구상의 필요가 있다.(『김동인 평론』, 42쪽. 밑줄은 인용자)

인용문에서 우선 주목되는 것은 톨스토이의 존재이다. 「자기의 창조한 세계」에서 이미 톨스토이가 거론된 바 있어서 그 글과 「소설작법」 사이의 관계를 톨스토이를 통해 고찰할 수 있다. 두 글이 내용의 면에서 전혀 무관하지 않다면 양자의 관계는 부정적 변화이거나 발전적 전개 중 하나로 해석될 수 있다. 선행 연구의 경우처럼 그중 전자를 택한다면 인형 조종술뿐 아니라 톨스토이에 대한 김동인의 생각도 함께 변해야 한다. 그러나 톨스토이를 보는 김동인의 시각이 「소설작법」에서

---

14 최병우, 같은 책, 48쪽. 최시한도 「소설작법」에서 인형 조종술에 대한 김동인의 생각이 변화하였다고 판단한다. 해당 부분을 인용한다. "김동인은 이야기를 함에 있어 항상 자기 자신의 목소리로 하고자 했던 것 같다. 그것은 귀족주의적이고 초월주의적인 성격과 인형 조종술로 집약되는 문학 사상, 전통적 이야기 관습 등과 결합하여 권위적 서술을 낳는다. 그런데 그러한 지향이 강한 만큼, 한편으로는 그것을 억제하거나 그것이 작품의 형상성을 해치지 않게 하려는 노력도 많이 하게 된 듯하다." 최시한, 같은 글, 50쪽.

바뀌었다고 보기 어렵다. 인형 조종술을 부정한다면 인형 조종술의 대표 사례로 든 톨스토이도 부정해야 마땅할 터인데 김동인에게 톨스토이는 여전히 본받아야 할 소설가이다. 따라서 「자기의 창조한 세계」에서 주장된 인형 조종술이 「소설작법」을 통해 더 구체적으로 논의된다고 보는 편이 논리적으로 타당하다. 인형 조종술을 통해 톨스토이를 고평하던 김동인이 인형 조종술을 부정하면서 톨스토이를 추종해야 할 모범으로 거론하는 것이 모순되기 때문이다. 게다가 인용문의 밑줄 부분은 소설가에 의한 작중인물의 통제를 의미하고 있어서 인형 조종술을 확인케 하는 발언에 해당한다. 앞의 두 인용문을 엮어 읽음으로써 구성되는 의미는 인형 조종술의 부정이 아니라 모순과 자가당착이 나타나지 않도록 인형 조종술을 정교하게 구사해야 한다는 반성이다.

인형 조종술은 소설가에게 신의 창조에 버금갈 만한 솜씨를 요구한다. 전능한 신이 세계를 창조하듯 소설가는 그의 기법을 자유자재로 구사하여 작품을 창작해야 한다. 「소설작법」에서 그러한 기법의 세부가 논의되었다. 「소설작법」은 소제목으로 표시된 네 부분으로 구성되어 (1)서문 비슷한 것, (2)소설의 기원 및 그 역사, (3)구상, (4)문체 순으로 열거된다. (1)에서는 소설 작법의 필요성과 의의가 주장되며 (2)에서는 소설의 기원에 관한 가설을 제시한 후 서양의 소설사를 약술한다. (2)에 따르면 사실에 바탕을 둔 이야기에 이어 '온전한 무근의 이야기'가 출현하고 그것이 발전을 거듭하면서 소설로 진전되었다고 한다. 소설을 현실과 무관한 자율적 전체로 보는 김동인의 입장이 소설의 기원에 관한 가설을 통해서도 표명된다. (3)과 (4)는 「소설작법」이라는 제목과 직접 관련된 내용을 다루고 있어서 글의 중추에 해당한다. (3)에서 구상의 요소로 사건과 인물과 배경이 거론되며 (4)에서 소설의 문체

는 일원묘사와 다원묘사, 순객관묘사의 세 가지로 구분된다.[15]

「소설작법」의 (3)과 (4)는 소설에 관한 김동인의 관심이 내용보다 형식에 편향되어 있음을 선명하게 보여준다. 구상과 문체는 소설을 이루는 형식적 조건과 장치를 설명하기 위해 전제된 개념들이다. 그런데 그 개념들이 현대 서사학의 이분법적 전제와 유사하다는 점은 김동인의 소설론이 지닌 의의로서 새겨둘 만하다. 서사학의 이론들은 서사와 담론의 이분법을 전제로 소설을 포함한 각종 서사체를 분석한다. 서사는 사건들의 배열을 일컫는 개념으로 사건에 결부된 인물과 공간을 함께 고려한다. 담론은 서사를 본문으로 구현하는 작용들을 포괄하는 개념으로 사건을 지각하고 서술하는 방식이 그 개념을 통해 주로 검토된다. 「소설작법」에서 (3)구상의 범주 아래 사건과 인물과 배경이 검토되고 (4)문체를 통해 지각과 서술에 관한 유형론이 전개된다는 점에서 소설의 형식에 관한 김동인의 논의는 서사학의 이분법적 전제를 따른다. 「소설작법」을 두고 "동인의 이론은 1920년대로서는 현격히 높은 수준에 이른 것이다"[16]라는 평가는 전혀 과장이 아니다.

「소설작법」의 (3)구상에서 김동인은 사건과 인물과 배경이 조화를

---

15 「소설작법」의 (4)와 관련하여 최시한은, 김동인이 "'화자'가 아니라 '작자'라는 말을 쓰고 있으므로, 화자와 작자의 분리(화자의 객체화)가 미흡하여 일관되고 안정된 서술이 이루어지지 않았던 당시의 상황에서 그다지 벗어난 성싶지 않"다고 하고 최성윤은 "김동인이 아직(최소한 「소설작법」을 기술할 당시로는) 작가와 서술자의 구분을 명확히 하지 않고 있다"고 한다. 그러나 김동인이 제시한 도식에서 '작자'는 작중인물과 관련되는 기능으로 설정되어 있다는 점을 유의해야 한다. 따라서 '작자'의 의미는 마땅히 그러한 관계에서 해석되어야 한다. 즉 도식에서 '작자'는 실제 작가가 아닌 화자나 서술자를 의미한다. 비록 김동인이 화자나 서술자를 사용하지 않았지만 그 용어에 해당하는 인식은 하고 있었던 것으로 판단된다. 화자나 서술자에 대한 인식은 있었으되 그 인식을 표현할 용어를 아직 갖추지 못하여 '작자'를 썼다고 보아야 한다. 최시한, 같은 글, 36쪽; 최성윤, 같은 글, 42쪽.

이루도록 치밀한 '복안'을 마련해야 한다고 주장하면서 그 부정적 사례로 「약한 자의 슬픔」과 「마음이 옅은 자여」를 든다. 김동인은 두 소설이 그가 애초에 의도한 바와 다른 결말에 이르렀다고 밝힌다. 의도론을 추종하지 않는다면 작가의 의도를 벗어나는 방향으로 사건이 진행하는 사태는 얼마든지 용인된다. 작품이 작가의 의도와 무관하게 자율적으로 존재한다고 볼 수 있기 때문이다. 그러나 김동인은 작가의 복안이 철저하지 못하여 작가의 의도가 작품에 실현되지 못하는 결과를 빚었다고 설명한다. 톨스토이를 본받아 '일구 일구를 복안'했더라면 작가의 의도와 작품이 불일치하지 않았으리라는 것이다. 작가가 작품을 지배해야 한다는 생각을 견지하기 위해 김동인은 자신의 작품을 비판하는 길을 택한다. 김동인은 자신의 이론과 상충되는 결과가 실제 창작에서 나타나자 자신의 창작을 평가절하함으로써 이론을 견지하고자 했다. 창작의 실제로 자신의 이론을 수정하기보다는 자신의 이론을 지키기 위해 자신의 작품을 비판하는 고육책을 쓴 셈이었다. 자신의 소설론에 대한 김동인의 집착은 그 정도로 완강했다. 창작과 이론의 괴리를 이론으로 지양하고자 한다는 점에서 김동인의 인형 조종술은 서술적 개념보다 당위적 개념에 가까우며 '소설가=신'의 등식도 실재하는 모종의 소설가 유형을 지칭하기보다는 소설가가 성취해야 할 이상이나 목적으로 이해된다. 따라서 김동인은 실제 창작에서 필연적으로 좌절을 거듭하게 되어 있었다. 인형 조종술이 요구하는 '소설가=신'을 실제 창작에서 성취하는 일은 불가능에 가깝기 때문이다.

구상의 면에서 김동인이 강조하는 단순화와 통일과 연락은 인형 조

16　최병우, 같은 책, 60쪽.

종술의 실천이라는 맥락에 자리한다. 소설 자체의 완결성을 지향하는 김동인에게 작중 사건과 작품 외적 사실의 연관성은 중요하지 않다. 사건들은 작품 외적 사실보다는 작품 내적 질서에 부합하도록 단순화되어 유기적으로 연결됨으로써 통일된 전체를 이루어야 한다. 소설가가 단순화와 통일과 연락에 철저하도록 사건들을 지배할 때 작품은 하나의 유기체처럼 된다는 것이다.

「소설작법」의 (4) 문체에서는 사건들을 작품으로 실현하는 작용, 즉 담론과 관련한 논의가 진행된다. 이 부분은 선행 연구에서 '시점론'과 '서술론'으로 불리며 집중적으로 다뤄진 바 있다.[17] 서구의 서사 이론을 준거로 김동인의 이론을 검토하거나 두 이론 사이의 유사성이 고찰되었다. 그러한 연구는 대체로 타당하지만 그 세부에서 재고의 여지가 있다. 참조를 위해 끌어들인 서구의 이론에 대한 이해가 불충분하여 일부 착오가 빚어졌다.

서사와 담론은 목적격과 술격의 관계로서 그 관계를 문장으로 표현하면 '무엇을 알고 말하다'가 된다. 그 문장에서 '무엇'이 서사의 사건들에, '알고 말하다'가 담론의 수행에 해당한다. 따라서 담론은 지각과 서술의 두 측면을 갖는다.[18] 지각을 전제하지 않은 서술은 불가능하고

---

17 이와 관련하여 최병우, 최시한, 정연희, 박종홍의 논의를 들 수 있다. 최병우, 같은 책; 최시한, 같은 글; 정연희, 같은 책; 박종홍, 같은 글.

18 소설 본문에서 사건은 주로 시각을 통해 인지되지만 다른 감각들도 작중 사건의 인지에 사용된다. 따라서 '시점' 대신 '지각'이라는 더 포괄적인 용어를 사용하기로 한다. S. 리몬-케넌은 '시점'이나 '초점화' 같은 "순수한 시각적 의미는 인식적(cognitive)이고 정서적이고 관념적인 방향성을 갖는 정도까지 확대되어야 한다"는 의견을 개진하였다. 그런 의미도 내포하는 용어로 지각이 적절할 것으로 판단된다. S. 리몬-케넌, 『소설의 시학』, 최상규 옮김, 문학과지성사, 1985, 109쪽.

서술을 통하지 않은 지각은 무의미하므로 지각과 서술은 서사체의 담론을 성립시키는 필수 조건이다. 영미의 시점 이론은 지각과 서술이 기능 면에서 다르다는 사실을 인식하지 못하여 일인칭과 삼인칭으로 화자를 구분하는 잘못을 범한다. 인칭 개념을 굳이 도입하여 표현하자면 모든 소설은 일인칭 화자의 서술이다. 화자는 작품에서 정체를 드러낼 수도 감출 수도 있지만 일인칭으로서의 "화자의 실재는 불변이다. 모든 진술의 발화 주체와 마찬가지로 화자는 그의 서사에서 단지 일인칭으로만 존재할 수 있기 때문이다".[19] 화자는 발화의 주체인 동시에 인식의 주체가 될 수 있지만 작중인물에게 지각의 기능을 전가하기도 한다. 주네트는 소설에서 지각과 서술이 반드시 일치하는 것이 아니므로 양자를 나누어 논의할 것을 제안함으로써 서사체의 담론과 관련한 이론사에서 획기적인 전기를 마련했다. 그후 화자의 역할과 기능을 지각과 서술의 측면으로 나누어 살피는 것이 지배적인 추세가 되었다.

주네트는 담론의 지각적 측면과 관련하여 종래의 시점 대신 초점화라는 용어를 사용하여 작품에서 사건들이 지각되는 방식을 유형화한다. 초점화는 작중의 사건에 대해 지각의 초점이 위치하는 방식에 따라 비초점화와 내적 초점화와 외적 초점화로 나뉘고 그중 내적 초점화는 초점 인물의 수 및 지각의 중복성에 따라 고정과 가변과 다중으로 세분된다. 주네트의 초점화 유형은 김동인이 문체의 유형으로 제시한 일원묘사와 다원묘사, 순객관묘사와 대체로 일치한다. 내적 초점화의 고정과 가변은 초점 인물이 단수 또는 복수인가에 따라 구분되므로 그 각각

---

19 Gérard Genette, *Narrative Discourse: An Essay in Method*, trans. Jane E. Lewin, Cornell University Press, 1980, p. 244.

이 일원묘사 A형식과 B형식에 해당된다. 비초점화는 초점을 매개하지 않은 채 대상을 자유롭게 직접 지각하는 방식이므로 다원묘사에 대응된다. 외적 초점화는 사건 외부에 고정적인 지각의 초점을 마련한다는 점에서 순객관묘사와 통한다.[20] 따라서 「소설작법」의 (4)는 서술보다는 지각에 관한 논의로 판단해야 한다. 비록 (4)의 제목이 문체이고 글에서 '쓰다' 동사의 활용형들이 더러 보이긴 하지만 서술에 관한 논의가 본격적으로 진행된다고 보기 어렵다. 그보다는 서술의 전제인 지각의 방식, 다시 말해 대상을 어떻게 파악하는가의 문제가 주로 논의된다. 김동인의 다음과 같은 진술은 「소설작법」의 (4)가 담론의 지각적 측면을 다루고 있음을 확인케 한다.

> 가장 쉽게 말하자면, 일원묘사라는 것은, '나'라는 것을 주인공으로 삼은 일인칭 소설에, 그 '나'에게 어떤 이름을 붙인 자로서, 늘봄의 '화수분'의 주인공 '나'라는 사람을 'K'라든 'A'라든 이름을 급여할 것 같으면 그것이 즉 일원묘사형의 작품일 것이며 따라서, 일원묘사형 소설의 주요 인물(「마음이 여튼 자」의 'K'며 「약한 자의 슬픔」의 '엘리자벳'이며 「폭군」의 '순애' 등)을 '나'라는 이름으로 고쳐서 일인칭 소설을 만들 것 같으면 조금도 거침없이 완전한 일인칭 소설로 될 수가 있는 것이다.(『김동인 평론』, 44~45쪽)

인용문으로부터 약 반세기가 경과한 시점에서 서사학의 이론은 초점

---

20 「소설작법」의 (4) 문체 부분과 주네트의 초점화 이론 사이의 유사성은 정연희에 의해 이미 언급된 바 있다. 정연희, 같은 책, 100쪽.

화의 문제를 두고 "외적 초점화냐 내적 초점화냐 하는 것을 분간할 수 있는 한 가지 테스트는 주어진 분절을 일인칭으로 고쳐쓸 수 있느냐 없느냐 하는 것이다. 만약 이것이 가능하다면 그 분절은 내적으로 초점화되어 있는 것이고, 그렇지 못하다면 외적으로 초점화되어 있는 것이다"[21]라고 한다. 김동인과 유사한 취지의 설명이 대표적인 서사학 관련 저술에서 발견된다. 김동인이 문체라는 이름 아래 전개한 논의가 담론의 지각적 측면과 관련된 만큼 그 논의를 두고 "김동인이 삼인칭 서술만을 분류하고 있다는 사실을 놓칠 수 없다. 앞의 인용에서 보았듯이, 그는 '일인칭 소설'이라는 말을 쓰고는 있지만, 가령 '일인칭 묘사체' 같은 것은 설정하지 않고 있다"[22]고 비판하는 것은 적절치 못하다. 영미 시점 이론에 근거를 둔 그 비판은 담론이 기능상 지각과 서술로 구분된다는 점을 인식하지 못할 뿐 아니라 지각에 관한 논의를 서술의 시각에서 검토하는 잘못을 범하고 있다.[23] 김동인과 서사학이 언급하는 '일인칭'은 화자의 존재가 본문에 명시된 경우를 표시하는 용어이다. 서술 주체인 화자는 담론의 상황에서 일인칭으로만 존재하며 본문에 그 존재가 명시되거나 명시되지 않는다. 그 여부를 인칭으로 구분하자면 일인칭과 비인칭이 된다. 따라서 김동인의 논의가 삼인칭에 제한되어 불충분하다는 비판은 성립할 수 없다. 담론의 지각적 측면과 관련

---

21 S. 리몬-케넌, 같은 책, 115쪽. 리몬-케넌의 이 언급은 바르트로부터 유래한다. 정연희도 바르트를 인용하여 김동인의 일원묘사를 설명한다. 정연희, 같은 책, 146~147쪽.

22 최시한, 같은 글, 39쪽.

23 이와노 호메이의 '일원적 묘사'와 김동인의 '일원묘사론'을 비교하여 논의한 박종홍도 김동인의 논의에 "일인칭 묘사체는 없다. 이것은 김동인이 이와노 호메이처럼 일인칭 소설을 경시하고 있다고 보아야 할 것이다"라고 하면서 최시한과 유사한 주장을 펼친다. 최성윤은 박종홍의 논의를 그대로 수용한다. 박종홍, 같은 글, 199쪽; 최성윤, 같은 글, 41~42쪽.

하여 문제가 되는 것은 일인칭과 삼인칭의 구별이 아니다. 초점의 존재 여부와 위치가 담론의 지각 기능과 관련한 본질적 문제이고 김동인은 그 문제를 제대로 포착하고 있었다.

소설 담론의 지각적 측면에 대한 김동인의 논의는 이론으로서 완성도가 높으며 이론의 제출 시기 면에서도 선구적인 의의를 지닌다. 한편 「소설작법」은, 특히 그중에서도 (4)문체는 김동인의 소설론 전체 구도에서 인형 조종술의 내용을 구체적으로 설명하는 부분으로 자리매김된다. 「자기의 창조한 세계」에서 이념적으로 표명된 인형 조종술의 실천 방안이 「소설작법」의 (4)에서 개진된 것이다. 인형 조종술은 소설 창작에서 신과 같은 역량을 발휘할 것을 소설가에게 요구한다. 소설가는 신처럼 인물을 자유자재로 조종하되 그 작위성이 노출되지 않도록 해야 한다. 인형 조종술은 그처럼 이율배반적인 요구를 충족시키는 고도의 기법이다. 김동인은 지각의 초점을 매개로 작중 세계에 은밀히 침투함으로써 작위성을 노출하지 않은 채 인물을 소설가의 의도대로 조종할 수 있다고 생각했다. 지각의 초점은 김동인에게 인물을 인형처럼 조종하는 끈과 같다. 지각과 관련한 방법론을 자유자재로 구사할 때 소설가는 그의 작품에서 신과 같은 위치에 설 것처럼 보였다. 김동인은 문체의 유형들을 도식으로 제시하면서 소설가와 작중인물을 선으로 연결했다. 그 선들은 인형을 조종하는 끈과 유사하다. 인물에 대한 소설가의 조종은 지각이라는 보이지 않는 끈을 통해 은밀하고 공교하게 진행된다.

재현과 창조

'소설가=신'에 입각한 인형 조종술은 작품의 자율성을 강조한다. 신격화된 소설가에 의해 창작된 작품은 신이 창조한 세계처럼 그 자체의 내재적인 질서로 운행되는 것처럼 보여야 한다. 따라서 현실 관련성보다 내적 통일성이 소설에서 더 중시된다. 소설의 기원을 '거짓말'에서 찾는 김동인의 입장을 따르면 현실에 대한 작품의 적실성 여부를 따질 필요가 없다. 작품을 유기적 전체로 만드는 기법이 현실보다 우선한다. 김동인이 단편소설을 논하면서 "일자의 가감은 그 작품 전체를 별개의 물건으로 만들어놓기가 쉬운 것이다"(『김동인 평론』, 56쪽)라고 일갈한 것도 작품을 하나의 유기적 조직으로 보는 구조주의적 관점에 의거한 것이다. 소설이 모종의 도덕적 교훈을 설파하는 사태도 김동인으로서는 용납되지 않는다. 현실에 복무하는 도구로 기능하는 작품은 자율성을 지닐 수 없다. "소설자는 인생의 회화는 될지언정 그 범위를 넘어서서 사회 교화 기관(직접적 의미의)이 되어서는 안 되는 것이며 될 수도 없는 것이다."(『김동인 평론』, 68쪽) 김동인이 이광수를 비판할 때도 그 핵심 논지는 "그는 소설을 언제든지 설교 기관으로 삼았다"(『김동인 평론』, 94쪽)는 것이다.

김동인이 소설의 자율성을 주장하면서 현실과 관련한 문제를 배제한 것은 아니다. 그의 여러 글 중에는 사실, 실재, 사실성, 리얼리즘 같은 단어들이 흔히 등장한다. 따라서 김동인의 소설론에서 그 단어들이 의미하는 바에 대한 검토가 필요하다. 그와 관련하여 다음의 인용문이 주목된다.

리얼리즘이라 하면 흔히 '있는 대로'를 묘사하는 것이라고 오해를 하는 이가 있지만 결코 그렇지 않다. 리얼리즘의 사명은 이 복잡하고 불통일되고 모순 많은 인생 생활을 단순화하고 통일화하는 데 있다.

찌꺼기를 모두 뽑아버리고 골자만을 남겨가지고 그것을 정당화시켜서 표현하는 데 있다.

그런지라 실재치 못할 일이라도 실재성을 띠게 묘사하고 실재한 사실이라도 거기서 모순된 군더더기를 모두 뜯어버리고 단순화하고 구체화하여 실재성을 띠게 하여 가지고 나타나야 한다.(『김동인 평론』, 52쪽)

사실주의[24]를 현실의 재현으로 보는 이들의 정반대편이 김동인의 자리이다. 김동인은 작품이 자율성을 지니도록 요소들을 통일적으로 조직하면 사실주의가 성취된다고 주장한다. 현실의 재현과 박진감이 일치하지 않는다는 판단이 그러한 주장의 저변에서 파악된다. 현실을 재현한다고 반드시 박진감이 조성되지 않으며 현실의 재현이 아닐지라도 박진감이 조성될 수 있다는 것이다. 김동인에게 사실주의는 경험 현실이 아닌 기법에서 비롯한다. 기법으로 비현실적인 사건도 현실처럼 보일 수 있다. 반대로 현실에서 벌어진 일이라 할지라도 그것이 기법을 통해 박진감을 획득하지 못하면 현실처럼 보일 수 없다. 김동인에게 사실주의는 기법이 거둔 효과로 이해된다. 그래서 "사실을 사실대로 쓰면 소설이 안 된다. 존재할 수 없는 사실이라도 거기다가 실재미를 가하면 소설로서 인정할 수가 있는 반면에 실재한 사실일지라도 소설적 가미가 없으면 이것은 소설로 인정할 수가 없다"(『김동인 평론』, 60쪽)고 한다. 실재미, 또는 소설적 가미로 일컫는 기법이 사실주의의 효과

---

24 본 연구는 '리얼리즘'과 '사실주의' 중 사실주의를 논의상의 술어로 통일하여 사용하기로 한다. 인용문에서 리얼리즘으로 표기된 경우에도 논의상에서는 사실주의로 바꿔 표기한다.

를 창출할 뿐 아니라 소설을 소설답게 만든다는 것이다. 사실주의를 기법이 빚은 효과로 간주한다면 작중의 현실은 재현된 것이 아니다. 김동인의 소설론에서 현실은 창조된 현실을 의미한다.

인형 조종술에 입각하면 현실은 신이 창조한 세계의 한 국면이다. 세계는 통일된 전체로서 조화롭게 운행되지만 그 일부에 불과한 현실이 스스로 통일적이거나 조화로울 수 없다. 현실은 세계의 질서에 종속된다. 따라서 세계로부터 떼어낸 국면은 무질서하거나 혼란스러워 보일 수 있다. 사실을 사실대로 쓰면 소설이 되지 않는다는 김동인의 발언은 그러한 견지에서 성립한다. 감각된 현실은 그 자체로는 불완전하여 그것을 재현하면 작품은 통일성이 결여되어 박진감을 획득하지 못한다는 것이다. 여기서 통일성은 논리성과 등치되는 개념이다. 김동인은 현실이 아닌 작품 내적인 논리가 불러일으키는 보편적 설득력을 사실주의의 효과로 보았다. 그래서 "인간 생활에는 의외에 일어나는 일이 있으나 소설에 있어서는 그런 일에도 그럴듯한 정당성을 반드시 붙이는 것임으로 소설이 실록보다 더 자연스러운 것이다"(『김동인 평론』, 61쪽).

김동인에 따르면 사실다운 느낌은 작품의 통일성에서 비롯한다. 그 통일성은 기법으로 조성되는데 그 기법이 바로 인형 조종술이며, 더 구체적으로는 지각의 초점을 자유자재로 구사하는 방법을 일컫는다. 일반적으로 지각은 무엇에 관한 지각이다. 다시 말해 지각이 성립하자면 지각의 대상이 있어야 한다. 지각된 바를 재현하는 행위도 대상을 전제하기는 마찬가지이다. 대상이 먼저 존재하고 그것을 지각하여 재현하는 행위가 차후에 이루어지는 것이다. 사실주의에 관한 논의들은, 그중에서도 특히 마르크시즘의 입장을 취한 경우는 실재에 대해 회의하지 않는다. 그 논의들은 사실주의가 실재에 대한 재현 체계라는 신념을 확고하게 견지한다. 그러나 김동인에게 눈앞의 현실은 불합리하고 그 현실을 포함하는 세계는 신의 주관 아래 있으므로 그 전모를 파악할 길이 없다. "세계의 논리는 밝혀지지 않고 '어찌해볼 도리가 없는 비합리적 어둠'으로 남는 것이다."[25] 논리가 지닌 보편적 설득력의 효과로 사실주의를 이해하는 입장에서 현실을 재현하는 사실주의는 인정되지 않는다. 세계의 한 국면으로 포착된 현실은 그 자체로 논리성을 갖추지 못하기 때문이다. 김동인은 논리적으로 통일된 현실을 창조함으로써 사실주의의 효과를 거두고자 한다. 그 과정은 사실주의를 현실의 재현으로 보는 논의들과 정반대의 과정을 밟는다. 대상이 먼저 존재하고 그것을 지각하는 것이 아니라 지각이 대상을 존재하도록 하는 것이다. 인형 조종술의 맥락에서 고찰할 때 「소설작법」에서 제시된 지각의 유형들은 재현이 아닌 창조의 방법을 의미한다. 자유자재로 구사된 지각을 통해 현실은 창조된다. 그 현실은 내적인 논리에 의해 통일성을 획득함으로써 박진감을 불러일으킨다. 현실이 있어서 지각하는 것이 아니라 지각이 현실을 존재하게 한다는 것, 인형 조종술이 지향한 사실주의의 의미가 바로 그것이다.

---

25 김흥규, 「황폐한 삶과 영웅주의」, 『김동인』, 188쪽.

2. 지각의 현상학

창작과 이론

김동인의 인형 조종술은 '소설가=신'의 등식에 입각한다. 그 등식의 이면은 '소설가의 작품=신이 창조한 세계'이다. 소설가는 그의 작품에서 신처럼 군림하는 데 그치지 않고 신이 창조한 세계에 대응될 만한 작품을 창작해야 한다는 것이 '소설가=신'의 등식에 내포된 온전한 의미이다. 선행 연구에서는 '소설가=신'의 등식만을 주목하여 소설가의 의도가 노골화된 작품을 인형 조종술에 충실한 사례로 오해했다. 인형 조종술이 제대로 구사되면 소설가의 작위는 신의 섭리만큼 은밀하고 공교하여 노출되지 않으며 작품은 유기적으로 조직된 하나의 자율적 전체처럼 보이게 된다. 소설가는 그의 의도를 최대로 실현하면서 또한 철저히 은폐해야 한다는 이중의 목표가 인형 조종술에 제시되어 있다. 김동인은 지각을 운용하는 방법으로 그 목표를 실현하려 했다. 소설가의 직접 진술은 그의 존재와 의도를 노출한다. 그러나 지각이 매개되면 소설가는 그의 존재를 은폐한 채 의도한 바를 실현할 수 있다. 김동인은 그러한 인식에서 작중 사건에 대한 지각의 방향과 위치에 따라 세분되는 방법론을 수립했다. 그 방법론이 자유자재로 구사될 때 작중 인물이 인형처럼 조종된다고 판단한 것이었다.

지각의 운용과 관련한 김동인의 이해는 현상학적인 면모를 보인다. 현상학에 따르면 인간의 모든 의식은 대상을 지향하고 대상과 관계를 맺는다.[26] 대상은 그 지향성에 의해 의식에 지각되어 존재한다. 그런데 인간을 물리적 세계의 한 요소로 이해하는 실증주의자는 의식의 지향성을 대상과 의식 사이의 자연적 인과관계와 동일시한다. "말하자면 그는 지향성이란 세계에 존재하는 어떤 물리적 사건을 원인으로 하여 우리의 두뇌 속에서 발생한 하나의 결과에 불과하며, 따라서 외계 대상에서 출발해 우리의 두뇌에 이르게 되는 일련의 자연적 인과관계를 해명하면 지향성의 정체가 해명될 것이라고 생각하고 있는 것이다."[27] 사실주의의 재현 개념은 실증주의의 자연적 인과관계에 근거한다. 객관 현실이 원인으로 전제되고 그것의 재현이 결과로 설정된다. 그런데 의식의 지향성을 자연적 인과관계와 동일시하면 의식된 사실을 대상의 속성으로 오인하게 된다. 그러한 오인은 생활세계에서 흔히 벌어지는데 사실주의의 재현 개념도 그 연장선상에 자리한다. 가령 사탕의 단맛

---

26 이와 관련하여 현상학 개론서에서 한 절을 인용한다. "우리의 모든 의식과 경험은 대상을 지향한다. (……) 의식의 모든 행위, 다시 말해 모든 경험은 대상 상관적이며 모든 지향은 지향적 대상을 갖는다." Robert Sokolowski, *Introduction to Phenomenology*, Cambridge University Press, 1999, p. 8.

27 이남인, 「인간은 사실인의 차원을 넘어선 지향성의 주체이자 세계구성의 주체다」, 소광희 외, 『인간에 대한 철학적 성찰』, 문예출판사, 2005, 396쪽.

은 혀에 분포된 신경세포의 지각이지만 사탕의 속성으로 간주된다. 실제로는 사탕이 단 것이 아니라 단맛을 유발하는 성분이 사탕에 들어 있을 뿐이다. 그 성분이 주체에게 달게 지각된 것이다. 누군가 손가락으로 달을 가리키면 그 옆에 있는 사람의 시선은 손가락이 아닌 달을 향한다. 달을 보는 사람은 대상을 가리키는 손가락이 있어서 달을 본다기보다 달이 거기 있어서 본다고 여긴다. 대상은 의식이 그것을 지향함으로써 인간에게 존재로 인식된다. 풀이나 나무 같은 자연의 현상에서 건축물이나 자동차 소음 같은 인공의 현상에 이르기까지 모든 존재하는 것들은 의식의 지향을 통해 존재로서 인식된다. 타인의 존재도 마찬가지이다. 어떤 타인이든 의식이 지향되지 않으면 주체에게 존재로서의 의미를 지니지 못한다. 그런데 의식의 지향성은 대상의 존재론에서 종종 망각된다. 그 대신 대상이 거기 존재하므로 주체가 인식한다는 식의 인과론적 전도가 벌어진다. 단맛을 사탕의 속성으로 오인하고 달이 거기 있어서 본다는 식이다. 의식의 지향성으로 지각된 존재가 그 스스로 존재론적 가치를 획득하는 것이다.

김동인이 후설의 현상학을 접했으리라는 추정은 성립하기 어렵다.[28] 다만 서사체의 담론에서 지각이 수행하는 작용에 대한 그의 이해가 현상학적이었다고 평가될 만하다. 그는 지각의 작용으로 작중의 상황이 조성되고 인물이 존재하며 의미가 구성된다고 생각했다. 의식의 지향성을 인과관계로 오인하는 현상을 이용하여 사실성의 효과를 거둘 수

---

28 한전숙에 따르면 "1920년대의 일본에서는 후설 현상학이 대유행을 이루고 있었다"고 한다. 『창조』의 창간호를 낼 무렵 김동인은 이미 지각의 방법론을 이해하고 있었으므로 시간적 선후 관계에서 후설의 영향을 받는 위치에 있지 않았다. 한전숙, 「한국에서의 현상학 연구」, 『현상학과 현대철학』 9집, 한국현상학회, 1996, 310쪽.

있다는 판단도 했을 법하다. 미각을 사탕의 속성으로 전가하거나 손가락 대신 달을 보는 식의 인과론적 전도는 지각 행위를 대상의 후위로 은폐하면서 사실성의 환상을 만든다. 김동인의 생각에서 사실주의의 재현 개념은 지각함으로써 존재하는 사태를 존재함으로써 지각되는 사태로 전도시킨 데 불과했다. 그래서 그는 사실주의의 재현 개념을 수용할 수 없었고 사실성은 지각의 방법론으로 창조된다고 여겼다.

소설 창작을 개시할 무렵 김동인은 이미 지각의 방법론을 이해하고 있었다. 「소설작법」에서 「약한 자의 슬픔」과 「마음이 옅은 자여」가 묘사법의 사례로 인용되었고 「조선근대소설고」에서는 「약한 자의 슬픔」의 "묘사는 일원묘사였다"(『김동인 평론』, 79쪽)고 회고했다. 김동인의 술회가 추후 이루어진 기억의 재구성이 아니었음은 「약한 자의 슬픔」이 실린 『창조』 창간호가 입증한다. 당 호 끝에 편집후기 격으로 실린 「남은 말」에 거론된 묘사법과 작법은 「소설작법」을 예고했다. 묘사법은 수준의 면에서 작법에 포섭되는 하위개념이어서 묘사법을 작법과 동일한 수준에서 분별하는 것은 불필요할뿐더러 논리적으로 부적절하다. 그럼에도 김동인은 묘사법을 작법과 나란히, 그것도 작법보다 먼저 언급했다. 그러한 개념 술어의 배치는 결코 우연이 아니었다. 김동인이 전제하는 이론의 성격과 그 주된 관심사가 반영된 결과였다. 소설에 대한 김동인의 이론적 관심이 방법론으로 수렴되고 묘사법이 그 핵심에 자리한다는 사실은 「남은 말」 이후 전개된 그의 논의가 확인한다. 이론적 논의를 펼칠 수 있을 만큼 지면이 여유롭지 못한 탓에 호명되는 데 그친 묘사법과 작법은 그로부터 여섯 해 뒤에 발표된 「소설작법」에서 상세히 개진되었다.

「약한 자의 슬픔」과 「남은 말」은 창작과 이론이 김동인의 문필 활동에서 어떤 관계를 형성하는지 잘 보여주는 사례이다. 김동인은 이론에 바탕을 두고 창작하려 했고 그 창작 행위의 결과를 이론으로 명시하고자 했다. 신문학의 개척자를 자처하는 김동인으로서는 소설의 독자층이 아직 형성되지 않았다는 생각을 품었을 법하다. 자신의 소설이 제대로 읽히려면 소설 창작 못지않게 독자의 육성이 필요하다고 생각했을 수 있다. 김동인이 소설에 관한 이론적 논의를 지속적으로 전개한 데에는 소설이라는 새로운 서사 양식을 널리 알리고 그 속에서 자신의 창작 행위가 거둔 성과를 부각하려는 의도가 작용했다고 판단된다. 산재해 있는 김동인의 소설 관련 논의들을 수습하여 조각 그림처럼 서로 끼워맞추면 하나의 일관된 체계를 갖춘 소설론이 드러난다. 인형 조종술이라는 명명이 마땅한 그 소설론 전체는 이념적 차원의 총론에서 방법론과 문학사론을 거쳐 작가론과 작품론 및 단평으로 구성된다. 그처럼 체계적인 이론이 김동인이 전개한 창작 행위의 배후에 자리한다. 김동인의 소설을 제대로 이해하자면 그의 소설론을 마땅히 고려해야 한다. 「약한 자의 슬픔」과 「마음이 옅은 자여」를 대상으로 김동인의 소설론이 창작으로 전개되는 양상을 검토하기로 한다.

약하거나 옅은

　김동인이 『창조』에 잇달아 발표한 「약한 자의 슬픔」과 「마음이 옅은 자여」는 주인공의 성격을 제목에 명시한다. '약한'과 '옅은'이라는 한정사가 지시하는 두 주인공의 성격은 공교롭게도 유사하다. 그들은 마음이 약하거나 옅은 자들이다. 그처럼 유사한 성격의 인물들이 김동인이 처음 쓴 두 편의 소설에서 주인공으로 각각 설정된 것은 단순한 우연이상의 의미를 지닌다. 자신의 소설에서 신이 되고자 하는 김동인이 인형 조종술로 처음 창작을 시도하면서 '약한 자'와 '옅은 자'를 주인공으로 떠올렸을 법하다. 신격의 소설가에게 작중인물은 열등한 존재로 파악된다. 김동인의 첫 두 소설은 '약한 자'와 '옅은 자'를 통해 인간 존재의 나약함을 주제로 거론함으로써 작중인물에 대한 그의 우월 의식을 드러낸다. 그러한 의식은 김동인이 '소설가=신'의 도식을 견지하는 한 그의 다른 소설들에서도 계속된다. 「배따라기」의 형이나 「명문」의 전주사, 「감자」의 복녀, 「태형」의 영원 영감처럼 어리석거나 무능한 인물들이 주인공이나 주요 인물로 등장한다. 소설가의 창작 행위가 지닌 가치를 신과 피조물의 관계로부터 유추하는 김동인에게 작중인물은 '약한 자'나 '옅은 자'로 경시된다. 의지와 행동 면에서 약하거나 옅은 작중인물은 소설가에 의해 조종되어야 한다.

인형 조종술은 소설가가 작중인물을 자유자재로 조종하되 그 조종이 신의 섭리처럼 은밀하고 공교하기를 요구한다. 김동인은 지각을 매개로 작중 상황에 침투함으로써 소설가로서 자신의 존재와 의도를 은폐하고자 한다. 담론의 지각 작용은 「약한 자의 슬픔」에서 강엘리자베트를, 「마음이 옅은 자여」에서는 K를 지향한다. 두 인물은 작중의 사건과 인물들이 지각되도록 하는 통로 구실을 하는가 하면 그들 자신이 지각의 대상이 되기도 한다. 담론의 지각 작용을 서사학에서는 초점화라는 용어로 설명한다. 초점화는 '~을 통해서'와 '~에 대해서'로 세분되는데 전자가 초점화자이고 후자가 초점화 대상이다.[29] 내적 초점화의 서사체에서 초점화자와 초점화 대상은 겹칠 수 있지만 기능 면에서 양자

---

29 S. 리몬-케넌, 같은 책, 113쪽.

는 구별된다. 엘리자베트와 K도 그들이 각각 등장하는 소설에서 초점
화자와 초점화 대상으로 기능한다. 그런데 김동인의 이론에서 초점화
자와 초점화 대상은 미분화 상태에 머문다. 묘사라는 이름으로 열거된
지각의 세 유형은 초점화자와 초점화 대상 양쪽에 걸쳐 있다. 일원묘사
가 주로 초점화자와 관련되는 데 비해 다원묘사와 순객관묘사는 초점
화 대상과 관련된다. 초점화자와 초점화 대상의 미분화 상태는 지각과
관련한 김동인의 이론이 그의 창작 행위를 온전히 기술하기에 미흡했
다는 의미이다. 창작과 이론이 상충하는 사태가 스스로 의식될 경우 김
동인은 방법적 대안을 모색했다. 그 모색 과정이 창작 방법상의 변화를
가져오는 계기가 되기도 했다. 그 과정은 추후에 고찰하기로 하고 여기
서는 엘리자베트가 「약한 자의 슬픔」에서, K가 「마음이 옅은 자여」에서
각각 초점화자로 기능하는 양상을 살피기로 한다.

① 몇 시간 지났는지 몰랐다. 무르녹이기만 하던 날은 소낙비로 부어
내린다. 그리 덥던 날도 비가 오면서는 서슬하여졌다. 방안은 습기로
찼다. 구팡에 내려져서 튀어나는 물방울들은 안개비와 같이 되면서 방
안으로 몰려들어온다.
   그는 눈을 번쩍 떴다. 어느덧 역한 냄새 나는 모기장이 그를 덮었고
그의 곁에는 오촌 모가 번뜻 누워서 답답한 코를 누르고 있었다. 위에
는 불티를 잔뜩 앉히고 그 아래서 숨찬 듯이 할락할락하는 석유램프는
모기장 밖에서 반딧불같이 반짝거리며 할딱거리고 있었다.[30]

---

30 김동인, 『김동인 전집』 5, 삼중당, 1976, 38쪽. 이하 이 전집에서 인용할 경우 말미에
『김동인 전집』 권수, 쪽수'의 형태로 표시한다. 원문의 오기는 인용자가 바로잡았다.

② 말하는 동안에 무릎의 전쟁은 여러 번 일어났다. 내가 무릎을 가만히 그의 무릎에 댄다. 무엇인지 모를 것이 찍! 내 무릎에서 약하게 떨리며 그의 무릎으로 가고 그의 무릎에서 내게로 온다. 좀 있다가 그는 슬쩍 무릎을 치운다. 좀 있으면 내가 갖다대지 않는데, 그의 무릎이 가만히 내 옆으로 온다.(『김동인 전집』5, 51쪽)

「약한 자의 슬픔」에서 엘리자베트는 K 남작을 상대로 한 재판에서 패소한 뒤 오촌 모의 집으로 돌아와 곧바로 앓아눕는다. ①은 깊은 잠에서 깨어난 엘리자베트가 주위를 둘러보는 장면이다. 밖에는 소나기가 내리고 방안은 습기로 눅눅하다. 엘리자베트는 모기장 안에 오촌 모와 나란히 누워 있고 방안에는 석유램프가 켜져 있다. 그러한 장면은 작중에서 초점화자로 기능하는 엘리자베트를 통해 지각된다. 서늘한 기온과 방안의 습기는 엘리자베트의 피부에 닿는 감각이고 모기장과 오촌 모와 석유램프는 엘리자베트의 눈에 비친 모습이다. 작중의 상황은 전적으로 엘리자베트의 지각을 통해 그 존재를 드러낸다. ②는 「마음이 옅은 자여」에서 K의 일기 중 일절이다. ②에서도 K와 Y가 수작하는 모습이 초점화자인 K의 시각과 촉각을 통해 전해진다.

「소설작법」에서 김동인은 일원묘사에 대해 "경치든 정서든 심리든 작중 주요 인물의 눈에 비치인 것에 한하여 작자가 쓸 권리가 있지,─주요 인물의 눈에 벗어난 일은 아무런 것이라도 쓸 권리가 없는─그런 형식의 묘사"(『김동인 평론』, 43쪽)라고 설명한다. 「약한 자의 슬픔」과 「마음이 옅은 자여」는 김동인이 일원묘사의 사례로 드는 작품들이다. ①과 ②는 김동인이 뜻하는 일원묘사가 초점화자를 통한 작중 상황의 지각임을 확인케 한다. 두 인용문에서 엘리자베트와 K는 작중에 마련된 지각의 초점들로서 작중의 상황은 초점화자인 그들을 매개로 수용자에게 노출된다. 지각의 초점이 작중에 설정될 경우 초점화자의 지각을 통하지 않은 묘사는 대상의 실재 여부와 상관없이 수용자에게 불합리하게 여겨져 실감을 불러일으키지 못한다. 작중 상황에 대한 실감은 초점화자의 지각을 통해 획득되며 그로써 "독자는 자기 자신이 한 인물의 입장에 치환되어 있는 것으로 믿고, 이 인물의 눈을 통하여 작중 세계를 바라보면서 그것에 대하여 이 인물이 갖게 되는 생각과 느낌을 공유하는 것으로 믿는다."[31]

일원묘사에 관한 김동인의 설명은 초점화자에 대한 인식을 선명하게 보여주는 반면 초점화 대상은 고려하지 않는다. 그러나 「약한 자의 슬픔」 전체에서 엘리자베트는 초점화자보다 초점화 대상인 경우가 더 많으며 「마음이 옅은 자여」의 후반부에서도 K는 주로 초점화 대상이 된다. 「마음이 옅은 자여」는 구성의 면에서 두 부분으로 나뉘는데 전반부는 K의 일기와 편지로 진행되며 후반부는 K와 C의 금강산 여행기를 전한다. K는 그의 일기와 편지에서 초점화자로, 금강산 여정 부분에서는 초점화 대상으로 주로 기능한다. 엘리자베트와 K가 초점화 대상으로 기능하는 비중이 그들이 각각 등장하는 소설에서 그처럼 높은데도 불구하고 김동인의 일원묘사 유형에서 초점화 대상에 대한 인식은 보이지 않는다. 김동인이 서사체의 지각에서 초점화 대상을 세분하여 인식할 만큼 이론적인 진전을 이루지 못했다 하더라도 「약한 자의 슬픔」과 「마음이 옅은 자여」에서 초점화 대상이 차지하는 비중을 도외시하

---

31 프란츠 슈탄첼, 『소설형식의 기본유형』, 안삼환 옮김, 탐구당, 1982, 83쪽.

기 어렵다. 엘리자베트와 K가 초점화 대상인 사례를 살피기로 한다.

③ 가정교사 강엘리자베트는 가르침을 끝낸 다음에 자기 방으로 돌아왔다. 돌아오기는 하였지만 이제껏 쾌활한 아이들과 마주 유쾌히 지낸 그는 껌껌하고 갑갑한 적막한 자기 방에 돌아와서는 무한한 적막을 깨달았다.

"오늘은 왜 이리 갑갑한고? 마치 이 세상에 나 혼자 남아 있는 것 같군. 어찌할꼬─어디 갈까 말까─아, 혜숙이한테나 가보자. 이즈음 며칠 가보지도 못하였는데."

그의 머리에 이 생각이 나자, 그는 가뜩이나 갑갑하던 것이 더 심하여지고 아무래도 혜숙이한테 가보아야 될 것같이 생각된다.(『김동인 전집』 5, 9쪽)

④ 10월 아흐렛날은 이르렀다.

그리 그가 저주하며, 이날이 영구히 안 오기를 바란다면서도, 또 한편으로는 막지 못할 인력引力으로 말미암아 나날이 기다리고 또 기다리던 시월 아흐렛날은 돌연히─K에게는 이날이 돌연히 이른 것 같다─K의 앞에 나타났다.

K는 아침 일찍이 커피나 여남은 잔 먹은 것 같은 흥분으로 일어나서, 오늘 Y의 잔치 구경을 갈 준비로 대충 양치와 세면을 한 뒤에, 열시에 갈까, 열한시에 갈까 벼르다가, 오후 세시쯤 마침내 집을 나섰다.(『김동인 전집』 5, 71쪽)

③은 「약한 자의 슬픔」의 서두이며 ④는 「마음이 옅은 자여」에서 K의

편지와 일기로 이루어진 전반부가 끝나고 이어지는 후반부의 서두이다. 두 인용문에서 지각의 주체는 작중 사건의 외부, 다시 말해 담론의 차원에 존재하며 엘리자베트와 K는 담론의 지각 작용이 향하는 초점화 대상들이다. 지각의 지향성은 그 스스로를 은폐하면서 초점화 대상이 주목되게 한다. 주석과 논평을 억제하는 대신 지각된 바를 그대로 전하려는 담론의 수행을 통해 초점화 대상은 수용자에게 실감을 획득한다. 엘리자베트와 K의 행동과 의식은 담론의 지각 작용을 매개로 현시되는데도 불구하고 그들이 스스로 존재를 현시하는 것처럼 보이게 된다.

「약한 자의 슬픔」의 서사는 주인공 엘리자베트의 치정과 관련된 사건들로 전개된다. 여학생인 엘리자베트는 등굣길에 마주치곤 하는 이환을 짝사랑하지만 자신이 가정교사로 있는 집의 주인인 K 남작과 통정한다. 그러다 K 남작의 아이를 임신한 것이 빌미가 되어 그의 집에서 쫓겨난다. K 남작에게 위자료 소송을 걸지만 패소하고 태중의 아이마저 유산한 엘리자베트는 자신이 겪은 모든 불행이 자신의 약함에서 비롯한 결과라고 여기고서 강한 자가 되고자 결심한다. 「약한 자의 슬픔」의 서사는 초점화 대상인 엘리자베트의 상상과 기대와 사념을 통해 진행된다. 담론의 지각 작용은 엘리자베트의 내면 심리를 작중에 현시하고 그러한 심리의 추이가 서사를 추진한다.

「마음이 옅은 자여」에서 교사이자 유부남인 K는 이웃 학교의 여교사 Y와 사랑하는 사이가 된다. Y가 어릴 적에 정혼한 남자와 결혼하게 되자 K는 절망한 나머지 자살을 결심하고 유서를 작성하기도 한다. K는 실연의 아픔을 달래기 위해 친구 C와 금강산 여행을 한다. 그런데 K가 여행하는 동안 그의 아내와 아이가 병으로 죽는다. 귀향하여 아내와 아이의 죽음을 확인한 K는 마음이 옅은 자신을 돌아보며 참된 삶을 살고

자 다짐한다. 그러한 일련의 사건들은 「약한 자의 슬픔」의 경우처럼 초점화 대상을 향하는 담론의 지각 작용에 의해 서사로 전개된다. 서사의 사건들은 K의 고뇌와 번민과 절망을 통해 작중에 현시된다.

초점화의 두 국면인 초점화자와 초점화 대상은 「약한 자의 슬픔」과 「마음이 옅은 자여」에서 실감을 조성하고 서사를 추진한다. 지각의 작용이 은폐되고 대상이 전면화하며 빚는 오인으로 인해 수용자는 초점화자의 지각을 자신의 지각과 동일시하거나 초점화 대상이 그 존재를 스스로 현시하는 것처럼 여기게 된다. "작중 주요 인물의 눈에 비치인 것에 한하여 작자가 쓸 권리가 있"다는 진술은 지각이 존재에 우선한다는 의미이다. 지각된 대상만이 작중에 존재하는 반면 지각되지 않은 대상은 미지의 어둠에 가려진다. 지각이 인물과 사건의 작품 내적인 현존을 결정한다는 김동인의 인식은 현상학의 소설적 판본에 해당한다. 현상학이 파악한 의식과 대상의 관계 그대로 인물과 사건의 작중 존재 여부가 서술 주체의 지각에 따라 결정된다.

실증주의의 자연적 인과관계에 근거한 사실주의의 재현 개념에서 지각은 객관 현실에 대해 수동적인 기능에 머문다. 원인인 객관 현실에서 출발하여 결과인 재현에 이르는 과정을 지각이 투명하게 매개할수록 성공적인 재현이 된다. 김동인에게 지각은 인물과 사건을 존재하게 함으로써 서사를 구성하는 능동적인 기능으로 이해된다. 「약한 자의 슬픔」과 「마음이 옅은 자여」에서 계기적 연결이 어려운 사건들이 그러한 방식으로 서사를 이룬다. 「약한 자의 슬픔」에서 엘리자베트의 불행은 그녀가 K 남작과 벌인 정사에서 비롯한다. 짝사랑하는 이환 때문에 마음이 허전하고 친구인 혜숙과 S가 이환을 화제로 삼자 모멸감을 느끼기도 하는 엘리자베트가 K 남작의 성적인 요구를 수락한 사건은 서사의 진행 면에서 어색하다. 그러나 담론의 지각 작용이 엘리자베트의 내면을 초점화 대상으로 삼음으로써 그러한 어색함은 희석된다. 깊은 밤 자신의 방을 찾아온 K 남작에게 엘리자베트는 "부인이 알으시면?"이라고 말한 후 "부인이 모르면 어찌한단 말인가?… 모르면… 이것이 허락의 의미가 아닐까? 그러면 너는 그것을 싫어하느냐? 물론 싫어하지. 무엇? 싫어해? 네 마음속에 허락하려는 생각이 조금도 없냐? 아… 허락하면 어떠냐? 그래도…"라고 생각한다. 엘리자베트의 말과 생각 사이에서 벌어지는 갈등은 그녀가 "싫어요, 싫어요"를 입으로 외치면서 K 남작의 몸을 받아들이는 상황까지 지속된다(『김동인 전집』 5, 13쪽). K 남작의 요구에 대한 태도 결정을 지연시키는 엘리자베트의 심리상태가 두 인물의 불륜으로 서사가 진행되도록 이끈다. 사건과 사건 사이의 계기적 접속이 아니라 초점화 대상에 대한 지각이 서사 진행의 계기로 기능하는 것이다.

엘리자베트가 K 남작에게 소송을 걸고 패소하는 일련의 과정은 두 인물의 정사와 더불어 「약한 자의 슬픔」의 서사를 이루는 주요 부분이다. K 남작의 집에서 순순히 물러나온 엘리자베트는 오촌 모의 집으로 향하는 인력거 안에서 재판을 떠올린다. 그런데 엘리자베트에게 재판을 결심하도록 하는 계기는 K 남작에 대한 그녀의 복수심이 아니다. 엘리자베트가 복수심에서 K 남작에게 소송을 건다면 서사의 진행상 자연스러울 수 있지만 "남작이 고운가 미운가, 미운가? 때릴까, 않을까? 오랄까? 쫓을까"(『김동인 전집』 5, 26쪽)에서 읽히는 그녀의 태도는 혼란스럽고 불분명하여 K 남작에 대한 복수심으로 확정되기 어렵다. 오촌 모의 집에 머물면서 재판을 결정하기까지 엘리자베트는 K 남작에게 분노하기보다 서울을 그리워한다. 틈만 나면 집 뒤편 산 위에 올라가 서울을 바라보며 서울의 이모저모를 떠올린다. "엘리자베트가 서울을 동경하는 것은 높고 정결한 주택이며 세련된 의복과 차림새 때문이다."[32] 그러나 엘리자베트가 서울의 인력(引力)으로 소송을 제기했다고는 보기 어렵다. 엘리자베트가 소송을 결정한 시점은 오촌 모의 집으로 향하는 인력거 안이었던 데 비해 서울에 대한 그녀의 절실한 그리움은 오촌 모의 집에서 지내는 동안 표출된다. 시간의 선후 관계에서 서울 방문과 소송을 연결하는 해석은 성립하지 않는다. 목적과 방법으로 연결되기에는 양자가 현저하게 괴리된다. 엘리자베트가 서울에서 느끼는 기쁨과 흥분도 재판의 기회를 빌려 발현된 것이지 그 기쁨과 흥분을 위해 그녀가 소송을 건 것은 아니다. 재판 출석은 그 정도의 경험을 위해 치르는 대가치고는 과하다. 엘리자베트는 재판에 소극적으로 임한 결과 패소한다. 그 태도가 소송의 목적이 K 남작에 대한 복수가 아니었음을 입증한다. 서울 방문도 앞서 살핀 바와 같이 소송의 목적이 되기 어렵다. 엘리자베트가 K 남작의 집을 나온 후 재판에서 패소하기까지 사건들의 관계는 이처럼 부자연스럽다. K 남작에 대한 복수심이나 서울에 대한 동경이 그녀가 K 남작을 상대로 제기한 소송과 사건의 차원에서 계기적인 관련을 맺기 어렵다. 그 부자연스러운 관계를 담론의 지각 작용이 메운다. 담론의 지각 작용이 엘리자베트의 복잡한 내면 심리와 그 심리에 투영된 사태에 실감을 부여함으로써 서사를 추진하는 것이다.

「마음이 옅은 자여」의 서사도 담론의 지각 작용으로 추진된다. 그 작품의 서사적 발단은 K와 Y의 사랑이다. "Y는 나를 '러브'한다. 오늘이

---

32 권보드래, 「'풍속사'와 문학의 질서―김동인을 통한 물음」, 『현대소설연구』 27호, 한국현대소설학회, 2005, 33쪽.

야 그것을 알았다"는 K의 깨달음은 "어찌하여선가 내 손이 Y의 손에 잠깐 닿았다. 그는 빨리 손을 흠츠러뜨리고 잠깐 나를 처다본 뒤에 얼굴이 빨개져서 도망하였다"(『김동인 전집』 5, 50쪽)에서 보듯 지각에서 비롯한다. 그러한 지각은 K가 초점화자로 설정됨으로써 작중에서 유의미한 작용을 한다. 사건들의 관계로만 보자면 Y에 대한 K의 태도 결정이 「마음이 옅은 자여」의 서사를 이루는 관건이다. K가 아내와 이혼하고 Y와 결혼하거나 아니면 Y와 헤어지거나, 둘 중 하나를 선택하는 것으로 서사는 완결될 수 있다. 그러나 K의 선택은 계속 지연된다. 서사 진행의 관건이 되는 사건은 지연되고 그 사건의 자리를 미결정 상태로 부동하는 K의 내면이 대신한다. Y가 다른 남자와 결혼한 후 K는 C와 함께 금강산으로 여행을 간다. 그 여행도 실연의 아픔으로 번민하고 갈등하는 K의 내면이 지각되는 과정이다. 금강산의 경치와 풍광보다 그것들에 대한 K의 감각과 사념이 서사를 진행시킨다.

「약한 자의 슬픔」과 「마음이 옅은 자여」의 서사에서 지각과 관련한 부분을 들어낸다면 사건들은 불연속적이 되고 개연성도 떨어진다. 지각은 본래 정신의 작용이어서 속성상 그 스스로가 사건은 아니다. 그러나 두 작품에서 지각은 서사의 수준에서 사건처럼 기능하면서 서사를 구성하고 추진한다. 지각이 불연속적인 사건들을 매개하여 서사의 흐름을 가능케 하는 것이다. 지각이 사건처럼 기능하면서 서사의 구성에 참여하는 양상은 신문학 초창기에 김동인이 전개한 소설 창작의 중요한 성과로 인정될 수 있다. 지각의 서사화라고 일컬을 만한 성과이다.

지각이라는 감옥

　지각을 이용하여 작중의 사태를 조성하고 서사를 추진하려는 김동인의 방법론이 「약한 자의 슬픔」과 「마음이 옅은 자여」에서 거둔 성과는 제한적이었다. 선행 연구에서 두 소설은 '습작기적 미숙성'[33]과 '인물 형상의 한계'[34]를 드러낸다고 비판되었다. 김동인도 두 소설을 긍정적으로 평가하지 않았다. 「조선근대소설고」에서 그는 두 소설의 결말이 자신이 애초에 의도한 바와 달랐다고 술회했다. 인형 조종술의 방법론을 충실히 실천하지 못하여 의도와 다른 결과가 나타났다고 자인했다. 이론에 근거하여 창작하고 그 창작의 결과를 이론으로 명시하려 했던 그에게 「약한 자의 슬픔」과 「마음이 옅은 자여」는 이론과 창작이 충돌한 사태로서 곤혹스럽게 여겨졌다. 그 사태에 두 작품의 또다른 방법적 맥락인 고백체가 관련되어 있다.

　고백체는 일반적 술어로 바꾸면 '주관적 내면 서술' 정도가 된다. 소설사 초기에 그 서술이 근대소설을 전대의 서사체와 차별화하는 제도적 장치로 인식되었다. 김동인이 그의 소설론에서 고백체를 거명한 적은 없었다. 근대소설의 개척자를 자임한 김동인에게 고백체는 당연하게 전제된 제도여서 굳이 거명하는 것이 민망하다고 여겼을 수 있다. 그의 소설론에서 거명되지 않은 고백체가 그의 창작에서는 확인된다. 「약한 자의 슬픔」과 「마음이 옅은 자여」는 고백체라는 제도에 안착하려는 작의를 선명하게 드러낸다.[35] 「마음이 옅은 자여」는 첫 문장에서 아

33　임규찬, 「1920년대 소설사 연구」, 성균관대학교대학원 박사학위논문, 1994, 127쪽.

34　박현수, 「김동인 초기 소설 연구」, 『현대소설연구』 13호, 한국현대소설학회, 2000, 80쪽.

예 고백을 선언하기까지 한다.[36] 그 두 작품이 내적 초점화에 해당하는 일원묘사를 사용한 것도 고백체의 실천과 관련된다. 작중인물에게 부여된 지각의 초점이 고백의 경로가 되기에 적합하다. 김동인이 염상섭과 벌인 논쟁에서도 제도적 장치로서 고백체가 내포되었다. 김동인이 염상섭에게 질의한 '소설 작법'은 일반적인 수준의 창작 방법론을 의미하지 않는다. 김동인은 고백체를 암시함으로써 근대소설에 대한 염상섭의 소양을 시험하려 했다. 「약한 자의 슬픔」과 「마음이 옅은 자여」에서 김동인이 처한 곤경은 고백체의 맥락이 고려되어야 제대로 드러난다. 그러기 위해 외적인 제도로서 전제된 고백체와 김동인의 고유한 방법론 사이의 관계가 고찰되어야 한다. 다음 장에서 그 고찰을 잇기로 하고 여기서는 지각의 방법론에 내포된 한계를 먼저 거론하기로 한다.

인형 조종술의 원칙과 이념은 「자기의 창조한 세계」에서 선언적으로 제시되고 그 구체적인 실천 방안은 「소설작법」에서 개진된다. 「소설작법」의 핵심은 서술 주체가 작중에서 지각을 운용하는 방법이 묘사법이라는 이름으로 소개된 부분이다. 훗날 서사학에서 초점화로 일컫는 그 방법으로 소설가는 자신의 존재를 은폐한 채 작의를 실현할 수 있다. 그런데 그 방법만으로 인형 조종술의 요구를 충족하기에는 불충분하다. 인형 조종술은 소설가가 그의 작품에서 전지전능한 신처럼 군림하

---

35 이와 관련하여 근대소설의 제도적 장치로서 고백체에 관련한 김윤식의 주장을 인용한다. "그것〔젊은이의 번민―인용자〕이 소설이라는 제도적 장치로 나타나기 시작한 것은 근대 이후이다. 그것이 메이지, 다이쇼 시대의 일본의 근대소설이고, 이광수와 창조파의 소설에서이다. 그러니까, 그러한 고민을 드러내는 제도적 장치 즉 '고백체'가 먼저 있고, 그것이 춘원을 비롯 김동인·전영택·염상섭 등으로 하여금 청개구리의 번민을 낳게 만든 것이다." 김윤식, 『김동인 연구』, 141쪽.
36 "형님, 마침내 고백할 날이 왔습니다."(『김동인 전집』 5, 42쪽)

면서 인물과 사건을 자유자재로 조종할 것을 요구한다. 소설가의 손에 쥐어진 지각의 방법론은 작중의 세계에 만능의 섭리처럼 통할 정도는 되지 못한다. 서사학의 담론 범주가 확인하는 바와 같이 지각은 작중의 사태를 인지하여 작중에 현시되도록 하는 하나의 방법이다. 다시 말해 김동인의 묘사법이 인형 조종술의 요구를 온전히 감당할 정도의 만능 은 아니라는 것이다. 담론 범주에 귀속되는 일반적 방법에 김동인은 지 나친 기대를 걸었다고 할 수 있다.

지각의 방법론에 대한 김동인의 맹신은 부작용을 빚기도 했다. 지각 자체가 지닌 한계로 인해 소설의 세계를 협소하게 제한하는 결과가 나 타난 것이다. 인간의 지각이 미치는 범위는 분명하게 구획되고 그 너머 는 미지의 상태가 된다. 미지로 남은 세계에 비하면 지각된 범위는 빙 산의 일각에 불과하다. 지각에 의존하는 방법은 작중의 세계를 구체적 으로 경험되게 하면서 그 세계를 지각의 감옥에 가둔다. 「약한 자의 슬 픔」은 엘리자베트의 지각에, 「마음이 옅은 자여」는 K의 지각에 감금된 세계이다. 인형 조종술은 그 소설세계의 협소함을 가리키는 비유적 표 현으로서도 적절성을 획득한다. 김동인의 지각이 부딪힌 한계는 이광 수의 상상이나 염상섭의 개념적 사유가 각각 내포한 가능성과 대조된 다. 이광수의 상상은 주제와 관련한 그의 사유가 인류를 포괄하고 우주 까지 뻗어가도록 했으며 그의 소설 공간을 시베리아에서 동경에 이르 기까지 광활하게 펼쳐지게 했다. 염상섭의 개념적 사유는 경험 현실을 비판적으로 재현하고 개념에 내포된 추상성을 반성하게 함으로써 주제 적 의미의 깊이를 마련했다. 지각에 의존하는 김동인의 방법이 진행하 기 어려운 방향과 영역에서 이광수와 염상섭의 소설 쓰기가 진행되었 다. 역사소설에 착수하기 전까지 김동인이 단편에 주력한 것도 그의 방법론에 내재한 한계와 무관치 않다.

인형 조종술은 '소설가=신'을 목표로 설정한다는 점에서 최고 수준의 소설 기법이 되어야 한다. 김동인이 창작의 실제에서 구사한 방법은 그러한 수준에 턱없이 미달하여 그에게 이상과 현실의 괴리를 절감하게 했다. '소설가=신'이라는 목표는 달성되지 않았고 그는 좌절을 거듭했다. 라캉의 용어로 말하자면 김동인은 '소설가=신'이라는 등식과 상상적 관계에 있다. 라캉에 따르면 생후 약 육 개월에서 십팔 개월 사이의 유아는 거울에 비친 이미지를 통해 자신을 인식한다. 운동신경이 아직 발달하지 못한 유아는 거울 속에 고정된 형태에서 주체의 통일성과 전체성이라는 환상을 보는 동시에 소외를 경험한다. 유아는 그러한 환상을 실현하고 소외를 극복하기 위해 거울이 보여주는 이미지에 고착한다. 유아와 거울에 비친 이미지 사이의 관계를 라캉은 '상상적 관계'라고 부른다. 인형 조종술에 대한 김동인의 집착도 그 관계와 유사하다. 인형 조종술은 신이 창조한 세계처럼 완벽한 상태의 소설을 모형으로 상정한다. 그 모형은 김동인에게 소설가로서 자의식을 갖도록 한 타자이면서 실현 불가능한 이상이기도 하다. 유아가 거울에 비친 이상적 자아를 욕망하면서 그로부터 소외되는 것처럼 김동인도 인형 조종술의 '소설가=신'을 실현하기 위해 창작하지만 결국 인형 조종술에 의해 소외되는 상황에 놓이게 된다. 「약한 자의 슬픔」과 「마음이 옅은 자여」에서 나타난 대로 김동인은 신의 창조에 버금갈 만한 역량을 실제 창작에서 발휘하지 못한다. 신격의 소설가가 김동인의 상상이라면 소설가로서 그가 지닌 역량은 현실이었다.

3. 액자식 구성의 가능성과 한계

의식되지 않은 의도

김동인은 「조선근대소설고」에서 「약한 자의 슬픔」과 「마음이 옅은 자여」의 결말이 자신이 애초에 의도한 바와 다르다고 술회했다(『김동인 전집』6, 158쪽). 그의 본래 의도는 두 소설 모두를 주인공의 자살로 마무리하는 것이었다. 그러나 엘리자베트와 K는 작중에서 자살하지 않는다. 그는 자신의 의도와 다르게 구현된 창작의 결과를 '이원적 성격'이라는 용어로 설명했다. 자신의 의도에는 의식된 부분과 의식되지 않은 부분이 있는데 엘리자베트와 K의 자살이 의식된 의도라면 그들이 자살하지 않은 것은 의식되지 않은 의도의 결과라는 것이었다.[37] 그러

---

[37] 김동인은 "주인공을 자살케 하려 한 것도 내 의사다. 그러나 또한 자살시키지 못한 것도 내 의사다"라고 설명한다. 『김동인 전집』6, 158쪽.

나 의식되지 않은 의도는 김동인이 창작 방법론으로 견지하는 인형 조종술의 기본 취지에 반한다. 인형 조종술에서 소설가는 자신이 창조한 세계에서 신으로 군림하면서 작중인물들을 인형처럼 자유자재로 조종해야 한다. 그처럼 전지전능한 존재에게 의식되지 않은 의도는 가당치 않다.

김동인은 인형 조종술의 실천으로 창작한 「약한 자의 슬픔」과 「마음이 옅은 자여」에 대해 자신에게 의식되지 않은 의도가 작용했다고 언급함으로써 인형 조종술을 부정해야 하는 곤경을 자초했다. 소설가를 신과 동격으로 간주하는 인형 조종술은 그러한 의도를 설명하지 못하기에 부실한 이론으로 처분되어야 했다. 그는 자신의 창작을 평가절하하는 방식으로 인형 조종술을 고수하려 했다.[38] 두 소설의 결말과 관련한 자신의 '이원적 성격'은 인형 조종술을 철저하게 수행하지 못한 결과이고 그러한 성격상의 '불합치'에서 '불철저, 모순, 당착'(『김동인 평론』, 80쪽)이 빚어졌다고 했다. 비판의 화살이 인형 조종술을 불충분하게 실천한 창작을 겨눔으로써 인형 조종술은 손상을 면한다.

인형 조종술을 지키기 위해 자신이 처음 쓴 소설 두 편을 부정적으로 평가한 김동인의 선택은 이후 행보로도 연장된다. 그의 창작에서 인형 조종술은 기본 이념으로 계속 견지되지만 「약한 자의 슬픔」과 같은 부류의 작품은 다시 쓰이지 않는다. 그는 '이원적 성격'이 나타날 여지를 제거함으로써 인형 조종술을 제대로 실현하려 한 것이다. 따라서 자신이 처음 쓴 두 소설을 두고 김동인의 정신 속에서 창작 방법론과 창작

---

38 김윤식은 김동인의 '이원적 성격'을 자기 학대적인 구실로 간주한다. 해당 부분을 인용한다. "그는 이 과정을 다만 그의 성격에다 결부시킴으로써 스스로를 학대할 구실로 삼았다. 즉 이중적 성격이라 규정하여 (……)" 김윤식, 같은 책, 214쪽.

의 실제가 충돌한 사태는 연구의 차원에서 주목될 만하다. 그 충돌 지점에서 김동인 소설의 변화가 진행된다고 판단되기 때문이다.

본 장의 논의 대상인 김동인의 1920년대 단편소설에 관해서는 일일이 거론하기 버거울 정도로 많은 연구가 누적되었다. 「배따라기」와 「감자」「명문」「광염소나타」 같은 그의 대표작들이 모두 1920년대에 발표된 만큼 문학사에서 작가론과 작품론에 이르기까지 다각적이고도 다양한 논의들이 그 작품들을 중심으로 이루어졌다. 김동인에 관한 선행 연구의 대부분이 그의 1920년대 단편소설에 집중되어 있다고 해도 과언이 아니다. 그중 주목할 만한 몇몇 성과들을 언급한다.

문학사에서 김동인은 "단편의 묘미를 우리나라에서 제일 먼저 터득한 작가"[39]이자 광기에 사로잡혀 죽음을 추구하는 '미의 사제'[40]로 평가되며 「배따라기」와 「감자」를 통해 "객관적 묘사와 주관적 서술 사이의 균형을 중시하게 되는 근대소설의 서술적 기법의 가능성"[41]을 보여주었다고 평가되었다. 작가론의 차원을 대표하는 한 연구는 "인형 조종술은 한 번도 변해본 적도 완화된 적도 없다"[42]고 전제하면서 김동인의 소설 전반에서 신이 되고자 하는 의지를 읽어냈다. "결정론적인 비관주의가 그의 모든 작품을 지배하는 세계 인식임을 확인"[43]하는 논의가 제출되었으며 전대 소설의 영웅적 인물을 거부했다는 점을 김동인의 업적으로 들면서 "그것은 리얼리티의 획득이라는 점에서 자연주

---

39 정한숙, 『현대한국문학사』(2판), 고려대학교출판부, 2003, 24쪽.

40 이재선, 『한국현대소설사』, 홍성사, 1979, 253쪽.

41 권영민, 같은 책, 212쪽.

42 김윤식, 같은 책, 254쪽.

43 김흥규, 같은 글, 177쪽.

의 정신과도 상통한다"[44]는 평가도 있었다. 김동인의 단편소설에 나타
난 인식적 한계가 "기법상의 리얼리즘에 바탕을 둔 소설관에서 연유하
는 것"[45]으로 이해되었는가 하면 김동인이 당대에 공론화된 문학적 리
얼리티를 상대화함으로써 그 나름의 예술적 리얼리티를 추구했다는 주
장도 제기되었다.[46] 서사학의 이론을 원용하여 김동인의 단편소설들을
미시적으로 분석한 성과도 있었다.[47] 김동인 단편소설에 나타난 동정의
양상이 주목되기도 했고[48] "조선의 근대문학이 세계문학이어야만 한다
는 기획 아래에서 출발"[49]한 김동인의 내면에서 '공상'과 '재현'이 충돌
했다는 고찰도 수행되었다.

　「약한 자의 슬픔」과 「마음이 옅은 자여」에 대한 반성적 인식이 김동
인 소설의 전개에서 차지하는 위상에 주목한 사례는 선행 연구에서 보
이지 않는다. 본 장에서는 그 지점에 결부된 맥락들을 풀어낸 후 김동
인이 취한 창작 방법상의 변화를 고찰하고자 한다. 그 과정에서 1920년
대에 발표된 그의 주요 단편소설들을 거론한다.

44　송하춘, 같은 책, 71쪽.

45　윤명구, 『김동인 소설연구』, 인하대학교출판부, 1990, 112쪽.

46　유승환, 「김동인 문학의 리얼리티 재고―비평과 1930년대 초반까지의 단편 소설을 중
심으로」, 『한국현대문학연구』 22집, 한국현대문학회, 2007.

47　정연희, 같은 책, 144~226쪽.

48　손유경, 「1920년대 문학과 동정(sympathy)―김동인의 단편을 중심으로」, 『한국현대문
학연구』 16집, 한국현대문학회, 2004, 178~179쪽.

49　노태훈, 「세계문학으로서의 조선근대문학 기획―김동인 단편소설을 중심으로」, 『민족
문학사연구』 58호, 민족문학사학회·민족문학사연구소, 2015, 279쪽.

방법론적 아포리아

김동인은 자신의 의도와 다르게 나타난 창작의 실제를 '이원적 성격'으로 설명했다. 그런데 질문을 더 진전시켜 이원적 성격을 빚은 원인을 묻는다면 설명이 돌아오지 않는다. 그는 의식되지 않은 의도를 언급하는 정도로 자신이 처한 곤경에서 벗어나려 했을 뿐 그 곤경에 대해 본격적으로 논의하지 않았다. 김동인이 중지한 그 지점에서 논의를 진전시키면 그의 정신 속에서 창작 방법론과 창작의 실제가 충돌한 사태를 빚은 원인에 이를 수 있다. 김동인이 전개한 창작 행위의 배후에는 소설 창작에 관한 그의 방법론이 자리한다. 그는 자신의 방법론에 따라 창작하려 했고 그 방법론으로 창작의 결과를 설명하려 했다. 따라서 「약한 자의 슬픔」과 「마음이 옅은 자여」를 두고 그가 '이원적 성격'을 언급하도록 한 원인을 찾자면 마땅히 그의 창작 방법론을 조사해야 한다. 그 방법론에 내포된 모종의 문제가 창작 과정에서 드러났다고 추정되기 때문이다.

「약한 자의 슬픔」과 「마음이 옅은 자여」의 창작에서 김동인이 실천하려던 방법론은 인형 조종술과 일원묘사와 고백체이다. 따라서 그 셋의 상관관계를 조사하고 그것들이 창작의 실제에서 실행되는 양상을 검토한다면 김동인의 방법론에 내재한 균열이 포착될 것이다. 먼저 인형 조종술과 일원묘사의 관계를 살피기로 한다. 「자기의 창조한 세계」에 언급된 인형 조종술의 골자는 소설가는 자신의 창작에서 신처럼 자유자재로 작중인물들을 조종해야 한다는 것이다. '소설가=신'이라는 등식은 '소설가의 작품=신이 창조한 세계'라는 등식을 성립시킨다. 인형 조종술을 이루는 두 등식은 소설가의 작품이 신이 창조한 세계처럼 완벽해야 한다는 주장을 내포한다. 소설가의 의도는 세계 속에서 작용하는 신의 섭리만큼 은밀하고 공교하게 작중에 실현되어야 인형 조종술의 취지에 부합한다. 「자기의 창조한 세계」에서 그러한 원칙이 선언적인 수준에서 표현되었다. "자기가 창조한 자기의 세계를 자기 손바닥 위에 올려놓고, 자기가 조종"(『김동인 평론』, 23쪽)한다는 식의 비유는 인형 조종술의 방법에 관한 설명이 되기에 미흡했다. 그 설명은 「자기의 창조한 세계」로부터 오 년 뒤에 발표된 「소설작법」에서 제출되었다. 그 글의 (4)는 인형 조종술의 실천 방법에 해당한다. (4)는 제목이 '문체'이고 거기에 제출된 유형을 '묘사'로 명명하지만 서술의 방법보다 서술의 전제인 지각의 방식, 다시 말해 사건을 어떻게 파악하는가의 문제를 주로 검토한다. 그 방법으로 김동인은 다원묘사와 일원묘사, 순객관묘사를 제시한다. 그 세 유형은 그로부터 반세기가 경과한 즈음에 주네트가 서사 담론의 지각적 국면과 관련하여 제시한 비초점화와 내적 초점화와 외적 초점화와 대체로 일치한다. 인형 조종술은 소설가가 신처럼 작중인물을 자유자재로 조종하되 그 작위성을 철저히 은폐할 것을 요구한다. 김동인은 지각의 초점을 매개로 작중 세계에 은밀히 침투하면 작위성을 노출하지 않은 채 인물을 자신의 의도대로 조종할 수 있다고 생각하고서 묘사 유형을 전개한 것이다. 「약한 자의 슬픔」과 「마음이 옅은 자여」는 일원묘사라는 은밀한 방법을 통해 인형 조종술이 구사된 사례들이다. 따라서 인형 조종술과 일원묘사는 김동인의 창작 방법론에서 원칙과 실천 방법으로서 밀접하게 관련된다.

　김동인이 고백체를 본격적으로 거론한 적은 없다. 인형 조종술이 「자기의 창조한 세계」에서 주장되고 묘사론이 「소설작법」을 통해 전개되지만 고백체와 직접 관련된 그의 글은 존재하지 않는다. 그러나 김환의 「자연의 자각」을 두고 염상섭과 벌인 논쟁에서 김동인이 고백체를 창작 방법으로 고려하였다는 사실이 간접적으로 드러난다. 그 논쟁의 막바지에 김동인이 염상섭에게 "비평가는 작가에게 대하여는 아무 권리도 없"(『김동인 평론』, 18쪽)다고 일갈하자 염상섭은 작가의 자리로 옮겨가 「표본실의 청개구리」를 씀으로써 김동인의 일갈에 맞대응했다. 「표본실의 청개구리」에 대한 김동인의 반응은 한마디로 충격 그 자체였다. 그 소설의 연재 1회분을 보고서 김동인은 "큰 불안을 느꼈다. 강적이 나타났다는 것을 직각하였다"(『김동인 평론』, 72쪽)라는 반응을 보였다. 김동인으로 하여금 '불안'을 느껴 '강적' 운운하도록 만든 원인으로 김윤식은 고백체를 지목했다.[50] 김동인이 말한 '소설 작법'은 구체적으로 고백체를 의미하는데 염상섭이 온전한 고백체의 소설을 써냄으로써 소설 작법에 대한 자신의 지식을 입증했다는 것이다. 고백체는 일본 근대문학 초기의 제도적 장치로서 근대소설을 쓴다는 것은 곧 고백체의 실천을 의미했다. 신문학의 개척자를 자처했던 김동인에게도 고백체는 소설 창작에서 당연히 전제되었다. 당대 한국의 문인들에게 근대문학이란 곧 일본의 근대문학을 의미했다. 「약한 자의 슬픔」이 엘리자베트의 내면 심리에 관한 서술 위주로 진행되고 「마음이 옅은 자여」는 "형님, 마침내 고백할 날이 왔습니다"(『김동인 전집』 5, 42쪽)라는 K의 고백 선언으로 시작하는 서간체 형식을 취한다. 두 소설의 그러한 면모들은 김동인이 창작에서 고백체를 실천하려 했다는 사실을 방증한다. 따라서 「약한 자의 슬픔」과 「마음이 옅은 자여」에서 김동인이 구사한 창작 방법론에는 인형 조종술과 일원묘사와 함께 고백체가 포함된

---

50 김윤식, 같은 책, 143쪽.

다. 저 '이원적 성격'의 정체는 고백체가 다른 두 방법과 형성하는 관계를 고찰해보면 뚜렷해진다.

일원묘사와 고백체는 과정과 결과로서 서로 관련을 맺는다. 일원묘사는 서술자가 지각의 기능을 인물에게 위탁하여 작중 상황을 파악한다. 일원묘사를 통해 지각의 초점이 된 인물의 내면이 자연스럽게 드러나므로 고백체의 실현이 용이하다. 인물의 내면에서 벌어지는 고민과 갈등과 상상 등이 일원묘사를 통해 작품에 표현될 기회를 획득한다. 그러나 인형 조종술과 고백체가 유기적 관계를 형성하는 것은 사실상 불가능하다. 인형 조종술은 작중 세계가 신격의 소설가에 의해 지배되도록 하려는 데 반해 고백체는 작중인물의 내면을 가감 없이 그대로 표현하려 하므로 양자는 상반된 목표를 지향한다. 인형 조종술의 원칙을 준수하자면 고백체를 포기해야 하고 고백체를 실현하려면 인형 조종술을 포기해야 한다. 인간의 정신에서는 논리적이거나 합리적인 사유만 전개되는 것이 아니다. 그보다 훨씬 더 많은 비논리적이거나 불합리한 사념들이 인간의 정신에 출몰한다. 모호하고 산만한 사념들이 연상과 상상으로 연결되기도 하고 모순된 상태로 병존하기도 한다. 인형 조종술의 통제는 인물의 내면에서 다양하게 전개되는 사념들이 고백될 여지를 제한하는 반면 고백체는 인물의 내면이 자유롭게 유출될 통로를 엶으로써 인형 조종술의 통제를 위반한다. 따라서 인형 조종술과 일원묘사와 고백체는 김동인의 창작 방법론이라는 하나의 체계 안에서 유기적인 관계를 형성하기 어려우며 창작의 실제에서 순조롭게 작동하지 못하게 되어 있다. 인형 조종술이 일원묘사를 통제하는 것은 가능하지만 그러한 통제가 고백체까지 미치기 어렵다.

김동인은 「약한 자의 슬픔」과 「마음이 옅은 자여」를 고백체로 쓴다고 하면서 주인공들이 자신의 의도대로 조종되지 않는다고 불만스러워했다. 그는 인형 조종술의 원칙을 준수하면서 고백체를 실현하려 한 것이었다. 그러나 엘리자베트와 K의 내면이 주목되자 거기서 벌어지는 사념들이 소설가의 통제를 무색하게 만들며 고백되었다. 엘리자베트와 K가 자살에 이르지 않는 사태 앞에서 김동인은 속수무책이었고 '이원적 성격'이라는 굴욕적인 설명으로 사태를 정리하고자 했다. 그러나 그러한 사태가 벌어진 이유를 자신의 성격에서 찾은 김동인의 이해는 미흡했다. 앞서 살핀 대로 그가 수립한 창작 방법론 내부에 엘리자베트와 K가 자살하지 않은 진짜 이유가 있었다. 인형 조종술과 고백체의 모순된 관계가 그의 창작 방법론의 원활한 작동을 막은 것이었다. 그 창작 방법론은 수선이 필요한 상태였다.

김동인이 비록 자신의 의도를 배반한 창작의 결과를 두고 그 진짜 이유를 명확하게 파악하지 못했다 하더라도 고백체가 문제라는 점은 직감했던 것으로 보인다. 「약한 자의 슬픔」과 「마음이 옅은 자여」 이후 그의 소설에서 고백체는 다시 시도되지 않는다. 김동인은 그의 창작 방법론을 고장낸 고백체를 제거하고 다른 대안을 모색한다.

중층의 서술 수준

「약한 자의 슬픔」과 「마음이 옅은 자여」에 사용된 창작 방법론에 대한 김동인의 반성적 인식이 「유성기」와 「전제자」로 나타난다. 그 작품들은 인형 조종술을 기본 원칙으로 전제하지만 고백체는 전혀 고려하지 않는다. 김동인의 묘사론에 의하면 「유성기」는 다원묘사에, 「전제자」는 일원묘사에 해당한다. 「유성기」는 근대식 음악교육을 두고 벌어지는 부자간의 오해를 희화한다. 중학교를 졸업한 주인공은 음악 공부를 위해 도회지에 더 머물러야 한다는 내용의 편지를 고향의 아버지에게 보낸다. 아버지는 답장에서 아들에게 유성기를 사서 귀향하라면서 유성기 값 팔원을 동봉한다. 아들의 음악 공부를 제대로 이해하지 못한 아버지는 유성기만 있으면 음악 공부가 가능하다고 여긴 것이다. 이 작품에서 인물의 내적 갈등이나 인물들 간의 갈등은 전혀 드러나지 않는다. 그러한 갈등의 표현은 고백체의 영역에 속한다. 이 작품에서 주인공은 마치 로봇처럼 미리 정해진 경로에 따라 움직인다. 그는 아버지의 편지를 받은 날 군말 없이 고향으로 가는 열차에 몸을 싣는다. 「전제자」는 과부가 되어 남동생에게 의탁하여 지내는 한 여성의 불행한 처지를 다룬다. 소설가가 작중인물을 은밀하게 조종하기 위한 수단으로 일원묘사가 사용된다. 그 일원묘사에 의해 인물의 내면이 고백되는 통로는 마련되지 않는다. 순애에게 남편이나 아버지나 남동생은 가정의 폭군과 다름이 없고 그들에게 무시와 박해를 당했거나 당하고 있는 자신을 그녀는 약한 자로 이해한다. 그런 면에서 순애는 「약한 자의 슬픔」의 엘리자베트를 떠올리게 한다. 그러나 「전제자」에서는 순애의 불만과 신세한탄이 단조롭게 강조될 뿐이다. 「약한 자의 슬픔」의 엘리자베트에게서 표출되던 어지럽고 불투명한 여러 사념들을 「전제자」의 순애에게서 보기 어렵다. 김동인은 「약한 자의 슬픔」과 「마음이 옅은 자여」의 실패를 만회하려는 듯이 「전제자」의 순애를 자살에 이르게 한다. 그러나 순애의 자살은 강요된 것처럼 억지스러워 보인다.

　「마음이 옅은 자여」 이후 김동인이 한 방법적 고민이 「유성기」와 「전제자」에서 엿보인다. 그는 인물의 내면이 고백될 여지를 가능한 한 억제하는 방법을 구사하지만 그 결과는 만족스럽지 못하다. 두 작품에서 인물들은 소설가의 임의로 조종되지만 그 조종의 작위성이 노출된다. 「유성기」에서는 아들이 귀향 열차에 앉아 있는 결말이 석연치 않고 「전제자」에서 순애의 자살 역시 설득력을 획득하지 못한다. 인형 조종술의 요구대로라면 소설가는 인물을 임의로 조종하되 그 조종술을 철저히 은폐해야 한다. 그러나 두 소설에서 김동인은 인물을 조종하는 자신의 의도를 드러냄으로써 서툰 인형 조종술사에 머물고 말았다.

「유성기」와 「전제자」의 경험은 김동인에게 다른 방법을 모색하게 했고 그 대안으로 액자식 구성이 선택되었다. 「배따라기」는 액자식 구성의 가능성을 잘 보여준 사례이다. 이 소설의 화자는 모란봉 기슭의 풀밭에 누워 한가로이 봄의 정취를 즐기던 중에 어디선가 들리는 배따라기 부르는 소리에 끌려 그 노래의 주인공을 찾아 나선다. 화자는 기자묘 주변의 솔숲에서 배따라기를 부른 사내를 만나 그의 사연을 듣는다. 그 사연의 개시와 더불어 이 소설에는 '서술 수준'[51]이 하나 더 마련된다. 그전까지 화자는 서술의 주체이면서 작중에 '나'로 등장하지만 새로 마련된 서술 수준에서 그는 순수하게 화자로서 기능하면서 사내의 사연을 들은 대로 보고하는 역할을 한다.

서술의 진행에 단층이 생겨 서술 수준이 중층화하는 양상은 이른바 액자식이라고 일컫는 구성 방식에서 가장 뚜렷하게 드러난다. 액자식 구성에서 층위가 다른 두 서술은 각각 내화와 외화로 호명되는데 그 둘의 관계가 「배따라기」의 사실성 획득에 효과적으로 활용된다. 통상 소

---

51 '서술 수준'은 주네트의 용어인 'narrative level'의 역어이다. 주네트는 서술의 대상이 되는 스토리 속의 인물이 그 자신의 스토리를 서술할 때 서술이 계층화된다고 하면서 이 용어를 사용했다. 그는 서술 수준이 둘 이상 얼마든지 늘어날 수 있다고 했다. Gérard Genette, op. cit., pp. 227~231.

설의 사실성은 재현된 내용의 개연성에서 비롯한다. 그런데 어처구니
없는 오해에서 비롯된 자살 사건을 전하는 「배따라기」의 내화는 그 자
체로는 개연성이 떨어진다. 형제와 형의 아내가 삼각관계로 설정되지
만 그 관계는 오로지 형의 의심에 의해 지탱된다. 미모의 아내가 성격
이 외향적이어서 다른 남자들과 격의 없이 어울리고 동생이 준수한 외
모를 지녔다는 사실이 형이 두 사람의 관계를 의심하는 근거의 전부이
다. 그 외에 삼각관계를 형성하거나 강화할 만한 요소는 작중에 나오지
않는다. 동생이 연적으로서 형과 대결하거나 아내가 형제 사이에서 갈
등하는 일은 벌어지지 않는다. 아내가 동생 몫의 음식을 남겨두거나 동
생의 행실을 나무라는 모습을 형은 의심스러운 눈초리로 바라보지만
아내의 그런 행동은 시동생에 대한 형수의 배려로 판단하는 것이 더 개
연성이 있다. 그럼에도 형의 의심은 깊어지고 어느 날 형은 자신의 의
심에 확신을 갖게 하는 장면을 목격한다. 아내와 동생이 옷차림이 흐
트러진 채 한방에 있는 상황이 형에게 불륜의 현장으로 인식된 것이다.
쥐를 잡던 중이었다는 아내와 동생의 해명이 형에게는 거짓으로 들릴
뿐이다. 형은 동생을 내쫓은 후 아내에게 무자비한 폭력을 휘두른다.
집에서 내쫓긴 아내는 이튿날 바닷가에서 자살한 시체로 발견된다.

그런데 쥐잡기 소동에서 아내의 자살에 이르는 과정이 부자연스럽고
작위적이어서 면밀한 검토를 요한다. 우선 파국의 빌미가 된 쥐잡기 사
건이 억지스럽다. 방안에 쥐가 출몰한다는 사실은 거기에 기거하는 부
부에게 새로운 일일 수 없다. 쥐가 갑자기 나타나 전에 없던 쥐잡기 소
동이 벌어진다거나 그 방의 주인인 형이 방에 쥐가 있다는 사실을 뒤늦
게 깨닫는다는 설정은 설득력을 지니기 어렵다. 형에게 내쫓긴 아내가
자살을 선택하는 과정도 석연치 않다. 그전에도 몇 차례 아내는 남편의

폭력 때문에 집에서 내쫓기거나 스스로 나가기도 했지만 자살을 고려한 적은 한 번도 없었다. 작중에 서술된 아내의 성격에서 자살로 귀결될 만한 실마리는 보이지 않는다. 자살을 통해 정절을 증명할 만큼 그녀가 엄격한 원칙주의자로 나타난 바 없었기에 그녀의 자살은 갑작스럽고 엉뚱해 보인다. 사건 전개만으로 판단한다면 「배따라기」의 내화는 「유성기」와 「전제자」 못지않게 억지스럽다. 그럼에도 「배따라기」가 다른 두 편에 가해질 법한 비판을 면할 수 있는 까닭이 액자식 구성에서 찾아진다.

바흐친은 소설이 거둔 중요한 발전으로 서사시적 거리를 극복하고 동시대성을 획득한 것을 들었다.[52] 동시대성은 서사시에서 볼 수 없었던 현실 접촉면을 소설에 부여한다. 소설의 사실성은 그 현실 접촉면에서 비롯되며 소설에 재현된 내용의 적절성 여부도 현실에 비추어 판단된다. 그런데 김동인은 「배따라기」에서 바흐친과 전혀 다른 방향을 택한다. 「배따라기」의 내화는 현실과 접촉면을 갖는 방식으로 사실성을 추구하지 않는다. 그 대신 외화가 내화의 사실성을 보증하는 '증언적 기능'[53]을 수행한다. 당사자가 직접 이야기한다는 그 한 가지만으로도 내화의 사실성에 대한 의심은 차단된다. 사실의 법정에서 당사자의 증언은 증거물 못지않은 가치를 지닌다. 「배따라기」에서 내화는 외화에서 현존하는 형의 증언이므로 엄연한 사실이 된다. 형이 자신의 사연을

---

52 미하일 바흐친, 『장편소설과 민중언어』, 전승희 외 옮김, 창작과비평사, 1988, 46쪽.

53 주네트는 화자의 기능 중 하나로 증언적 기능(testimonial function)을 든다. 화자가 작품에서 전하는 사실이나 정보, 지식 등은 신뢰성을 획득할 수 있다. 액자식 구성에서 내화의 사실성은 외화의 등장인물이 화자로 설정됨으로써 획득된다. Gérard Genette, op. cit., p. 256.

직접 말하고 화자는 그 사연을 들은 그대로 전한다는 것, 그 이상도 이하도 아니다. 거기에 현실적 타당성과 관련한 심문은 개입할 여지가 없다. 당사자의 현존과 그의 증언이라는 조건에 이미 사실성이 내포되어 있다.

액자식 구성의 증언적 기능은 「딸의 업을 이으려」에서도 나타난다. 외간 남자와 사통했다는 이유로 시댁에서 쫓겨난 화순을 기자인 '나'가 취재차 만난다. '나'가 만나고 보니 화순은 '나'의 소학교와 중학교 동창이었다. 화순을 그녀의 아명인 봉선으로 기억하는 '나'로서는 신문에 나온 화순이 동창인 줄 몰랐다. '나'가 아는 화순은 간통을 저지를 사람이 아니었기에 '나'는 그녀가 누명을 쓰고 있다고 직감한다. 그리고 화순이 나에게 들려주는 이야기로 내화가 전개된다. 내화에 따르면 화순의 간통 사건은 그녀를 시댁에서 내쫓기 위해 꾸며진 일이었다. 외화의 '나'가 화순의 성격을 보증하고 당사자인 화순이 증언하는 방식으로 내화는 세간의 소문과 다른 사실성을 획득한다.

액자식 구성에서 외화가 내화의 사실성을 보증할 수 있다는 발견은 난관에 빠진 김동인의 창작 방법론에 새로운 돌파구가 된다. 「배따라기」에서 나타난 바와 같이 액자식 구성의 외화는 두 가지 효과를 거둔다. 그 하나는 내화의 사실성을 보증하는 효과이며 다른 하나는 내화를 현실로부터 분리시켜 하나의 독립된 세계로 한정하는 효과이다. 현실과 단절된 세계는 소설가가 인형 조종술을 아무 거리낌 없이 구사할 수 있는 터전이 된다.[54] 외화가 내화의 사실성을 보증하는 관계가 확대해

---

54 일찍이 송하춘은 현실과 단절된 김동인 소설의 특징에 주목하여 "동인의 문학적 대상은 그것이 일단 그의 소설 속에 채택되기만 하면 그 순간부터 완전히 주위와의 인연을 끊는다. 그리고는 현실감각이나 방향감각도 없는 멍텅구리가 되어버린다"고 비판한 바 있다. 송하춘,

석되면 외화의 보증을 전제로 내화에서 무슨 이야기든 자유롭게 펼치는 것이 가능하다는 논리로 발전된다. 당사자나 관계자, 목격자의 증언이라는 장치로 외화가 설정되면 내화의 세계가 펼쳐진다. 그 세계에서 소설가는 현실적 개연성에 대한 고민을 접어둔 채 마음대로 이야기를 꾸밀 수 있다. 외화의 보증이 전제되기에 비현실적인 이야기도 허락된다. 액자식 구성이 김동인에게 날개를 달아준 격이었다. 「광염소나타」는 김동인이 현실로부터 이탈하여 액자식 구성의 가능성을 최대치까지 구현해본 정점에 자리한다.

「광염소나타」는 다섯 겹의 서술 수준으로 이루어져 있어서 액자보다 양파가 그 중층의 서술 수준을 표현하는 비유로서 더 적합할 것 같다. 물론 다섯 겹에서 상대적으로 상하의 관계를 맺는 두 개의 서술 수준들이 각각 액자식으로 파악된다. 「광염소나타」의 가장 바깥 서술 수준에는 작가가 출현하여 이후 펼쳐질 이야기가 세상 어디선가 일어났거나 일어날 "가능성만은 있다"고 단언한다. 그 가능성을 전제로 둘째 서술 수준에서 음악 비평가 K씨와 사회 교화자 모씨가 대화를 나눈다. 음악 비평가는 백성수라는 천재 음악가의 일대기를 사회 교화자 모씨에게 들려주겠다고 한다. 그리고 셋째 서술 수준에서 음악 비평가 K가 작중 인물이자 화자인 '나'가 되어 백성수와 조우한 이야기를 한다. 넷째 서술 수준에서 K는 순수하게 화자로 기능하면서 백성수로부터 들은 이야기를 요약하여 전하는 역할을 한다. 그리고 가장 안쪽인 다섯째 서술 수준에 백성수의 편지가 자리한다. 거기에서 백성수는 화자가 되어 스스로에 대해 진술한다. 바깥쪽에서 안쪽의 서술 수준으로 들어갈수록

같은 책, 70쪽.

「광염소나타」의 인물과 사건은 현실로부터 멀어진다. 가장 바깥쪽 서술 수준에는 현실에 존재하는 작가가 등장하지만 서술 수준이 중첩될수록 작품 속의 세계와 현실 간의 단절은 심화한다. 첫째 서술 수준에서 작가가 "독자는 이제 내가 쓰려는 이야기를, 유럽의 어떤 곳에서 생긴 일이라고 생각하여도 좋다. 혹은 사오십 년 뒤에 조선을 무대로 생겨날 이야기라고 생각하여도 좋다"(『김동인 전집』 5, 285쪽)고 언급한 대로 둘째 서술 수준에서는 시대와 국적 불명의 '어떤 여름날 저녁'과 '도회를 떠난 어떤 강변'이 배경으로 제시된다. 셋째 서술 수준에서는 두 명의 기이한 인물이 등장한다. 하나는 천재였으나 폐인처럼 살다가 세상을 떠난 K의 친구이고 다른 하나는 그 친구의 유복자인 백성수이다. 둘의 공통점은 그들이 광기에 사로잡혀 즉흥연주를 하면 위대한 곡이 만들어진다는 것이다. 넷째 서술 수준에서는 가난과 불행 속에서 제대로 된 음악교육 한 번도 받아보지 못한 백성수의 성장 과정이 제시된다. 그런 그가 K를 전율케 한 소나타를 작곡한다.[55] 다섯째 서술 수준에서 백성수가 밝히는 작곡의 비밀은 기괴하고 충격적이다. 방화와 시신 훼손과 살인을 통해 유발된 흥분 상태에서 이루어진 즉흥연주가 K를 경탄케 한 작곡의 비밀로 드러난다.

천재가 예외적인 인물이라는 통념이 있기는 하지만 백성수와 그의 아버지가 보여주는 광기와 야성이 그들의 천재성을 입증하는 것은 아

---

55 넷째 서술 수준에서 백성수의 천재성은 K를 통해 강조된다. 백성수가 처음 불을 지르고서 하는 연주에서 귀기와 야성을 느꼈다고 열광하는 사람은 K이다. 이문구는 "이와 같이 비정상에 가까운 힘의 예술성은 바로 K씨의 의식을 통한 것이다"라고 하면서 "이쯤 되면 비정상적인 광인은 백성수가 아니라 오히려 음악 평론가 K씨다"라는 흥미로운 해석을 제출했다. 이문구, 『김동인 소설의 미의식 연구』, 경인문화사, 1995, 73쪽.

니다. 음악교육을 받지 못한 백성수가 흥분 상태에서 피아노를 즉흥연주하여 작곡한다는 설정도 억지스럽다. 그처럼 하위의 서술 수준으로 진행할수록 사건의 사실성은 떨어지고 급기야 가장 안쪽에서는 백성수가 괴물로서 본색을 드러낸다. 그 괴물은 인간의 생명마저 예술 창작을 위한 제물로 삼는다. 그런데 그 자체로는 사실성을 내장하지 못한 사건이 중층의 서술 수준을 따라 연쇄되는 증언에 힘입어 사실성을 보장받는다. 하위의 서술 수준을 발생시키는 서술의 단층 현상은 인물의 증언으로 견인된다. 서술 수준이 중첩되면 증언들도 연쇄된다. 따라서 서술 수준의 중첩과 더불어 사건의 사실성이 감소하더라도 그처럼 줄어드는 사실성을 증언의 연쇄가 보강한다. K가 백성수의 천재성과 그의 위대한 작곡을 목격자로서 증언한다. K의 증언 단계를 지나면 당사자인 백성수가 등장하여 자신의 작곡 과정에 관한 비밀을 육성으로 증언한다. 작품 바깥의 현실에서 제기될 수 있는 사실성에 관한 심문은 다섯 겹의 서술 수준에 의해 차단되고 목격자와 당사자의 증언이라는 형식을 빌려 비현실적인 이야기에 신빙성이 부여된다. 현실의 척도에서 백성수는 끔찍한 범죄를 저지른 괴물이지만 「광염소나타」에서는 위대한 천재이다. 서술 수준의 중첩을 통한 증언의 연쇄가 작품 외적 현실로부터 독립된 작품 내적 현실을 창조한 것이다. 그렇게 창조된 현실은 K에게 위대한 예술을 위해 방화와 살인 같은 범죄를 용서할 수 있다는 주장을 펼치게 한다.

　김동인 소설의 전개에서 「광염소나타」는 중층의 서술 수준을 이용하여 획득할 수 있는 사실성의 임계점까지 다다른 경우이다. 그 단계를 넘어서면 사실성은 파탄이 나고 만담이나 농담이 된다. 액자식 구성을 취한 「K 박사의 연구」에서는 인분을 재활용하여 인류의 식량문제를 해결한다는 기상천외의 발상이 연구라는 이름으로 소개된다. 외화에서 '나'는 K 박사의 조수 C를 만나 그로부터 K 박사의 연구에 관한 이야기를 듣는다. 인분에서 추출한 성분으로 떡을 만드는 연구에 성공한 K 박사는 각계의 인사들을 초대하여 시식회를 연다. 시식회에 온 사람들이 떡 시식을 마친 후 인쇄물이 배포된다. 그 인쇄물에는 떡에 관한 설명이 들어 있다. 자신들이 맛있게 먹은 떡이 똥으로 만든 것이었음을 알게 된 사람들 사이에서 큰 소동이 벌어지고 K 박사와 조수들은 달아난다. 비록 외화의 증언적 기능이 작동하더라도 K 박사의 연구를 전하는 내화는 사실성을 획득하지 못한다. 기이한 설정과 과장된 전개는 사실성 대신 만담 정도의 효과를 거두는 데 그친다. 내화가 자아내는 웃음에서 인간 존재에 대한 탐구나 현실 비판은 전혀 기대할 길 없다. 「K 박사의 연구」는 액자식 구성에 대한 김동인의 과신이 빚은 부정적 결과이다.

「K 박사의 연구」의 내화는 경어체로 서술된다. 경어체 서술은 액자식 구성과 더불어 김동인이 애용하는 방법이다. 「딸의 업을 이으려」와 「광염소나타」와 「K 박사의 연구」는 액자식 구성과 경어체 서술이 함께 사용된 경우이다. 경어체는 「광염소나타」와 「K 박사의 연구」에서 외화와 내화를 서로 다른 서술 수준으로 명확하게 구획 짓는 기능을 한다. 「명문」의 경어체도 그런 견지에서 파악된다. 비록 「명문」은 액자식 구성의 외화를 갖추지 않지만 경어체를 통해 액자식 구성의 내화와 유사한 자율성을 획득한다. 경어체는 화자의 인성적 실재를 노출함으로써 화자의 진술이 증언과 같은 효과를 지니도록 한다. 평서체로 된 외화에 등장하는 인물 중 하나가 하위의 서술 수준에서 경어체의 담화를 전개하는 양상이다. 따라서 경어체로 된 작품은 평서체로 된 외화가 지워진 액자식 구성으로 파악된다. 그런데 「명문」의 경어체는 액자식 구성에서 기대되는 효과를 거두는 데 실패한다. 외래사상과 전통 윤리 사이의 갈등을 전주사의 왜곡된 기독교 신앙을 통해 풍자적으로 형상화한 것은 「명문」의 문학적 성취로 평가될 만하다. 그러나 전주사의 모친 살해를 거쳐 천당의 하나님이 등장하는 장면에 이르면 그 비현실성의 정도가 지나쳐 액자식 구성에 대한 김동인의 과신이 재확인된다. 액자식 구성의 내화가 인형 조종술을 자유자재로 구사할 수 있는 터전이 된다는 자신감이 과도할 경우 「K 박사의 연구」와 「명문」에서 보는 바와 같은 사실성의 파탄을 초래한다.

　액자식 외양을 취하지 않은 채 경어체로 서술된 작품으로는 「명문」 외에 「명화 리디아」 「O씨」 「눈보라」가 있다. 그 작품들도 「명문」처럼 외화가 지워진 액자식 구성으로 파악된다. 경어체를 쓰면 액자식 구성의 내화와 유사한 자율성이 보장된다고 여기기에 김동인은 「명화 리디아」에서 삼백육십 년 전 남유럽의 T시를 배경으로 설정하고 벤트론에게 파문당한 제자의 그림이 벤트론의 걸작으로 남는다는 이야기를 주저 없이 펼칠 수 있다. 「O씨」에서는 길에서 마주치는 행인이 보이는 거만한 태도에 자존심이 상해 O씨가 자살한다는 어처구니없는 사연이 전개된다. 「눈보라」에서는 엉터리 의료 행위로 사기를 치며 돌아다니는 가짜 의사와 그를 명의로 여기는 사람들이 등장한다. 그 작품들에서 인간을 비하하고 세상을 조롱하는 김동인의 태도가 선연하게 드러난다. 「명화 리디아」에서는 졸작을 걸작으로 고평하는 미술 전문가들과 애호가들이, 「O씨」에서는 자존심에 목숨을 거는 인물이 비웃음의 대상이 된다. 「눈보라」에서는 생계를 위해 사이비 의료 행각으로 전전하는 홍선생의 비루한 삶과 그에게 쉽게 속는 사람들의 무지가 냉소적인 필치로 그려진다. 경어체가 작품을 현실로부터 독립된 세계가 되게 하고 그 세계에서 소설가는 신으로 군림할 수 있다는 생각이 김동인으로 하여금 인간을 내려다보게 한다. 그 시선에 비친 인간은 비루하고 우둔하기에 멸시와 조롱의 대상이 되어도 무방하다. 액자식 구성에 대한 과신이 부른 착각이다.

참예술과 현실의 재현

액자식 구성에서 조성되는 사실성은 현실의 재현으로 성취되는 사실성과는 다른 종류이다. 그것은 바흐친이 말한 바의 현실 접촉면으로부터 비롯되지 않고 중층을 이룬 서술 수준들의 증언적 관계로 보장된다. 현실의 재현과 무관한 김동인 나름의 사실성은 그의 초기 평론인 「소설에 대한 조선 사람의 사상을…」과 「자기의 창조한 세계」에 나오는 참자기, 참사랑, 참예술, 참인생으로부터 구성된다. 접두어 '참'을 공유하는 그 복합어들은 논리적 근거 없이 나열되면서 주장의 연쇄를 이룬다. 참자기는 '극도의 에고이즘'이고 '극도의 에고이즘이 한 번 변화한 것'이 참사랑이라고 한다. '한 번 변화한 것'은 '극도의 에고이즘이 발현된 것' 정도의 의미로 파악된다. 이기주의의 극단에서 참자기를 발견하고 그 참자기에서 참사랑이 발현한다는 주장이 논리적인 절차 없이 제기된다. 참예술은 그 참사랑에서 유도된다. 예술은 예술가가 자기의 세계를 창조하는 것이므로 자기에 대한 참사랑이 없으면 참예술이 있을 수 없다고 김동인은 주장한다. 신이 세계를 창조했듯이 예술가가 자기의 세계를 창조할 때 참예술이 이루어진다는 것이다. 참인생은 참예술을 통해 창조된 내용을 일컫는다. 소설가가 자기의 세계를 신처럼 좌우하면 참인생이 창조된다. 참인생으로부터 접두어 '참'들의 연계를 따라 소급하면 극도의 이기주의에 닿는다. 주관성의 시원에서 비롯한 참인생의 창조가 김동인이 생각하는 참된 예술이다.

주관에 의해 전적으로 주도되는 예술을 참되게 여기는 사고방식 속에 현실의 재현이 들어설 여지는 없다. 참자기에서 참인생에 이르는 맥락을 지탱하는 핵심 가치는 창조이다. 자기의 세계를 창조하는 참예술을 통해 참인생이 창조된다. 김동인이 소설에서 추구하는 사실성은 그렇게 창조된 참인생에서 찾아져야 한다. 김동인에게 사실이란 재현되는 것이 아니라 창조되는 것이다. 김동인의 사고방식으로 말하면 사실과 구분되는 참사실이 따로 있다. 참사실은 현실로부터 재현되지 않고 참예술에 의해 창조된다. 소설가가 자기가 창조한 세계를 전지전능한 신처럼 조종하면 "그 세계가 가짜든 진짜든 무슨 상관이 있을까"(『김동인 평론』, 23쪽)라고 그는 묻는다. 신이 창조한 세계에 버금갈 만큼 완벽한 작품이 창조되면 현실적 진위 여부와 상관없이 사실성이 저절로 생겨난다는 것이다. 재현이 아닌 창조를 사실성 획득의 전제조건으로 설정한다는 점에서 김동인은 사실주의의 보편적 전제와 배치된 입장에 선다. 현실의 정확한 재현 여부를 사실성의 획득과 직결시켜 판단하는 사실주의에 대해 김동인은 작품 내적으로 창조되는 사실성을 내세운다. 그가 소설 창작에서 현실에 대한 관찰과 묘사보다 방법에 주력한 이유가 거기에 있다. 사실성이 방법에 의해 창조된다는 그의 입장은 액자식 구성의 증언적 기능을 적극적으로 활용하는 모습에서도 뚜렷하게 드러난다.

앞서 검토한 대로 김동인 소설의 액자식 구성은 두 종류이다. 하나는 외화와 내화를 온전히 갖춘 기본형이고 다른 하나는 외화가 지워진 대신 경어체 서술을 사용한 변형이다. 그 두 종류의 액자식 구성에 속하는 작품들을 제하고 나면 평서체 서술로 된 전통적 형태의 소설들이 남는다. 그 소설들에서는 액자식 구성의 경우처럼 사실성의 창조가 용이하지 않다. 작품 내적으로 사실성을 보장하는 장치가 없기 때문이다. 작품은 현실과의 접촉을 피할 길 없다. 따라서 작중에 서술된 내용의 타당성이나 진위를 현실로부터 부단히 검증받아야 한다. 그 내용이 현실과 일치하지 않으면 작품의 사실성은 훼손되고 「유성기」나 「전제자」의 경우처럼 작위적이라는 비판을 면하기 어렵다. 그러나 창조된 사실이 결과적으로 당대 현실에 근접하면 현실 재현의 효과를 거두기도 한다. 「태형」과 「감자」가 그 우연한 경우들이다. 「태형」에서는 다수의 사람이 사소한 편의를 위해 한 사람을 사지로 내모는 사연이 전개된다. 재판소에서 감방으로 돌아온 영원 영감은 태형 구십 대를 언도받고 공소했다고 한다. 일흔 살 노인에게 그 정도의 매는 죽음을 맞이하는 것과 다를 바 없기 때문이었다. '나'를 비롯한 죄수들은 영원 영감의 공소 결정을 비난한다. 비좁은 감방에서 한 사람이라도 나가면 남은 사람들에게 그나마 공간의 여유가 생기기에 죄수들은 영원 영감이 태형을 받고 출옥하기를 바란다. 영원 영감은 동료 죄수들이 강요한 대로 공소를 취하하고 죽음으로 내몰린다. 그 과정에서 인형 조종술이 파악된다. 동료 죄수의 비난 때문에 영원 영감이 죽음을 선택한다는 진행이 억지스러운 것이다. 타인들의 비난이 목숨과 동등하거나 그 이상의 가치를 지닐 수는 없다. 소설가와 그 대리인인 '나'의 의도에 따라 영원 영감은 죽음으로 유도된다. 한 사람의 생명을 대가로 작은 편의를 구하는 죄수들의 모습도 설득력이 떨어진다. 따라서 그 사건 자체만으로는 인간의 어리석음을 과장하여 희화하거나 조롱하는 수준에 머문다. 그러나 「태형」이 그러한 희극과 구별되는 성취를 이룰 수 있는 것은 감옥의 열악한 사정과 거기서 생활하는 수인들에 대한 생생한 묘사 때문이다.

> 다섯 평이 좀 못 되는 이 방에, 처음에는 스무 사람이 있었지만, 몇 방을 합칠 때에 스물여덟 사람이 되었다. 그때에 이를 어찌하노 하였다. 진남포 감옥에서 공소로 넘어온 사람까지 서른네 사람이 되었을 때에 우리는 한숨을 쉬었다. 그러나 신의주와 해주 감옥에서 넘어온 사람까지 하여 마흔한 사람이 될 때에 우리는 한숨도 못 쉬었다. 혀를 채었다.
>
> 곧 추녀 끝에 걸린 듯한 뜨거운 해는 끊임없이 더위를 보낸다. 몸속에 어디 그리 물이 많았든지, 아침부터 계속하여 흘린 땀이 그냥 멎지 않고 흐른다. 한참 동안 땀에 힘없이 앉아 있던 나는 마지막 힘을 내어 담벽을 기대고 흐늘흐늘 일어섰다. 지옥이었다. 빽빽이 앉은 사람들은 모두들 힘없이 머리를 누리우고 입을 송장같이 벌리고 흐르는 침과 땀을 씻을 생각도 안 하고 먹먹히 앉아 있다. 둥그렇게 구부러진 허리, 맥없이 무릎 위에 놓인 손, 뚱뚱 부은 시퍼런 얼굴에 힘없이 벌어진 입, 생기 없는 눈, 흩어진 머리와 수염, 모든 것이 죽은 사람이었다.(『김동인 전집』 5, 130쪽)

좁은 감방에 마흔 명이 넘는 죄수가 빽빽이 들어차 더위와 갈증과 피부병에 시달리는 모습이 "지옥이었다"고 한다. 지각의 초점을 작중에 두는 일원묘사에 의해 그 '지옥'이 감각적으로 재현되어 공간의 여유를 얻기 위해 영원 영감을 사지로 내모는 죄수들의 선택에 실감을 부여한다. 영원 영감에 대한 죄수들의 비인간적인 선택은, 그들이 처한 상황이 인간성의 상실을 가져올 정도로 가혹하다는 사실을 의미한다. 그처럼 고통스러운 현장에 대한 생생한 묘사가 비극적인 긴장감을 조성하여 결말에서 '나'가 참는 눈물이 허황되지 않게 한다. 김동인은 3·1운동과 관련되어 삼 개월 동안 수감생활을 했다. 그 체험이 바탕이 되어 「태형」은 사실성을 획득할 수 있었다.

「감자」에서 복녀가 왕서방에게 낫을 휘두르다 살해되는 사건은 「태형」에서 영원 영감이 공소를 취하하는 사건 못지않게 석연치 않다. 복녀의 죽음을 필연적 귀결로 여기게 할 만한 요소가 그전까지 전개된 이야기에는 충분히 마련되어 있지 않기 때문이다. 복녀의 도덕적 타락은 빈곤에서 비롯한다. 송충이잡이 감독에서 빈민굴의 걸인들에 이르기까지 복녀가 상대를 가리지 않고 벌인 매음 행각은 순전히 생계형이다. 매음은 그녀에게 쉬운 돈벌이 수단이고 그 덕에 빈민굴에서도 가장 가난했던 복녀네의 형편이 나아진다. 복녀가 왕서방을 기둥서방으로 삼은 것도 그 연장선상에서 파악된다. 말하자면 왕서방은 그전보다 나은 돈벌이 대상인 셈이다. 그런데 왕서방이 아내를 맞아들이자 복녀와 왕서방 사이에서 돈과 성을 교환하는 거래가 더이상 진행될 수 없는 상황이 된다. 왕서방이 복녀에게 편하고 수익성이 좋은 거래처이긴 하지만 그와의 거래가 끝난 상황이 복녀에게 살의를 품게 할 정도는 아니다. 복녀가 생활의 방편으로 삼을 다른 거래처를 물색하는 것이 자연스러운 전개이다. 복녀와 왕서방을 연인 사이로 전제하고서 복녀가 죽음에 이르는 과정을 설명하는 것도 타당하지 않다. 둘이 연인 사이라면 왕서방의 변심이 복녀의 살의를 부를 만하다. 그러나 그들이 매매춘의 관계를 넘어 연인으로서 교감했다는 단서는 작품 어디에서도 찾을 수 없다. 따라서 복녀가 왕서방을 찾아가 낫을 휘두른 행동은 앞선 사건들이 계기가 되어 빚어진다기보다 작가의 의도가 작용한 결과로 보아야 한다.

다시 말해 인형 조종술에 따른 것이다. 그처럼 갑작스러운 진행에서 인형 조종술이 노출되는데도 불구하고 「감자」는 김동인의 '걸작'으로 평가되었다. 김동인의 소설 중에서 인형 조종술이 가장 잘 구사된 사례라는 의미에서 내려진 평가였다. "김동인은 「감자」를 통해 비로소 한 독립된 인형 조종자가 될 수 있었다"[56]고 인정되었다. 인형 조종술은 잘 구사될수록 은밀하고 공교하여 소설가의 작위가 드러나지 않는다. 인형 조종술이 서투르게 구사될수록 소설가의 작위는 노골적으로 드러나고 소설의 사건 진행은 억지스러워진다. 「감자」는 인형 조종술을 노출하고 있어서 그 방법의 성공 사례로 평가되기 어렵다. 「감자」가 이룬 성취가 전적으로 인형 조종술에 귀속될 수 없다는 것이다.

김동인의 창작 방법론으로 설명하자면 「감자」는 인형 조종술이 다원 묘사를 통해 구사된 경우이다. 그 방법을 일반화된 용어로 옮기면 전지적 작가 서술이 된다. 소설가가 그의 작품에서 신처럼 전지전능한 위치일 경우 그의 서술은 권위를 지닌다. 그 권위가 제대로 활용되면 서술된 내용은 독자로부터 신뢰를 획득한다. 물론 정반대의 결과도 가능하다. 전지적 서술이 소설가의 독단이나 독선을 펼치는 데 그칠 수 있다. 「감자」는 전지적 작가 서술이 긍정적인 성과를 거둔 경우이다. 단문 위주의 간결한 서술은 의미의 울림을 억제하고 단일한 인상을 빚는다.

가을이 되었다.
칠성문 밖 빈민굴의 여인들은 가을이 되면 칠성문 밖에 있는 중국인의 채마밭에 감자(고구마)며 배추를 도둑질하려, 밤에 바구니를 가지

---

56 김윤식, 같은 책, 262쪽.

고 간다. 복녀도 감잣개나 잘 도둑질하여 왔다.

어떤 날 밤, 그는 고구마를 한 바구니 잘 도둑하여 가지고, 이젠 돌아오려고 일어설 때에, 그의 뒤에 시꺼먼 그림자가 서서 그를 꽉 붙들었다. 보니, 그것은 그 밭의 주인인 중국인 왕서방이었다. 복녀는 말도 못하고 멀찐멀찐 발아래만 내려다보고 있었다.

"우리집에 가."

왕서방은 이렇게 말하였다.

"가재문 가디. 훽, 것두 못 갈까."

복녀는 엉덩이를 핵 두른 뒤에, 머리를 젖히고 바구니를 저으면서 왕서방을 따라갔다.(『김동인 전집』5, 215쪽)

복녀와 왕서방의 조우가 절제된 대화와 장면 묘사로 제시된다. 두 마디로 이루어진 대화에 전체 상황이 집약되어 더이상의 부연 설명을 불필요하게 만든다. 한 문장으로 복녀의 행동을 묘사하면서 그녀의 성격까지 형상화한다. 단문 위주의 간결한 서술이 서사의 밀도와 집중력을 높여 단일한 인상을 빚는다. 상황이나 사건 전체를 통찰하는 단정적 서술은 서술된 내용에 대한 의심이나 논란을 아예 차단한다. 전지적 작가의 확신에 찬 서술에 압도되어 독자는 무력한 수용자로 전락한다. 작가의 서술에 이의를 제기할 여지가 좁아진 상태에서 독자는 작품에 서술된 내용을 사실로서 신뢰해야 하는 처지가 된다. 그러나 「감자」의 사실성이 창작 방법의 성공적인 운용만으로 획득된 것은 아니다. 생계를 위해 매음을 해야 할 정도로 빈궁한 여성들의 모습은 작품 내적으로 창조된 내용에 그치지 않는다. 그 내용은 당대 현실과 어깨를 나란히 함으로써 비로소 사실성을 획득한다. 식민지 조선의 현실이 전제되기에 복녀의 분노가 처절해 보이고 그녀의 시체가 처리되는 과정이 비정해 보일 수 있다. 김동인의 의도가 어떠하든 결과적으로「감자」는 현실을 재현한 셈이고 현실의 재현을 통해 사실성을 획득한 셈이 된다.「태형」처럼「감자」도 작품 내적으로 창조된 사실이 당대 현실에 근접하는 우연에 의해 현실 재현의 효과를 거둔다.「태형」과「감자」의 성과는 김동인의 창작 방법론이 지닌 유효성을 입증한다기보다 소설의 본질이 사실주의임을 재확인한다.

김동인은 1930년대로 접어든 이후 역사소설에 주력했다. 액자식 구성이 한계를 드러내고, 인형 조종술과 당대 현실 간의 긴장 관계가 해소되지 못한 채 파행을 거듭하는 상황에서 역사는 김동인 소설이 나아갈 수 있는 적절한 도피처였다. 사실성의 보장이라는 면에서 역사는 액자식 구성 못지않게, 아니 그 이상으로 유효한 여건이었다. 역사는 당대 현실과의 접촉을 차단함으로써 인형 조종술의 자유로운 구사를 허락한다. 김동인은 액자식 구성보다 역사에서 더 편안함을 누렸을 것이다. 그에게 역사소설로의 진행은 예정된 순서였다.

4. 탈역사적 역사소설

역사소설에 이르는 길

1930년대 접어들면서 김동인은 역사소설 창작에 주력했다. 김동인의 문학적 이력에서 역사소설 창작은 가장 뚜렷한 변화의 지점으로 파악된다. 이른바 '생활 문제'가 그 변화의 이유였다. 토지 관개 사업 실패 후 김동인은 파산 상태였다. 재혼 후 서울에 정착한 그는 가장으로서 가족의 생계를 책임져야 했다. 소설 쓰는 일 말고 다른 재주가 없던 그로서는 원고료 수입에 의지해야 했다. 소설을 돈벌이의 수단으로 삼는다는 것은 이전의 그로서는 상상할 수 없었다. 그에게 소설은 예술이기에 그 자체로서 가치가 있을 뿐 다른 무엇의 수단이 될 수 없었다. 생계를 위해 신문 연재소설을 시작한 일이 그에게는 '타락'이었다.[57]

---

57 김동인은 자신이 역사소설에 손을 댄 것을 '절(節)을 굽힌'일로 회고한다. 『김동인 평

김동인 스스로 돈 때문이라고 그 이유를 밝혔기에 그가 역사소설로 전환한 이유를 다시 묻는 것이 공연해 보일 수 있다. 선행 연구에서도 그의 진술이 그대로 수용되었을 뿐 추가 논의가 진행되지 않았다. 그런데 역사소설이 금전적 수익을 올릴 수 있는 유일한 수단이 아니라는 사실이 환기되면 논의의 여지가 생긴다. 돈을 벌기 위해 반드시 역사소설만 써야 하는 것은 아니다. 대중의 구미에 영합하는 통속소설의 부류에는 연애와 범죄, 모험, 과학 등을 소재로 삼은 소설들도 포함된다. 그 여러 후보 중에서 김동인은 역사소설을 선택한 것이다. 물론 역사소설이 유행하던 1930년대의 사정이 김동인의 선택에 영향을 미쳤음이 분명하다. "역사소설은 당대 식민지 조선인들의 민족 정체성과 문화 매체로서의 흥미에 부합되면서 신문 연재란을 독차지하는 장르로서 자리매김하게 되었다."[58] 그러나 역사소설의 유행만으로는 김동인의 선택이 충분히 설명되지 않는다. 유행을 추종하게 될 가능성이 농후하기는 하지만 그 유행을 반드시 따라야만 하는 것은 아니다. 그래서 유행에 부응하는 선택 주체의 내적인 동인에 대해 물을 수 있다. 특히 김동인처럼 자신의 창작 행위에 대한 자의식이 강한 경우라면 역사소설의 유행에 호응할 만한 이유를 그가 전개한 창작 행위의 내적인 과정에서 찾아볼 수 있다.

　　그 내적인 과정에서 역사소설 창작의 이유를 찾고자 한다면 당대 대중소설의 분위기나 그의 가난은 적절한 대답이 되지 못한다. 그 두 가지는 김동인이 구축한 소설세계의 바깥에 자리하는 탓에 내재적 이유

론」, 420쪽.

58　김경미, 「『젊은 그들』의 역사 내러티브 전략과 민족 담론의 양상」, 『한민족어문학』 68집, 한민족어문학회, 2014, 546쪽.

를 묻는데 외재적인 답변을 제출하는 격이다. 그래서 다른 논의가 진전될 여지가 확보되고 수정된 질문이 제기된다. 가난한 개인 사정과 역사소설의 유행에 더하여 김동인을 역사소설로 견인한 다른 이유는 무엇인가? 그 물음에 대한 대답은 그의 창작 방법론을 조사함으로써 구해진다. 본 장은 그의 창작 방법론에서 역사소설을 지향하는 단서를 포착한 후 그 단서를 전제로 「젊은 그들」과 「운현궁의 봄」과 「대수양」의 작품론을 전개하는 순서로 전개된다.

　김동인에 대한 선행 연구는 그의 1920년대 단편소설에 집중되어 있다. 「배따라기」와 「감자」 「명문」 「광염소나타」 같은 대표작들이 모두 1920년대에 창작된 만큼 그 시기의 단편소설들에 대한 논의가 다량으로 누적되었다. 그에 비해 역사소설은 소홀히 취급되었다. 문학적 성과의 면에서 역사소설이 단편소설에 미치지 못한다고 여긴 탓이었다. 영웅주의적 역사관과 소설적 완성도가 문제로서 주로 거론되었다. 「대수양」과 「운현궁의 봄」이 영웅주의의 입장을 취함으로써 과장된 형상화가 나타난다는 견해가 일찍이 제출되었다.[59] 김동인의 역사소설이 작

59　백낙청의 이러한 통찰을 잇는 논의는 다음과 같다. 강영주는 「젊은 그들」과 「운현궁의 봄」과 「대수양」이 추상성과 관념성으로 인해 역사적 사실을 구체적으로 형상화하지 못했다고 판단했다. 윤명구와 송백헌과 박종홍도 김동인의 영웅주의가 소설적 형상화에서 드러낸 한계에 대해 논의했다. 장병희는 김동인이 「춘원연구」에서 주장한 대로 역사에 대한 문학적 재구성을 시도하였지만 영웅숭배로 인해 역사적 진실을 놓치는 결과를 초래했다고 보았다. 백낙청, 「역사소설과 역사의식」, 『한국근대문학사론』, 임형택·최원식 엮음, 한길사, 1982, 108~121쪽; 강영주, 『한국 역사소설의 재인식』, 창작과비평사, 1991, 66~79쪽; 윤명구, 같은 책, 137쪽; 송백헌, 「김동인 역사소설 「젊은 그들」 연구」, 『인문학연구』 26권 2호, 충남대학교 인문과학연구소, 1999, 1~16쪽; 박종홍, 「「운현궁의 봄」, 영웅주의의 극적 서술」, 『김동인 문학의 재조명』, 111~130쪽; 장병희, 「김동인 역사소설 연구」, 『어문학논총』 4집, 국민대학교 어문학연구소, 1985, 51~79쪽.

가의 개성 표현과 통속적 흥미를 함께 추구한다는 논의가 있었고[60] 「젊은 그들」이 허구와 역사를 이분법적으로 배치하는 서사 전략을 통해 공적 역사를 주변화하는 한편 남성 중심적인 민족 담론의 소설적 형상화를 의도한다는 주장도 있었다.[61] 서사학의 이론을 원용한 분석[62]과 판본 연구도 수행되었다.[63]

김동인이 전개한 창작 방법론의 맥락에서 그의 역사소설을 본격적으로 논의한 선행 연구의 사례는 보이지 않는다.[64] 역사소설에 국한된 논의가 대부분이며 그것이 그의 단편소설이나 창작 방법론과 형성하는 관계는 검토되지 않았다. 인형 조종술이 부분적으로 언급된 정도였다. 김동인 소설의 내적인 전개 과정에 그의 역사소설을 정위시키는 논의가 그래서 필요하다.

60　김윤식은 역사소설을 이념형과 의식형, 중간형, 야담형의 네 가지 유형으로 분류하였는데 이에 따르면 김동인의 「젊은 그들」과 「운현궁의 봄」은 개성의 역사화를 추구했다는 점에서 중간형에 해당되며 흥미를 추구한 그의 야담들은 야담형에 해당된다. 김윤식, 같은 책, 308~327쪽.

61　김경미, 같은 글, 265~296쪽.

62　정경운은 시제와 초점화의 범주를 참조하여 「젊은 그들」과 「운현궁의 봄」의 서술 특성을 고찰했으며 김구중은 「운현궁의 봄」의 서사 논리를 검토한 후 그 작품에 나타난 유교 윤리의 근대적 의의에 대해 논의했다. 정경운, 「역사서사물에서 보여지는 '시간'의 운용 고찰―김동인의 역사소설을 중심으로」, 『한국언어문학』 34집, 한국언어문학회, 1995, 279~293쪽; 김구중, 「『운현궁의 봄』의 서사성과 윤리의식」, 『한국문학이론과 비평』 22집, 한국문학이론과 비평학회, 2004, 147~163쪽.

63　김영애, 「김동인 장편소설의 판본과 계보―표제 수정을 중심으로」, 『돈암어문학』 31집, 돈암어문학회, 2017, 35~55쪽.

64　윤명구는 김동인의 소설을 구조의 면에서 상승과 하강과 지속으로, 서술의 면에서는 일인칭과 삼인칭으로 구분하여 논의했다. 그런데 상승과 하강과 지속이나 일인칭과 삼인칭은 일반적인 설명의 틀이라서 김동인의 창작 방법론이 지닌 구체적인 세목과 거리가 있다. 윤명구, 같은 책.

액자식 구성의 변형

앞서 검토했듯 「약한 자의 슬픔」과 「마음이 옅은 자여」에서 인형 조종술의 원활한 작동을 막은 것은 고백체였다. 김동인은 두 작품에 일원 묘사를 사용하는 데 더하여 고백체를 고려함으로써 바라지 않던 사태를 초래했다. 일본 근대문학의 초기에 고백체는 일종의 제도로 확립되어 있었고 근대소설을 쓰려면 고백체를 구사해야 한다고 여겼다. 그런데 「약한 자의 슬픔」과 「마음이 옅은 자여」의 창작 방법으로 함께 사용된 인형 조종술과 고백체는 본질적으로 양립할 수 없다. 인형 조종술이 소설가에 의한 작품의 지배를 강조하는 데 반해 고백체는 인물의 내면에 주목한다. 인간 정신의 모호하거나 산만한 사념들을 고백체는 자유롭게 표출되도록 하는 데 반해 인형 조종술은 통제한다. 인형 조종술은 고백체를 저지하고 고백체는 인형 조종술을 교란하는 관계이다. 그 관계를 명확하게 인식하지 못한 채 김동인은 인형 조종술의 원칙을 고수하면서 고백체를 실현하려는 자기모순에 빠졌다.

「약한 자의 슬픔」과 「마음이 옅은 자여」 이후 자신의 어설픈 조종술을 자책하면서 방법론적 모색을 한 김동인은 액자식 구성이라는 득의의 대안에 이른다. 액자식 구성은 복수 화자에 의해 서술에 단층이 생겨 서술 수준이 중층화하는 상태를 일컫는다. 액자식 구성에서 층위가 다른 두 서술은 각각 내화와 외화로 구분되는데 김동인은 양자의 관계를 사실성 획득을 위한 장치로 활용한다. 사건의 당사자가 외화에 등장하여 직접 이야기했다는 그 한 가지만으로도 내화의 사실성에 대한 의심은 차단된다. 「배따라기」에서 내화는 외화에서 현존하는 형의 증언이므로 엄연한 사실이 된다. 당사자의 현존과 그의 증언이라는 조건에 이미 사실성이 내포된다.

액자식 구성의 외화는 내화의 사실성을 보증할 뿐 아니라 내화를 현실로부터 단절시켜 하나의 독립된 세계로 한정하기도 한다. 그 세계에서 소설가는 현실적 개연성에 대한 고민을 접어둔 채 마음대로 이야기를 꾸밀 수 있다는 자신을 품을 법하다. 다섯 겹의 서술 수준으로 이루어진 「광염소나타」는 김동인이 액자식 구성의 가능성을 최대치까지 구현해본 사례이다. 앞 장에서 살핀 대로 「광염소나타」의 사건들은 하위의 서술 수준으로 진행할수록 사실성이 떨어진다. 그처럼 그 자체로는 사실성을 내장하지 못한 사건이 중층의 서술 수준을 따라 연쇄되는 증언에 힘입어 사실성을 보장받는다. 현실의 척도에서 백성수는 끔찍한 범죄를 저지른 괴물이지만 「광염소나타」에서는 위대한 천재이다. 서술 수준의 중첩을 통한 증언의 연쇄가 작품 외적 현실로부터 독립된 작품 내적 세계를 창조한 것이다.

김동인은 「광염소나타」에서 액자식 구성으로 획득할 수 있는 사실성의 임계점까지 나아갔다. 그는 다른 작품들에서 그 지점을 넘어섬으로써 사실성의 파탄을 초래했다. 기이한 설정과 과장된 전개, 인물에 대한 멸시와 조롱 등은 만담 수준의 효과를 거두는 데 그쳤다. 액자식 구성에 대한 과신과 그것의 남용이 인형 조종술의 기본 취지에 반하는 결과를 가져왔다. 그렇게 인형 조종술이 파행을 빚을 즈음에 대안으로 부상한 것이 역사소설이다. 김동인이 역사소설에서 보여준 파격과 자유분방함은 그가 역사소설을 액자식 구성으로 파악했다는 추정을 가능하게 한다.[65] 그에게 역사소설은 역사라는 외화의 내화로 간주되었다는

---

65 김동인의 역사소설과 관련하여 '액자 구조'라는 용어를 사용한 선행 연구의 사례가 있어

것이다. 그런데 그의 역사소설이 액자식 구성을 취했다 하더라도 외화와 내화를 온전하게 구비하고 있지는 않다. 그는 공적인 기록이나 공인된 지식으로서의 역사는 보편적인 전제가 되는 만큼 굳이 역사소설에서 외화로서 명시될 필요가 없다고 판단한 듯하다. 그의 창작 행위에서 외화가 흐릿하거나 생략된 형태의 액자식 구성은 생소하지 않다. 그가 액자식 구성을 변형하여 그런 형태의 작품들을 창작한 전례들이 있다. 「명문」처럼 전편이 경어체로 서술된 작품들이 거기에 해당한다. 마치 외화에 등장하는 인물 중 하나가 하위의 서술 수준에서 경어로 담화를 전개하는 듯한 양상이 되는 것이다. 김동인이 전개한 창작 방법론의 맥락에서 경어체로 서술된 작품이 외화가 지워진 액자식 구성으로 파악된다면 그의 역사소설도 액자식 구성의 한 변형으로 간주되어야 한다.

김동인은 액자식 구성을 습관적으로 사용할 만큼 타성에 젖어 있었다. 경어체 서술로 외화를 생략하면서 전제하는 방식은 그러한 타성의 정도를 추정케 한다. 「배따라기」나 「광염소나타」의 경우처럼 서술의 층위를 명시하는 과정마저 그는 번거롭게 여기게 되었다. 역사소설이 대안으로서 그의 흥미를 끌 만한 상황이 조성되어 있었다. 그에게 액자식 구성의 변형으로 수용된 역사소설은 경어체 서술의 경우보다 편안하게

서 여기에 언급해두고자 한다. 정경운은 액자소설의 서술 방식을 소개한 후 "동인의 역사소설은 이러한 액자형 구조를 충실히 보여주고 있다"고 하였다. 그런데 그는 시간 역전에 의한 '소급 제시(analepsis)'를 액자식 서술로 잘못 이해하여 용어를 오용하였다. 주네트의 서사 담론 이론에 대한 불충분한 이해가 그러한 오류를 불러온 것으로 보인다. 액자식 구성을 식별하는 주네트의 용어는 '서술 수준(narrative level)'이다. 따라서 정경운의 논문에 나오는 '액자 구조'는 본 논문에서 사용하는 '액자식 구성'과 용어는 유사할지라도 개념상으로는 무관하다. 정경운, 같은 글, 280쪽; Gérard Genette, op. cit., pp. 48~67에 주네트의 소급 제시가 설명되어 있다.

여겨졌을 가능성이 농후하다. 생략된 외화로서 역사가 전제된다면 내화의 사실성이 더 확실하게 보장된다. 역사는 공적 기록과 공인 지식으로 존재하는 만큼 보편적인 수준의 신뢰를 받는다. 따라서 액자식 구성의 외화로 역사가 전제되면 외화의 증언적 기능은 다른 어떤 경우보다 높아진다는 판단이 가능하다. 역사소설이 역사라는 외화의 보증을 받는 내화로 자리잡는다면 역사를 훼손하지 않는 한 역사소설에서 어떤 이야기든 허락된다는 식의 사유가 도출되었을 법하다. 역사소설이 김동인에게 인형 조종술을 자유자재로 구사할 수 있는 새 터전으로 등장한 것이다.[66] 궁핍한 가정 형편과 역사소설의 대중적 인기 같은 외적인 요인 이전에 김동인의 창작 방법론 내에 그가 역사소설로 진행할 가능성이 그처럼 이미 마련되어 있었다.

  김동인의 역사소설관을 검토하는 데 액자식 구성과 더불어 고려되어야 할 것이 소설의 사실성에 관한 그의 신념이다. 그의 인형 조종술에 따르면 사실성은 현실의 재현이 아니라 예술적 창조를 통해 획득된다. 인형 조종술을 완벽하게 구사하여 신이 창조한 세계에 버금갈 만한 세계가 창조되면 사실성이 저절로 생겨난다고 김동인은 생각했다. 그러한 그가 역사소설에 착수한다면 그 양상이 어떠할지 충분히 짐작된다. 역사적 사실의 충실한 재현이 그의 소설에서는 기대되지 않는다. 역사는 그를 통해 새롭게 창조될 것이고 그렇게 창조된 역사가 참되다고 그

---

66 김윤식은 문학사상사 판본의 『운현궁의 봄』 해설에서 "만일 장편소설로 나간다면 그[김동인―인용자]는 역사물에로 달려갈 수밖에 없었는데, 역사물은 역사 그 자체가 허구인 까닭에 이를 자기의 의도대로 '인형 조종하듯' 할 수 있었던 까닭이다"라고 하였다. '역사 그 자체가 허구'라는 진술이 어떻게 성립할 수 있을지 의문이지만 그가 직관의 수준에서 인형 조종술과 역사소설 관계를 파악하고 있었음을 알 수 있다. 김윤식, 「역사소설과 작가의 자기 투영―『운현궁의 봄』 구조 분석」, 김동인, 『운현궁의 봄』, 문학사상사, 1993, 14쪽.

는 주장하게 되어 있었다.

역사라는 외화

김동인은 역사소설인 「젊은 그들」에서 아무 망설임이나 거리낌 없이 인형 조종술을 구사한다. 작중인물들의 운명은 그의 손아귀에서 좌우되다시피 한다. 초기 평론인 「자기의 창조한 세계」에서 주장한 대로 그는 인물들을 인형처럼 조종한다. 소설가의 자의에 따라 기이한 인연과 이례적인 전환과 기적적인 반전 등이 벌어져 주요 인물들의 운명이 결정된다. 그 두드러진 예들을 들어보기로 한다.

대원군을 암살하려다 안재영에게 붙잡혀 활민숙의 광에 갇힌 자객의 성이 명씨라는 말을 우연히 듣고 이인화는 자객을 몰래 풀어준다. 이인화는 단지 성씨가 같다는 이유로 자객을 자신이 정혼한 명진섭과 동일시한다. 이름 석 자 중에 성 하나가 같다는 것 말고 자객과 명진섭을 동일인으로 추정할 만한 아무런 단서도 없다. 이인화는 가능성이 희박한 오해를 하고서 자신이 속한 조직을 위기에 빠뜨릴 수 있는 일을 굳이 저지른다. 그리고 그 어처구니없는 일이 빌미가 되어 「젊은 그들」의 서사가 본격적으로 개시된다. 안재영이 활민숙생들을 이끌고 민겸호의 광을 털러 갔다가 홀로 뒤에 남는 과정도 석연치 않다. 안재영은 다른 숙생들에게 당백전 꾸러미들을 들려 보낸 뒤 명인호를 찾아보려 한다. 대원군을 암살하려다 붙잡힌 명인호를 이인화가 풀어주자 안재영은 이인화와 명인호의 관계를 의심하게 되었다. 안재영 자신이 이인화의 약혼자이기 때문이었다. 역모의 누명을 쓰고 억울하게 죽은 부친의 원수를 갚기 위해 명진섭이 안재영으로 변명하고서 활민숙에서 생활해오고 있었다. 안재영은 민겸호의 집에서 명인호를 "찾아내어 그사이 자기의 번민에 대한 해답을 듣고, 어떻게 되면 마지막 결단까지라도 내리던 것이었다"(『김동인 전집』 2, 69쪽). 명인호가 민겸호의 집에 있다는 보장도 없을뿐더러 안재영이 감시를 피해 명인호의 거처를 찾아낸다는 것은 사실상 불가능하다. 민겸호의 하인들에게 붙잡혀 광에 갇힌 안재영은 평소 그를 연모하던 기생 연연이에게 구출된다. 연연이는 민겸호 집의 연회에 불려왔다가 우연히 불빛에 비친 안재영의 얼굴을 알아본 것이었다.

명인호는 대원군의 노여움을 사서 죽은 아버지 명석규의 원수를 갚기 위해 민비 일파에 가담했다. 그러나 실은 그 모든 일이 대원군이 꾸민 연극이었다. 세상에 죽었다고 알려진 명석규는 대원군의 밀명을 받고 신식 군대에 대해 배우기 위해 독일로 갔다. 대원군을 통해 그 사실을 뒤늦게 알게 된 명인호는 안재영과 의형제를 맺는다. 명석규가 여자문제로 대원군과 갈등하다가 죽임을 당하는 과정이 대원군이 꾸민 연극이라고는 하나 연극치고는 너무 어설퍼 그 꾸밈새가 훤히 드러날 정도이다. 작중에 설정된 명석규의 위상에는 그러한 연극을 필요하게 만들 만한 이유가 내포되지 않아서 그와 대원군이 벌인 갈등이 공연해 보인다. 대원군에게는 연극을 꾸며야 할 필요가 없다. 대원군은 그냥 은밀히 명석규를 독일로 보내면 될 것을 굳이 세상을 소란스럽게 하는 사달을 내어 오히려 자신의 생명이 위협받는 사태를 자초한다.

안재영과 명인호가 의형제가 되기까지 사건들은 서로 맞물려 진행되지만 그러한 진행을 가능케 한 최초의 근원으로 소급하면 필연성이 희박한 사건이 자리하고 있다. 대원군이 애초에 꾸민 연극의 필요성에 대한 질문이 제기되면 그 이후 전개된 모든 일들이 헛된 수고와 고통이

되고 만다. 안재영은 민겸호의 집에서 열리는 비밀회의를 염탐하기 위해 그 집에 잠입했다가 붙잡히는데 그 비밀회의라는 것이 "무슨 회의인지 알 수 없지만, 좌우간 시국에 관한 것"(『김동인 전집』 2, 165쪽)으로 모호하게 서술된다. 비밀회의의 작중 기능이 안재영이 위기에 빠지는 쪽으로 서사를 전개하기 위한 일종의 핑계에 불과하다는 것이 그러한 서술을 통해 드러난다. 안재영은 체포되어 모진 고문을 받다가 총살당한다. 그 소식을 들은 이인화는 민겸호의 집에 뛰어들어 총을 난사하다가 붙잡힌다. 이인화가 홧김에 저지른 무모한 행동은 그녀의 정서적 파탄을 보여주는 정도에 그쳐 전체 서사의 진행에서 기여하는 바가 거의 없다. 총살된 뒤 시구문 밖에 버려진 안재영은 실은 아직 목숨이 붙어 있는 상태였고 우연히 그곳을 지나던 명의 김시현에게 거두어진다. 안재영은 김시현의 치료로 기사회생한다. 다 죽었던 사람이 되살아나는 조화가 일어난 것이다.

이상의 검토에서 드러난 바와 같이 「젊은 그들」의 사건들은 억지스럽게 전개된다. 인물들은 가능성이 희박한 의심과 오해로 서로 간의 불신과 갈등을 키워가고 무모한 행동을 감행하여 위험을 자초한다. 그들은 마치 주어진 명령에 따라 정해진 경로를 가듯 삶과 죽음의 경계까지 넘나드는 행보를 벌인다. 그런데 「젊은 그들」의 사건 전개가 보여주는 억지와 무리가 낯설지 않다. 그러한 양상은 김동인의 초기 소설에서 흔히 나타났다. 그는 인형 조종술의 원칙에 따라 자신이 창조한 작중 세계에서 신처럼 군림하면서 인물들을 자유자재로 조종하려 했지만 그 결과는 신통치 않았다. 인형 조종술은 은밀하게 수행되지 않았고 도리어 노골적으로 드러났다. 비유를 하자면 인형을 조종하는 손과 인형에 묶인 줄이 훤히 보였다. 인형 조종술은 그의 의도를 배반하는 결과를 빚음으로써 그에게 이상과 현실의 괴리를 절감하게 했다. 억지스럽고 무리한 사건들을 통해 인형 조종술이 노골적으로 드러나는 작품들을 김동인 자신도 부정적으로 평가했다. 그런데 일찍이 자신이 비판했던 억지와 무리를 그는 「젊은 그들」에서 버젓이 되풀이했다. 「젊은 그들」에서 인형 조종술이 노골화하는 사태를 그가 괘념치 않아 하는 이면에는 액자식 구성에 대한 신뢰가 자리한다. 소설의 내용을 억지스럽다거나 무리하다고 판단하는 근거는 사실성이다. 사실에 비추어 그 내용이 타당하지 않으면 수용자는 그러한 부정적인 판단을 한다. 인형 조종술의 서투른 수행으로 나타나는 사실성 시비를 피하기 위해 김동인이 찾아낸 방안이 액자식 구성이다. 그는 액자식 구성의 외화가 지닌 증언적 기능이 내화의 사실성 여부에 관한 시비를 차단한다고 이해했다. 「젊은 그들」에서 인형 조종술이 저지되지 못한 것도 그가 역사소설을 액자식 구성의 변형으로 파악했기 때문이다. 외화로서 전제된 역사가 내화 격인 작중의 사건들을 기정사실로 만든다고 여긴 것이다. 대원군을 비롯한 실존 인물들은 그러한 기정사실화를 가능케 하는 매개로 기능한다. 안재영을 비롯한 가공인물들은 대원군과 민겸호, 민영환 등과 접촉함으로써 사실화한다. 그들이 벌이거나 겪는 사건들도 실존 인물들과 결부됨으로써 역사의 일부처럼 여겨지게 된다. 가령 임오군란은 실제로 벌어진 역사의 사건인데 그 사건의 현장에 안재영을 비롯한 활민숙생들이 등장함으로써 그들은 역사에 편입된다. 역사소설이 액자식 구성의 틀에 장착되는 방식으로 사실성이 보장되는 맥락화가 이루어지는 것이다. 작중 사건들은 역사라는 외화에 의해 이미 '벌어진' 일이 된다. 공적 기록과 공인 지식으로서의 역사가 그 사건들이 현실에서 '벌어질' 가능성, 다시 말해 개연성에 대한 질문을 차단하는 효과를 발휘한다. 게다가 실존 인물들이 작중에 등장함으로써 사실성은 강화된다.

액자식 구성으로 사실성을 확보하는 기법이 새로운 것은 아니다. 서사문학의 역사에서 그 이른 실례를 찾고자 한다면 소설보다 훨씬 이전의 시기로 소급해야 할 만큼 액자식 구성은 이미 유구한 전통을 형성하고 있다. 호메로스는 「오디세이아」에서 오디세우스로 하여금 연회에 모인 청중들에게 자신의 모험담을 이야기하게 한다. 그 모험담으로 「오디세이아」는 액자식 구성을 취하게 되고 그 서사시에서 가장 흥미로운 부분인 키클롭스나 세이렌 등을 만나는 모험담들은 내화에서 오디세우스 자신에 의해 서술된다. 호메로스로부터 삼천 년 가까이 경과한 시점에 김영하는 소설가로서 「오디세이아」의 액자식 구성이 지닌 효과에 대해 명확하게 설명하고 있어 여기에 소개한다. 그는 "오디세우스 자신에 의해 제시된 신비로운 고생담은 '이야기 속의 이야기'라는 중층적 구조 안에 위치하게 되면서 그 진실성을 따질 필요가 없는 것으로 바뀌어버린다"[67]고 한 후 "재밌는 것은 오디세우스 자신의 입으로 전하는 이 신비로운 전설들의 환상성 덕분에 아테나와 제우스, 텔레마코스와 페넬로페가 등장하는 서두는 상대적으로 마치 움직일 수 없는 역사적 사실인 것처럼 보인다는 것이다"[68]라고 한다. 그는 「오디세이아」의 액자식 구성으로 획득되는 "이 기묘한 핍진성과 설득력은 참으로 놀랍다"[69]고 찬탄한다. 오늘의 한국소설을 대표하는 이 영민한 작가가 보여주는 액자식 구성에 대한 이해는 그의 선배 작가인 김동인과 다르지 않다.

---

67 김영하, 『보다』, 문학동네, 2014, 114쪽.

68 같은 쪽.

69 같은 책, 115쪽.

그런데 역사라는 액자식 구성의 외화는 「젊은 그들」에서 사실성 보장을 위한 장치로 이용되는 데 그친다. 김동인에게 역사의 효용 가치는 거기까지이다. 외화에 자리한 역사가 사실성을 보장하자 내화는 인형 조종술의 자유로운 구사를 위한 터전이 된다. 역사적 사실이나 인식을 심화하고 확장하기보다 역사에서 벗어나는 행보가 벌어진 것이다. 루카치는 스콧의 역사소설에 대해 "거대한 역사의 흐름이 뚜렷하게 표현되는바 전형적인 인간의 특징들이 이토록 장대하고 명백하게 그리고 함축적으로 형상화된 적은 스콧 이전에는 한 번도 없었다"[70]고 하면서 그의 소설에 등장하는 역사적 인물들이 위대한 것은 "그들의 개인적 열정과 목표 설정이 이러한 커다란 역사의 흐름과 일치하기 때문이며, 그들이 그러한 흐름의 긍정적 측면과 부정적 측면을 모두 자기 자신 속에 집약하기 때문이며, 그리고 그들은 선한 것이든 악한 것이든 민중들의 그러한 열망의 뚜렷한 가치이자 그것의 명료한 표현이기 때문이"[71]라고 했다. 그러한 루카치의 주장에 따르면 「젊은 그들」에 역사소설이라는 이름은 가당치 않다. 안재영을 비롯한 활빈숙의 '젊은 그들'이 역사의 흐름과 일치하는 열정과 목표를 지니고서 민중의 가치를 대변한다고 보기 어렵다. 그들은 "구체적이고도 전형적인 그 시대의 인간상과는 거리가 멀다고 하지 않을 수 없다".[72]

　　「젊은 그들」의 중심 서사는 안재영과 이인화와 연연이로 형성된 삼각연애와 민씨 일파에게 원한을 품은 청년들의 복수로 구축되는데 그

70　게오르크 루카치, 『역사소설론』(3판), 이영욱 옮김, 거름, 1999, 38쪽.

71　같은 책, 42쪽.

72　강영주, 같은 책, 69쪽.

연애와 복수의 이야기가 사적인 수준에 그쳐 역사적 의의를 획득하지 못한다. 작중에서 대원군은 영웅적인 풍모를 지녔고 민겸호는 부정한 권력으로 축재를 했다고 서술되지만 그러한 서술이 안재영을 중심으로 전개되는 서사의 사적인 성격을 불식시키거나 모종의 역사 인식이 우러나도록 하지는 않는다. 활민숙은 민씨 정치에 대해 원한을 품은 청년들이 사적인 복수를 위해 결성한 집단에 불과하다. 거기에서는 어떤 정치적인 이념이나 지향을 찾기 어렵고 다만 부정적 현실에 대한 울분과 분노가 표출될 따름이다. 세간에 떠도는 소문이나 참언에 의지하고 임오군란이 벌어지자 비로소 활동을 개시한다는 점에서 활민숙은 우연과 요행에 좌우되는 조직이다. 그래서 그 조직은 역사의 주체가 되지 못하고 그 외부에서 역사와 별 상관없는 활동을 야단스럽게 전개한다. 대원군이 청으로 압송되자 활민숙생들은 집단 자살을 결행하고 그와 별도로 안재영과 이인화도 자살함으로써 활민숙은 소멸한다. 그런데 결말부의 그러한 파국은 역사적으로 장렬하거나 비장한 의의를 지니지 못하고 인물들의 정서적 파탄을 보여주는 데 그쳐서 "이들이 가진 이념의 수준이 과연 어느 정도인가라는 의문을 갖게"[73] 한다. 무절제하게 구사된 인형 조종술이 인물과 사건의 생동감을 떨어뜨리는 결과를 가져온 것이다.

「젊은 그들」에서 역사는 내화의 사실성을 보장하기 위한 명목으로 동원되고 그 최소한의 장치를 전제로 탈역사적인 이야기가 전개된다. "「젊은 그들」을 재탕한 것"[74]으로 알려진 「해는 지평선에」는 「작자로부

---

73 류재엽, 『한국근대역사소설연구』, 국학자료원, 2002, 74쪽.
74 김윤식, 『김동인 연구』, 324쪽.

터 독자에게」라는 서문으로 시작한다. 그 글에서 김동인은 그 작품의 역사적 배경과 관련하여 "그 시대며 땅은 모두 당신네〔독자—인용자〕들의 상상에 일임합니다. 천 년 전, 오백 년 전, 백 년 전—아무 때로 생각해도 좋습니다. 조선, 만주, 몽고, 서장 혹은 인도, 아무 땅의 일로 생각해도 좋습니다"(『김동인 전집』 6, 311쪽)라고 한다. 그 글에서 역사적 사실은 역사소설의 소재로서 가치를 지니지 못한다. 김동인에게 역사는 액자식 구조의 외화에 해당하는 장치에 불과했다. 그에게는 구체적인 사료로서의 역사보다 역사라는 명분이 필요했다. 역사가 역사소설을 위한 명분에 그치게 되면 역사적 사실은 얼마든지 무시될 가능성이 열린다. 역사소설을 표방하면서 역사로부터 이탈하게 되는 것이다. 「젊은 그들」에서 이미 그 탈역사적 성격이 선명하게 포착된다. 그 작품에서 전개되는 연애와 복수의 서사도 「해는 지평선에」의 서문에 고지된 대로 언제 어디서 벌어져도 무방하다. 재현보다 창조 쪽에 방점이 찍혀 있는 김동인의 예술론을 감안한다면 역사소설을 쓴다면서 역사에서 이탈하는 그의 행보가 충분히 이해될 만하다.

부정판단의 논법, 그리고 강변과 설득

「젊은 그들」이 가공의 인물들 위주로 진행되는 데 반해 김동인의 다른 역사소설은 대부분 실존 인물을 주인공으로 삼는다. 사실관계의 제약이 뚜렷한 경우 작가가 임의로 실존 인물을 인형처럼 조종하는 것은 불가능하다. 실존 인물과 관련하여 기록으로 알려진 사실을 변경하거나 왜곡하는 것도 역사소설로서 위험을 자초하는 것이다. 앞서 살핀 대로 김동인의 예술관에서 유추되는 역사소설관은 창조를 우선적인 가치로 여긴다. 역사소설은 역사를 재현하기보다 창조해야 한다는 것이다. 역사를 창조한다는 말은 논리적으로 성립하기 어렵다. 창조의 시제는 현재로부터 미래에 걸치는 반면에 역사의 시제는 과거이다. 지나간 일을 되돌리거나 바꿀 수 없기에 창조라는 개념은 역사와 모순된다. 「젊은 그들」처럼 가공의 인물들을 통해 역사와 별개인 이야기를 창조하는 것은 가능하다. 그러나 실존 인물을 주인공으로 삼는 경우 액자식 구성의 내화가 그 외화인 역사와 충돌할 가능성이 가공인물이 주인공인 경우보다 높아져서 창조가 곧 역사 왜곡이 될 수 있다. 김동인도 그러한 위험을 충분히 자각한 듯하다. 역사적 사실과 충돌하는 사태를 회피하기 위해 그는 사건보다 인식의 영역에 주력한다. 편집과 해석은 그가 인식의 영역에서 구사하는 인형 조종술의 구체적인 양상이다. 사실 자체는 손대지 않는 대신 필요에 따라 임의로 사실들을 편집하고 해석하는 방식으로 그는 자신의 창조적 의지를 관철하려 한다. 「운현궁의 봄」과 「대수양」에서 그 과정을 살피기로 한다.

「운현궁의 봄」의 서사는 사건들을 결과론적으로 재편집하는 방식으로 형성된다. 고종의 등극을 흥선대원군의 장기 프로젝트에 따른 필연적 결과로 만들기 위해 사건들이 선택되고 배열된다. 오위도총관 흥선은 영민하고 사리 분별이 정확한데다 몸가짐이 반듯한 귀공자였다. 그러던 흥선이 갑자기 관직에서 물러난 후 시정의 부랑자들과 어울리면서 타락의 길을 간다. 외척 세력인 김씨 일문이 종친 중에서 똑똑한 인물들을 제거하고 있는 상황에서 흥선은 일부러 파락호 노릇을 함으로써 목숨을 보전하는 한편 원대한 야심을 은폐한다. 흥선의 야심은 둘째 아들 재황을 왕위에 오르게 하고 자신이 왕의 섭정으로 집권하는 것이다. 흥선이 조대비에게 접근하여 신임을 얻은 것도 철종이 후사 없이 승하할 경우를 대비한 것이다. 그 경우 종친의 최고 어른인 조대비가 왕위 승계자를 지명할 권한을 갖는다. 이하전이 김씨 일문에 의해 역적으로 몰려 사약을 받고 죽자 홍선의 꿈이 실현될 가능성이 커진다. 조대비의 의중에서 이하전은 철종 사후에 왕위를 이을 인물로 내정되어 있었기에 홍선에게는 최대의 경쟁자였던 셈이다. 김씨 일문이 이하전을 제거한 것도 그 때문이었다. 이하전은 유능하고 강직한 인물이어서 김씨 일문의 세도정치에 방해가 될 수 있었다. 홍선은 재황을 철종의 후계자로 삼도록 조대비와 밀약을 맺은 후 전보다 더 심한 기행을 벌임으로써 김씨 일문으로부터 의심을 사지 않으려 한다. 철종이 죽고 재황이 왕위에 오르자 홍선의 장기 프로젝트는 성공한다. 홍선은 국태공 섭정이 되어 입궁한다. 「운현궁의 봄」에서 홍선이 집권하는 과정은 철저하게 그의 기획에 따라 진행된 것처럼 보이도록 사건들이 편집된다. 그 사건들에 의해 홍선은 철두철미하고 용의주도한데다 초인적인 인내력과 뛰어난 예지능력을 겸비한 영웅적 인물로 형상화된다.

「대수양」에서는 수양대군을 충신으로 만드는 방향으로 사건들이 편집된다. 문종은 재위 이 년 만에 임종하면서 단종에게 숙부인 수양을 믿지 말라는 말을 남긴다. 단종의 의심에도 불구하고 수양은 단종에게 충성을 다한다. 수양은 국가의 기강을 바로 세우기 위해 개혁을 단행하는 한편 부패한 권신들을 척결하고 안평의 역모를 사전에 차단한다. 수양의 국정 운영 능력과 충성심에 감동한 단종은 수양에게 양위한다. 수양에게는 왕위 찬탈의 야심이 전혀 없었고 단지 단종을 보필하여 사직을 안정시키려는 선한 의도밖에 없었다는 식으로 서사가 전개된다. 따라서 「대수양」은 단종이 귀양지에서 시해를 당하기 전에 끝난다. 수양을 충신으로 만들려는 편집 의도에 반하므로 서사가 거기까지 진행되지 말아야 한다.

김동인은 편집된 사건들을 해석적 논의로 보완함으로써 자신의 독자적인 역사 인식에 대한 합리화를 시도한다. 그는 주로 부정판단의 논법으로 해석적 논의를 진행한다. 부정판단은 'S는 P가 아니다'라는 형식으로 대상을 규정하는데 그것이 「운현궁의 봄」에 적용되면 '대원군은 김씨 일문이 아니다'가 되고 「대수양」에서는 '수양은 권신이 아니다'가 된다. 「운현궁의 봄」에서 흥선의 긍정적 의의는 안동 김문의 세도정치가 부정되는 방식을 통해 반사적으로 부각된다. 김좌근 형제들은 사욕을 채우기 위해 매관매직을 하고 그렇게 전국 각지에 파견된 수령들은 토색질을 일삼아 민심은 도탄에 빠진다. 김좌근의 첩 양씨가 한강에서 벌이는 시반은 당대 양반들의 부패와 백성들의 비참한 현실을 극명하게 보여주는 사건이다. 양씨는 악공이 연주하는 가운데 배에 실어온 스무 섬 분량의 쌀밥을 물고기의 먹이로 강에 던진다. 민간에서는 굶주림이 일상화되다시피 했는데 양씨는 쌀밥을 강에 던지며 기원굿을 하는 것이다. 시반선이 지나가면 강변에 모였던 사람들이 그 밥을 건지러 뛰어들고 밥을 건지려다가 익사하는 일도 벌어진다. 현실이 그처럼 부정적이기에 흥선의 야심은 정당성을 획득하게 된다. 김문의 세도정치로 벌어진 국정의 피폐와 민심의 황폐화가 그들을 몰아내고 집권하기 위해 온갖 굴욕을 견디면서 광적인 기행으로 자신의 야심을 은폐하는 흥선을 영웅적으로 보이게 한다. 「운현궁의 봄」에서 흥선이 지닌 정치적 이념이나 국정 운영 계획 같은 것은 구체적으로 서술되지 않는다. 당쟁에서 기원한 세도정치의 폐해만 계속 비판됨으로써 흥선에게 구국의 영웅이라는 자리가 자연스럽게 허락된다. 김문의 세도정치에 대한 부정판단에 의해 흥선의 집권이 국가와 국민을 위해 좋을 것이라는 기대가 부정의 잉여로서 남겨진 것이다.

「대수양」도 「운현궁의 봄」과 유사한 방식으로 부정판단의 논법을 전개한다. 황보인은 무능하고 김종서는 권력욕이 있으며 안평은 왕이 되고자 역모를 꾸민다. 따라서 수양이 단종을 곁에서 지켜야 하며 계유정난을 일으켜 안평과 김종서 일파를 제거한 것도 단종을 위한 일이 된다. 문종의 유훈이 있어서 단종은 애초에 수양을 의심하고 경계했으나 그의 지극한 충성심에 감복하게 된다. 단종은 왕 노릇에 흥미가 없어져서 왕위를 수양에게 넘긴다. 단종이 보기에 자기보다 훨씬 유능한 수양이 왕위에 적합했기 때문이다. 따라서 수양의 즉위는 강압적인 왕위 찬탈이 아니라 권신들의 부패와 단종의 무능에서 비롯된 일이라고 「대수양」은 주장한다.

「운현궁의 봄」과 「대수양」의 역사 인식이 부정판단의 논법으로 온전한 논리적인 근거를 획득하는 것은 아니다. 전통논리학의 대당관계에서 부정과 반대는 등치로 파악되지 않는다. 이를테면 간신이 아니라고 반드시 충신일 수 없으며 무능하지 않다고 반드시 유능하다고 할 수 없다. 「운현궁의 봄」에서 세도정치의 폐해를 비판하는 것만으로는 흥선의 집권이 정당화되지 않는다. 김씨 일문에 대한 분노와 개탄만으로는 흥선의 영웅적 능력이 입증되지 않는다. 그가 지닌 국정 운영의 포부와 이념과 계획이 구체적으로 제시되지 않는다면 흥선의 집권은 사적인 권력욕의 성취 이상의 의미를 갖기 어렵다. 「대수양」에서 수양이 김종서를 비롯한 권신들과 달랐다고 하여 그의 즉위가 정당화되지 않는다. 설령 수양이 진심으로 단종에게 충성을 다했다 하더라도 그 충성이라는 것도 집권을 위한 방법에 지나지 않았음을 그의 즉위가 입증한다.

김동인은 자신의 역사 인식을 전개하는 해석적 논의에 그러한 하자가 있다는 자각을 했던 것 같다. 그는 감성적 수준의 강변과 설득으로 부정판단의 미흡한 부분을 벌충하려 한다. 「운현궁의 봄」에서 예를 들자면 이런 식이다. 도입부에서 흥선은 "조선 오백 년 역사에 있어서 조선을 사랑할 줄 알고, 왕가와 서민, 정치가와 백성, 윗사람과 아랫사람의 지위를 참으로 이해한 단 한 사람인 우리의 위인 이하응"(『김동인 전집』1, 9쪽)으로 소개된다. 그가 술에 취해 걷다가 개에게 내지른 호령이 "대지를 울렸다. 하늘까지 울리는 듯하였다"(『김동인 전집』1, 10쪽)고 한다. 어지러운 세상을 바로잡으려면 "천 년에 한 번, 만 년에 한 번 날까 말까 하는 위대한 인물의 위대한 손이 아니면 도저히 행하지 못할 노릇"(『김동인 전집』1, 128쪽)이라고 한 후 흥선이 그 적임자라고 한다. 흥선의 국태공 취임은 "잠들었던 사자는 드디어 기지개를 하였다. 그리고 그 첫 포함성을 질렀다. 산림이 울리어나가는 그 포함성"(『김동인 전집』1, 210쪽)이라고 서술된다.

「대수양」에서는 정서적 균형이 아예 무너진 서술이 진행되기도 한다. "아아, 수양 자기가 벌써 적괴 중의 수령인 김종서를 처치하였다는데도 이렇듯 놀라시니, 만약 돌연히 사변이 돌발하여 수양도 모르는 틈에 전하가 먼저 아셨다면, 어리신 마음에 얼마나 놀라시랴 얼마나 가슴이 선뜩하셨으랴?"(『김동인 전집』3, 127쪽) 같은 구절에서는 서술자와 수양 사이의 객관적 거리가 사라지고 서술자가 수양에게 동화된다. 「대수양」의 후반부에서는 그처럼 수양에게 동화된 서술자가 수양의 집권을 정당화하는 서술을 격정적으로 전개하는데 그 모습이 무성영화의 변사를 연상시킨다. 수양은 "아아! 이 어리신 조카님 친정하시기 전에 이 나라를 어서 완전히 만들어서, 빛나고 튼튼한 국가로 만들어가지고 조카님께 드리자"(『김동인 전집』3, 141쪽)고 다짐했고 "이 수양의 용의주도한 주의 가운데서 왕은 한가하고 안온한 듯하고도 마음과 몸이 홀쩍홀쩍 장성하였다" 한다. 단종의 왕비 간택에 관해서는 "아아! 어서 왕비를 납입하여 그 왕비의 몸에서 원자가 탄생할과저!"(『김동인 전집』 3, 147쪽)라면서 수양에게 왕위를 찬탈하려는 욕심이 없음을 분명히 한다. 그리고 단종이 양위한다고 하자 "수양은 가슴에서 쾅하는 소리가 나는 듯한 느낌을 받았"고 "몸이 와들와들 떨렸다"(『김동인 전집』 3, 182쪽) 한다. 수양은 양위받은 후 "뼈를 부수고 몸을 갈아서라도 조카님의 뜻에 봉답하고, 또 어린 마음에 고통을 받으시며 물러서신 조카님을 이후 마음과 몸이 아울러 평안하시도록 온 힘을 다 쓰자"(『김동인 전집』 3, 186쪽)고 다짐한다. 논리가 막힌 자리를 신파조의 과장된 서술이 대신하여 감성적 호소를 전개하는 것이다. 과연 수용자가 그런 투의 서술에 공감하여 김동인의 역사 인식에 동의할 수 있을지 의문이다.

김동인의 역사소설이 지닌 탈역사적 성격은 그것이 역사로 환원될 수 있는지 가늠해보면 쉽사리 드러난다. 가공의 인물을 주인공으로 삼은 「젊은 그들」은 물론이려니와 「운현궁의 봄」과 「대수양」도 역사로의 환원이라는 요구에 적절하게 부응하지 못한다. 대원군은 집권한 이후 「운현궁의 봄」에서 주장한 대로 어지러운 세상을 바르게 하고 국운을 융성시키지 못한다. 따라서 그가 절세의 영웅이라는 「운현궁의 봄」의 주장은 허황되다. 수양은 「대수양」에서 단종을 편안하게 모시는 일에 전심전력하겠다고 약속했지만 그 약속은 지켜지지 않는다. 수양이 충신이라는 「대수양」의 주장 또한 거짓이다. 「운현궁의 봄」과 「대수양」에 나타난 역사 인식이 창의적이라기보다 오류라는 것을 역사가 입증한다. 「운현궁의 봄」이 대원군의 국태공 취임에서 끝나고 「대수양」이 단종의 양위에서 끝나는 것도 역사의 검증을 회피하기 위한 의도적 선택처럼 보인다. 더 진행하면 그 작품들에서 주장된 역사 인식의 모순이 드러나게 되어 있었다. 역사에서 출발한 김동인의 역사소설은 역사에 포섭되기를 거부하는 방향으로 진행됐다. 창조적 열망이 그의 역사소설을 탈역사적인 방향으로 이끈 것이다.

회고의 의미

1930년대로 접어든 이후 김동인의 문필 활동에서 역사소설과 더불어 회고적인 성격의 글들이 주목된다. 제목에 '회고'가 들어간 글들을 그는 계속 발표했다.[75] 주된 회고의 대상은 『창조』와 『폐허』를 비롯한 동인지들의 전말과 거기서 활동한 문인들이었다. 문학의 발표 지면으로서 동인지들이 담당했던 역할을 『개벽』과 『조선문단』이 계승한 사실이 조명되었고 문인들 외에 출판업자 고경상이 문학의 발전에 공헌한 바도 소개되었다. 그 회고들은 일화와 인상기 위주여서 「조선근대소설고」 같은 문학사론이 되기에 미흡했고 「춘원연구」 같은 비평적인 체계도 갖추지 못하였다. 문단사급인 그 글들에 자전적인 요소가 가미되었으나 이광수의 경우처럼 본격적인 자서전을 지향하지 않았다. 김동인

---

75 「문단회고」, 매일신보, 1931. 8. 23~9. 2; 「속 문단회고」, 매일신보, 1931. 11. 11~22; 「적막한 예원—조선예술에 생각나는 사람들」, 매일신보, 1932. 9. 21~10. 6; 「문단십오년 이면사—여(余)를 주인공으로 삼고」, 조선일보, 1934. 3. 31, 4. 1, 3~6; 「나의 문단생활 이십년 회고기」, 『신인문학』 1934년 12월호; 「조선문학의 여명—『창조』 회고」, 『조광』 1938년 6월호; 「처녀장편을 쓰던 시절—『젊은 그들』의 회고」, 『조광』 1939년 12월호; 「문단 30년의 자취」, 『신천지』 1948년 3월호~1949년 8월호; 「여(余)의 문학도(文學道) 삼십년」, 『백민』, 1948년 10월호; 「망국인기」, 『백민』 1947년 3월호; 「속 망국인기」, 『백민』 1948년 3월호.

의 회고에서 『창조』는 언제나 첫 순서로 매우 중요하게 다뤄졌다. 김동인이 주요한과 함께 『창조』의 창간을 상의하던 날은 "조선 문학사상에 있어서 영구히 두고 기념할 귀중한 날"로서 "조선 신문학의 초석이 놓여진 것이 이날 밤"(『김동인 평론』, 404쪽)이라고 했다. 『창조』의 동인들이 목적한 바가 "조선문 문예운동을 일으키어 조선문학이라는 탑을 건설하자는 것"(『김동인 평론』, 413쪽)이라고도 했다.

김동인은 『창조』 창간과 함께 소설 문체의 확립을 자신의 공적으로 내세웠다. '그'와 '그녀'를 삼인칭 대명사로 채택하고 소설 문장의 기본 시제를 과거형으로 정하고 '-다' 종결어미를 사용한 것이 그가 열거하는 공적의 내역이다. 그는 자신이 고심 끝에 내린 결정들을 '언문일치'의 실현으로 이해했다. 소설 문체를 확립했다는 주장은 그에 관한 후대의 연구사 초기에 작가 자신에 의해 '과도하게 과장되어' 표명되었다는 취급을 받았으며 '상당 부분이 허위'라고 폄훼되었다.[76] 그러나 후속 연구들이 진행되면서 그가 열거한 공적들이 명실상부하다는 쪽으로 평가가 선회했다. 그는 대명사와 시제와 종결어미를 명확하게 인식하고서 문장을 써내려간 최초의 소설가로 인정되었다.[77]

---

76 김윤식·김현, 『한국문학사』, 민음사, 1973, 165쪽. 이 문학사의 저자들은 김우종의 주장을 근거로 김동인의 공적을 부정했다.
77 박현수는 「약한 자의 슬픔」이 과거시제와 삼인칭 대명사가 중심에 놓인 최초의 소설임을 이광수의 「무정」, 현상윤의 「핍박」, 양건식의 「슬픈 모순」과의 비교 고찰을 통해 논증했다. 정연희는 김동인이 열거한 세 가지 공적을 기정사실로 전제하고 논의를 전개했다. 이희정은 김동인의 문체 실험에서 과거형 시제의 종결어미가 지닌 근대적 의의를 고찰했다. 송명진은 김동인의 소설 문체 확립에 관한 선행 연구의 평가를 재확인했다. 박현수, 「과거시제와 3인칭대명사의 등장과 그 의미」, 『민족문학사연구』 20호, 민족문학사학회·민족문학사연구소, 2002; 정연희, 같은 책; 이희정, 「『창조』 소재 김동인 소설의 근대적 글쓰기 연구」, 『국제어문』 47집, 국제어문학회, 2009; 송명진, 「근대 소설어의 형성 과정 연구─김동인의 「소설작법」과 소설

김동인의 회고에서는 자신의 문학적 업적에 강박적으로 집착하는 모습이 엿보인다. 그의 역사소설 창작은 그 집착과 무관하지 않다. 신문에 역사소설을 연재하는 일은 원고료 수입을 목적으로 했기에 그 스스로 '타락'이라고 자조했다. 일찍이 그가 주장한 참예술의 궤도에서 이탈한 것이었다. "통속소설로서 일단 절을 굽힌 뒤에는 나는 청결을 가르지 않고 함부로 쓴다"(『김동인 평론』, 420쪽)는 술회는 소설가로서 자신의 미래에 대해 그 어떤 기대나 야심을 품지 못하게 된 그의 상태를 가리킨다. 그의 표현대로 '레벨이 높은 소설'을 쓸 일이 더이상 없어진 것이다. 그처럼 절망적인 미래를 앞에 두고서 그는 과거를 돌아보며 자신이 이룬 문학적 성취들에 매달리려 했다. 최초의 근대 문예 동인지를 창간하고 소설 문체를 확립한 일이 자신의 문학적 공적으로 기억되기를 바라는 간절한 소망이 그에게 거듭 회고적인 글을 쓰게 했을 것이다.

성공한 인형 조종술

김동인이 일본에 유학하여 최초로 접한 근대 서사물이 탐정소설이었다.[78] 순문학으로 관심을 전환하기 전까지 그는 탐정소설을 탐독했다. 김동인 문학의 원천 중 하나가 탐정소설이라는 사실은 그의 인형 조종술과 무관해 보이지 않는다. 인형 조종술은 순문학 계통의 소설보다 탐

론을 중심으로」, 『국어국문학』 173호, 국어국문학회, 2015.

78 「문단 30년의 자취」, 『평론』, 431쪽. 김동인의 문학적 원천으로 탐정소설을 주목한 연구자는 유승환이다. 그와 관련된 부분을 인용한다. "김동인에 대한 전기적 연구에서 흔히 간과되는 것은 김동인의 문학적 원천 중 하나가 탐정소설에 있었다는 점이다." 유승환, 같은 글, 109쪽.

정소설이나 공상과학소설 같은 이른바 '장르소설'[79]에 더 적합하다. 사실성의 문제에서 장르소설은 순문학의 소설에 비해 자유롭다. 장르소설이 해당 장르의 내적 관습을 준수하면 그 관습은 작품이 현실로부터 독립된 세계가 되도록 한다.[80] 따라서 장르소설은 인형 조종술이 자유자재로 구사될 수 있는 여건이 된다. 소설가는 탐정과 모험, 첩보, 공상, 괴기 등의 장르마다 특화된 약속을 준수함으로써 현실적 타당성 여부에 구애받지 않고 자신의 의도를 서사로 실현할 수 있다. 만일 김동인이 순문학으로 전환하지 않고 탐정소설을 썼더라면 그는 인형 조종술을 더 잘 구사할 수 있었을 것이다. 「수평선 너머로」는 그가 남긴 유일한 탐정소설로서 인형 조종술이 성공적으로 구사된 사례로서 기억될 만하다. 경성의 윤백작이 보유한 거액의 국제 공채를 두고 상해의 한 민족주의 단체와 LC당이라는 국제 범죄 조직이 대결한다는 기본 설정이 추리적인 방식으로 전개되는 그 소설에서 사실성의 문제는 장르적 관습의 배후로 밀려난다. 서인준이 민족주의자이고 이필호가 고등계 형사이고 윤백작이 친일 귀족이라는 설정은 작중에서 명목일 뿐 그 어떤 현실적이거나 이념적인 의의를 지니지 못한다. 그들은 추리적 구성이 요구하는 기능을 부여받아서 수행한다. 서인준과 이필호가 탐정 역

---

79 '장르소설'이라는 명칭이 논란이 될 수 있다. 그러나 그 명칭의 타당성 여부와 관련한 논의는 본 연구의 소관에서 벗어난다. 여기서는 논의의 편의를 위해 세간에서 통용되는 대로 그 명칭을 사용한다.

80 조너선 컬러는 개연성의 획득 방법에 따라 개연성을 다섯 종류로 구분한다. 그것들은 '사실적 개연성' '문화적 개연성' '장르적 개연성' '관습 의식적 개연성' '패러디와 아이러니'이다. 그중 장르적 개연성은 특정한 장르 내에서 그 장르가 규정하는 규준과 방법에 작품이 부합할 경우 독자가 느끼는 개연성을 일컫는다. Jonathan Culler, *Structuralist Poetics: Structuralism, Linguistics and the Study of Literature*, Routledge & Kegan Paul, 1975, pp. 140~148.

을 나누어 맡고 윤백작은 피해자이며 LC당원들은 범죄자이다. 그래서 서인준과 이필호가 공조하고 윤백작은 구출되고 LC당원들은 총독부 경찰에 의해 소탕된다. 탐문과 수사와 추적과 검거의 과정을 이루는 부분들이 서로 논리적으로 맞물려 본문은 자율적인 하나의 의미체로 성립하고 식민지 현실과 동떨어진 세계가 창조된다. 그 세계에서 소설가는 탐정소설의 장르적 관습을 통해 신처럼 군림하면서 은밀하게 작용하고 작중의 많은 우연이 필연처럼 위장된다. 「수평선 너머로」의 결말에서 경비행기를 타고 조선을 탈출한 미스 영이 서인준의 동지들을 태우고 인천을 출발한 배를 망망한 바다에서 발견하는 장면이 나온다.

"저공비행!"
미스 영은 비행사에게 명하였다. 비행기는 차차 아래로 내려갔다. 겨우 배의 돛 조금 위를 넘을 만치 높은 곳에서 그 배를 뱅뱅 돌았다.
"서박사!"
"선생님!"
프로펠러의 요란한 소리를 덮어 누르며 환성도 들린다. 배 갑판에 보이는 몇 사람의 여성 그 가운데는 서박사의 누님이라는 이도 있을 것이다.
그들의 머리 위를 빙빙 돌 동안, 미스 영의 눈가에는 눈물까지 보였다.
(……)
"이젠 제 길로…"
저공비행도 끝이 없으므로 미스 영은 비행기를 직로 상해로 향하기를 명하였다.
이 수심과 근심과 중대한 사명과 거액의 보화를 실은 비행기는, 동

지들의 배 위를 떠나서 멀리멀리 수평선을 넘어서 ─(『김동인 전집』4, 174쪽)

이 기적적인 장면은 현실의 심문을 견디지 못하지만 탐정소설이라는 장르가 전제되면 용인될 수 있다. 한나절의 시차를 두고 배와 비행기가 같은 목적지를 향해 출발했다는 정보가 이미 제공되었으므로 서인준의 계산대로 그 두 종의 탈것이 남중국해의 어느 지점에서 조우할 가능성은 얼마든지 상정된다. 장르소설에서 사실성과 관련한 심문은 장르적 관습에 의해 유보된다. 인용문이 거기에 해당하는 사례이다. 수용자가 해당 장르의 관습을 용인한 상태라면 저승이나 우주, 다른 차원의 세계가 배경으로 설정되고 괴물이나 우주인이나 초인적인 존재가 출연하고 기적적인 사건들이 벌어질 수 있다. 그러나 순문학의 소설에는 언제나 사실성의 문제가 따라붙어 인형 조종술의 원활한 구사를 저지한다. 김동인은 신이 창조한 세계에 버금갈 만큼 완결된 소설의 세계를 창조하면 사실성도 자연스레 획득될 것으로 여겼지만 그처럼 이상적인 소설을 쓴다는 것은 불가능했다. 다만 「수평선 너머로」의 경우처럼 특수한 조건이 전제되면 사정이 달라진다. 김동인은 그 작품에서 비로소 신처럼 군림하면서 오래전에 목적으로 설정해두었던 '자기의 창조한 세계'를 성취했다.

제3부
염상섭, 개념의 서사화

1. 새로운 소설을 향하여

늦은 출발

소설 창작을 시작할 무렵 염상섭은 새로운 소설을 쓰겠다는 의지를 뚜렷하게 지녔다. 여기서 말하는 새로움이란 기왕의 소설들을 전제로 획득되는 변별적 가치이다. 이광수가 근대 지향의 계몽 의식을 소설로 구현하려 했다면 김동인은 예술의 자율성을 주장하는 입장에서 소설을 씀으로써 이광수에 대해 대립각을 세웠다. 계몽 의식이 이광수에게 문학을 교화의 수단으로 여기게 했던 데 반해 예술적 창조에 지고한 가치를 부여하는 김동인에게 문학은 그 스스로 가치가 있다고 인식되었다. 그들보다 늦게 소설 쓰기를 개시한 염상섭으로서는 선발 주자 격인 두 소설가를 의식하지 않을 수 없었을 것이다. 그의 남다른 '정치적 감각'으로 미루어보건대 이광수와 김동인이라는 두 중심축이 형성한 당대 문단의 판도를 그는 충분히 자각했을 것이다.[1] 일찍이 동경 유학생들의

2·8독립선언에서 소외되자 재오사카 한국 노동자 대표를 자임하고 단독으로 독립선언을 할 만큼 자존심이 강한 그였다. 그만한 자존심의 소유자가 소설을 쓰고자 작심했을 때 당대를 대표하는 소설가로서 서로 우위를 겨루는 이광수와 김동인에게 대결 의식을 갖는 것은 당연했다. 소설을 쓸 바에야 적어도 그 두 사람에 버금가거나 그 이상이 되어야 한다는 야심을 품었을 법하다. 그 야심은 그가 김동인과 벌인 논쟁에서 노출되기도 했다.[2] 그는 김환의 「자연의 자각」을 두고서 촉발된 그 논쟁을 창조파와 폐허파의 대결 구도로 몰아감으로써 자신을 김동인에 필적하는 존재로 부각하는 성과를 거뒀다. 그전까지 문단에서 그는 김동인에 비할 바가 못 되는 미미한 존재였다. 그런데 김동인과의 논쟁은 그의 위상을 높이는 성과 못지않게 그에게 숙제를 남겼다. 김동인과 맞선 것이 한낱 허세가 아님을 증명하려면 그가 비평가로서 반론을 펼치는 정도로는 충분치 않았다. 그도 김동인처럼 소설을 써야 했다. "소설을 쓰되 김동인이 도달한 수준의 작품을 쓰는 일"[3]이야말로 김동인과의 논쟁이 그에게 부과한 숙제였다. 그것은 "제월[염상섭―인용자]의 소설 작법에 대한 지식이 제로"이며 "소설 작법을 모르는 사람은 소설

---

1 1923년 무렵 「동명」의 편집인이던 염상섭은 조선문인회 결성을 추진한다. 김윤식은 그러한 움직임에서 염상섭의 정치적 감각을 읽어낸다. 그에 따르면 염상섭의 정치적 감각이란 당대 문단의 유력한 세력들을 포섭하거나 배제함으로써 문단의 헤게모니를 쥐려는 것이었다. 그만한 정치적 감각으로 미루어보건대 염상섭이 소설 창작을 개시할 당시 기왕에 형성된 문단의 판도를 의식했으리라는 유추가 가능하다. 김윤식, 『염상섭연구』, 서울대학교출판부, 1987, 253~257쪽.
2 김환의 「자연의 자각」에 대한 염상섭의 비판으로 촉발된 이 논쟁의 상세한 경과는 김윤식에 의해 고찰되었다. 이 논쟁의 문학사적 의의에 대한 본 연구의 서술은 김윤식의 연구에 바탕을 두었다. 같은 책, 113~123쪽.
3 같은 책, 123쪽.

평자가 될 자격이 없다"(『김동인 평론』, 11쪽)는 김동인의 비난에 답하는 길이기도 했다. 따라서 염상섭의 소설 쓰기는 처음부터 새로운 소설을 향한 의지를 내장한 채 착수되었다. 그 새로움이란 김동인뿐 아니라 또다른 선발 주자인 이광수를 넘어서는 차원이어야 했고 그래서 그는 계몽의 수단이나 예술성의 실현과는 전혀 다른 방향에서 소설의 주제와 방법을 모색했다. 「표본실의 청개구리」는 그 모색의 결과였다.

「표본실의 청개구리」 연재 1회분에 한정할 때 새로운 소설을 쓰려는 염상섭의 의도는 일단 성공을 거두었다고 평가할 만하다. 『개벽』지에 게재된 1회분을 읽고 김동인은 "큰 불안을 느꼈다. 강적이 나타났다는 것을 직각하였다"(『김동인 평론』, 72쪽)고 했다. 김동인이 '강적' 운운한 것은 「표본실의 청개구리」의 서두가 보여주는 새로운 면모 때문이었다. 김동인에게 '과도기의 청년이 받는 불안과 공포와 번민'은 '새로운 햄릿의 출현'으로 보일 만큼 신선했다. 그러나 김동인의 호의적 평가는 「표본실의 청개구리」 연재 1회분에 그쳤으며 완결된 형태로서의 「표본실의 청개구리」와 그뒤로 발표된 「암야」와 「제야」까지 그러한 평가는 연장되지 않았다. 훗날 김동인은 "그(염상섭 — 인용자)가 제2작, 제3작을 발표함에 따라 그 침울 그 다민다한多悶多恨은 없어져버리고 말았다"(같은 쪽)고 술회했다. 새로운 소설을 향한 염상섭의 의지는 첫 소설의 연재 1회분에서 선언적으로 표명되는 데 그친 셈이었다. 그 후속 작업이 그러한 선언을 구체화하는 방향으로 전개되지 않았다는 것이 김동인의 최종적인 평가였다.

「표본실의 청개구리」에 대한 선행 연구의 평가도 부정적이었다. "서사적 구조 자체의 불균형과 서술의 구체성을 상실한 생경한 관념의 노출로 인하여 소설적 한계를 분명히 드러내고 있다"[4]고 비판되었는가

하면 시점 면에서는 '갈데없는 실패작'으로 '소설 작법의 무지이자 무시'[5]를 드러낸다는 지적도 있었다. 그 소설을 비롯한 "초기 염상섭의 단편들은 출구를 찾지 못한 느낌과 정열을 객관적 사건과 상황으로 충분히 형상화하는 데 실패하고 있다"[6]는 견해도 있었다. 「표본실의 청개구리」가 지닌 가치와 문제성은 인정하면서도 완성도 면에서는 미흡하다고 보는 데에서 선행 연구의 견해가 대체로 일치했다. 새로운 소설을 향한 염상섭의 의지가 「표본실의 청개구리」에서 좌절로 귀결된 것이었다. 그 작품의 창작에 운용된 방법들을 통해 그 좌절의 과정을 고찰하기로 한다.

고백체, 그리고 「개성과 예술」

김동인이 염상섭과의 논쟁에서 거론한 '소설 작법'은 일반적인 수준의 기법이 아니었다. 그것은 고백체를 구체적으로 가리켰고 염상섭도 그 의미를 이해했다. 만일 염상섭이 김동인의 진의를 파악하지 못했다면 망신을 당하게 되어 있었다. 고백체도 모르면서 소설을 평한 셈이니 염상섭의 '소설 작법에 대한 지식이 제로'라는 김동인의 주장이 입증될 것이었다. 교토부립 제2중학교에 다녔던 염상섭은 뛰어난 일본어 구사 능력을 지니고 있었다. "일본 글을 제일 잘 알았다는 것은 곧 일본 근대 문학의 깊은 곳을 제일 잘 알았다는 뜻"[7]이기도 했다. 그에게 근대소설

---

4   권영민, 『한국현대문학사 1』, 민음사, 2002, 226쪽.

5   김윤식, 같은 책, 153, 155쪽.

6   김우창, 「리얼리즘에의 길」, 『염상섭 전집 9』, 민음사, 1987, 430쪽.

7   김윤식, 같은 책, 30쪽.

이란 곧 일본의 근대소설이었고 고백체는 그 근대소설의 다른 이름이었다. 그렇다고 염상섭이 고백체에 관한 지식을 늘어놓는 것은 볼품없었다. 김동인과 염상섭의 수준에서 고백체는 소설과 관련한 상식이므로 그것을 명시적으로 논하는 일은 기초적인 지식을 굳이 자랑하는 격이었다. 고백체에 대해 침묵할 수도, 발언할 수도 없는 궁지에 몰려서 염상섭은 창작을 선택했다. 김동인이 기왕에 고백체를 시도하여 「약한 자의 슬픔」과 「마음이 옅은 자여」를 쓴 상태이므로 염상섭이 그에 맞서서 고백체로 구사한 작품을 내보이는 것이 적절한 응수였다.

김동인과 염상섭이 벌인 논쟁의 마무리 단계에서 제기된 고백체는 일본 근대문학 초기의 동향에서 비롯되었다. 일본 근대문학은 근대라는 시기에 귀속되는 막연한 개념이 아니라 구체적인 양식을 내장한 개념이었다. 새로운 시대의 문학은 문학의 주체에게 자신의 내면세계를 탐사하여 자각한 후 그것을 표현하라고 요구함으로써 양식의 면에서 전 시대와 결별했다. '내면'과 '고백'은 그 새로운 양식을 식별하는 핵심어였다. 일본의 근대문학에서 내면의 발견과 고백 형식의 출현은 언문일치 운동과 밀접한 관련을 맺었다.[8] 언문일치 운동은 종래의 한자 우위에서 벗어나 표음주의를 지향했다. 한자는 표의문자여서 형상이 곧 의미이지만 표음주의가 도입되면서 의미는 형상의 이면으로 감춰졌다. 기호론적으로 말해서 기표와 기의가 분리된 것이었다. 내면과 그것의 표현을 구분하는 사고방식은 그 표음주의에서 비롯했다. 내면과 그것의 표현은 인과적인 관계로 이해하는 것이 상식이다. 원인이 내면에

---

8 '내면'과 '고백'이라는 일본 근대문학의 제도에 대한 이 문단의 서술은 가라타니 고진의 『일본근대문학의 기원』 중 관련 부분을 요약한 것이다. 가라타니 고진, 『일본근대문학의 기원』, 박유하 옮김, 민음사, 1997.

있어서 그것의 표현이 결과로서 나타난다는 것이다. 기원이 망각되면 기원에 관한 사유가 합리적으로 이루어진다는 가라타니 고진의 주장에 따르면 내면과 표현도 망각된 기원에 대한 합리적인 사유에 따라 인과 적으로 재배치된다. 망각된 기원으로 소급하면 그러한 사유를 전도시 키는 사태를 만나게 된다. 내면과 고백은 처음부터 선험적으로 존재한 것이 아니라 표음주의의 이분법에 의해 성립되어 일종의 제도로 정착 했다. 따라서 내면을 표현하는 것은 자연 발생적인 행위가 아니다. 내 면과 고백이 제도적 장치로서 우선하고 그것이 내면을 발견하여 고백 하도록 유도한 것이었다. 일본의 근대문학 초기에 벌어진 내면의 탐색 과 고백은 제도적 장치에 따라 수행된 인식과 실천이었다.

김동인이 그랬던 것처럼 염상섭도 소설 창작에 착수하면서 내면과 고백이라는 일본 근대문학의 제도적 장치를 직수입했다. 근대 초창기 문인들에게 문학이란 곧 당대의 일본문학을 의미했다. 소설의 경우 당 대 일본 소설의 경향에 근접할수록 그 가치가 인정되었다. 김동인과 염 상섭이 파악한 당대 일본 소설의 경향은 서술의 주체나 작중의 주체 가 그의 내면을 고백하는 이른바 고백체였다. 고백체는 그들이 쓴 소 설을 당대의 그 어떤 작가보다 선구적으로 보이게 만드는 제도적 인증 과도 같았다. 그러나 염상섭이 고백체를 의도하고 써낸 소설들은 훗날 김동인의 회고처럼 온전한 고백체가 되기에 미흡했다. 김동인은 「표본 실의 청개구리」의 연재 1회분에 나타난 '침울'과 '다민다한'이 동 작품 의 이후 연재분과 「암야」와 「제야」에서 사라졌다고 했다. 고백체는 일 반적인 술어로 바꾸면 주관적 내면 서술 정도가 되는데 '침울'과 '다민 다한'은 그 주관적 내면에 해당하는 국면들이다. 따라서 김동인의 평가 는 「표본실의 청개구리」에서 「암야」와 「제야」로 이어지는 초기 삼부작이 고백체를 온전히 성취하지 못했다는 의미로 읽힌다. 「표본실의 청개구리」에 대한 선행 연구의 부정적인 평가도 직간접적으로 고백체와 관련된다. 그 연구들은 방법적인 미숙을 이유로 그 작품에 '실패작'이라는 딱지를 붙였다. 고백체가 실패한 이유로 고백할 내면의 부재가 주장되기도 했다.[9] 염상섭이 고백체를 수입했으나 정작 그에게 고백할 내면은 없었다는 것이다. 가공할 재료도 없는 상태에서 기계를 들여온 격이라는 의미이다.

그러나 내면의 부재는 불가능한 주장이다. 내면에 대한 고백의 관계는, 어둠 속의 대상과 불빛의 관계와 흡사하다. 어둠에 가려 보이지 않는다고 대상이 부재하는 것은 아니다. 불빛이 비치면 그 대상은 모습을 드러낸다. 고백도 그전까지 인식되지 않던 내면을 드러나게 한다. 고백체란 바로 그런 방법, 다시 말해 내면을 내면답게 표현하는 방법이다. 내면은 없다가 생겨나고 하는 것이 아니다. 애초에 내면이 부재하다면 고백 자체가 성립할 수 없다. 게다가 내면의 부재는 그것의 소유 주체인 인간의 부재를 상정하게 하는 해괴한 사태를 초래한다. 따라서 염상섭의 고백체가 원본 격인 일본의 고백체와 다른 이유를 '고백할 내면의 부재'로 설명하는 것은 부적절하다. 일본의 고백체를 염상섭이 수용하는 과정에서 변형됨으로써 양자 사이에 차이가 나타났다고 추정하는

---

9 김윤식의 이러한 주장을 담은 부분을 인용한다. "이 두 작품〔「표본실의 청개구리」와 「암야」를 일컬음─인용자〕이 작가의 내면 풍경을 그린 것이지만 그것은 작가가 그러한 욕구를 직접적으로 가진 것이 아니라, 제도적 장치로서 놓인 1910년대의 일본의 소설 문체가 강요한 것에 지나지 않는다는 사실이다. 염상섭이 고백할 내면 풍경을 갖고 있었던 것이 아니라 그가 익히 알고 또 읽었던 일본 소설이 그로 하여금 있지도 않은 내면 풍경(미친증, 우울증)을 만들어낸 것이었다. 이와 꼭 마찬가지 원리에 따라서 「제야」가 쓰여진 것이다." 김윤식, 같은 책, 181쪽.

것이 더 타당하다. 영향과 수용은 원본에 대한 일방적인 복사로 진행되지 않는다. 수용하는 측이 백지상태가 아니라 이미 어떤 속성들을 지니고 있어서 수용되는 원본은 변형되기 마련이다. 혼종성도 그러한 사태를 설명하는 개념의 한 사례이다. 고백체가 김동인의 인형 조종술과 충돌했던 것처럼 그와 유사한 일이 염상섭이 고백체를 수용하는 과정에 나타났다고 판단된다. 염상섭의 어떤 성향이 고백체의 일방적 수용을 저지했을 것이다. 「개성과 예술」을 검토하여 그 과정을 파악하기로 한다.

「개성과 예술」은 그동안 문예사조를 전제로 주로 논의되었다. 그것은 세 개의 장으로 구성된 그 글의 1장에서 자연주의가 거론되는 데서 말미암는다. 그리하여 서구 자연주의에 대한 염상섭의 이해 수준이 검증되었고 일본의 자연주의가 염상섭에게 끼친 영향이 주목되었다.[10] 염상섭이 주장한 자연주의의 정체성을 문제삼게 된 것은 「개성과 예술」에서 강조된 자아의 각성과 개성의 확립이 낭만주의에 근사하기 때문이다. 명목과 실재 사이의 그러한 괴리로 인해 자연주의와 낭만주의 중 하나를 선택하는 주장들이 제기되었고 양자 사이의 절충론이 제출되기도 했다. 자연주의와 낭만주의뿐 아니라 다른 문예사조를 도입한 논의도 있었다. 「개성과 예술」의 사실주의적인 면이 조명되었고 계몽주의의 관점에서 그 글을 읽자는 제안도 있었다.[11] 그런데 「개성과 예술」의

---

10 정명환은 「개성과 예술」을 이루는 세 개의 장들이 논리 구성상 상관성이 결여되어 있으며 염상섭의 자연주의가 서구의 그것과 현저하게 다르다는 점을 졸라와의 비교를 통해 지적한다. 한편 김윤식은 「개성과 예술」에서 개진된 자연주의론이 일본 백화파의 낭만적 자연주의를 옮긴 것에 불과하다고 한다. 정명환, 「염상섭과 졸라」, 『염상섭』, 김윤식 엮음, 문학과지성사, 1977, 80~85쪽; 김윤식, 같은 책, 212~213쪽.

11 권영민은 「개성과 예술」의 민족문학에 대한 인식이 이후에 염상섭의 사실주의로 전개된

이해를 위한 참조 문맥으로는 문예사조보다 고백체가 거론되어야 한다. 고백체는 일본 근대문학의 제도적 장치였고 염상섭의 문학적 사유와 창작 행위도 고백체를 의식하면서 진행되었다. 「개성과 예술」에서 '근대인의 자아의 발견'이 '개성의 발견'이고 '독이적獨異的 생명의 유로流露가 곧 개성의 표현'이라는 취지의 개성론은 고백체에 대한 개념적 사유를 서술한 것이다. 「개성과 예술」의 직접적인 문맥이 고백체인 데 비해 문예사조는 포괄적인 수준의 문맥이다. 글에 출현하여 훗날의 연구자들에게 문예사조를 전제하도록 유도한 자연주의는 자아와 개성에 관한 주장을 펼치기 위해 끌어들인 명분에 불과하다. 당대 일본 문단의 한 주류였던 낭만적 자연주의의 경향이 염상섭의 논의에 힘을 실어줄 만했다.

「개성과 예술」은 연번을 매긴 세 부분으로 나뉘는데 그중 1은 자아의 각성에 대해 다룬다. 근대인은 자아 각성을 통해 현실 폭로의 비애를 경험하고 현실 폭로의 비애는 다시 자아 각성을 더욱 촉진하는 원인이 된다고 한다. 자아 각성은 자연과학의 발달과 자연주의와 개인주의를 가져온다고 한다. 글에서 자연과학의 발달은 짧게 언급되고 자연주의와 개인주의에는 그보다 많은 분량의 논의가 할애된다. 자아 각성이 자연주의의 본질이고 개인주의의 출발점이라는 논의의 구도에서 자아 각성이 그 중심에 자리한다. 자연주의와 개인주의는 중심의 논지를 부

다고 본다. 서영채는 「개성과 예술」에서 낭만주의와 사실주의의 절묘한 습합을 읽어낸다. 장수익은 자연주의와 낭만주의 사이의 논란에서 벗어나 「개성과 예술」을 계몽주의의 관점에서 읽자고 제안한다. 권영민, 「염상섭의 문학론과 리얼리즘의 인식」, 『염상섭연구』, 김열규·신동욱 엮음, 새문사, 1982, III-21쪽; 서영채, 같은 책, 141쪽; 장수익, 『한국 근대 소설사의 탐색』, 월인, 1999, 129~130쪽.

연하는 사례로서 병렬된다. 그러한 구도의 글에서 자연주의에 주목한다면 글의 전체 흐름을 도외시한 오독이 된다. 문예사조에 입각한 종래의 논의들은 대체로 그렇게 오독하여 「개성과 예술」의 1과 2 사이에서 '논리적 연맥의 전적인 결핍'[12]이 발견된다고 하거나 "자연주의라는 객관 지향적인 것과 개성이라는 주관 지향적인 것, 혹은 리얼리즘과 낭만주의라는 서로 대척적인 두 논리축의 습합"[13]을 읽어내기도 했다. 1의 중심 의미를 자연주의에 둔다면 1과 2 사이에서 논리적인 단절이나 모순이 읽힐 수 있다. 자연주의와 2의 개성론 사이에 논리적 연관이 성립되기 어렵다. 그러나 1의 논지를 자아 각성으로 제대로 파악한다면 자아 각성에서 개성의 발견으로 이어지는 1과 2의 논리적 연관이 자연스러워진다.

「개성과 예술」의 2는 도입부에서 각성한 자아에 의한 개성의 발견을 언급한다. 염상섭은 개성을 "개개인의 품부稟賦한 '독이적 생명'이, 곧 그 각자의 개성이다"[14]라고 정의하고 개성의 표현을 '그 거룩한 독이적 생명의 유로'로 본다. 이어서 '개성의 표현은 생명의 유로'이므로 개성과 생명을 동일시할 수 있다는 진술이 나온다. 생명의 의미는 정신생활에서 찾아지고 그 정신생활은 다시 '독이적 생명의 유로'로 환원된다. 개성과 생명과 정신생활이 순환 논리로 엮이는 셈이다. 2의 뒷부분에서는 기존의 세 항목이 이루는 순환의 굴레에 영혼이라는 새로운 항목

---

12 정명환, 같은 글, 82쪽.

13 서영채, 같은 책, 141쪽.

14 염상섭, 『염상섭 문장 전집 1』, 한기형·이혜령 엮음, 소명출판, 2013, 193쪽. 이하 소설을 제외한 염상섭의 글들은 이 전집에서 인용한다. 이하 이 책에서 인용할 경우 말미에 '『염상섭 문장』 권수, 쪽수'의 형태로 표시한다. 원문의 오기는 인용자가 바로잡았다.

이 첨가되어 3의 논의를 예비한다. 네 항목으로 재편된 순환의 굴레에서 각 항목마다 '위대한'이나 '숭고한'이라는 한정어가 붙음으로써 새로운 국면으로 논의가 전개된다. 네 항목 중에서 '위대한 영혼'이 선택되고 그로부터 '영혼의 불멸'이라는 연상이 갈라져 나온다. 동서고금의 위대한 사상과 예술작품 같은 정신의 성과들이 후세에 존속하는 현상이 '영혼의 불멸'에 해당한다. 불멸하는 영혼에 의해 인생은 유한해도 예술은 유구하다고 한다. 「개성과 예술」의 2는 논리적인 면에서 부실하다. 어조는 단정적이지만 논리는 빈약하고 그 대신 강조와 과장과 연상이 서술을 추진한다. 논리보다 수사가 의미의 구축을 주도한다.

「개성과 예술」의 1과 2는 자아와 개성에 관한 일반론으로 읽힐 수 있지만 시공간적 맥락이 관련됨으로써 고백체에 관한 문학론으로 구체적인 의미를 획득한다. 내면과 고백에 관한 염상섭의 개념적 사유는 자아의 각성에서 개성의 표현으로 전개되고 명목적으로는 백화파의 낭만주의에 가닿는다. 「개성과 예술」이 그 지점에서 끝났다면 그 글은 고백체에 관한 범속한 수준의 인식을 공유하는 데 그친다. 그런데 그러한 인식을 이탈하는 주장이 그 글의 3에서 제기된다. 3의 전반부에서는 예술의 요체인 미가 논의된다. 염상섭은 쾌감을 주는 것을 미로 보는 통념이 있는데 예술은 단순히 쾌락을 추구하지 않기 때문에 '예술미'와 '쾌미快美'를 구별해야 한다고 주장한다. 예술미를 정의하기 위해 2와 유사한 양상의 순환론이 구사된다. 참된 예술미는 생명이 타오르는 초점에서 튀어오르는 영혼에서 비롯하며 그것이 '곧 개성의 활약이며 표현'이라고 한다. 3의 후반부에서는 예술작품에 투영된 민족적 개성이 서술된다. 그 부분에서 개성은 개인과 집단의 두 차원에 걸쳐 혼용된다. 예술작품에는 "작자 자신의 개성이 표현된 동시에, 민족적 개성이 표현되고, 민족적으로 독이한 생명이 잠류潛流하고 활약함으로써 예술적 가치가 생긴"(『염상섭 문장』1, 199쪽)다고 한다. 애초에 자아의 독이적 생명의 유로이던 개성은 집단의 차원에서 보자면 민족적 개성이 된다는 것이다.

「개성과 예술」의 막바지에 등장한 민족 개념은 그 앞의 논의에 비추어 갑작스럽다. 자아와 개성에 대한 논의에서 민족이 거론될 여지나 실마리는 마련되지 않는다. 그 상태에서 민족이 논리적인 과정 없이 불쑥 내밀어져 가뜩이나 위태로운 글 전체의 논리 구조를 와해시킨다. 개인의 차원은 아무 매개 없이 집단의 차원으로 연속되지 않는다. 개성의 문제에서 개인과 집단은 갈등과 대립의 관계에 놓인다. 양자 중에서 어느 한쪽의 개성을 주장하려면 다른 한쪽의 개성을 부정하거나 수정해야 한다. 염상섭도 민족적 개성을 거론하면서 자아의 개성을 집단의 그것으로 해소한다. 예술작품에 민족적 개성이 투영된다고 전제한다면 예술가는 민족적 개성을 구현하는 담지자가 된다. 민족으로 환원하는 개성을 따라 개인도 민족에 흡수된다. 그런데 염상섭이 개성의 핵심 개념으로 내세운 독이성은 자아와 민족 사이에서 호환될 수 없다. 민족 단위의 독이성을 주장하면 그 구성원인 자아의 독이성은 자동 소멸하게 된다. 고백체를 의도하며 시작한 염상섭의 사유는 결과적으로 고백체를 이탈하는 방향으로 진행한다. 개인의 주관적 내면을 주시하는 고백체는 민족과 상반된 방향을 가리킨다. 「개성과 예술」에서 논리적 파탄을 무릅쓰고 제기된 민족이 염상섭에게 결코 생소한 개념이 아니었음을 이후 전개된 그의 소설적 행보가 입증한다. 민족이라는 집단적 가치와 민족의 현실은 그의 소설에서 지속적으로 탐구되었다. 민족으로 수렴하는 주제적 관심은 그에게 사실주의자의 자리를 고수하게 했다.

고백체라는 제도보다 우선하는 그의 신념이 고백체에 관한 사유에 민족을 끌어들였다고 판단된다. 「만세전」에서 「삼대」에 이르는 일련의 작품들은 개인에게 국한된 예술론, 또는 문학론이 그에게 용납될 수 없었음을 사후적으로 입증한다. 그 작품들에서 확인되는 성향이 일찍이 「개성과 예술」에서 고백체를 변형하는 논의를 추진하여 원본과 다른 고백체 이론이 만들어진 것이다.

염상섭이 「개성과 예술」에서 펼친 사유가 「표본실의 청개구리」의 창작에 작용했을 개연성이 충분하다. 「표본실의 청개구리」의 창작에 관련된 방법적 인식으로 「개성과 예술」에서 두 가지가 추출된다. 그 하나는 개성의 표현을 '독이적 생명의 유로'로 규정한 대목이다. 염상섭에게 개성의 표현이 곧 예술이므로 예술을 그렇게 정의한 셈이 된다. 그런데 '독이적 생명의 유로'는 예술 일반에 대한 정의로서 보편성이 떨어진다. 특정 사조나 장르에 한정하여 설명력을 지닐 수 있는 그 정의는 고백체에 대한 이해에서 비롯되었다. 주관적 내면을 고백하는 일이 '독이적 생명의 유로'로 바꿔 말해진 것이다. 문학으로 한정하자면 그 정의는 서정 장르에 부합한다. 주체의 개성적인 내면 정서가 밖으로 흘러나온다는 서정 장르의 특성은 서사와 극 장르가 지닌 구성적 특성과 부합하지 않는다. 내면에서 흘러나온 정서는 제어되고 관리되어야 구성이 성취된다. 염상섭이 「개성과 예술」에 나타난 방법적 인식으로 고백체를 시도한다면 그는 서정적 주체로서 소설 쓰기에 착수하는 셈이 된다.

'독이적 생명의 유로'에 이어 「개성과 예술」에서 「표본실의 청개구리」의 창작과 관련하여 추출되는 방법적 인식의 다른 하나는 그 글의 3에서 전개된 주장이다. 그 주장에서는 개성이 개인에서 민족으로 매개의 과정 없이 연장됨으로써 양자 사이에 가로놓인 단층은 무시된다. 개성의 면에서 개인과 민족은 양립 불가능하기에 개인을 민족으로 확장하는 논리는 성립하지 않는다. 루카치는 「소설의 이론」에서 원환적 세계가 붕괴된 후 개인이 주체로서 자기 인식을 갖게 되어 외부의 세계와 대립하고 개인과 세계 사이에는 건널 수 없는 심연이 가로놓인다고 했다. 그에게 소설은 개인과 세계가 그처럼 서로 낯설어진 시대에 원환적 세계의 서사시를 대신하는 장르였다. 개인과 세계 사이의 분열에 관한 루카치식의 인식이 「개성과 예술」의 필자에게는 보이지 않는다. 그는 그러한 분열을 자각하지 못한 채 개인의 개성을 확장하면 그것이 곧 민족적 개성이라는 주장을 펼친다. 개인과 민족을 무매개적인 연속 관계로 파악하는 논법을 그대로 따른다면 서정적 주체로서 시작한 그의 소설 쓰기가 진행할 경로가 짐작된다. 개인을 중심으로 동심원을 확장해 나가듯 서정적 주체의 감정과 사유가 양적으로 확장될 것이다. 「표본실의 청개구리」의 창작은 그렇게 진행되었다고 볼 수 있다.

기분의 여로

「표본실의 청개구리」의 도입부는 서정적 주체로서 시도된 소설 쓰기의 양상을 잘 보여준다. "무거운 기분의 침체와 한없이 늘어진 생의 권태는 나가지 않는 나의 발길을 남포까지 끌어왔다"[15]라는 첫 문장은 화

---

15 염상섭, 『염상섭 전집 9』, 11쪽. 이하 이 전집에서 인용할 경우 말미에 '『염상섭 전집』 권수, 쪽수'의 형태로 표시한다. 이 전집은 초판의 표기법을 유지하고 있는데 본 연구에서는 가독성을 위해 현대식 표기로 바꾸고 한자는 한글로 음차 표기하되 필요한 경우 병기하여 인용하기로 한다. 표기법은 작가의 개성과 무관하므로 초판의 형태를 굳이 유지할 이유가 없다.

자인 '나'의 기분을 진술한다. 인물의 현재가 신분이나 직업 같은 외적인 정보가 아닌 기분을 통해 표시된다. 기분을 진술하며 시작하는 염상섭의 소설 쓰기는 당대의 소설 판도에서 참신했다. 이광수의 「무정」은 '경성학교 영어 교사 이형식'의 작중 현재를 보이며 시작한다.[16] 김동인도 「약한 자의 슬픔」의 첫 문장에서 '가정교사 강엘리자베트'의 작중 현재를 전한다.[17] 주인공의 작중 현재로부터 본문이 시작한다는 점에서 그 두 작품은 전대 서사체와 뚜렷하게 대비되는 새로움을 과시했다. "조선국 세종대왕께서 즉위하신 지 십오 년 되는 해, 홍화문 밖에 한 재상이 있었다"라는 『홍길동전』의 서두처럼 전대 서사체는 주인공이 출생하기 전의 시대적 배경과 그의 가계를 전하면서 시작한 후 그의 출생과 성장의 내력으로 전개된다. 「무정」과 「약한 자의 슬픔」이 전대 서사체에 대해 획득했던 새로움은 「표본실의 청개구리」의 등장으로 퇴색된다. 주인공의 작중 신분이나 현재 상태와 관련한 정보를 배제한 채 대뜸 '나'의 기분부터 진술하는 「표본실의 청개구리」의 첫 문장은 「무정」이나 「약한 자의 슬픔」의 그것과 비교하여 새로운 차원이었다. 그 새로움이 「표본실의 청개구리」의 연재 첫 회분을 읽은 김동인을 당혹하게 했다. 거침없이 내지른 '무거운 기분의 침체와 한없이 늘어진 생의 권태'는 "형님, 마침내 고백할 날이 왔습니다"[18]라는 「마음이 옅은 자여」의 고백 선언을 무색하게 만들 만큼 온전한 고백체로 보였을 것이다.

---

16 "경성학교 영어 교사 이형식은 오후 두시 사년급 영어 시간을 마치고 내려쬐는 유월 볕에 땀을 흘리면서 안동 김장로의 집으로 간다."(『이광수 전집』 1, 15쪽)
17 "가정교사 강엘리자베트는 가르침을 끝낸 다음에 자기 방으로 돌아왔다."(『김동인 전집』 5, 9쪽)
18 같은 책, 42쪽.

염상섭 판본의 고백체가 내디딘 첫걸음은 그처럼 신선했다.

　새로운 소설을 향한 염상섭의 의지는 서정적 주체로서 기분을 진술하는 방식으로 시작되었다. 그런데 기분을 진술하여 서사를 형성하는 일이 문제였다. 서사가 성립하자면 사건이 필요한데 기분 자체는 사건이 아니다. 기분은 사건과 반응이라는 방식으로 관계된다. 따라서 기분의 원인인 사건을 제시함으로써 자연스럽게 서사를 향한 길이 열린다. 원인에 해당하는 사건을 제시하지 않고 막연히 기분만으로 서사를 이루기란 결코 쉽지 않은데 「표본실의 청개구리」는 그 길을 고수하려 한다. '나'의 남포행은 침체와 권태가 부른 결과이지만 정작 침체와 권태를 자아낸 근원의 사건은 작중에서 언급되지 않는다. 이유가 분명치 않은 기분이 첫 문장 이후로도 줄을 잇는다.

> 귀성한 후, 칠팔 개삭 간의 불규칙한 생활은 나의 전신을 해면같이 짓두들겨놓았을 뿐 아니라 나의 혼백까지 잠식하였다. 나의 몸을 어디를 두드리든지 〈알콜〉과 〈니코친〉의 독취를 내뿜지 않는 곳이 없을 만치 피로하였었다. 더구나 칠팔월 성하를 지내고 겹옷 입을 때가 되어서는 절기가 급변하여 갈수록 몸을 추스르기가 겨워서 동리 산보에도 식은땀을 술술 흘리고 친구와 이야기를 하려면 두세 마디 때부터는 목침을 찾았다.
>
> 그러면서도 무섭게 앙분한 신경만은 잠자리에서도 눈을 뜨고 있었다. 두 해 세 해 울 때까지 엎치락뒤치락하다가 동이 번히 트는 것을 보고 겨우 눈을 붙이는 것이 일주간이나 넘은 뒤에는 불을 끄고 드러눕지를 못하였다. (『염상섭 전집』 9, 11쪽)

'나'는 불규칙한 생활 탓에 피로가 겹쳐 건강이 나빠지고 불면에 시달리기도 한다. 그러나 '나'에게 불규칙한 생활을 불러온 이유와 동기는 본문에 명시되지 않는다. 대신 술과 담배에 찌들어 몸이 피로하고 시간이 흐를수록 건강이 쇠약하고 신경이 예민해서 잠을 이루지 못하는 '나'의 상태만이 서술된다. 쇠약한 건강과 예민한 신경은 사실보다 기분을 진술하는 표현이다. '나'가 느끼기에 그렇다는 것이다. '나'가 산책중에 식은땀을 흘리고 친구와 대화하는 중에 드러누우며 여러 날 불면에 시달리는 것은 그러한 기분에서 비롯한 사건들이다. 기분이 사건의 원인이 되고 사건은 기분의 상태를 가리키는 증례로써 제시된다. 동리 산책이나 친구와의 대화, 불면 같은 사건들은 화자인 '나'의 기분을 강조하는 기능을 수행하는 정도이지 서사를 이루는 요소가 되지 못한다. 기분에서 비롯되어 기분에 종속되는 사건이 서술되긴 하지만 기분의 원인은 명시되지 않는다. 기분과 그 기분에서 비롯한 사건이 번갈아 나열될 뿐이다.

사건 대신 기분으로 소설을 진전시키려면 기분과 기분을 연결하는 계기가 필요하다. 사건들은 일정한 논리로 서로 연결되면서 서사를 구축하지만 변덕스럽고 막연한 기분들이 논리적 계기로 연결될 가능성은 매우 적다. 염상섭은 그러한 기분들을 조직하기 위해 연상을 도입한다. 「표본실의 청개구리」의 도입부에서 피로와 불면에 시달리는 '나'는 개구리의 해부 장면을 떠올린다. '가혹히 나의 신경을 엄습하여오는' 그 장면과 '나'의 심리상태를 연결하는 계기는 연상이다. 작중 현재 '나'는 그가 중학생일 때 실험실의 해부대에 묶여 바늘에 찔리며 진저리를 치는 개구리의 '고민하는 모양'과 유사하다. '나'는 "팔 년이나 된 그 인상이 요사이 새삼스럽게 생각이 나서 아무리 잊어버리려고 애를 써도 아니 되었다"(『염상섭 전집』 9, 12쪽)고 술회하면서도 개구리 해부 장면이 강박적으로 되살아나는 이유는 설명하지 않는다. '나'의 심리상태와 개구리의 해부 장면이 논리가 아닌 연상으로 연결되기에 양자는 설명을 요하지 않는 관계가 된다. 개구리 해부 장면을 잇는 일련의 연상들도 파편처럼 나열된다. "새파란 〈메쓰〉, 닭의 똥만한 오물오물하는 심장과 폐, 바늘 끝, 조그만 전율…"(같은 쪽)로 나열된 연상의 세목들 중에서 메스가 '나'에게 강렬한 인상을 불러일으킨다. 그 인상은 곧바로 책상 서랍 속의 면도칼로 연결되고 '나'는 자살 충동에 시달린다. '나'는 자살 충동에 대한 공포를 견디지 못해 면도칼을 방밖으로 내던진 후 답답한 현실에서 벗어나고자 염원한다. 메스와 면도칼에서 자살 충동을 거쳐 현실도피의 소망으로 이어지는 과정도 연상에 의해 유도된다. 기분과 기분에서 비롯한 사건이 연상을 계기로 이어지는 식으로 서술이 진행되는 것이다.

연상에 의해 기분들이 계속 부가되는 과정은 서정적 주체가 확장되는 과정이기도 하다. 「개성과 예술」의 3에서 개성을 자아에서 민족으로 확장하듯 「표본실의 청개구리」에서는 서정적 주체의 양적 확장을 통해 서사에 이르려는 시도가 진행된다. 그러나 자아와 민족 사이에서 개성이 연속될 수 없도록 하는 논리적인 단층이 존재하는 것처럼 서정과 서사 사이에는 장르적인 단층이 가로놓여 있다. 서정적 주체의 확장을 통해 서사를 이루려면 그 단층을 넘어서야 한다. 「표본실의 청개구리」에서 서정적 주체로서 착수한 소설 쓰기의 귀추가 '나'의 남포행을 통해 드러난다.

그 이튿날, H가 와서 오늘은 꼭 떠날 터이니 동행을 하자고 평양 방문을 권할 때에는 지긋지긋한 경성의 잡답雜沓을 등지고 떠나서 다른 기분을 얻으려는 욕구와 장단長短을 불구하고 여하간 기차를 타게 된 호기심에 끌리어서,

'응, 가지 가지' 하며 덮어놓고 동의는 하였으나 인제 정말 떠날 때가 되어서는 떠나고 싶은지 그만두어야 좋을지 자기의 심중을 몰라서 어떻게 된 셈도 모르고 H에게 끌려 남대문역까지 여하간 나왔다.(『염상섭 전집』9, 13쪽)

'나'는 H와 함께 평양을 거쳐 남포로 여행을 간다. 인용문에서 보듯 그들이 여행을 떠나는 목적은 뚜렷하지 않다. H에게는 모종의 여행 목적이 있어 보이지만 그 목적은 본문에 명시되지 않는다. '나'는 '기분'과 '호기심'으로 '여하간' H와 동행한다. 다시 말해 '나'의 여행은 기분에 따른 것이다. 경성에서 남포로 가는 여정도 '나'의 기분을 위주로 서술된다. "강렬한 〈위스키―〉의 힘과 격심한 전신의 동요 반발, 굉굉轟轟한 알향軋響, 암흑을 돌파하는 속력, 주사 맞은 어깨의 침통… 모든 관능을 한꺼번에 뛰놀게 하여 얼이 빠진 속에서 모든 것을 잊고 새벽에는 쿨쿨 잠이 들 만치 마음이 가라앉았다"(『염상섭 전집』9, 14쪽)고 한 사례에서 드러나는 바와 같이 서술은 경험보다 경험이 빚은 기분에 치중한다. H와 '나' 사이에서 벌어지는 대화도 사건의 진행보다는 '나'의 기분을 드러내기 위한 구실을 한다. 그들이 대동강 변을 산책할 때 이루어지는 경물에 대한 묘사 역시 '나'의 의식에 표상된 형태로 제시된다. '청량하고 행복스럽게 보였다'나 '무심히 내려다보다가' '불쾌한 생각이 났다' '맥없이 내려다보고 섰다가' 등과 같은 서술부는 대상의 존재보다는 대상이 '나'에게 불러일으킨 인상을 전한다. 경험세계의 사실

은 기분으로 채색되고 서술은 '나'의 내적 독백이 되어 고백체다운 면모를 보인다. 그처럼 「표본실의 청개구리」는 도입부 이후로도 기분을 전면화하는 서술이 계속되고 '나'와 H, 그리고 남포에서 그들이 만난 A와 Y에 대한 현실적 정보는 소설이 끝날 때까지 언급되지 않는다. 그들의 신분이 무엇이고 어떤 연유로 서로 만나서 술을 마시는지 분명치 않은데 반해 피로와 권태와 우울 같은 기분과 그러한 기분이 자아내는 분위기가 작품의 주조를 이룬다. 사건은 기분과 분위기에 가려 모호해지고 그로써 서사는 답보 상태에 머문다. '나'의 남포행은 한마디로 '기분의 여로'가 된다.

퇴행의 서사

루카치는 단편소설이나 목가 같은 작은 규모의 서사체들은 다소간 서정성을 띤다고 했다. "무한한 세상사로부터 한 조각을 떼어내고 거기에다 독자적인 삶을 부여하는"[19] 형식화의 과정을 서술자의 주관성이 주도하기 때문이다. 작은 서사체들의 서사적 통일성은 그 서정성이 형식으로 고양됨으로써 획득된다. 루카치의 견해대로라면 염상섭이 서정적 주체로서 「표본실의 청개구리」의 창작에 착수한 것 자체는 전혀 문제되지 않는다. 서술자의 주관성이 형식화의 원리로 작용하는 경우 서정성은 당연히 전제된다. 다만 형식화의 과정이 문제이다. 루카치에 따르면 작은 규모의 서사체가 성취한 형식은 주관성의 극복이자 서정성이 삶과 무관한 채로 의의와 가치를 획득하는 추상의 세계이다. 그러

---

19 게오르크 루카치, 『소설의 이론』, 김경식 옮김, 문예출판사, 2007, 54쪽.

한 형식화의 과정을 통해 주관적 내면에 대한 탐닉이 저지되고 서술자의 느낌이나 기분에 의해 대상이 해소되는 사태도 벌어지지 않는다. 그런데 「표본실의 청개구리」는 루카치가 작은 규모의 서사체에서 기대한 방향과 반대되는 행보를 보인다. 기분을 다른 기분으로 잇는 진행은 서술자가 갇힌 주관성의 굴레를 거듭 확인하고 심화한다. 경험 대상은 서술자의 기분에 가려져 그 실상이 드러나지 않는다. 기분을 연상으로 엮는 방식이 형식화의 방향으로 진척되지 못하는 것이다. 「표본실의 청개구리」의 전반부 서사가 답보 상태에 빠진 이유가 그처럼 루카치의 논의로 설명이 가능하다. 서정적 주체의 확장은 사건들을 기분에 수렴시킬 뿐 소설이라는 육체를 획득하는 방향으로 진행되지 않는다. 염상섭은 답보 상태에 빠진 서사를 추진하기 위해 김창억을 끌어들인다. 「표본실의 청개구리」에서 김창억과 관련한 부분은 기분을 위주로 진행한 소설 쓰기의 한계를 표시하는 한편 서사가 소설의 필요조건임을 재확인한다. 김창억 부분에 의해 「표본실의 청개구리」는 비로소 서사성을 획득하여 소설다운 면모를 갖추게 된다. 그러나 그 부분이 도입되면서 새로운 소설을 향한 염상섭의 의지는 파탄을 맞는다.

북국의 철인, 남포의 광인 김창억은, 아직 남포 해안에 증기선의 검은 구름이 보이지 않던 삼십여 년 전에, 당시 굴지하는 객주, 김건화의 집 안방에서, 고고의 첫 소리를 울리었다. 그의 부친은, 소시부터, 몸에 녹이 슨 주색잡기를, 숨이 넘어갈 때까지, 놓지를 못한 서도에 소문난 외도객. 남편보다 네 살이나 위인 모친은 그가 십사 세 되던 해에, 죽은 누이와, 단남매를 생산한 후에는, 남에게 말 못할 수심과 지병으로, 일생을 마친 박복한 여성이었다. 이러한 속에 자라난 그는, 잔열포류

屛劣蒲柳의 약질일망정, 칠팔 세부터 신동이라고 들으니만치 영리하였다. 영업과 화류 이외에는 가정이라는 것을 모르는 그의 부친도, 의외에, 자식이 총명한 것은, 기뻐할 줄을 알았다. 더구나 자기의 무식함을 한탄하니만치, 자식의 교육은 투전장 다음쯤으로는 생각하였다. 그 덕에 창억이도, 남만큼 한학을 마친 후, 십육 세 되던 해에 경성에 올라가서, 한성고등사범학교에 입학하게 되었다.

그러나 삼년급이 되던 해 봄에, 부친이 장중풍으로 돈사頓死하기 때문에 유학을 단념하고 내려오지 않으면 아니 되었다. (……) 그러나 모친도 그해 겨울을 넘기지 못하였다.(『염상섭 전집』 9, 31쪽)

인용문에서 보는 대로 김창억에 관한 서술은 전대 소설의 일대기 형식을 취한다. 그는 부유한 집안 출신이며 어려서 신동이라고 불릴 정도로 비범한 능력의 소유자이다. 방탕한 부친이 아들의 교육에 대해서만은 각별한 관심을 기울인 탓에 그는 별 탈 없이 성장한다. 그러나 그가 사범학교에 재학하던 중에 부모가 세상을 떠난다. 그처럼 행복과 불행이 교차하는 그의 초년은 영웅소설의 구조와 유사하다. 그의 출생과 능력은 '고귀한 혈통'과 '탁월한 능력'이라는 단락과 관련된다. 비록 부친이 무식한 장사꾼이어서 '고귀한 혈통'과 정확히 일치하지 않지만 중세적 신분제도가 붕괴되고 상업자본이 형성되던 19세기 말엽에 자본축적에 성공한 객주는 특권층에 해당한다. 따라서 남포 지방에서 손꼽는 객주는 '고귀한 혈통'에 버금가는 위치이다. 부모의 죽음은 '기아' 단락에 포섭된다. 인용문 이후에도 김창억의 생애는 '영웅의 일생'과 유사하게 전개된다. '고난 – 구출'의 구조가 거듭되면서 '시련 – 극복'의 구조를 지향한다. 그러나 고난은 심각한 데 비해 구출의 효과는 미미하여 김창억의 불행을 근본적으로 제거하지 못하며 그가 고난과 시련을 넘어서 이룩한 위업도 자아와 세계를 통합하는 질서를 가져오지 못한다.

김창억은 부모가 죽은 뒤 실의에 빠져 자살을 생각하기도 하지만 백부의 도움으로 가산을 정리하고 소학교 교원이 된다. 그후 비교적 안정된 생활을 하던 그는 아내의 죽음으로 반년 정도 방황하다가 다른 여자를 만나 새로 가정을 꾸민다. 재취로 맞은 아내와 '재미있는 유쾌한 오륙 년간은 무사히' 지내다가 불의의 사건으로 감옥에 갇히는 신세가 된다. 그의 수감생활중에 아내는 도망가고 홀로 버려진 딸 영희는 백부가 돌본다. 출옥한 후 아내가 도망친 사실을 안 그는 자기 방에 틀어박혀 두문불출한다. 백부는 소년 과부로 늙은 고모에게 김창억의 집안일을 맡도록 주선하고 아침저녁으로 보약을 달여 그에게 가져온다. 그러나 백부의 노력에도 불구하고 그는 광증을 드러내고 급기야 가출한다. 그가 고난에 빠질 때마다 백부가 조력자 역할을 한다. 그러나 조력자로서 백부의 역할은 영웅소설에서만큼 결정적이지 않다. 따라서 영웅소설의 '구출' 단락은 김창억의 서사에서 축소된 형태로 나타난다. 김창억이 광인이 됨으로써 백부의 구출 시도는 실패로 끝난다. 가출한 지 반달 만에 귀가한 김창억은 집 근처의 언덕에 원두막 형태의 삼층짜리 집을 짓고 동서친목회 회장을 자임한다. 삼층 원두막과 동서친목회는 그가 시련 끝에 이룬 위업이다. 그러나 그의 위업은 영웅소설의 주인공이 거둔 승리와 전혀 성격이 다르다. 영웅소설의 주인공은 위기와 고난을 극복하고 악한 세력과 대결을 펼쳐 승리를 거둠으로써 난세를 평정하고 세계의 질서를 수복한다. 영웅이 회복한 세계의 질서는 악인들에 의해 파괴되었던 천리 또는 도덕적 당위이다. 그러나 김창억의 성취는 자족적인 수준을 넘지 못한다. 동서친목회장으로서 그가 펼치는 사상은 현실에서 아무런 가치가 없다. 오히려 그는 사람들에게 조롱의 대상이 된다. 삼층 원두막과 동서친목회는 그의 정신 속에서만 위업이 될 뿐 세계와는 무관하다.

답보 상태에 빠진 서사를 추진하기 위해 도입한 김창억의 일대기는 새로운 소설을 향한 염상섭의 의지에 반하는 선택이었다. 「표본실의 청개구리」의 김창억 부분은 전대 소설의 구조를 훼손된 형태로 답습하기 때문이다. 기분의 서술을 통해 서정적 주체의 확장을 시도한 방법론이 새로운 소설의 성취에 이르지 못하고 도리어 전대 소설로 퇴행한 것이다. 그러한 사태는 염상섭의 방법론이 안이하고 단순했음을 의미한다. 장르 간의 단층을 극복할 수 있을 만큼 그의 실험 정신은 치열하지 못했다. 기분의 서술을 심화하고 다각화하는 방법을 모색하여 소설의 육체를 획득하는 지경에 도달했다면 「표본실의 청개구리」는 실험적인 현대소설의 면모를 띠었을 것이다. 그러나 염상섭은 방법적 모색을 진전시키는 일이 여의치 않자 당시에 여전히 익숙했던 전대 소설에 의존한다. "18세기 중엽에 이르러서 시대의 성격이 달라지고, 판소리계 소설 등의 새로운 소설이 나타나면서, 영웅소설은 역사적 사명을 다했다고 할 수 있으나"[20] 그후로도 영웅소설의 서사 유형은 신소설을 통해 계승되고 있으며 이광수의 「무정」 중에서 영채의 서사도 영웅소설의 서사 유형을 변형하여 수행한다.[21] 「표본실의 청개구리」에 삽입된 김창억의

---

20 조동일, 『한국소설의 이론』, 지식산업사, 1977, 450쪽.

21 신소설이 영웅소설의 서사 유형을 계승한다는 사실은 조동일에 의해 확인되었다. 송하춘은 「무정」의 서사에 작용한 영웅소설의 영향을 검토하였다. 조동일, 『신소설의 문학사적 성격』, 서울대학교출판부, 1973, 3장 참조; 송하춘, 『1920년대 한국소설연구』, 고려대학교 민족문화연구소, 1985, 20~26쪽.

서사에서도 영웅소설의 잔영이 확인된다.

경성에서 평양과 남포를 거쳐 북국 한촌으로 이어지는 기분의 여로에서 김창억의 서사 부분은 이질적이다. 염상섭은 김창억의 서사가 지닌 이질성을 희석하기 위해 '나'의 기분과 김창억을 관련지으려 한다. '나'는 서울의 친구 P에게 보내는 편지에서 김창억을 만난 소회를 다음과 같이 적는다.

> …삼원 오십전으로 삼층집을 짓고, 유유자적하는 실신자를, ―아니요, 아니요, 자유의 민民을, 이 눈앞에 놓고 볼 제, 나는 놀라지 않을 수가 없었소. 현대의 모든 병적 다크 사이드를 기름 가마에, 몰아넣고, 전축煎縮하여, 최후에 가마 밑에 졸아붙은, 오뇌懊惱의 환약이, 바지직바지직 타는 것 같기도 하고, 우리의 욕구를 홀로 구현한 승리자 같기도 하여 보입디다.… 나는 암만하여도 남의 일같이 생각할 수 없습니다.(『염상섭 전집』9, 30쪽)

'나'에게 김창억은 현대의 모든 병적인 국면을 응축한 인물이다. 그러나 김창억의 생애에서 현대의 병적인 국면으로 일컬을 만한 대목을 찾기 어렵다. 그의 수감생활이 시대적 의미를 지니고 그가 동서친목회장으로서 세계 평화와 인류애를 강변하는 부분이 현대와 관련되는 정도이다. 그가 겪는 불행은 대부분 개인적인 운명의 차원에서 벗어나지 않는다. 오히려 현대의 병적인 국면은 뚜렷한 이유 없이 침체와 권태에 사로잡힌 '나'의 심리상태와 관련된다. 따라서 '나'가 김창억을 가리켜 '우리의 욕구를 홀로 구현한 승리자'라고 주장하는 것은 억지스럽다. 염상섭은 '나'의 기분으로 김창억을 채색하여 그의 생애에 현대적인 의미를 부여하고자 한다. 그러나 그처럼 궁색한 방법으로 김창억의 서사에 드리운 전대 소설의 그림자가 가려지지 않는다. Y가 '나'에게 편지로 전한 후일담에 따르면 김창억은 삼층 원두막을 불사른 후 금강산으로 사라졌다고 한다. 이원론적 주기론을 택한 영웅소설에서 주인공은 천상계의 하강인下降人으로 등장한다. 그 주인공의 소임은 위기에 처한 지상계를 구하고 천리를 실현하는 것이다. Y는 편지에서 김창억을 천상계의 하강인처럼 그린다.

> 하느님이 천사를 보내시어 꾸며놓으신 옥좌에 올라앉아서, 자기의 이상을 실현치 않으면 아니 될 시기라고, 생각한 그는, 신의로서 만든, 삼원 오십전짜리 궁전을 이 오탁에 새인 속계에 두고 가기 어려웠을 것이오. 신의 물은 신에게 돌리라. 처치하기 어려운 삼층집을 맡길 곳이 신 이외에 없었을 것도 괴이치 않은 것 아니겠소.(『염상섭 전집』9, 45쪽)

Y는 삼층 오두막이 불타는 장면을 "아— 그 위대한 건물이 홍염의 광란 속에서, 구름 탄 선인같이 찬란히 떠오를 제, 그의 환희는 어떠하였을까"라고 상상한다. 삼층 오두막이 신의 섭리로 지어지고 또한 불살라졌기에 위대하다는 것이다. 그러나 김창억이 그 오두막에서 설파한 세계 평화론이 실현되어 어지러운 세상이 평정되고 하늘의 이치가 구현되는 일은 벌어지지 않았다. Y가 상상을 펼치며 내뱉은 경탄은 공허하다. 무성영화 시대의 변사가 관객의 공감을 자아내기 위해 토해내는 열변과 흡사하다. 새로운 소설을 향한 염상섭의 의지는 「표본실의 청개구리」에서 기분을 서술하는 정도에 그친다. 기분에서 서사로 내디

던 그의 발걸음은 전대 소설로 퇴행하는 방향이었다. 김창억이 걸인이 되어 대동강 변을 돌아다닌다는 후일담은 그 작품에 이미 드리운 전대 소설의 잔영을 걷어내지 못한다.

자기반성과 타자 서술

염상섭 판본의 고백체는 「표본실의 청개구리」에서 기분을 토로하는 방식으로 진행되었다. 그 기분들은 형식화의 과정으로 포섭되지 못한 채 평면적으로 나열되는 데 그쳐 「표본실의 청개구리」는 고백체로서 미흡했고 소설로서의 완성도도 기대하기 어려웠다. 염상섭은 「암야」에서 수정된 고백체를 시도한다. 「표본실의 청개구리」와 달리 「암야」에서는 화자의 존재가 작중에 명시되지 않는다. 화자는 사건의 외부에 위치하며 주인공인 그에게 지각 기능을 전가하기도 한다. 그가 초점화자로 기능하는 경우 지각의 초점은 작중에 마련되고 그는 화자와 대등한 수준에서 지각의 기능을 담당한다. 지각의 기능이 화자와 작중인물로 나뉘어 배당되면서 작중의 주관이 이원화하는 현상이 나타난다. 그러한 현상은 인형 조종술의 원칙을 고수하면서 고백체를 시도했던 김동인을 당혹스럽게 했지만 염상섭에게는 문제가 되지 않았다. 인형 조종술 같은 원칙이 없던 그에게 복수의 주관은 고백체와 관련한 방법적 탐색의 한 과정이었다. 지각 기능의 분화로 화자와 작중인물은 전자가 후자를 일방적으로 통제하는 관계에서 상대적인 제어의 관계로 전환된다. 화자가 작중인물의 주관을 조종할 뿐 아니라 그 반대의 현상도 나타난다. 초점화자에게 전가된 지각 기능이 화자의 주관 서술을 제약하는 것이다. 그로써 지각 기능이 화자와 초점화자 중 누구에게 있든 원인과 정체가 분명치 않은 상태로 기분이 서술될 여지는 줄어든다.

화자와 초점화자 사이의 상대적 관계는 화자가 언술과 지각의 기능을 독점한 경우에도 기본적으로 나타난다. 일인칭의 화자가 자신을 언급하자면 언술과 지각의 주체인 '나'와 그 대상인 '나'로 분리되어야 한다. 언술 행위 속에서 주체의 자기동일성이 해체되면서 화자인 '나'는 자신의 언술 속에 '나'를 타자로서 대상화한다. 염상섭이 「표본실의 청개구리」에서 전개한 기분의 서술도 원칙적으로는 그러한 구도 속에 자리하지만 '나'를 타자로 확연하게 대상화할 정도까지 주체의 분화가 이루어지지 않았다. 언술 주체인 '나'와 언술 대상인 '나'의 미분화 상태가 언술 대상인 '나'의 객관화를 어렵게 만든 탓에 기분의 서술에 그쳤다. 「암야」는 화자와 초점화자를 분리함으로써 언술 주체와 언술 대상이 밀착될 가능성을 애초에 배제한다. 초점화자의 지각을 통해 대상화되는 화자의 주관은 기분에서 벗어난 차원의 서술을 가능케 한다.

「표본실의 청개구리」의 '나'와 달리 「암야」의 그에게는 일정 정도의 현실적인 정보들이 부여된다. 그는 어머니와 여동생과 함께 살고 있으며 여동생의 친구와 약혼한 사이이다. 그는 낮 동안 집에 있는 것으로 보아 일정한 직업이 없는 사람이지만 원고지를 펼쳐놓고 글을 써보고자 고심한다. 그러나 쓰고 지우기를 반복하는 그의 글쓰기는 몇 줄 못 가서 중단된다. 그는 창문을 열고 담배를 피우다가 이웃 절름발이 소년이 연을 날리는 모습을 본다. 소년의 연날리기는 번번이 실패한다. 그는 자신의 글쓰기가 소년의 연날리기보다 나을 바 없다고 생각한다.

「암야」에서 주인공이 글쓰기에서 겪는 정신적 고뇌는 「표본실의 청개구리」의 침체나 우울처럼 정체불명의 기분으로 표출되지 않는다. 그 고뇌는 화자에 의해 대상화됨으로써 객관적 사태로서 서술된다. 화자는 지각 기능을 초점화자에게 전가한 상태여서 작중의 그가 지각한 대상만을 서술할 수 있다. 일반 용어로는 내적 초점화이고 김동인의 용어로는 일원묘사로 일컫는 방법이 화자의 서술을 제약한다. 주인공의 주관이 화자의 서술 대상이 되고 화자의 서술이 초점화자인 주인공의 지각에 한정되는 방법적 장치가 주인공의 반성적 자기 인식이 전개되도록 한다. 그의 글쓰기가 지닌 가치와 의의는 소년의 연날리기에 빗대어 반성됨으로써 구체성을 획득한다. 그는 사촌의 혼사를 인습에 따른 거래라고 비판하는데 그 비판이 공연하지 않을 수 있는 것은 자기반성을 동반하기 때문이다. 그는 약혼녀에 대한 자신의 사랑을 회의하면서 자신을 '정신적 매춘부와 같은 정열의 방사자'에 불과하다고 비난한다. 그는 예술가를 자처하면서 유희적인 기분으로 사는 친구들을 사이비라고 매도하지만 정작 그렇게 매도하는 자신을 '그 수괴'로 자각한다. 그는 진정한 예술을 두고 '생사의 문제'라고 주장하지만 생사를 건 예술이 말처럼 쉽지 않다는 것도 알고 있다. 그가 「출생의 고뇌」를 읽다가 눈물을 흘리는 장면은 고백체에 대한 경의homage의 표현에 그치지 않는다. 고백체의 모범 격인 그 작품은 그에게 지지부진한 자신의 글쓰기를 돌아보게 한다. 염상섭은 화자와 초점화자의 분리를 통해 막연하고 모호한 기분의 토로를 줄이는 한편 객관적인 사태와 의미가 작중에 구현될 여지를 넓힌다. 본문의 진행과 더불어 누적된 자기반성은 "그는 확실치 못한 발밑을 조심하며, 무한히 뻗친 듯한 넓고 긴 광화문통 태평통을, 뚜벅뚜벅 걸어나갔다"(『염상섭 전집』 9, 58쪽)는 결구에 상징적인 의미를 부여한다. 그 마지막 문장은 그의 소설적 행보가 당대의 현실을 향한다는 의미로 읽힐 수 있다.[22]

염상섭 판본의 고백체는 「표본실의 청개구리」에서 기분의 서술로,

「암야」에서는 작중 주관의 자기반성으로 구체화되었다. 「제야」에서는 앞의 두 편과 다른 양상으로 고백체가 시도된다. 「제야」는 최정인이라는 신여성이 헤어진 남편에게 보내는 편지로 본문을 이룬다. 그 편지에서 그녀는 자신의 결혼이 파탄에 이른 경위를 서술한다. 결혼은 개성의 공명과 영혼의 결합으로 이룩된 진정한 사랑의 결실이어야 하는데 자신의 결혼은 선대의 악습에 따른 것이어서 파탄을 피할 수 없었다고 한다. 그녀는 유전적 요인과 성장 환경을 현재 자신이 겪는 불행의 주요 원인으로 꼽기도 한다. 아버지는 절륜한 정력으로 작첩을 일삼고 어머니는 성적인 관심이 유난스러운데 그녀는 그 사이에서 태어난 사생아이다. 음탕한 분위기가 농후한 집안 분위기 속에서 별다른 통제 없이 자유롭게 성장하면서 그녀는 일체의 권위와 도덕을 부인하는 대신 주관을 절대적으로 신봉하게 된다. 그 주관에 따라 그녀는 여학생 시절과 동경 유학중에 여러 남자를 편력하면서 성적인 향락에 탐닉한다. 귀국 후 그녀는 독일 유학을 목적으로 유부남인 E와 관계한다. 자유연애를 명분 삼아 세속의 이익을 추구한다는 점에서 주관의 절대성에 대한 그녀의 신념은 철저하지 못하다. 그녀는 E를 좇아 독일 유학을 가려던 소망을 이루지 못하고 집안에서 정한 남자와 결혼한다. 결혼할 당시 그녀는 아버지가 E인지 또다른 남자 P인지조차 분명치 않은 아이를 회임한 상태이다. 그녀의 배가 불러오자 남편은 뒤늦게 사태를 파악하게 되고 결혼생활은 파경에 이른다. 남편과 헤어진 이후 그녀는 답답한 나날을 보내면서도 출산하고 나면 혼자 힘으로 미래를 개척해나갈 수 있을

---

22 이보영은 「암야」의 끝 문장이 "일제에 의하여 강요된 한민족의 예속상태를 극복하기 위한 저항으로 발전될 것임을 예시한다"고 파악했다. 이보영, 『난세의 문학─염상섭론』, 예림기획, 2001, 68쪽.

거라고 자신한다. 그런데 남편으로부터 재결합을 원한다는 내용의 편지가 도착한다. 남편은 그 편지에서 그녀가 세상에서 그 무엇과도 바꿀 수 없는 자신의 전부라고 한다. 남편의 용서는 그녀에게 참회의 눈물을 흘리도록 할 뿐 아니라 용서받을 수 없는 자신을 발견하게 한다. 남편에게 보내는 답장에서 그녀는 자신의 지난 삶을 반성하면서 자살 결심을 밝힌다.

편지는 고백체에 적합한 글의 형식이다. 발신인과 수신인으로 한정된 사적 서신의 내밀한 특성은 거기에 진술된 내용의 신뢰도를 높인다. 그래서 지난 삶에 대한 최정인의 반성이 진심에서 우러난 것처럼 보일 수 있다. 편지의 말미에서 그녀가 자살할 결심을 밝힘으로써 편지에 유서의 속성이 추가된다. 자살 선언은 그 지점까지 진술된 내용의 진실성을 확인하기 위해 찍힌 인장으로서의 의미를 지닌다. 죽을 작정을 하였기에 숨기거나 거리낄 것이 없이 진실을 말했다는 의미이다. 「제야」는 한 개인의 내밀한 진실을 담아냄으로써 고백체를 온전히 실현한다. 그런데 전작인 「표본실의 청개구리」와 「암야」에 대해 「제야」가 서술 방법의 면에서 지닌 변별성은 주목을 요한다. 「제야」는 고유명사로 특정되는 여성을 화자로 설정함으로써 화자와 작가의 구분을 분명히 한다. 경험세계의 염상섭과 본문 중의 최정인이 연결될 여지는 전혀 없다. 소설은 원칙적으로 작가와 화자의 구분을 전제하므로 「제야」의 설정이 특별한 것은 아니다. 경험세계의 생활인인 작가가 그가 작성한 본문의 화자와 같을 수 없다는 인식은 소설 본문의 창작과 수용에서 기본적으로 전제되는 관습이다. 화자는 본문의 기능 중 하나일 뿐이다. 그런데 작가와 화자가 구분되더라도 양자를 나누는 거리는 일정하지 않다. 작품마다 그 거리는 가변적이어서 양자가 선명하게 구분되는 데에서 서로 구분되지 않을 만큼 밀착하는 데에 이르기까지 정도의 차가 다양하다. 「표본실의 청개구리」와 「암야」는 작가와 화자가 동일시될 정도로 근접한 경우이다. 「표본실의 청개구리」에서 화자인 '나'의 주관은 본문 바깥의 작가에게 귀속될 정도로 소급된다. 본문에는 그러한 소급을 저지하는 형식적 장치가 없다. 그보다 덜하지만 「암야」에서도 작가와 화자가 동일시될 만한 여지가 적지 않다. 주인공이 글쓰기에서 겪는 정신적 고뇌는 그것을 서술하는 화자를 거쳐 「암야」를 쓰는 작가의 고뇌로 소급된다. 작가와 화자가 글쓰기라는 공분모로 연결된다. 「제야」는 이름과 성별이라는 구체적인 표지를 통해 작가와 화자가 동일시될 가능성을 아예 차단한다. 창작의 주체인 작가를 기준으로 삼으면 「제야」는 타자 서술이 되어 작가는 고백체의 담임 역에서 면제된다. 다시 말해 「제야」는 작가인 염상섭의 내면 고백이 아니라 화자인 최정인의 내면 고백인 것이다. 그 고백은 편지로 밀봉된 상태여서 수신인에게만 읽기가 허락된다. 작가는 그 비밀스러운 편지를 누설함으로써 최정인의 고백을 대상화한다. 창작 주체에 의한 고백체의 대상화는 「제야」의 진술을 타자들의 시선과 심문에 노출한다. 「표본실의 청개구리」에서 화자의 독백이 폐쇄적인 주관성의 맥락에 수납되는 데 비해 「제야」에서 최정인의 고백은 객관적인 문맥에 연결되어야 한다. 화자가 작가로 소급 가능한 전자와 달리 후자에서는 화자가 작가에 대해 타자로 설정되어 그러한 차이가 나타난다. 최정인의 고백은 기분의 서술 같은 일방적인 주관성이 허락되지 않는 조건 속에 자리한다. 그 조건에서 고백의 가치와 의의는 진실에 입각한 정서적 호소만으로는 획득되지 않는다. 최정인이 개념적 사유를 논리적으로 전개하는 이유이다. 운명과 유전적 요인과 가부장제의 폐해를 주제로 전개되는 그녀의 사유는 남성의 노예로 살아야 하는 여성의 현실을 부정하고 남성의 그릇된 정조관념을 비판한다. 그러나 그녀의 지난 삶은 그녀가 논리적으로 강변한 신념을 배반한다. 그녀는 정조를 상품처럼 이용하여 세속적 이익을 추구한 자신의 행적을 두고 '지옥문'을 여는 죄였다고 반성한다. 개념적 사유가 그녀의 자기기만을 객관화한다. 정직한 고백에 그러한 객관화가 더해져 그녀의 반성은 더 철저해진다. 그녀의 자살 결심은 논리적으로 전개된 개념적 사유의 결과여서 감정적 과장으로 치부되기 어렵다. 그 과정이 부재했다면 그녀의 자살 결심은 남편의 용서에 대한 감정적 반응이 될 수 있었다. 자칫 허언이나 허세로 치부될 뻔한 자살 결심이 논리를 거쳐 진정성을 획득한다.

고백체라는 제도를 전제로 진행된 염상섭의 방법적 탐색은 그의 초기작 세 편에서 서로 다른 양상으로 나타났다. 「표본실의 청개구리」에서는 기분의 서술이었고 「암야」에서는 작중 주관의 자기반성이었다. 「제야」에서는 작가가 화자를 타자로 설정하여 서술하는 양상이었다. 염상섭 판본의 고백체에서 고찰되는 그 세 가지 양상은 부정과 지양이라는 변증법적인 진행을 보인다. 폐쇄적인 주관이 자기반성을 통해 부정되고 주관의 자기반성은 상위 수준의 창작 주체에 의해 지양된다. 그러한 진행은 주관에서 객관으로 나가는 방향성을 내포한다. 소설 창작에 착수하기 전에 염상섭은 「개성과 예술」을 통해 고백체에 대한 자신의 이해를 논술했다. 거기에서 그는 개인의 개성이 민족의 개성이 된다고 함으로써 주관과 객관을 직접 연결했다. 주관의 양적인 확장이 객관이라는 주장은 양자 사이의 단절을 고려하지 않은 단순한 발상이었다. 「개성과 예술」의 논의에서 나타났던 그러한 단순함은 「표본실의 청개구리」에서 「암야」를 거쳐 「제야」로 이어지는 창작의 실천을 통해 극복되었다. 주관과 객관의 무매개적인 연속이 변증법적인 운동 과정으로 대체된 것이었다. 그러한 과정은 염상섭의 소설 전반을 통해 확인되는 그의 객관 지향과 밀접하게 관련된다. 고백체에서 시작한 그의 소설 쓰기가 고백체를 벗어나는 지점에 이르렀다.

2. 재현과 논설

고백체와 객관 지향

「표본실의 청개구리」와 「암야」와 「제야」에서 염상섭은 고백체라는
제도를 전제로 방법적 탐색을 진행했다. 그 세 편은 선행 연구에서 '초
기 삼부작'으로 묶여 호명되었지만 고백체의 구현에서 서로 다른 양상
을 나타냈다. 작품의 발표 순서를 따라 그 양상들은 '기분의 서술' '자
기반성' '타자 서술'로 배열된다. 주관에서 객관으로 향하는 염상섭의
방법적 탐색이 그 배열에서 파악된다. '초기 삼부작'이라는 통칭은 그
러한 동향을 가리는 효과가 있다. 동질성을 표시하는 명목이 미시적인
고찰을 차단할 수 있는 것이다. 명목이 지닌 동질화의 효과가 초기 삼
부작으로 호명된 세 작품과 「만세전」의 관계에 관한 선행 연구의 이해
에서 포착된다. 「만세전」은 염상섭의 초기 소설을 대표하는 최대의 성
과로 평가되었는데 종종 그 이전의 작품들과의 비교를 통해 그 성과가

가늠되었다. "염상섭의 「만세전」은 초기 3부작과 구별되는 이정표의 구실을 하고 있는 셈"[23]이라거나 "초기의 혼란을 청산하고 (……) 획기적인 전환을 이룩한 작품이 「만세전」이었다"[24]는 주장이 있었다. 문예사조의 시각에서 "「만세전」은 염상섭의 소설의 전개 과정에서, 낭만주의와 리얼리즘의 경계에 놓여 있는 하나의 문턱의 의미를 지닌다"[25]고 파악되었다. 초기 삼부작에서 "작가가 자신의 주관을 토로하는 데에 급급하였다고 말할 수" 있는데 "초기 삼부작의 이러한 주관 과다 현상을 극복하고 그 이념이 설득력을 획득하기 위해서는 「만세전」까지 기다려야 했다"[26]는 견해도 제출되었다. 선행 연구에서 초기 삼부작은 「만세전」을 빛내기 위한 보조역으로 동원되었다. 그 작품들은 「만세전」과 뚜렷하게 구별되었고 청산의 대상으로 여겨지기도 했다. '이정표'와 '문턱'이라는 수사가 내포하는 바와 같이 「만세전」은 염상섭의 초기 소설에서 획기적인 전환의 의미를 지녔으며 전작들의 한계를 극복하는 성과로 여겨졌다.

초기 삼부작과 「만세전」의 관계를 연속이 아닌 전환이나 극복으로 간주하여 양자 사이에 단층을 두는 선행 연구의 판단은 주제론의 시각에서 비롯한다.[27] 초기 삼부작과 「만세전」의 내용을 비교하는 주제론적 고찰은 양자 사이에서 닮은 면보다 다른 면을 더 많이 포착하게 되어

---

23 김윤식, 같은 책, 194쪽.

24 조동일, 『한국문학통사 5』(2판), 지식산업사, 1989, 135쪽.

25 서영채, 같은 책, 161쪽.

26 김한식, 『한국 현대소설의 서사와 형식 연구』, 깊은샘, 2000, 23쪽.

27 이보영도 주제론의 시각에서 "「만세전」은 염상섭의 뜻깊은 최초의 정치소설이기도 하다"고 판단했다. 이보영, 같은 책, 134쪽.

있었다. 「만세전」에서 이인화가 귀국 도중에 겪는 일들은 식민지 현실의 객관적 재현이 되고 있다. 아내가 위독하다는 전보를 받고 귀국길에 오른 이인화는 하관에서 경관의 조사를 받고 연락선의 욕탕에서 한국인 노동자를 모집하여 큰돈을 번다는 일본인들의 대화를 들으면서 분노한다. 연락선을 내려서 본 부산의 도심에는 이미 일본식 건물들이 즐비하게 들어서 있다. 서울행 기차를 타고 가다가 들른 김천에서도 사정은 마찬가지이다. 김천 형님은 일본 사람들의 수요 덕택에 집값 시세가 두세 곱절 올랐다고 좋아한다. 초기 삼부작에서 「만세전」 정도의 현실 재현은 찾기 어렵다. 「표본실의 청개구리」도 「만세전」처럼 여정을 따라 서사가 진행되지만 화자가 여행중 접하는 사태나 경물을 객관적으로 재현하기보다 그것들에 대한 화자의 주관적 인상과 반응을 주로 전한다. 김창억의 투옥 사유라는 '불의의 사건'이 3·1운동이라는 해석이 일찍부터 있었으나 본문에서 그런 해석을 밑받침할 부분은 전혀 없다. 설령 본문 외적인 정황을 해석적 문맥으로 끌어들이더라도 김창억의 불행에 시대적 의의를 부여하기에는 무리가 따른다. 「암야」의 마지막 한 문장을 식민지 현실에 대한 주인공의 저항 의지로 읽은들 본문 전체에 걸쳐 그가 토로하는 사적 차원의 고뇌는 희석되지 않는다. 「제야」에서 가부장제의 폐해에 대한 최정인의 비판은 논리를 갖춤으로써 객관성을 획득하지만 식민지의 현실에 가닿는 정도는 아니다. 주제론적 고찰은 그처럼 내용의 면에서 나타난 현격한 차이를 근거로 초기 삼부작과 「만세전」 사이에 단층이 가로놓인다고 판단했다. 그러나 초기 삼부작은 방법의 면에서 「만세전」을 예비하는 뚜렷한 조짐들을 지니고 있어서 그러한 선행 연구의 판단을 재고하게 한다. 앞 장에서 검토한 대로 초기 삼부작은 고백체라는 제도로 포괄되지만 그 구체적인 실천에서 서로 변별되는 양상을 나타낸다. 그 양상들이 발전적으로 전개된 상태가 「만세전」에서 포착된다.

귀국길에 오르기 전의 이인화는 의식과 태도의 면에서 「암야」의 주인공과 매우 유사하다. 급한 전보를 받고서도 이인화는 귀국을 서두르지 않는다. 다소 유희적인 기분으로 정자를 만나고 전차 안에서 승객들의 모습을 보면서 스스로를 성찰하기도 한다. 물질이 지배하는 시류 속에서 진정한 생활에 '전아적으로 몰입'하려면 세속적으로 낙오자를 자처하는 각오가 필요하다고 생각한다. 「암야」의 주인공이 진정한 예술을 생각하는 방식으로 이인화는 진정한 생활을 생각한다. 「암야」에서 주인공의 자기반성이 서술되는 방식이 동경 체류중인 이인화에게 적용되어 두 인물의 내면은 구별되지 않을 정도로 닮아 보인다. 사적 일상에서 반추되는 자기반성은 관념의 수준에 머물러서 의식의 쇄신을 부르기에 미흡하다. 이인화는 여행을 떠나기 전까지 유학생으로서 일상을 지낸다. 「암야」의 주인공도 되풀이되는 일상에 갇혀 있다. 그들이 일상에서 습관처럼 되풀이하는 자기반성은 인식적 진실성을 획득하기보다 오히려 진부해 보인다. 그래서 「암야」의 주인공이 염원하는 진정한 예술이나 「만세전」의 이인화가 갈구하는 진정한 생활이 공허한 울림을 빚는다. 「암야」는 주인공이 사적 일상에 매몰된 주관의 상태에서 벗어나 객관 현실을 향하는 듯한 암시를 하면서 끝을 맺는다. 「암야」가 끝난 지점 이후가 「만세전」에서 진행된다. 자기반성의 주체로서 대면하는 현실이 이인화의 여행을 통해 펼쳐진다.

「만세전」은 여행 경로를 따라 사건들이 배열된다는 점에서 「표본실의 청개구리」의 구성적 특징을 이어받는다. 다만 두 작품 각각에서 여행을 출발하는 '나'와 이인화의 상태가 분명하게 대조된다. '나'는 기분의 주체인 데 비해 이인화는 자기반성의 주체로서 여행길에 나선다. 권태나 우울 같은 기분으로 표시되는 '나'의 여행은 목적이나 이유가 분명치 않다. '나'는 기분에 따라 머물고 떠나면서 여로를 이어나간다. '나'가 노상에서 만나는 경물과 사태는 '나'의 기분으로 덧씌워지거나 '나'의 기분을 표현하는 매개 수단이 되어서 구체적인 현실이 작중에 재현될 가능성을 차단한다. 그에 비해 「만세전」에서 반성의 주체로서 이인화가 여행중 겪는 일들은 작중에 구체적으로 재현된다. 같은 일들을 「표본실의 청개구리」의 '나'처럼 기분의 주체로서 겪는다면 감정적 차원의 반응에 그칠 것이다. 일본 순사의 심문이나 조선 노동자 모집에 관한 일본인들의 대화가 기분의 주체에게서 불쾌하거나 우울한 기분을 자아낼 수 있어도 그 이상의 인식적 차원은 기대할 수 없다. 기분의 주체로부터 식민지 현실에 대한 인식을 도출하는 서술이 진행되기 어렵다. 그러나 자기반성의 주체라면 사정이 달라진다. 냉정한 자기반성은 현실에 대한 객관적 인식을 가능케 한다. 기분의 주체와 달리 자기반성의 주체는 주관적인 기분에 사로잡히기보다 눈여겨보고 귀기울여 들으면서 보고 들은 바를 객관적으로 사유한다. 그러한 과정을 통해 이인화는 식민지 현실을 인식한다. 부관 연락선 욕실에서 일본인들이 조선 노동자 모집을 화제로 주고받는 대화를 그는 무심히 흘리지 못한다. 조선에서 노동자를 모집하는 과정과 그 과정에서 일본인 업자가 취하는 폭리와 조선 노동자의 열악한 작업환경이 그의 귀에 또렷하게 들려 본문에 그대로 재현된다. 일본식 주택들이 즐비한 부산과 김천의 풍경은 일본화로 치닫는 조선의 현실을 그에게 깨닫게 하며 삶의 터전을 빼앗기고 밀려난 조선인들의 행방을 돌아보게 한다. 기차 안에서 만난 갓장수는 일본 순사에게 매맞지 않으려면 행색이 누추하고 태도가 비굴해야 한다는 그 나름의 처세술을 늘어놓아 듣는 그에게 같은 민족으로서 모멸감을 불러일으킨다. 기차가 대전역에 정거하는 동안 그는 양손이 결박된 조선인 죄수들이 순사의 감시를 받으며 의자에 앉아 있는 모습을 정거장의 목책 너머로 본다. 자정이 넘은 깊은 밤이고 눈이 내리는데 죄수들은 지붕만 달랑 있고 사방 벽이 없어서 한데나 다름없는 대합실 의자에 앉아 추위에 떨고 있다. 죄수 중에는 아이를 업은 젊은 여인네도 있다. 그 모습 앞에서 이인화는 마침내 분노를 터뜨리며 "공동묘지다! 구더기가 우글우글하는 공동묘지다!"(『염상섭 전집』 1, 83쪽)라고 속으로 절규한다. 그는 여행을 통해 식민지의 현실을 공동묘지로 인식하기에 이른 것이다.

선행 연구에서 「만세전」은 원점 회귀형 서사로 명명되었다. 여행의 종착지가 출발지와 일치한다는 물리적인 수준의 고찰이 그런 이름을 마련하였다. 그러나 원점 회귀형은 이인화가 여행을 통해 겪는 인식의 변화를 놓치는 이름이다. 그는 공간의 면에서 원점으로 귀환해도 정신의 면에서는 그렇게 하지 않는다. 식민지 현실에 대한 그의 인식과 태도가 여행의 시작과 끝 사이에서 현저하게 변화한다. 따라서 「만세전」의 여로는 인식의 여로로 불릴 만하다. 인식적 속성을 내포한 여로를 통해 그는 여행을 출발할 때와 다른 정신적 차원에 이른다. 「표본실의 청개구리」의 기분의 여로가 「만세전」에서 인식의 여로로 진전된 것이다. 「암야」의 자기반성적 주체로서 이룬 진전이었다.

「만세전」에 삽입된 네 통의 편지는 「제야」와 연관된 부분이다. 네 통 중 둘은 편지의 본문이 직접 인용되고 다른 둘은 화자인 이인화에 의해 그 사연이 요약된다. 첫 편지는 귀국하는 이인화를 배웅하기 위해 역에 나온 정자가 음식과 함께 보자기에 싸서 건넨 것이다. 작중에 직접 인용된 편지의 부분에서 정자는 이인화의 무관심이 자신에게 고통이며 모욕이라고 고백한다. 정자의 고백은 화자인 이인화에게 타자 서술의 대상이 된다. 주관적 고백이 객관적 조건 속에서 상대화하는 양상이 「제야」에서 화자에 대한 작가의 타자 서술로 나타난 바 있다. 「제야」의 그러한 양상은 「만세전」에서 작품 쪽으로 한 단계 이동하여 작중인물에 대한 화자의 타자 서술로 수행된다. 화자이면서 작중인물인 이인화는 지각이 제한되어 정자의 내면을 서술할 수 없다. 작중에 편지를 인용하는 방법은 정자의 내면을 고백하게 하면서 동시에 그 고백을 대상화한다. 「만세전」에 삽입된 네 통의 편지 중 두번째와 세번째 편지는 화자의 간접화법으로 인용된다. 두번째 편지는 이인화가 서울에서 정자에게 보낸 엽서이다. 그 엽서는 정자의 근황을 묻는 내용으로 되어 있다고 간단하게 처리된다. 세번째 편지는 아내의 초상중인 이인화에게 정자가 부친 것이다. 화자는 그 편지의 골자를 소개하면서 거기에 내포된 정자의 의도를 추측한다. 정자의 내면이 화자에게 해석의 대상이 된다. 네번째 편지는 이인화가 정자에게 보낸 것으로 「만세전」의 결말 부분을 이룬다. 그 편지의 작성자는 작중화자와 동일인이지만 기능의 면에서 다른 서술의 수준에 자리한다. 편지의 작성자로서 이인화는 정자라는 특정인을 수신인으로 삼는 데 비해 자신의 편지를 작중에 인용하는 화자 이인화는 불특정 다수를 청자로서 전제한다. 자신을 대상화하는 화자의 타자 서술은 편지에 진술된 내용의 신뢰도를 높인다. "자기 자신에게 스스로 부과한 의무가 있는 것을 깨달았습니다"(『염상섭 전집』1, 105쪽)라는 이인화의 진술은 그가 귀국 전에 진정한 생활을 두고 했던 생각처럼 공허하지 않다. 타자 서술의 형태로 제시된 편지는 여로를 통해 형성된 그의 현실 인식을 재확인한다.

「만세전」에서 고찰되는 방법적 면모들은 초기 삼부작으로 소급된다. 고백체를 전제로 진행된 염상섭의 방법적 탐색은 「표본실의 청개구리」에서 기분의 서술로, 「암야」에서 작중 주관의 자기반성으로, 「제야」에서는 창작 주체의 타자 서술로 나타났다. 그러한 양상들이 발전적으로 집약되어 「만세전」의 구성과 서술, 주인공의 태도를 이룬다. 관념적 수준의 자기반성을 반추한다는 점에서 이인화와 「암야」의 주인공은 유사한 태도를 보인다. 「만세전」과 「표본실의 청개구리」는 여로형 구성으로도 서로 관련을 맺는다. 이인화는 자기반성의 주체로서 여행을 시작함으로써 「표본실의 청개구리」의 기분의 여로가 「만세전」에서 인식의 여로로 진전된다. 「만세전」은 편지를 서술에 포섭함으로써 「제야」와도 연결된다. 「제야」에서 작가가 화자의 편지를 대상화하는 타자 서술은 「만세전」에서 화자가 작중인물의 편지를 대상화하는 타자 서술로 수용된다. 그처럼 방법의 면에서 포착되는 연결들이 초기 삼부작과 「만세전」의 관계를 전환이 아닌 연속으로 판단하게 한다. 초기 삼부작에 나타난 고백체의 양상들은 객관의 방향으로 도열함으로써 고백체를 이탈하는 움직임을 형성한다. 그 움직임이 눈에 잡힐 만큼 표면화한 결과가 「만세전」이다. 따라서 「만세전」의 객관적 사실성은 초기 삼부작에서 진행된 움직임과 대비하여 파악되어야 한다. 선행 연구의 주제론적 고찰은 그 과정을 배제한 채 결과로서 나타난 내용을 주목함으로써 초기 삼부작과 「만세전」의 관계를 피상적으로 판단하는 데 그쳤다.

경험 현실의 재현

「만세전」을 통해 염상섭의 소설적 관심이 주관에서 객관으로 전이

하는 과정을 파악할 수 있다. 초기 삼부작에 잠재된 객관 지향이 「만세
전」에서 집약되어 나타났다.[28] 내면을 주시하던 시선이 외부로 선회하
자 고백체의 위상도 전과 같지 않게 되었다. 그렇다고 고백체가 그의
방법 목록에서 사라진 것은 아니었다. 초기 삼부작에서 제도로서 전제
되었던 고백체는 「만세전」을 경유하면서 주관적 내면 서술의 한 형태
로 축소되었다. 고백체를 구사하기 위한 틀로서 편지가 그전처럼 차용
되었다. 작중에 편지가 인용되어 하위의 서술 수준을 구성했다. 편지보
다 적지만 일기가 차용되기도 했다. 작중인물의 내면을 표현하는 일은
소설에서 서술이 일반적으로 수행하는 기능의 하나이다. 초기 삼부작
이후 고백체는 그 정도의 일반적인 수준으로 제한되어 구사되었기에
고백체라는 고유한 호칭이 적절치 않을 수 있다. 그러나 염상섭 소설의
주관적 내면 서술이 유래한 문학사적 맥락을 표시하기 위해 이후로도
본 연구는 그 용어를 유지하기로 한다. 주관적 내면 서술을 위해 편지
가 선호된 점은 염상섭의 방법 목록에서 파악되는 고백체의 잔재이다.

「만세전」 이후 염상섭의 소설 창작에서 객관 현실이 다른 무엇보다
우선시되었다. 객관 현실의 재현을 위한 그의 사실주의적 서술 방식은
「만세전」부터 재도일 직전에 이르는 기간에 그 기본 원칙이 형성되었
다.[29] 「해바라기」에서 그 양상과 방향이 가늠된다. 「해바라기」가 염상섭

---

28 신종곤은 근대 주체의 형성이라는 관점에서 초기 삼부작과 「만세전」을 고찰했다. 그는
염상섭이 자기반성적 서술을 통해 주관적 내면에서 객관적 현실로 진행하였다는 논의를 전개
했다. 신종곤이 주목한 부분뿐 아니라 다른 여러 면에서 초기 삼부작과 「만세전」은 밀접하게
관련된다는 것이 본 연구서가 파악한 바이다. 신종곤, 「염상섭 초기작에 나타난 자기반성적 서
술 형식 연구 ―「표본실의 청개고리」, 「암야」, 「제야」, 『만세전』을 중심으로」, 『상허학보』 7집,
상허학회, 2001.
29 이 기간에 해당되는 작품은 「E선생」에서 「윤전기」까지 총 11편이다. 그중 「해바라기」

소설의 전개에서 차지하는 위상은 그 작품이「제야」에 비교될 때 분명해진다. 신여성의 사랑과 결혼을 소재로 삼았다는 공통점을 중심으로 두 작품은 음화와 양화처럼 대조된다. 그 대조는 제목에서부터 상징적으로 드러난다.「제야」가 밤과 어둠을 의미하는 데 반해「해바라기」는 낮과 밝음을 의미한다. 그처럼 제목에 함의된 대조를 단지 우연으로 보기 어려운 까닭은 서술의 태도나 방식에서 두 작품이 상반된 지향을 드러내기 때문이다.「제야」의 서술이 "유서 형식이 지니고 있는 압도적인 주관주의의 위력"[30]에 주도된다면「해바라기」의 서술은 객관적 시각에서 경험 현실을 재현한다. 서술의 면에서 나타나는 차이는 두 작품의 전반적인 분위기가 상반되도록 하는 결과를 낳는다.「제야」의 분위기가 시종 비장하고 결연한 데 비해「해바라기」에서 최영희가 옛 애인의 무덤으로 신혼여행을 가서 묘비를 세우고 추모제를 지내는 일련의

와「너희들은 무엇을 얻었느냐」에 대한 작품론적인 성격의 논의들이 적지 않게 누적되었다. 그러나 염상섭 소설의 전개라는 전체 맥락에서 그 작품들이 본격적으로 고찰된 사례는 보이지 않는다.「해바라기」에 대한 선행 연구는 주로 최영희에 초점을 맞추어 진행되었다. 최영희에 대한 심리묘사가 높이 평가되었고 신여성의 연애관이 거론되는가 하면, 나혜석이 관련된 모델소설이라는 관점이 전제되기도 했다. 관련된 연구로는 김윤식, 같은 책; 서영채, 같은 책; 김지영,『연애라는 표상』, 소명출판, 2007; 이덕화,「염상섭의 향기로운 추억의 여인, 나혜석」,『나혜석연구』 7집, 나혜석학회, 2015 등이 있다.「너희들은 무엇을 얻었느냐」에 관한 논의는 주로 그 작품에 나타난 연애 풍속과 세태를 중심으로 진행되었다. 당대의 연애 풍속에 대한 작가의 주제의식이 긍정적으로 평가되는가 하면 신여성에 대한 작가의 편향된 인식이 비판되기도 했다. 작중에 나타난 독서 체험이 주목되었고 그 작품이 모델소설로서 창작되는 과정이 검토되었다. 관련된 연구로 류양선,「근대 지향성의 문제와 현실 뒤집기의 수법」,『염상섭문학연구』, 권영민 엮음, 민음사, 1987; 김경수,「염상섭의 독서체험과 초기소설의 구조―「너희들은 무엇을 얻었느냐」론」,『한국문학이론과 비평』 1집, 한국문학이론과 비평학회, 1997; 장두영,「염상섭의 모델소설 창작 방법 연구―「너희들은 무엇을 어덧느냐」를 중심으로」,『한국현대문학연구』 34집, 한국현대문학회, 2011 등이 있다.

30　서영채, 같은 책, 177쪽.

과정은 그 내용만큼 비애를 자아내지 못한다. 화자가 객관적인 입장을 견지하면서 서술을 진행하기 때문이다. 만약 화자가 최영희에게 동화되거나 최영희 자신이 화자가 되면 「해바라기」는 「제야」에 가까워진다. 옛 애인의 추모제를 지내러 가는 여인의 내면이 겉으로 보이는 것만큼 즐거울 수 없을 것이다.

「해바라기」와 「제야」는 모두 신여성이 현실적인 타협으로 사랑 없는 결혼을 선택한다는 설정으로 서사를 전개한다. 여주인공들은 결혼 전에 다른 연애 상대가 있었다. 최정인은 E와 결혼하려 했고 최영희는 홍수삼과 미래를 약속했다. 결혼할 남자 쪽이 직장인이어서 경제적으로 유복하지만 이혼남이라는 점, 남자가 재취라는 자신의 불리한 처지 때문에 여자의 마음을 얻기 위해 공을 들인다는 점, 결혼한 이후 남자가 아내의 과거에 대해 매우 관대한 태도를 취한다는 점에서 두 작품은 유사하다. 다만 「해바라기」는 신혼여행으로 끝나는 데 비해 「제야」는 결혼 후 오 개월여가 되는 시점까지 진행된다는 점에서 두 작품의 서사가 각각 점유하는 시간의 폭이 다르다. 기본적인 설정에서 공유하는 바가 적지 않음에도 두 작품은 앞서 살핀 바와 같이 전혀 상반된 분위기를 자아낸다. 서로 다른 서술들이 그러한 결과를 빚은 셈이다. 고백체에서 벗어난 염상섭은 새로 택한 서술 방식으로 「제야」 부류의 소재를 다시 써봄으로써 그 방식의 의의를 확인하는 한편 자신의 소설 창작이 새로운 단계에 접어들었음을 선언하려 한 것이다.

경험 현실의 객관적 재현은 사실주의가 기본적으로 요구하는 바인데 「해바라기」는 그 요구에 충실히 응하고자 한다. 있는 그대로 재현된 사실은 고백체의 주관화된 사실과 다르다. 도입부에 제시된 결혼식 피로연의 장면이 그러한 차이를 분명하게 보여준다.

피로연의 칠팔 분이나 어우러져 들어가서 둘째 번으로 일본 사람 편의 축사가 끝이 나려 할 때, 누구인지 '프록코트'짜리가 바깥에서 들어오더니 신랑의 귀에다 입을 대고 소곤소곤하는 사람이 있었다. 신랑은 채 다 듣지도 않고 귀를 떼며 매우 난처하다는 듯이 잠간 멀건이 앉았다가 고개를 숙이며 신부의 옆구리를 꾹 지르고 몇 마디 중얼중얼하니까, 신부도 역시 눈살을 잠깐 찌푸리는 듯하더니,

"아무려나…"라고 겨우 들리게 대답을 하였다.

신랑은 인제야 확신이 있는 낯빛으로 대답을 기다리는 '프록코트'짜리를 치어다보며,

"그럼 얼른 분별을 시키렴." 하며 주의를 시켜 내보냈다.(『염상섭 전집』9, 109쪽)

염상섭의 소설에서 장면으로 도입부를 이룬 경우는 「해바라기」가 처음이다.[31] 그전에는 주인공의 정서와 사념에 대한 서술이 도입부를 채웠다. 「만세전」도 이인화가 귀국하게 된 사정을 회상조로 서술하면서 시작한다. 그에 비해 인용문은 사실이 지각되는 대로 재현한다. 결혼식 피로연이 막바지에 다다랐을 즈음에 누군가 나타나 신랑에게 말을 건다. 보이는 대로 쓰기에 그 '누구'는 '프록코트' 차림으로 언급되며 그가 신랑의 귀에다 하는 말은 들리지 않기에 '소곤소곤'으로 표현된다. 프록코트 차림의 사내에게 말을 들은 후 신랑과 신부가 나타내는 반응

---

31 「암야」는 그의 모친이 하는 "오늘은 부디…"라는 말로 시작되지만 그 말은 장면에 현존하는 상태로 재현된 것이 아니라 그의 의식에서 환기된 것이다. 따라서 그 대화도 주관적 의식의 부분을 이룬다고 봐야 한다.

도 보이고 들리는 만큼 묘사된다. 지각의 초점을 작중에 설정하고 시각과 청각을 현실적으로 제한함으로써 장면이 생생하게 재현된다. 물론「해바라기」의 본문 전체가 인용문처럼 묘사와 대화로 되어 있는 것은 아니다. 서사가 진행되자면 사실관계의 정보들이 필요한데 인용문 이후에 나오는 "다만 피로연이 파한 뒤에 시아버지에게 폐백을 드리자는 의논이었다"(같은 쪽)가 거기에 해당한다. 서사의 진행에 필수적인 정보 없이 장면만으로 소설 쓰기를 진행하는 것은 불가능하다. 사실과 관련된 정보는 장면을 보충하여 사건의 실감을 증대시킨다.「해바라기」에서도 정보는 그러한 목표에 복무하기 위해 제공된다.

초기 삼부작에서 사실의 세계는 주관화되는 탓에 해상도가 떨어지는 화면처럼 불분명하다. 영어 대문자로 표기된 인물들의 정체가 모호하고 경물들은 화자의 정서로 물든다.「해바라기」가 보여주는 사실의 세계는 그보다 선명하다. 최영희와 이순택은 물론이려니와 이순택의 시부모에서 목포 여관의 하녀나 H군의 서기에 이르기까지 작중에 등장하는 모든 인물이 생생하게 살아 움직인다. 작중의 역할이 적은 부차적 인물들도 소홀히 처리되지 않는다. 최영희의 시부모와 시누이, 시댁 친지들이 저마다 의견을 내고 주장을 펼침으로써 예식에서 폐백에 이르는 장면은 활기가 넘치고 그 장면의 주된 문제가 실감을 획득한다. 최영희와 이순택이 신혼여행중에 하는 대화는 그들 사이에 조성되는 미묘한 긴장을 섬세하게 재현한다. 결혼식 피로연장에서 홍수삼의 추모제를 마치는 시점까지 서술자는 서사의 실감에 필요한 구체적 세목들을 빠짐없이 언급하려 한다.

장면을 감각적으로 재현하고 관련된 사실 정보를 전달하는 서술 행위의 배후에는 사실에 충실하려는 염상섭의 작의가 자리한다. 알려진 바에 따르면 「해바라기」는 실제 있었던 일을 소재로 삼았다. 나혜석이 애인이었던 최승구의 무덤에 비석을 세워주는 일을 김우영과의 신혼여행에서 했다. 염상섭은 「해바라기」에서 그 일을 있는 그대로 재현하려 했기에 구성상의 필연성이나 인과성을 위해 사실을 조정하거나 변형하지 않았다. 그 결과 「해바라기」는 구성상 미흡한 작품으로 평가되었다.[32] 사실을 훼손하여 구성상의 완결을 이루기보다 불완전한 구성을 감수하면서 사실에 충실하려는 선택이 부른 평가였다. 나혜석의 신혼여행 일화가 다소 기이하고 엉뚱해 보여도 실제 사실이기에 소설에 그대로 옮겨와야 한다고 염상섭은 판단했을 법하다. 있는 사실을 그대로 재현함으로써 작품의 사실성이 확보된다는 생각이 그 바탕에 자리한다. 사실에 관한 염상섭의 생각은 김동인의 그것과 극명하게 대조된다. 김동인은 신의 경지에 버금가는 솜씨로 창조된 작품은 비록 그 규모는 작아도 신이 창조한 세계를 닮을 것이며 그런 만큼 사실적이라고 생각했다. 염상섭에게 사실이 재현의 대상이라면 김동인에게 사실은 창조의 결과이다. 사실성에 대한 견해차는 김동인을 창작 기법에 경도되게 했고 염상섭을 당대 현실의 관찰자가 되게 했다.

「만세전」이 초기 삼부작에 닿아 있다면 「해바라기」는 그로부터 완전히 결별한 상태이다. 「해바라기」의 종결부에서 최영희가 벌이는 제의는 염상섭의 소설 창작이 접어든 새로운 단계를 선언하는 의미로도 읽

---

32 이와 관련하여 김경수의 언급을 인용한다. "이 작품[「해바라기」─인용자]에 대한 부정적인 견해는 대체로 이 작품이 자체로 구성상 미완결성을 보이고 있다는 해석과 함께 여성 인물의 성격 창조에서도 일정한 한계를 보이고 있다는 것으로 요약되는데, 김동인이 최초로 그러한 구성상의 허점을 지적한 이후로 이러한 평가는 줄곧 지속되고 있다." 김경수, 『염상섭과 현대소설의 형성』, 일조각, 2008, 53~54쪽.

힌다.[33] 홍수삼과의 추억이 서린 물건들을 땅에 매장하고 현실 쪽으로 돌아서는 최영희의 모습에 초기 삼부작과 결별하고 사실의 세계를 향하는 염상섭의 모습이 겹친다. 최영희가 "성년식을 하는 것처럼 보인다"[34]면 그 성년식에는 소설가로서 성숙한 염상섭의 면모가 내포된다. 홍수삼에 대한 최영희의 순수한 사랑은 이기적인 욕망들의 전쟁터인 현실에서 용납될 수 없기에 매장되어야 한다. 그녀는 가면을 쓰고 자기 잇속을 챙기면서 살아갈 다짐을 한다. 염상섭도 주관적 내면에 대한 관심을 철회하고 현실세계를 소설에 담기로 한다. 그 세계에서는 계산으로 인간관계가 형성되고 배반과 기만이 횡행한다. 어제의 친구가 오늘의 적이 되고 오늘 한 사랑의 언약이 내일의 배신으로 돌아오며 순수한 사랑이나 영원한 아름다움은 미숙한 청년의 어리석은 동경으로 치부된다. 그래서 루카치는 소설을 '성숙한 남성성의 형식'이라 했다.[35] 소설에 대한 염상섭의 인식이 루카치급에 다다랐음을 「해바라기」의 종결부는 표명한다. 어른이 된 염상섭에게 초기 삼부작은 문학청년의 순수한 열정을 품고 있어서 소중하지만 놓아보내야 한다. 최영희가 흘리는 눈물이 염상섭 소설의 전개에서 지니는 의미가 그러하다. 냉혹하고 비정한 현실을 마주한 그의 소설 쓰기는 사실에 충실하려는 자세로부터 시작한다.

---

33 조동일은 최영희에게서 염상섭의 모습을 읽어냈다. 이동하는 조동일의 그러한 이해를 부연하여 "최영희와 염상섭 자신이 비슷한 존재이기도 하다는 자의식이 작용하였는지도 모를 일이다"라고 추정했다. 그러한 추정은 염상섭 소설의 전개 과정이 전제될 때 설득력을 획득한다. 조동일, 같은 책, 139쪽; 이동하, 「한국 예술가소설의 성격과 전개양상—해방 전의 작품들을 대상으로」, 『현대소설연구』 15호, 한국현대소설학회, 2001, 38쪽.

34 서영채, 같은 책, 184쪽.

35 게오르크 루카치, 같은 책, 81쪽.

사실에 충실하려는 자세는 「해바라기」 이후 염상섭의 소설 쓰기에서
원칙처럼 견지된다. 「검사국 대합실」과 「윤전기」에서 서술은 사실을 재
현하는 수준을 넘지 않는다. 전자의 공간적 배경이 식민지의 사법기관
이고 후자가 노동자의 파업을 다룬다는 점을 감안한다면 식민지 현실
을 비판하는 주제로 서술이 진행될 여지가 충분하다. 그러나 염상섭은
보고 들은 사실을 전하고 그 사실을 근거로 추론하는 정도로 서술을 제
한할 뿐 주제를 위해 사실을 변형하여 재조립하지 않는다. 「검사국 대
합실」의 서술자는 대합실 안팎의 풍경과 거기에 모인 사람들의 모습을
전한다. 이경옥이 화자의 호기심을 자극하여 그녀의 거동이 비교적 자
세히 언급된다. 검사국이 박해의 현장으로 의미화되거나 검사가 악인
으로 설정되지 않는다. 검사국의 업무 처리가 불합리하고 검사는 사무
적일 뿐이다. 「윤전기」에서 인쇄공들은 임금 체불 때문에 파업한다. 신
문 발행이 '민족과 사회에 대한 의무'(『염상섭 전집』 9, 228쪽)라는 대
의는 그들에게 아무 의미를 지니지 못한다. 월급이 지급되지 않아서 그
들의 언행이 사나워질 뿐이다. 그러나 상황이 바뀌어 임금 지급이 가능
해지자 직공들의 태도는 금세 부드러워지고 인쇄 기계가 다시 가동된
다. 사실에 충실한 서술의 기조는 「전화」에서도 유지된다. 이주사가 집
에 전화를 설치하고서 벌어지는 일화들이 객관 서술을 통해 상세하게
그려진다. 특정한 윤리적 주장은 제기되지 않는다.

　　「검사국 대합실」과 「윤전기」 「전화」에서 파악되는 바와 같이 「해바
라기」 이후 염상섭의 소설에는 현대의 모든 고뇌를 응축한 '북국의 철
인'도, 진정한 예술을 '생사의 문제'로 여기는 '진리의 탐구자'도, 목숨
을 걸고 여성으로서의 자존심을 지키려는 여성주의자도 등장하지 않는
다. 그 대신 기자, 회사원, 직공, 기생, 주부, 교사, 학생 등 지극히 현실

적인 인물들이 등장하고 그들을 통해 세상의 이런저런 면모들이 펼쳐진다. 여학생이 시골 청년의 순정을 이용해 그로부터 거금을 사취하고, 형편이 여유로운 유부남들은 기생과 희롱하는 일을 일상의 즐거움으로 삼는다. 사내들은 기생의 환심을 사기 위해 경쟁을 벌이고 기생은 그 경쟁에 편승해 더 큰 이익을 얻으려 한다. 생존을 위한 대결은 한 치의 양보 없이 격렬하게 진행되고 계약과 거래는 사기로 끝난다. 그러한 면모들을 통해 돈이 인간관계를 지배하는 최고의 가치로 군림하는 세태가 드러난다. 금전 획득이 목적으로 전제되자 사랑은 거래의 수단이 되고 계산이 진심을 대신하며 순정은 배반당해 어리석음으로 전락한다. 그 비정하고 냉혹한 어른들의 세계가 염상섭의 소설에서 재현되기 시작한 것이다.

개념적 사유의 논리적 전개

감각기관으로 지각되는 사실을 서술하는 것만으로는 삶과 세상의 모습이 온전히 재현되지 않는다. 인간의 정신을 배제한 소설 쓰기는 성립되지 않는다. 정신에서 벌어지는 감정과 사고의 활동이 현실에서 말과 태도와 행동으로 나타나 인간들의 관계에 작용한다. 그러한 정신의 활동이 소설에서 서술되어야 한다. 「해바라기」도 사실의 서술만으로 이루어지지 않는다. 서사의 진행에 필요한 정도에서 최영희의 심리가 서술된다. 작중인물의 성격은 사건의 실감에 기여하는 중요한 정보이다. 그런데 성격은 감각적 묘사의 대상이 될 수 없어서 서술자에 의해 직접 소개되거나 장면을 통해 간접적으로 암시된다. 「해바라기」에서 최영희의 성격은 전자의 방식으로 소개된다.

이지적 자기비판력과 명민한 자기반성력을 가진 영희에게 대하여 사상과 실행 사이에 틈이 벌어진다는 것, 다시 말하면 자기가 믿는 바의 사상대로 실행하지 못한다는 것은, 진정으로 양심에 부끄러운 일이요 일종의 고통이었다. 그러면 어느 때든지 자기의 사상대로 용감하게 실행하느냐 하면, 그렇지는 못하였다. 이것이 이 여자에게는 무엇보다도 괴로운 일이지만, 이 괴로움에서 벗어나려면 하는 수 없이 다른 이치를 끌어대어서 변명이라도 하는 수밖에 없다. 자기를 변명하는 그것도 역시 마음에 편한 일은 아니지만, 그렇게라도 아니하면 안심을 할수가 없다는 것이 이 여자의 병이다. 이러한 것은 피가 괄하고 성벽이 많으며 자신이 많으면서도, 비상히 신경질로 생긴 사람에게 보통 있는 일이지만, 영희도 말하자면 그런 종류의 여자이다.(『염상섭 전집』 1, 115~116쪽)

최영희의 가치관과 사고방식은 합리적인 추론과 분석에 의해 서술된다. 그러한 서술이 있어서 예식과 폐백의 문제를 두고 그녀가 시댁과 벌이는 갈등이 어색해 보이지 않는다. 최영희 자신이 서술 주체가 되어 주관적인 정념을 토로한다면 「해바라기」는 현상태와 같은 객관성을 획득하기 어렵다. 고백체도 정신에서 벌어지는 움직임을 서술하지만 주관에 편중되기에 사실주의와 배치된다. 정신의 활동이 객관적으로 서술되어야 사실성이 획득된다.

정신 활동의 객관적 서술은, 사실에 충실한 서술과 더불어 염상섭의 사실주의를 지탱하는 두 개의 축을 이룬다. 감각의 대상이 아닌 정신 활동을 객관적으로 재현하려면 서술이 논리적으로 진행되어야 한다.

최영희의 심리를 분석하고 추론하는 서술도 거기에 해당한다. 논리적인 과정 없이 정서와 사유가 서술된다면 그 서술은 강변이나 토로로 흐르고 그런 만큼 설득력이 떨어진다. 염상섭의 소설에서 사실 재현을 제외한 서술이 논설의 양상을 띠는 것은 주제의 객관적 형상화와 관련된다. 분석과 추론, 논증, 설득, 토론 등과 같은 논설적 절차를 통해 의미가 지어지고 주제가 귀결된다. 「제야」에서 최정인이 자신의 주장을 논리적으로 전개하는 과정도 그 한 사례이다. 그러나 고백체가 지닌 속성으로 인해 그녀의 주장이 객관성을 획득하는 데는 한계가 있다. 인물의 정신 활동이 화자에 의해 대상화되거나 복수의 인물이 서로 다른 주장을 내세우며 토론을 펼치는 경우들은 인물 자신이 화자가 되는 경우보다 객관성을 확보하게 된다. 염상섭은 그 두 가지 방법으로 의미를 짓고 주제를 이룬다. 그러한 방법과 관련하여 「E선생」은 「제야」보다 진전된 경우이다.

「E선생」의 서사는 두 개의 주된 사건으로 이루어지는데 그 하나가 배추밭 사건이고 다른 하나는 학생들의 졸업시험 폐지 요청 사건이다. E 선생은 꾸밈없고 너그러워서 학생들에게 인기가 높다. 체조 선생을 비롯한 일부 동료 교사들이 그 인기를 시기하여 E 선생을 조롱하고 따돌린다. 체조 선생의 무례한 언동을 E 선생이 아랑곳하지 않아서 둘 사이에서 충돌이 벌어지지 않는다. 둘 사이의 갈등은 학교 운동장에 연해 있는 배추밭을 두고 표면화된다. 학교측은 배추밭을 매입하여 운동장을 넓히려 하지만 그 밭의 주인은 학교측의 요청에 응하지 않는다. 체조 선생은 운동부 학생들을 시켜 배추밭을 짓밟게 함으로써 배추밭 주인을 압박한다. E 선생은 체조 선생의 처사에 공식적으로 문제를 제기하고 체조 선생은 학교를 떠나게 된다. 그후 E 선생과 학생들 사이에 벌어지는 대립이 「E선생」의 후반부 서사를 이루는 주된 사건이다. 상급반 학생들은 시험에 관한 E 선생의 지론을 핑계로 삼아 졸업시험 폐지를 요청한다. 그 요청이 거부되자 학생들은 집단 등교 거부로 맞선다. 체조 선생이 배후에서 운동부 학생들을 선동함으로써 빚어진 사태였다. 학감인 E 선생은 그 사태의 주동자들을 징계한 후 사직한다.

「E선생」의 서사를 이루는 주요 사건의 중심에는 E 선생의 가치관이 자리한다. 불의를 용납하지 않고 원칙을 중시하는 E 선생의 가치관이 체조 선생과 운동부 학생들의 세속적인 가치관에 차례로 충돌하면서 사건들이 빚어진다. 체조 선생은 학교에 기여하여 출세해보려는 속된 취지에서 운동부 학생들을 시켜 배추밭을 망쳐놓고 학생들은 E 선생의 훈화를 왜곡하여 편의를 도모한다. 따라서 구체적인 장면과 사실 정보들을 통해 재현되는 사건들의 저변에는 서로 다른 가치관들의 충돌이라는 의미의 문제가 가로놓인다. 그 의미가 객관적으로 형성되어야 사건의 사실성도 보장받을 수 있다. E 선생의 가치관에 대한 서술이 본문의 큰 비중을 차지한 것은 그러한 의미 형성과 관련된다. 운동부원들이 공을 줍는다는 핑계로 배추밭을 유린한 사건에 대해 E 선생은 기도 시간에 학생들에게 훈화를 한다. 그 훈화에서 그는 생존에 필요한 영양을 취할 목적 외에 인간에게는 그 어떤 생명도 해할 권리가 없다는 견지에서 배추밭을 유린한 당사자들에게 '도덕적 양심의 자각'을 촉구한다.

살인을 금하는 보편적 도덕률을 전제로 생명의 가치를 주장하는 E 선생의 논의는 예상되는 반론도 거론하면서 대체로 타당하게 전개된다. 논리적 비약이나 단정적 강변이 없지 않으나 그 정도의 하자는 무시해도 될 만큼 생명과 윤리에 관한 그의 가치관은 보편적이다. 그러한 가치관이 객관적으로 서술된 탓에 체조 선생이 면직 처리되기까지 E 선생이 한 행동이 설득력을 획득한다. 그런데 E 선생이 진심을 담아 펼친 논설은 그 내용에 합당한 정도의 호응을 얻지 못한다. 지리 선생이 E 선생의 훈화에 대해 "대웅변가야! 대웅변가야!"라고 빈정거리고 운동부원들은 전혀 반성하지 않는다. 작중 현실에서 E 선생의 주장은 한 개인의 몫으로 축소되어 상대화된다. 학생들의 졸업시험 폐지 요청 사건의 경과는 보편성을 지닌 주장이 상대화되는 과정을 배추밭 유린 사건보다 잘 보여준다. 시험중에 학생들이 부정행위를 저지르는 현장을 적발한 E 선생은 크게 분노한다. 그와 함께 시험에 관한 그의 사유가 본문에 서술된다.

> 오늘날의 교육은 '사람'을 만드는 게 아니라, 기계나 그렇지 않으면 기계에게 사역할 노예를 만들었다. (……) 오늘날의 교육은 시험을 위하여 존재하였다고 하더라도 과언이 아니다. 왜 그런가 하니 시험의 점수라는 것은 곧 그 사람의 운명을 결정하고 그 사람의 수입의 다과를 의미하고 그 여자의 혼처를 선택할 권리를 주게 하기 때문이다. 함으로 오늘날 학생의 공부는 학문을 위함이 아니라 시험 점수를 위함이다. 이와 같이 점수를 얻는다는 것이 최우最優의 목적이니까 목적을 위하여 수단을 가리지 않는다는 뜻을 실행하느라고 별별 비루한 짓을 한다.(『염상섭 전집』 9, 145쪽)

E 선생은 이런 생각을 학생들에게 설명한 후 시험의 존폐 여부를 묻는 작문 숙제를 낸다. 그는 학생들이 그 숙제를 하면서 시험에 대해 올바른 생각을 갖기를 기대한다. 그러나 학생들은 졸업시험을 치르지 않게 해달라는 청원서를 제출한다. 그 청원의 취지는 E 선생의 높은 뜻을

받들어 따르는 데 있다고 한다. E 선생이 자신들의 청원을 받아들이지 않자 학생들은 시험에 대한 E 선생의 가르침을 거론하면서 수업 거부에 나선다. 시험의 폐해를 가르치면서 학생들에게 시험을 치게 하는 것은 언행불일치라는 것이다. E 선생은 학생들의 주장을 논박하지 못하고 "이것이 너희들이 사 년 동안 배운 것이란 말이냐?"라고 고함을 지르며 분노할 뿐이다. 사무실에 돌아와서도 그는 분을 가라앉히지 못하고 "출학, 출학"이라고 외친다. 이 작품의 도입부에서 E 선생은 감정을 겉으로 드러내지 않는 인물로 소개되었다. 학생들이나 동료 교사들로부터 무례한 말을 들어도 그는 빙그레 웃거나 무시하고 넘어갔다. 그런 그가 자제력을 잃은 것은 자신의 가치관에 가해진 타격에 논리적으로 반격할 방법을 찾지 못했기 때문이다. 학생들은 E 선생의 주장과 행동 사이에 나타난 균열을 찾아 공략한 것이다. 논리로 학생들을 제압하는 데 실패한 E 선생은 학감으로서 권력을 휘두른다. 학교측에서 주모자들에 대한 징계를 결정하자 학생들은 집단 등교 거부로 맞선다. 논리의 대결이 힘 대결로 전환되자 E 선생이 교육자로서 지닌 철학이나 사명감은 개인의 몫으로 축소되어 상대화된다. E 선생의 가치관은 그의 사유나 훈화에서는 보편성을 획득하지만 타자들의 주장이 제기되자 상대화된다. 타자들과 비교될 때 E 선생은 한 사람의 원칙론자일 뿐이다. 현실에는 E 선생 같은 사람이 있는가 하면 체조 선생이나 운동부 학생들 같은 부류도 있다. 도덕적 원칙을 지키는 것보다 시류를 따르고 실리를 추구하는 것을 더 보편적으로 여기는 사람들도 있는 것이다. 그들의 세속적 욕망 앞에서 E 선생의 가치관은 상대화되고 작품에서 의미의 주도권을 상실한다. 그의 가치관이 보편적으로 타당하더라도 체조 선생과 운동부 학생들을 감화시키지 못한다. E 선생의 면직은 그의 가치관이 현실적으로 좌절되었음을 의미하는 사건이다.

「너희들은 무엇을 얻었느냐」에서도 작중인물들의 가치관과 사고방식에 대한 논설이 사건들의 의미 형성에 이바지한다. 이 작품은 복잡하게 뒤얽힌 인물들의 관계를 통해 당대 젊은이들의 연애 풍속을 다룬다. 거의 모든 인물들이 삼각의 애정 구도를 형성할 뿐 아니라 그 관계들이 서로 연결되기도 한다. 대략 이런 식이다. 덕순은 응화의 처인데 명수에게 애정을 표하고 일본에 건너간 뒤에는 한규와 경애 사이에 끼어 삼각관계를 이룬다. 서로 연인 사이였던 한규와 경애는 덕순 때문에 헤어진다. 희숙과 혼담이 깨진 후 명수는 도홍에게 공을 들이는 한편 마리아의 구애를 받기도 한다. 도홍은 중환을 좋아하지만 중환은 도홍을 명수와 맺어주려 한다. 마리아는 고향 청년의 연애편지에 마음이 끌렸지만 석태와 사귀고 이어서 명수에게도 사랑을 고백한다. 인물들은 그처럼 복잡한 애정의 구도에서 저마다 진심을 주장하는가 하면 서로 간의 비판이나 사실 확인에 의해 그들의 허위가 드러나기도 한다. 그래서 인물의 주장은 논설의 형태로 전개되고 인물들 사이에 벌어지는 대화는 토론이나 논쟁처럼 진행된다.

「너희들은 무엇을 얻었느냐」에서 덕순은 지인들을 집에 초대하여 연회를 여는데 그 연회가 회의의 양상을 띤다. 인물들 사이에서는 사적인 대화보다 일종의 토론이 벌어진다. 그 첫째 주제는 '목회자의 도덕성과 현대의 종교'이고 중환이 주제 발표를 한다. 중환은 사례를 들어 목회자의 위선을 꼬집고 이어서 종교의 현대적 의의에 대해 장황한 논설을 전개한다. 종교가 구태를 벗고 개조 사업에 앞장서야 한다는 중환의 주장에 대해 명수는 종교 혁명이 필요하다는 의견으로 공감을 표한다. 회의의 두번째 주제는 '여성의 해방'이다. 덕순이 잡지에 게재하려는 글에 대해 응화가 반대하면서 둘이 논쟁한다. 일본의 여성 문인 B 여사가 사랑을 좇아 백만장자인 남편에게 이혼장을 던지고 떠난 일을 두고 덕순이 B의 행동을 찬양하는 서간체의 글을 발표하려 하자 응화는 간통은 용납될 수 없다고 반대한다. B 여사의 사건은 명수와 중환과 홍진 사이의 토론으로 비화하면서 '성의 혁명'이 회의의 셋째 주제로 상정된다. B 여사가 지은 시에 대해 명수와 중환이 논평하고 이어서 홍진은 일본이 성적 혁명기에 접어드는 중이라서 B 여사 사건이 일어난 것이라고 한다. 홍진이 조선에도 진정한 성적 혁명의 시대가 오리라고 예견하자 명수는 그에 대해 회의적인 입장을 취한다. 홍진은 성적 타락을 막으려면 교양이 필요하다고 하면서 토론을 마친다. B 여사 사건으로 촉발된 토론은 「너희들은 무엇을 얻었느냐」의 주제와 관련한 의미 효과를 지닌다. 응화는 덕순이 B 여사와 같은 선택을 하지 않을까 의심하는 터이다. 사랑과 돈 사이에서의 선택은 좌중의 다른 인물들도 당면하고 있는 문제이다. 그 문제는 덕순의 집 연회 이후에도 계속 거론된다. 중환과 명수가 술자리나 산책길에서 나누는 대화에서는 신성한 연애가 찬양되고 돈과 거래되는 사랑이 비판된다. 인물들 간에 벌어지는 독서 토론도 작품의 의미 형성에서 일익을 맡는다.[36] 한규와 경애는 오스카 와일드의 소설에서 진정한 사랑의 의미를 읽어낸다. 그들은 문학작품을 통해 서로의 사랑을 재확인한다. 마리아와 명수도 어떤 소설의 내용을 두고 토론한다. 여주인공이 약혼자를 버리고 폐병 환자를 선택한 동기에 대해 마리아가 묻자 명수는 그것이 모든 것을 초월한 절대적

---

36 「너희들은 무엇을 얻었느냐」에서 한규와 경애가, 그리고 마리아와 명수가 펼치는 독서 토론의 작품 내적 의미와 효과에 대해 김경수가 자세히 논의한 바 있다. 김경수, 같은 글, 76~79쪽.

사랑이라고 대답한다. 그 질문과 대답은 단순히 소설의 내용에 한정되지 않는다. 그들은 소설을 매개로 저마다의 의도를 간접적으로 표현한 것이다. 마리아는 자신의 사랑을 명수가 받아줄 수 있는지 물었고 명수는 마리아가 석태와 사귄 일을 비난한 것이다. 마리아는 석태의 재력에 끌려 그와 결혼하려 했다.

「제야」와 「만세전」에서 편지는 인물의 정서와 사유를 서술하기 위한 수단이었는데 「너희들은 무엇을 얻었느냐」에서도 같은 용도로 쓰인다. 마리아의 첫 남자는 그녀가 기차에서 만난 동향 출신의 청년이다. 마리아는 그의 연애편지들을 반겨 읽으며 행복한 상상에 잠기곤 했으나 변심하고 재력을 갖춘 석태와 사귄다. 청년은 마리아에게 마지막으로 보낸 편지에서 실연의 고통을 토로하고 그녀의 행복을 축원하는가 하면 그녀를 비난하기도 한다. 마리아를 찬미하고 자신의 슬픔을 서술할 때 감정적이던 편지 화자의 어조는 석태가 서자이며 유부남이라는 사실을 전할 때는 논리적으로 바뀐다. 그의 주장에 따르면 마리아가 그런 석태와 결혼하는 것은 결코 참된 사랑이 아니며 그녀의 영혼을 더럽히는 일이다. 마리아는 명수에게 보낸 편지에서 전날의 독서 토론을 다시 거론하면서 그 소설의 여주인공처럼 결혼을 약속한 남자에 대한 사랑이 사라지면 어떻게 해야 하느냐고 묻는다. 석태를 거명하지 않았을 뿐 마리아는 자신의 처지를 고백한 것이다. 상대에게 자신의 내밀한 처지를 고백하면서 향후의 방도를 일러달라고 요청하는 것은 구애의 의미를 지닌다. 명수는 마리아의 격정적인 요청에 감동하기보다는 의문을 품는다. 명수는 타인이 마리아의 인생에 간섭하는 것은 죄악이며 마리아만이 자기 인생의 방향을 결정할 권리를 지닌다는 요지의 답신을 보낸다. 말하자면 명수는 마리아의 구애를 논리적으로 거절한 것이다.

「너희들은 무엇을 얻었느냐」에서 주제와 관련된 의미들은 주로 작중 인물들의 대화를 통해 형성된다. 한 인물이 펼치는 긴 논설과 인물들 간에 벌어지는 토론을 통해 그들의 사고방식과 가치관이 서술되고 그 것들이 서사의 과정이 되어 주제와 관련된 의미를 형성한다. 편지는 서면으로 된 논설의 한 형태이다. 인물들은 저마다 논리를 갖춰 진지하게 그들의 생각과 주장을 전개함으로써 그 나름의 진실성을 획득한다. 그러나 그들이 구두로, 혹은 서면으로 표명한 생각과 주장은 그들의 행동과 심각하게 괴리된다. 한규는 독서 토론을 통해 경애와 진정한 사랑을 맹세하지만 도일 후에는 덕순의 애인이 됨으로써 경애를 배신한다. B 여사의 용기에 감복한다던 덕순은 자신이 한규를 유혹한 사실이 지인들 사이에 알려질까 전전긍긍하고 응화의 금전적 지원도 계속 받기를 원한다. 마리아의 명수를 향한 사랑이 진심이 아니었음은 그녀가 명수에게 이별을 통고하는 편지를 보냄으로써 드러난다. 마리아는 석태와의 결혼을 피하려는 이기적인 동기에서 명수가 필요했다. 명수는 자신과 혼담이 있던 희숙이 돈을 좇아 다른 남자와 결혼하자 사랑보다 돈을 우선시하는 여성들에 대해 부정적이 된다. 그러나 명수 자신도 도홍과의 살림 자금을 마련하기 위해 덕부상회에 취직하여 돈벌이를 한다. 중환은 작중의 여러 장면에서 사랑과 도덕에 관한 원론적인 논설을 장황하게 전개한다. 그의 원칙에 위배되는 세태는 가차없이 비판하거나 조롱한다. 그는 자신의 생각과 주장을 뚜렷하게 말로 표명하지만 행동에 있어서는 국외자나 방관자에 머문다. 복잡하게 뒤엉킨 작중의 연애 관계에서도 그는 비켜나 있다. 그는 도홍의 적극적인 구애를 외면할 뿐 아니라 그녀를 명수와 맺어주기까지 한다. 그처럼 「너희들은 무엇을 얻었느냐」의 인물들은 말한 바와 다르게 행동한다. 그들은 약속을 어기고 속이며 배반한다. 타인은 물론이려니와 자기 자신에 대해서도 그러한 행동을 범한다. 말과 행동 사이의 불일치는 인간으로서는 피할 수 없는 숙명적 한계이다. 인간이 언제나 생각한 대로, 말한 대로 실천하는 것은 아니다. 오히려 그 반대인 경우가 빈번하다. 염상섭은 그러한 자기모순과 이율배반에 주목함으로써 연애와 성과 결혼에 관한 당대 젊은이들의 풍속을 생생하게 재현해냈다.

초기 삼부작 이후 형성된 염상섭의 사실주의적 서술은 사실과 의미에 걸쳐 객관성을 추구했다. 사실은 충실하게 재현되었고 의미는 논리적으로 전개되었다. 사실과 의미 중에서는 전자가 중시되었다. 그 어떤 신념이나 가치도 사실보다 우선하지 못한다는 것이 그가 사실주의자로서 취한 입장이었다. 그 입장에서는 모종의 의미를 위해 사실을 조종하거나 변형하는 작용은 용납되지 않았다. 논설로 형성된 의미가 그 자체로 타당성이나 보편성을 지니더라도 대개의 경우 작중 현실에서 상대화되었다. 루카치는 본질이 부재한 세계에서 소설의 주인공이 추구하는 진정한 가치는 실현 불가능하다고 했다.[37] 염상섭이 「만세전」이후 소설에서 재현한 현실이 바로 그러하다. 그 현실에서 본질적인 가치는 현실적인 이해관계들에 의해 왜곡되거나 세속적으로 이용된다. 그로써 그 가치의 당대적 위상이 객관적으로 드러난다.

본질적인 가치를 유보할 만큼 염상섭은 사실 앞에서 겸허했다. 그런 점에서 그는 이광수나 카프 계열의 작가들과 구별된다. 이광수는 계몽적 이념을 구현하기 위해 성자급의 인물과 이상세계를 창조했다. 카프 계열의 작가들은 계급의식을 구현할 목적으로 현실을 재구성했다. 그

---

37 게오르크 루카치, 같은 책, 86~90쪽.

결과 양자 모두 객관적 현실에서 벗어나 저마다 주관적으로 소망하는 현실로 진행했다. 그러나 염상섭은 본질적인 이념이나 윤리가 현실에서 상대화된다 하더라도 그런 현실을 그대로 재현해야 한다는 태도를 견지했다. 다면적이고 다층적인 현실을 충실히 재현하고자 한 탓에 그는 정치적이나 도덕적으로 특정 입장을 고수할 수 없었다. 그의 정치적 입장이 선명하게 규정되지 않는 이유가 거기에 있다.

3. 음모와 기만

재도일기의 방법 목록

염상섭은 1926년 일본으로 건너가 이십오 개월 동안 동경에 머물렀다. 그의 두번째 일본 체류였기에 연구자들은 그 시기를 재도일기로 일러왔다. 그가 일본 문단에 진출할 목적으로 다시 일본으로 건너갔으며[38] 재도일기가 그에게 '창작의 산실'[39]이었다고 선행 연구에서 이해되었다. 그의 항일 의지가 재도일기의 소설에 뚜렷하게 나타난다는 주장도 있었다.[40] 「남충서」와 「사랑과 죄」가 재도일기의 대표작으로 선별되

---

38 김종균, 『염상섭 연구』, 고려대학교출판부, 1974, 31쪽. 김종균은 염상섭이 재도일한 이유를 세 가지 들었는데 그중에서 첫째, '일본 문단에의 진출 목적'이 문학적 의미를 지닌다. 둘째 이유로 든 울화와 염증은 사적 감정이라서 고려될 만한 가치가 적고, 셋째 이유로 든 문학적 역량을 시험해보고 싶다는 모험심은 첫째 이유의 반복이다.

39 김윤식, 같은 책, 351쪽.

어 집중적으로 논의되었다. 재도일기 전반의 문학적 성격과 관련하여 문예사조가 거론되었고 작가의 현실 인식이 고찰되었다.[41] 「남충서」의 주인공이 혼혈이라는 점이 특별한 주목을 받아서 정체성과 관련한 논의가 지속적으로 이루어졌다.[42] 「사랑과 죄」에 대한 논의는 연애와 정치라는 두 주제를 중심으로 진행되었다.[43] 타락한 세상에서 지순영과 이해춘이 사랑을 이뤄가는 과정에 대한 여러 견해가 제출되었다. 그들의 순수한 사랑이 류택수를 비롯한 일군의 추악한 인물들과 대비되었다. 김호연이 비밀리에 전개하는 항일 투쟁에 대한 논의도 심도 있게 이루어졌다. 김호연 일행이 적토와 벌인 논쟁을 통해 당대의 사상적 상

---

40 이보영은 재도일기에 연재된 「사랑과 죄」를 논의하면서 '저항적 중심의 태동'이라는 표제를 달았다. 이보영, 같은 책, 263쪽.

41 문예사조의 시각에서 염상섭 소설의 전반적 특성은 자연주의와 사실주의로 규정되었다. 백철을 비롯한 염상섭 당대의 평자들이 염상섭 소설이 자연주의적이라고 주장했고 그 주장이 이후 통설처럼 받아들여졌다. 김현과 김우창이 염상섭 소설이 지닌 사실주의적 면모에 주목했고 그에 동조하는 견해가 1970년대 이후 다수 제출되었다. 김윤식은 염상섭이 재도일기를 통해 자연주의의 기교를 습득했다고 판단했으며 강인숙은 재도일기의 염상섭 소설이 다이쇼기 자연주의에 근접한다고 파악했다. 백철, 『신문학사조사』, 신구문화사, 2003, 254쪽. 이 책은 1949년 출간된 『조선신문학사조사』의 개정판이다; 김현, 『김현 문학전집 2 — 현대 한국문학의 이론 / 사회와 윤리』, 문학과지성사, 1991, 200쪽; 김우창, 『궁핍한 시대의 시인 — 현대문학과 사회에 관한 에세이』, 민음사, 1977, 111쪽; 김윤식, 같은 책, 364쪽; 강인숙, 『자연주의 문학론 2 — 염상섭과 자연주의』, 고려원, 1991, 438쪽.

42 하정일, 김경수 등이 이 문제를 논의했다. 하정일, 「보편주의의 극복과 '복수'의 근대 — 일제하 중·단편소설」, 문학과사상연구회, 『염상섭 문학의 재인식』, 깊은샘, 1998, 71~72쪽; 김경수, 같은 책, 107쪽.

43 조남현, 장수익 등이 「사랑과 죄」에 연애 서사와 정치 서사가 길항 관계에 있다고 이해했다. 최혜실, 서영채 등은 「사랑과 죄」에서 연애 서사가 큰 비중을 차지한다는 견해를 제출했다. 조남현, 「한국현대소설사 1」, 문학과지성사, 2012, 526쪽; 장수익, 「이기심과 교환 관계 그리고 이념 — 염상섭 중기 소설 연구 I」, 『한국언어문학』 64집, 한국언어문학회, 2008, 326쪽; 최혜실, 「염상섭 장편소설에 나타난 통속성 연구」, 『국어국문학』 108호, 국어국문학회, 1992, 211쪽; 서영채, 같은 책, 195~197쪽.

황이 검토되었으며 최진국의 인삼 사건이 발각된 후 벌어진 사법적 과정에서 식민 권력의 부당성이 고찰되었다.

이상에서 개관한 바와 같이 염상섭의 재도일기 소설에 대한 기존의 논의는 주제론에 편중되었고 방법에 관한 논의는 상대적으로 드물었다. 시점과 서술의 면에서 나타난 변화가 주목되었고[44] 논쟁의 작품 내적인 기능과 의미가 설명되었다.[45] 선행 연구에서 거론된 재도일기 소설의 방법적 특징들은 엄밀히 말하자면 그보다 전 시기에 발표된 작품들에서 이미 나타났다. 그와 관련한 논의가 앞 장에서 수행되었다. 염상섭은 「만세전」 이후 재현과 논설이라는 두 종의 서술 방식을 통해 사실주의를 지향했다. 재현을 통해 경험 현실의 사태들이 작중에 객관적으로 현존하게 되었고 논설을 통해 그 사태들의 의미와 가치가 고찰되었다. 재현과 논설에 더하여 재도일기에 그의 방법 목록에 추가된 것은 추리였다. 선행 연구 중 염상섭의 소설 전반에서 나타나는 추리소설적 특징을 검토한 사례가 있어 그것이 지닌 문제에 대해 언급하고자 한다.[46] 그 연구는 추리소설의 개념을 광범위하게 설정했다는 반론을 부

---

44 김경수는 염상섭이 "재도일을 계기로 하여 소설의 허구성을 인식하게 되었으며, 기법적 측면에서도 고백적 일인칭 시점으로부터 삼인칭 전지적 시점의 소설들을 실험하는 방향으로 서서히 옮아갔던 것으로 보인다"고 했다. 장두영은 염상섭의 재도일기 소설에서 작중 상황의 필요에 따라 객관 혹은 주관을 지향하는 서술 방식들이 사용되는 양상을 고찰했으며 그러한 서술 방식들은 '신간회의 민족협동전선'을 전망한다고 보았다. 김경수, 같은 책, 102쪽; 장두영, 「염상섭 소설의 서사 시학과 현실 인식의 관련 양상 연구」, 서울대학교 박사학위논문, 2010.

45 선민서, 「염상섭의 재도일기 소설에 나타난 논쟁의 서사화 양상 연구 ― 「남충서」, 「미해결」, 「두 출발」, 『사랑과 죄』를 중심으로」, 고려대학교 석사학위논문, 2012.

46 김학균, 「염상섭 소설의 추리소설적 성격 연구」, 서울대학교 박사학위논문, 2008. 김학균의 이 연구 이전에 최혜실, 조남현, 차원현이 염상섭 소설의 추리적 특성에 대해 언급한 바 있다. 그러나 그 언급은 한두 문장 수준의 단편적인 수준에 그쳤다. 최혜실, 같은 글, 223쪽;

른다. 사건의 자초지종이 전개되는 과정은 추리소설이 아닌 서사 일반의 특징이다. 서사는 선형적으로 진행되는 탓에 서사를 이루는 요소들 사이에 지연과 역전이 필연적으로 발생한다. 추리소설적 특성을 설명하면서 그러한 특징들을 든다면 추리소설을 서사와 동일시하는 셈이 된다. 추리소설의 외연이 서사 일반에 가닿을 정도로 확장되었기에 「제야」가 추리소설적인 구성 방식을 취했다는 주장도 가능했다. 본문 전체가 한 통의 편지인 「제야」는 선행 연구를 통해 고백체의 사례로 인정되었다. 고백을 통해 상대가 몰랐거나 상대에게 감췄던 일들이 드러나는 것은 자연스러운 과정이다. 그러한 과정이 탐색의 의미를 지닌다고 하면서 추리소설의 구성이라고 규정한 것은 견강부회이다. 피상적인 유사성에 근거해 고백의 과정을 추리로 간주한 것이다. 추리소설이라는 전제에 관한 논의가 미흡하다는 것도 그 연구가 지닌 문제로 지적되어야 한다. 그 연구에서 추리소설은 염상섭 소설의 특징으로 막연하게 전제될 뿐이다. 그러한 특징이 어떤 내적인 계기로부터 언제 나타났는지 논의되지 않았고 추리소설이 유행한 당대의 분위기가 언급되는 정도에 그쳤다. 본 장에서는 염상섭 소설의 전개에서 추리적 구성이 선택된 지점을 적시하고 그 의미를 검토한다. 전술한 선행 연구의 문제도 그 논의 과정에서 바로잡힐 것이다.

조남현, 『한국현대소설 유형론 연구』, 집문당, 1999, 217쪽: 차원현, 『한국 근대소설의 이념과 윤리』, 소명출판, 2007, 256쪽.

논설과 재현 사이

염상섭은 문필 활동을 논객으로 개시하였으며 소설가가 된 뒤에도
꾸준히 논설을 발표했다. 그의 논객다운 성향은 소설 창작에도 발휘되
어 작중에서 논설이 적지 않은 비중을 차지하는 결과를 빚었다. 토론이
나 연설, 서간의 방식으로 주제와 관련된 논설이 개진된 사례들이 그의
재도일기 이전의 소설에서 쉽사리 목격된다. 그러나 소설을 성립시키
는 서술 방식으로서 논설의 역할은 제한적일 수밖에 없다. 소설은 서사
를 본질로 삼는다. 논설이 추상적 개념의 논리적 전개라면 서사는 사건
들의 통시적 진행이다. 논리는 사건과 같은 시간성을 지니지 못하기 때
문에 논설은 서사를 정지시키거나 지연시킨다. 서술자가 직접 논설을
전개하면 서사가 정지하고 인물이 논설을 전개하면 서사가 지연된다.
「해바라기」에서 서술자가 최영희의 사고와 행동을 해석하거나 설명하
는 부분들이 전자에 해당하는 예이다. 「E선생」에서 E 선생이 연설하는
장면이나 「너희들은 무엇을 얻었느냐」에서 작중인물들이 토론을 벌이
는 장면은 후자에 해당하는 예이다. 논설중에 논증을 위한 사례로 서사
가 인용되기도 하는데 그 경우에는 논설이 서사를 포획하는 결과가 빚
어진다. 「남충서」는 그러한 양상이 뚜렷하게 드러난 사례이다. 본문 전
체가 미좌서와 남충서 사이의 논쟁으로 이루어진 「남충서」에서 두 인
물이 겪었거나 알고 있는 사건들이 논쟁을 통해 언급된다. 그 사건들은
서사의 구축보다는 논쟁 당사자들의 논란거리를 부각하거나 주제를 암
시하는 데 이바지한다. 「남충서」가 서사의 면에서 미흡하다는 점은 염
상섭 스스로도 자각했다는 사실이 그 작품의 부기에서 드러난다.[47]

재현은 논설과 더불어 「만세전」 이후 염상섭의 소설 창작을 추동한

동인이다. 논설은 사유를 대상으로 삼는 데 비해 재현의 대상은 경험 현실이다. 그 양자를 결부시켜 서사를 전개하는 일이 쉽지 않았음을 「만세전」에서 재도일기까지 발표된 염상섭의 소설이 보여준다. 재현된 사실을 설명하는 정도로 논설이 재현에 종속된 경우를 제외하면 양자는 서로 이질적인 양상을 보였다. 논설을 통해 거론된 주제는 정의와 진실, 자유, 사랑, 인간성 같은 본질적 가치였다. 그런데 당대의 경험 현실이 있는 그대로 재현되자 그 본질적 가치가 현실적 의의를 획득하지 못하는 사태가 벌어졌다. 논설로써 본질적 가치를 주장한 인물이 실제 행동에서는 그 가치와 모순되는 모습을 보이는가 하면 세속적 이해관계에 의해 본질적 가치가 상대화되기도 했다. 논리와 개념의 세계에서 본질적 가치들은 비본질적이거나 세속적인 가치들에 대해 우월한 위상을 점한다. 그러나 염상섭의 소설이 재현하는 현실에서 그러한 본질적 가치의 위상이 실현되기는커녕 오히려 세속적 가치들보다 열등하게 취급되었다. 정의는 돈 앞에 무기력했고 진실은 허위에 패배했다.

경험 현실이 객관적으로 재현될수록 본질적 가치에 관한 논설이 공론으로 전락하는 사태를 염상섭으로서는 바람직하게 여기지 않았을 것이다. 식민지 현실에 대한 그의 비판과 저항의 정신이 그러한 추정을 가능케 한다. 재현과 논설 사이의 괴리는 그가 품었을 법한 주제의식이 작중에 실현되는 것을 어렵게 하기에 마땅히 해소되어야 했다. 그렇다고 그 양자 중 어느 하나만을 선택할 수도 없는 노릇이었다. 논설에 치중하면 서사가 형성되지 않았고 재현에 치중하면 주제가 모호해졌다.

---

47 염상섭은 「남충서」 말미에 덧붙인 말('작자 부언')에서 "이것은 장편의 성질을 가진 제재의 일점을 택하여 종단면으로 적출함임을 주의 깊은 독자에게 특히 일언하여둔다"고 밝혔다. 『염상섭 전집』 9, 289쪽.

「남충서」가 전자에 해당하고 「전화」가 후자에 해당한다. 재현과 논설 사이의 괴리를 메워 그 양자를 연결할 수 있는 모종의 함수가 필요했다. 염상섭은 그 함수를 추리로 채웠다. 재현과 논설이 서술의 방법이라면 추리는 구성의 방법이다. 그런데 추리는 논리적 속성과 경험적 속성을 지니고 있어서 재현과 논설이 실행되기 위한 틀로서 적절했다.[48] 추리의 두 속성이 양팔처럼 논설과 재현에 각각 닿았다. 그로써 추리가 논설과 재현을 매개하여 논설이 서사로 전개되고 재현된 사실들로부터 의미가 우러나도록 했다.

염상섭의 소설에서 추리적 구성이 처음으로 뚜렷하게 나타난 사례는 「진주는 주었으나」이다. 그 소설에서 진형식은 경제적인 지원을 대가로 성적인 노리개로 삼았던 조인숙을 인천의 '미두대왕' 이근영에게 시집보내려 한다. 인숙을 넘기는 대가로 진형식은 이근영으로부터 이만 원을 받기로 했으니 일종의 매매혼이 성립된 셈이다. 김효범은 매형인 진형식의 속셈을 알아채고서 그 매매혼을 방해할 계획을 세운다. 효범이 단순히 의협심을 발휘해 그런 행동에 나선 것은 아니다. 일찍이 그는 인숙을 사랑했으나 그녀와 매형의 관계를 알고 난 후 그녀와 결별했다. 효범으로서는 인숙이 추악한 거래의 대상이 되는 상황을 방관할 수 없었다. 진형식 일파가 회동하기로 한 날 효범은 정문자에게 인숙을 미행케 하고 자신은 인력거꾼으로 변장하여 경성역에서부터 이근영을 미

---

48 추리는 찰스 퍼어스의 가추법(abduction)에 해당한다. "가추법은 어떤 하나의 사실과 그 근원 사이에 있는 중간 단계나 마찬가지"로 설명된다. 경험적 사실과 순수한 논리 사이에 위치하는 것이 가추법이라는 것이다. 따라서 추리가 논리와 재현 사이에 위치한다는 서술이 가능하다. 낸시 해로비츠, 「탐정모델의 실체─찰스 퍼어스와 에드가 알렌포우」, 움베르토 에코 외, 『논리와 추리의 기호학』, 김주환·한은경 옮김, 인간사랑, 1994, 388∼390쪽.

행한다.

효범이 진형식의 파렴치한 시도를 추적하는 일련의 과정은 추리적으로 진행된다. 그는 우연히 습득한 편지를 단서로 그것과 관련된 정황들을 엮어서 인숙을 이근영에게 팔아넘기려는 진형식의 음모를 추리해 낸다. 그래서 효범과 진형식은 탐정 대 범인이라는 대결 구도를 형성한다. 진형식과 이근영의 회동 현장을 적발하기까지 효범이 사용하는 변장과 미행, 잠복, 탐문은 탐정이 수사에서 구사하는 방법들이다. 그러나 사법적인 권한이 없는 효범은 사건의 현장을 적발하고도 '범인'인 진형식을 체포하지 못한다. 매매혼을 저지하려는 효범은 정의롭지만 그의 정의는 현실에서 구현되기 어렵다. 효범은 진형식을 우회적으로 비난하고 이근영을 도둑으로 몰아 구타하지만 거기까지이다. 현실의 법에 의한 징벌은 실행되지 않는다. 효범은 진형식과의 대결에서 일시적인 승리를 거두는 데 그칠 뿐 오히려 진형식에게 보복을 당한다. 진형식이 범인으로서 지닌 위력은 탐정인 효범을 압도할 만큼 강력하다. 그는 신문사 사장을 금력으로 협박하고 매수하여 효범을 중상하는 추문성의 기사가 신문에 보도되도록 한다. 신문기자 신영복은 효범과 문자에 관해 자신이 쓴 기사가 오보임을 깨닫고 바로잡으려 하지만 사장의 압력을 받다가 결국 사직한다.

「만세전」 이후 염상섭의 소설 창작을 추진한 재현과 논설의 기조는 「진주는 주었으나」에서도 유지된다. 비정하고 추악한 당대의 현실이 재현을 통해 가감 없이 드러난다. 진형식은 돈을 위해 인신매매를 기획하고 이근영은 돈을 미끼로 자신의 성욕을 채우려 하며 인숙은 그 둘 사이에서 철저하게 타산적인 처신을 한다. 언론 또한 금력에 매수되어 본연의 소임을 다하지 못하고 공권력은 약자의 편이 되지 못한다. 작중에서 논설은 주로 연설의 형태로 나타난다. 효범은 문자와 인숙에게 「개성과 예술」과 유사한 논지의 연설을 하면서 세속의 연애 풍속이 타락했다는 비판을 한다. 그는 이근영과 인숙의 결혼식 피로연장에 나타나 하객들을 상대로 그 결혼의 부도덕성을 알리는 연설을 한다. 신영복은 사직하기 전에 신문사 기자들 앞에서 언론과 금력의 야합을 비판하는 한편 그러한 불의가 용인되는 사회를 비판하는 연설을 한다. 그는 이근영과 인숙의 결혼식장에서 그 결혼의 내막을 밝히는 연설을 한다. 신영복과 효범이 결혼식장에서 차례로 한 연설은 아무것도 바꾸지 못한다. 타락한 세상에서 그들이 주장하는 정의는 무기력하다. 재현과 논설에 추리가 추가되자 추리가 지닌 역동적 속성에 의해 논설이 공론에 머물지 않는 한편 당대의 현실이 더 생생하게 재현될 가능성이 열린다. 그 가능성이 「진주는 주었으나」에서 온전히 실현되지 않았다. 그러나 재현과 논설을 포괄하는 구성 방법으로서 추리가 지닌 가능성을 실현하려는 시도는 염상섭의 이후 소설들에서 계속된다.

재도일기에 창작된 「유서」는 전체가 추리적으로 구성된다. 종전까지 이 작품은 염상섭의 동경 체류와 관련하여 논의되었다. 김윤식은 「유서」는 염상섭의 동경 하숙방이 '창작의 산실'이었음을 보여주며 창작 방법론의 면에서는 "유서라는 편지 형식이 이 작품을 작품이게끔 만든 결정적인 구성의 원리"[49]라고 했다. 그런데 작품 외적인 사실과의 관련을 접어두고 작품 자체만을 살피면 「유서」는 추리소설다운 면모를 뚜렷하게 드러낸다. 작중화자인 '나'가 지인의 송별 술자리를 마치고 하숙방으로 돌아와서 보니 그 방에 함께 기거하는 D가 보이지 않는다.

---

49 김윤식, 같은 책, 354쪽.

'나'가 쓰던 원고 옆에서 D가 남긴 글이 발견된다. D가 실종되었고 그 실종과 관련한 단서가 '나'의 앞에 놓인 셈이다. D의 실종과 그가 남긴 단서로 추리적 구성을 위한 조건이 마련된다. 게다가 단서 격의 글에는 자살을 암시하는 문구가 보인다. D는 "S군! 나는 지금 내 길을 결정하였소. (……) 미안하나 뒷일을 부탁하오"라며 작별인사를 한다. 추신에서는 "이 세상을 하직하고도 싶소"라는 말도 들어 있다. 어느덧 '나'는 탐정처럼 D가 남긴 글을 두고서 그의 자살 가능성에 대해 추리하기 시작한다. "범죄를 둘러싼 인물은 '범인, 희생자, 탐정' 이렇게 세 유형으로 나누어볼 수 있다."[50] 「유서」의 경우 범죄가 자살이므로 D는 범인이면서 희생자이다. '나'는 D의 근황과 그를 마지막으로 보았을 때를 떠올리면서 그의 심리상태를 추리한 끝에 그가 자살을 기도하거나 이미 자살했다는 심증을 갖는다. D의 자살 가능성에 대한 추리가 마무리되자 그의 행방을 탐문하는 일이 남는다. '나'는 지인들을 찾아가 D의 행방을 묻는 한편 그가 갔을 만한 곳을 찾아다닌다. '나'는 추리와 탐문이 중첩된 수사의 과정을 밟는다.

　토도로프에 따르면 추리소설은 범죄 서사와 수사 서사로 이루어진다.[51] 수사 서사는 범죄 서사가 종료된 후에 개시되는데 「유서」도 그 순서를 그대로 따른다. D가 유서처럼 보이는 글을 남기고 사라진 후에 그의 행방을 추적하는 '나'의 수사가 진행된다. 추리소설에서 범죄 서사

50　박유희, 「한국 추리서사와 탐정의 존재론」, 대중서사장르연구회, 『대중서사장르의 모든 것 3 ─ 추리물」, 이론과실천, 2011, 24쪽.

51　Todorov, Tzvetan, *The Poetics of Prose*, trans. Richard Howard, Cornell University Press, 1977, pp. 44~45. '수사 서사는 범죄 서사가 종료된 후 이루어진다'와 '탐정이 범죄로부터 안전하다' 같은 추리소설의 고전적 관습에 관한 본 연구의 서술들은 모두 토도로프가 이 책에서 정리한 내용에 의거한다.

는 수사 서사로 드러나는데 「유서」에서도 '나'의 수사를 통해 D의 행적이 차츰 밝혀진다. 탐정이 범죄로부터 안전하다는 고전적인 원칙도 「유서」에서 그대로 지켜진다. D가 자살한들 '나'가 위험에 처할 가능성은 전혀 없다. 「유서」는 「진주는 주었으나」와 함께 추리적 기법에 대한 염상섭의 이해 수준을 잘 보여준다. 추리는 재도일기를 전후한 시기에 그의 창작 방법으로 자리잡았다.

「사랑과 죄」, 끝나지 않는 싸움

「사랑과 죄」의 서사는 추리로 전개된다고 해도 과언이 아니다. 서사의 주요 계기마다 추리가 작용한다. 도입부에서부터 그러한 작용이 파악된다. 세브란스병원의 간호부 지순영이 병원을 나와 심초매부의 집으로 향한다. 화가 이해춘이 그 집의 화실을 빌려서 동경에서 열리는 미전의 출품작을 준비하는데 순영이 모델 노릇을 하기로 했다. 순영은 길에서 오빠인 지덕진과 조우한다. 덕진은 순영과 헤어져 걷다가 발길을 돌려 동생을 미행하기 시작한다. 순영의 행보에 대해 의심이 생긴 덕진은 그 의심의 실체를 확인하고 싶었다. 덕진의 미행은 순영이 큰길에서 골목길로 접어든 이후에 중단된다. 골목으로 들어간 후 순영의 행방이 묘연하다. 덕진이 골목 안을 오가며 순영이 들어갔을 만한 집을 찾던 중 어느 한 집의 문이 열리고 하녀로 보이는 여자가 나온다. 집에 누가 오지 않았느냐는 덕진의 물음을 하녀는 부인한다. 골목 밖으로 나갔던 하녀가 잠시 후 다시 집으로 들어가는 모습을 보고서 덕진은 순영이 그 집으로 들어갔다고 확신한다. 하녀가 보자기에 싸 들고 간 과자와 과일이 손님 접대용이고 그 손님이 순영이라고 덕진은 추리한 것이다.

순영의 행보를 의심하면서부터 덕진은 탐정처럼 행동한다. 그는 순영을 미행하고 하녀를 심문하고 우연한 단서를 통해 순영의 종적을 추리해낸다. 덕진이 진짜 탐정이라면 그에게 남은 일은 가택수색이다. 물론 덕진에게는 남의 집을 수색할 권한이 없기에 우회적인 방법을 써서 심초매부 집의 내부 사정을 확인한다. 그는 순영의 생모인 아편쟁이 해줏집을 급히 데려와 심초매부의 집 안으로 들여보낸다. 순영이 정부와 함께 있으므로 그 정부를 협박하면 돈을 받아낼 수 있다는 덕진의 말에 해줏집은 솔깃하여 심초매부의 집으로 들어가 소란을 부린다. 덕진은 해줏집을 통해 자신의 추리를 입증한다. 탐정은 용의자를 미행하고 사건 현장에 잠복하고 목격자 심문과 현장 수색을 통해 사건을 해결한다. 덕진도 그와 유사한 과정을 밟아서 순영의 소재를 파악한다.

물론 윤리나 법적인 차원에서 순영은 범인으로 불릴 수 없다. 오히려 그 반대가 되어야 한다. 덕진은 자신이 근무하는 무역회사의 사장 류택수에게 순영을 시집보내는 대가로 거금을 챙기려 한다. 금전을 취할 목적으로 여동생을 호색한의 첩으로 보내는 행위는 인신매매이다. 따라서 윤리적으로나 법적으로 범인 취급을 받아야 할 사람은 덕진이다. 다만 추리적 설정을 전제로 덕진에게 탐정의 기능을 부여하면 순영은 범인의 자리에 서게 된다. 여기서 범인은 법적인 의미가 아닌 상대적인 의미로 사용된 용어이다. 그들의 관계가 상대적이라는 것은 순영의 입장에서는 덕진이 범인이 되기 때문이다. 해줏집을 심초매부의 집에 들여보내 소란을 부리도록 한 장본인이 덕진이라는 것을 순영은 나중에 추리해낸다. 그 관계에서 순영이 탐정이 되고 덕진이 범인이 된다.

「사랑과 죄」의 작중인물들은 순영과 덕진의 경우처럼 추리소설의 탐정과 범인으로서 상대적인 관계를 형성한다. 정마리아는 해춘을 찾아온 순영의 정체를 캐기 위한 질문을 계속하는데 그 집요함은 심문의 양상을 띤다. 정마리아는 그러한 과정을 통해 순영이 해춘이 준비하는 미전 출품작의 모델이고 세브란스병원의 간호부이며 여성 독립운동가 한희의 의자매라는 사실을 알아낸다. 해줏집의 출현으로 순영의 가족관계에 관한 정보도 덤으로 획득된다. 첫 대면에서 정마리아와 순영은 탐정과 범인으로서 심문하고 심문받는 관계를 형성한 셈이다. 한편 해줏집의 주장에 궁금증이 생긴 해춘은 그것의 진위를 밝히기 위한 탐문에 나선다.[52] 그는 입원해 있는 김호연을 찾아가 순영의 출생에 관해 묻지만 만족할 만한 답변을 듣지 못한다. 그후로도 그는 탐문을 계속함으로써 그 의문에 관한 한 탐정의 위치에 서게 된다.

작중인물들이 탐정과 범인으로 상대적인 관계를 형성함으로써 나타나는 현상은 대결의 구도이다. 순영 대 덕진이나 순영 대 정마리아의 경우처럼 그 대결은 개인 사이에 벌어지지만 목적과 가치를 공유하는 인물끼리 연대함으로써 집단 간의 대결로 규모를 키우기도 한다. 작중에서 서로 대결하는 두 집단이 선명하게 갈리는데 그 하나는 '지순영 – 이해춘 – 김호연 – 류진 – 운선'으로, 다른 하나는 '류택수 – 정마리아 – 지덕진 – 해줏집 – 로태로'로 이루어진다.[53] 서술의 편의를 위해 이후 전자를 김호연파로, 후자를 류택수파로 약칭한다. 그처럼 개인과 집단에 걸쳐 벌어지는 여러 대결의 중심에는 순영의 혼사가 자리잡고 있다. 한

---

52 이해춘이 지순영의 출생의 비밀을 탐문하는 과정이 김학균에 의해 상세히 논의되었다. 김학균, 같은 글, 48~50쪽.

53 김윤식은 「사랑과 죄」의 인물들이 긍정적인 인물군과 부정적인 인물군으로 양분된다고 하였다. 지순영을 양쪽 어디에도 속하지 않고 중간에 위치하는 인물로 본 점을 제외하면 김윤식의 그 이분법은 본 연구의 그것과 일치한다. 김학균은 「사랑과 죄」의 인물들이 '선악의 이분법'으로 제시된다고 전제했다. 김윤식, 같은 책, 370쪽; 김학균, 같은 글, 48쪽.

편에 순영을 류택수에게 혼인시키려는 류택수파가 있고 다른 한편에 그 혼사를 저지하려는 김호연파가 있다. 류택수파는 구성원들 간의 이해관계에 따라 내부적으로 분화되는 모습을 보인다. 혼인의 당사자인 류택수가 육욕을 충족할 목적으로 순영과 결혼하려 한다면 정마리아는 해춘으로부터 순영을 떼어놓을 목적에서 류택수의 편에 선다. 덕진은 거금을 취할 목적으로 순영을 류택수에게 보내려 한다. 해줏집은 아편 살 돈이 필요하여 덕진과 작당을 한다. 그러한 이해관계의 차이는 구성원들 간의 대결을 부르기도 한다. 정마리아가 해줏집을 살해한 사건이 그 대표적인 경우이다. 정마리아는 순영에게 살인자의 누명을 씌워 그녀를 제거할 목적에서 해줏집을 살해한다.

「사랑과 죄」에서 개인이건 집단이건 대결에서 승리하기 위해 저마다 음모를 꾸미고 기만을 저지르는가 하면 추리를 통해 상대의 음모와 기만을 파악하여 분쇄하려 한다. 김호연파와 류택수파가 처음으로 정면 대결한 약혼식 사건에서도 양측은 서로에 대해 음모와 기만을 꾀한다. 순영을 성균관 뒤의 일본 요릿집으로 유인하여 류택수와 약혼식을 올리도록 하자는 음모가 류택수와 덕진과 로태로 사이에 마련된다. 그 음모대로 덕진은 자동차를 대기시키고 순영을 기다린다. 물론 덕진은 순영에게 약혼식에 관한 언급은 하지 않았다. 순영이 일단 약혼식 자리에 오게 되면 발뺌을 못하리라는 것이 류택수파의 계산이었다. 약혼식 자리에 갔다는 사실 자체를 순영이 부인할 수 없기에 올가미에 사로잡힌 상태가 된다고 여겼다. 그러나 약속한 시각이 되어도 순영은 나타나지 않는다. 류택수파의 음모를 간파한 김호연파가 약혼식이 예정된 요릿집에서 바로 옆방에 미리 진을 치는 역습을 펼친다. 류택수는 옆방에서 들리는 청년들의 목소리에 당황할 뿐 아니라 수치마저 느낀다. 옆방에는 순영이 이미 당도해 있고 아들 류진도 함께 있는 게 분명하다. 덕진이 뒤늦게 요릿집에 닿은 후에 류택수파의 방으로 반지가 전달된다. 류택수가 순영에게 청혼의 의미로 보냈던 백금 반지이다. 류택수파의 음모는 수포로 돌아가고 류택수파는 조롱과 수모를 당한다.

그 첫 대결 이후에도 김호연파와 류택수파는 두 차례 더 정면으로 대결한다. 두번째 대결은 평양을 무대로 순영을 두고 벌어지는 쟁탈전으로서 첫번째 대결의 연장전과 같은 성격을 지닌다. 호연의 부탁으로 해춘이 최진국에게 인삼을 산 일이 빌미가 되어 해춘과 운선을 제외한 김호연파의 인물들이 평양의 감옥에 갇힌다. 그들은 최진국이 평양에서 일으킨 모종의 사건에 연루된 혐의로 검거된 것이다. 해춘은 자작 신분이어서 검거를 면할 수 있었다. 류택수는 금력을 이용하여 순영을 풀려나도록 조치하고 석방된 순영을 덕진이 빼돌려 류택수와의 약혼을 추진할 음모가 준비된다. 순영의 옥바라지를 위해 평양에 와 있는 해춘은 정마리아가 맡기로 한다. 그런데 운선이 그 음모를 파악하여 해춘에게 전하고 해춘과 운선은 순영을 구해낼 작전을 꾸민다. 운선이 귀띔해준 대로 순영은 목욕탕에 간다는 핑계를 대고서 덕진이 지키는 여관방을 빠져나와 해춘에게 간다. 해춘과 순영은 미리 준비해둔 자동차 편으로 평양을 빠져나간다. 두번째 대결에서도 류택수파는 김호연파에게 완패를 당한 채 빈손으로 귀경한다.

김호연파와 류택수파의 세번째 대결은 일종의 추격전 양상을 띠고 전개된다. 해춘은 귀경한 후 심초매부의 집에서 남산 자락의 한 여관으로 작업실을 옮기고 순영도 그 여관에 거처하게 한다. 류택수파의 보복이 예상되는 상황이라서 해춘이 그림 작업에 전념하면서 순영을 보호할 수 있는 장소가 필요했다. 류택수는 덕진을 시켜 순영이 묵는 여관을 알아내게 한다. 덕진은 완력을 지원할 사내 한 명을 동반하고 해줏집까지 따르게 한 후 그 여관을 기습하지만 격퇴당한다. 류진이 그 습격을 미리 알고서 대비한 것이다. 정마리아도 집요한 탐문 끝에 순영이 도피한 여관을 찾아내고 방으로 들어가 해춘이 그린 순영의 초상화를 훼손한다. 그러나 정마리아가 훼손한 초상화는 미전 출품작이 아니었다. 출품작은 이미 동경으로 보냈고 그전에 그렸던 초상화를 기념으로 벽에 걸어놓았으므로 그녀의 복수는 실패로 끝난 셈이다. 게다가 그녀는 손톱 밑에 남은 잉크 자국이 결정적인 증거가 되어 해줏집을 살해한 진범으로 체포된다. 경찰이 그녀의 범죄를 확인하는 과정도 추리적으로 전개된다.

세 차례에 걸쳐 정면 대결한 김호연파와 류택수파는 윤리와 가치의 면에서 선명하게 구별된다. 윤리의 면에서 전자가 선하다면 후자는 악하다. 가치의 면에서 전자는 본질적인 데 비해 후자는 세속적이다. 따라서 두 집단 간의 대결은 선과 악, 또는 본질적 가치와 세속적 가치 사이의 대결로 파악된다. 작중에서 김호연파의 윤리와 가치는 논설로써 표명된다. 호연과 해춘과 류진이 그들끼리 혹은 다른 인물과 토론하는 장면이 본문에 종종 나오는데 그 장면에서 그들의 주장은 논설의 형태를 띤다. 그 논설에서 주로 다룬 주제들은 인생과 이념과 예술이다. 인생에 관한 논설은 육체와 영혼이라는 인간의 기본 속성을 전제로 삶의 태도와 방법에 대한 사유를 전개한다. 육체와 영혼 중 어느 쪽을 우선시하는가에 따라 '식색주의'와 '영혼주의'로 구분되고 진화론이 거론되기도 한다. 이념에 관한 논설은 유물론과 유심론에서 출발하여 사회주의와 민족주의와 허무주의와 무정부주의 사이의 갑론을박으로 발전한다. 사회주의를 포함하는 당대의 이념적 지형이 나타나는 토론은 남산

골의 한 카페에서 벌어진다. 정마리아는 자신의 독창회를 마친 뒤 요릿집으로 해춘과 호연을 초대하고 기생까지 불러서 뒤풀이 자리를 연다. 그 자리가 파한 후 한잔 더 하기 위해 들른 카페에서 일행은 류진을 만난다. 류진에게는 동행이 있는데 적토라 불리는 일본인 무정부주의자이다. 호연과 해춘과 류진과 적토는 저마다의 입장을 논설로써 펼치고 그 논설들이 부딪쳐 진지한 논쟁의 상황이 연출된다. 예술에 관한 논설은 해춘의 그림 작업과 관련하여 전개된다. 예술에 전 인생을 걸어야 한다는 해춘의 지론을 호연과 류진은 이상주의라고 평가한다. 김호연파의 인물들이 여러 논설의 사례들을 통해 보여주는 인생과 이념과 예술에 대한 태도는 윤리적으로 선하고 가치의 면에서는 본질적이다.

김호연파의 윤리와 가치가 논설로써 명시적으로 제시된다면 류택수파의 윤리와 가치는 재현을 통해 암시된다. 류택수파의 구성원들은 그들이 추구하는 바를 말로써 주장하지 않는다. 그들에게는 논설을 통해 타인들의 동의와 공감을 얻는 것보다 욕망하는 바를 달성하거나 획득하는 것이 필요하다. 따라서 그들은 목적을 이루기 위해 계획하고 실천한다. 류택수는 순영을 얻기 위한 작전을 거듭 실행에 옮긴다. 정마리아는 류택수에게 거금을 뜯어내는 한편 해춘과 결혼하기 위해 상황과 필요에 따라 변장과 위장술을 쓰고 급기야 살인마저 저지르는 등 수단과 방법을 가리지 않는다. 금전적 수익이라는 목적에서 덕진은 류택수의 하수인 노릇을 하고 해줏집은 덕진에게 동조한다. 그처럼 목적을 향해 움직이는 일련의 과정을 통해 드러나는 류택수파의 윤리와 가치는 악하고 세속적이다.

선은 악에 대해 우월하고 본질은 세속에 대해 우월하다고 일반적으로 인식된다. 「사랑과 죄」의 서사도 그러한 인식을 수용하는 방향으로 진행한다. 이미 살핀 바와 같이 김호연파는 세 차례에 걸친 대결에서 류택수파에 승리를 거둔다. 선이 악을, 본질이 세속을 이긴 것이다. 류택수파는 번번이 패퇴하지만 소멸하지 않는다. 김호연파의 승리는 일시적인 데 그칠 뿐 지속되지 않는다. 세번째 대결이 끝난 후 「사랑과 죄」는 행복한 결말을 향한다. 순영과 운선은 해춘의 주선으로 일본 유학을 준비한다. 해춘이 그들과 함께 동경에 갈 예정이다. 해춘과 순영의 사랑도 행복한 결말을 향하는 듯하다. 그러한 진행이 이형식 일행의 유학과 그 후일담으로 마무리되는 「무정」의 결말과 유사해 보인다. 그러나 「사랑과 죄」는 「무정」을 따르지 않고 급격한 반전으로 막을 내린다. 최진국의 공판장에서 우연히 발견된 증거로 김호연파는 순식간에 와해된다. 호연이 다시 검거되고 해춘과 순영과 류진은 식민지 조선을 탈출한다.

식민지라는 현실적 조건에서 「사랑과 죄」를 「무정」처럼 끝내는 것을 염상섭으로서는 용납할 수 없었을 것이다. 김호연파가 류택수파를 끝내 이길 수 없는 것은 류택수파의 배후에 일본의 식민 권력이 자리하기 때문이다. 류진과 순영을 조기에 석방시킨 일에서 나타난 바와 같이 류택수의 금력은 식민 권력에 의지한다. 정마리아는 일본의 사무관과 직접 연결된 정보원이다. 식민 권력은 류택수파의 패배를 확정하지 않고 두 집단의 대결을 원상태로 되돌려놓곤 한다. 김호연파로서는 결판나지 않는 싸움을 계속하는 셈이 된다. 식민 권력이 전제되는 한 그 싸움은 끝날 수 없다. 김호연파가 그 싸움을 끝내려면 류택수파가 아닌 식민 권력을 상대해야 한다. 다시 말해 항일 투쟁이 되어야 한다. 일찍이 항일 투쟁의 최전선에 나섰던 인물인 한희는 빈사의 상태에서 국외로 탈출했다. 항일 투쟁은 그만큼 지난하고 그 투쟁에 나서는 사람은 죽음을 각오해야 한다. 식민 권력은 강고할 뿐 아니라 체계적으로 정비되어 있어서 섣부른 도전을 용납하지 않는다. 호연이 은밀하고 신중하게 주도한 투쟁이 실패로 끝난 데서 식민 권력의 위력이 단적으로 드러난다.

「이심」, 악의 세계

「사랑과 죄」는 김호연파의 소멸로 끝난다. 호연은 투옥되고 순영과 해춘과 류진은 조선을 떠난다. 「사랑과 죄」의 김호연파가 사라진 이후의 세계가 「이심」이다. 「이심」에는 선하면서 본질적 가치를 추구하는 인물이 등장하지 않는다. 「이심」의 이창호는 김호연파에 속하기엔 무능하고 무기력하다. 이창호에 비하면 김호연파의 인물들은 저마다 가치관이 분명하고 활기차다. 창호에게서는 호연의 분별력이나 해춘의 인간미나 류진의 냉철함이 보이지 않는다. 그 또한 박춘경의 불행과 타락에 이바지하는 인물이다.

선하고 본질적인 가치를 추구하는 부류가 소거되고 악하고 세속적인 가치를 추구하는 부류만 남는다고 세상에서 대결이 줄지 않을 것이다. 같은 편끼리 지낸다고 갈등이 사라지는 것은 아니다. 김호연파는 양보와 이해를 통해 갈등을 해소하고 화합에 이를 가능성이 높다. 그 집단이 공유한 윤리와 가치에 그러한 가능성이 내장되어 있다. 그러나 류택수파의 경우 갈등이 심화할 공산이 크다. 악하고 세속적인 사람들이 서로 양보하고 이해하는 경우는 이해관계가 일치할 때뿐이다. 그들은 저마다의 이익을 위해 언제든지 서로 배반할 준비가 되어 있다. 「사랑과 죄」에서 류택수파의 구성원들이 보여준 분화가 그러하다. 그 분화가 「이심」에서 본격적으로 펼쳐진다. 「이심」에 등장하는 좌야와 강찬규와 수원집은 「사랑과 죄」의 류택수파에 포함되기에 손색이 없다. 작중에서 그들은 서로 의심하고 속이기를 되풀이한다. 의심은 입증을 요구하고 속이려면 계획이 수립되어야 한다. 따라서 그들은 탐정과 범인으로서 상대적인 관계를 형성하게 되며 서사는 추리적인 방식으로 진행된다.

「이심」의 전체 서사에서 추리는 사건을 발생시키고 전환하는 동기와 계기로서 기능한다. 서사의 출발부터 작중인물의 추리에 의해 시동이 걸린다. 박춘경과 이창호가 연인 사이라는 것은 잘못된 추리에서 비롯된 날조이다. 청춘의 남녀에게 이성에 대한 막연한 관심이 생길 수 있다. 그 정도의 관심을 보인 남녀를 연인 사이로 단정한다면 망상으로 불려야 한다. 그런데 창호에게 호감을 지니고 있던 최선생이 그러한 망상을 품는다. 테니스 대회 우승 축하연 자리에서 춘경과 창호가 몇 번 눈을 마주친 일이 최선생에게 질투를 불러일으키고 그들의 관계를 의심하게 한다. 의심에서 비롯한 추리가 의심을 증폭시키면서 최선생의 추리는 사실로부터 멀어지지만, 과장된 증언과 왜곡된 증거에 힘입어 사실처럼 굳어진다. 창호와 춘경 사이에 실제로 벌어진 일이란 가는 방향이 같아서 둘이 잠시 밤길에 동행했다는 사실뿐이다. 그 동행에는 다른 여학생이 한 명 더 있었다. 창호가 상상에 잠겨 춘경의 이름을 공책에 적었다가 선생에게 들킨 일도 춘경과는 무관하다. 그러나 춘경과 창호는 그들의 학교로부터 퇴학 처분을 당한다. 최선생이 아집과 억측으로 주도한 추리가 그들을 억울한 피해자로 만든 것이다. "만일에 무죄한 아이들이 이 조그만 일로 말미암아 일생의 운명을 그르친다면 당신네가 인도상으로 얼마마한 죄를 짓는가 반성해주기를 바랍니다"(『염상섭 전집』 3, 58쪽)라고 박춘서가 우려한 대로 춘경의 불행은 최선생의 잘못된 추리를 빌미로 시작된다. 그 추리가 없다면 유복한 가정의 막내

딸로 재능과 미모를 겸비한 춘경이 불행의 나락으로 가라앉는 사태가 개시되지 않을 것이고「이심」의 서사도 존재할 수 없다.

「이심」의 본문 도입부는 창호가 패밀리호텔을 나온 직후부터 시작된다. 춘경과 창호가 교칙이 금하는 연애를 했다는 죄명으로 퇴학에 이르는 사건은 본문의 서술 순서상 도입부 이후 소급 제시된다. 춘경은 집에서도 쫓겨나 창호와 부부가 된다. 그런데 창호는 모종의 사건으로 투옥되어 이 년 동안 옥살이를 한다.「이심」의 전체 서사가 최선생의 추리에 의해 시동이 걸린다면 본문의 도입부 이후 전개되는 서사도 작중인물들의 추리에 힘입어 새로운 단계와 국면에 접어든다. 패밀리호텔의 지배인 좌야가 춘경에게 전하라며 건넨 편지를 통해 창호는 자신이 옥살이하는 동안 아내 춘경이 미혼녀 행세를 하며 좌야와 간통했다고 추리한다. 창호는 분노를 이기지 못하고 난동을 부리다가 파출소에 붙들리고 다시 감옥에 갇히는 신세가 된다. 창호에게 잉크병으로 얻어맞은 좌야는 관련된 정황들을 추리하여 그간 자신이 춘경과 강찬규에게 속았다는 결론에 이른다. 강찬규는 유부녀인 춘경을 미혼녀로 속여 좌야에게 소개했다. 좌야는 자신을 우롱한 춘경과 찬규에게 복수하고 더불어 자신의 경제적 문제도 해결하기 위한 음모를 꾸민다. 순진한 미국인 청년 커닝햄에게 춘경을 소개하고 거금을 챙기려 하는 것이다.

「이심」에서 가장 탐정처럼 활동하는 인물은 찬규이다. 전술한 바대로 여기서도 탐정은 상대적인 의미로 쓰인다. 찬규가 하는 탐문과 추리는 탐정의 기법이지만 그 기법이 사악한 목적에 복무하기에 범죄에 해당한다. 그는 친구인 창호가 수감된 동안 춘경을 돕는다는 구실로 그녀를 성적으로 농락한다. 창호가 다시 수감된 뒤에도 그는 성적인 쾌락을 목적으로 춘경의 주변을 맴도는 한편 그녀와 좌야 사이에 벌어지는 일들을 염탐한다. 찬규가 좌야의 음모에 관한 단서를 포착하는 장면은 추리소설로서 손색이 없다. 그는 좌야가 부재중인 사무실에 들어가서 책상 위에 놓인 편지봉투를 발견한다. 알맹이가 없는 그 봉투의 겉면에는 '미쓰, 춘자, 박'이라고 쓰여 있다. 춘경은 호텔에서 박춘자로 통했다. 호텔에 투숙한 어떤 서양인이 춘경에게 연애편지를 보냈다고 여길 수 있으나 그 편지가 좌야의 사무실에 있는 것이 심상치 않다. 그는 더 수색을 펼친 끝에 압지에 남은 잉크 자국을 발견한다. 'Chooncha'가 흐릿하게 뒤집혀 찍힌 것은 서명한 후 잉크를 말리기 위해 압지로 눌러서 남은 자국이다. 앞서 발견한 빈 봉투의 겉면에 쓰인 한글 이름 표기와 압지에 찍힌 영어명을 두고서 찬규는 어떤 서양인이 춘경에게 보낸 편지를 좌야가 중간에서 가로채 읽고서 춘경 대신 답장을 썼다는 추리를 해낸다. 찬규는 좌야의 음모를 밝히기 위한 수사를 계속하는데 그러는 자신의 활동을 두고 좌야에게 보낸 편지에서 "근자에 나는 탐정적 흥미에 취미를 붙여, 사설 정탐국을 세웠습니다"(『염상섭 전집』 3, 208쪽)라고 으스댄다. 그 말이 허언이 아닐 정도로 찬규는 용의주도하다. 그는 사라진 춘경의 행적을 추적하여 그녀가 여관에 투숙한 후 음독자살을 기도했고 여관 주인인 수원집에게 구명되었으나 낙태를 면하지 못한 사정을 눈으로 본 것처럼 재구성해낸다.

찬규가 협박용으로 보낸 편지를 보고서 좌야는 물론이려니와 수원집도 그를 두려워하게 된다. 수원집은 춘경을 돌보다가 어느 부유한 사내의 후실로 보내고 그 대가로 소개비를 챙길 궁리를 하고 있었다. 그에 앞서 수원집이 춘경의 자살 기도를 파악하는 과정도 추리적으로 진행된다. 좌야는 찬규가 감시하고 있는 한 자신의 계획을 제대로 추진하기 어렵다고 판단하고서 찬규에다 수원집까지 아울러서 일종의 사기단을 꾸민다. 춘경도 그 사기단에 가담한다. 자포자기 상태인 그녀로서는 돈이 생기는 일을 마다할 이유가 없다. 커닝햄에게 사기를 치기 위해 춘경의 가짜 가족이 만들어진다. 수원집이 모친을 맡고 찬규가 오빠를 맡고, 수원집이 데려온 어느 집 식객 노인이 부친을 맡기로 한다. 그들은 커닝햄에게 일만원을 받아내는 데 성공하지만, 그 돈을 분배하기로 한 애초의 약속은 지켜지지 않는다. 좌야는 그 돈 전부를 수중에 지닌 채 솔가하여 종적을 감춘다. 탐정과 범인으로 상대적인 관계를 형성하던 인물들 간의 대결에서 좌야가 최후의 승리를 거둔다. 그는 음모와 기만의 면에서 사기단의 다른 구성원들을 압도한 것이다.

기존의 한 연구는 「이심」이 "박춘경이 어떻게 타락해가는가를 전면적으로 보여주고 있다"[54]고 전제한 후 "염상섭이 이 작품에서 겨냥한 것은 박춘경의 타락의 원인을 여자의 창녀적 기질에 관련을 지은 점에 있다"[55]고 주장했다. 그러나 춘경이 '창녀적 기질'을 지녀서 타락한다는 주장은 「이심」의 내용과 다소 거리가 있다. 그녀는 최선생의 질투가 원인이 되어 퇴학을 당한다. 「이심」 전편에 걸쳐 그녀가 겪는 불행의 발단이 바로 그 퇴학이다. 그런데 그 퇴학이라는 사태가 그녀의 '창녀적 기질'에서 기인한다고 주장할 만한 본문 중의 근거는 희박하다. 그녀는 최선생을 비롯한 타인들의 무책임한 덮어씌우기에 일방적으로 희생된다. 창호가 옥살이하는 동안 그녀는 좌야의 정부 노릇을 하는가 하면 찬규의 성적인 요구도 들어준다. 좌야는 경제적인 지원을 대가로 그녀의 성을 취한다. 찬규는 창호가 부재한 동안 도움을 준다는 핑계로

---

54 김윤식, 같은 책, 457쪽.
55 같은 쪽.

그녀를 농락한다. 정절을 목숨처럼 여겨야 한다는 윤리적 명령이 전제된다면 그녀는 창녀로 지탄받아 마땅하다. 그러나 그러한 명령은 근대 이전의 사회와 서사체에서만 유효하게 작동한다. 보편적 질서가 현실에서 구현된다고 믿는 시대와 그 시대의 서사체에서 여성은 정절을 목숨처럼 여겨야 하고 그처럼 결연하게 정절을 지키면 마침내 위기를 모면하거나 고난을 넘어서 열녀로서 칭송받는다. 「춘향전」을 비롯한 근대 이전의 서사체에서 그러한 열녀들이 등장한다. 그러나 정절을 지킨들 「춘향전」 같은 행복한 결말이 보장되지 않는 시대가 바로 근대이다. 「무정」의 박영채가 그러한 정절의 현주소를 이미 선명하게 보여주었다. 춘경은 정절의 현실적 가치와 의의가 회의되는 시대를 사는 인물이므로 그녀의 훼절을 '창녀적 기질'로 매도하는 것이 과연 적절한지 재고되어야 한다. 그녀는 열녀의 반열에 들기에는 턱없이 부족하지만 그렇다고 창녀로 취급될 정도로 방탕하지 않다. 세속적인 가치들이 득세하는 세상에서 그녀는 다만 현실적 고통에 대한 내성이 부족할 뿐이다. 열녀만큼 강인하지 못하여 유혹에 끌리고 강압에 진 것이다. 찬규에게 능욕을 당한 후 이를 갈면서 자책하는 모습에서 '창녀적 기질'에 반하는 그녀의 성격이 단적으로 드러난다. 그녀의 자살 시도와 자살에서도 그녀가 지닌 인간 본연의 자존감과 수치심이 읽힌다. 그녀의 타락에 자초한 면이 없지는 않다. 의지가 박약하여 타락의 길을 갔다고 볼 수도 있다. 그러나 그녀를 타락시킨 세상에 대해서도 그 책임을 물어야 한다.[56] 추리적 구성을 통해 구현된 바와 같이 「이심」의 세상은 이기적인

---

56 김학균은 박춘경을 가부장제 사회의 희생자로 보았다. 그러나 박춘경이 남편에 대한 정조를 지켰다는 그의 전제는 본문을 오독한 것이다. 김학균, 같은 글, 35쪽.

욕망들의 대결장이다. 음모와 기만이 싸움의 기술이 되고 의리보다 사익이 우선하며 배신은 선택이 아닌 필수인 세상에서 춘경 같은 인물은 패배할 공산이 크다. 따라서 그녀의 패배를 그녀의 기질 탓으로 돌린다면 가혹한 평결이 된다. 오히려 그녀는 타락한 세상을 산다는 이유로 불행을 겪는 피해자이기도 하다. 작중에서 그 불행은 인신매매에 집약되어 진행된다.

인신매매는 「이심」에서 전개되는 추리적 구성의 중심 내용을 이룬다. 박춘경은 인신매매의 대상이 된다는 점에서 피해자이다. 작중에서 인신매매는 네 차례 다뤄지는데 뒤로 갈수록 그 정도가 심해진다. 첫번째는 춘경이 생계를 위해 좌야와 간통한 일이다. 그 경우는 자신의 성을 금전과 교환한다는 점에서 매춘에 해당하는데 매춘도 포괄적인 의미에서 일종의 인신매매이다. 매춘을 해야 할 만큼 춘경은 절박한 위치에 몰려 있다. 두번째는 좌야가 춘경을 커닝햄과 결혼시키기 위해 음모를 꾸민 경우이고 세번째는 수원집이 춘경을 부자의 첩으로 보낼 계획을 세운 경우이다. 두번째와 세번째는 타인을 매매의 대상으로 삼는다는 점에서 인신매매의 형태를 온전히 갖추고 있다. 네번째는 창호가 춘경을 유곽에 팔아넘기는 「이심」의 결말 부분이다. 출옥한 창호는 자신이 옥살이하는 동안 춘경이 어떻게 지냈는지 알고서 분노와 절망에 사로잡힌다. 그는 치밀한 계획을 세우고 사전 조사까지 마친 뒤 춘경을 유곽으로 유인한다. 그 과정이 추리소설에서 범인이 범행을 추진하는 방식과 흡사하다. 계획한 대로 춘경을 유곽에 팔아넘긴 후 창호는 유곽에서 받은 돈을 동봉한 편지를 커닝햄에게 띄운다. 창호가 그 편지에서 보이는 태도는 추리소설의 지능범이 자신의 완전범죄를 자랑하듯 의기양양하다. "군은 사람의 아내를 일만 오천원에 샀다 하나 시장의 그 실가는 팔백원에 불과하기로, 팔백원을 송정하는 바이니"(『염상섭 전집』 3, 297쪽)라는 창호의 말은 득의에 차 있다.

창호는 춘경을 유곽에 팔아넘기는 일을 '벌을 주는 것'이라고 정당화한다. 여기서 '벌'이란 창호의 투옥 기간에 춘경이 한 행위들에 대한 것이다. 창호는 남편으로서 아내인 춘경을 징벌할 권리가 자신에게 있다고 전제한다. 그 전제로부터 그가 벌이는 징벌은 아내를 매물 취급하는 것인데 인신매매로는 가장 지독한 경우이다. 창호는 그 인신매매를 정의롭다고 여기며 결행하지만, 그의 의도가 무엇이든 인신매매는 그 자체로 악이다. 「이심」의 도입부에서 창호는 좌야가 준 돈의 내막을 안후 그 돈을 걸인들에게 던져버릴 만큼 도덕적 결벽성을 지닌 인물로 등장한다. 「사랑과 죄」에 대해 설정한 기준에 따르면 그는 김호연파에 포함될 가능성이 충분하다. 그런 그가 정의의 실현 방법으로 인신매매를 선택함으로써 자신도 모르게 류택수파에 합류한다.

「사랑과 죄」에서 선한 인물들의 행복한 기대가 좌절되는 것처럼 「이심」도 행복하게 끝나지 않는다. 순진한 미국 청년 커닝햄의 순애보는 비극으로 마무리된다. 커닝햄은 춘경이 사기단에 속했다는 사실을 알고 나서도 그녀에 대한 구애를 멈추지 않는다. 춘경은 커닝햄의 진심에 감동하여 그의 청혼을 받아들인다. 「이심」이 춘경과 커닝햄의 결합으로 막을 내린다면 한 편의 낭만적인 연애 서사가 완성된다. 그러나 그들이 그후 아들딸 낳고 오래오래 행복하게 잘 살았다는 식의 결말이 염상섭에게 용납되지 않은 듯하다. 고베에서 신혼기를 보내던 춘경은 귀국하여 유곽에 팔리고 유곽에서 구조된 후 그 치욕을 견디지 못해 자살한다. 춘경의 최후는 자연스러운 서사의 진행으로 귀결된 것이라기보다 염상섭의 의도가 노골적으로 작용한 결과로 보인다. 염상섭이 춘경을 굳이 귀국시켜 유곽에 팔리게 하고 자살에 이르도록 한 것이다. 서사가 억지스럽게 진행될지언정 당대 현실에 대한 착시를 불러서는 안 된다는 그의 판단이 춘경의 최후에서 읽힌다. 식민지 현실에서 낭만적 연애 서사가 완성될 수 없다는 판단에 따라 그는 여주인공의 운명을 행복에서 불행으로 급전시키는 처리를 했다. 그처럼 비정하고 냉혹한 태도를 유지함으로써 그는 이후에도 식민지 현실을 소설에 담아낼 수 있었다.

4. 모순과 지양

방법들의 곤경과 「광분」

재도일기까지 염상섭의 창작 방법으로 고백체와 재현과 논설과 추리가 파악된다. 앞의 셋이 서술의 방법인 데 비해 추리는 구성의 방법이다. 창작의 실제에서 그 방법들은 조화를 이루기보다는 서로 이질적인 양상을 드러냈다. 방법들 사이의 부조화는 작품의 완성도를 떨어뜨렸다. 고백체는 작중인물의 주관적 내면을 서술하는 수준에서 제 기능을 하였지만 다른 방법들은 실제 창작에서 염상섭의 작의를 배반하기 일쑤였다. 재현과 논설은 애초부터 상충하는 관계였다. 객관적으로 재현된 경험 현실과 논설로 전개된 본질적 가치 사이에 괴리가 뚜렷했다. 염상섭은 재현을 충실히 하는 쪽으로 그 괴리를 조정했으나 논설이 공론으로 전락하는 결과가 초래되어 주제와 관련한 개념적 사유의 소설적 형상화를 기대하기 어려웠다. 추리는 재현과 논설 사이의 괴리를 메우고 그 양자를 연결하는 일종의 함수로서 도입되었다. 경험과 논리의 양면을 지닌 추리가 재현과 논설을 매개하는 구성 방법으로 기대되었다. 그러나 실제 창작에서 추리는 그런 식의 순기능을 하지 않았다. 추리가 지닌 서사적 효과가 강력하여 다른 방법들을 압도했다. 「사랑과 죄」의 후반부는 일경의 최진국 사건 수사와 정마리아의 해줏집 살해 사건을 위주로 추리물처럼 전개되어 서두의 조선 신궁 공사 장면이나 전반부에서 김호연과 이해춘과 류진이 벌인 수차의 토론에 내포된 주제적 의미가 희석되었다. 「이심」에서도 추리가 전체 서사를 주도할 정도의 비중으로 활용됨으로써 고백체와 재현과 논설이 추리에 복무하는 양상이 되었다. 「삼대」 직전에 발표된 「광분」은 염상섭의 방법들이 파행적으로 사용된 상태를 선명하게 보여준다.

염상섭은 「광분」의 연재를 앞둔 소회를 「작가의 말」을 통해 밝혔다. 연재될 작품의 주제가 '성욕 문제'라고 표명하면서 시작한 그 글은 '모던 걸'의 생활과 사고방식을 통해 그 주제를 다룰 예정이라는 구상을 전한다(『염상섭 문장』 2, 152쪽). 선행 연구는 그 부분에 나타난 염상섭의 의도에 주목하여 「광분」을 통속적인 작품으로 평가했다. 그러나 김경수가 지적한 대로 「작가의 말」에서 '성욕 문제'만 언급된 것은 아니다.[57] 염상섭은 그 글의 후반부에서 성욕과 관련한 말초적인 흥미에 현혹되지 말라고 독자에게 권고하면서 '성욕 문제'가 자신이 의도한 전부가 아니라는 취지의 진술을 한다. 톨스토이가 「부활」을 쓴 '참목적'이 부도덕한 내용을 전하는 데 있지 않은 것처럼 「광분」에서 의도된 '참목적'이 따로 있다는 것이다. 그러나 '참목적'이 무엇인지, 그 구체

---

57 김경수, 『염상섭 장편소설 연구』, 일조각, 1999, 72쪽.

적인 내용은 설명되지 않는다. 김경수는 「작가의 말」 후반부에 서술된 내용을 중시하여 그 '참목적'을 고찰했다. 그는 「광분」이 "식민지 현실의 소설화라는 나름의 문학적 사명을 수행하는 과정에서 사회 현실의 소설적 수용과 그에 대한 비판이라는 고유의 작의를 보다 뚜렷이 드러내고 있는 소설"[58]이라고 평가했다. 그처럼 긍정적인 평가는 염상섭의 의도에 충실하도록 작품을 읽은 데서 비롯되었다. 광주학생의거의 경과가 객관적으로 소개된 부분과 그 사건을 알리는 유인물을 진태가 박람회장에서 살포하려다 미수에 그친 부분, 그리고 정방이 단장인 극단이 적성좌로 설정된 부분이 '참목적'과 관련하여 주목될 만하다. 그 부분들에서 사회 현실을 묘사하고 비판하려는 염상섭의 의도가 선명하게 드러난다. 그런데 고찰의 시야를 작품 전체로 확장하면 그 의도의 실현 여부가 다시 문제가 된다. 사회 현실과 관련한 염상섭의 의도가 과연 작품 전체에 걸쳐서 실현되었는가, 라는 물음이 제기되고 그 물음에 대해 「광분」의 현상태는 흡족한 대답이 되지 못한다. 광주학생의거가 현실에서 지닌 의미가 크더라도 「광분」에서는 그만한 비중으로 다뤄지지 않는다. 그 사건의 서사적 기능은 진태의 작중 행보에 영향을 미치는 정도에 그친다. 현실의 적성좌는 무산자 연극 운동과 관련이 있지만 「광분」에서 정방을 비롯한 단원들은 그러한 경향을 전혀 보여주지 않는다. 사회문제보다는 성과 돈의 문제가 부각되어 서사가 추진된다. 경옥과 숙정과 정방이 삼각관계로 설정되고 숙정이 원량과 불륜을 저지르는 과정은 염상섭이 애초에 언급한 '성욕 문제'에서 크게 벗어나지 않는다. 성과 관련한 사건들에 더하여 돈을 둘러싼 음모와 암투도 서사

---

58 같은 책, 92쪽.

의 주요 동력을 이룬다. 병천의 재산을 두고 경옥과 숙정이 갈등을 벌이고 급기야 경옥이 살해되기에 이른다. 성과 돈으로 추진되는 전체 서사에서 사회 현실과 관련된 부분들은 주변적인 삽화에 머문다. 염상섭이 애초에 의도한 '참목적'이 「광분」에서 실현되지 못한 것이다.

　의도가 결과를 보장하지 않으며 의도에서 벗어난 결과는 얼마든지 가능하다. 작가의 의도가 훌륭해도 작품의 성취로 직결되지 않는다. 「광분」은 의도와 결과 사이의 괴리를 뚜렷하게 보여준다. 의도를 중시한다면 「광분」에 대한 고평이 가능하다. 그러나 대개의 선행 연구가 의도보다 결과로서 나타난 본문의 상태를 검토했기에 「광분」을 긍정적으로 평가할 수 없었다. 염상섭이 의도한 '참목적'은 「광분」에서 주변적인 의의를 지니는 데 그친다. 의도는 창작의 과정을 거쳐 실현되므로 의도와 다른 결과가 초래된 이유로 방법이 거론되어야 한다.

　염상섭이 창작 방법으로 보유한 네 종이 「광분」에도 사용되었다. 고백체의 사용은 경옥과 숙정이 저마다의 고민이나 갈등을 내적 독백의 형식으로 표출하는 경우에서 관찰된다. 사건들로 전개되는 서사의 속성상 소설에서 재현은 필수적으로 요구된다. 소설이 사실주의를 지향할수록 재현에 대한 의존도는 높아진다. 「광분」에서도 재현은 인물들 간의 대화를 인용하고 사건의 추이를 보고하고 사실 관련의 정보들을 제시하는 등의 기능을 수행함으로써 서사를 조형해간다. 「광분」에서 논설은 서술자에 의해 구사되는데 대부분 재현에 수반된다. 재현된 사태를 분석하고 해설하는 일을 논설이 담당한다. 추리는 「광분」의 후반부 서사를 구성하는 방식이 된다. 경옥의 실종으로 시작되는 후반부는 방법의 면에서 전반부와 전혀 다른 양상을 띤다. 추리가 후반부의 서사를 주도함에 따라 다른 세 방법이 추리에 일방적으로 복무하는 현상이 나타난다. 고백체는 원량의 음모가 발각되는 것을 두려워하는 숙정의 내적 독백에서 사용된다. 위조된 경옥의 편지가 수사의 단서가 된 경우도 고백체의 변형된 사용 사례이다. 재현은 수사 과정을 상세히 전함으로써 그 사건의 전모가 드러나도록 한다. 논설은 재현에 수반하여 수사의 과정에 대한 분석과 해설을 담당한다.

고백체와 재현과 논설이 추리적 전개에 동원됨으로써 작품의 전반부에서 그 방법들이 제기했던 주제들이 방치된다. 사회 현실에 관한 주제가 주변으로 밀려난 사태는 앞서 살펴보았다. 경옥이 성악가로, 정방이 극단 대표로 각각 설정되고 독창회와 오페라 공연이 자세하게 재현된 데서 나타난 바와 같이 예술도 「광분」의 전반부에 제기된 주제이다. 그러나 후반부의 서사가 추리 쪽으로 방향을 잡자 그 주제는 종적을 감춘다. 경옥과 정방과 진태와 을순을 통해 펼쳐지는 청춘 남녀의 연애도 이 작품의 전반부에 제기된 주제의 하나로서 숙정과 원량의 성욕 추구와 뚜렷한 대조를 이룬다. 그 주제도 후반부로 접어들면서 배경으로 밀려난다.

「작가의 말」중의 '참목적'과 관련하여 이미 검토된 돈과 성과 사회 현실에 더하여 예술과 연애가 「광분」 전반부의 주제군을 이룬다. 「광분」의 전반부에서 그 다섯 개의 주제는 난립한 양상을 보인다. 자체로도 가볍지 않은 그 주제들은 피상적으로 처리될 뿐 아니라 유기적으로 조직되지 않는다. 그래서 서사는 초점을 잃고 산만하게 전개된다. 지지부진하던 서사는 추리가 도입되면서 활기를 얻고 사건의 수사와 해결이라는 방향성을 획득한다. 금전욕과 성욕이 빚은 살인사건과 그 사건의 해결을 위한 수사가 전개되면서 돈과 성을 제외한 다른 주제들은 자취를 감춘다. 서사가 추리적인 방향으로 진행되면서 작중인물들도 기능적 존재로서 유형화한다. 그들이 「광분」의 전반부에서 지녔던 개성은 추리의 동력에 밀려 미미해지고 그들 각각은 살인사건의 범인과 공범, 용의자와 관련자로서 제한된 기능을 부여받는다. 가령 「광분」의 전반부에서 정방은 순수하면서도 세속적인 면모를 보인다. 그는 연애와 예술이라는 목표를 추구한다는 점에서 순수하지만 그 목표들을 실현하는 방식에서는 세속적이다. 그는 경옥과의 연애를 지속하고 극단을 안정적으로 운영하기 위해 숙정을 기만하는 방법을 쓴다. 그처럼 복합적인 정방의 면모들은 추리적인 서사에 의해 축소되고 그는 한 명의 용의자로 단순화된다. 정의롭고 순수하고 소심한 진태의 성격적인 면모들도 정방과 유사한 방식으로 약화되고 그 또한 기능적 존재로 단순화된다.

미진한 상태로 사라진 주제들과 주요 인물들의 유형적 단순화는 한 편의 소설로서 「광분」의 완성도를 떨어뜨린다. 추리가 후반부를 주도함에 따라 주제와 인물을 비롯한 여러 세부에서 작품의 전반부와 후반부는 뚜렷한 단층을 이룬다. 「광분」의 현상태는 염상섭이 애초에 의도했던 바를 실현한 결과는 아닐 것이다. 「사랑과 죄」에서도 염상섭의 방법들이 모두 사용되었고 후반부의 서사를 추리가 주도하였다. 그런데 「광분」은 「사랑과 죄」보다 퇴보한 양상을 보인다. 방법들 자체보다 그 방법들의 운용이 문제였다. 원칙을 세우고 절제와 균형을 유지하면서 방법들을 운용했다면 「광분」의 성과가 다를 수 있었을 것이다.

방법적 절제와 균형의 추구

「삼대」는 '우리 소설사에서 우뚝 솟은 봉우리'[59]로 일컬어질 만큼 기존의 논의에서 고평을 받았다. 그러한 평가는 대체로 주제론적 논의를 통해 도출되었다. '중산층 보수주의'[60]나 '항일적 저항 의지'[61] 같은 작가 의식이 거론되었고 자본[62]과 욕망[63]의 문제들이 고찰되었다. 탈식민주의에 입각한 해석[64]이 이루어졌고 작중에 나타난 공간의 의미[65]가 검토되기도 했다. 주제론적인 이해가 다양하게 이루어졌지만 그러한 이해를 가능케 한 방법은 소홀히 처리되었다. 방법의 기여가 있어서 주제와 관련한 이해가 결과적으로 가능하다는 사실이 간과되었다. 가령 한 권위 있는 연구는 염상섭의 정치적 감각이 번득일 때 「만세전」과 「삼대」 같은 문학적 성과가 이루어졌다고 하면서 「삼대」를 전후한 작품들이 문학적인 성과를 거두지 못한 것은 정치적 감각이 빠졌기 때문이라고 주장했다.[66] 그의 정치적 감각이 「삼대」에서 예리했고 그 전후로 부재하다는 설명은 설득력을 획득하기 어렵다. 한 작가의 정치적 감각이란 그의 의식에 귀속되는데 작가의 의식이 작품에 따라 그렇게 파동 치듯 격변한다고 보는 것은 적절치 않다. 작가의 의식은 작품들보다 고정적이고 지속적이다. 시간상 「삼대」 가까이 자리한 「이심」과 「광분」에서

59 김윤식, 같은 책, 509쪽.

60 같은 책.

61 이보영, 같은 책.

62 임명진, 「『삼대』에 나타난 '자본'의 문제」, 『비평문학』 43호, 한국비평문학회, 2012.

63 김학균, 「『삼대』 연작에 나타난 욕망의 모방적 성격 연구」, 『한국현대문학연구』 22집, 한국현대문학회, 2007.

64 김병구, 「염상섭 소설의 탈식민성─「만세전」과 「삼대」를 중심으로」, 『현대소설연구』 18호, 한국현대소설학회, 2003.

65 유인혁·박광현, 「염상섭 소설에 나타난 이중적 구조의 건축과 식민지 도시의 이중성─『광분』, 『삼대』, 『무화과』를 중심으로」, 『동악어문학』 62집, 동악어문학회, 2014.

66 김윤식, 같은 책, 264쪽.

도 염상섭의 정치적 감각이 파악된다. 「이심」의 이창호는 주의자로 설정되었고 「광분」에는 광주학생의거가 나온다. 따라서 정치적 감각으로 「삼대」와 그 전후의 작품을 구별하기보다 그 감각을 형상화하는 방법의 차이가 거론되어야 한다. 「삼대」에서 "정치적 감각이 번득인다"는 후대 연구자의 판단이 형성되는 데에 방법이 기여한 몫을 부인하기 어렵다.

「삼대」에 주어진 기존의 주제론적 고평은 과정은 소홀히 한 채 결과만 상찬한 격이어서 불충분하다. 실현된 결과뿐 아니라 그런 결과를 가져온 이면의 과정까지 살펴야 비로소 정당한 평가가 된다. 「삼대」가 전작들에 대해 방법의 면에서 드러내는 차이는 추리의 사용이 절제된다는 것이다. 「삼대」를 쓸 무렵 염상섭은 추리의 효과에 의구심을 품었을 법하다. 그 직전까지 발표한 네 편의 장편에서 추리는 그다지 긍정적인 효과를 발휘하지 않았다. 추리는 작가의 의도를 배반하여 그 스스로의 관성으로 서사를 주도하곤 했다. 작품을 추리소설로 둔갑시킬 정도로 추리는 압도적인 위력을 발휘했다. 서사적 긴장감을 높이고 흥미를 유발한다는 면에서 추리는 매력적인 방법이었지만 그 부작용에 대한 경계도 요구되었다. 추리에 대한 염상섭의 경계심은 「삼대」에서 조의관의 죽음과 관련한 의혹이 제기된 지점에서 뚜렷하게 확인된다. 조의관의 배설물을 검사한 대학병원의 의사는 비소중독이라는 소견을 내놓는다. 그로써 서사가 추리적으로 진행될 여건이 충분히 마련된다. 덕기의 결정이 떨어지면 그것을 격발 신호로 삼아 서사는 조의관의 살해범을 추적하는 방향으로 진행될 태세였다. 그러나 덕기는 조부의 시신을 해부하자는 의사의 제안을 거절하고 그 문제를 더 거론하지 않는다.

의사가 연구의 재료로 해부를 해보아도 좋을 듯이 말을 꺼낼 제 맨 먼저 찬동의 뜻을 표시한 사람은 상제인 상훈이었다. 덕기는 실상은 그렇게 하자고 하고 싶었으나 일가의 시비가 무서워서 대담히 입을 벌리지는 못하였다.(『염상섭 전집』4, 279쪽)

조부의 죽음과 관련한 의혹을 풀 기회를 포기하는 덕기의 선택은 그전까지 그가 보인 태도와 비교하여 억지스럽다. 덕희의 전보를 받고 급히 귀국한 덕기는 병석의 조부를 보고서 충격을 받았다. '그렇게 혈색 좋던 조부의 얼굴이 불과 한 달' 사이에 '여러 해 속병에 녹은 사람'처럼 변한 것이 이상했다. 조부가 창훈을 재촉하여 잇달아 부쳤다는 전보들을 받지 못한 것도 덕기로서는 이해할 수 없었다. 덕기는 경성우편국에 가서 창훈이 전보를 부친 일이 없다는 사실을 확인했다. 덕기는 조부의 유서를 보기 위해 사랑의 다락에 들어갔다가 금고 앞에 떨어진 담뱃재와 금고문에 찍힌 손자국을 발견하고서 두려움에 빠지기도 했다. 덕기는 일찍부터 "수원집이 중심이 되어서 무슨 농간이 있을 것"(『염상섭 전집』4, 253쪽)이라는 의심을 해오던 터였다. 덕기는 아내로부터 수원집의 하수인 격인 어멈이 조부의 시탕을 전담했다는 말을 듣고는 "두고 보면 알리라"(『염상섭 전집』4, 277쪽)고 별렀다. 그 독백에 이어지는 "덕기는 속으로 눈을 흡떴다"는 서술에는 그의 분노가 반영되어 있다. 유서와 거기에 적힌 유산 분배 목록을 보면서 덕기는 "조부가 가엽고 감격한 눈물까지 날 것 같"(『염상섭 전집』4, 268쪽)았다. "또 눈물이 스민다"(같은 쪽)에 나타난 대로 덕기의 눈에 실제로 눈물을 글썽였다. 덕기는 조부의 고루한 사상에 동의할 수 없고 조부처럼 살 생각도 없지만 유서를 보며 조부에 대해 곡진한 혈육의 정을 느낀다. 그런 덕기가 조부의 독살 의혹을 외면한다는 것은 석연치 않다.

수원집 일파의 농간에 대한 심증을 굳혀오던 덕기의 행보에 따르면 이제 그들의 소행을 밝혀 조부의 억울한 죽음에 복수해야 할 순서이다. 그것이 덕기가 손자로서 마땅히 취해야 할 도리인데 '일가의 시비'라는 엉뚱한 이유로 그는 비소중독을 입증할 조부의 시신 해부를 추진하지 않는다. 조부와 사이가 좋지 않았고 집안일에 무심했던 상훈이 오히려 그 시신 해부에 동의하다가 창훈에게 호된 비난을 받는다. 창훈의 비난에 대해 "그 뒤에 숨은 큰 죄악이 감추어지고 삭쳐질 것은 아니라고 상훈이는 별렀다"(『염상섭 전집』 4, 280쪽). "두고 보자. 언제까지 큰소리들을 할 것이냐! 고 상훈이는 이를 악물었다."(같은 쪽) 일찍이 덕기가 수원집 일파의 농간을 의심하며 드러내던 분노가 상훈에게서 나타난다. 덕기가 소극적인 입장으로 물러앉는 대신 상훈이 앞날을 벼르고 이를 악문다. 주객이 전도된 셈이다.

덕기가 조부의 사인 규명을 포기하는 선택을 두고 조의관의 죽음이 "자연사의 범주에 접근하는 것"이고 "조의관을 죽일 만한 결정적인 동기가 빈약한 점을 들 수가 있다"[67]는 기존의 해석은 설득력이 부족하다. 조의관이 어차피 죽을 사람이었다는 판단은 덕기가 조부에 대해 느끼는 혈육의 정과 거리가 있다. 그것은 덕기와 무관하게 이루어진 연구자의 판단일 뿐이다. 조의관을 살해할 동기도 작중에 선명하게 드러나 있다. 수원집 일파는 덕기가 부재한 중에 조의관이 죽으면 유서를 위조하여 유산을 가로챌 계획이었다. "수원집을 위시한 최참봉, 지주사, 조창훈 등의 인간상이 근본적으로는 착하"[68]며 1920년대의 경제적 이해

---

67 김윤식, 같은 책, 543쪽.

관계에서 그들의 행동이 "조금도 이상한 것이 아니다"[69]라고 보는 염상 섭의 '가치중립성'이 덕기가 조부의 사인 규명에 나서지 않도록 했다 는 해석도 작중의 전개와 부합하지 않는다. 일경은 김병화와 장훈을 수 사하는 과정에서 조의관의 독살 사건을 포착하고 수원집 일파에 혐의 를 둔다. 염상섭이 자본주의사회의 인간들이 경제적인 이해에 따라 행 동하는 데 대해 가치중립적인 입장에 섰다는 설명은 타당하다. 염상섭 의 사실주의는 그 가치중립성과 밀접하게 관련된다. 그러나 수사기관 이 범죄로 판단한 행동마저 '이상한 것이 아니'라 하고 범인들을 '근본 적으로는 착하다'고 주장한다면 그 주장의 전제가 된 염상섭의 가치중 립성 자체가 왜곡된다.

조부의 시신 부검을 수락하지 않는 덕기의 선택은 그전까지 그가 보 인 태도의 연장선에 자연스럽게 위치하지 않는다. 서사의 수준에서 나 타나는 그 불연속성을 이해하려면 작중인물인 덕기를 넘어서 작가인 염상섭으로 소급해야 한다. 그러나 앞서 살펴본 기존의 논의대로 염상 섭의 가치중립성으로 덕기의 선택을 해석하는 데는 무리가 따른다. 그 선택은 창작 방법과 관련한 염상섭의 고민과 무관치 않아 보인다. 덕기 가 시신 해부에 동의하는 것은 방법적으로 보자면 서사에 추리를 도입 하는 것을 의미한다. 조의관의 사인이 비소중독으로 확인되고 범인을 색출하는 방향으로 전개되는 서사를 예견하면서 염상섭은 부담을 느꼈 을 것이다. 전례에 따르면 추리는 작품을 이루는 요소들을 장악할 만큼 그 위력이 막강했다. 추리가 도입되면 기존의 요소들은 추리에 복무하

---

68 같은 쪽.
69 같은 책, 544쪽.

는 양상이 벌어졌다. 「진주는 주었으나」에서 「광분」에 이르기까지 염상섭은 추리를 사용했고 그 위력을 충분히 경험했다. 그리고 서사의 진행 순서로는 어느덧 「삼대」에서도 추리가 도입될 지점이었다. 수원집 일파의 음모가 덕기에게 인지되었고 비소중독이라는 의사 소견이 제시됨으로써 추리를 위한 여건이 조성된 상태였다. 그러나 염상섭은 덕기에게 그가 그전까지 취했던 태도와 어긋나는 선택을 하게 함으로써 추리를 걷어들인다. 그럴 만한 이유가 충분히 있었다.

「삼대」에서 조의관 일가 못지않은 비중을 차지하는 인물 집단은 김병화를 비롯한 항일 세력이다. 한편에서 조의관의 유산을 두고 가족 구성원들 사이에 암투가 벌어지고 있을 때 다른 한편에서는 김병화가 피혁에게 건네받은 자금으로 항일운동을 도모한다. 조의관의 죽음에 즈음하여 병화는 반찬가게 산해진을 차린다. 그 반찬가게에 들어간 자금을 두고 장훈과 그의 하수인들이 병화를 추궁하고 그 와중에 경애와 필순의 부친도 곤욕을 치른다. 피혁을 추적하던 일경이 관련자들을 검거하고 장훈은 옥중에서 음독자살한다. 만일 조의관의 사인을 규명하는 방향으로 서사가 진행되면 병화를 중심으로 벌어지는 그러한 일련의 과정이 축소되거나 가려질 가능성이 농후했다. 염상섭은 추리가 서사를 주도함으로써 그의 의도를 배반하는 사태가 벌어지는 데 대해 우려했을 법하다. 「사랑과 죄」에서 최진국 사건을 처리한 방식이 답습될 수 있었다. 최진국이 평양에서 일으킨 사건은 항일 투쟁이지만 식민 치하에서는 범법에 해당한다. 그 사건을 바라보는 시각에 따라 항일 투쟁과 범법 중 하나가 상대적으로 강조된다. 염상섭은 추리를 도입하여 그 사건의 경과를 전개한 탓에 식민지 사법 체계의 시선을 취했다. 일경의 수사를 중심으로 서사가 진행되었고 최진국 사건이 범법으로 비쳤다.

일경은 치밀하고 정교한 추리를 통해 범인을 추적했고 김호연과 이해춘은 그 표적이 되어 쫓기는 처지가 되었다. 추리는 탐정과 범인의 대결 구도를 취하는데 일본 형사가 탐정의 자리에 섰고 김호연과 이해춘에게는 범인의 자리가 배당되었다. 식민지 사법 체계가 작중에 전제됨으로써 형성된 구도였다. 그 구도에서 김호연이 기도한 항일 투쟁의 의미가 희석되었다. 해줏집 살인사건도 일본 형사의 수사로 범인인 정마리아가 체포되었고 순영이 누명을 벗었다. 일본의 사법 체계에 의해 정의가 수호되는 것처럼 비치는 진행은 「사랑과 죄」의 주요 주제인 항일의지에 긍정적으로 작용하기 어려웠다.

추리가 절제됨으로써 「삼대」는 전작들과 구별되는 성과를 거둘 수 있었다. 국내외 항일 세력의 활동이 조명되었고 항일운동가들에 대한 일제의 탄압이 투옥과 고문의 현장을 통해 재현되었다. 일경의 추리에 서사의 초점이 맞춰졌다면 「삼대」는 「사랑과 죄」나 「광분」의 전철을 밟았을 것이다. 조의관의 사인 규명이 중지됨으로써 「삼대」가 가족사 소설의 범주에 머무는 것을 막았고 병화를 중심으로 전개되는 항일운동이 주변적인 삽화로 전락하지 않았다. 그래서 주제가 사적 욕망의 추구를 넘어서 공적 가치를 위한 헌신으로 확장될 수 있었다. 방법적 선택이 빚은 긍정적인 성과였다.

「삼대」에서는 추리뿐 아니라 염상섭의 다른 방법들도 절제되었고 서로 조화를 이루어 적절하게 사용되었다. 종전에는 하나 혹은 두 가지 방법이 창작을 주도하였고 그 결과는 바람직하지 않았다. 고백체로 쓰인 초기 삼부작은 주관성을 강하게 드러냈다. 논설은 주제를 관념적인 수준에서 표명하는 데 그침으로써 구체성을 획득하지 못했다. 「E선생」과 「너희들은 무엇을 얻었느냐」에서 그러한 양상이 나타났다. 재현에 치중할 경우 세태를 전하는 데 그쳐 주제의 형상화가 미흡했다.「전화」
와 「검사국 대합실」 같은 단편들과 「이심」이 그 예에 해당한다. 추리가
서사를 주도할 때 나타나는 문제는 이미 검토되었다. 방법의 면에서 나
타나는 그러한 편중이나 과도함은 염상섭의 소설이 사실주의를 성취하
는 데 긍정적으로 이바지했다고 보기 어렵다. 그러나 「삼대」에서는 염
상섭의 방법 중 그 어떤 것도 전면에 돌출하여 다른 것들을 압도하지
않았다. 고백체는 주요 인물들의 내면 심리를 나타내는 수준을 초과하
지 않았고 재현은 경험 현실을 객관적으로 옮겨 그리는 일에 충실했다.
논설도 주요 인물들의 신념과 인식을 표명하는 정도로 제한되었다. 절
제된 방법들은 서로 유기적으로 조화되면서 「삼대」의 완성도를 높였
다. 방법이 제대로 사용되면 방법 자체는 드러나지 않기 마련이다. 그
대신 방법이 거두려는 효과가 발휘된다. 실험적인 사례를 예외로 접어
둔다면 소설 창작에서 방법은 그런 식으로 작용해야 한다. 「삼대」에서
도 방법들은 그 존재를 드러내지 않고 은밀하게 기능함으로써 소기의
성과를 거두었다.

반어, 형식의 원리로서

「삼대」에서는 염상섭이 기존에 보유한 방법들 외에 새로운 방법이
하나 더 관찰되는데 반어irony가 그것이다.[70] 「삼대」가 사실주의 소설로

---

70 염상섭의 소설과 관련하여 아이러니를 언급한 선행 연구의 사례로 김종균이 있다. 그런
데 그의 아이러니 개념은 모순적인 사태를 모두 포괄한다는 점에서 본 논문의 반어 개념과 차
이가 있다. 그는 "염상섭은 당대 식민지 현상을 아이러니로 인식함과 동시에 이의 형상화에
일생을 바쳤다"고 함으로써 아이러니를 염상섭 소설의 일반적인 현상으로 간주했다. 문학 용

서 전작들과 구별되는 성과를 거둔 데에는 기존의 방법들에 반어를 더한 효과가 컸다. 염상섭의 소설에서 반어의 조짐은 일찍부터 나타났다. 반어가 진행되려면 모순이 전제되어야 하는데 「제야」의 최정인이 그런 상태였다. 그녀는 여성에게 정조를 강요하는 구습을 통렬히 비판했지만 혼외자를 출산한다. 여성의 권리를 옹호하는 주장이 배우자를 속이는 행위까지 정당화할 수 없다. 「E선생」에서는 E 선생이 시험의 폐해를 가르치면서 시험을 치게 한다면서 학생들이 그를 공격한다. 최정인과 E 선생은 그들이 처한 모순을 주관의 수준에서 해소한다. 최정인은 자살하고 E 선생은 학교를 떠난다. 모순이 반어로 진행하려면 반대 항들이 뚜렷하게 대립하고 그것들 간의 긴장이 유지되어야 한다. 어느 한쪽이 다른 한쪽을 지양할 경우 파국이나 풍자가 된다.[71] 「제야」에서 최정인의 자살이 파국에 해당한다. 「E선생」에서 E 선생이 교육자로서 지닌 철학과 사명감이 현실에서 조롱거리가 되고 그 모순된 상황에서 E 선생은 후퇴한다. E 선생의 사직은 학생들의 입장으로 보면 추방이므로 풍자의 성격을 띤다.

반어를 소설의 형식원리로 파악한 루카치에 따르면 반어는 주체가 내면적 주관성과 경험적 주관성으로 분열하면서 시작된다.[72] 주체가 어떤 이상적인 상태를 동경하는 것은 내면적 주관성과 관련된다. 내면

어로서 반어는 미시적인 수준에서 거시적인 수준에 이르기까지 여러 층위에 걸쳐 사용된다. 전자에는 수사적인 표현이나 작품의 국면이, 후자에는 형식의 원리나 장르의 본질이 각각 해당한다. 본 연구에서 반어는 후자의 의미로 전제되었다. 김종균, 「염상섭 장편소설 '무화과' 연구」, 『민족문화연구』 29호, 고려대학교 민족문화연구원, 1996, 119쪽.

71   김인환, 『한국문학이론의 연구』, 을유문화사, 1986, 231~232쪽 참조.

72   반어에 관한 이 문단의 서술은 루카치의 『소설의 이론』 중 관련 부분을 풀어 정리한 것이다. 게오르크 루카치, 같은 책, 85~86쪽 참조.

적 주관성의 동경이 현실에서 불가능하다는 것을 아는 주체의 다른 면이 경험적 주관성이다. 경험적 주관성은 세계가 주체에게 가하는 제한들을 이해할 뿐 아니라 그것들을 피치 못할 삶의 조건으로 받아들인다. 「제야」와 「E선생」에 나오는 모순은 주체의 분열이 개시되는 전형적인 계기이다. 그러나 두 작품은, 루카치의 표현을 빌려 말하자면 모순을 주관의 소관으로 축소함으로써 반어로 진행하지 않았다. 내면적 주관성과 경험적 주관성으로 분리된 주체는 자기를 대상으로서 인식하며 그러한 자기 인식을 통해 분열된 세계를 있는 그대로 인식한다. 주체와 세계 사이에서 진행되는 그러한 인식의 과정이 반어이다. 따라서 반어에 의해 소설에는 이질적이고 상충하는 것들, 분리되고 부조화한 것들이 구성요소로서 자리하게 된다.

염상섭의 소설에서 모순이 반어로 전개된 사례는 「삼대」 이전에는 보이지 않았다. 모순의 상태가 단지 작중에 제시되거나 작중인물의 주관으로 해소되는 정도에 그쳤다. 염상섭의 소설적 탐구가 모순에서 반어로 진행되지 못한 데에는 풍자에 대한 경계가 작용했을 것으로 추정된다. 「E선생」에 나타난 바와 같이 염상섭이 사실주의자로서 객관 현실을 충실히 재현할수록 본질적인 가치들이 희화되는 사태가 벌어졌다. 진실과 정의와 선과 같은 가치들은 사적인 욕망이나 세속적인 이해관계 앞에서 상대화되었다. 논설로써 전개된 그 가치들은 객관적으로 재현된 현실과 모순을 빚었고 심지어 풍자의 대상으로 전락했다. 냉혹하고 비정한 현실이 본질적 가치를 한낱 공론으로 만들었다. 그런 사태는 염상섭이 주제와 관련하여 품었을 법한 의도에 반했기에 그는 작중에 모순의 상태를 설정하는 데에 신중해졌다고 판단된다.

「진주는 주었으나」부터 모순의 상태는 현저하게 줄어든 반면 선과 악의 대결이 서사의 기본 구도로 설정되었다. 처리가 여의치 않은 모순이 선악의 대결 구도로 대체된 셈이었다. 추리는 선한 세력과 악한 세력 사이의 대결 방식으로 사용되었다. 선과 악의 대결 구도는 식민지 시대의 타락한 세태를 객관적으로 재현하는 데 유용했으나 악이 현실의 지배적 가치임을 확인했다. 선이 악을 이길 수 없는 현실이었기에 「진주는 주었으나」는 김효범과 정문자의 동반 자살로 막을 내리고 「사랑과 죄」의 결말에서 이해춘과 지순영과 류진은 국외로 탈출한다. 「이심」과 「광분」에서 선의 자리는 극도로 협소해지고 선한 인물들마저 악에 물드는 양상이 나타난다. 그로써 그 두 작품은 악이 보편화한 현실을 보여준다. 선과 악의 대결 구도를 통해 본질적 가치를 작품의 주제로 구현하는 일이 여의치 않다는 사실을 염상섭은 「광분」을 끝냈을 즈음 절감했을 법하다. 일찍이 「암야」에서 그가 표명했던 항일 의지를 소설적으로 실현할 방도는 더 보이지 않았다.[73] 작가로서 그가 택할 수 있는 방향은 악이 만연한 세태를 객관적으로 재현하거나 통속적인 대중소설을 쓰는 정도였다. 그 어느 방향이든 작품에 재현된 현실에는 전망이 부재할 터였다.

반어가 「삼대」에 쓰인 경위에 대한 합리적인 추정은 쉽지 않다. 「진주는 주었으나」에서 「광분」까지의 진행에 견줄 때 「삼대」의 반어가 갑작스럽기 때문이다. 초기작에서 선보인 모순적인 설정 방식이 잠복기를 지나 「삼대」에서 반어로 무르익어 회귀했다는 식의 추정은 억지스러운 짜맞추기가 될 것이다. 설령 그렇다 해도 「삼대」에서 반어가 나타

---

73 이보영은 「암야」의 주인공이 태평통을 걸어가는 장면에서 저항의 의지를 읽어냈다. 이보영, 같은 책, 68쪽.

나도록 한 구체적인 계기는 포착되지 않는다. 염상섭이 반어를 창작 방법으로 의식했는지, 그 여부도 분명치 않다. 어떤 우연에 의해 염상섭의 모든 역량이 「삼대」에 집결하는 일이 벌어졌고 반어로 파악되는 현상이 나타난 것처럼 보인다. 그처럼 우연을 언급하는 까닭은 「삼대」 이후 염상섭의 소설에서 「삼대」만한 성과가 나타나지 않기 때문이다. 「삼대」처럼 반어가 사용된 사례도 보이지 않는다. 염상섭이 반어를 의식했고 그의 방법 목록에 새로 등록했다면 고백체와 논설과 재현, 추리의 전례대로 반어가 사용된 작품 집단이 형성되어야 한다. 「삼대」에 집결했던 염상섭의 역량들은 그후 다시 흩어지는 양상을 띤다. 그러한 양상이 「삼대」를 우연이 빚은 결정체로 보게 한다. 예술 창작에는 합리적으로 이해하기 어려운 부분이 있기 마련인데 우연은 그 부분을 일컫기 위해 선택된 요령부득의 술어이다.[74] 예술가의 입장에서 그러한 우연은 행운이면서 선물이기도 하다. 염상섭에게는 「삼대」가 그 행운이자 선물이었던 셈이다. 그것이 우연이었든 혹은 아직 확인되지 않은 어떤 계기에 의해서였든 분명한 사실은 「삼대」에 반어가 사용되었다는 것이다. 그 반어는 다음과 같은 구도로 파악된다.[75]

---

74 예술 창작활동에는 합리적인 이해가 미치지 못하는 신비로운 영역이 있다는 사고방식은 그 유래가 고대로 소급할 만큼 오래되었다. 어떤 초월적 존재가 예술가를 매개체로 선택하여 창조적 능력을 발휘하게 한다는 영감(inspiration) 개념도 그런 사고방식에 속한다. 소설의 총체성이 소설가의 의도로 성취되는 것이 아니라 소설가를 도구로 사용하여 성취된다는 루카치의 주장도 그런 신비로운 영역을 전제한다. 본 연구의 '우연'도 그러한 취지로 사용되었다. 게오르크 루카치, 같은 책, 95쪽.

75 「삼대」의 전체 인물 구도와 관련하여 류보선은 "「삼대」를 이끌어가는 중심축은 제목 자체가 암시하듯 조의관-조상훈-조덕기로 연결되는, 시대의 변천에 따라 상반되는 가치관을 지닌 가족의 존재 방식이다. (……) 「삼대」는 이 종적 구조를 씨로 하고 각 세대가 접하는 다양한 삶 즉 횡적인 구조를 날로 감싸안고 있는 작품이다"라고 했다. 본 연구가 여기에 제시한

조의관
|
상훈
|
장훈―김병화―홍경애―필순―덕기―창훈―수원집―최참봉―매당

   수직 축은 조씨 집안 삼대의 계보를 나타낸다. 수평축은 수직 축의 인물들을 제외한 주요 작중인물들을 저마다의 삶의 태도에 따라 구분하여 배열한 것이다. 수직 축은 통시적인 관계를 보이며 그 관계의 양상은 가족이라는 사적인 범위로 한정된다. 수평축은 공시적인 관계를 보이며 그 관계의 양상은 당대 사회에 걸친다. 조덕기는 그 두 축의 교차점에 자리한다. 따라서 덕기는 서로 다른 가치관과 이해관계들이 충돌하는 모순적인 상태에 처한 셈이다. 그 모순의 상태에 덕기를 중심으로 반어가 진행될 가능성이 내포된다.

   수직 축에 자리하는 다른 두 인물도 덕기처럼 모순의 상태로 파악된다. 물론 수직 축의 세 인물이 각자 처한 모순의 상태는 내용 면에서 서로 다르다. 조의관은 '금고'와 '족보'를 자기 삶의 최고 가치로 여기는 인물이다. 둘 중에서는 후자를 더 소중하게 여긴다. 돈은 가문의 번성을 위해 쓰이는 수단이다. 그는 후사를 보기 위해 거금을 써서 첩을 들이고 대동보 편찬 사업과 문중 중시조의 묘소 정리 사업에도 거금을 출자한다. 그러나 그가 평생의 사업으로 여기는 가문의 유지와 발전은

───────────

계선 구도는 류보선의 그러한 통찰에 포섭된다. 류보선, 『한국 근대문학의 정치적 (무)의식』, 소명출판, 2005, 79쪽.

애초에 돈으로 양반 신분을 사는 일로부터 시작되었다. 그는 "을사조약 한창 통에 그때 돈 이만냥 지금 돈으로 사백원을 내놓고 사십여 세에 옥관자를 붙인 것이다"(『염상섭 전집』 4, 80쪽). 그가 대동보소를 집안에 들여 "××조씨 문중 장손파가 자기라는 듯이 족보까지 박이게"(『염상섭 전집』 4, 81쪽) 한 일은 사실상 족보 위조이고 정비하기로 한 '××조씨 중시조'의 묘소도 그와 아무 연고가 없다. 그처럼 거짓으로 가득찬 양반 행세를 하면서 그는 부끄러워하기는커녕 자랑스러워할 만큼 자신이 처한 모순의 상태에 대해 무지하다.

부친의 모순을 인식한 상훈은 "돈 주고 양반을 사!"(같은 쪽)라면서 굴욕스러워한다. 그렇지만 상훈 자신도 모순에서 자유롭지 못하다. 그는 교회 장로이자 학교 설립자로서 사회적인 존경을 받는 위치에 있지만 세간의 눈을 피해 비밀 요정에 드나드는 등 타락한 생활을 한다. 그도 한때는 사회운동에 열의를 보였고 애국지사인 홍경애의 부친을 돕는 등 자신의 본분에 충실하려 했다. 그러나 그는 욕망을 절제하지 못하여 홍경애와 동거했고 그녀와 헤어진 뒤로 타락의 길을 갔다. 주색과 도박에 빠져 지냈으며 마약에도 손을 댔다. 부친의 모순을 인식했던 것처럼 그는 자신의 모순에 대해서도 충분히 알 수 있었다. 마약에까지 이른 그의 타락이 바로 그 모순을 망각하는 방법이었다. 조의관이 모순에 무지했다면 상훈은 모순을 망각했다. 그들의 무지와 망각은 「제야」와 「E선생」에서 모순이 해소되는 방식과 유사하다.

덕기는 자신이 처한 모순의 상태에 대해 무지하지 않고 망각하지도 않는다. 그는 청년다운 순수함과 진지함으로 자신이 처한 상황과 겪는 일들을 성찰함으로써 조부와 부친의 전철을 밟지 않으려 한다. 필순에 대한 태도에서 그러한 면모가 선명하게 드러난다. 그가 처음 만난 필순에게 연애의 감정을 품는 것이 비난받을 만한 일은 아니다. 청년의 마음에서 연애의 감정이 일어나는 것은 자연스러우며 또한 그 감정에는 걷잡을 수 없는 면도 있다. 그는 비록 기혼자이지만 조혼으로 형성된 부부 관계에서 배우자에 대한 의무와 연애의 감정이 어긋날 여지가 얼마든지 있다. 그러나 그는 부친과 홍경애의 일을 상기하면서 필순에 대한 자신의 감정을 경계한다. 그는 연인이 아닌 조력자의 자리에서 필순을 돕는 방식으로 그녀에 대한 자신의 감정을 모호하게 유지한다. 그러한 선택에는 위선적인 면이 있고 이를 직시한 병화는 덕기에게 "자네가 필순이를 공부를 시키지 못해 하는 본의는 어디 있나? 시비조같이 들릴지 모르나 그 열성이 어디서 나온 것인가?"(『염상섭 전집』 4, 142쪽)라고 추궁한다. 그러나 병화가 말한 '본의'를 덕기가 실천했다면, 다시 말해 자신의 감정에 충실했다면 부친의 전례를 따르게 되어 있었다. 병화의 추궁에는 필순에 대한 감정을 철회하라는 요구가 담겨 있지만 그 요구를 받아들이는 것이 덕기에게는 수월하지 않다. 의지대로 통제되지 않는 것이 연애 감정이다. 덕기가 필순의 조력자를 자처함으로써 기혼자의 혼외 연애 감정이라는 모순은 위선적인 선행이라는 모순으로 전환된다. 기존의 모순을 새로운 모순으로 지양함으로써 덕기는 부친의 전철을 답습하는 것을 잠정적으로 막는다. 그리고 자신의 선행에 내포된 위선을 인식함으로써 새로운 모순의 상태를 맞는다. 연애 감정에서 조성된 모순이 조력자라는 모순으로 지양되고 그 모순이 위선에 대한 자각으로 다시 지양되는 식으로 반어가 진행된 것이다.

　　—나도 남모를 위선자다!
　　그러나 이것만은 사실이다. —어서 필순이가 남의 사람이 되어서 가

주었으면 자기는 더 깊어지기 전에 멀리 떨어져버리겠다고 생각한 것
만은 사실이다. 그럴 생각 하면 아까 병화가 남의 마음을 꼭 집어내어
〈감정을 청산하고 유혹에서 벗어나려는 수단이라〉고 하던 말이 남의
폐부를 찌르는 듯이 아프고도 시원하다. 그러나 유혹에서 벗어나려는
그 노력도, 그 사람을 위한다는 것보다도 자기를 위한 일이 아닌가? 이
기적이다. 역시 위선자다……
덕기도 자기비판, 자기반성에 날카로운 〈인텔리〉이다. 자기비판이 냉
정할수록 자기 속에서 사는 필순이의 그림자가 너무나 또렷이 나타나
는 것은 참을 수 없는 모순이다. 괴로웠다. 마음이 아팠다.(『염상섭 전
집』4, 361~362쪽)

'자기비판'과 '자기반성'을 통해 덕기는 자신의 모순을 인식한다. 그
모순은 어느 한쪽으로 결정되거나 해소되지 않고 다른 모순으로 지양
되기에 그는 미결정의 상태를 지속하는데 그 상태가 앞에 제시된 도식
의 교차점에 해당한다. 그 교차점에서 파악되는 바대로 그는 작중의 어
느 인물에게도 동화되지 않는다. 그는 조부와 부친과 다르고 병화와도
다르다. 그는 수원집에서 매당에 이르는 무리와도 물론 다르다. 그 비
동화가 덕기를 작중에서 규정되지 않는 존재로 만들어 그의 존재는 부
정법의 잉여로써 진술된다. 말하자면 이런 식이다. 그는 전통적 가치관
의 신봉자가 아니고 배금주의자도 아니다. 그는 식민지 체제에 순응하
지 않으나 사회주의자는 아니다. 이상주의자가 아니며 현실적인 이해
타산을 좇지도 않는다. 일본인 금천 형사의 '심퍼다이저어'라는 규정도
그를 포착하기에는 미흡하다. 금천 형사는 덕기를 동정자로 규정한 탓
에 그에 대한 수사도 그 범위를 벗어나지 않는다. 그 덕에 덕기는 병화

를 비롯한 산해진 구성원들을 지원하고 그들에 대한 구명운동도 펼칠 수 있게 된다. 그의 활동은 심정적 수준의 동의를 넘어섬으로써 동정자에 비동화하는 양상을 띤다. 동정자라는 개념 자체가 그에게는 상대적이고 잠정적이고 가변적이다. 그를 동정자라고 한다면 그는 그 개념의 범위를 계속 확장한다고 할 수 있다. 일찍이 그는 무산운동에 관련한 자신의 위치와 관련하여 "제일선에 나서서 싸울 성격도 아니요 처지도 아니니까 차라리 일 간호졸 격으로 변호사나 되어서 뒷일이나 보면 좋겠다는 생각이었다"(『염상섭 전집』 4, 98쪽). 그러한 자기 인식에는 이미 반성을 통한 변화의 가능성이 내포된다. 그의 이후 행보도 그러한 자기규정에 대해 비동화의 방향을 취한다. 그가 산해진의 개업 자금을 댄 장본인을 자처하고 기무라 과장을 매수하는 행동은 이미 '뒷일'의 수준을 넘어선다.

선행 연구에서 덕기의 정치적 입장이 '중산층 보수주의'[76]나 '진보적 리버럴리즘'[77], 또는 '준비론'[78]으로 규정되어 사회주의자인 병화와 대립한다고 이해되었다. 그러나 "「삼대」에서 덕기와 병화의 대결은 담론적으로도 실질적으로 그다지 치열하게 전개되지 않으며 (……) 사회주의 계열이 민족주의 계열과의 대결에서 승리하는 것도 아니다"[79]라는 견해가 작품의 실상에 더 부합한다. 덕기와 병화를 대결 구도로 설정하고 그 구도에서 덕기의 정치적 입장을 비판한 데에는 연구자의 신

76   김윤식, 같은 책, 516쪽.

77   김현, 「염상섭과 발자크」, 『김현 문학전집 2』, 206~207쪽.

78   이보영, 같은 책, 332쪽.

79   박성태, 「식민지시기 염상섭 문학의 자유주의 연구」, 고려대학교 박사학위논문, 2018, 113쪽.

넘에서 비롯된 기대가 투사되었다고 볼 수 있다. 주제론이 아닌 방법론의 시각에서 보자면 덕기에게 배정된 작중의 위치는 기능의 면에서 적절하고 유효하다. 모순에 대한 조의관의 무지와 상훈의 망각이 덕기의 자리에서 비판적으로 고찰될 수 있었다. 장훈과 병화의 사회주의는 덕기의 입장에 대비됨으로써 선명하게 두드러졌다. 덕기가 가문의 금고지기가 되겠다고 결심했기에 수원집 일파의 세속적인 욕망과 추악한 음모가 생생하게 전개될 수 있었다. 덕기를 비판하는 선행 연구의 기대대로 그가 병화에게 동화되어 사회주의자가 되었다면 「삼대」는 구성과 내용의 면에서 현재처럼 중층적이고 다면적일 수 없었을 것이다. 루카치는 반어에 의해 "질적으로 완전히 새로운 토대 위에서 삶을 보는 하나의 관점, 즉 부분들의 상대적 자립성과 전체에의 결속성이 풀릴 수 없게 얽혀 있는 관점이"[80] 획득된다고 했다. 그리고 그 상태를 '원무圓舞'[81]라고 불렀다. 덕기를 중심으로 펼쳐지는 그 원무가 「삼대」를 식민지 시대 최고의 사실주의 소설이 되도록 했다.

80　게오르크 루카치, 같은 책, 86쪽.
81　같은 쪽.

5. 시대적 당위와 소설적 한계

「삼대」와 「무화과」의 관계

「삼대」는 1931년 조선일보에 연재되었으나 미완성의 상태로 중단되었다. 연재의 종료를 알리는 「작자부기」에서 염상섭의 복잡한 심경이 읽힌다. 그는 「삼대」가 "결코 완결되지 않은 미성품이 아니다"[82]라고 강변하면서도 더 써야 할 내용에 대한 '복안'을 밝혔다. 연재가 끝난 작품을 두고 그가 밝히는 미진한 소회가 「삼대」가 완결되었다는 그 앞의 주장을 곧이들리지 않게 한다. 그래서 종전에 「삼대」의 연재를 하루 이틀씩 거르게 한 이유였다는 '신병과 기타 관계'를 돌아보게 한다. 그 중에서 신병은 충분한 이유가 되므로 '기타 관계'가 주목된다. 검열을 암시하는 그 '기타 관계'가 염상섭의 자발적 결정으로 「삼대」의 연재

---

82 염상섭, 「작자부기」, 조선일보, 1931. 9. 17.

를 종료했다는 판단을 내리기 어렵게 한다. '더 쓰고 싶은'이라는 어구에 내포된 절실한 심정이 「삼대」의 연재가 타의로 중단되었다는 추정을 부른다. 더 쓰고 싶다는 그의 소망은 두 번에 걸쳐 실행에 옮겨졌다. 그 하나가 「무화과」 연재였고 다른 하나가 「삼대」의 단행본 출간이었다. 연재본 「삼대」에 대한 그 두 건의 관계가 선행 연구를 통해 명쾌하게 정리되지 않은 상태여서 추가적인 논의를 요한다. 먼저 단행본 「삼대」의 위상을 정립한 후 「삼대」 연재본과 「무화과」의 관계를 검토하기로 한다. 결과론적 성격의 논의를 위해 편의상 시간을 역행하는 순서를 취한다.

염상섭은 해방 후인 1948년에 「삼대」를 완성하여 단행본으로 출간했는데 그 단행본을 부정적으로 판단하는 견해가 제출되었다. 그 견해에 따르면 덕기가 중심인물로 개작됨으로써 「삼대」가 정치소설이 아닌 가족사 소설이 되었다고 한다. 개작에서 나타난 가장 큰 손실로 사회주의 이념의 후퇴가 지적되었고 그러한 비판을 근거로 연재본 「삼대」를 완성본으로 간주해야 한다는 주장이 제기되었다. 특정 주제에 편향된 입장에서 충분히 제기될 수 있는 주장이었다. 그런데 「삼대」의 연재본을 저본 삼아 진행된 염상섭의 단행본 작업은 일제의 검열을 의식하지 않아도 되는 상황에서 이루어졌다.[83] 염상섭으로서는 항일 의지나 사회주의 이념을 연재 당시보다 선명하게 드러낼 수 있는 조건이었다. 그런데 결과는 오히려 주제의식의 면에서 퇴보했다는 비판을 받을 만한 방향으로 나타났다. 그 이유를 설명하려면 고찰의 시야를 주제에서 작품

---

83 「삼대」의 신문 연재본과 단행본을 비교한 김윤식은 신문 연재본이 미완성인 데 비해 단행본이 완성본이라고 결론 내렸다. 그는 신문 연재본이 미완성으로 중단된 이유로 '검열'을 들었다. 김윤식, 같은 책, 566~567쪽.

전체로 확장해야 한다. 「삼대」 연재본에 대한 염상섭의 후속 작업에는 「삼대」의 소설적 완성도를 높이려는 그의 욕망이 작용했다고 판단된다.[84] 「삼대」를 소설로 완성하는 과정에서 이상적인 전망이나 이념이 냉정하게 재고되었을 것이다. 그는 선명한 주제보다 소설로서의 완성을 추구했고 그 결과가 현재의 「삼대」이다. 「삼대」의 완성본으로 판단하건대 그는 사상가나 지사보다는 소설가의 자리에 서려 했다. 그 자리에서 그는 정신적으로 숭고한 가치를 주장하기보다는 좋은 사실주의 소설을 쓰고자 했다. 그러려면 당대 현실이 객관적으로 재현되어야 했고 정신적으로 숭고한 가치도 그 현실의 일부로 처리되어야 했을 것이다.

염상섭이 1931년 11월 「무화과」의 연재를 시작할 당시 「삼대」의 완성은 기약할 수 없었다. 연재를 재개할 기회는 요원하거나 아예 오지 않을 것이 분명해 보였다. 일제 식민 통치의 종식은 상상조차 불가능했을 것이다. 예언자가 아닌 그에게 미래는 막막한 어둠의 시간일 뿐이었고 8·15광복도 그 어둠에 감춰져 있었다. 「삼대」의 연재 중단으로 저지된 더 쓰고 싶다는 소망은 「무화과」로 옮겨갈 수밖에 없었다. 「삼대」는 연재가 중단된 시점에서 십칠 년이 지난 미래에 마무리되므로 「무화과」의 연재 당시 전작은 연재본 「삼대」였다. 그런데 설정과 내용에서 「무화과」는 연재본 「삼대」보다 아직 세상에 존재하지 않는 단행본 「삼대」에 더 자연스럽게 연결된다. 「삼대」의 단행본 작업이 「무화과」 이후에 이루어져서 그런 결과가 가능했을 수 있다. 그러나 「무화과」에 미리 마련되어 있었던 여지가 시간적으로나 인과적으로 우선한다. 「무화과」

---

84   김종균도 이러한 취지에서 "미비한 점을 보충하고 미진한 구사를 보다 세련되게 가다듬"은 결과로 완성본을 이해하였다. 김종균, 같은 책, 166쪽.

의 본 서사는 단행본 「삼대」에서 추가된 내용이 들어올 수 있을 만큼 충분한 시간적 여유를 두고서 시작한다. 「무화과」에서 회고되는 주요 인물들의 내력은 단행본 「삼대」의 후일담이 되기에 부족함이 없다. 따라서 「삼대」의 연재가 중단되지 않고 계속되었더라도 그 내용이 단행본 「삼대」와 다르지 않았으리라 추정된다. 연재 중단으로 더 쓰지 못한 「삼대」의 남은 부분을 유보해둔 채 염상섭은 「무화과」 연재를 시작했다. 유보된 「삼대」의 미완성 부분은 「무화과」보다 훨씬 뒤에 단행본 출간으로 세상에 선보였다. 만약 「무화과」가 「삼대」의 미완성 부분을 위한 여지를 마련해두지 않았다면 현재와 같은 단행본 「삼대」는 존재할 수 없었다. 시간상 후순위인 단행본 「삼대」가 염상섭 소설의 전개에서 「무화과」의 앞에 위치하는 것이 정당한 이유로 「삼대」의 미완성 부분을 유보 상태로 전제하고서 「무화과」가 쓰였다는 결과론적 고찰이 제시될 수 있을 것이다.

「삼대」의 단행본을 완성본으로 정하고 완성본 「삼대」와 「무화과」의 선후 관계를 정리해도 해명을 요하는 문제가 남는데 두 작품에 대한 염상섭의 모호한 입장이 그것이다. 앞서 거론된 「작자부기」에서 염상섭은 새로 쓸 작품을 '속편'과 '독립된 작품'으로 호명했다. 그런데 같은 대상을 일컫는 두 용어가 논리적으로 상충한다. 속편이면서 속편이 아니라는 식의 의미는 성립되지 않는다. 염상섭이 「무화과」의 연재를 앞두고 기고한 「작가의 말」에서도 유사한 진술이 나온다. 「무화과」가 「삼대」의 '자매편이 될 것'이며 '3부작의 제2편의 형식'이라고 했다(『염상섭 문장』 2, 326~327쪽). 「작자부기」의 '속편'과 '독립된 작품'이 '제2편'과 '자매편'으로 각각 대체되었다. 제2편은 속편을 의미하지만 자매편은 그렇지 않다. 자매편에는 연속성이 아니라 유사성이 내포되므로 '독립된 작품' 쪽으로 기운다. 의미가 서로 어긋나는 두 단어의 사용에서 염상섭의 모호한 태도가 읽힌다. 염상섭은 재차 「무화과」가 「삼대」의 속편임을 명확히 하지 않았다. 오히려 「무화과」에 「삼대」의 속편 자리를 허락하기를 주저하는 면이 보이기도 한다. 대개의 선행 연구는 그러한 면을 간과한 채 두 작품을 연속 관계로 판단했다. 염상섭의 모호한 태도에 시선이 미친 경우에도 "'지속 속에서의 차이'를 드러내려는 의도"[85]라면서 '제2편'을 '지속'으로, '자매편'을 '차이'로 바꿔 표현하는 정도에 그쳤다.

「무화과」와 「삼대」의 성과를 비교하는 차원에서 두 작품의 연작 여부에 관한 판단이 엇갈리기도 했다. 「무화과」를 쓰기에는 염상섭의 세대 감각이 이미 낡아서 「무화과」가 「삼대」의 속편이 될 수 없는 '실패작'이라는 평가에 대해 「무화과」가 염상섭의 적극적인 난세 의식을 나타냈다는 점에서 「삼대」의 후속작이라는 평가가 맞섰다.[86] 그러나 「삼대」와 「무화과」의 성과를 평가하는 일은 두 작품의 연작 여부를 고찰하는 일과 구별되어야 한다. 속편이 전작만큼 성공하거나 전작에 비해 실패하는 두 경우는 얼마든지 가능하다. 작품의 성패로 속편으로서의 자격을 결정하는 것은 후손의 성공 여부에 따라 선대와의 혈연관계를 인정하

---

85 박헌호, 「소모로서의 식민지, [불임]자본의 운명 — 염상섭의 『무화과』를 중심으로」, 『외국문학연구』 48호, 한국외국어대학교 외국문학연구소, 2012, 109쪽.

86 김윤식은 "〈무화과의 세대〉 감각을 작가 염상섭은 벌써 감당할 수 없게 되고 만 것이다. 작품 「무화과」가 「삼대」의 제2부작이라고 작가가 우기었지만 그것이 불가능한 이유, 그리고 「무화과」가 「삼대」에 비교될 수 없는 실패작인 이유가 바로 여기에서 말미암았다"고 한 데 반해 이보영은 "「사랑과 죄」 「삼대」와 더불어 염상섭의 삼대 장편의 하나인 「무화과」는 그의 적극적인 난세 의식이 나타난 마지막 작품"이라고 평가했다. 김윤식, 같은 책, 596쪽; 이보영, 같은 책, 379쪽.

거나 부정하는 것과 다르지 않아서 정당하지 않다.

　연구자의 해석적 평가를 근거로 연작 여부를 주장한 경우를 논외로 하면 선행 연구에서 「무화과」는 별 이견 없이 「삼대」의 속편으로 간주되었다. 「삼대」를 환기하는 내용이 「무화과」에서 다수 확인되기에 충분히 가능한 판단이었다. 그런데 앞서 살핀 대로 「무화과」를 「삼대」의 속편으로 인정하기를 주저한 염상섭의 입장이 전제되면 두 작품 사이의 연속성 못지않게 불연속성도 주목된다. 다른 무엇보다 두 작품에 등장하는 인물들의 이름이 서로 다르다는 단순하고도 분명한 사실을 외면하기 어렵다. 설정과 내용에서 연속성이 확인되어도 고유명사들이 표시하는 차이는 엄연하다. 덕기와 원영은 다른 이름이고 그 다른 이름이 두 사람이 동일인이 아님을 명시한다. 그들뿐 아니라 두 작품에서 유사성으로 짝지어지는 여타의 인물들도 그들의 이름에 의해 서로 구별된다. 그 명백한 사실이 선행 연구에서는 대수롭지 않게 처리되었다. 이름이 다른 인물들 사이에 닮은 면이 많으니 그들을 동일인으로 간주하자는 식의 처리는 안이하다. 그보다 「삼대」의 인물들을 「무화과」에 등장시키면서 왜 이름을 바꾸었는가, 라는 질문이 먼저 제기되어야 한다.[87] 「무화과」가 설정과 내용의 면에서 「삼대」와 연속성을 노골적으

---

[87] 「삼대」와 「무화과」의 경우와 동일한 형태의 연작 관계가 염상섭이 해방 후 발표한 장편들에서도 나타났다. 「난류」와 「취우」, 그리고 「미망인」과 「화관」에서도 내용적으로는 연작 관계가 유지되지만 전후편 사이에서 작중인물들의 개명이 벌어진다. 그런데 그 사례들을 들어서 「삼대」와 「무화과」의 연작 형태가 염상섭의 상습적인 방법에 불과하다고 대수롭지 않게 처리하는 것은 인과관계가 전도된 설명이다. 오히려 그런 형태가 처음 나타난 「삼대」와 「무화과」가 선례가 되어 해방 후 동일한 사례들이 반복되었다고 판단해야 한다. 염상섭은 「삼대」와 「무화과」의 불연속적인 관계 설정을 통해 그 두 편이 연작으로 연결되는 한편 각각 독립된 작품으로서 개별성을 획득하는 효과를 인지한 듯하다. 선행 연구에서 '지속 속에서의 차이'로 표현되기도 한 그 효과에 대한 신뢰가 이후 염상섭식의 연작 관계가 반복되게 했을 것이다.

로 드러내면서 덕기를 비롯한 작중인물의 이름을 굳이 바꿔야 할 이유가 석연치 않다. 이름을 그대로 사용하면 두 작품 사이의 연속성이 한결 뚜렷해지는 이점이 있는데 그러한 이점을 포기하면서 이름을 바꾸는 불편을 빚은 이유가 마땅히 고찰되어야 한다. 「무화과」에 대한 작품론을 통해 그 이유에 다가가고자 한다.

원영, 방법적 퇴행

「무화과」에서 원영은 '사회사업'이라는 명분으로 신문사에 투자하고 이사를 거쳐 영업부장이 된다. 그러나 사회사업의 면모는 작중에서 거의 드러나지 않고 그 대신 신문사를 배경으로 그의 연애 서사가 전개된다. 그는 신문사 운영에 참여하는 과정에서 어린 시절 혼약을 맺었던 채련과 재회한다. 여기자 박종엽도 신문사를 매개로 원영과 가까워진다. 채련과 종엽은 원영을 사이에 두고 경쟁하는 일종의 삼각관계를 형성하고 여기에 시골 부호 이탁이 가세한다. 이탁은 애초에 채련을 첩으로 들이려 했으나 원영이 나타나 뜻을 이루지 못하게 되자 목표를 종엽으로 바꾼다. 신문사 운영의 주도권을 두고 원영과 이탁이 벌이는 경

「삼대」와 「무화과」가 연작으로서 불연속성을 지니게 된 이유는, 염상섭이 결과적으로 인지한 그 불연속성의 효과와는 별도로 고찰되어야 할 문제이다. 그리고 「삼대」와 「무화과」에서 보이는 불연속성의 이유에 대한 본 연구서의 논의는 그 두 작품에 한정된다. 이후 나타난 염상섭식의 연작 형태들은 그 당시의 사정에 따라 채택되었다는 점에서 최초의 선례를 빚은 이유가 그후의 사례들까지 연장되지 않는다. 염상섭의 소설에서 보이는 연작 형태에 대한 본격적인 논의는 별도의 각론들에 이월되어야 한다. 여기서는 본 연구서가 제기한 문제에 대해 불거질 수 있는 오해를 불식하기 위한 부연/설명을 하는 선에서 그치기로 한다. 일반적인 시각을 전제하면 연작들 사이에서 작중인물들의 이름이 바뀌는 것은 지극히 이례적이다. 그래서 그 문제가 연구의 차원에서 거론될 만하다고 판단했다.

쟁은 채련과 종엽에 대한 이탁의 구애와 무관하지 않다. 연애 경쟁에서 번번이 원영에게 밀리는 이탁은 자신의 재력으로 원영을 신문사에서 밀어내려 하고 그러한 사정을 간파한 원영도 이탁에게 맞선다. 김홍근은 제 잇속을 챙길 목적에서 이탁의 하수인 노릇을 하는데 원영과 채련 사이를 이간질하거나 이탁이 종엽을 만나게 하려고 그가 꾸미는 일들은 연애 서사를 견인하는 기능을 한다. 그처럼 신문사와 관련된 삽화들은 원영을 중심으로 펼쳐지는 연애 서사에 종속된다.

「삼대」에서 덕기의 성찰과 반성은 반어의 과정을 밟음으로써 가족사와 사회 현실을 총체적으로 조망하게 하는 지평을 연다. 그에 비해 「무화과」에서 원영은 단순한 성격의 인물로 등장한다. 원영에게서 파악되는 성격적 특성은 의리와 오기 정도이다. 원영은 채련을 첩으로 맞아들이고 김동국의 도움 요청을 수락하는데 그 두 가지가 그의 의리를 보여준다. 전자는 조부 세대에서 이루어진 혼약을 지키는 일이고 후자는 친구와의 우정을 배신하지 않는 일이다. 오기는 그가 신문사의 주도권을 두고 이탁과 경쟁하는 과정에서, 그리고 돈 문제로 문경의 시댁과 대립하는 과정에서 선명하게 드러난다. 「삼대」에서 덕기의 성찰과 반성은 고민과 갈등과 숙고 등의 심리적 과정을 거쳐 진행되는 데 비해 「무화과」의 원영에게서는 그러한 심리적 과정이 보이지 않는다. 원영의 의리와 오기는 그 이면에 심리적 과정을 거느리지 않아서 단순한 양상을 띤다. 의리와 오기로 일관하는 그의 언행이 그를 단순한 성격의 소유자로 만든다. 그 단순한 성격이 "원영의 주된 관심은 '돈' 문제를 빼면 여자 문제에 집중되어"[88] 있다는 단정도 가능케 한다. 그는 신문사의 구성원

---

88 조미숙, 「『무화과』에 나타난 통속화 전략—『삼대』와의 차별화를 중심으로」, 『통일인문

답지 않게 당대 현실의 문제들에 무심하며 사회주의자들과도 접촉을 피한다. 그의 의리와 오기 이면에서 항일 의지를 읽어내려는 시도는 해석자의 소망과 기대를 본문에 투사하는 것이 된다. 본문에 서술된 행동과 사건은 그 정도로 해석이 진행하는 것을 허락하지 않는다.

「무화과」의 원영과 「삼대」의 덕기는 성격 면에서 동일인으로 인정되기 어려울 정도로 차이가 뚜렷하다. 그처럼 현격한 차이를 설명하자면 인물 형상화에 사용된 방법이 거론되어야 한다. 염상섭의 소설에서 파악되는 방법들로 고백체와 재현과 논설과 추리를 앞에서 살펴보았다. '창작의 산실'로 일컫는 재도일기에 이르러 그 네 종의 방법 목록이 완비되었다. 「삼대」 이전까지 염상섭은 그 방법들을 적극적으로 활용하여 장편소설을 창작했지만 「사랑과 죄」를 제외하면 그다지 긍정적인 성과를 거두지는 못했다. 방법들이 작품 안에서 조화를 이루지 못하기 일쑤였다. 방법의 면에서 「삼대」는 전작들의 실패를 되풀이하지 않았다. 각 방법은 그 특성에 맞도록 적소에 적절하게 사용되어 편중이나 과도함이 나타나지 않았다. 방법들이 이룬 유기적인 조화는 반어의 효과로 나타남으로써 「삼대」의 완성도가 높아졌다. 「삼대」가 다수의 주제론적 선행 연구에서 받은 고평은 주제의 이면에서 복무한 방법의 성취이기도 했다.

「삼대」의 방법적 성취는 주인공인 덕기의 형상화에서 뚜렷하게 확인된다. 고백체와 재현과 논설과 추리가 형상화한 덕기의 성격은 간단한 규정이 불가능할 정도로 복합적이었다. 고민과 갈등과 숙고를 거쳐 나타난 성찰과 반성은 그가 주인공으로서 지닌 작중의 위상과 부합했다.

학』 67집, 건국대학교 인문학연구원, 2016, 242쪽.

가족사와 욕망과 이념이 충돌하고 교차하는 자리에서 서사를 추진하고 주제를 구현하는 것이 그에게 부여된 작중의 기능이었다. 그런데 그 방법들이 「무화과」의 원영을 형상화하는 데에는 거의 사용되지 않았다. 「삼대」의 연재가 끝나고 두 달 뒤에 「무화과」의 연재가 시작되었기에 그 변화가 갑작스럽다. 고작 두 달의 시차를 둔 같은 작가의 두 작품이 방법 면에서 격변에 가까운 편차를 보이는 것이다. 방법에 관한 염상섭의 관심을 고려하면 그 변화의 이유를 마땅히 고찰해보아야 한다. 그런데 논지 전개상의 필요에 따라 그 고찰은 잠시 유보하고 여기서는 염상섭의 방법들을 전제로 원영의 형상화를 검토하기로 한다.

원영에게 고백체가 부여되지 않았기에 그의 내면 심리가 제대로 표명되지 않는다. 사건과 대화로 인물의 심리를 나타내는 데는 한계가 있다. 사건과 대화에 수반된 서술자의 설명도 인물 자신의 직접적인 고백만큼 실감을 지니지 못한다. 필순을 두고 덕기가 했던 부류의 고민과 갈등은 원영에게서 찾기 어렵다. 채련과 종엽에 대한 원영의 태도에서는 미모의 여성에게 끌리는 남성의 일반적인 심리 정도가 파악된다. 원영과 채련이 연애 서사의 주인공이 되지만 그들 사이에서는 덕기와 필순 사이에 흐르던 심리적 긴장도 조성되지 않는다. 원영과 채련은 미리 정해진 순서를 따르듯 만나서 가까워지고 부부가 된다. 연애가 불러일으키는 슬픔이나 그리움, 외로움 같은 정서적인 부담이 그들에게서 전혀 읽히지 않고 다만 그들 사이를 이간질하는 방해자들이 있을 뿐이다.

재현은 소설의 기본적인 서술 방식이어서 원영의 형상화에도 사용된다. 그런데 재현과 반비례의 관계인 서술자의 존재가 덕기보다 원영에게서 과도하게 노출된다. 서술자는 불충분한 서사를 보충하거나 새로 등장한 인물의 내력을 소개하거나 상황의 의미를 설명하기 위해 본

문에 목소리를 노출하고 그로써 재현이 지닌 현장감의 효과가 줄어든
다. 원영은 "서술자의 이념적 시점에 의해 (……) 그저 자기 주위의 정
황 변화에 따라서 일방적으로 끌려가는 인물로 그려지는"[89] 탓에 그에
게서는 논설에 해당하는 과정도 찾기 어렵다. 원영이 한인호와 벌이는
긴 대화도 토론이라기보다 시비를 따지는 언쟁에 불과하다. 원영의 연
애 서사에서 추리는 사용되지 않는다. 자신의 신변과 관련한 원영의 이
런저런 추측 정도를 추리로 보기는 어렵다. 다만 동국이 기획한 모종의
사건이 '조일사진관'을 통해 추진되는 과정이 추리적인 양상을 띠는데
원영이 거기에 연루되면서 그의 성격인 의리가 강조된다. 염상섭의 방
법들은 원영의 형상화에서 거의 실종되고 그 결과 원영은 단조로운 성
격의 인물이 된다. 그런데 염상섭의 방법들이 「무화과」에서 아예 사용
되지 않은 것은 아니다. 원영에게서 보이지 않던 그 방법들이 문경과
정애, 완식의 형상화에 사용된다.

인식과 실종의 서사

원영이 「무화과」의 주인공이긴 하지만 작중의 비중은 「삼대」의 덕기
에 미치지 못한다. 덕기는 「삼대」의 전편에 걸쳐 서사를 추진하는 중심
동력으로 기능하면서 주제의 형성을 주도한다. 그러나 「무화과」에서
원영의 비중은 후반부로 접어들수록 줄고 그에 비해 문경과 정애와 완
식이 차례로 비중을 키운다. 주인공의 비중이 감소하고 부인물들의 비
중이 증가함에 따라 「무화과」의 서사 구조는 느슨해져 「삼대」만한 완

---

89 김경수, 같은 책, 117쪽.

성도를 이루지 못한다. 문경과 정애와 완식을 각각 중심으로 삼아 전개되는 서사들은 개별성이 강하여 원영의 서사에 종속되기보다 그로부터 이탈한다. 하위 서사들의 개별성이 전체 서사의 내적 결속력을 약하게 만드는 것이다. 게다가 원영에게 유보되었던 염상섭의 방법들이 문경과 정애와 완식의 형상화에 동원된다. 그들이 생동감 있게 형상화되면서 원영이 가려지는 결과를 빚는다. 「무화과」는 원영의 작중 비중을 기준으로 전반부와 후반부로 나뉜다. 문경과 정애와 완식이 주요 인물로 등장하면서 새로운 장이 시작된다. 전반부와 후반부의 뚜렷한 차이가 「무화과」를 별개의 두 작품이 합본된 상태처럼 보이게 한다. 후반부는 문경의 서사로부터 시작된다.

문경은 설정 면에서 「삼대」의 덕희를 잇는다. 덕희는 부잣집 딸로서 부족함 없이 자라 세상 물정 모르는 순진한 인물로 등장했고 작중의 비중은 미미했다. 「무화과」에서 문경도 처음에는 그 모습 그대로이다. 그녀는 동경 유학중에 인호와 만나 결혼했고 별 어려움 없이 순탄한 삶을 이어간다. 그런데 시댁이 빚을 갚는다는 이유로 원영에게 만원을 요구하면서 문경은 친정으로 돌아와 지내게 된다. 원영이 만원을 문경의 시댁에 보내지 않는 한 문경은 친정살이를 계속해야 할 형편이다. 문경은 원영이 그녀의 시댁에 돈을 줌으로써 사태가 원만하게 해결되기를 바란다. 그러나 원영과 문경의 시댁 사이에서 갈등이 격화되고 아버지의 하수인 격으로 원영을 상대하던 인호는 문경을 남겨둔 채 동경으로 돌아가버린다. 문경은 인호의 매정한 태도를 겪으며 자신의 결혼생활에 대해 회의하게 된다. 문경은 인호에게 보낸 편지에서 "웃돈 주어서 데려가달라고 할 만치 내 몸은 처치할 데 없는 쓰레기가 아닙니다"[90]라고 항변한다. 단호한 어조와 준열한 논리로 이루어진 그 편지의 문장들은 문경의 내면을 선명하게 비춘다. 부당한 처지를 거부하기로 다짐한 문경은 "그러고도 서로 의지하고 살 수 있을까요?"(227쪽)라는 물음으로 편지를 끝맺는다. 편지에 구사된 고백체와 논설은 문경을 서사의 중심부로 이동시킨다. 문경은 의존적이고 수동적이던 태도에서 벗어나 능동적으로 자신의 삶을 결정하는 인물로 변모한다. 그래서 그녀의 이후 행보가 작중에서 비중 있게 다뤄진다.

문경은 종엽과 어울리던 중 만난 김봉익에게 호감을 품는다. 봉익도 문경을 두고서 연애 감정에 사로잡힌다. 문경은 감기를 앓는 봉익을 찾아가 병구완에 쓸 돈을 전하고 이후에는 봉익을 병원에 입원시킨다. 봉익은 전염병으로 판명되어 순화병원에 격리 수용된다. 문경과 봉익은 서로의 감정을 확인하면서도 심적인 갈등을 겪는다. 문경은 기혼자라는 신분에서 자유롭지 못하고 봉익은 사적 감정이 자신의 사회주의 이념 추구를 저해한다고 여긴다. 문경을 향한 봉익의 모순된 감정은 편지와 꿈을 매개로 토로되고 그런 봉익을 지켜보는 문경의 심리는 내면 독백으로 전개된다. 인물의 육성을 직접 노출하는 고백체에 의해 그들의 연애는 진실성을 획득한다. 그런 면에서 그들의 연애는 원영의 연애와 대조된다. 원영은 시혜자의 위치에서 여성들의 접근을 수납하거나 외면한다. 채련이 선택되고 종엽과 맛짱은 거부되는 데에서 드러난 바와 같이 연애의 성사 여부는 오직 원영의 의지에 따른다. 원영이 우월한 입장을 점한 탓에 그에게서 연애로 인한 고뇌나 갈등은 보이지 않는다. 문경과 봉익은 원영에 비해 불리한 조건에 자리한다. 기혼녀와 사회주

90　염상섭, 『무화과』, 동아출판사, 1995, 225쪽. 이하 이 책에서 인용할 경우 말미에 책의 쪽수만 표시한다.

의자의 연애가 성사되려면 통과해야 할 난관들이 만만치 않다. 그들 각자의 내면에서 결단이 필요하고 사회적인 비난도 감수해야 한다. 위태로운 조건에서 그들이 펼치는 연애 서사는 사건과 정서의 면에서 원영의 연애 서사보다 밀도가 높다. 고백체의 사용 여부가 그러한 차이를 만든다. 그들의 내면이 호소력 있게 표현되기 때문이다.

봉익과의 연애가 문경에게는 세상 경험의 폭을 넓혀가는 과정이기도 하다. 부잣집 딸로 유복하게 자란 문경은 봉익의 거처에서 그전까지 전혀 보지도 겪지도 못한 가난을 마주한다. 사회주의자인 봉익과의 교제가 경찰에게 주목되어 경찰서 취조실에서 조사를 받기도 한다. 종엽에게 유인된 홍근이 병호에게 구타를 당하는 현장에서 문경은 표리부동한 홍근의 본색을 깨닫는다. 원영이 검거된 동안 경찰서의 수사 상황을 알려주면서 접근한 홍근을 문경은 선량한 사람으로 여기고 신뢰했다. 그러나 홍근은 문경의 사정을 염탐하여 시댁에 알렸고 그녀에게서 돈을 사취하기도 한다. 봉익의 연인으로서 문경이 겪은 일들은 그녀를 정신적으로 성숙시킨다. 경험을 통해 삶에 대한 이해가 깊어진 것이다. 그중에서 죽음과 관련한 경험이 지닌 의의가 특별하다. 원영이 검거된 동안 문경은 모친을 임종하고 상주 노릇을 하면서 장례를 치른다. 퇴원한 봉익을 찾아간 길에 문경은 화장터를 구경한다. 호기심에 끌려 다가간 그곳에서 문경은 "등덜미에 찬물을 끼얹듯이 전신에 소름이 끼치"는 공포를 경험하고 화부의 흉한 모습에 "잠깐은 얼이 없었으나"(573쪽) 종엽이 시키는 대로 화덕 안을 들여다본다.

그러자 가마 문 앞에서 무엇이 움찔하는 바람에 문경이는 질겁을 해서 고개를 뒤로 젖혔다가 그래도 무언가 자세 보려고 다시 눈을 들이대니

컴컴한 속에서 마주 무엇이 번쩍한다—사람의 눈이다. 아까 장작 안고

가던 지옥 문지기 같다고 생각하던 그 늙은이의 뱀의 눈이 번쩍하며,

"고만 가요!"

하는 이 빠진 소리가 기다랗게 들린다. 문경이는 식은땀이 겨드랑이에

쭉 솟았다.(575~576쪽)

문경에게 화장터는 삶과 죽음의 경계이고 화부는 지옥의 문지기로

인식된다. 문경은 화덕 안을 들여다보다가 죽음을 대면하는 착각에 빠

지고 그날 밤 태중의 아이를 유산한다.

모친의 장례로부터 화장터를 거쳐 유산으로 이어지는 죽음의 사건

들이 문경의 삶을 변화시키는 계기가 된다. 문경의 동경행이 그 변화의

시작이다. 홍근을 통해 문경이 유산한 사실을 알게 된 인호는 그 일을

추궁하는 편지를 보낸다. 문경은 수동적이고 의존적이던 자세에서 벗

어나 자기 인생의 주인으로 살아갈 결심을 하고 동경으로 떠난다. 인호

를 "만나서 아퀴를 지어놓아야 마음이 가뜬할 것 같은 생각이 든 것이

다"(592쪽). 문경은 동경에서 의외의 사태들을 만난다. 인호는 역으로

마중나오지 않았고 집에는 자물쇠가 채워져 들어갈 수 없다. 수소문한

결과 정애와 동식은 행방을 감췄고 그들의 행방을 쫓던 경시청은 인호

를 검거하여 조사하는 중이다. 문경도 경시청에서 조사를 받는다. 풀려

난 인호는 문경을 외면하며 지내다가 고물상을 불러 가재도구들을 팔

아넘긴다. 문경은 그 자리에서 오원을 얹어 그것들을 고물상에게 되산

다. 인호가 남기고 떠난 전당포의 빚과 가게 외상도 문경이 모조리 갚

는다. 그 일들을 차근차근 정리하는 문경에게서 어리숙하고 겁 많은 부

잣집 딸의 모습은 보이지 않는다. 동경에서 의외의 사태를 만날 때마다

그녀는 침착하게 상황을 판단하고 대처한다. 예상과 다른 동경의 상황들 앞에 당황하기보다 오히려 냉정한 태도를 견지할 정도로 문경은 정신적으로 성숙한 것이다.

문경은 귀국하는 연락선에서 인호가 영자와 함께 있는 장면을 목격하지만 분노하는 대신 냉소한다. 인호는 문경의 초연한 태도에 위축되어 구구한 변명을 늘어놓는다. 문경은 귀국 후 이혼을 추진하고 인호는 봉익과의 관계를 빌미로 문경을 협박하면서 금전적 배상을 요구한다. 종엽이 인호의 협박을 무마하는 중재자로 분주히 활동하던 어느 날 그녀는 문경과 봉익을 우연히 길에서 마주친다. 문경과 봉익은 화장터에 다시 갔다가 돌아오는 길이다. 문경과 봉익의 회고적인 행보는 그들에게 화장터가 비단 죽음의 장소가 아니라 죽음에서 삶으로 선회하는 장소였음을 의미한다. 문경과 봉익은 각자의 인생행로를 가기로 했다고 종엽에게 밝힌다. 문경은 동경으로 가서 공부를 계속할 예정이고 봉익은 자신의 이념을 실천하기 위한 모종의 결심을 한 상태이다.

「무화과」에서 문경을 중심으로 엮이는 사건들은 '탐색의 서사quest story'에 해당하는 사례로 파악된다. 문경의 탐색은 가정이라는 울타리를 넘어 세상을 향해 진행한다. 그 탐색에서 봉익과 종엽은 조력자 역을, 인호는 반대자 역을 수행한다. 문경은 봉익과 사귀면서 인호와의 결혼생활을 돌아보게 되고 사랑의 가치를 재발견한다. 문경은 의존적이고 수동적이던 종전의 상태에서 벗어나 자기 삶의 주인으로서 미래를 계획하기에 이른다. 그래서 "이처럼 눈부신 변모를 보여주는 문경은 염상섭 소설에서 처음으로 나타나는 인물 유형이다"[91]라는 평가가

---

91 정호웅, 「식민지 중산층의 몰락과 새로운 방향성」, 『염상섭문학연구』, 권영민 엮음, 민음

일찍이 부여되기도 했다. 문경이 비록 봉익과 결혼에 이르지 못하지만 그녀의 탐색이 무의미했던 것은 아니다. 탐색의 서사 유형에서 "탐색의 진짜 이유는 언제나 자기 인식이다".[92] 문경의 서사가 마무리되는 지점에서 그녀가 전개한 탐색의 진짜 이유가 봉익과의 결혼이 아니라 자기 인식이었음이 드러난다.

염상섭의 방법들은 원영보다 문경에게 적극적으로 구사된다. 그 방법들에 힘입어 문경의 서사는 완성도를 높인다. 고백체는 봉익의 편지와 그 편지에 대한 문경의 내면 독백에 사용되어 두 인물 사이에 조성된 연애 감정의 밀도를 본문에 드러나게 한다. 화장터 장면의 사례처럼 문경의 서사를 이루는 사건들은 재현을 위주로 전개되어 서술자의 중개가 빈번한 원영의 서사보다 생생한 사실감을 획득한다. 문경의 서사에서 논설과 추리도 비록 적은 비중이긴 하지만 그 나름의 역할을 한다. 논설은 문경이 인호의 부당함을 지적하고 자신의 정당성을 주장하는 데 사용된다. 인호의 외도는 추리적인 과정을 거쳐 문경에게 인지된다.

문경의 서사는 그 자체로 선명하게 구획되고 완성도도 높아서 「무화과」의 구조를 이완시키는 작용을 한다. 부분의 개별성과 자립성이 강할수록 전체의 구조적 응집력이 취약해지기 마련이다. 문경의 뒤를 이어 정애가 서사의 중심인물로 등장하면서 「무화과」 후반부의 구조적 이완은 계속된다. 일본에서 종적을 감춘 정애가 채련에게 나타나 도움을 청

사, 1987, 153쪽. 정호웅의 이 통찰은 이후의 연구자들이 문경을 소홀히 다룬 사실을 감안한다면 연구사적으로 기억될 만한 의의를 지닌다.

92   Thomas C. Foster, *How to Read Novels Like a Professor: A Jaunty Exploration of the World's Favorite Literary Form*, Harper Perennial, 2008, p. 3.

하는 지점부터 「무화과」는 정애의 도피 과정을 위주로 전개된다. 염상섭의 방법들은 정애를 중심으로 진행되는 서사에도 적절하게 사용된다. 완식은 한집에서 지내는 정애에게 연애 감정을 품게 되고 그 감정 때문에 갈등한다. 정애를 돕는 일은 옳지만 연애 감정이 그 옳은 일을 불순하게 만든다고 여긴 것이다. 그러한 갈등이 기록된 일기를 몰래 읽은 정애는 완식의 인물 됨됨이에 호감을 품는다. 정애와 완식은 일기와 편지를 매개로, 다시 말해 고백체를 통해 서로의 감정을 들여다본다. 당사자가 자신의 감정을 직접 토로함으로써 그들 사이의 감정적 파동이 호소력을 획득한다. 재현은 정애의 서사를 전개하는 기본적인 방식으로 사용된다. 완식의 현실 인식과 이념적 입장은 그의 일기에서 논설의 방식으로 전개된다.

추리는 정애의 도피 과정에 사용된다. 정애는 일경의 추적을 따돌리기 위해 대련을 경유하여 입국하고 조일사진관 뒤편의 폐가에서 사흘 밤을 숨어 지내다가 동기童妓로 변장하고 채련을 찾아온다. 채련은 사람의 발길이 잦은 자신의 집에 정애를 둘 수 없어 언니의 집으로 보낸다. 완식은 야심한 시간에 일부러 멀리 우회하여 자신의 집으로 정애를 데려간다. 시간이 흐를수록 완식의 집도 정애에게 안전한 은신처가 되지 못한다. 일경의 추적이 계속되는 상황에서 정애를 보았다는 목격자까지 나타난다. 완식은 늑막염 치료차 관악산의 어느 절에서 요양하던 중에 그곳이 정애의 새 도피처로 적합하다고 판단한다. 완식의 주선으로 한 늙은 여승이 와서 정애를 삭발시킨 후 데려간다.

추리소설에서 범인의 도피는 변장과 은신과 잠행으로 이루어진다. 정애의 도피도 그러한 양상으로 진행되지만 추리소설과 다른 효과를 거둔다. 추리소설에서 범인의 도피 과정이 흥미를 조장한다면 정애의 도피는 당대 현실과 관련된 비극성을 내포한다. 의학전문학교에 재학 중인 정애는 졸업 후에는 귀국하여 개업할 뜻을 품고 학업에 열중하고 있었다. 그러나 정애의 사적인 계획은 그녀가 동욱의 심부름을 맡으면서 돌이킬 수 없이 멀어진다. 식민지 치하에서 정애에게 남은 일은 도피뿐이다. 일경에게 체포되거나 식민 통치가 종식되지 않는 한 그 도피는 목적도 기약도 없이 계속되어야 한다. 정애의 서사는 그 막막함 앞에서 종료된다. 작중에서 마지막으로 보이는 정애의 모습이 그래서 처연할 수밖에 없다.

> 부자가 나간 뒤에, 정애는 노승이 자기 것을 가져온 사내 바지저고리에 겹두루마기를 입고 버선목을 올리고, 노승의 바랑을 대신 짊어지고 나섰다. 푹 쓴 송낙 밑에는 눈은 안 보이나 눈물이 걷잡을 새 없이 떨어진다.(838쪽)

의리의 연대와 제3의 길

염상섭의 소설 대부분에서 사회주의자가 등장한다. 사회주의자의 작중 비중은 작품에 따라 편차가 있다. 사회주의자가 서사의 구성과 주제의 형성에서 한 축을 이루는가 하면 그보다 주변적인 존재로 등장하기도 한다. 「사랑과 죄」와 「삼대」가 전자에, 「이심」과 「광분」이 후자에 해당한다. 「무화과」에서 사회주의의 비중은 「사랑과 죄」와 「삼대」 쪽에 가깝다. 조일사진관을 거점으로 준비되는 사회주의 세력의 항일 투쟁은 원영의 연애와 더불어 「무화과」의 서사를 추진한다. 김동국은 그 투쟁의 주모자이므로 김호연과 김병화 격의 인물이다. 그런데 그 주모자가 작중에 현존하지 않는다는 점에서 「무화과」는 「사랑과 죄」와 「삼대」에 대해 차이를 보인다. 김호연과 김병화는 작중에서 주인공급의 활동을 펼치는 데 비해 김동국은 그 존재가 간접적으로 작중에 표시되는 정도에 머문다. 김동국은 상해에서 정애와 원영에게 띄운 편지의 발신인으로 등장하고 그가 국외로 망명하게 된 내력은 서술자가 소개한다. 그는 주요 인물들 사이의 대화에서 거명되거나 원영의 생각에 등장한다. 그처럼 그는 작중의 현재에 다른 인물들과 더불어 현존하지 않고 편지나 중개자를 매개로 서사에 관여한다.

동국이 작중에 현존하지 않는 탓에 그가 기획한 일은 다른 인물들이 수행한다. 주모자가 배후에 숨고 하수인들이 활동하는 격이다. 원영은 정애를 거쳐 전달된 동국의 편지를 받고서 사회주의 세력의 활동자금을 댄다. 정애는 동국이 동욱을 통해 요청한 대로 대련에서 조일사진관까지 폭발물을 운반한다. 그런데 원영과 정애가 사회주의자가 아니라는 점이 주목되어야 한다. 그들이 동국의 요청을 수락한 것은 이념적인 차원의 동조가 아니다. 그들을 움직인 것은 이념이 아니라 '의리'이다. 원영에게 동국은 사회주의자이기 이전에 친구이다. 원영은 동국의 요청을 친구의 부탁으로 받아들인다. 동욱에 대한 미안한 감정도 원영의 결정에 고려된다. 동욱이 일본에 있는 동안 그의 애인인 정애를 가까이한 일을 원영은 부끄럽게 여긴다. 물론 동욱과 정애가 연인 관계라는 사실을 원영이 모르는 상태에서 벌어진 일이었다. 동국과의 우정을 지키고 동욱에게 본의 아니게 범한 잘못을 만회하는 것은 의리와 관련된 문제여서 이념과는 무관하다. 원영이 홍의 조일사진관 인수 자금을 내게 된 데에는 그러한 의리가 작용한 것이다. 정애가 동욱을 통해 동국이 시킨 대로 폭발물을 운반하는 일을 맡은 것 역시 이념과 무관하다. 채련이 알지도 못하는 일을 거절하지 않고 맡았다고 비난하자 정애는 "의리에 끌려서 거절할 수도 없"(652쪽)었다고 하면서 '아버지 생각'도 거론한다. 정애의 '아버지 생각'도 의리의 영역에 속한다.

문경과 채련이 차례로 정애를 돕는 이유도 의리의 견지에서 파악된다. 문경은 정애가 아낙네 옷차림으로 나타나 부탁한 대로 그녀가 역에 맡긴 물건을 하인을 시켜 찾아오게 한다. 정애가 변복할 만큼 그 일이 위험하다는 것을 알면서도 문경은 정애를 돕는다. 채련도 문경과 유사한 심정으로 일경에게 쫓기는 정애를 숨겨준다. 정애에서 원영과 문경과 채련으로 이어지는 연장선에 완식도 자리한다. 완식은 채련의 말만 듣고 정애를 자기 집으로 데려간다. 사회주의자인 동국의 이념적 동지는 그들 중 아무도 없으므로 동국이 기획한 일에 관련되어 위험을 무릅쓰는 그들의 행동은 이념이 아닌 의리에 따른 것이다. 그런데 그 의리는 사적 친분의 차원에 국한되지 않는다. 원영에게 동국은 친구이고 동욱은 친구의 동생이다. 문경에게 정애는 일본에서 한집에 기거하는 사이이고 채련에게 정애는 원영이 후원하는 인물이어서 남이 아니다. 그들이 그처럼 서로 친분이 있지만 그 정도의 친분이 저마다의 안위를 심각하게 위협하는 일을 감행할 근거가 되기에는 미흡하다. 그들의 의리에는 사적 친분의 차원을 넘어서는 시대적 당위가 전제된다. 식민지 조선인이라면 세대와 이념과 신분의 차이와 상관없이 항일 투쟁에 참여하거나 협조해야 한다는 것. 바로 그 당위가 원영과 정애와 문경과 채련의 사적 친분에 작동하여 의리의 연대를 가능케 한 것이다. 그러한 시대적 당위의 보편성은 완식에게서 선명하게 확인된다. 완식은 채련의 조카이지만 정애와는 전혀 모르는 사이이다. 완식이 이모인 채련의 부탁이라서 생면부지의 정애를 돕기로 한 것은 아니다. 완식을 움직인

것은 마땅히 해야 할 일을 한다는 인식이다. 시대적 당위가 그의 결정에 작동한 것이다.[93]

원영을 비롯한 주요 인물들이 시대적 당위에 따라 의리의 연대를 이룬다는 처리가 보편적 설득력을 지닌다. 그러나 「무화과」 직전까지 염상섭의 소설이 이념의 면에서 도달한 수준과 대비해보면 그런 식의 처리가 안이해 보일 수 있다. 사회주의자의 작중 비중이 높은 「사랑과 죄」와 「삼대」에서는 이념적 논설이 주제와 관련한 의미를 형성한다. 「사랑과 죄」에서는 김호연이 이해춘과 류진, 적토와 벌이는 토론을 통해 사회주의와 민족주의와 허무주의와 무정부주의가 스펙트럼처럼 펼쳐지고 그 이념들의 당대적 가치가 검토된다. 「삼대」에서 조덕기와 김병화의 토론은 사회주의자와 동정자라는 입장 차를 발생시킨다. 그들 양옆으로 필순의 부친과 장훈이 각각 포진하면서 민족주의와 급진주의까지 포섭하는 이념적 구도가 형성된다. 그러한 맥락에서 동정자로서 덕기의 입장이 상대화되고 재정립된다. 이념적 구도의 면에서 「무화과」는 「사랑과 죄」나 「삼대」에 비해 단조롭다. 사회주의자들의 존재가 표시되는 정도이고 봉익이 사회주의자로서 드러내는 분노와 결의는 심정적인 수준에 그친다. 이념은 정서가 아닌 논리로서 정당성을 획득한다. 논리화하지 못한 봉익의 분노와 결의는 사회주의를 피상적으로 나

---

93 박헌호는 본 연구서와 유사한 취지에서 '인간적 도리'를 거론한 바 있다. 그러나 원영을 비롯한 주요 인물들이 동국의 하수인이 되어 펼치는 활동을 인간적 도리로 설명하는 것은 불충분하다. "인간으로서의 도덕의식과 최소한의 윤리, '사람으로서 어찌!'의 차원에서" 막연히 거론되는 인간적 도리로는 그들이 무릅쓰는 위험에 내포된 시대적 의미가 포착되지 않는다. 식민지 조선인들 사이에 널리 공유된 현실 인식이 시대적 당위로서 전제되어 그들에게 의리의 연대를 이루게 했다고 이해하는 것이 작중의 사태에 부합할 것 같다. 박헌호, 같은 글, 128쪽.

타낼 뿐이다. 원영이 이념의 문제로 숙고하는 모습이 작중에 거의 나오지 않아서 인식의 면에서 그는 동정자로 파악되기 어렵다. 토론의 상대가 되어야 할 동국의 부재가 원영의 이념적 인식이 표출될 여지를 좁혔을 수 있다.[94] 안달외사는 원영이 동정자라는 데 회의적이다(812쪽). 안달외사가 간파한 대로 원영은 '부르조아로서 몰락해가는 인텔리'이고 '김동국이와의 교분'에 의해 그를 도왔을 뿐이다.

이념의 면에서 「무화과」는 전작인 「삼대」에 비해 빈곤한 양상을 띤다. 이념을 대신하여 의리가 주제를 형성한다. 「삼대」까지 진행된 염상섭 소설의 이념적 추구가 「무화과」에서 보편적인 차원의 윤리로 해소된 셈이다. 염상섭의 전작들이 이념의 면에서 성취한 긴장과 밀도에 비하면 「무화과」가 제기한 의리의 연대는 안이하다. 의리가 사람으로서 지켜야 할 도리임은 분명하다. 원영에서 완식에 이르는 의리의 연대는 시대적 당위에 합당하므로 정의롭다. 그러나 윤리와 이념 중 어느 쪽이 항일을 위한 정신적 동력으로 더 유력한지 묻는다면 의리의 위상이 가늠된다. 염상섭 소설의 이념적 추구를 근대 문학사상사의 한 흐름으로 고찰하고자 한다면 「무화과」에서 제기된 의리의 연대는 경로 이탈로 보일 만큼 종전의 맥락에 대해 이질적이다.

완식의 논설은 「무화과」가 이념의 면에서 보이는 빈곤을 만회해보려는 조치로 판단된다. 완식은 정애를 관악산의 한 암자로 도피시킬 계획을 세우고서 편지를 보내 그녀를 설득한다. 그 편지에서 논설의 방식으로 진술된 완식의 이념적 입장은 원영과 동국 그 어느 쪽도 아니다.

---

94 이보영은 "『무화과』의 이원영에게 그런 토론의 상대가 눈앞에서 사라지고 없다는 사실은 그 개인뿐 아니라 이 작품의 주제에서도 아주 큰 손실을 가져왔다"라고 했다. 이보영, 같은 책, 383쪽.

완식은 민족주의와 사회주의 모두를 부정한 셈인데 그러한 부정의 대안으로 제기한 새로운 길이 막연한 수준에 그쳐 "일종의 공수표 같은 것"[95]이라는 비판을 받았다. 정애를 설득하기 위한 수단으로 이념적 논설이 사용된다는 해석도 제출되었지만 그런 경우라면 이념의 작중 위상은 더 하락한다. 어느 경우든 완식의 논설이 지닌 대안으로서의 가능성은 불확실하고 모호하다는 비판을 면키 어려워 보인다. 그처럼 「무화과」는 이념의 면에서도 부진을 면치 못한다.

「삼대」에서 피혁의 국내 잠입부터 병화의 산해진 개점을 거쳐 장훈의 자살에 이르는 과정은 작중의 현재 사건으로 전개된다. 그에 비해 「무화과」에서 사회주의자들의 동향은 은폐된다. 동국과 동욱의 활동이나 조일사진관을 거점으로 도모된 사건은 작중인물의 전언이나 세간의 소문, 혹은 신문기사로 추정되는 정도이다. 일경의 수사 상황도 「삼대」에서는 비교적 생생하게 다뤄진다. 장훈이 일경의 심문을 받는 상황이 본문에 직접 노출된다. 「무화과」에서 일경의 수사 상황은 경찰서 밖에서 작중인물들이 하는 대화로 전달된다. 경찰서의 내부와 형사들의 취조 과정은 본문에 노출되지 않는다. 사회주의자의 항일 투쟁은 그 스스로 높은 가치를 내장하지만 「무화과」의 경우처럼 삽화로 처리되면 그 가치대로 평가되기 어렵다. 다시 말해 주제로서 항일 투쟁은 삽화에 준하는 등급이 매겨지고 실현되지 못한 가능성으로 파악된다. 그 가능성에 주목하여 염상섭의 의도를 고평하고자 한다면 연구자의 신념이나 기대를 본문에 투사하는 격이 된다. 항일 투쟁과 관련한 염상섭의 의도가 있었다면 그 의도가 「무화과」에서 제대로 실현되지 않았다는 것이

---

95 이보영, 같은 책, 390쪽.

작품의 실상에 부합한다. 작중의 양적 비중이 미미한 완식의 논설에서 과도한 의의를 찾고자 하는 선행 연구의 논의는 그래서 적절치 않다.

「무화과」에서 실현되지 못한 염상섭의 의도를 추정하여 고평하기보다 그렇게 된 사정이 고찰되어야 한다. 「삼대」의 신문 연재가 중단되고 두 달 뒤에 「무화과」의 신문 연재가 시작된다. 두 작품이 시간상 가까이 자리함에도 사회주의의 작중 비중에서 현저한 차이를 보이는 이유를 이해하려면 검열을 거론해야 한다. 김윤식에 따르면 "신문소설에서 당시의 〈주의자〉(공산주의, 무정부주의자를 주로 가리킴)들을 등장시키고 그것에서 소설의 긴장감을 만들어낸 것은 염상섭의 경우를 떠나면 거의 없다".[96] 염상섭이 검열의 사정에 밝았고 그것을 적절히 이용했기에 가능한 일이었다.[97] 「삼대」에서 사회주의자의 동향과 일경의 수사 상황이 노출된 정도는 검열의 수위를 가늠케 한다. 「삼대」의 연재 중단은 그 수위를 초과하는 지점까지 「삼대」의 표현이 진행되었음을 의미한다. 식민지 시기 문학작품에서 사회주의자들의 존재와 식민지 권력의 작용이 은폐될 수밖에 없었던 사정을 전제한다면 「삼대」는 검열이 허락하는 표현의 최대치를 보여준다고 평가될 만하다.[98] 「삼대」의 연재 중단으로 확인된 검열의 수위는 「무화과」의 창작에 고려되어

---

96 김윤식, 같은 책, 566쪽.

97 같은 쪽.

98 이혜령은 식민지 시기 문학의 재현 방식에 작용한 검열 체계에 대해 심도 있는 논의를 전개했다. 염상섭의 소설 창작과 검열의 관계에 관한 본 연구의 인식은 그의 연구를 참조 문맥으로 전제한다. 이혜령, 「감옥 혹은 부재의 시간들─식민지 조선에서 사회주의자를 재현한다는 것, 그 가능성의 조건」, 『대동문화연구』 64집, 성균관대학교 대동문화연구원, 2008, 71~118쪽; 이혜령, 「식민자는 말해질 수 있는가─염상섭 소설 속 식민자의 환유들」, 『대동문화연구』 78집, 2012.

야 했다. 염상섭은 그 수위 아래에서 표현의 가능성을 타진했고 그 결과 이념의 면에서 전작보다 부진한 양상이 나타났다.

「삼대」에 대한 「무화과」의 관계를 '자매편'과 '제2편'으로 호명한 데서 나타난 염상섭의 모호한 태도, 그리고 「삼대」의 인물들을 「무화과」에 그대로 등장시키면서 이름을 바꾼 이유가 해명을 요하는 문제로 앞에서 제기되었다. 검열의 맥락에서 그 문제의 해명이 가능하다. 검열로 중단된 「삼대」의 연재가 다음 작품에서 계속된다고 여겨지는 것이 염상섭에게 부담스러웠을 수 있다. 그것은 검열 당국의 조치에 보란듯이 맞서는 격이 된다. 그렇다고 아예 다른 설정과 인물들로 새 작품을 쓰는 것도 마땅치 않았을 것이다. 검열을 우회하되 연재를 재개하는 방법이 모색되어야 했다. 외양은 달라도 「삼대」에 대한 기억이 전제되어야 독자에게 수용되는 작품이 쓰여야 했다. 작중인물의 이름 바꾸기가 간단하면서도 유용한 방법으로 사용되었다. 그 정도면 검열 당국으로서도 묵인할 만한 명분이 되었다. '자매편'과 '제2편' 사이에 걸쳐 있는 염상섭의 모호한 태도에서 명분과 실질을 고려하는 그의 현실감각이 읽힌다.

「삼대」와 「무화과」 사이의 불연속성을 이해하려면 검열과 함께 염상섭의 정신적인 면도 고려되어야 한다. 「무화과」의 연재를 앞둔 시점에서 염상섭의 자신감은 「삼대」를 연재하던 때보다 떨어진 상태였을 것이다. 「삼대」로 확인된 검열의 수위를 의식하면서 작품을 쓰는 일이 녹록지 않게 여겨졌을 법하다. 완식의 논설에서 추후 확인되는 대로 「삼대」의 덕기가 동정자로서 도달한 수준을 극복할 만한 사상적 진전도 마련되지 않았다. 염상섭은 연재할 작품이 「삼대」에 버금갈 만한 성과를 거두는 것을 난망으로 여겼을 법하다. 훗날 김윤식은 「무화과」는 「삼대」의 속편이 될 수 없는 '실패작'이라고 했다. 작품의 성과로 속편 여부를 가리는 것은 부적절하다. 그러나 염상섭이 「무화과」의 연재를 앞두고 김윤식의 평가와 유사한 우려를 했으리라는 추정은 해볼 수 있다. 「삼대」만한 작품을 다시 쓸 수 있을지 그 스스로 의심을 품었을 법하다. 표현과 관련한 외적 조건의 악화와 그 자신의 사상적 답보 상태는 염상섭에게 신작의 성공을 자신할 수 없게 했고 그 신작을 「삼대」의 온전한 속편으로 인정하는 데 주저하게 했을 것이다. 그가 예감한 대로 「무화과」는 주제와 방법 면에서 「삼대」에 미치지 못했다. 「삼대」가 거둔 성과의 높이가 「무화과」를 통해 재확인된 셈이다.

6. 통속화의 경로

이념적 주제와 통속적 수단

염상섭의 소설에서 연애 서사는 통속성을 구현하기 위해 주로 사용되었다. 통속성은 그의 소설 대부분이 신문에 연재되었다는 사실과 직접 관련된다. 대중매체로서 신문이 지닌 속성을 거기에 연재되는 소설이 외면하기 어렵다. 독자의 호응도는 연재의 지속 여부와 직결될 뿐 아니라 차기작의 수요에도 영향을 미친다. 통속성이 신문 연재소설이 충족해야 하는 기본 요건이 되지 않을 수 없다. 신문사 재직 경력이 알려주는 바와 같이 염상섭은 연재소설이 처한 현실에 익숙했기에 자신이 연재하는 작품이 통속적인 경향을 띠는 데 대해 거리낌이 없었다. 독자의 수준을 생각해 통속소설을 쓸 작정이라는 소회를 밝혔고 통속소설이 본격소설로 진행하기 위한 앞 단계라는 주장을 펼치기도 했다.[99]

통속소설을 공공연히 옹호했다고 염상섭이 그 방향의 소설 쓰기에 주력한 것은 아니었다. 그에게 통속성은 목적이라기보다 수단이자 전략이었다. 전술한 대로 통속성은 신문이라는 현실 매체와 타협하기 위한 수단이었다. 독자의 수용 행위를 유도하기 위한 전략으로 통속성이 구사되기도 했다. 「만세전」의 작가로서 염상섭이 지닌 식민지 현실에 대한 인식이 신문 연재소설을 쓴다고 퇴보한 것은 아니었다. 그는 통속이라는 경로로 들어선 독자에게 식민지 현실을 객관적으로 제시하고자 했기에 연애 서사와 더불어 이념 주제의 서사를 전개했다. 사회주의자들의 신념과 주장이 소개되었고 그들이 항일 투쟁을 모의하고 진행하는 과정이 노출되었다. 그로써 한 작품 안에 통속소설의 경향과 본격소설의 경향이 동거하는 현상이 나타났다. 그 두 경향의 작품 내적인 비중은 개별 사례에 따라 달랐다. 「삼대」가 본격소설 쪽으로 기우는 데 반해 「광분」과 「이심」은 통속소설 쪽으로 기우는 양상이었다. 「사랑과 죄」와 「무화과」에서는 양자가 대체로 비슷한 비중을 형성했다.

통속적인 요청에 부응하면서 본격소설로서의 가치를 추구하려는 방법적 기조는 「무화과」까지 유지되었다. 그러나 일제의 검열로 이념과 관련한 표현이 불가능해지자 염상섭에게 통속적인 수단만 남게 되었다. 통속소설을 쓰는 일만 허락된 셈이었다.[100] 「무화과」 이후 발표된 「백구」와 「모란꽃 필 때」 「불연속선」이 그러한 정황을 확인해준다. 통속소

99　염상섭은 "소위 신문소설, 통속소설을 쓸 때에는" 독자의 수준을 고려할 수밖에 없고 "중학교 3, 4학년 생도의 정도를 표준으로 통속소설을 쓴다"고 스스로 밝혔다. 김경수는, 염상섭이 통속소설을 본격소설의 전 단계로 간주했다고 판단했다. 『염상섭 문장』 1, 698쪽; 김경수, 『염상섭 장편소설 연구』, 145쪽.

100　그 정황을 김윤식은 "심퍼다이즈가 더이상 끼어들 수가 없는 형편에 직면한 염상섭 소설은 심각미를 띨 수가 없다. 통속적·대중적인 소설, 곧 흥미 중심의 소설에 나아갈 수밖에 없었다"고 설명했다. 김윤식, 같은 책, 603쪽.

설과 본격소설이 동거하는 경우 본격소설의 작품 내적 비중에 따라 후대의 평가가 갈렸다. 「삼대」가 가장 후한 평가를 받았고 「사랑과 죄」와 「무화과」「이심」「광분」의 순서로 평가가 점차 박해졌다. 본격소설에서 더 멀어진 「무화과」 이후 작품들에 대한 평가도 그 추세를 따라 부정적이었다.[101] 그 작품들에서 긍정적인 면을 선별하여 그 의의를 이해하려는 시도가 있었지만 지엽적인 가능성을 주목하는 정도에 그쳤다.[102]

선행 연구에서 통속소설로 한데 묶여 저평가된 「백구」와 「모란꽃 필

---

101 김윤식은 「백구」가 추상성의 상태에 떨어졌으며 「모란꽃 필 때」는 '그 나름의 통속적 수준을 유지한 것'인 데 비해 「불연속선」은 염상섭이 '작가적 고자'임을 수긍한 작품이라고 혹평했다. 이보영은 "「백구」에서 통속소설적인 경향을 짙게 보이더니 「모란꽃 필 때」부터의 세계는 분명히 통속소설적이다"라고 했다. 「백구」와 「모란꽃 필 때」와 「불연속선」을 통속소설로 판단한 선행 연구의 인식을 전제로 후속 연구들이 진행되었다. 김용희는 「모란꽃 필 때」와 「불연속선」에서 식민지 자본의 병적인 면모를 독해했으며 김문정은 「불연속선」에 나타난 당대의 면모들에 주목하면서 이 작품에 대한 기존의 부정적 평가가 재고되어야 한다고 제언했다. 유봉희는 「모란꽃 필 때」가 비록 통속소설이지만 엄혹한 검열 속에서 시대상을 담아내려고 분투한 점을 긍정적으로 평가했다. 김병구는 「백구」와 「불연속선」에서 민족 동질성의 회복을 희구하는 염상섭의 서사적 욕망을 읽었고 김승민은 「모란꽃 필 때」에 나타난 연애의 삼각관계를 논의했다. 김윤식, 같은 책, 599쪽, 611쪽, 820쪽; 이보영, 같은 책, 423쪽; 김용희, 「염상섭 소설의 도시 인식─『모란꽃 필 때』와 『불연속선』의 경우」, 『어문연구』 120호, 한국어문교육연구회, 2003; 김문정, 「『불연속선』에 나타난 사랑의 서사와 풍속」, 『한국문예비평연구』 20집, 한국현대문예비평학회, 2006; 유봉희, 「염상섭 장편 『모란꽃 필 때』 연구─은유와 환유를 중심으로」, 『어문논총』 20호, 전남대학교 한국어문학연구소, 2009; 김병구, 「염상섭 장편소설 「백구」의 정치 시학적 특성 고찰」, 『국어문학』 58집, 국어문학회, 2015; 김병구, 「염상섭 장편소설 「불연속선」 연구」, 『우리문학연구』 45집, 우리문학회, 2015; 김승민, 「염상섭 『모란꽃 필 때』 연구─삼각관계 구도 변화와 '동경'의 의미를 중심으로」, 『현대문학이론연구』 63집, 현대문학이론학회, 2015.

102 이보영은 「모란꽃 필 때」가 통속소설임에도 불구하고 염상섭의 반일 감정이 표출된다고 보았다. 김경수는 「백구」와 「모란꽃 필 때」의 현실 묘사에서 시대적 의의를 읽어내고자 했으며 「불연속선」에서도 그러한 가능성을 타진했다. 이보영, 같은 책, 526~528쪽; 김경수, 『염상섭 장편소설 연구』, 5, 6장 참조.

때」와 「불연속선」은 이념적 주제를 배제한 통속소설 쓰기가 염상섭에게 수월치 않았음을 보여주기도 한다. 염상섭이 통속소설에 연착륙하지 못하는 과정이 그 작품들의 통시적 배열에서 파악된다. 시간상 나중에 발표된 작품일수록 통속소설로서의 면모가 분명해진다. 「백구」는 본격소설은 물론이려니와 통속소설로서도 미흡했다. 「모란꽃 필 때」가 그보다 통속소설다웠고 「불연속선」이 온전한 통속소설에 도달한 양상을 보인다. 선행 연구에서 통속소설이라는 동일 범주로 처리된 작품들의 차이와 변이를 살핌으로써 「무화과」 이후 염상섭 소설의 전개 과정에 대한 구체적인 윤곽을 마련하고자 한다.

섣부른 시도의 귀추

「백구」는 도입부의 설정을 통해 연애소설로서의 종적 특성을 선명하게 드러낸다. 젊은 남녀의 연애가 기성세대의 세속적인 이해관계에 의해 위기에 처한다는 식의 설정은 연애소설에서 흔하다. 백화점 점원인 원랑은 소학교 교원 박영식을 사랑하지만 이형식이 자신의 부를 이용해 원랑과 결혼하려 한다. 원랑의 모친은 부유한 사위의 덕을 보려는 심산으로 딸을 형식에게 시집보내려 한다. 원랑과 영식의 연애는 감정의 순도가 높아서 순수하다고 인정될 만하다. 그들은 모두 가난한 처지여서 서로에 대한 감정에 다른 계산이 개입할 여지가 없다. 형식은 원랑의 모친과 협력하여 일종의 매매혼을 추진함으로써 원랑과 영식의 연애를 방해한다. 남녀 주인공이 방해자들에 맞서 그들의 뜻을 관철하는 것이 통상의 연애소설에서 기대되는 과정이다. 영식과 헤어져서 중년의 유부남인 형식의 재취가 되는 일은 죽기보다 싫은 일이기에 원랑은 모친에게 거세게 저항한다. 그런데 영식은 통상의 연애소설에 등장하는 남주인공답지 않게 곤경에 처한 원랑을 돕지 않는다. 영식은 자신에게 피신한 원랑이 그녀의 모친에게 붙잡혀가도록 방관한다. 가출한 원랑과 용산역 대합실에서 다시 만나 인근을 산책할 때도 영식은 원랑에게 귀가를 종용한다.

원랑이 영식에게 하는 구조 요청은 연애 서사가 진전되기 위한 계기이기도 하다. 그 계기는 세 차례에 걸쳐 제기된다. 전술한 원랑의 피신과 가출이 각각 첫번째와 두번째 계기이다. 세번째 계기는 원랑이 형식과 결혼하고 한 달 후 그녀가 영식에게 보낸 편지이다. 그중 한 번이라도 원랑의 요청을 영식이 수락하면 연애 서사가 진전되는 국면이 펼쳐진다. 그런데 영식은 원랑의 요청을 번번이 외면한다. 특히 둘째 계기에서는 도피 자금까지 마련된 상태이다. 원랑은 형식이 결혼 준비 용도로 모친에게 건넨 돈 중 일부를 훔쳐서 가출한다. 모친의 강압으로 백화점을 그만둔 날 밤 원랑은 반사적으로 무작정 영식의 집으로 달려간 데 비해 이튿날 그녀의 가출은 계획된 것이다. 영식은 원랑이 도피 자금을 챙겨온 사실을 알고서 도리어 세간의 소문을 우려한다. 영식은 자신의 사주로 원랑이 형식의 돈을 훔쳐 도망쳤다는 소문이 날 거라고 말하여 그녀를 절망에 빠뜨린다. 원랑은 형식과 결혼하고 한 달 뒤에 우연히 영식과 재회한다. 그 재회에서도 영식이 원랑과의 관계를 회복할 가능성이 제기된다. 결혼하고 한 달이 지났음에도 원랑은 여전히 처녀의 몸을 유지한다. 신병을 핑계로 형식의 접근을 막은 탓이다. 순결 이데올로기가 지배하는 사회에서 처녀성은 여성의 결혼 자격과 직결된다. 영식의 아내가 될 가능성이 원랑에게 아직 남아 있는 상태이다. 그 우연한 재회 이후 영식에게 보낸 편지에서 원랑은 자신의 순결을 암시한다. 영식은 원랑이 아직 처녀의 몸이라는 사실을 혜숙에게 들어서 알고 있지만 원랑의 마지막 구조 요청에마저 응하지 않는다.

영식과 원랑의 연애 서사는 세 차례나 진전의 계기에 이르고서는 번번이 중단된다. 그 중단의 배경에는 염상섭이 사실주의자로서 견지해 온 입장이 자리한다. 영식이 원랑과 도피하는 전개는 사실주의자인 염상섭에게 용납되기 어렵다. 여러 현실적인 조건들은 그 도피의 실현 가능성을 희박하게 만든다. 원랑의 요청을 거절하면서 영식이 하는 변명은 사실주의자로서 염상섭의 판단을 대변한다. 객관 현실에 충실한 염상섭의 입장에서는 이광수의「재생」이나「유정」같은 작품을 결코 쓸 수 없다. 비현실적인 열정을 이상화하기보다 그러한 열정의 허망함을 다루는 일이 염상섭에게 오히려 익숙했다. 염상섭이 설령 사실성의 훼손을 무릅쓰고 원랑과 영식이 도피하는 방향의 서사를 고려했더라도 그로부터 예견된 결과를 우려했을 법하다. 원랑과 영식이 벌이는 애정의 도피는 여러 흥미로운 사건으로 전개될 수 있다. 두 연인이 도피 과정에서 서로 오해와 갈등을 빚을 수 있고 반대자들의 추적과 방해가 서사를 추진하는 주요 변수가 될 수 있다. 서사가 그처럼 발전적으로 전개되면서 통속성을 띌 가능성이 농후해진다. 바로 그 통속성을 염상섭은 우려했을 것이다.「백구」이전까지 염상섭의 소설에서 통속성은 수용자를 주제로 유도하기 위한 수단이었지 그 자체가 목적은 아니었다. 그런데 그가 일관되게 추구해온 이념 관련의 주제를 소설에서 더 다룰 수 없게 되자 통속성이 수단에서 목적의 자리로 옮겨오는 사태가 벌어진다. 적대적인 여건 속에서 진행된 청춘 남녀의 연애 서사는 통속성의 문제를 마주하게 된다. 이념과 관련한 주제가 엄존하던 시절에 중요하게 고려되지 않던 문제가 대두한 것이다.

연애 서사가 세 차례나 진전의 계기까지 이른 데에서 연애소설을 쓰려는 염상섭의 의도가 드러난다. 그 계기에서 연애 서사를 번번이 중단시킨 데에서는 소설의 사실성과 통속성에 대한 염상섭의 원칙이 읽힌다. 연애소설을 쓰려는 의도와 그 의도를 저지하는 원칙 사이에서 염상섭은 원칙을 선택한다. 그 선택의 이면에는 사실성을 훼손하고 통속성을 감수하면서까지 연애소설을 쓸 수 없다는 판단이 자리한다. 염상섭은 이념을 배제한 연애소설을 기획하고 착수했으나 그 진행 과정에서 통속성의 문제가 불거지자 사실주의자의 자리를 선택한다. 따라서 원랑과 영식의 연애 서사를 중심으로 전개되는 「백구」의 전반부를 통속적이라고 판단하는 것은 작품의 실상에 부합하지 않는다. 염상섭이 작가로서 고수한 입장이 연애 서사의 통속적인 진행을 저지했기 때문이다. 통속소설이라는 선입견을 접고 「백구」의 전반부를 검토하면 본격소설다운 면모가 파악된다. 우선 영식의 내면 서술이 주목될 만하다. 원랑의 요청을 거부하는 영식의 심리는 자기변명과 자책 사이를 어지럽게 오간다. 영식은 현실적인 여건과 교사인 자신의 신분을 거부의 이유로 드는 한편 원랑의 진심을 의심하기도 한다. 형식과의 결혼이 결정된 데에는 원랑의 책임도 있다면서 영식은 자신을 정당화한다. 그럼에도 영식은 원랑을 원하는 자신의 마음을 부정하지 못한다. 그러한 마음이 확인될 때마다 영식은 자책하고 후회하면서 원랑을 향한 그리움을 토로한다. 모순되고 불합리한데다 치졸하기까지 한 영식의 내면은 고백체를 통해 작중에 생생하게 전개된다. 혜숙이 삼각연애의 한 축으로 설정되지 않음으로써 「백구」의 연애 서사가 통속성을 피한 면도 거론되어야 한다. 혜숙은 영식에게 호감이 있고 원랑을 질투하기도 하지만 원랑의 연적으로 비치는 것은 그녀의 자존심이 허락하지 않는다. 원랑과 영식의 관계가 지속 불가능한 상황이 되어도 혜숙은 영식에게 적극적으로 구애하지 않는다. 세속적인 타산에 밝은 혜숙에게 가난한 영식은 마땅한 신랑감일 수 없으며 연애와 결혼이 삶의 전부도 아니다. 혜숙은 연애를 유흥의 하나로 여기며 결혼은 물질적인 삶의 조건을 개선할 기회로 이용하려 한다. 자존심이 강하고 자기주장이 분명한 혜숙의 태도는 그녀를 통속적인 삼각연애의 구도에서 비켜서게 할 뿐 아니라 당대 세태에 닿아 있기도 하다.

「백구」 전반부의 연애 서사는 원랑이 형식과 결혼함으로써 내적 동력을 상실하고 사실상 종료된다. 혜숙과 은희가 연애와 결혼을 주제로 벌이는 토론은 그 지점까지 진행된 서사에 내포된 의미를 설명한다. 작중인물들 간의 토론으로 주제와 관련된 의미를 서술하는 방식은 염상섭의 고유한 창작 방법인데 「백구」에서도 원랑과 영식의 연애 서사를 정리하는 순서에 사용된다. 그 선에서 마무리되었다면 「백구」는 당대 청춘 남녀의 연애관과 결혼관을 다룬 세태소설로 평가될 수 있었을 것이다. 그런데 「백구」는 그 지점을 지나서 계속된다. 원랑이 결혼하고 한 달이 지난 후에 우연히 영식과 재회하는 사건은 내적 동력이 소진된 연애 서사를 억지로 연장한 정도 이상의 의의를 지니기 어렵다. 기혼녀인 원랑이 처녀의 몸이라는 정보가 긴장감을 조성하지만 결과적으로 연애 서사는 답보 상태에 머문다. 그처럼 결말 부분을 무리하게 연장하고 나서도 「백구」에는 종지부가 찍히지 않는다. 소설적 완성보다 신문 연재라는 현실적 조건이 종지부를 허락하지 않은 듯하다. 연재는 계속되어야 했고 일단락된 연애 서사의 뒤를 이어 새로운 서사가 시작된다.

연애 서사를 진전시킬 여지가 소진된 상태에서 고려된 대안이 이념과 관련한 서사이다. 그 대안이 연재 도중의 조치였음은 「백구」의 전반부와 후반부 사이의 불연속적인 관계가 입증한다. 「백구」 전까지 염상섭의 소설에서 연애 서사와 이념 관련의 서사는 병렬적으로 구성되었다. 「사랑과 죄」에서 지순영과 이해춘의 연애는 김호연의 거사 계획과 교직된다. 「삼대」에서 필순에 대한 조덕기의 감정과 태도가 정리되는 과정도 김병화의 투쟁 계획과 나란히 진행된다. 연애와 이념을 서사의 면에서 병행시키는 종전의 방법과 비교하여 「백구」의 구성은 이례적이다. 그 양자가 병행하지 않고 하나가 종료된 이후 다른 하나가 개시되는 형태이다. 염상섭은 애초에 온전한 연애소설을 쓰고자 했으나 원랑의 혼사 이후 서사의 진행이 여의치 않자 종전의 타성대로 이념 관련 서사를 다시 끌어들인 것이다.

전반부에 후반부를 이어붙인 결과 「백구」는 구조적인 면에서 취약성을 지니게 된다. 후반부의 서사는 영식이 길에서 우연히 혜숙을 만나고 그녀와 동행인 유경호가 대뜸 '굉장한 계획'에 참가할 것을 영식에게 권하면서 개시된다. 후반부로 전개될 만한 계기가 전반부에 부재하여 우연이 동원된 것이다. 우연으로 접속되어야 할 만큼 「백구」의 전반부와 후반부는 이질적이다. 작중인물들의 성격도 전반부와 후반부 사이에서 일관되지 않는다. 이름에 의해 그들의 동일성이 확인되는 정도이다. 전반부에서 자신의 운명에 대해 적극적이던 원랑은 후반부에서 수동적인 인물로 변모하여 경호 일당이 벌이는 범죄에 무기력하게 희생된다. 영식의 변신도 원랑 못지않다. 원랑과 관련된 문제를 처리하는 데 있어서 냉정하고 현실적이었던 영식은 춘홍에게 쉽게 이끌린다. 춘홍이 기생 신분이고 형식의 첩이라는 사실을 감안하면 그녀에 대한 영식의 태도는 그가 이전에 원랑을 대하던 태도와 괴리된다. 영식이 원랑의 요청을 거절한 이유 중 하나가 사회적 체면과 교사라는 자신의 신분이었다. 세속적인 타산에 밝은 혜숙이 사회주의자를 자처하는 경호 일당의 범죄 모의에 가담하는 사태도 설득력이 부족하다. 경호를 얕보고 조롱하던 혜숙이 경호의 하수인이 되는 전개는 돌변에 가깝다. 영식을 짝사랑하던 경애가 영식을 협박하여 범죄로 유인하는 진행도 억지스럽다. 추리소설의 범죄 서사 부분처럼 전개되는 「백구」 후반부의 서사에서 인물들이 주범과 종범, 공범, 피해자 같은 기능적 존재가 됨에 따라 이전의 연애 서사에서 설정된 성격과 충돌하는 사태가 벌어진다.

　「백구」의 후반부 서사는 경호 일당이 형식의 돈을 갈취하는 과정이 추리적으로 진행된다. 경호 일당의 정체는 작중에 명시되지 않고 사회주의자 집단을 연상하도록 모호하게 암시된다. 그래서 경호 일당의 정체가 선행 연구에서 논란거리가 되었다. 「백구」에서 통속성 이상의 의의를 읽어내려는 연구 차원의 기대가 반영된 논란이었다. 경호 일당이 사회주의자들이라는 견해와 사회주의를 빙자한 사기 집단이라는 견해가 대립했다.[103] 사회주의자는 항일 의지의 표현으로, 사기 집단은 세태의 재현으로 각각 해석되었다. 양자 모두 가능하다는 절충적인 견해도 제출되었다.[104] 경호 일당의 정체에 관한 논란은 그 논란의 소지가 「백구」 본문 안에 있어서 해소되기 어렵다. 따라서 경호 일당의 정체를 규정하기보다 그와 관련한 논란을 빚은 경위를 검토하는 것이 필요하다.

103　김병구는 경호 일당의 활동을 두고서 "사회주의자들의 범죄성을 문제화함으로써 그것이 표상하는 사회주의 이념의 한계를 비판하고자 하는 데 서사적 기획의 근원성이 있다고 하겠다"고 했다. 김병구, 「염상섭 장편소설 「백구」의 정치 시학적 특성 고찰」, 277쪽.

104　최주한은 경호 일당의 정체와 관련한 혼선은 작가의 의도적인 설정이라서 사회주의자들과 사회주의를 빙자한 범죄 집단 양자가 모두 가능하다고 보았다. 최주한, 「일상화된 식민주의와 '범죄'의 서사―염상섭의 『백구』론」, 『어문연구』 120호, 한국어문교육연구회, 2003, 293~296쪽.

이념과 관련한 주제를 추리적인 서사로 처리하는 방법이 「사랑과 죄」에서 「무화과」까지 염상섭의 소설에서 꾸준히 사용되었다. 그 방법의 사용은 일제의 검열과 긴장 관계를 피할 수 없었고 검열의 수준이 높아지자 허락되지 않았다. 염상섭은 당대 검열의 수준을 의식하고서 애초에 「백구」를 온전한 연애소설로 기획했지만 그 실천이 여의치 않았다. 연애 서사를 진전시킬 여지가 고갈되었고 「백구」를 후반부로 연장하기 위한 대안이 필요했다. 그 대안으로 이념과 관련한 서사가 고려되었지만 종전대로 쓸 수 있는 여건이 아니었다. 사회주의자의 존재를 명시할 수 없었고 그들의 활동도 구체적으로 재현할 수 없었다. 경호 일당의 정체가 작중에서 미결정 상태에 머문 탓에 그들에 대한 해석에 연구자의 기대가 투사될 수밖에 없었고 서로 다른 기대가 서로 다른 주장을 낳았다.

서사의 차원에서 이해하자면 경호 일당이 벌인 일은 단순한 범죄 이상의 의의를 지니기 어렵다. 경호 일당이 탈취한 형식의 돈이 부정한 방식으로 획득된 것이라고 해서 그들의 범죄가 정당화되지 않는다. 경호가 「사랑과 죄」의 호연이나 「삼대」의 병화, 「무화과」의 동욱과 등치될 만한 인물이 되려면 형식에게 탈취한 돈의 용처까지 서사로 진행되어야 한다. 「사랑과 죄」에서 해춘이 최진국에게 인삼값으로 치른 돈은 평양에서 벌어진 모종의 사건에 쓰인다. 「삼대」에서 피혁이 국내에 잠입하여 병화에게 건넨 돈은 산해진의 개업 자금이 된다. 「무화과」에서는 원영이 전한 돈이 사회주의자들의 조일사진관 인수 자금으로 쓰인다. 그 세 작품에서 비밀리에 이루어진 돈의 이동은 일경의 수사와 추적을 받는 범죄가 되지만 결과적으로 일제의 사법 체계를 초월하는 의의를 지닌다. 그러나 「백구」에서는 경호 일당이 형식으로부터 탈취한 돈을 어디에 썼는지 파악되지 않는다. 경호 일당의 범행 과정만으로는 일제의 사법 체계를 초월하는 의의가 획득되지 않는다.

경호 일당의 정체가 분명치 않고 그들이 벌인 일이 시대적 의의도 획득하지 못함으로써 추리적으로 전개되는 서사만 두드러진다. 추리는 「진주는 주었으나」부터 염상섭의 신문 연재소설에서 빠짐없이 사용된 구성 방식이었다. 추리는 극적 긴장감을 조성하여 독자의 흥미를 조성하는 효과가 있지만 절제되지 않을 경우 작품을 아예 추리물로 변경하는 부작용을 빚기도 했다. 그 부작용이 「백구」의 후반부에 나타난다. 경호 일당의 정체가 분명치 않다는 것은 추리가 복무해야 할 주제가 막연한 상태임을 의미한다. 주제를 통해 관리되지 못하는 추리는 서사를 장악하게 되고 결과적으로 추리에 고유하게 내장된 통속화의 가능성이 발현된다. 앞서 살핀 바와 같이 「백구」 전반부의 연애 서사는 염상섭이 고수한 사실성의 원칙에 의해 통속화가 저지된다. 그러나 그 후반부는 추리라는 우회로를 통해 통속화의 길로 접어든다.

현실적 이해로서의 연애

「백구」에서 원랑은 매매혼으로 내몰린 절박한 처지에서 연애의 성취를 위해 고투한다. 원랑에게 영식과의 도피는 불확실한 미래에 자신의 인생을 거는 일종의 도박이지만 연인에 대한 기대가 있기에 감행해볼 수 있다. 원랑이 연애를 낭만적으로 이상화하는 데 반해 영식에게 연애는 현실이다. 영식이 원랑의 요청을 수락하지 않음으로써 연애에 대한 둘 사이의 입장 차는 현실적인 방향으로 정리된다. 염상섭이 「백구」를 쓰면서 겪은 그러한 일련의 과정이 「모란꽃 필 때」의 연애 서사를 설정하는 데에 영향을 끼쳤다고 판단된다. 「백구」의 연애 서사는 낭만적 이 상화로 도약하는 지점까지 세 차례나 진행했다가 번번이 후퇴했다. 염 상섭의 사실주의가 그러한 도약을 용납하지 않았다. 「모란꽃 필 때」에 서는 애초부터 현실적 이해관계가 연애 서사의 설정에 전제된다. 낭만 적 이상화의 연애관과 현실적 이해의 연애관이 충돌하는 곤란한 사태 를 아예 차단하기 위한 선택으로 보인다. 그래서 「모란꽃 필 때」에는 원랑처럼 연애에 자신의 인생을 거는 인물이 등장하지 않는다. 연애 관 계로 얽인 인물들 중 그 누구도 연애의 실현을 위해 자신이 처한 현실 을 부정하거나 파괴하는 모험을 감행하지 않는다. 「모란꽃 필 때」의 연 애 서사는 연애에 대한 낭만적 이상화가 소거된 상태에서 전개된다.

연애를 이상화하는 사유에서 연애 이외의 것들은 연애를 위한 제물 로 여겨진다. 연애가 최고의 가치이므로 다른 것들은 연애의 실현을 위 해 복무하거나 희생해야 한다. 연애를 위해 목숨을 걸고 연애를 위해 명예를 버리고 연애를 위해 가족과 조국을 배반한다는 주장이 얼마든 지 성립된다. 그런데 연애가 이상에서 현실로 내려오면 사정이 달라진 다. 연애는 현실의 척도로 저울질되고 다른 가치들과 비교된다. 개인의 내면에서 샘솟는 연애 감정은 연애를 성립시키는 필요조건이긴 하지만 그 감정의 순도가 연애를 추진하기 위한 결정적 근거가 되는 것은 아니 다. 연애의 실현 가능성을 타진해야 하고 연애에 치러야 할 대가도 계 산해야 한다. 현실에서 연애는 단순한 감정의 문제에 머물지 않고 투기 나 거래와 같은 성격을 띠게 되어 이타적인 면 못지않게 이기적인 면도 그 당사자들에게서 나타난다. 연애의 성패가 추정되고 자존심과 관련 한 감정적 손익이 계산되어 연애는 전략적인 과정이 된다. 현실적 이해 를 전제한 「모란꽃 필 때」의 연애 사건들이 바로 그러한 양상으로 전개된다.

「모란꽃 필 때」의 연애 서사가 현실적인 이해를 전제하고 있음을 뚜렷하게 보여주는 인물이 진호이다. 진호는 자신의 개인전에 구경 온 신성에게 반하여 구애 편지를 보낸다. 그 편지에 열정적으로 표현된 진호의 감정은 신성의 동정을 받을 만큼 순수하다. 그런데 신성이 영식과 약혼한 사이라는 사실을 뒤늦게 알고 난 후 진호는 신성을 향한 구애를 중단한다. 진호가 연애를 낭만적으로 이상화했다면 그의 구애는 계속되었을 것이다. 약혼녀라는 신성의 신분은 극복해야 할 현실적 장애에 불과했을 것이다. 그러나 그 현실적 장애 앞에서 진호는 신성을 향한 감정을 접는다. 신성을 단념하는 일이 주체하기 어려운 고통이 되지만 그는 그 고통을 안으로 삭일 뿐이다. 현실적인 이해를 전제한 연애관이 그가 신성을 포기하도록 한 것이다.

신성과 영식의 약혼은 그들의 부친들이 정한 것이다. 그 부친들은 같은 업계에서 사업을 하는 사람들로서 일찍이 신성의 부친은 영식의 부친이 사업가로 자립하도록 도왔다. 따라서 신성과 영식의 약혼은 사업적인 거래에 가깝다. 신성과 영식의 연애는 약혼을 보완하는 추후의 과정으로 진행된다. 그들은 서로 편지를 보내고 만나기도 한다. 그 과정에서 둘에게 연애의 감정이 형성되지만 그 감정의 순도는 부친들 사이의 거래 수준을 넘지 못한다. 사업적 이해관계로 부친들이 소원해지자 신성과 영식의 약혼도 유지되지 못한다. 신성과 영식이 연애 감정으로 서로에게 결속되었다면 부친들의 사정과 무관하게 약혼이 유지되어야 한다. 그러나 문자의 유혹에 사로잡힌 영식은 신성과의 약혼이 깨지는 지경에 이르렀음에도 수수방관한다. 오히려 영식은 신성이 진호의 편지를 보관한 사실을 들면서 파혼의 책임을 신성에게 전가한다. 영식은 신성의 계약 불이행을 파혼의 빌미로 삼음으로써 그들의 약혼이 두 집안 간의 거래였음을 재확인한다. 신성에게도 영식과의 약혼은 부친들 간의 거래 이상의 의미를 지니지 못한다. 영식에 대한 신성의 연애 감정은 그녀의 마음에서 자연스럽게 우러난 것이 아니라 약혼에 내포된 당위적 요청에서 비롯된 것이다. 따라서 신성에게 파혼은 실연보다 자존심의 문제로 여겨진다. 아는 이들 사이에서 약혼녀로 소문이 난 상태에서 파혼하게 된 것이 여자로서 수치스럽지 않을 수 없다. 게다가 평소 경쟁 관계이던 문자에게 영식을 빼앗긴 격이어서 수치심은 배가된다. 그처럼 자존심을 크게 다쳐서 신성은 슬퍼하고 절망한다.

　문자는 연애를 욕망 충족을 위한 수단으로 이용한다. 문자가 단순히 신성과의 경쟁에서 승리하고 싶은 허영심에서 영식을 유혹한 것은 아니다. 일본 유학을 원하는 문자로서는 금전적인 지원이 필요하여 계획적으로 영식에게 접근한다. 신성과 영식의 파혼을 부른 진호의 편지도 애초에 문자가 의도한 것이다. 문자는 신성이 약혼녀라는 사실을 진호에게 은폐함으로써 진호가 신성에게 편지를 보내도록 방조한다. 문자는 계획한 대로 영식과 동반하여 일본으로 가는데 영식의 효용은 거기까지이다. 일본에서 문자는 영식의 아내로서 저야 할 의무와 책임을 버려둔 채 자신의 향락만을 좇는다. 무도장을 출입하고 영식이 다니는 회사 소유주의 아들인 삼포 청년과 연인처럼 지낸다. 문자는 삼포 청년 모르게 하이디라는 서양 청년을 사귀기도 한다. 문자의 남성 편력은 그녀에게 연애가 삶을 향락하는 과정이라는 사실을 분명히 한다. 다시 말해 문자는 이기적인 욕망을 충족시키기 위해 연애를 전략적으로 이용할 뿐이어서 필요에 따라 얼마든지 연애 상대를 바꿀 수 있다. 결혼은 그런 문자를 구속하지 못한다.

필요에 따라 연애를 적절하게 이용하는 문자에 비하면 신성은 연애에 대해 무지에 가까운 모습으로 등장한다. 신성이 비록 「모란꽃 필 때」에 설정된 연애 관계의 한 꼭짓점을 점유하고 있기는 하지만 그녀가 자신을 연애의 주체로서 느끼고 행동하는 시점은 작품의 종반부이다. 그전까지 연애는 신성에게 직접적인 삶의 문제로 인식되지 않는다. 영식과의 연애는 약혼에 부수된 후속 절차에 불과했다. 그래서 파혼도 신성에게 실연으로서 의미를 지니지 못한다. 파혼 후 신성이 겪는 정신적 고통은 실연보다는 명예의 실추에서 비롯된 것이다. 파혼이 자존심에 입힌 상처는 신성에게 자기 인식의 계기가 된다. 가문의 파산과 부친의 죽음을 겪으면서 신성은 한 독립된 존재로서 자신을 인식하고 미래를 설계한다. 신성은 동경으로 건너가 사범학교에 진학한 후 고학생으로 지낸다. 자기 성취를 위한 수고로운 과정을 통해 인생과 세상에 대한 신성의 이해는 성숙한다. 연애에 대한 신성의 생각과 태도도 그 성숙의 일부를 이룬다. 연애와 관련하여 신성은 더이상 타인의 선택에 좌우되지 않는다. 신성은 영식의 재결합 요구를 단호히 거절하고 진호와는 대등한 관계로 만남을 시작한다. 신성은 진호가 화가로 성공하기를 바라고 진호는 신성이 교육자로 성공하기를 바라는 데서 드러나는 바와 같이 그들은 서로의 삶을 존중하는 동반자가 되려 한다. 연애에 관한 한 신성은 무지의 상태에서 시작하여 탐색의 과정을 거쳐서 그 나름의 이해에 이른다. 신성의 탐색과 결부되어 진행된 영식의 변화도 주목될 만하다. 정구 시합에서 본 문자의 모습은 영식에게 '반나체의 곡선미와 율동미'(『염상섭 전집』 5, 123쪽)로 떠오른다. 문자의 관능적인 매력에 유혹된 영식에게 신성은 그저 평범한 여자로 보일 뿐이다. 그처럼 애욕의 수준에 머문 영식의 연애관은 동경에서 문자의 자유분방한 일탈을 겪으면서 변화한다. 신성에 대한 영식의 사죄에서 그 변화가 읽힌다. 서로에 대한 신뢰와 존중이 연애를 지속시키는 힘이라는 사실을 영식은 비로소 깨달은 것이다.

「모란꽃 필 때」는 현실적 이해를 전제로 설정된 연애 서사를 통해 당대 젊은이들의 연애 풍속을 그리면서 바람직한 연애의 방향을 제시한다. 연애에 대한 신성의 탐색이 바로 그 방향이다. 작중에서 적대적인 경쟁 관계인 신성과 문자는 도덕적인 면에서 뚜렷하게 대조된다. 문자는 의도한 목적을 이루기 위해 모략과 기만을 서슴지 않는다. 신성은 문자로 인해 억울한 오해를 받고 손해를 입어도 문자처럼 처신하지 않는다. 신성은 양심에 거리낄 일을 하지 않음으로써 도덕적인 원칙을 준수한다. 그처럼 신성과 문자는 도덕적인 원칙을 기준으로 선과 악으로 갈리고 둘의 경쟁은 선악의 대결로 파악된다. 그 대결에서 문자가 몰락하고 신성이 승리함으로써 「모란꽃 필 때」의 연애 서사는 전형적인 권선징악의 의미를 내포하게 된다. 현실적 이해를 전제로 설정된 연애 서사에 권선징악의 의미가 담긴 데에는 본질적 가치에 대한 염상섭의 신념이 작용한 것으로 판단된다. 시대가 아무리 변한들 선과 같은 본질적 가치는 옹호되어야 한다는 신념을 염상섭은 소설 창작을 통해 견지했다. 권선징악은 대중의 도덕 감정에 부합하는 주제여서 통속소설에서 흔히 채택된다. 「모란꽃 필 때」는 그 주제를 당대 젊은이들의 연애 풍속에 담아냄으로써 대중적 설득력과 호소력을 지니게 된다.

주제와 관련하여 진호가 화가로 설정된 점도 거론되어야 한다. 예술의 목적인 미는 선에 버금가는 본질적 가치이다. 궁핍한 중에도 화가의 길을 포기하지 않는 진호가 신성과 맺어지는 전개는 본질적 가치를 긍정한다는 면에서 주제를 보강하는 효과가 있다. 작중에서 예술에 관한 사유는 연애 서사처럼 현실적 이해를 전제한다. "환쟁이도 냉수를 마시고 이만 쑤시고 살 수는 없지 않는가 그러니까 그림이 팔려야 하겠다"(『염상섭 전집』 5, 253쪽)는 추수 화백의 말에서 그러한 현실감각이 뚜렷하게 드러난다. 예술활동을 위해 경제적 보장이 필요하다는 추수 화백의 생각은 김동인이 「광염소나타」에서 표명한 예술지상주의와 현격한 차이를 둔다. 연애 서사가 현실적 이해를 전제함으로써 연애에 대한 낭만적 이상화를 배격한 것처럼 현실 생활에 근거한 예술은 예술지상주의를 경계한다.

예술은 염상섭의 이전 소설에서 이념이 차지한 자리를 대체하는 의의도 있다. 염상섭은 「무화과」까지 연애로 통속적인 요청에 부응하면서 이념으로 본격소설로서의 가치를 추구했다. 그러나 검열의 강화로 이념적인 주제를 다루는 것이 불가능해지자 소설 쓰기의 대상으로 연애만 남게 된다. 「백구」에서 시도된 연애소설 쓰기는 염상섭의 사실주의적 자의식에 의해 중도에 저지된다. 좌초된 연애 서사의 뒤는 종전의 관성대로 이념과 관련된 서사가 잇는다. 그러나 「무화과」까지 유지된 기조로 온전히 회귀하지 못하는 탓에 사회주의자 대신 사회주의자를 빙자한 사기단이 등장한다. 「모란꽃 필 때」에는 그런 사기단조차 나오지 않는다. 그 대신 화가를 등장시킴으로써 주제의 면에서 이념이 하던 기능을 예술이 맡게 된다. 진호의 그림에 대한 열정이나 추수 화백의 동서양의 미에 대한 논설은 권선징악으로 귀결되는 연애 서사의 통속성을 어느 정도 완화한다. 그러나 예술로는 사회주의 진영의 항일 투쟁 정도의 시대적 의의를 획득하기에 미흡하여 통속성을 분식하는 수준에 그친다.

통속 연애소설의 완성

「백구」는 연애 서사를 위한 설정으로 시작하여 그 방향으로 진행하다가 중반부에서 궤도를 변경한다. 연애 서사는 중단되고 경호 일당의 범죄를 추리적으로 다룬 서사가 그 뒤를 잇는다.「모란꽃 필 때」는 남녀 주인공의 연애가 본격적으로 진행될 단계에 이르러 끝난다. 신성과 진호는 작품의 종반부에서 연인으로서 서로의 존재를 확인한다. 낯선 남녀가 만나서 연인 사이로 발전하는 과정이 연애 서사의 한 유형일 수 있다. 그런데 신성과 진호의 관계가 그러한 유형에 들기에는 미흡하다. 신성이 영식과 파혼하고 영식과 문자의 결혼생활이 파경에 이르자 거기에 부수된 결과로서 신성과 진호에게 연인 관계가 허락된 격이다. 그전까지 신성에게 진호는 연애의 대상으로 인지되지 않았다. 영식이 파혼을 요구하는 빌미가 된 구애 편지를 보낸 진호에 대해 신성은 막연한 호기심 정도를 품었다.「모란꽃 필 때」의 막바지에서 신성과 진호는 잠깐 갈등을 벌이면서 서로의 존재를 연인으로 확인하는 절차를 밟는다. 그들의 연애는 아직 본격적으로 전개되지 않은 상태이다. 향후 그들이 겪을 연애의 사건들을 고려하면「모란꽃 필 때」는 연애 서사의 출발선에 비로소 도달하여 끝난 셈이다.

연애 서사는「백구」에서 중단되고「모란꽃 필 때」에서는 출발 단계에 이르러 끝난다.「불연속선」은 연애 서사를 온전히 수행함으로써「백구」나「모란꽃 필 때」에 비해 연애소설로서 높은 완성도를 이룬다. 연애에 집중함으로써「불연속선」은 전작들에 비해 차이를 만들 수 있었다. 연애 외에 이념이나 그것을 대체하는 주제는 아예 배제된다. 송경희의 옛 애인 강종묵이 사회주의자로 설정되었으나 송경희와 김진수 사이에 전개되는 연애 서사에서 아무 기능도 하지 않는다. 사회주의자 강종묵은 종전의 방법에 대한 염상섭의 미련을 나타낼 뿐이다. 김진수가 도일하여 고학으로 삼등 비행사 자격증을 취득했다는 내력은 이상을 향한 낭만적 동경을 내포하고 있어서 「모란꽃 필 때」의 예술에 대응될 만하지만 김진수의 성격 형상화나 서사의 진행에서 그 어떤 구실을 하지 못한다. 「모란꽃 필 때」에서 진호가 화가로서 추구하는 예술적 가치가 서사의 일부를 이루는 데 비해 「불연속선」에서 김진수가 지닌 비행사의 꿈은 뒷전에 밀려나 있다. 비행사에 내포된 상징적 의미가 구체화할 여지조차 허락하지 않을 정도로 「불연속선」의 연애 서사는 「모란꽃 필 때」보다 더 현실적이다. 사회주의자 강종묵이나 비행사 김진수는 「불연속선」에서 잉여적 설정에 머물게 된다.

　「불연속선」은 「백구」와 「모란꽃 필 때」보다 유리한 조건에서 연애라는 단일 주제를 서사로 구현한다. 「불연속선」에서 진수와 경희의 연애를 가로막는 장애는 「백구」나 「모란꽃 필 때」만큼 심각하지 않다.[105] 게다가 그들에게는 재력이 있어서 연애의 장애를 극복하는 데 든든한 무기가 되어준다. 부유한 상속녀인 경희는 다방 '폼페이'를 운영하여 부를 축적한다. 도입부에서 가난한 운전사로 등장한 진수는 부친의 금광 매도가 성공하여 졸부의 아들로 처지가 급변한다. 「백구」와 「모란꽃 필 때」의 연애가 가난으로 좌절되거나 유보되는 데 비해 경희와 진수의 연애는 그와 정반대되는 유복한 조건에 놓인다. 그들이 연애에서 당면하

105　이와 관련한 선행 연구의 이해를 인용한다. "「불연속선」에는 내세울 만한 사랑의 경쟁자나 강력한 반대와 같은 외부적 방해물이 존재하지 않는다. 여기에서 진행되는 사랑은 이제 외부적 조건이나 제도에서 비교적 자유로우며 개인과 개인이라는 차원으로 변화한다." 김문정, 같은 글, 181쪽.

는 장애도 충분히 대처하고 극복할 만한 정도로 수위가 조절된다. 반대자 역의 최영호와 이창식은 「백구」의 이형식이나 「모란꽃 필 때」의 문자만큼 위협적이지 않다. 「불연속선」에서 영호는 속셈이 뻔히 읽히는 훼방꾼에 불과하고 창식의 협박도 미수에 그친다. 그래서 "「불연속선」이 (……) 애정을 소설의 전면에 내세우고 있음에도 주인공들을 필요 이상으로 괴롭히는, 「이심」이나 「모란꽃 필 때」 같은 작가의 가학 취미도 나타나지 않는다"[106]는 견해도 제출되었다.

  설정 면에서 유리한 조건들을 갖춘 「불연속선」의 연애 서사는 청춘 남녀의 만남으로 시작하여 그들 사이에서 벌어질 수 있는 연애의 여러 과정을 흥미롭게 전개한다. 택시 운전사 진수와 승객인 경희와 영호는 불의의 교통사고로 같은 병원에 입원한다. 병실에 홀로 누운 진수를 동정하여 경희는 그에게 과일을 사 보낸다. 진수는 경희의 호의에 감사를 전하는 방식으로 조심스럽게 그녀에게 호감을 표한다. 그런 식으로 경희와 진수는 서로를 특별한 존재로 선별하여 연애의 관계로 발전하는 자연스러운 과정을 밟는다. 그 과정은 이중의 탐문으로 이루어진다. 상대로 인해 내 마음에 출현한 감정의 정체를 확인하는 한편 나에 대한 상대의 감정을 확인해야 한다. 그 두 가지를 확인하기 위한 질문의 형태는 간단하다. 나는 저 사람을 사랑하는가. 저 사람은 나를 사랑하는가. 그러나 그 간단한 질문은 단번에 해소되지 않는다. 내 마음을 확인해도 상대에게 그 마음을 확인시키는 일이 쉽지 않다. 나에 대한 상대의 마음을 아는 일은 더욱 어렵다. 확인의 강박은 새로운 불안과 의심을 부르고 질문이 거듭 제기된다. 종전의 답변이 전제한 한도를 초과하

---

106 서영채, 같은 책, 220쪽.

는 수준에서 나와 상대의 진심이 새로이 추궁된다. 진정, 진짜, 정말 같은 말들이 삽입되는 방식으로 앞의 두 질문이 수정된다. 나는 진정으로 저 사람을 사랑하는가. 저 사람은 나를 진정 사랑하는가. 거듭 새로이 제기되는 질문이 더 분명한 확인을 요구하므로 연애로 접어든 사람들은 계속 만나야 한다.

경상을 입어 먼저 퇴원한 경희는 통원 치료의 마지막날 진수의 병실로 꽃을 사 들고 찾아간다. 진수는 퇴원 후 경희에게 답례 인사를 한다는 핑계로 초콜릿 상자를 들고 폼페이로 경희를 찾아간다. 부호의 아들로 급변한 진수의 처지가 경희에게 의식된다. 돈 때문에 진수에게 접근한다고 여겨지는 것을 경희의 자존심이 허락하지 않는다. 진수는 전보다 냉랭한 경희의 태도가 자신의 달라진 형편과 무관치 않다고 짐작한다. 진수는 경희의 앨범에서 강종묵의 사진을 본 후 경희의 마음을 의심하게 된다. 진수로서는 경희의 진심도 궁금하지만 경희를 의심하는 자신의 사랑에 대해서도 회의한다. 진정으로 사랑한다면 그 정도의 의심은 이겨내야 한다. 진수의 돈과 경희의 과거는 그들 서로에게 진심에 관한 문제를 제기한다. 그들의 연애가 발전하려면 서로를 향한 마음이 돈과 과거에 구애받지 않는 진심이라는 확인을 거쳐야 한다.

진수와 경희의 만남은 계속된다. 함께 식사하기와 산책하기와 다방에서 차 마시기는 필수적인 의례로 그 만남에 포함된다. 남녀가 만나 연인으로 발전하는 전형적인 과정을 그들도 밟는다. 그 과정에서 서로의 진심을 확인하기 위한 신경전이 펼쳐진다. 진수의 돈을 외면하고 경희의 과거를 극복하는 진심이 있어야 그들의 연애가 성사될 수 있다. 그러던 중 위기가 찾아온다. 부친이 정한 다른 혼처가 있으니 진수를 단념하라고 진수의 서모인 송도집이 경희에게 권고한다. 경희는 이별을 통보하는 편지를 보내고 진수를 피한다. 경희와 어렵게 재회한 자리에서 진수는 자신의 믿음을 거론하며 경희를 설득한다. 진수가 믿음을 근거로 자신의 진심을 주장하고 이후 경희와 믿음에 관해 토론하는 장면이 낯설지 않다. 주제에 해당하는 의미를 서술자나 작중인물의 논설을 통해 직접 표명하는 방법을 염상섭은 일찍부터 애용했다. "누가 무어라든지 경희씨를 믿는 마음에는 변함이 없을 거"[107]라는 진수의 다짐에 경희는 "믿는다는 것은 사랑의 첫 조건"[108]이라고 화답한다. 그들의 진심은 믿음이 보장하기에 경희는 진수의 돈을 의식할 필요가 없고 진수는 경희의 과거를 궁금해할 이유도 없어진다. 서로 사랑을 고백함으로써 연인 사이가 된 그들은 종전보다 은밀한 만남으로 친밀도를 높인다. 경희는 심야에 자신의 방에 진수를 들이고 둘이 함께 평양으로 밀월여행을 다녀오기도 한다.

영호는 진수의 매부가 됨으로써 방해자의 기능을 거의 상실한다. 애초부터 영호의 방해는 위협적이지 않았고 오히려 진수와 경희가 영호를 따돌리는 과정이 서사적 흥미를 자아내는 정도였다. 창식이 진수에게 경희의 과거를 발설한다면 진수와 경희의 관계에 치명적인 위험이 된다. 그러나 창식이 뚜렷한 이유 없이 사라짐으로써 그 위험도 제거된다. 영호와 창식이 비운 방해자의 자리를 진수의 부친인 김참의가 이어받는다. 그는 이변호사와 혼약을 맺음으로써 진수와 경희가 결혼에 이르는 길에 넘어야 할 장애로 새로이 등장한다. 진수는 이변호사의 딸인 경옥과 맺은 정혼을 피하기 위해 경희와 함께 동경으로 유학 갈 계획

---

107 염상섭, 『불연속선』, 프레스21, 1997, 204쪽.

108 같은 책, 205쪽.

을 세운다. 김참의는 진수의 일탈을 방지할 목적으로 진수의 유학길에 누이동생인 정숙과 정혼녀인 경옥을 딸려 보낸다. 동경에서 진수와 경희는 둘만의 보금자리를 마련하고 정숙과 경옥은 다른 거처에서 지내게 한다. 진수의 정혼녀로서 경옥의 존재가 진수와 경희에게 의식되지 않을 수 없어서 둘은 마찰을 빚는다. 경희로서는 경옥이 애정의 전선에 등장한 경쟁자라는 사실을 부인할 수 없다. 진수는 정혼녀를 가까이 둔 처지여서 변함없는 애정으로 경희의 의심을 불식해야 하는 가외의 부담을 지게 된다. 부친의 자애와 기대도 진수로서는 저버리기 어렵다. 진수는 부친과 경희 사이에서 한쪽을 선택해야 하는 처지에 놓인다. 진수가 경희에게 역설했던 믿음이 비로소 본격적인 시험대에 오른 셈이다.

그러나 그 시험의 상황은 진수의 선택이 아닌 김참의의 죽음으로 종료된다. 영호와 창식이 물러났던 것과 유사한 방식으로 김참의는 방해자의 역할을 내려놓는다. 김참의의 죽음은 경옥의 퇴진을 동반한다. 거의 탕진된 김참의의 재산 상태를 알게 된 이변호사는 경옥과 진수의 혼약을 일방적으로 파기한다. 김참의가 죽고 경옥이 물러남으로써 진수와 경희의 결혼은 온전히 둘 사이의 문제가 된다. 부친이 위독하다는 전보를 받고 귀국하는 과정에서 진수는 경희와 다툰다. 진수와 경희는 귀국한 이후 소원하게 지낸다. 진수는 부친의 장례를 치르고 나서 유산을 어머니와 여동생들과 나눈 후 동경으로 향한다. 진수는 경희에게 전화를 걸어 이튿날 정거장에서 만나기로 약속한다. 그 약속이 유보 상태이던 진수의 믿음을 결과적으로 입증한다.

「불연속선」은 낯선 남녀가 우연히 만나 연인으로 사귀면서 겪는 과정이 풍부한 사건들을 통해 펼쳐진다는 점에서 연애소설의 모범적인 사례에 해당한다. 진수와 경희가 서로의 진심을 두고 벌이는 갈등이 둘의 관계를 더 친밀하게 만드는 방향으로 봉합되고 그들이 주변 인물들의 방해를 넘어 결혼으로 향하는 진행은 독자들의 기대를 충족하기에 충분하다. 갈등과 방해는 서사적 긴장을 조성하는 정도로 그 수위가 조절되어 행복한 결말을 예비한다.

충실하게 재현된 현실의 면모들은 연애 서사에 실감을 마련한다. 경성제대 법문과 졸업생인 영호는 "마땅한 직업이 없이 경성의 거리를 활보하며 시간여행을 지속할 뿐"[109]인 실업자들 중 하나이다. 김참의의 부침은 "황금광 시대의 명암을 잘 보여"[110]주며 "김참의가 소유한 '돈'의 상속을 둘러싼 김진수의 가족, 그리고 그 가족들의 물화된 욕망"[111]은 돈의 위력에 좌우되는 세태와 연결된다. 수감중인 강종묵은 식민지 저항운동의 현상태를 환기한다. 그러한 면들은 식민지의 현실을 재현하는 의의를 지니지만 그 의의를 작품 전체로 확장하는 데에는 무리가 따른다. 하나의 작품은 부분들의 유기적인 관계로 성립된다. 어떤 특정 부분의 가치는 그것의 작품 내적인 비중에 맞추어 파악되어야 한다. 「불연속선」은 진수와 경희의 연애가 중심 서사를 이루고 다른 인물들의 삽화가 그 주위에 배치되는 양상으로 구성된다. 작중에 재현된 당대 현실은 그 중심 서사에 대해 부수적인 위치여서 식민지 현실에 대한 비판이 진수와 경희의 연애를 초과하는 가치를 지니기 어렵다. 「불연속선」에 재현된 현실은 연애 서사의 실감에 이바지하는 정도로 제한된다. 진수와 경희의 연애는 객관적으로 재현된 당대 현실을 배경에 둠으

---

109 박윤영, 「염상섭 『불연속선』 연구」, 『한국어와 문화』 16집, 숙명여자대학교 한국어문화 연구소, 2014, 94쪽.

110 같은 글, 99쪽.

111 김병구, 「염상섭 장편소설 「불연속선」 연구」, 211쪽.

로써 개연성을 획득하며 그 현실의 타락상과 대조되어 진정성을 획득한다. 현실의 재현이 연애 서사에 복무하는 수준에 제한되면서 「불연속선」은 염상섭이 종전에 발표한 사실주의 소설과 구별되는 통속소설에 머물게 된다.

염상섭은 「무화과」 이후 들어선 통속화의 길에서 「백구」와 「모란꽃 필 때」와 「불연속선」을 썼다. 「불연속선」에서 통속소설로서 높은 완성도를 성취한 후 그는 소설을 더 써야 할 이유를 찾지 못한 듯하다. 그에게 통속성은 수단이자 전략이었다. 전적으로 통속성을 목표로 삼은 소설 쓰기의 성취가 그에게 만족스러울 수 없었을 것이다. 「불연속선」 이후 그는 소설 쓰기를 중단하고 만주로 갔다.[112]

---

112 염상섭은 「불연속선」의 연재 종료 후 만선일보의 편집국장직을 제안받고서 만주로 갔다. 그 제안에는 문필 활동에서 손을 떼어야 한다는 조건이 들어 있었고 재직중에 그는 그 약속을 지켰다. 만선일보에서 퇴직한 후 그는 동 신문에 「개동」을 연재하다가 중단했고 그 작품의 원고는 해방 후 귀국길에 분실했다. 재만 기간중 그는 소설가로서 절필 상태에 가까웠다고 할 수 있다. 『염상섭 문장』 3, 599쪽; 김종균, 같은 책, 35~37쪽; 김윤식, 같은 책, 639쪽.

방법론의 계보학을 위하여

이 연구는 한국 근대소설사 초창기의 세 주역인 이광수와 김동인과 염상섭의 소설을 방법론의 시각에서 검토했다. 그들은 서로 뚜렷하게 구별되는 방법으로 독자적인 소설의 세계를 구축했다. 이광수에게 상상이 서사를 이루는 동력이었다면 김동인은 지각에서 서사에 이르는 길을 찾았다. 염상섭은 개념적인 사유와 현실 사이의 갈등을 고찰하여 서사를 구축했다. 지금까지의 논의를 요약하고 방법론적 연구의 향후를 전망하고자 한다.

이광수

이광수의 「무정」은 최초의 근대 장편소설로 문학사적 가치가 인정될 만큼 전대 소설에 비해 새로웠다. 그 새로움은 주제뿐 아니라 방법의 면에서도 나타났다. 「무정」의 전반부는 영채와 형식이 각각 중심인물인 두 개의 서사가 양립한 채 전개된다. 영채의 서사는 전대의 서사 양식대로 사건들의 계기적 접속으로 서사가 구성되는 데 비해 형식의 서사에서는 그와 다른 동향이 포착된다. 정신의 현상인 상상이 서사의 수준에서 사건처럼 기능함으로써 형식의 서사는 전대 서사의 양식에서 벗어난다. 형식의 서사에 작용하는 담론도 새로웠다. 영채의 서사에서 담론은 사건을 전달하는 기능에 그치지만 형식의 서사에서 담론은 그보다 다채롭게 수행된다. 장면을 극적으로 재현하고 인물의 내면을 분석하는 담론의 수행이 상상의 서사화에 이바지한다. 「무정」의 전반부에서 양립하던 두 줄기의 서사는 후반부에서 형식 중심으로 통합된다. 형식은 주제뿐 아니라 방법의 면에서 새로움을 대표하는 인물이었다. 그 새로움이 영채로 대표되는 전대 소설을 압도함으로써 「무정」은 근대소설의 자격을 획득했다.

상상의 서사적 기능은 「어린 벗에게」에서 더 확대되었다. 김일련과 재회한 '나'는 과거에 실제로 벌어진 사건이 아니라 그때 했던 상상을 회상한다. '나'는 과거의 상상이 사실처럼 생생하다고 주장함으로써 상상을 기정사실로 바꾸려 한다. 상상이 사실이기를 바라는 소원이 상상과 사실의 경계를 무너뜨린 것이다. 김일련은 '나'가 바라는 대로 '나'의 앞에 출현한다. 그녀는 중국옷 차림의 여인으로 변장하고 나타나는가 하면 침몰하는 배의 선실에서 걸어나오기도 한다. 그러한 사건 전개가 「어린 벗에게」의 서사를 구성하는 원리로 꿈을 상정하게 한다. 빈번하게 되풀이되는 수면과 각성의 과정은 꿈속에서 다시 꿈꾸는 꿈의 중층화 과정으로도 읽힌다. 상상이 기대와 소원과 욕망을 자원으로 삼는다는 점에서 그런 장면이 펼쳐지는 꿈도 상상의 한 형태이다. 「어린 벗에게」는 개인의 소원뿐 아니라 사회적으로 금기시되는 욕망도 거침없이 표현한다. 꿈이라는 상상의 맥락이 전제되어 현실에서 불가능한 일들이 실현된다.

「무정」과 「어린 벗에게」에서 다룬 주제는 계몽과 연애였다. 이광수의 이후 소설들에서도 그 두 주제가 계속 탐구되었다. 이광수는 초기의 계몽적 논설을 통해 구습과 전면전을 벌였다. 연애는 그의 논설에서 계몽의 휘하에 포섭되어 구습의 폐해를 공격하는 도구로 사용되었다. 두 주제 간의 그러한 관계 설정은 「무정」으로도 연장되었다. 「무정」의 종반부에서 형식과 영채와 선형 사이에 본격화한 삼각연애의 갈등은 계몽의 대의에 압도된다. 세 주인공 사이의 연애 갈등은 수재민 구호 음악회 이후 종적을 감춘다. 형식이 그의 연설을 통해 천명한 민족 계몽의 대의에 비하면 연애는 가벼운 일로 처리된 것이다. 그러나 연애가 계몽의 도구로 계몽에 종속되는 관계가 안정적으로 유지될 수 없었다. 사적 감정인 연애는 공적 이념인 계몽과 본질적으로 화합하기 어렵다. 연애가 사적 감정으로서의 정체를 분명히 드러낼수록 계몽과의 충돌은 피할 수 없었다. 「방황」과 「윤광호」가 토로하는 연애의 열망은 계몽에 대해 적대적이었다. 「무정」에서 삼랑진 수해는 두 주제 간의 충돌이 본격화하기 전에 취해진 조치였다. 그 조치가 주제로서 연애와 계몽이 충돌하는 사태를 막았으나 근본적인 해결은 아니었다. 「어린 벗에게」에서 계몽은 연애의 명분이 되었다. 김일련을 향한 '나'의 연애 감정은 계몽을 끌어들임으로써 그 정당성이 주장되었다.

미봉의 수준에서 관리된 연애와 계몽의 관계는 「개척자」에서 파국을 맞는다. 성순은 자신의 연애가 애초부터 계몽의 도구가 될 수 없는 순수한 감정임을 인식한다. 연애가 계몽과 무관하다는 성순의 인식은 「개척자」를 쓰는 과정에서 이광수가 인식한 바이기도 했다. 연애와 계몽이 충돌하는 지경까지 서사를 추진한 결과 그는 그러한 인식에 가닿았다. 계몽에 포섭되지 않는 연애는 주제에 관한 그의 사유를 당착에 빠뜨렸다. 주제에서 나타난 불안정이 그것을 처리하는 방법의 파탄으로 연동되었다. 방법의 제어로부터 방임된 상상력이 「개척자」의 후반부를 난장판처럼 만들었다. 이광수의 소설에서 연애와 계몽은 그처럼 어지럽고 소란스러운 과정을 밟으며 결별한다. 「개척자」 이후로 연애와 계몽은 한 작품에서 주제로서 함께 다뤄지지 않는다. 화합하기 어려운 두 주제의 관계가 「개척자」를 통해 입증된 셈이었다. 계몽과 연애를 포괄하는 더 높은 수준의 대안이 요구되었고 인류애가 그 대안으로 제기되었다.

계몽과 결별한 연애의 행보는 「재생」에서 추적된다. 연애는 계몽과 결별함으로써 계몽의 도덕적 장치로부터 자유로워져 금전과 성욕의 유혹에 무방비로 노출되었다. 타락한 연애의 과정과 양상이 봉구와 순영의 관계를 중심으로 전개된다. 황금만능의 세태는 연애를 돈으로 거래할 수 있는 명목으로 왜곡시켰다. 옥중의 봉구는 세속의 타락한 연애를 초월하는 길을 명상을 통해 모색한다. 그 명상은 봉구를 상상적으로 비약하게 하여 그를 인류애의 사역자로 거듭나게 한다. 인류애는 이름 그대로 전 인류를 위한 이념으로 제시된다. 그러나 봉구의 숭고한 인류애는 순영의 자살조차 막지 못하는 곤경을 빚는다.

연애와 결별한 계몽의 행보는 「민족개조론」과 「흙」을 통해 파악된다. 「민족개조론」은 논설이지만 이광수의 소설세계를 이루는 양대 주제 중 하나인 계몽을 본격 거론하고 있어서 주목되었다. 「민족개조론」은 규모와 체제의 면에서 이광수의 계몽적 사유가 집약된 글로 평가될 만하다. 그런데 논리의 전개에서 포착되는 모순과 불합리가 그 글이 제안한 계획의 실현 가능성에 대한 회의를 부른다. 우선 그 글의 작성 취지와 사업의 추진 일정이 서로 모순된다. 장구한 일정은 애초에 제기된 민족 개조의 긴급함에 반한다. 개조 사업의 주체로 종교와 이념을 초월한 범 민족적 성격의 단체가 제안되는데 그런 단체는 내적 결속력이 떨어져 서 상시 와해의 위기에 노출된다. 장구한 세월이 소요되는 사업을 그처 럼 내적 결속력이 취약한 단체로 추진하기 어렵다. 「민족개조론」은 개 조 운동을 지키는 방안으로 비정치적 입장을 제안한다. 비정치적 입장 은 개조 운동이 현실 정치권력의 압박에 무기력할 수밖에 없다는 인식 에서 비롯한다. 비정치적 입장의 견지를 통한 개조 운동의 유지는 결국 정치권력의 승인과 시혜를 전제할 수밖에 없다. 그러한 전제가 없다면 개조 운동의 운명은 불확실한 우연에 맡겨진다. 그 우연은 민족 개조라 는 사업의 지속적 추진을 전혀 보장하지 못한다. 「민족개조론」에 제안 된 사업 추진 일정과 단체의 구성 방법 및 그 성격은 일제 식민 치하에 서는 민족 개조 운동이 불가능하다는 사실을 역설적으로 입증한다. 「민 족개조론」의 제안은 모든 조건이 우호적이라는 전제에서만 실행에 옮 겨질 수 있기에 우호적인 전제가 제거되면 공론에 그친다.

「흙」은 「민족개조론」이 제안한 개조 운동을 소설로 형상화한 사례이 다. 「흙」에서 재현된 당대 현실은 사욕의 전쟁터와 같고 그 현실에서 민족 개조의 이상을 실현하는 일은 지난하다. 성자로 단련된 허숭은 부 정적 현실에 맞서는 소설적 시도의 최대치이자 한계선을 표시한다. 현 실에서 자행되는 악의 배후에는 성자로서도 속수무책인 일제의 식민 통치가 자리한다. 그 한계 지점에서 「흙」은 객관 현실의 재현에서 벗어 나 기대와 소망을 상상에 담아 표현하는 방향으로 전환한다. 결국 「민 족개조론」의 제안이 실현 불가능하다는 사실이 「흙」을 통해서도 확인

된 셈이다. 「민족개조론」과 「흙」에서 드러난 바와 같이 이광수에게 일
제의 식민 통치는 극복 불가능한 절대 조건으로 전제된다. 그는 그 절
대 조건을 전제한 채 계몽을 기획하는 한편 그 기획을 소설로도 형상화
했다. 그처럼 그의 계몽적 논설과 문학은 식민 상태를 영구화하는 논리
로 변질될 가능성을 내장하고 있었다.

「개척자」에서 결별한 연애와 계몽은 저마다의 경로를 통해 인류애라
는 고차원의 개념에 흡수된다. 「재생」에서 봉구는 인류애로써 연애를
초월한다. 「민족개조론」의 제안은 인류애가 전제됨으로써 공론이라는
비판을 피할 수 있다. 상상력에 힘입어 상향 운동을 거듭하던 이광수의
사유는 「재생」과 「민족개조론」을 경유하면서 민족을 초월하여 인류의
차원으로 비상한다. 인류애라는 높이에서 민족은 전체 인류의 일부로
여겨지고 민족들을 가르는 경계도 흐릿해 보이게 된다. 민족이 인류보
다 경시될 수 있다는 것이다. 「민족개조론」의 비정치적 입장은 인류애
의 차원에서 합리화된다. 「흙」에서 허숭이 취한 일제 식민 권력에 대한
무저항적 태도도 인류애의 성자로서 나타낸 최고치의 저항이 된다. 다
른 민족이기 이전에 같은 인류이므로 싸우기보다 서로 사랑해야 한다
는 설교가 인류애를 통해 성립할 수 있다.

연애도 계몽처럼 인류애를 정점으로 삼는 사유의 구도에 포섭되어야
했다. 「재생」에서 인류애로써 연애를 극복하려는 시도가 있었으나 기
대한 결과에 이르지 않았다. 순영의 자살이 빚은 인류애의 곤경이 해결
되어야 할 과제로 남겨졌다. 인류애와 연애의 관계 설정을 위한 시도가
「유정」과 「사랑」에서 진행된다. 「유정」에서는 연애의 동력인 욕망의 문
제가 바닥이 드러날 정도로 철저하게 탐구된다. 연애가 욕망을 극복하
고 인류애로 나가는 길을 모색한다. 그러나 고통스럽고 치열한 모색을

통해 확인된 것은 인류애가 아니라 집요하고도 난폭한 욕망의 실체이다.「유정」의 창작 경험이「사랑」에서 인류애를 원칙으로 전제하게 했다. 그래서「사랑」의 서사는 인류애의 가치와 의의를 증명하는 과정으로 구성되고 그 과정에서 욕망의 문제는 은폐되거나 회피된다.「사랑」이 전개하는 인류애의 증명 과정은 인류의 구원을 목표로 삼지 않는다. 다만 인류애의 사역자들이 성스럽고 우월한 존재들임을 확인할 뿐이다. 그리고 그 증명의 이면에는 비천하고 열등한 존재들을 멸시하고 추방하려는 의도가 은밀하게 도사린다. 그로써 인류애는 우승열패의 제국주의적 사고와 연결될 가능성이 농후해진다.

자전적 글쓰기는 이광수의 문자 행위 전반에 걸쳐 포착되는 특징이다. 그에게 자전적 글쓰기는 인정 욕구를 실현하기 위한 시도였다. 그의 인정 욕구는 소설에서 자서전으로 향할수록 그 정체를 뚜렷하게 드러냈다. 현실과 불연속적인 관계인 소설에서 그의 인정 욕구는 간접적으로 표현되어야 했다. 그는 그러한 한계를 넘어서 인정 욕구를 현실에 투사하기 위해 자서전에 근접한「인생의 향기」와「그의 자서전」과「나」를 썼다. 그 세 편은 자서전에 근접하면서 온전한 자서전 되기를 회피하여 본 연구는 유사 자서전으로 통칭했다. 그는 사실 여부와 관련한 책임을 회피하려는 의도에서 자서전에 근접하기는 해도 정작 자서전에 이르려 하지 않았다.

이광수가 세 편의 유사 자서전에서 기억의 이름으로 전하는 이야기들은 상충되는 경우가 적지 않다. 같은 사건에 대한 기억들이 글에 따라 다르기도 하고 글마다 선택적인 기억들이 서로 모순을 빚기도 한다. 그러한 현상은 자서전의 본질과 관련된 조작으로부터 말미암는다. 자서전은 기본적으로 기억과 서사라는 두 가지의 지향을 내포한다. 자서전 쓰기에서 서사적 지향은 기억의 재현에 수동적으로 복무하는 정도를 넘어서 기억을 능동적으로 직조하기도 한다. 서사적 지향이 기억을 초과할 경우 자서전은 사실의 경계를 넘어 허구로 진행하는데 이광수의 유사 자서전이 거기에 해당하는 전형적인 사례이다. 유사 자서전에서 이광수는 자기과시를 위해 현실적 자아가 아닌 이상적 자아를 형상화하고 그 과정에서 사실을 기억하기보다 서사를 구축한다. 그로써 자서전을 지향하던 그의 행보는 자서전에서 이탈한다. 그가 자서전을 두고 벌이는 지향과 탈주의 행보는 인정 욕구를 실현하면서 기억의 사실성에 대한 심문을 회피하려는 이중적 목적을 염두에 둔 것이었다. 그가 소설에서 유사 자서전에 이르기까지 강박적인 양상을 띨 정도로 자전적 글쓰기를 되풀이했다는 사실은 그의 인정 욕구가 번번이 좌절되었음을 의미한다. 기억의 사실성에 대한 심문을 회피하는 그의 방법이 세상의 호응을 얻지 못한 것이었다.

「나의 고백」은 이광수가 자서전을 두고 벌이던 지향과 탈주의 행보가 불가능해진 자리에서 저술되었다. 따라서 「나의 고백」은 그가 처음이자 마지막으로 쓴 자서전이었다. 그 글에서 그는 사실에 벗어난 진술을 하지 않는 대신 친일 행위를 변호하는 논리를 구축한다. 그러나 논리가 아무리 교묘하다 한들 논리는 사실을 초월하지 못한다. 그가 구축한 친일 변명의 논리도 결과적으로 그의 친일 행위를 사실로 확인할 뿐이다.

김동인

김동인이 전개한 창작 행위의 배후에는 소설에 관한 그의 이론이 자리한다. 그는 이론을 의식하며 창작했고 그 결과를 이론으로 명시하고자 했다. 그의 소설론은 인형 조종술의 발전적 전개 과정으로 파악된다. 인형 조종술은 이념적인 면에서 신격의 소설가를 지향한다. 소설가는 신처럼 인물을 자유자재로 조종하여 신이 창조한 세계에 대응될 만한 작품을 창작해야 한다는 것이다. 따라서 인형 조종술이 제대로 구사되면 소설가의 작위는 신의 섭리만큼 은밀하고 공교해진다. 인형 조종술은 소설가가 그의 의도를 최대로 실현하면서 또한 철저히 은폐해야 한다는 이중적인 요구를 내포한다. 김동인은 지각을 매개로 작중 세계에 침투함으로써 그러한 요구를 실현하고자 했다. 지각과 관련한 방법을 자유자재로 구사할 때 작중인물은 인형처럼 조종되고 소설가는 그의 작품에서 신과 같은 위치에 서게 된다고 그는 판단했다. 초점의 유무와 그 위치에 따라 지각의 유형을 세분하는 그의 논의는 인형 조종술의 실천 방안이었다. 사실주의에 대한 김동인의 생각도 인형 조종술의 맥락에서 이해된다. 그에게 사실주의는 현실의 재현이 아닌 기법의 효과였다. 지각이 구축한 작품의 내적 완결성이 사실주의를 성취한다는 것이다. 그의 소설론에서 현실은 재현의 대상으로 지각에 선행하지 않고 지각에 의해 창조된다.

　「약한 자의 슬픔」과 「마음이 옅은 자여」는 지각을 운용하는 방법으로 인형 조종술이 시도된 첫 두 사례였다. 서사 담론의 지각 작용은 초점화자와 초점화 대상이라는 두 기능으로 나뉜다. 엘리자베트와 K는 그들이 각각 등장하는 본문에서 그 두 기능을 수행한다. 그들은 작중의 사건과 다른 인물들이 지각되도록 하는 통로 구실을 하는가 하면 그들 자신이 지각의 대상이 되기도 한다. 지각의 대상 지향성에 대한 오인으로 인해 수용자는 초점화자의 지각을 자신의 지각과 동일시하거나 초점화 대상이 스스로 그 존재를 현시하는 것처럼 여기게 된다. 초점화자와 초점화 대상은 그처럼 실감을 조성할 뿐 아니라 서사를 추진하는 계기가 된다. 담론의 지각 작용은 엘리자베트와 K의 복잡한 내면 심리와 그 심리에 투영된 사태에 실감을 부여하면서 부자연스러운 서사의 진행을 보완한다. 지각이 서사의 수준에서 사건처럼 기능하면서 서사를 구축하고 추진하는 것이다. 지각의 그러한 작용을 가리켜 지각의 서사화라고 일컬을 만하다. 그러나 「약한 자의 슬픔」과 「마음이 옅은 자여」에서 지각을 매개로 시도된 인형 조종술은 소기의 성과를 거두지 못한다. 김동인은 그 두 작품에서 인형 조종술이 제대로 구사되지 않았다고 자인했으며 훗날의 연구들에서도 그 두 작품은 부정적으로 평가되었다.

「약한 자의 슬픔」과 「마음이 옅은 자여」에 나타난 의도와 결과 사이의 괴리를 김동인은 자신의 '이원적 성격' 탓으로 돌렸다. 두 작품의 창작에서 의도한 면과 의도하지 않은 면이 있었다고 했다. 전지전능한 신에게 의도하지 않은 바란 있을 수 없으므로 '이원적 성격'으로 인형 조종술은 설 자리를 잃게 되었다. 그는 인형 조종술을 제대로 실천하지 못한 자신을 비판하는 방식으로 인형 조종술의 훼손을 피하고자 했다. 신이 창조한 세계처럼 완벽한 소설을 창작할 것을 요구하는 인형 조종술 앞에 자신의 미흡함을 고백하는 정도에서 그는 창작 방법론과 창작의 실제가 충돌한 사태를 정리했다. '이원적 성격'을 빚은 근본 원인에 대한 설명은 훗날 연구의 몫으로 남겨졌고 본 연구가 그것을 인수했다.

「약한 자의 슬픔」과 「마음이 옅은 자여」에서 사용된 방법은 인형 조종술과 일원묘사와 고백체였다. '이원적 성격'을 빚은 근본 원인을 이해하기 위해 그 세 방법의 상관관계를 조사하고 그것들이 창작의 실제에서 수행되는 양상을 검토하였다. 인형 조종술과 일원묘사는 김동인의 창작 방법론에서 원칙과 방법으로서 밀접하게 관련된다. 인형 조종술이 신의 섭리처럼 은밀하게 작용하려면 일원묘사를 통해 작중에 침투해야 한다. 일원묘사와 고백체는 과정과 결과로서 서로 관련을 맺는다. 일원묘사를 통해 인물의 내면이 자연스럽게 드러나므로 고백체가 용이하게 실현된다. 인형 조종술과 고백체는 상반된 목표를 지향하므로 양립할 수 없다. 고백체는 인물의 내면을 있는 그대로 표현하므로 인형 조종술의 통제를 벗어나기 일쑤이다. 인간의 내면에서는 모호하고 산만한 사념들이 연상과 상상에 의해 연결되기도 하고 모순된 상태로 병존하기도 한다. 그 사념들이 고백체를 통해 유출될 때 인형 조종술의 통제는 무력해진다. 김동인에게 '이원적 성격'을 언급하도록 한 사태가 벌어지는 것이다. 김동인은 자신의 창작 방법론에 내재된 모순을 명확하게 인식하지 못했지만 고백체가 문제라는 직감은 했던 것으로 보인다. 「약한 자의 슬픔」과 「마음이 옅은 자여」 이후 그의 소설에서 고백체는 자취를 감추었다.

액자식 구성은 김동인의 방법론적 모색이 도달한 득의의 대안이었다. 액자식 구성의 증언적 기능은 작품에 서술된 내용의 사실성을 보장하는 한편 그 사실성과 관련하여 작품 외부의 현실로부터 제기되는 심문을 차단하는 효과를 발휘한다. 「배따라기」에서 벌어지는 어처구니없는 사건이 비극적 사실성을 획득할 수 있는 것은 액자식 구성의 증언적 기능에 힘입은 바 크다. 액자식 구성에 의해 현실로부터 독립된 세계가 마련되자 김동인은 그 세계에서는 인형 조종술을 아무 거리낌 없이 구사할 수 있다고 여긴 듯하다. 다섯 개의 서술 수준이 중첩된 「광염소나타」는 김동인이 액자식 구성의 가능성을 최대치까지 구현해본 정점에 자리한다. 그러나 액자식 구성에 대한 과신과 그것의 남용이 그의 소설에 사실성 대신 희극성을 가져다주는 부정적 결과로 나타나기도 했다.

　액자식 구성을 사용하지 않을 경우 김동인의 소설 창작은 당대 현실과 직접 대면해야 했다. 그 경우 참예술에 의한 참사실의 추구, 다시 말해 창조된 사실성의 추구는 현실의 재현이라는 문제와 긴장 관계를 피할 길 없다. 인형 조종술이 창조한 사실이 당대 현실에 근접하는 우연으로 귀결될 경우 그의 작품은 수작으로 평가되었다. 「태형」과 「감자」가 그 경우이다. 그러나 그 우연을 성립시킨 것은 인형 조종술이 아니라 당대 현실이라는 맥락이다. 결과적으로 그는 당대 현실을 충실히 재현함으로써 기대하던 문학적 성취에 이른 것이었다.

　김동인은 1930년대로 접어든 이후 역사소설에 주력했다. 액자식 구성이 한계를 드러내고, 인형 조종술과 당대 현실 간의 긴장 관계가 해소되지 못한 채 파행을 거듭하는 상황에서 역사는 김동인 소설이 나갈 수 있는 적절한 도피처였다. 사실성의 보장이라는 면에서 역사는 액자식 구성의 외화처럼 기능할 수 있었다. 역사가 현재에 대해 두는 시간적 거리는 당대 현실의 재현이라는 문제가 제기되지 못하도록 하는 효과가 있어서 인형 조종술의 구사에 유리했다. 그에게 역사소설은 액자식 구성의 틀이자 인형 조종술을 구사할 수 있는 새 터전으로 인식되었다. 공적 기록과 공인 지식으로 존재하는 역사가 액자식 구성의 외화로서 증언적 기능을 한다면 그 내화인 역사소설이 어떤 이야기를 하든 사실성이 보장될 수 있다고 여긴 것이었다. 물론 역사를 훼손하지 않는다는 최소한의 단서 조항은 준수되어야 했다. 김동인은 인형 조종술을 자유자재로 구사함으로써 창조를 최고의 미덕으로 여기는 자신의 '참예술'을 역사소설을 통해 구현하려 했다. 「젊은 그들」에서는 역사를 평계로 삼았으되 역사와 무관한 이야기를 전개했고 「운현궁의 봄」과 「대수양」에서는 김동인 자신의 주관적인 역사 인식을 주장했다. 그러나 김동인의 역사소설이 애초에 그가 기대하거나 자신한 정도의 성과를 거두지 못했다는 것은 선행 연구를 통해 확인된다. 역사에서 이탈하는 소설이 역사소설로서 긍정적인 평가를 받기는 어려웠다.

김동인의 역사소설이 지닌 탈역사적 성격은 그것이 역사로 환원될 수 있는지 가늠해보면 쉽사리 드러난다. 가공의 인물을 주인공으로 삼은 「젊은 그들」은 물론이려니와 「운현궁의 봄」과 「대수양」도 역사로의 환원이라는 요구에 적절하게 부응하지 못한다. 대원군은 집권한 이후 「운현궁의 봄」에서 주장한 대로 어지러운 세상을 바르게 하고 국운을 융성시키지 못한다. 따라서 그가 절세의 영웅이라는 「운현궁의 봄」의 주장은 허황되다. 수양은 「대수양」에서 단종을 편안하게 모시는 일에 전심전력하겠다고 약속했지만 그 약속은 지켜지지 않는다. 수양이 충신이라는 「대수양」의 주장 또한 거짓이다. 「운현궁의 봄」과 「대수양」에 나타난 역사 인식이 창의적이라기보다 오류라는 것을 공식적인 역사 기록이 입증한다. 「운현궁의 봄」이 대원군의 국태공 취임에서 끝나고 「대수양」이 단종의 양위에서 끝나는 것도 역사의 검증을 회피하기 위한 의도적 선택처럼 보인다. 더 진행하면 그 소설들에서 주장한 역사 인식의 모순이 드러나게 되어 있었다. 역사에서 출발한 김동인의 역사소설은 역사에 포섭되기를 거부하는 방향으로 진행했다. 창조적 열망이 그의 역사소설을 탈역사적인 방향으로 이끌었다.

역사소설에 착수한 이후 김동인은 회고적인 성격의 글들을 통해 자신의 문학적 업적으로 『창조』의 창간과 소설 문체의 확립을 거듭 강조했다. 삼인칭 대명사와 과거형 시제와 '-다' 종결어미를 채택함으로써 소설 문체를 확립했다는 그의 주장은 후대의 연구를 통해 과장이 아닌 사실로 인정되었다. 김동인의 회고에서 보이는 자신의 문학적 성과에 대한 강박적 집착은 역사소설 창작과 무관하지 않다. 역사소설을 타락으로 여긴 그는 소설가로서 자신의 미래를 비관적으로 전망했고 그 반작용으로 과거에 매달리려 했을 것이다. 자신의 문학적 공적이 망각되지 않기를 바라는 간절한 소망이 그에게 거듭 회고적인 글을 쓰게 했을 것이다.

염상섭

염상섭은 새로운 소설을 향한 의지를 뚜렷하게 지니고서 소설 창작에 착수했다. 그 새로움은 고백체라는 일본 근대문학의 동향으로 식별되었다. 염상섭은 고백체를 「개성과 예술」에서 개념적으로 논의했고 「표본실의 청개구리」의 창작에서 시도했다. 「표본실의 청개구리」는 「개성과 예술」에서 전개된 개념적 사유의 소설 판본으로 자리한다. 「표본실의 청개구리」에서 화자가 서정적 주체로서 정체불명의 기분을 서술하는 방식은 「개성과 예술」에서 개성의 표현으로 정의된 '독이적 생명의 유로'를 명령으로 받아서 수행한 것이다. 「개성과 예술」에서 개인의 개성을 민족의 개성으로 확장하는 논의 방식을 따라서 「표본실의 청개구리」에서는 서정적 주체의 확장이 시도된다. 기분을 연결하여 서정적 주체를 확장한들 소설의 필수 조건인 서사가 형성되지 않자 염상섭은 김창억의 일대기를 끌어들인다. 김창억의 일대기를 도입하면서 「표본실의 청개구리」는 비로소 서사를 획득하지만 새로운 소설을 쓰고자 했던 염상섭의 의지는 그로써 좌초한다. 김창억의 일대기가 전대 소설의 서사 유형을 답습하기 때문이다. 당대 소설의 판도에서 「표본실의 청개구리」가 획득한 새로움은 일본에서 수입한 고백체가 아니었고 기분을 전면에 내세우는 서술 정도였다. 기분에서 서사로 내디딘 그의 발걸음은 전대 소설로 퇴행하는 방향이었다.

「표본실의 청개구리」는 「암야」 「제야」와 더불어 초기 삼부작으로 불린다. 「암야」에서 염상섭은 화자와 지각의 초점을 분리함으로써 기분의 서술이 될 가능성을 배제했다. 화자의 지각이 초점화자인 그에 의해 제한되고 그의 내면은 화자에게 대상화된다. 화자와 지각의 초점 사이에서 벌어지는 상호 제어는 자기반성이라는 인식적 효과를 낳는다. 「제야」에서는 작가와 불일치하는 화자가 서간체 형식을 통해 내면을 고백한다. 그 내면 고백은 작가인 염상섭에게는 타자 서술이다. 서간체 형식이 타자 서술의 수단으로 사용된 것이다. 고백체를 전제로 진행된 염상섭의 방법적 탐색은 그의 초기작 세 편에서 기분의 서술과 자기반성과 타자 서술로 각각 나타났다. 염상섭 판본의 고백체에서 고찰되는 그 세 가지 양상은 주관에서 객관으로 나가는 방향성을 내포한다. 방법의 면에서 초기 삼부작은 「만세전」을 예비하는 조짐들을 지니고 있어서 양자를 발전적 전개의 관계로 파악하게 한다. 「암야」에서 주인공의 자기반성이 서술되는 방식이 「만세전」의 이인화에게 이전되어 자기반성의 주체로서 이인화가 대면하는 당대의 현실이 그의 여행을 통해 펼쳐진다. 「만세전」은 여행 경로를 따라 사건들이 배열된다는 점에서 「표본실의 청개구리」의 구성적 특징을 이어받는다. 다만 「표본실의 청개구리」의 기분의 여로는 「만세전」에서 인식의 여로로 진전된다. 「만세전」에 삽입된 네 통의 편지는 「제야」와 연관된다. 서간체는 작중인물의 내면을 고백하게 하면서 그 고백을 대상화하는 이중적 효과를 지닌다. 「만세전」에 인용된 편지들은 인물들 간의 상대적인 관계 속에서 타자 서술의 효과를 획득한다. 이인화와 정자의 내면은 서로 주고받는 편지들을 통해 고백되면서 대상화되고 그 맥락에서 이인화의 현실 인식이 재확인된다. 고백체를 전제로 초기 삼부작에서 진행된 염상섭의 방법적 탐색들이 발전적으로 집약되어 「만세전」의 구성과 서술, 주인공의 태도를 이룬다. 그러한 방법의 조력에 힘입어 「만세전」은 당대 현실을 객관적으로 재현하는 수준까지 접근할 수 있었다.

「만세전」 이후 염상섭의 소설 창작에서 객관 현실이 다른 무엇보다 우선시되었다. 「해바라기」에서 최영희를 둘러싼 경험 현실이 객관적으로 재현된다. 최영희의 가치관과 사고방식은 합리적으로 추론되고 논리적으로 분석됨으로써 객관성을 획득한다. 정신 활동을 논리와 합리에 비추어 타당하게 서술하는 방식은, 사실을 객관적으로 서술하는 방식과 더불어 염상섭의 사실주의를 지탱하는 두 개의 축을 이룬다. 재현이 경험 현실과 관련되는 데 비해 논설은 의미의 형성을 통한 주제의 객관화와 관련된다. 「E선생」에서 E 선생은 불의를 용납하지 않고 원칙을 중시하는 자신의 가치관을 논리적인 연설을 통해 학생들에게 전한다. 「너희들은 무엇을 얻었느냐」에서도 작중인물들의 가치관과 사고방식에 대한 논설이 주제적인 의미의 형성에서 중요한 비중을 차지한다. 그 두 편에서 논설을 통해 주장되는 본질적인 가치들은 타당하나 그것들 각각이 「E선생」과 「너희들은 무엇을 얻었느냐」의 주제는 아니다. 논리적으로 서술된 본질적인 의미들이 작중의 의미를 주도하지 못하는 것은 재현적 서술 때문이다. 사실이 객관적으로 재현될수록 그 가치들은 상대화된다. 「E선생」에서 E 선생의 가치관은 동료 교사들과 학생들의 세속적 가치관에 의해 희화되고 그는 사직한다. 「너희들은 무엇을 얻었느냐」의 인물들은 입으로는 진정한 사랑을 옹호하면서도 실제로는 물질적 풍요를 위해 결혼할 상대를 선별하고 그 과정에서 배반과 기만이 예사로이 벌어진다. 「만세전」이후 형성된 염상섭의 사실주의적 서술은 사실과 의미에 걸쳐 객관성을 추구했다. 사실은 충실하게 재현되었고 의미는 논리적으로 전개되었다. 사실과 의미 중에서는 전자가 중시되었다. 그 어떤 신념이나 가치도 사실보다 우선하지 못한다는 것이 그가 사실주의자로서 취한 입장이었다. 본질적인 가치를 유보할 만큼 염상섭은 사실 앞에서 겸허했다.

재도일을 전후한 시기의 염상섭 소설에서 새로운 기법으로 추리가 관찰된다. 추리는 재현과 논설 사이의 불균형을 조정하기 위해 도입되었다. 추리가 경험적 속성과 논리적인 속성을 지녀서 기대되는 효과였다. 「사랑과 죄」에서 논설과 재현의 관계는 추리를 매개로 대등한 수준에 이른다. 추리적 구성이 인물들을 탐정과 범인이라는 상대적인 관계로 설정하면서 인물들 간의 대결이 펼쳐지는데 「사랑과 죄」에서는 선과 악의 대결이라는 양상을 띤다. 세 차례에 걸친 대결에서 선한 집단은 악한 집단을 번번이 이기지만 그 승리는 잠정적인 데 그치곤 한다. 악한 집단이 식민 권력을 숙주로 삼는 한 선한 집단은 승리할 수 없다. 「사랑과 죄」는 선한 집단의 급격한 와해로 끝난다. 「이심」은 선한 집단이 사라진 이후의 세계를 펼쳐 보인다. 그 세계에 남은 사람들은 저마다의 욕망과 이익을 실현하기 위해 「사랑과 죄」에서보다 격한 투쟁을 벌인다. 그들끼리 범하는 음모와 기만은 추리적 기법을 통해 효과적으로 구현된다. 인물들의 탐욕과 암투는 그 자체가 타락한 세계의 현주소이다. 거기서는 아내를 유곽에 팔아넘기는 행위마저 정의로 왜곡된다. 「사랑과 죄」에서 선한 인물들의 행복한 기대가 좌절되는 것처럼 「이심」도 행복하게 끝나지 않는다. 고베에서 신혼기를 보내던 춘경은 귀국하여 유곽에 팔리고 유곽에서 구조된 후 그 치욕을 견디지 못해 자살한다. 춘경의 최후는 자연스러운 서사의 진행에서 비롯된 결과라기보다 염상섭의 의도가 개입한 결과로 보인다. 서사가 억지스럽게 진행될지언정 당대 현실에 대한 착시를 불러서는 안 된다는 것이 춘경의 최후에서 드러나는 염상섭의 의도이다.

재도일기를 거치면서 고백체와 재현과 논설과 추리로 이루어진 염상섭의 방법 목록이 완비되었다. 실제 창작에서 그 방법들이 형성하는 관계에 따라 작품의 성과가 갈렸다. 방법마다 이질적인 속성이 있어서 그것들 사이의 조화가 쉽지 않았다. 특히 추리가 문제였다. 추리는 실제 창작에서 다른 방법들을 압도하면서 작품을 아예 추리물로 변경시켰다. 「사랑과 죄」의 후반부는 일경의 최진국 사건 수사와 정마리아의 해줏집 살해 사건을 위주로 추리물처럼 전개되어 이념 관련 주제를 희석했다. 「이심」에서도 추리가 전체 서사를 주도할 정도로 활용됨으로써 식민지 현실이 가려지는 역효과를 낳았다.

추리의 부정적 효과는 「삼대」 직전에 발표된 「광분」에서 「사랑과 죄」와 「이심」보다 더 뚜렷하게 나타났다. 경옥의 실종으로 시작된 「광분」의 후반부에 추리가 도입되면서 고백체와 재현과 논설은 추리에 일방적으로 복무하게 된다. 추리의 오용이 빚은 방법들의 부조화가 「광분」을 실패작으로 만들었다.

「삼대」가 전작들과 방법 면에서 드러내는 차이는 추리의 사용을 절제했다는 것이다. 「삼대」를 쓸 무렵 염상섭은 추리의 효과에 경계심을 품었을 법하다. 그 직전까지 발표된 네 편의 장편에서 추리는 작가의 의도를 벗어나 그 스스로 서사를 주도했고 작품을 추리소설로 둔갑시킬 정도로 막강한 위력을 발휘했다. 추리에 대한 염상섭의 경계심은

「삼대」에서 조의관의 죽음과 관련한 의혹이 제기된 지점에서 뚜렷하게 확인된다. 조의관의 배설물을 검사한 대학병원 의사는 비소중독이라는 소견을 내놓는다. 그로써 서사가 추리적으로 진행될 여건이 충분히 마련됐지만, 염상섭은 덕기에게 그전까지 취했던 태도와 어긋나는 선택을 하게 함으로써 추리를 걷어들인다. 그럴 만한 이유가 충분히 있었다. 「삼대」에서 조의관 일가 못지않은 비중을 차지하는 인물 집단은 김병화를 비롯한 항일 세력이다. 한편에서 조의관의 유산을 두고 가족 구성원들 사이에 암투가 벌어지고 있을 때 다른 한편에서는 김병화가 피혁에게 건네받은 자금으로 항일운동을 도모한다. 만일 조의관의 사인을 규명하는 방향으로 서사가 진행되면 병화를 중심으로 벌어지는 항일 세력의 동향이 축소되거나 가려질 가능성이 농후했다. 「사랑과 죄」에서 최진국 사건을 처리한 방식이 답습될 수 있었다. 추리가 절제됨으로써 「삼대」는 전작들과 구별되는 성과를 거둘 수 있었다. 다른 방법들도 추리와 더불어 절제되고 서로 조화를 이루면서 「삼대」의 완성도를 높였다.

　「삼대」에서는 염상섭이 보유한 기존의 방법들 외에 새로운 방법이 하나 더 관찰되는데 반어irony가 그것이다. 기존의 방법들이 이룬 조화와 절제가 승화된 결과로 반어가 「삼대」에 나타난 것으로 판단된다. 서로 다른 가치관과 이해관계들이 충돌하고 교차하는 모순적인 상태에 처한 덕기를 중심으로 반어가 진행된다. 덕기는 자기비판과 자기반성을 통해 자신의 모순을 인식한다. 그 모순은 어느 한쪽으로 결정되거나 해소되지 않고 다른 모순으로 지양되기에 그는 미결정과 비동화의 역동적 현재성을 유지하게 된다.

　「삼대」의 연재가 중단되고 두 달 뒤에 「무화과」의 연재가 시작되었다. 「삼대」의 속편을 쓰는 일은 검열 당국에 정면으로 맞서는 것이 되었기에 염상섭은 「무화과」를 「삼대」의 속편으로 인정하기를 주저했고 「삼대」의 인물들을 이름을 바꾸어 「무화과」에 등장시켰다. 「삼대」와 「무화과」의 불연속성을 이해하려면 염상섭의 정신적인 면도 고려되어야 한다. 표현과 관련한 외적 조건의 악화와 그 자신의 사상적 답보 상태는 염상섭에게 「무화과」의 성공을 자신할 수 없게 했을 것이다.

원영은 「삼대」에 대한 「무화과」의 퇴행을 잘 보여주는 인물이다. 원영은 '사회사업'을 명분으로 신문사에 투자하고 영업부장직을 맡지만 작중에서 사회사업의 면모는 보이지 않고 그의 연애 서사가 펼쳐진다. 원영은 의리와 오기에 사로잡힌 단순한 성격의 인물로 등장한다. 그는 당대 현실의 문제들에 무심하며 사회주의자들과의 접촉도 피한다. 염상섭의 방법들이 유보되고 본문이 사건 위주로 진행됨에 따라 원영은 단순한 성격의 인물로 형상화된 것이다. 「무화과」에서 원영의 비중은 후반부로 접어들수록 줄고 그에 비해 문경과 정애와 완식이 차례로 비중을 키운다. 주인공의 비중이 감소하고 부인물들의 비중이 증가함에 따라 「무화과」의 서사 구조는 느슨해져 「삼대」만한 완성도를 이루지 못한다. 문경과 정애와 완식을 각각 중심으로 삼아 전개되는 서사들은 개별성이 강하여 전체 서사의 내적 결속력을 떨어뜨린다. 게다가 원영에게는 활용을 유보했던 염상섭의 방법들이 문경과 정애와 완식의 형상화에 동원된다. 그들이 생동감 있게 형상화되면서 원영이 가려지고 「무화과」는 전반부와 전혀 다른 양상으로 전개된다. 그 선두에서 문경은 자기 인식에 이르는 탐색의 서사를 수행한다. 부잣집 딸로서 부족함 없이 자라 세상 물정 모르는 순진한 인물이던 문경은 시댁과 갈등을 겪고 남편의 허위를 직시하면서 한 여성으로서 자신의 존재를 인식한다. 그 과정에서 염상섭의 방법들이 적극적으로 구사된다. 고백체는 그녀와 봉익 사이에 조성된 연애 감정의 밀도가 본문에 드러나게 한다. 문경의 서사를 이루는 사건들은 재현을 위주로 전개되어 서술자의 중개 비중이 높은 원영의 서사보다 생생한 사실감을 획득한다. 논설은 문경이 인호의 부당함을 지적하고 자신의 정당성을 주장하는 데 사용된다. 인호의 외도는 추리적인 과정을 거쳐 문경에게 인지된다. 문경의 서사로 이완된 「무화과」의 서사 구조는 정애가 서사의 중심인물로 등장하면서 이완의 정도가 심화한다. 일본에서 종적을 감춘 정애가 채련에게 나타나 도움을 청하는 지점부터 「무화과」는 정애의 도피 과정을 위주로 전개된다. 염상섭의 방법들은 정애를 중심으로 진행되는 서사에도 적절하게 사용된다. 정애와 완식은 일기와 편지를 매개로, 다시 말해 고백체를 통해 서로의 감정을 들여다본다. 재현은 정애의 서사를 전개하는 기본적인 방식으로 사용된다. 완식의 현실 인식과 이념적 입장은 그의 일기에서 논설의 방식으로 전개된다. 추리는 정애의 도피 과정에 사용된다. 일경의 추적이 계속되는 상황에서 완식은 정애를 관악산의 암자로 도피시킨다. 추리소설에서 범인의 도피 과정이 흥미를 조장한다면 정애의 도피는 당대 현실과 관련된 비극성을 내포한다. 일경에게 체포되거나 식민 통치가 종식되지 않는 한 그 도피는 목적도 기약도 없이 계속되어야 한다.

「무화과」이후 일제의 검열로 이념과 관련한 표현이 불가능해지자 염상섭에게 남은 서사의 대상은 연애뿐이었다. 이념을 배제한 채 온전히 통속적인 연애소설을 쓰는 일이 그로서는 쉽지 않았다. 「백구」와 「모란꽃 필 때」에서 그가 연애소설을 쓰기 위해 분투하는 과정이 읽힌다. 연애소설을 의도하고 시작한 「백구」는 중도에 방향을 전환하여 범죄소설로 진행한다. 사회주의를 빙자한 사기단이 등장한 데서 이념적 주제에 대한 종전의 타성이 나타난다. 「모란꽃 필 때」는 물질과 욕망에 좌우되는 당대 젊은이들의 연애 세태를 다루면서 바람직한 연애의 방향을 모색한다. 신성과 진호의 연애가 그 지향을 보여주는데 그들이 연인 사이가 되는 시점에서 「모란꽃 필 때」는 끝난다. 「불연속선」은 앞의 두 편에 비해 완성도 높은 연애소설이 되었다. 진수와 경희가 연인 관계가 되어 결혼을 향하는 과정이 풍요로운 사건들과 섬세한 심리묘사를 통해 전개된다. 갈등이나 위기는 파국의 수준에 이르지 않도록 조정되어 연애 서사가 행복한 결말에 이른다. 「불연속선」에서 통속소설로서 높은 완성도를 성취한 후 염상섭은 소설을 더 써야 할 이유를 찾지 못한 듯하다. 그는 소설 창작을 중지하고 만주로 갔다.

방법론의 계보, 그리고 이상

이상의 논의는 이광수와 김동인과 염상섭에 관한 기존의 주제론을 보완하는 의의가 있을 것이다. 그에 더하여 방법론의 시각에서 소설사를 구상하는 가능성도 고려해볼 수 있다. 세 소설가는 상상과 지각과 개념 중 하나를 선점하여 서사로 구현함으로써 소설사 초창기의 구도를 구축했다. 그들이 수행한 방법적 탐구는 근대 서사의 형성과 전개에서 원조 격으로 평가받을 만하다. 그 서사화의 방법 세 가지가 그들 이후의 소설가들이 구현한 서사의 면모들을 고찰하는 데 참조될 수 있다. 가령 김동리와 황순원의 단편들에서 상상은 서사의 동기가 될 뿐 아니라 서사를 추진한다. 그 과정이 상상의 서사화로 파악된다. 감각적인 묘사 위주로 진행되는 박태원의 소설들과 일상에 한정된 이태준의 단편들은 지각을 서사화한 사례들이다. 사회주의 이념의 형상화를 추구한 이기영과 김남천의 소설들은 개념의 서사화를 전제로 각론 차원에서 검토될 수 있다. 상상과 지각과 개념 중 두 가지가 복합적으로 작용하여 서사를 형성한 사례도 관찰된다. 채만식의 소설에서는 지각과 개념이 동등한 비중으로 서사의 형성에 관여한다. 김승옥의 단편들에서는 상상과 지각이 길항하면서 서사를 구축한다. 이청준은 개념이 지각으로 실현될 가능성을 계속 타진한다. 원조 격의 방법들이 참조된 고찰들은 방법론의 계보학을 예비한다. 상상과 지각과 개념에서 각각 기원한 흐름이 변이되고 서로 연결되고 다시 분화하는 과정을 추적한 방법론의 계보가 작성될 수 있고 그 계보를 통해 종래의 주제론과는 다른 차원에서 소설사에 대한 이해가 마련될 수 있을 것이다. 단순화와 오류의 위험을 무릅쓰고 근대소설의 서사에 관한 방법론적 연구의 향후 진행을 섣불리 전망해본다면 대략 이러하다. 그리고 남는 한 가지가 있어서 덧붙인다.

본 연구가 논의한 세 방법과 뚜렷하게 구별되는 서사화의 방법이 1930년대 소설사에 등장했다. 이상이 그 주인공이었다. 이상은 방법 자체를 서사로 구현하려 했다. 자기 지시적인 그 방법은 '방법의 서사화'로 명명될 만하다. 이광수와 김동인과 염상섭보다 소설가로서 한 세대 늦게 출발한 이상이었지만 그의 방법은 소설사에서 별도의 계보를 형성했다. 또하나의 원조 격으로 평가받기에 손색이 없는 이상을 앞의 세 소설가와 함께 본 연구에서 마땅히 다뤄야 했다. 그런데 이상의 방법이 지닌 가치는 본 연구가 진행되는 도중에 발견되었다. 본 연구를 기획할 당시에 고려되지 않은 이상을 여기에 뒤늦게 추가하여 논의를 계속하기는 어려운 형편이다. 근대 서사의 형성과 전개 과정에서 이상의 시도가 지닌 가치를 표시하고 그와 관련한 후속 연구를 기약하는 의미로 방법의 서사화에 관한 연구 기획의 단서가 내포된 연구물 하나를 부록으로 싣는다.

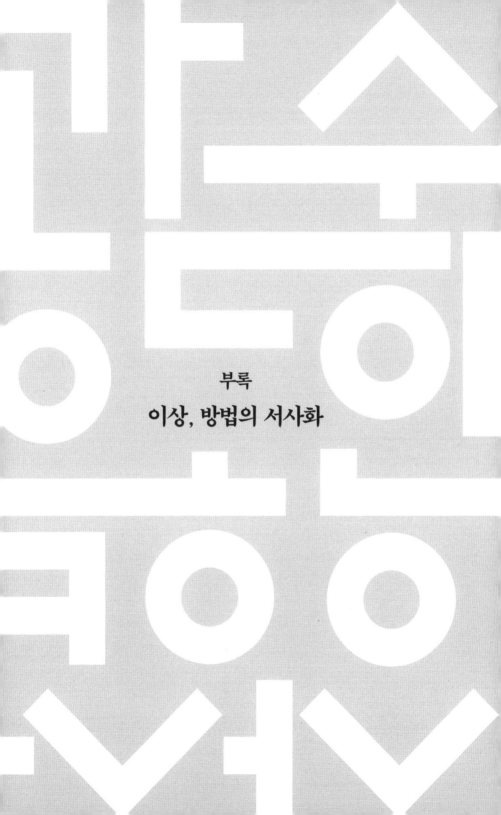

부록

이상, 방법의 서사화

돈, 성, 그리고 사랑

서론

문학 본문text의 의미는 고정되어 있지 않다. 본문은 화자와 청자를 전제한 담론의 상황에 위치하여 의미 작용을 벌인다. 담론의 상황이 가변적인 만큼 본문은 유동성을 띤다. 해석 행위가 거듭되면서 담론의 상황은 갱신되고 본문의 의미는 계속 번식한다. 새로운 해석은 다시 담론의 상황에 포섭되어 해석적 맥락을 풍요롭게 하므로 제출된 해석의 수가 늘어난다고 해도 본문의 의미가 고갈되는 것은 아니다. 오히려 누적된 해석들이 새로운 해석의 가능성을 확장한다. 그래서 이미 충분히 논의되었다고 간주되는 본문이라 하더라도 그것에 대한 논의가 얼마든지 재개될 수 있다. 가령 오늘날의 「무정」은 더이상 1917년 매일신보에 연재되었던 그 「무정」이 아니다. 그동안 누적된 수많은 논의들이 「무정」을 발표 당시와 전혀 다른 해석적 맥락에 위치시킨다. 새로운 논의는 그러한 앞선 논의들과 대화적 관련을 맺으며 진행된다. 많이 연구된 작품이라서 그것에 대해 더 연구할 거리가 남아 있지 않다는 식의 통념은 설득력을 지니기 어렵다. 선행 연구의 성과들은 후속 연구의 진행을 차단하기보다 자극한다.

이상의 「날개」는 이른바 '많이 연구된 작품'에 속한다. 이 글이 「날개」에 대한 논의를 재개하는 까닭은 선행 연구가 조성한 담론의 상황이 새로운 해석을 요청하기 때문이다. 시간의 경과와 더불어 진행된 연구들은 「날개」를 다채롭고 풍요로운 의미를 지닌 작품으로 변모시켰다. 여러 방법론과 입장들이 「날개」에서 교차하였고 다양한 해석들이 축적되었다. 이상의 생애로부터 「날개」가 읽혔고 「날개」로부터 이상의 생애가 읽혔다. 전기적 논의는 사실관계에 대한 확인을 넘어서 이상의 분열된 내면 심리에 이르기까지 진행되었다. 「날개」의 미적 형식도 탐구되어 서사 구조와 서술 특성에 대한 논의가 심도 있게 이루어졌다. 작중 인물들의 시공간적 배치와 주인공의 외출이 서사 구조의 면에서 주목되었으며 서술의 면에서는 이미지와 기법, 글쓰기에 대한 자의식 등이 검토되었다. 「날개」에서 미적 근대성의 구현 양상을 읽어내려는 시도가 있었으며 후기구조주의의 인식론이 동원되기도 했다. 탈식민주의의 시각에서 이 소설의 정치성이 타진되기도 했다. 「날개」는 이 땅에 들어온 많은 서구의 이론들이 저마다의 유효성을 예증하며 경합을 벌이던 각축장이었다. 문학사의 서술은 반드시 「날개」를 통과해야 했으며 개별 연구자들은 「날개」에 대한 해석을 통해 자신의 해석적 역량을 과시했다.

이 글은 기왕의 연구들이 형성한 맥락에서 「날개」에 대한 구체적인 해석을 진행하고자 한다. 「날개」에 대한 논의가 이미 충분히 이루어졌다 하더라도 작품을 이루는 모든 요소들이 빠짐없이 검토되었다고 할 수 없다. 해석을 기다리는 부분은 남아 있고 기존의 해석과 다른 해석도 여전히 가능하다. 그러한 여지와 가능성을 전제로 이 글은 우선 「날개」의 도입부를 재검토한다. 「날개」의 도입부는 기존의 연구에서 '에피그람' '프롤로그' '아포리즘' '서장' 등으로 지칭되면서 집중적으로 논의되었다. 도입부와 그 이후 본문 사이의 불연속성과 이질성도 해명을 요한다. 이 글은 도입부의 본문 내적 가치와 의미를 해명한 후 도입부 이후의 본문을 고찰한다. 사건의 구성과 작중인물들의 관계를 해석하는 과정에서 선행 연구들이 질의와 토론을 위해 호출될 것이다.

도입부에 관하여

「날개」의 도입부에 제시된 글에 관한 선행 연구의 견해는 두 가지로 나뉜다. 그 글을 본문의 일부로 파악하기도 하고 본문에 대해 독립적이라고 판단하기도 하는 것이다. 그 글은 전자에서 본문의 '설계도'[1]인 데 비해 후자에서는 이상의 육성으로 된 '작가의 말'[2]이다. 후자의 주장 중에는 본문에서 그 글을 아예 배제한 극단적인 경우도 있다. 그런 경우를 제외하면 도입부의 글과 그 뒤의 본문 사이에 모종의 관계가 있다고 대체로 인정되는 편이다. 겉으로 상반되어 보이는 두 주장이 논의의 세부에서는 그렇게 선명하게 구별되지 않는다.

---

1 김윤식, 『이상 문학 텍스트 연구』, 서울대학교출판부, 1998, 164~167쪽.
2 도입부를 가리켜 서영채는 '작가 자신의 육성'이라고, 박상준은 '작가의 말'이라고 각각 불렀다. 서영채, 『사랑의 문법』, 민음사, 2004, 270쪽; 박상준, 「잃어버린 정체성을 찾아서」, 신범순 외, 『이상문학연구의 새로운 지평』, 역락, 2006, 177쪽.

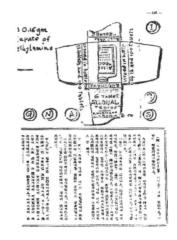

　「날개」 도입부가 그 이후 본문으로부터 독립적이라고 주장하는 쪽이 제시하는 주요 근거는 그 소설이 최초로 발표된 지면의 편집 형태이다. "원래 발표된 『조광』에서 아포리즘 부분은 '겹선 박스 안에' 본 서사 부분보다 '작은 활자'로 처리되어 있다"[3]는 것이다. 그래서 '겹선 박스 안의 글'(이하 '박스 글'로 표기)은 소설 본문에 대한 '작가의 말'이라고 한다. 그러나 형태상의 차이만으로 '박스 글'을 이상의 육성이라고 주장할 근거는 없다. 그러한 주장이 설득력을 지니려면 작가의 말이 「날개」의 '박스 글'처럼 표현되는 관습이 전제되어야 한다. 앞에 제시된 바와 같이 최초 발표 지면인 『조광』 1936년 9월호에서 「날개」의 '박스

3　박상준, 같은 쪽. 박상준은 『조광』 발표본의 「날개」에 대해 "아포리즘 부분이 국한 혼용인 반면, 본서사는 숫자와 '蓮心'을 빼면 한글 전용으로 되어 있다"고 했는데 이는 사실과 달라서 여기에 밝혀두고자 한다. '본서사'에는 숫자와 '蓮心' 말고도 '百忍堂' '吉祥堂' '胴' '神經' '禮儀' '代' '嘲' '苦' '哄笑' '臭' '夜盲' '努力' 등 한자 표기가 더 나온다.

글'은 분명 본문 안에 존재한다. '박스 글'은 『조광』 해당 호의 196면과 197면에 전개되어 있다. 펼침 면으로 한 면처럼 이어진 그 두 면에 본문이 이 단 편집되어 있다. '박스 글'은 편집 체제상 제목과 작가 이름 다음 순서로 배치되어 있다. 제목과 작가 이름은 본문과 그 외부를 구별하는 경계 표시이다. 제목과 작가 이름이 차례로 표기되면서 본문은 개시된다. 따라서 '박스 글'의 자리는 본문 안쪽이다. 통상 작가의 말은 본문 바깥에 자리한다. 작가는 본문이 시작하기 전이나 끝난 이후에 자신의 소설에 대한 소회를 밝힐 수 있다. 본문의 외부에서 자연인으로서 진술하는 작가를 본문 내적인 기능인 화자와 구별하기 위해 실제 작가라는 명칭이 사용된다. 작가의 말을 언술하는 주체는 바로 그 실제 작가인데 본문의 안쪽은 그 작가가 자신의 소설에 대해 말하는 위치로 부적절하다. 따라서 「날개」의 '박스 글'을 작가의 말로 단정하는 주장은 설득력이 부족하다.

　「날개」의 도입부는 본문의 편집 형태뿐 아니라 그 내용 면에서도 작가의 말 노릇을 하기 어렵다. 작가의 말은 작가가 본문 외부의 현실세계에서 자신의 작품에 대해 진술한 경우이다. 그런데 '박스 글'에는 자연인 이상에 대한 사실관계를 확인해주는 요소가 전혀 보이지 않는다. 해독이 결코 용이하지 않은 그 진술은 이상에 대한 어떤 현실적 정보도 제공하지 않을뿐더러 본문에 대해 외적인 지시 관계를 형성하지 못한다. 그 글은 내용 면에서 그 이후의 본문보다 어렵고 모호하다. 그러한 성격의 글을 본문에 대한 작가의 말로 규정하는 것은 적절치 못하다. 따라서 그 글의 자리는 본문 바깥에 마련되지 않는다. 그 글은 본문 내적인 화자의 진술이다. 화자는 비록 작가에 의해 설정되지만 작가와 동일시될 수 없는 본문 내의 기능이다. 기존의 논의는 '박스 글'과 본문 사이의 이질성에 주목하여 그 글을 작가의 말로 판단하였다. 그러나 '박스 글'과 본문 사이보다 '박스 글'과 이상 사이가 더 멀다. 이른바 저 '박스 글' 안에는 화자와 이상의 동일성을 입증할 수 있는 요소가 없다. 따라서 '박스 글'은 '작가의 말'로서 본문과 관련되는 것이 아니라 본문 의 일부로서 그 이후 진행되는 본문과 관련된다.

'박스 글'이 그동안 본문의 일부로 읽혔다는 사실도 그 글을 작가의 말로 볼 수 없게 하는 또다른 이유이다. 그 글을 본문과 별개로 간주하 여 논의에서 아예 배제한 기존의 연구는 있지만 그 글을 배제한 「날개」 의 전문 판본은 아직 없다. 만일 그 글이 작가의 말이라면 본문과의 결 속은 느슨할 수밖에 없고 마땅히 그 글이 제외된 판본이 그렇지 않은 판본보다 많아야 한다. 작가의 말은 본문에 필수적으로 따라다니는 종 류의 글이 아니기 때문이다. 그러나 『조광』 판본부터 현재까지 그 글은 줄곧 「날개」의 일부로 인정되었다. 서로 다른 판본들의 편찬자는 예외 없이 그 글을 본문의 일부로 판단했으며 독자에게도 그 글은 본문의 일 부로 수용되었다. 문학 본문의 존재는 창작과 수용의 상호 관련 속에서 파악된다고 전제할 때 「날개」의 도입부가 독자의 수용 행위에서 본문 의 일부로서 의미 작용을 해왔다는 현실은 결코 무시될 수 없다. 설령 백 보 양보하여 그 글이 애초에 본문의 일부가 아니었다 하더라도 수용 사적인 면에서 그 글은 본문의 일부가 되었다는 현실은 돌이킬 수 없게 되었다. 그 글은 그동안 본문의 일부로서 「날개」의 해석적 맥락을 풍요 롭게 형성하는 데 이바지해왔다. 그래서 그 글이 삭제된 「날개」를 상상 하기 어려운 지경이 되었다. 오늘의 「날개」는 바로 그 도입부의 울림이 그 이후 본문에 빚어내는 파장 때문에 「날개」다울 수 있다. 도입부를 제외한다면 「날개」는 단편소설의 관례에 충실한 많은 수작들 중 하나에 그치고 말아서 현재처럼 지대한 관심을 모으기 어려울 것이다. 따라서 그 글이 본문의 일부로 여겨졌다는 현실은 수정되어야 하기보다 인정되어야 한다.

「날개」 도입부가 본문의 일부가 분명하다면 그 글의 본문 내적 위상이 논의되어야 한다. 그 글에서 우선 주목되는 바는 대화체의 어조이다. 화자는 청자를 '그대'로 호명하면서 청자에게 직접 말을 건넨다. 그러한 어조는 소설의 서술 방식으로는 다소 이례적이다. 일반적으로 소설에서는 서술하는narrating 상황이 서술되는narrated 사건의 이면에 감춰진다. 다시 말해 사건이 전면화되고 그 사건을 전하는 방법은 은폐되는 것이다. 「날개」에서는 도입부 이후가 '서술 상황narrating instance'이 은폐된 경우이다.[4] 그 경우 화자는 사건의 배후에서 서술할 뿐 청자와 직접 대면하지 않는다. 청자 역시 화자보다는 화자가 서술하는 사건을 주목한다. 화자와 청자는 사건의 배후에서 몰래 말하고 듣는 입장이 된다. 그런데 도입부는 서술의 상황을 고의로 노출한다. 화자가 본문의 전면에 나타나 청자를 호명하면서 서술 행위 자체를 대상화하는 자기 지시적 서술을 전개한다. 화자는 자신의 인성적 실재를 드러내고 글쓰기 방식에 대한 견해를 표명한다. 도입부에서 자기 지시적이던 화자의 서술은 그 이후 본문에서 사건 쪽으로 방향을 바꾼다. 서술 행위는 은폐되고 본문은 전통적인 소설의 서술 방식을 따른다. 전통적인 소설에서는 서술 행위를 노출하는 것이 이례적이지만 전위적인 소설에서는 그와 유사한 사례가 찾아진다.

---

4 '서술 상황(narrating instance)'은 주네트의 용어로서 화자의 서술과 서술이 벌어지는 시간과 공간을 포괄한다. Gérard Genette, *Narrative Discourse: An Essay in Method*, trans. Jane E. Lewin, Cornell University Press, 1980, pp. 212~213.

① 이번엔, 그리고 내 생각에 한 번은 더 쓸 수 있겠지만, 그러고 나면 내 생각에 이 글쓰기의 세계와도 끝장이 날 듯하다. 지금이 마지막에서 두번째라는 느낌이 든다. 모든 것이 희미해진다.[5]

② 우선, 이 소설을 읽으려는 당신에게, 잠깐 동안 눈을 감도록 권하겠다.

눈을 감지 않고 위의 비어 있는 한 줄을 뛰어넘었다면, 제발, 아래의 비어 있는 한 줄을 건너기 전에, 꼭, 눈을 감아보기 바란다.[6]

①의 화자는 자신이 현재 쓰고 있는 글에 대한 소회를 서술하고 ②의 화자는 '당신'으로 호명된 독자에게 자신의 소설을 읽는 방법을 지시한다. 두 예문 모두 서술 방식과 서술적 현재를 공공연히 노출한다는 점에서 「날개」의 도입부와 유사하다. 전통적으로 소설은 사건이 종료된 후 개시되는 후시 서술의 방식을 취한다.[7] 그러한 소설에서 사건의 시간은 본문에 명시되지만 서술의 시간은 명시되지 않아서 사건이 종료되고 얼마쯤 시간이 경과한 다음일 거라고 추정될 뿐이다. 「날개」는 그

---

5 사뮈엘 베케트, 『몰로이』, 김경의 옮김, 문학과지성사, 2008, 11쪽.

6 이인성, 「당신에 대해서」, 『한없이 낮은 숨결』, 문학과지성사, 1999, 11쪽.

7 주네트는 사건에 대한 서술의 시간적 관계를 '후시 서술(subsequent narrating)' '전시 서술(prior narrating)' '즉시 서술(simultaneous narrating)' '삽입 서술(interpolated narrating)'로 나누는데, 후시 서술이 "가장 흔하다"고 한다. Gérard Genette, op. cit., p. 217.

도입부 이후로 후시 서술의 방식을 취하는데 그러한 서술이 벌어지는 상황이 바로 도입부에서 제시된 것이다. 소설은 사건과 서술이라는 두 개의 층위로 이루어지며 양자는 뚜렷하게 구별된다. 사건은 서술을 통해 소설 본문으로 구현된다. 「날개」가 다른 전통적인 소설들과 구별되는 바는 서술 상황을 도입부에서 노출한 데 있다. 서술 상황이 노출된 도입부와 서술 상황이 은폐된 그 이후 본문은 이질적으로 보일 수밖에 없다.

「날개」 도입부의 본문 내적 위상을 논의하는 과정에서 이 소설의 결말에 관한 해묵은 논란 하나를 해소할 수 있는 길이 자연스럽게 열린다. 이 소설의 결말에서 주인공이 자살하는 것으로 간주하는 해석이 그동안 일정한 지지를 획득해왔다.[8] 상승의 궤적을 그리던 주인공은 미쓰코시 옥상에서 '날자'고 외치며 피안을 향한 현실 초월적인 비상을 시도한다는 것이다. 물론 현실에서 그 비상은 지상을 향한 추락이기에 죽음으로 귀결된다. 그러한 해석에 대해 주인공이 미쓰코시에서 실제로 비상한 것이 아니라 비상을 희구할 뿐이며 도로 지상으로 걸어내려온다는 해석이 대립했다. 주인공이 '날자'고 외친 곳을 미쓰코시 옥상이라고 읽은 것은 본문에 대한 오독이라고 지적되자[9] 주인공의 자살이라

---

8 김윤식은 이상의 자살 충동을 거론하면서 「날개」의 결말 부분을 인용한다. 김주현은 「날개」의 결말 부분이 '아기장수 전설'의 날개와 '다이달로스 설화'의 날개를 패러디화함으로써 "현실 탈출과 초월적 의지"를 보여준다고 한다. 이러한 논의들은 「날개」가 '나'의 자살로 맺어진다는 해석을 암암리에 내포한다. 이경훈은 그러한 해석이 이미 널리 유포되어 있음을 전제하고 논의를 전개했다. 김윤식, 『이상연구』, 문학사상사, 1987, 167~168쪽; 김주현, 「이상 소설에 나타난 패러디에 관한 연구―「날개」, 「종생기」를 중심으로」, 『한국학보』 72집, 일지사, 1993, 240~243쪽; 이경훈, 「박제의 조감도―이상의 「날개」에 대한 일 고찰」, 『사이間 SAI』 8호, 국제한국문학문화학회, 2010, 197~202쪽.
9 김성수, 『이상소설의 해석』, 태학사, 1999, 166쪽.

는 해석은 설자리를 잃게 되었다. 주인공의 자살이라는 해석이 빈사 상태에 빠지게 되자 그 해석을 살려보려는 노력도 나타났다.[10] 극적인 결말을 바라는 독자의 욕망이 주인공의 자살이라는 오독을 가져왔는데 그것도 텍스트적 계획의 일부로 보아야 한다는 주장이 제기되었다.

「날개」의 결말에 대한 기존의 논란은 서술의 상황을 고려하지 않은 데서 빚어진 것이다. 전술한 바와 같이 도입부 이후 본문은 후시 서술로 되어 있으며 주인공인 '나'는 화자이기도 하다. 사건이 종료된 이후 서술이 개시되자면 '나'가 사건의 층위에서 죽음을 맞아서는 안 된다. 사건의 주인공이던 '나'는 사건이 종료된 후에 화자로서 서술을 수행해야 하기 때문이다. 만일 주인공인 '나'가 사건 속에서 죽어버린다면 서술이 개시될 시간에 서술 주체가 부재하여 서술이 수행될 수 없고 결과적으로 본문도 존재할 수 없게 된다. 따라서 후시 서술로 된 본문의 존재는 사건 속에서 주인공이 죽지 않았음을 입증하는 가장 확실한 증거이다. 주인공이 사건에서 생존해야만 그는 서술 상황 속에 화자로서 현존할 수 있다. 이 소설의 도입부에 노출된 서술 상황은 화자가 사건이 종료된 이후 살아 있음을 생생히 보여준다. 그 서술 상황은 순서상 본문의 맨 앞에 자리하지만 '날자'는 주인공의 외침으로 사건이 종료된 이후의 어떤 시간으로 설정된다. 주인공이 자살하지 않았다는 사실이 그처럼 본문에 명시되어 있다.

---

10 이경훈, 같은 글, 201~202쪽.

자기 위조

「날개」의 도입부에 대한 기존의 해석은 주로 도입부와 그 이후 본문 사이의 관계를 주목하는 방향으로 진행되었다. 해석의 필요에 따라 이상의 생애와 창작 방법이 호출되기도 했다. 부분적으로는 설득력이 있는 해석이 제시되었으나 도입부의 전체적 의미를 온전히 드러내기에는 대체로 미흡했다.[11] 세부적인 해석들이 체계적으로 조직되지 않았으며 어떤 해석은 본문보다 난해하여 해석이라는 이름이 무색할 정도였다. 요령부득이어서 여전히 해석 불능의 상태로 남아 있는 대목도 있다.[12]

「날개」에서 도입부는 그 이후에 대한 서술 상황과 관련되므로 그러한 관련을 언급하는 내용을 담고 있다. 우선 서술 상황의 주체인 화자

11 「날개」의 도입부에 대한 본격적인 해석은 김윤식을 필두로 김주현, 박선경, 최인자, 문재호, 이수정 등에 의해 수행되었다. 그 해석들이 지닌 공통적인 문제점들은 구체성과 일관성이 부족하여 설득력을 획득하지 못한다는 것이다. 여기에서 그 해석들의 세부에서 발견되는 문제들을 일일이 지적하는 논의를 전개하는 것은 사실상 불가능하다. 그 해석들을 검토하자면 별도의 논문을 마련해야 한다. 그러나 그런 식의 소모적인 논문 쓰기가 필요할지 의문이다. 이 주제에 관심이 있는 연구자라면 해당 논문들을 찾아봄으로써 본 글이 제출하는 해석이 지닌 차별성을 확인할 수 있을 것이다. 김윤식, 『이상소설연구』, 문학과비평사, 1988, 84〜90쪽; 김주현, 같은 글, 230〜236쪽; 박선경, 「'박제가 된 천재'가 꾸민 역설구조―Phallocentrism을 통해 본 『날개』」, 『서강어문』 9집, 서강어문학회, 1993, 272〜275쪽; 최인자, 「이상 「날개」의 글쓰기 방식 고찰」, 『현대소설연구』 4호, 한국현대소설학회, 1996, 362〜364쪽; 문재호, 「이상의 「날개」 연구」, 『숭실어문』 14집, 숭실어문학회, 1998, 339〜348쪽; 이수정, 「이상의 「날개」에 나타난 '어항(魚缸)'의 의미 연구」, 『한국현대문학연구』 15집, 한국현대문학회, 2004, 289〜293쪽.

12 이러한 사정은 비교적 최근에 수행된 연구에서 이수정이 한 진술에서도 드러난다. 그는 「날개」의 도입부에 '명쾌히 해설이 안 되는 부분'이 있다고 하면서 그것을 '필자의 한계'라고 솔직하게 고백한다. 그의 진술은 그보다 앞선 연구들에도 해당된다. 그 연구들은 해석이 되지 않는 부분들을 논의에서 배제하거나 외면했다. 이수정, 같은 글, 291쪽.

가 자신을 소개하고 이어서 자신의 글쓰기 방식과 그 방식으로 쓰고자
하는 글의 대강을 밝힌다. 도입부 첫 세 단락은 그러한 내용을 순차적
으로 전개한다.

> 「剝製가 되어버린 天才」를 아시오? 나는 愉快하오. 이런 때 戀愛까지
> 가 愉快하오.
>
> 肉身이 흐느적흐느적하도록 疲勞했을 때만 精神이 銀貨처럼 맑소. 니
> 코틴이 내 蛔ㅅ배 앓는 뱃속으로 스미면 머리 속에 으례히 白紙가 準備
> 되는 법이오. 그 위에다 나는 위트와 파라독스를 바둑 布石처럼 늘어
> 놓소. 可憎할 常識의 病이오.
> 나는 또 女人과 生活을 設計하오. 戀愛技法에마저 서먹서먹해진, 知性
> 의 極致를 흘긋 좀 들여다본 일이 있는 말하자면 一種의 精神奔逸者
> 말이오. 이런 女人의 半―그것은 온갖 것의 半이오―만을 領受하는
> 生活을 設計한다는 말이오. 그런 生活 속에 한 발만 들여놓고 恰似 두
> 개의 太陽처럼 마주 쳐다보면서 낄낄거리는 것이오. 나는 아마 어지간
> 히 人生의 諸行이 싱거워서 견딜 수가 없게끔 되고 그만둔 모양이오.
> 꾿 빠이.[13]

첫 문단에서 화자는 자신을 '박제가 되어버린 천재'라고 한다. '이런
때'는 화자가 처한 서술의 현재를 가리킨다. 도입부의 문맥과 그 이후

---

13 이상, 『이상문학전집 2―소설』, 김윤식 엮음, 문학사상사, 1991, 318쪽. 이하 이 책에서
인용할 경우 말미에 책의 쪽수만 표시한다.

전개된 사건들로 미루어보건대 '연애'는 화자가 도입부 이후에 서술하려는 내용과 관련된다. 따라서 화자의 유쾌한 기분은 도입부를 쓰는 동안, 다시 말해 '연애'와 관련한 사건이 개시되기 직전까지 지속된다. 둘째 문단에서 화자는 육신이 매우 피로할 때 정신이 맑아져서 담배를 피우며 글을 구상하게 된다고 한다. 위트와 패러독스로 구상되는 글을 두고서 화자는 '가증할 상식의 병'이라고 비난한다. 위트와 패러독스를 아는 상식 때문에 그런 방법을 글을 구상할 때 쓰게 된다고 변명하는 셈이다. '상식의 병'은 '아는 게 병'이라는 속담 구절과 유추적으로 관련된다. 셋째 문단의 '여인과의 생활'은 화자가 구상하는 글의 내용을 일컫는다. '또'라는 부사의 사용은 그런 유의 구상이 이전에도 몇 차례 있었음을 의미한다. 이번에 구상되는 '여인과의 생활'은 화자와 어느 자유분방한 여인이 서로를 반쯤 구속하고 반쯤 방기하면서 익살스럽게 장난치는 기분으로 사는 것으로 그 생활의 세부는 도입부 이후에 본격적으로 서술된다. 화자는 삶에 대해 열의가 식고 관심도 잃은 탓에 그런 유의 글이나 구상한다고 술회한다.

「날개」 도입부의 첫 문단에서 셋째 문단까지 그 글 전체의 의미 구조를 형성하는 기본 맥락이 제시된다. 넷째 문단 이후는 그 기본 맥락의 연장과 조합이다. 도입부의 처음 세 문단은 의미의 면에서 문단별로 '1) 화자에 대한 소개' '2) 화자의 글쓰기 방식' '3) 화자가 구상한 글의 대강'으로 선명하게 구획될 뿐 아니라 단계적 발전 순서에 따라 정연하게 배열되어 있다. 넷째 문단부터 그 세 가지 의미체는 그처럼 질서 있게 배열되지 않으며 문단들 간의 의미 구획도 더이상 선명하지 않다. 따라서 넷째 문단 이후를 제대로 파악하려면 섬세한 독법이 요청된다. 기본 의미체들이 언급된 앞쪽 세 문단을 범례로 삼아 그 각각에 연관되

는 구절들을 본문에서 추출하여 계열화하는 방법으로 의미를 구성해야
한다.

1)과 맥락을 이루는 구절과 문장들은 일곱째 문단의 '감정은 어떤 포
우즈'[14]와 "그 포우즈가 부동자세에까지 고도화할 때 감정은 딱 공급
을 중지합네다", 그리고 하나의 문장으로 이루어진 아홉째 문단이다.[15]
'감정은 어떤 포우즈'는 상식적인 진술이다. 사람의 감정은 그의 표정
이나 태도로 표현된다. 고도의 부동자세를 취한 포우즈가 감정을 차단
한다는 진술도 '감정은 어떤 포우즈'라는 전제에서 성립될 수 있다. 부
동자세로 고착된 포우즈가 감정을 필요로 하지 않을 것이기 때문이다.
포우즈로 나타나지 않는 감정도 있을 수 있지만 감정과 포우즈를 동일
시하는 이 글의 전제에 따라 그 경우는 논외가 된다. 다만 감정에서 포
우즈가 비롯하므로 부동의 포우즈가 감정을 정지시킨다는 것은 인과
적으로 전도된 진술이다.[16] 그처럼 전도된 진술은 첫 문단의 '박제가 된

---

14 '포우즈'의 영어 원어로 pose와 pause가 상정되는데 글의 전후 문맥상 태도나 자세를
의미하는 pose가 되어야 한다. pose의 현대 표기는 포즈이나 본 글은 원문대로 포우즈로 표
기하면서 논의를 진행한다.

15 아홉째 문단은 "나는 내 非凡한 發育을 回顧하여 世上을 보는 眼目을 規定하였소"이다.

16 포우즈가 감정을 조정한다는 「날개」 도입부의 가설과 유사한 주장을 일찍이 찰스 다윈도
한 바 있으며 그 주장의 타당성이 현대 과학에서 연구되었다. 관련된 내용을 인용한다. "다윈
은 얼굴 근육을 조작하면 우리가 느끼는 방식의 깊은 차원에까지 영향을 끼친다는 점에 주목
했다. 그리고 십 년 뒤 철학자 윌리엄 제임스는 감정이란 몸에 나타난 변화를 마음에서 지각
한 결과라는 이론을 내놓았는데, 바로 최근에 신경과학자 안토니오 다마지오와 연구자들이
발전시킨 이론이다. 다마지오는 어떤 감정의 신체감각—맥박이 빨라지고 근육이 수축되고
동공이 커지는 현상—이 뇌의 표상보다 먼저 일어난다고 주장한다. 한마디로 우리 몸의 생
리가 감정을 조정한다는 뜻이다. (……) 몸의 자세와 움직임과 발성으로 손쉽게 감정을 만들
수 있다." 마이클 본드, 『타인의 영향력—그들의 생각과 행동은 어떻게 나에게 스며드는가』,
문희경 옮김, 어크로스, 2015, 36~37쪽.

천재'와 관련하여 의미 작용을 한다. '박제'는 '포우즈가 부동자세에까지 고도화'한 상태와 대응된다. '천재'와 '감정'도 인간의 정신 활동이라는 맥락에서 서로 대응된다. '천재'는 인간의 특별한 정신 능력이고 '감정'은 인간의 내면에서 벌어지는 움직임이다. 그러한 대응 관계에 따르면 부동자세의 포우즈가 감정을 차단하는 것처럼 박제는 천재의 능력을 정지시키는 것이다. '내 비범한 발육'은 천재가 박제되는 과정을 일컫는다. 화자는 자신의 세계관이 그러한 과정을 통해 형성되었다고 생각한다. 화자는 한때 천재였지만 포우즈가 부동자세가 되도록 고도화함으로써 감정이 정지해버린 상태이다. 포우즈는 그를 박제로 만들어 그의 천재성도 응고된다. 그런 그가 글을 쓰려면 부동의 감정과 박제로 응고된 천재성이 풀려야 한다. 그래서 화자는 '육신이 흐느적흐느적하도록 피로했을 때' 비로소 글을 구상한다고 말하는 것이다.

2)에는 넷째와 다섯째, 여섯째 문단이 관련된다.[17] 이 맥락에서 화자는 청자에게 설명하는 방식으로 자신의 글쓰기 방식을 진술한다. 글쓰기의 방식으로 위트와 패러독스가 둘째 문단에서 이미 언급되었다. 넷째 문단에서는 그 두 방법에 아이러니가 추가된다. 아이러니는 '싫어하는 음식을 탐식'하는 사례로 그 의미가 설명된다. 위트와 패러독스와 아이러니는 직설적인 말하기 방법이 아니다. 뜻한 바를 우습게 보이도

---

17 해당 부분을 다음에 인용한다. "꿋 빠이. 그대는 이따금 그대가 제일 싫어하는 飮食을 貪食하는 아이러니를 實踐해 보는 것도 좋을 것 같소. 위트와 파라독스와…"(318쪽). "그대 自身을 僞造하는 것도 할 만한 일이오. 그대의 作品은 한 번도 본 일이 없는 旣成品에 依하여 차라리 輕便하고 高邁하리라."(같은 쪽) "十九世紀는 될 수 있거든 封鎖하여 버리오. 도스토예프스키 精神이란 자칫하면 浪費인 것 같소. 위고를 佛蘭西의 빵 한 조각이라고는 누가 그랬는지 至言인 듯 싶소. 그러나 人生 혹은 그 模型에 있어서 디테일 때문에 속는다거나 해서야 되겠소? 禍를 보지 마오. 부디 그대께 告하는 것이니…"(319쪽)

록 하거나 뒤집거나 모호하게 만듦으로써 우회적으로 말하는 것이 그 방법들이다. 다섯째 문단의 표현을 따르면 그것은 '그대 자신을 위조하는 것'이다. '그대의 작품'은 위트와 패러독스와 아이러니의 방법으로 자신을 위조하여 쓴 결과물이다. 그 작품은 그 어떤 기성품과 비교해도 뛰어나다고 화자는 장담한다. '한 번도 본 일이 없는 기성품'은 '그대의 작품'의 월등한 가치를 강조하기 위한 역설적 표현이다. 그 표현은 기성품 본연의 수준을 초월할 만큼 창의적인 기성품이라는 뜻으로도, 아직 현존하지 않는 기성품이라는 뜻으로도 해석된다. 따라서 과거와 현재와 미래에 있을 수 있는 모든 기성품이 그 표현으로 언급된다. 자신을 위조하는 방법으로 작성된 '그대의 작품'은 이미 존재하거나 미래에 존재할 작품 모두를 기성품으로 만들 만큼 우위에 있다. 여섯번째 문단도 기성품의 맥락에서 읽힌다. 도스토옙스키와 위고로 대표되는 19세기의 사실주의 소설은 화자에게 기성품이다. 위트와 패러독스와 아이러니로 자신을 위조하는 화자에게 19세기 소설의 직설법은 낡은 방법에 불과하므로 19세기는 봉쇄되어야 한다. 그러나 이어지는 문장은 그러한 진술에 대한 회의를 드러낸다. '인생 혹은 그 모형'에서 '모형'은 소설을 가리킨다. 인생과 그 인생을 모사한 소설에서 '디테일'은 위트와 패러독스, 아이러니와 같이 자신을 위조하는 방법을 일컫는다. 내용과 비교하면 방법은 부차적인데 그 부차적인 방법에 현혹되어 정작 방법이 전하는 내용을 파악하지 못하는 일이 벌어져서는 안 된다고 화자는 청자에게 권고한다. 화자는 방법에 현혹되는 것을 '화'라고 한다. 동일한 내용에 대해 직설적이거나 우회적으로 말할 수 있다. 말하는 방법의 차이 때문에 내용을 오해하는 것이 청자가 화자의 서술에서 만날 수 있는 '화'인데 화자는 청자가 그 화를 만나지 않기를 바란다.

위트와 패러독스와 아이러니로 자신을 위조하는 것은 달리 표현하면 포우즈에 해당한다. 전술한 바와 같이 포우즈는 화자의 감정을 차단하고 그의 천재성을 응고시킨다. 포우즈가 천재인 그를 박제로 만든 것이다. 그가 글을 쓰려면 박제 상태에서 풀려나야 하는데 그러자면 그의 육신이 극도의 피로 상태에서 이완되어야 한다. 그런 때 그는 유쾌하고 정신이 은화처럼 맑다고 한다. 그런데 19세기 소설의 위대한 성취마저 기성품으로 만들 만큼 훌륭한 글을 쓰기 위해 그는 위트와 패러독스와 아이러니 같은 포우즈를 사용하여 자신을 위조한다. 그에게 포우즈는 글쓰기의 방법이기도 하지만 감정과 천재성을 정지시킬 만큼 치명적이다. 포우즈에서 풀려나 극도의 피로 상태에서 개시되는 그의 글쓰기는 그 과정에서 포우즈를 방법으로 끌어들인다. 그처럼 그의 글쓰기는 포우즈를 두고 벌이는 모순적인 순환 운동이며 그 운동을 통해 그는 자신을 철저하게 소모하고 고갈시키게 된다. 따라서 글쓰기가 거듭될수록 그는 자기파괴의 방향으로 진행하게 된다.

3)의 의미체는 열째 문단과 계열적 의미 관계를 형성한다.[18] 셋째 문단에서 화자가 구상한 이야기의 대체적인 내용이 소개되었다. 그 내용 중에 나오는 여인이 열째 문단에서 '여왕봉과 미망인'으로 부연된다. '정신분일자'인 여성은 여러 남자와 관계하므로 여왕벌처럼 보일 수 있다. 미망인은 여왕벌의 다른 모습이다. 화자는 세상의 모든 여자가 잠재적인 정신분일자여서 미망인이 될 가능성을 본질적으로 지닌다고 생각한다. 화자는 그처럼 여자를 의심하고 불신한다. 그 의심과 불신의

---

18 해당 부분을 아래에 인용한다. "女王蜂과 未亡人—世上의 하고많은 女人이 本質的으로 이미 未亡人 아닌 이가 있으리까? 아니! 女人의 全部가 그 日常에 있어서 개개 「未亡人」이라는 내 論理가 뜻밖에도 女性에 대한 冒瀆이 되오? 꿈 빠이."(319쪽)

사연이 도입부 이후로 펼쳐진다.

　지금까지 「날개」의 도입부에 대한 미시적인 해석을 시도하였다. 자구 하나 빠뜨리지 않으려 했지만 그럼에도 해명되지 않은 대목이 아직 남아 있다. 그것은 반복적으로 나오는 '꿈 빠이'라는 인사말과 두 개의 괄호 안에 들어 있는 문장들이다.[19] 그 부분에 대한 해석은 뒤로 미루고 도입부와 그 이후 사이에 나타나는 어조의 차이에 대해 먼저 살피기로 한다. 도입부에 나타난 바대로 화자는 명징한 의식의 소유자이다. 그는 문학적 소양을 갖추었고 글쓰기의 방법과 관련한 개념들에도 익숙하다. 자신의 글쓰기에 대해 명확한 자의식을 지녔고 글쓰기를 자신의 삶에 관련지어 성찰하기도 한다. 그러나 화자의 그러한 면모는 도입부 이후의 본문에서 다시 나타나지 않는다. 도입부 이후 화자는 세상 물정에 어둡고 사리 분별력이 떨어지는 존재로서 사건을 서술한다. 한마디로 그는 순진무구한 태도를 견지한다. 화자의 태도 면에서 도입부와 그 이후의 본문 사이에 나타나는 차이는 포우즈로 설명된다. 화자에게 포우즈는 감정과 천재성을 정지시키는 효과가 있다. 사건 속의 주인공이기도 한 화자는 사건을 서술하기 위해 전략적으로 감정과 천재성을 정지시키는 포우즈를 선택한다. 그로써 화자는 무감각하고 무의지한 존재가 된다. 만일 화자가 도입부 이후에도 계속 명징한 의식을 견지하고자 한다면 사건의 서술이 용이하지 않게 된다. 이 소설의 화자이자 주인공은 아내의 매춘을 방관하는 위치에 있다. 장지에 의해 둘로 나뉜 방의 한쪽에서 벌어지는 아내의 매춘 행위를 방의 다른 쪽에서 그는 생생하게 감지한다. 그가 정상적인 사고방식과 고도의 지성을 소유한 남자라

---

19 기존의 연구에서 이 부분은 전혀 해석되지 않은 채 방치되었다.

면 자신이 처한 상황에 분노하거나 절망해야 마땅하다. 모든 정황을 온전히 인지하고 있는 상태로 사건의 자초지종을 순차적으로 서술하는 것도 그로서는 쉽지 않다. 그가 매춘하는 아내와 함께 사는 자신의 이야기를 하자면 감정과 지성이 정지하는 포우즈로 스스로를 위장해야 한다. 따라서 도입부 이후 화자의 태도는 서술을 작동시키기 위해 전략적으로 선택된 것으로 화자는 도입부에서 이미 그러한 자기 위조를 공언했다. 그뿐 아니라 "디테일 때문에 속는다거나 해서야 되겠소? 화를 보지 마오"라고 경고까지 했다. 그 정도로 화자는 자신의 패를 독자에게 미리 펼쳐 보여주고서 도입부 이후의 본 서사로 진행한 것이다. 따라서 본 서사를 자기 위조로 읽지 못하고 직설적인 언어로, 다시 말해 액면 그대로 이해한다면 화자가 경고한 화를 만나는 셈이 된다. 화자가 미리 알려준 자기 위조를 간과한 채 본 서사를 읽은 선행 연구들이 그 화를 당했다.

아스피린과 아달린

「날개」의 화자는 도입부 이후 정서적으로 무기력하고 지적으로 무지한 태도를 가장하고서 서술을 진행한다. 감정적 동요 없이 사건을 대면하고 호기심 가득한 관찰자로서 사건을 탐색한다. 화자가 정서적인 무기력과 지적인 무지로 자신을 위장하지 않는다면 이 소설은 현재와 같은 형태가 될 수 없다. 이 소설에서 화자이자 주인공인 '나'는 매춘부인 아내와 유곽에서 산다. '나'가 정서와 지성의 면에서 최소한 상식적인 수준에 위치한다면 자신과 아내가 사는 곳이나 아내의 직업에 대해 현재의 본문처럼 상세하게 서술하지 않을 것이다. 유곽이라는 거처와 매춘부라는 직업은 그만한 정도의 서술을 요할 만큼 특별한 정보가 아니다. 화자가 아내의 매춘에 대해 남편으로서 분노할 줄 모르고 부부의 비참한 생활을 전혀 이해하지 못한다는 식으로 전제되어야만 그는 호기심 가득한 눈으로 상황을 세분하여 묘사할 수 있고 사건의 추이를 이해하기 위해 거듭 순진한 의문을 제기할 수 있다. 화자는 도입부에서 '위트와 파라독스를 바둑의 포석처럼' 늘어놓고 '싫어하는 음식을 탐식하는 아이러니'로 자신을 위조한다고 했다. 그 말처럼 자신을 위조한 '나'의 탐색 과정이 이 소설의 서사를 구축하는 것이다. 도입부 이후 문면에 드러난 '나'의 태도가 진심의 발로가 아니라 위장된 것이라는 증거는 본문에 은닉되어 있다. '나'는 아내와의 부부 생활이나 아내의 일에 대해 불만이 없는 것이 결코 아니다.

① 그러나 아내는 한 번도 나를 자기 방으로 부른 일이 없다.(326쪽)

② 하룻밤 사이에도 수십 차를 돌쳐 눕지 않고는 여기저기가 배겨서 나는 배겨내일 수 없었다.(같은 쪽)

③ 잠들기 전에 획득했다는 결론이 오직 불쾌하다는 것뿐이었으면서도 나는 그런 것들을 아내에게 물어보거나 할 일이 참 한 번도 없다.(327쪽)

④ 나는 嘲소도 苦소도 哄笑도 아닌 웃음을 얼굴에 띄우고 아내의 아름다운 얼굴을 쳐다본다.(같은 쪽)

⑤ 내 비록 아내가 내게 돈을 놓고 가는 것이 싫지 않았다 하더라도 그것은 다만 고것이 내 손가락에 닿는 순간에서부터 고 벙어리 주둥이에서 자취를 감추기까지의 하잘것없는 짧은 촉각이 좋았달 뿐이지 그 이상 아무 기쁨도 없었다.(328쪽)

　도입부 이후 본문은 33번지라는 공간적 배경과 거기에 사는 사람들의 생활을 전하면서 시작한다. 33번지의 여자들 중에 자신의 아내가 제일 아름답다고 생각하는 '나'는 장지에 의해 두 칸으로 나뉜 방의 한 칸에서 지낸다. '나'는 "늘 내 방에 감사하였고 나는 이런 방을 위하여 이 세상에 태어난 것만 같아서 즐거웠다"(331쪽)고 한다. 아내가 외출하면 '나'는 아내의 방으로 가서 돋보기와 거울을 가지고 장난을 하고 화장품 병의 마개를 열고 냄새를 맡기도 한다. "아무 소리 없이 잘 놀았다"(323)고 '나'는 자신의 생활에 대해 전반적으로 만족하는 듯이 진술하지만 반드시 그런 것만은 아니다. ①에 나타난 것처럼 '나'는 아내가 내객을 자기 방으로 불러들여 상대하면서 정작 남편인 자신과는 한 번도 잠자리를 같이하지 않는 것을 불만스러워한다. ②에서 '나'는 밤새 잠을 못 이루고 뒤척인다. 앙상하게 드러난 뼈가 바닥에 배기기 때문이라고 '나'는 불면의 이유를 설명하지만 그 시간 장지 저편 아내의 방에서 벌어지는 일도 불면과 무관하지 않을 것이다. ③은 내객들이 아내에게 돈을 놓고 가는 이유를 '나'가 분명하게 알고 있음을 보여준다. 아내에게 굳이 물어 확인할 필요가 없을 정도로 '나'는 아내의 일을 분명히 알고 있다. ④는 아내가 내객이 돌아간 후 '나'의 방으로 찾아온 장면을 전한다. 아내에 대한 '나'의 웃음이 '嘲소도 苦소도 哄笑도' 아니라고 한다. 그 세 종류의 웃음을 '나'는 의식하고 부정한 것이다. '나'가 의식적으로 억누르지 않았더라면 그 세 종류의 웃음 중 하나가 '나'로부터 자연스럽게 터져나오게 되어 있었다. '나'는 그 웃음들을 억누르고 그중 어느 것도 아닌 웃음으로 위장을 하여 아내에게 지어 보인 것이다. ⑤에서 '나'는 아내가 주는 돈에 대해 전혀 기뻐하지 않는다.

앞의 인용문들은 무기력과 무지로 위장된 서술의 틈새로 내비치는 '나'의 본심을 가리킨다. 그 인용문들은 '나'가 아내와의 생활에 감사하고 즐거워한다는 진술이 한낱 자기 위조에 불과하다고 증언한다. 자기 위조의 포우즈 뒤에 은폐된 '나'는 결코 이 세상의 삶이 즐겁지 않다. '나'는 아내의 매춘을 방관하는 자신에 대해 명확하게 인지한다. 자기 위조의 진술을 액면 그대로 받아들인다면 그러한 '나'의 본심이 파악되지 않는다. 위트와 패러독스와 아이러니의 뒤편에 자기모멸에 사로잡힌 '나'가 웅크리고 있다. 그는 매춘부인 아내와 사는 자신의 기막힌 처지에 분노하고 절망한다.

장지에 의해 두 칸으로 나뉜 방에서 계속되는 아내와 '나'의 기이한 동거는 '나'가 외출을 시작하면서 새로운 국면을 맞는다. 아내는 '나'의 방에 건너올 때마다 은화를 놓고 간다. 돈이 필요치 않은 '나'는 은화들을 모아둔 저금통을 변소에 갖다버린다. 아내는 아랑곳하지 않고 여전히 '나'의 머리맡에 은화를 놓고 간다. 어느덧 수북이 쌓인 은화들을 들고 '나'는 밤거리로 나선다. 그 이후 '나'의 외출은 네 차례 더 반복된다. 「날개」에 관한 기존의 연구는 대부분 '나'의 외출과 귀가에 논의의 초점을 맞췄다. 서사의 전개 과정을 '외출 - 귀가'의 패턴으로 명명하고서 개개의 외출에 내포된 의미와 그 외출들 간의 상관관계에 대해 이해하고자 했다.[20] 그러한 논의를 통해 '나'의 의식의 변모 과정이 섬세하게 고찰되었다. 그러나 '외출 - 귀가'의 패턴은 「날개」의 서사를 온전히 파악하기에 불충분하다. '외출 - 귀가'의 패턴은 전적으로 '나'의 동선을 따라 움직이는 탓에 '나'의 의식 세계에 대한 미시적 고찰에 용이하지만 '나'와 다른 작중인물들 간의 관계까지 포괄하지 못한다. 작중인물은 서사의 동인이고 그 동인들의 관계에서 빚어지는 사건들로 소설의 서사가 짜인다. 따라서 「날개」에서 '외출 - 귀가'의 패턴은 작중인물들 간의 관계와 그 관계의 전개에 포괄해 고찰해야 한다.

「날개」의 작중인물은 '나'와 아내, 그리고 내객이다. 내객은 아내를 찾아오는 남성들을 포괄하는 집단적 명칭으로서 서사 내적인 기능 면에서 한 인물로 수렴된다. '나'와 아내와 내객은 돈을 매개로 관계를 형성한다. 내객은 아내의 방에서 놀다가 돈을 놓고 가고 아내는 '나'의 방에 돈을 놓고 간다. 그 관계는 아래와 같이 표시된다.

아내와 내객은 돈과 성을 매개로 한 교환관계에 있다. 내객은 돈을 지불하여 아내의 성을 구매하고 아내는 그녀의 성을 제공한 대가로 내객에게 돈을 받는다. 양자 사이에서 성은 상품처럼 거래된다. 아내는 내객에게 받은 돈에서 일부를 떼어 '나'에게 건넨다. '나'와 아내는 사

---

20 「날개」에서 반복되는 외출 모티프를 패턴으로 이해하고 그 각각에 대한 분석을 시도한 김중하의 논의 이후 김성수, 이수정 등이 '외출 - 귀가'의 패턴이라는 틀에 따라 논의를 진행했다. 김중하, 「이상의 「날개」의 패턴 분석」, 『한국현대소설작품론』, 이재선 엮음, 문장, 1990, 236~245쪽; 김성수, 같은 책; 이수정, 같은 글, 279~286쪽.

랑으로 결속되어야 하는 부부이다. 성은 부부간의 사랑을 확인하는 행위이다. 그런데 아내는 생활을 위해 그녀의 성을 상품화하여 내객의 돈과 교환해야 하는 탓에 '나'는 아내의 사랑을 성관계라는 신호로 수신할 기회를 갖지 못한다. 아내가 '나'의 머리맡에 놓고 가는 돈은 그녀의 성을 대리한다. 그러나 '나'에게 그 돈은 아내의 성과 같은 가치를 지니지 못한다. '나'는 은화가 가득 든 저금통을 변소에 갖다버림으로써 성을 돈으로 대신하려는 아내의 의도에 맞선다. '나'가 저금통을 버리는 장소로 변소를 선택한 것은 아내의 의도를 철저히 무시하기 위해서이다. 돈과 성을 매개로 내객과 아내 사이에서 벌어지는 거래가 부부관계로 전이될 수 없다는 무언의 항변이 저금통을 폐기하는 '나'의 행위에 내포된다. '나'의 그러한 항변에도 불구하고 아내는 '나'에게 돈을 건네는 일을 멈추지 않는다. '나'는 아내가 그녀의 성을 돈으로 대리하듯이 아내의 성을 대리할 쾌감을 찾기 위해 밤 외출을 한다. '나'는 밤 외출에 대해 "나는 그 쾌감이라는 것의 유무를 체험하고 싶었다"고 한다. 그로써 '외출-귀가'라는 반복적 패턴이 시작된다. '외출-귀가'의 패턴이 지닌 서사 내적 가치는 그 자체의 추이보다 그것의 발단과 귀추에서 파악되어야 한다. 논의의 초점이 그 패턴 자체의 추이에 한정될 경우 혼란스러운 시간 의식이나 근대 도시 체험 등과 같은 '나'의 주관적이고 내성적인 국면들이 두드러진다. 전체 서사에 결속된 일부로서 그 발단과 귀추의 관계가 주목되어야만 그 패턴의 서사 내적 가치가 제대로 드러난다. '나'의 밤 외출을 빚은 발단을 찾자면 아내가 건넨 돈으로 소급된다. 아내에게 돈은 '나'와 그녀 사이에 결여된 사랑을 보충하고 대리하는 가치를 지닌다. 아내가 주는 돈에 내포된 가치를 거부하던 '나'는 마침내 아내의 방식을 좇아 돈으로 그녀의 사랑을 대리할 '쾌감'

을 찾기 위해 집을 나선다. 따라서 '외출 - 귀가'의 패턴은 부부 사이에 결여된 사랑에 대한 보충과 대리로 빚어진 것이다. 밤거리를 쏘다니다가 피로하여 귀가한 '나'는 밖에서 쓰지 못한 돈을 아내에게 건네고 아내의 방에서 잔다. '나'는 그다음 날에도 밤 외출을 한다. 그 외출의 목적은 전날처럼 막연하지 않다. '나'는 아내와의 동침이라는 구체적인 목적을 전제하고서 집을 나선다. '나'는 자정이 넘은 시각에 귀가하여 아내에게 돈을 주고 그녀의 방에서 잔다. '외출 - 귀가'의 패턴이 결과적으로 '나'를 내객의 자리에 서게 하는 것이다.

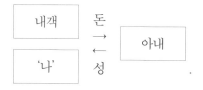

아내의 사랑을 대신할 쾌감을 찾아 나선 '나'는 또 한 사람의 내객이 되어 아내를 매춘부로 만든다. 돈으로 사랑을 대리하려던 아내의 의도가 부부관계를 매춘 관계로 대리시키는 결과를 부른 것이다. 애초에 '나'는 아내가 주는 돈에 대해 부정적이었다. 그러나 부부관계가 돈으로 성을 사고파는 매춘의 관계로 변모되자 '나'는 돈을 간절히 원하게 된다. 남편을 내객처럼 받아야 하는 일은 아내가 바라던 일이 결코 아니다. 우선 그 일은 아내에게 전혀 비생산적이다. '나'가 건넨 돈은 아내에게서 나온 것이다. 게다가 내객의 자리에 선 '나'는 아내의 성이 상품으로 거래되는 것을 방해한다. 아내로서 그보다 더 견디기 어려운 것은 '나'에 대해 매춘부가 되어야 하는 자신의 처지이다. 아내는 비록

장지로 나뉜 방의 한 칸에서 내객을 맞지만 그 방의 다른 칸에 기거하는 '나'와 부부이고자 한다. 아내에게 매춘은 쾌락을 위한 것이 아니라 '나'와 부부로 살기 위한 수단이다. 따라서 '나'가 내객의 자리에 섬으로써 '나'에 대한 그녀의 위치가 아내에서 매춘부로 옮겨가는 것을 아내는 결코 받아들일 수 없다. 그렇다면 아내로서는 매춘을 하면서 '나'와 부부로 살아야 할 이유가 없어지기 때문이다.

'나'는 세번째 외출에서 비 내리는 밤거리를 우산도 없이 옷이 흠뻑 젖도록 돌아다니다가 귀가한다. 아내와 내객이 함께 있는 방을 지나 자기의 방으로 들어온 '나'는 깊은 잠에 빠지고 이튿날부터 감기를 앓는다. '나'는 아내가 감기약이라며 주는 아스피린을 먹으며 한 달 동안을 집에서 잠으로 보낸다. 그러다가 '나'는 아내가 준 아스피린이 수면제 아달린이라는 사실을 알게 된다. 아내가 '나'에게 감기약 대신 수면제를 먹인 까닭은 '나'가 내객의 자리에 서는 것을 막기 위해서이다. 사랑을 돈으로 대리시키는 방식이 아스피린과 아달린의 관계로 변용되어 다시 진행된 것이다. 그러나 '나'에게 그 방식은 이전에 돈으로 대리되었던 아내의 사랑마저 의심하게 만든다. 집을 나온 '나'는 산으로 올라가 아달린 여섯 알을 한꺼번에 씹어 삼킨다. 그 행동은 아달린에 대한 '나'의 분노를 표현한다. 아스피린과 아달린의 관계는 단순한 대리의 관계가 아니라 속임수를 내장한다. 아내가 아달린을 주면서 아스피린이라고 속인 것처럼 이전에는 돈을 주면서 그것이 사랑이라고 속이려 했다는 것이 '나'가 도달했을 법한 결론이다. 그 결론에 따르면 처음부터 사랑은 없었고 아달린 같은 거짓이 있었을 뿐이다. 그러나 수면제 때문에 하루 동안 잠이 들었다가 깨어난 '나'는 자신의 결론을 후회하고 귀가한다. 내객과 함께 있던 아내는 '나'를 폭행한다. '나'의 외출이 내객의 자리에서 끝난다는 것을 선례들을 통해 잘 알고 있는 아내는 '나'가 다른 곳에서 매매춘을 했다고 오해한 것이다. 아내에게 내쫓긴 '나'는 수중의 돈을 방안에 살며시 놓고 떠난다. '나'는 쓰지 않은 돈을 통해 자신이 지난밤을 아내의 추측처럼 보내지 않았음을 알린다.

'나'는 경성역을 거쳐 미쓰코시 옥상에 이르고 거기서 어항 속의 금붕어들을 본다. 오월의 햇살 속에서 지느러미를 흔들며 헤엄치는 금붕어들은 아내의 방에서 돋보기로 불장난을 하고 화장품 병의 냄새도 맡으며 '아무 소리 없이 잘 놀았'던 '나'의 모습과 연관된다.[21] '나'는 시선을 어항에서 거리로 옮긴다. 눈 아래로 내려다보이는 거리에는 생활이 금붕어 지느러미처럼 흐느적거리고 있다. '나'는 다시 그 생활로 돌아가야 한다고 생각한다. 그러나 거리로 내려온 '나'는 선뜻 발길을 내딛지 못한다. 어항에 갇힌 생활을 앞에 두고서 '나'는 주저한다. 그때 정오의 사이렌이 운다.

> 이때 뚜우 하고 정오의 사이렌이 울었다. 사람들은 모두 네 활개를 펴고 닭처럼 푸드덕거리는 것 같고 온갖 유리와 강철과 대리석과 지폐와 잉크가 부글부글 끓고 수선을 떨고 하는 것 같은 찰나, 그야말로 현란을 극한 정오다.
>
> 나는 불현듯이 겨드랑이 가렵다. 아하, 그것은 내 인공의 날개가 돋았던 자국이다. 오늘은 없는 이 날개, 머릿속에서는 희망과 야심의 말소된 페이지가 딕셔내리 넘어가듯 번뜩였다.

---

21 이수정은 「날개」의 화자가 어항을 통해 아내의 방에서 놀던 자신의 모습을 연상한다고 보고 이에 대한 상세한 논의를 전개했다. 이수정, 같은 글, 285쪽.

나는 걷던 걸음을 멈추고 그리고 어디 한번 이렇게 외쳐보고 싶었다.

날개야 다시 돋아라.

날자. 날자. 날자. 한 번만 더 날자꾸나.

한 번만 더 날아보자꾸나.(344쪽)

정오의 사이렌과 사람들의 분주한 모습에 이어서 유리와 강철과 대리석과 지폐와 잉크 같은 근대 문명의 기초재들이 열거된다. 유리와 강철과 대리석은 근대의 건축물을 이루는 기본 자재이며 화폐는 경제활동의 매개체로서 근대의 소비적인 욕망을 양적으로 나타내는 기호이다. 잉크는 신문과 잡지 같은 근대의 인쇄 매체와 관련된다.[22] 복잡하고 소란스러운 도시의 정오가 그러한 문명의 기초재들이 비등하는 모습으로 압축되어 그려진 것이다. '그야말로 현란을 극한' 그 시간은 근대 문명의 정오이기도 하다. 그 시간에 '나'는 날개를 떠올린다. '내 인공의 날개가 돋았던 자국'과 '희망과 야심의 말소된 페이지'는 대구 관계이다. 따라서 '날개'의 의미는 '희망과 야심'으로 파악된다. '돋았던 자국'은 '말소된 페이지'에 대응된다. '나'는 한때 겨드랑이에 날개가 돋을

---

22 '잉크'와 관련한 이수정의 해석을 여기에 언급해두고자 한다. 그는 '잉크'가 '유리와 강철과 대리석과 지폐'에 대해 이질적이라고 하면서 그에 대한 해석을 시도한다. 그 해석에 따르면 잉크는 도입부에 나오는 '백지'와 연결되며 작가인 이상을 표시한다고 한다. 그리고 날개는 책의 형상이며 '날자'는 이상의 글쓰기에 대한 다짐이라고 한다. 이런 해석은 도입부를 '작가의 말'로 전제할 때 가능할 수 있다. 자연인으로서의 작가가 본문의 의미 작용에 직접 기능한다고 본다면 작가의 생애를 본문 해석에서 필요에 따라 얼마든지 끌어들일 수 있을 것이다. 그러나 분명한 것은 '날개'를 책의 형상으로, '날자'를 작가 이상의 외침으로 해석할 수 있는 요소가 본문 안에는 존재하지 않는다는 것이다. 이러한 문제 제기는 이수정보다 먼저 유사한 해석을 제출한 김성수의 논의에도 해당된다. 이수정, 같은 글, 293~295쪽; 김성수, 같은 책, 172쪽.

만한 희망과 야심을 품었다. '나'의 날개는 희망과 야심의 주체인 '나'로부터 비롯하므로 자연의 날개가 아닌 '인공의 날개'이다. 작중 현재의 '나'는 날개를 잃어버린 삶을 살고 있지만 희망과 야심을 회복하여 그러한 삶에서 벗어나기를 염원한다.

결론, 그리고 '꾿 빠이'

이 글은 「날개」에 대한 구체적인 해석을 제출하기 위해 작성되었다. 「날개」에 대한 연구는 이미 충분히 누적되었지만 해석을 기다리는 부분이나 새로운 시각에서 재해석될 여지가 그 소설에 남아 있었다. 이 글은 그런 부분에 주목하여 논의를 구성하였다. 우선 「날개」의 도입부를 검토하였다. 「날개」의 도입부는 선행 연구에서 논란의 중심부에 위치한다. 논란의 쟁점은 도입부와 그 이후 본문 사이의 이질성에 대한 처리 문제이다. 도입부를 본문의 일부로 보려는 견해와 본문과 무관한 '작가의 말'로 보려는 견해가 상충했다. '작가의 말'이라는 근거로 「날개」 초간본의 편집 형태가 거론되었다. 그러나 바로 그 편집 형태가 도입부를 '작가의 말'로 볼 수 없게 하는 근거라는 것이 이 글의 판단이다. 내용의 면에서도 도입부는 실제 작가인 이상을 가리키는 정보를 포함하지 않는다. 도입부는 화자가 본문의 전면에 나타나 자기 지시적인 서술을 전개한 사례에 해당한다. 서술 상황이 노출됨에 따라 화자와 청자의 인성적 실재도 명시된다. 도입부와 그 이후가 서로 이질적으로 보이는 까닭은 전자가 서술 상황을 노출시킨 데 반해 후자가 후시 서술 방식으로 서술 상황을 은폐하기 때문이다. 서술 상황이 성립하려면 후시 서술된 사건에서 주인공이 죽어서는 안 된다. 따라서 주인공이 결말에서 자살을 했다는 주장은 옳지 않다.

도입부는 내용의 면에서 세 줄기로 된 의미 맥락을 형성한다. '1) 화자에 대한 소개' '2) 화자의 글쓰기 방식' '3) 화자가 구상한 글의 대강'이 그것들이다. 그 세 줄기의 의미 맥락에 따르면 '박제가 된 천재'를 자칭하는 화자는 위트와 패러독스와 아이러니 같은 자기 위조의 방법으로 여인과의 연애를 글로 쓸 계획이다. 도입부 이후의 본 서사에서 그 연애가 전개된다. 화자이면서 주인공인 '나'는 매춘을 하는 아내와 산다. 성을 상품화하여 내객의 돈과 교환해야 하는 아내는 '나'에게 사랑과 성 대신 돈을 건넨다. '나'는 그 돈을 쓰기 위해 밤 외출을 하지만 돈을 쓰지 못하고 귀가한다. '나'는 아내에게 돈을 건네고 그녀의 방에서 잠으로써 내객과 같은 위치에 선다. '나'가 내객의 위치에 섬으로써 부부관계가 매춘 관계로 대리되는 일이 되풀이되자 아내는 '나'에게 수면제를 먹인다. 한 달을 잠으로 보낸 '나'는 아내가 감기약이라고 준 약이 수면제였다는 사실을 알게 된다. 사랑을 돈으로 대리한 것처럼 감기약을 수면제로 대리한 아내를 '나'는 불신하게 된다. '나'는 아내의 사랑에 내포된 진정한 의미가 속임수라고 인식한다. 하루가 지나 귀가했다가 아내에게 내쫓긴 '나'는 정오의 거리에서 잊어버린 희망과 야심이 되살아나기를 염원한다.

이상과 같이 논의가 전개되었지만 아직 더 검토해야 할 부분이 남아 있다. 앞서 도입부의 의미를 논의하던 중에 '꿀 빠이'와 두 개의 괄호 안에 들어 있는 문장들에 대한 해명을 유보한 바 있다. 논의의 진행을 위해 유보된 부분을 인용한다.

(테잎이 끊어지면 피가 나오. 傷채기도 머지않아 完治될 줄 믿소. 꿀

빠이)(319쪽)

(그 포우즈의 素만을 指摘하는 것이 아닌지나 모르겠소)(같은 쪽)

　괄호는 그 안의 진술과 밖의 진술을 구별하기 위한 표시로 봐야 한다. 그러나 화자와 어조의 면에서 괄호 안팎의 진술은 구분되지 않는다. 양자 모두 동일한 화자의 동일한 어조로 진술되어 있어서 굳이 괄호가 필요해 보이지 않는다. 그렇다면 괄호가 구분하려는 것이 무엇인지 해명되어야 한다. 그 해명의 단서로 '테잎'을 주목하기로 한다. '테잎'과 관련하여 세 가지 종류의 테이프가 고려될 수 있다. 접착 용도로 사용되는 테이프와 행사나 장식의 용도로 사용되는 테이프, 그리고 녹음 용도로 사용되는 테이프이다. 이 세 가지 중에서 녹음테이프가 서술 행위에 가장 근접한다. '테잎'을 릴 데크에 걸어놓은 녹음용 릴 테이프로 간주한다면 「날개」는 도입부의 서술 상황과 구별되는 다른 수준의 서술 상황을 하나 더 갖게 된다. 그 서술 상황은 이 소설을 원고로 삼아 진행되는 녹음의 상황이다. '테잎'은 그러한 상황을 가리키는 매체이다. 사건이 종료된 후 도입부로 표시되는 사건 서술이 개시되고 사건 서술의 종료와 더불어 본문도 종료된다. 괄호 부분은 본문의 서술이 종료된 후에 그 본문을 원고로 삼는 녹음의 상황이 존재한다는 암시를 한다. 괄호는 서술의 수준을 구분하기 위한 표시이며 괄호 안의 문장들은 원고를 녹음하던 화자가 그 녹음 당시에 한 말로 봐야 한다. 일종의 즉흥 진술이라는 것이다. 따라서 도입부에서 노출된 서술 상황은 그것보다 시간적으로 뒤에 존재하고 서술의 수준 면에서 상위에 존재하는 녹음의 상황에 의해 대상화된다. 그러한 대상화의 양상을 두번째 괄호가 비교적 뚜렷하게 보여준다. 화자는 '감정은 어떤 포우즈'라는 괄호 밖의 앞선 진술에 대한 회의를 괄호 안에서 표명한다. 물론 서술 행위에 대한 대상화는 첫번째 괄호에서도 나타난다. 거기서 화자는 도입부와 그 이후에 걸쳐 이루어지는 자신의 서술 행위에 대해 진지한 언급을 한다.

화자는 이 소설을 원고로 녹음을 진행하던 중에 문득 테이프가 끊어지면 피가 난다고 한다. 테이프에는 화자의 언어가 녹음되어 있으므로 테이프가 끊어지면 그 언어도 끊어지는 셈이 된다. 따라서 끊어진 언어에서 피가 난다는 것은 다시 말해 그 언어에 피가 통하고 있음을 의미한다. 화자는 자신의 글쓰기에 대해 이처럼 은밀하게 고백한다. 자기를 위조한다고 떠벌리던 화자가 그러한 서술 상황을 대상화하는 더 후위의 서술 상황에서 비로소 속내를 진지하게 드러낸다. 그 고백에 따르면 그의 글쓰기는 글자 하나하나마다 피가 통하도록 할 만큼 혼신을 다하는 과정이다. 그래서 화자는 자신의 언어가 녹음된 테이프가 끊어지면 피가 날 거라고 말한다. '상채기'는 테이프가 끊어진 자리를 일컫는 것이 아니다. 조사 '도'가 양자의 관계가 연상의 관계로 해석하도록 한다. 끊어진 녹음테이프에서 모종의 상처가 연상된 것이다. 그 상처는 아내와의 비참한 부부관계에서 비롯한다. 화자는 부부 사이의 일을 서술하다보면 거기에서 비롯된 상처도 조만간 나을 거라고 한다.

그리고 '꾿 빠이'가 남는다. 그 작별인사는 녹음테이프가 재생되는 상황을 가정한 것이다. 사건에 대한 서술이 끝나고 그 서술로 된 본문을 원고로 삼아서 진행된 녹음마저 마친 이후 화자의 행방을 그 말이 암시한다. 재생되는 녹음테이프를 듣는 청자를 전제하고 화자가 작별인사를 고한다. '꾿 빠이'. 만일 화자의 자살을 가정한다면 그 시점은 화자가 '날자'고 외치면서 사건이 종료되는 순간이 아니라 사건에 대한 서술이 끝나고 그 서술 원고를 녹음한 릴 테이프가 완성된 이후의 어느 때쯤이 될 것이다. 그러나 그것은 릴 테이프의 서술 상황마저 끝이 난 이후의 일이므로 본문을 통해 확인할 길이 없다. 그것을 확인하려면 본문과 현실 사이에 가로놓인 단층을 넘어 실제 작가인 이상의 삶 쪽으로 논의를 확장해야 한다. 그러한 논의는 「날개」에 한정된 이 글의 경계를 벗어나는 일이기도 하다.

1차 자료

김동인, 『김동인 전집』(전7권), 삼중당, 1976.

김동인, 『김동인 평론 전집』, 김치홍 엮음, 삼영사, 1984.

염상섭, 『광분』, 프레스21, 1996.

염상섭, 『무화과』, 동아출판사, 1995.

염상섭, 『불연속선』, 프레스21, 1997.

염상섭, 『염상섭 문장 전집』(전3권), 한기형·이혜령 엮음, 소명출판, 2013.

염상섭, 『염상섭 전집』(전12권), 권영민 외 엮음, 민음사, 1987.

이광수, 『이광수 전집』(전10권), 삼중당, 1971.

이상, 『이상문학전집 2 ─ 소설』, 김윤식 엮음, 문학사상사, 1991.

이상, 「날개」, 『조광』 1936년 9월호.

2차 자료

국내 논저

강영주, 『한국 역사소설의 재인식』, 창작과비평사, 1991.

강인숙, 「자연주의 연구 ─ 불·일·한 삼국 대비론」, 숙명여자대학교 박사학위논문, 1985.

강인숙, 『자연주의 문학론 2 ─ 염상섭과 자연주의』, 고려원, 1991.

곽준혁, 「춘원 이광수와 민족주의」, 『근대성의 역설』, 헨리 임, 곽준혁 엮음, 후마니타스, 2009.

권보드래, 「'풍속사'와 문학의 질서 ─ 김동인을 통한 물음」, 『현대소설연구』 27호,

한국현대소설학회, 2005.

권보드래, 「저개발의 멜로, 저개발의 숭고―이광수, 『흙』과 『사랑』의 1960년대」, 『상허학보』 37집, 상허학회, 2013.

권영민, 「염상섭의 문학론과 리얼리즘의 인식」, 『염상섭 연구』, 김열규·신동욱 엮음, 새문사, 1982.

권영민, 『한국현대문학사 1』, 민음사, 2002.

김경미, 「1910년대 이광수 단편소설의 '정'의 양가성 연구」, 『어문학』 89집, 한국어문학회, 2005.

김경미, 「이광수 연애소설의 서사전략과 민족담론―『재생』과 『사랑』을 중심으로」, 『현대문학이론연구』 50집, 현대문학이론학회, 2012.

김경미, 「『젊은 그들』의 역사 내러티브 전략과 민족 담론의 양상」, 『한민족어문학』 68집, 한민족어문학회, 2014.

김경미, 『이광수 문학과 민족 담론』, 역락, 2011.

김경수, 「염상섭의 독서체험과 초기소설의 구조―「너희들은 무엇을 얻었느냐」론」, 『한국문학이론과 비평』 1집, 한국문학이론과 비평학회, 1997.

김경수, 「현대소설의 형성과 겁탈―『무정』의 근대성 재론」, 『한국 현대문학의 근대성 탐구』, 문학사와 비평연구회 엮음, 새미, 2000.

김경수, 『염상섭 장편소설 연구』, 일조각, 1999.

김경수, 『염상섭과 현대소설의 형성』, 일조각, 2008.

김구중, 「『운현궁의 봄』의 서사성과 윤리의식」, 『한국문학이론과 비평』 22집, 한국문학이론과 비평학회, 2004.

김문정, 「『불연속선』에 나타난 사랑의 서사와 풍속」, 『한국문예비평연구』 20집, 한국현대문예비평학회, 2006.

김병구, 「염상섭 소설의 탈식민성―「만세전」과 「삼대」를 중심으로」, 『현대소설연구』 18호, 한국현대소설학회, 2003.

김병구, 「염상섭 장편소설 「백구」의 정치 시학적 특성 고찰」, 『국어문학』 58집, 국어문학회, 2015.

김병구, 「염상섭 장편소설 「불연속선」 연구」, 『우리문학연구』 45집, 우리문학회,

2015.

김병구, 「이광수 장편 소설『재생』의 정치 시학적 특성 연구」, 『국어문학』 54집, 국어문학회, 2013.

김상태, 「김동인 소설이론과 그 실제」, 『김동인』, 이재선 엮음, 서강대학교출판부, 1998.

김성수, 『이상소설의 해석』, 태학사, 1999.

김승민, 「염상섭『모란꽃 필 때』연구—삼각관계 구도 변화와 '동경'의 의미를 중심으로」, 『현대문학이론연구』 63집, 현대문학이론학회, 2015.

김열규, 「이광수 문학의 문법—담화론적 접근을 위한 한 시도」, 『춘원 이광수 문학연구』, 연세대학교국학연구원 엮음, 국학자료원, 1994.

김열규·신동욱 엮음, 『염상섭연구』, 새문사, 1982.

김영민, 『한국근대소설사』, 솔출판사, 1997.

김영애, 「김동인 장편소설의 판본과 계보—표제 수정을 중심으로」, 『돈암어문학』 31집, 돈암어문학회, 2017.

김영하, 『보다』, 문학동네, 2014.

김용희, 「염상섭 소설의 도시 인식—『모란꽃 필 때』와『불연속선』의 경우」, 『어문연구』 120호, 한국어문교육연구회, 2003.

김우창, 『궁핍한 시대의 시인—현대문학과 사회에 관한 에세이』, 민음사, 1977.

김우창, 「리얼리즘에의 길」, 『염상섭 전집 9』, 민음사, 1987.

김윤식, 『한국근대문학사상사』, 한길사, 1984.

김윤식, 『이광수와 그의 시대』(전3권), 한길사, 1986.

김윤식, 『염상섭연구』, 서울대학교출판부, 1987.

김윤식, 『이상연구』, 문학사상사, 1987.

김윤식, 『이상소설연구』, 문학과비평사, 1988.

김윤식, 「반역사주의 지향의 과오」, 『김동인』, 이재선 엮음, 서강대학교출판부, 1998.

김윤식, 「역사소설과 작가의 자기 투영—『운현궁의 봄』 구조 분석」, 김동인, 『운현궁의 봄』, 문학사상사, 1993.

김윤식, 『이상 문학 텍스트 연구』, 서울대학교출판부, 1998.

김윤식, 『김동인 연구』(개정판), 민음사, 2000.

김윤식·김현, 『한국문학사』, 민음사, 1973.

김인환, 『한국문학이론의 연구』, 을유문화사, 1986.

김제관, 「사회문제와 중심사상」, 『신생활』 1922년 7월호.

김종균, 『염상섭 연구』, 고려대학교출판부, 1974.

김종균, 「염상섭 장편소설 '무화과' 연구」, 『민족문화연구』 29호, 고려대학교 민족
　　　문화연구원, 1996.

김주현, 「이상 소설에 나타난 패로디에 관한 연구―「날개」, 「종생기」를 중심으로」,
　　　『한국학보』 72집, 일지사, 1993.

김중하, 「이상의 「날개」의 패턴 분석」, 『한국현대소설작품론』, 이재선 엮음, 문장,
　　　1990.

김지영, 「'연애'의 형성과 초기 근대소설」, 『현대소설연구』 27호, 한국현대소설학
　　　회, 2005.

김지영, 「1920년대 이광수 문학에 나타난 '자아'의 갈등과 '육체'의 문제」, 『한국현
　　　대문학연구』 16집, 한국현대문학회, 2004.

김지영, 『연애라는 표상』, 소명출판, 2007.

김진석, 「김동인 소설과 미의식의 문제」, 『현대문학이론연구』 14집, 현대문학이론
　　　학회, 2000.

김학균, 「염상섭 소설의 추리소설적 성격 연구」, 서울대학교 박사학위논문, 2008.

김학균, 「『삼대』 연작에 나타난 욕망의 모방적 성격 연구」, 『한국현대문학연구』 22
　　　집, 한국현대문학회, 2007.

김한식, 『한국 현대소설의 서사와 형식 연구』, 깊은샘, 2000.

김항, 「개인, 국민, 난민 사이의 '민족'―이광수 「민족개조론」 다시 읽기」, 『민족문
　　　화연구』 58호, 고려대학교 민족문화연구원, 2013.

김현, 『김현 문학전집 2― 현대 한국 문학의 이론 / 사회와 윤리』, 문학과지성사,
　　　1991.

김현주, 「논쟁의 정치와 「민족개조론」의 글쓰기」, 『역사와현실』 57호, 한국역사연

구회, 2005.

김흥규, 「황폐한 삶과 영웅주의」, 『김동인』, 이재선 엮음, 서강대학교출판부, 1998.

김흥규, 『근대의 특권화를 넘어서―식민지 근대성론과 내재적 발전론에 대한 이중 비판』, 창비, 2013.

노태훈, 「세계문학으로서의 조선근대문학 기획―김동인 단편소설을 중심으로」, 『민족문학사연구』58호, 민족문학사학회·민족문학사연구소, 2015.

류보선, 『한국 근대문학의 정치적 (무)의식』, 소명출판, 2005.

류양선, 「근대 지향성의 문제와 현실 뒤집기의 수법」, 『염상섭문학연구』, 권영민 엮음, 민음사, 1987.

류재엽, 『한국근대역사소설연구』, 국학자료원, 2002.

류철균, 「욕망의 근대적 형식」, 『문학과사회』1992년 봄호.

문재호, 「이상의 「날개」 연구」, 『숭실어문』14집, 숭실어문학회, 1998.

박상준, 「잃어버린 정체성을 찾아서」, 신범순 외, 『이상문학연구의 새로운 지평』, 역락, 2006.

박선경, 「'박제가 된 천재'가 꾸민 역설구조―Phallocentrism을 통해 본 『날개』」, 『서강어문』9집, 서강어문학회, 1993.

박성태, 「식민지시기 염상섭 문학의 자유주의 연구」, 고려대학교 박사학위논문, 2018.

박유희, 「한국 추리서사와 탐정의 존재론」, 대중서사장르연구회, 『대중서사장르의 모든 것 3―추리물』, 이론과실천, 2011.

박윤영, 「염상섭 『불연속선』 연구」, 『한국어와 문화』16집, 숙명여자대학교 한국어 문화연구소, 2014.

박종홍, 「「운현궁의 봄」, 영웅주의의 극적 서술」, 『김동인 문학의 재조명』, 문학사 와 비평학회 엮음, 새미, 2001.

박종홍, 「『창조』 소재 김동인 소설의 '일원묘사' 고찰」, 『현대소설연구』25호, 한국 현대소설학회, 2005.

박헌호, 「소모로서의 식민지, 〔불임〕자본의 운명―염상섭의 『무화과』를 중심으 로」, 『외국문학연구』48호, 한국외국어대학교 외국문학연구소, 2012.

박현수, 「염상섭의 초기 소설과 문화주의」, 『상허학보』 5집, 상허학회, 1999.

박현수, 「김동인 초기 소설 연구」, 『현대소설연구』 13호, 한국현대소설학회, 2000.

박현수, 「과거시제와 3인칭대명사의 등장과 그 의미」, 『민족문학사연구』 20호, 민족문학사학회·민족문학사연구소, 2002.

박혜경, 「계몽의 딜레마—이광수의 『재생』과 『그 여자의 일생』을 중심으로」, 『우리말글』 46집, 우리말글학회, 2009.

박혜경, 「이광수 소설에 나타난 사랑과 계몽의 기획—이광수의 『유정』을 중심으로」, 『한국문학연구』 33호, 동국대학교 한국문학연구소, 2007.

방민호, 「이광수의 자전적 문학에 나타난 작가의식 연구」, 『어문학논총』 22집, 국민대학교 어문학연구소, 2003.

배개화, 「이광수 초기 글쓰기에 나타난 '감정'의 의미」, 『어문학』 95집, 한국어문학회, 2007.

백낙청, 「역사소설과 역사의식」, 『한국근대문학사론』, 임형택·최원식 엮음, 한길사, 1982.

백철, 『신문학사조사』, 신구문화사, 2003.

서경석, 「초기 춘원 소설의 '병病' 모티프와 그 성격」, 『외국문학』 45호, 열음사, 1995.

서영채, 「「무정」 연구」, 서울대학교 석사학위논문, 1992.

서영채, 『사랑의 문법』, 민음사, 2004.

서영채, 「죄의식, 원한, 근대성—소세키와 이광수」, 『한국현대문학연구』 35집, 한국현대문학회, 2011.

서은혜, 「1910년대 이광수 단편소설의 '자기-서사'적 특성」, 『춘원연구학보』 7호, 춘원연구학회, 2014.

서희원, 「공동체를 탈주하는 방랑과 죽음으로 귀환하는 여행—「어린 벗에게」, 「유정」」, 『한국문학연구』 40호, 동국대학교 한국문학연구소, 2011.

선민서, 「염상섭의 재도일기 소설에 나타난 논쟁의 서사화 양상 연구—「남충서」, 「미해결」, 「두 출발」, 『사랑과 죄』를 중심으로」, 고려대학교 석사학위논문, 2012.

손유경, 「1920년대 문학과 동정sympathy — 김동인의 단편을 중심으로」, 『한국현대 문학연구』 16집, 한국현대문학회, 2004.

손자영, 「1910년대 이광수 단편소설의 고백 서사적 특징 연구」, 『이화어문논집』 42 집, 이화어문학회, 2017.

송명진, 「근대 소설어의 형성 과정 연구 — 김동인의 「소설작법」과 소설론을 중심으로」, 『국어국문학』 173호, 국어국문학회, 2015.

송백헌, 「김동인 역사소설 「젊은 그들」 연구」, 『인문학연구』 26권 2호, 충남대학교 인문과학연구소, 1999.

송하춘, 『1920년대 한국소설연구』, 고려대학교 민족문화연구소, 1985.

신상우, 「춘원의 민족개조론을 독하고 그 일단을 논함」, 『신생활』 1922년 6월호.

신일용, 「춘원의 민족개조론을 평함」, 『신생활』 1922년 7월호.

신정숙, 「이광수 소설에 나타난 '민족개조사상'과 '몸'의 관계양상에 관한 연구 — 몸을 통한 개조의 '완결편' 「사랑」」, 『현대문학의 연구』 22호, 한국문학연구학회, 2004.

신종곤, 「염상섭 초기작에 나타난 자기반성적 서술 형식 연구 — 「표본실의 청개 고리」, 「암야」, 「제야」, 『만세전』을 중심으로」, 『상허학보』 7집, 상허학회, 2001.

안미영, 「이광수 초기 단편에 나타난 '병 모티프' 고찰」, 『어문론총』 37호, 한국문학언어학회, 2002.

양문규, 『한국근대소설과 현실 인식의 역사』, 소명출판, 2002.

유봉희, 「염상섭 장편 『모란꽃 필 때』 연구 — 은유와 환유를 중심으로」, 『어문논총』 20호, 전남대학교 한국어문학연구소, 2009.

유승미, 「이광수 초기 단편 소설의 이니시에이션 연구」, 고려대학교 석사학위논문, 2011.

유승환, 「김동인 문학의 리얼리티 재고 — 비평과 1930년대 초반까지의 단편 소설 을 중심으로」, 『한국현대문학연구』 22집, 한국현대문학회, 2007.

유인혁·박광현, 「염상섭 소설에 나타난 이중적 구조의 건축과 식민지 도시의 이중 성 — 『광분』, 『삼대』, 『무화과』를 중심으로」, 『동악어문학』 62집, 동악어문학회, 2014.

유홍주, 「한국 근대 고백소설의 형성과 담론 양상―이광수의 「어린 벗에게」를 중심으로」, 『현대문학이론연구』 26집, 현대문학이론학회, 2005.

윤명구, 『김동인 소설연구』, 인하대학교출판부, 1990.

이경훈, 「인체 실험과 성전―이광수의 「유정」·「사랑」·「육장기」에 대해」, 『동방학지』 117집, 연세대학교 국학연구원, 2002.

이경훈, 「박제의 조감도―이상의 「날개」에 대한 일 고찰」, 『사이間SAI』 8호, 국제한국문학문화학회, 2010.

이계열, 「사랑의 구현 양상―이광수의 『사랑』을 중심으로」, 『현대소설연구』 67호, 한국현대소설학회, 2017.

이남인, 「인간은 사실인의 차원을 넘어선 지향성의 주체이자 세계구성의 주체다」, 소광희 외, 『인간에 대한 철학적 성찰』, 문예출판사, 2005.

이덕화, 「염상섭의 향기로운 추억의 여인, 나혜석」, 『나혜석연구』 7집, 나혜석학회, 2015.

이동하, 「한국 예술가소설의 성격과 전개양상―해방 전의 작품들을 대상으로」, 『현대소설연구』 15호, 한국현대소설학회, 2001.

이문구, 『김동인 소설의 미의식 연구』, 경인문화사, 1995.

이보영, 『난세의 문학―염상섭론』, 예림기획, 2001.

이수정, 「이상의 「날개」에 나타난 '어항魚缸'의 의미 연구」, 『한국현대문학연구』 15집, 한국현대문학회, 2004.

이인성, 「당신에 대해서」, 『한없이 낮은 숨결』, 문학과지성사, 1999.

이재선, 「춘원의 초기단편과 서간형태」, 『최남선과 이광수의 문학』, 신동욱 엮음, 새문사, 1981.

이재선, 『한국현대소설사』, 홍성사, 1979.

이정은, 『사람은 왜 인정받고 싶어하나』, 살림, 2005.

이주형, 『한국 현대소설과 민족현실의 인식』, 역락, 2007.

이혜령, 「감옥 혹은 부재의 시간들―식민지 조선에서 사회주의자를 재현한다는 것, 그 가능성의 조건」, 『대동문화연구』 64집, 성균관대학교 대동문화연구원, 2008.

이혜령, 「식민자는 말해질 수 있는가―염상섭 소설 속 식민자의 환유들」, 『대동문화연구』 78집, 성균관대학교 대동문화연구원, 2012.

이희정, 「「창조」 소재 김동인 소설의 근대적 글쓰기 연구」, 『국제어문』 47집, 국제어문학회, 2009.

임규찬, 「1920년대 소설사 연구」, 성균관대학교대학원 박사학위논문, 1994.

임명진, 「『삼대』에 나타난 '자본'의 문제」, 『비평문학』 43호, 한국비평문학회, 2012.

장두영, 「염상섭 소설의 서사 시학과 현실 인식의 관련 양상 연구」, 서울대학교 박사학위논문, 2010.

장두영, 「염상섭의 모델소설 창작 방법 연구―「너희들은 무엇을 어덧느냐」를 중심으로」, 『한국현대문학연구』 34집, 한국현대문학회, 2011.

장병희, 「김동인 역사소설 연구」, 『어문학논총』 4집, 국민대학교 어문학연구소, 1985.

장수익, 「이기심과 교환 관계 그리고 이념―염상섭 중기 소설 연구 I」, 『한국언어문학』 64집, 한국언어문학회, 2008.

장수익, 『한국 근대 소설사의 탐색』, 월인, 1999.

정경운, 「역사서사물에서 보여지는 '시간'의 운용 고찰―김동인의 역사소설을 중심으로」, 『한국언어문학』 34집, 한국언어문학회, 1995.

정명환, 「염상섭과 졸라」, 『염상섭』, 김윤식 엮음, 문학과지성사, 1977.

정연희, 『근대 서술의 형성』, 월인, 2005.

정한숙, 『현대한국문학사』(2판), 고려대학교출판부, 2003.

정혜영, 「1930년대 '연애소설'과 사랑의 존재방식―이광수 「사랑」을 중심으로」, 『현대소설연구』 47호, 한국현대소설학회, 2011.

정호웅, 「식민지 중산층의 몰락과 새로운 방향성」, 『염상섭문학연구』, 권영민 엮음, 민음사, 1987.

조남현, 「「무정」의 구성방법」, 『문학사상』 1976년 10월호.

조남현, 『한국현대소설사』(전3권), 문학과지성사, 2012.

조남현, 『소설신론』, 서울대학교출판부, 2004.

조남현, 『한국현대소설 유형론 연구』, 집문당, 1999.

조동일, 『신소설의 문학사적 성격』, 서울대학교출판부, 1973.

조동일, 『한국소설의 이론』, 지식산업사, 1977.

조동일, 『한국문학통사 5』(2판), 지식산업사, 1989.

조미숙, 「『무화과』에 나타난 통속화 전략―『삼대』와의 차별화를 중심으로」, 『통일 인문학』 67집, 건국대학교 인문학연구원, 2016.

주영중, 「이광수의 소설 『흙』의 이중 주체 연구―'민족개조사상'과 관련하여」, *Journal of Korean Culture*, 한국어문학국제학술포럼, vol. 33, 2016.

차원현, 『한국 근대소설의 이념과 윤리』, 소명출판, 2007.

최병우, 『한국 현대 소설의 미적 구조』, 민지사, 1997.

최성윤, 「김동인의 창작방법론과 「소설작법」의 의의」, 『한국문학이론과 비평』 30 집, 한국문학이론과 비평학회, 2006.

최시한, 「김동인의 시점과 시점론」, 『김동인 문학의 재조명』, 문학사와 비평학회 엮 음, 새미, 2001.

최원순, 「이춘원에게 문(問)하노라」, 동아일보, 1922. 6. 3~4.

최인자, 「이상 「날개」의 글쓰기 방식 고찰」, 『현대소설연구』 4호, 한국현대소설학 회, 1996.

최주한, 「이광수의 민족개조론 재고」, 『인문논총』 70집, 서울대학교 인문학연구원, 2013.

최주한, 「일상화된 식민주의와 '범죄'의 서사―염상섭의 『백구』론」, 『어문연구』 120호, 한국어문교육연구회, 2003.

최주한, 『제국 권력에의 야망과 반감 사이에서―소설을 통해 본 식민지 지식인 이 광수의 초상』, 소명출판, 2005.

최혜실, 「염상섭 장편소설에 나타난 통속성 연구」, 『국어국문학』 108호, 국어국문 학회, 1992.

하정일, 「보편주의의 극복과 '복수'의 근대―일제하 중·단편소설」, 문학과사상연 구회, 『염상섭 문학의 재인식』, 깊은샘, 1998.

한승옥, 『이광수 연구』, 선일문화사, 1984.

허연실, 「1930년대 대중소설과 대중적 전략—이광수의 『사랑』을 중심으로」, 『현대
소설연구』 28호, 한국현대소설학회, 2005.

황종연, 「낭만적 주체성의 소설—한국근대소설에서 김동인의 위치」, 『김동인 문학
의 재조명』, 문학사와 비평학회 엮음, 새미, 2001.

황종연, 「노블, 청년, 제국—한국 근대소설의 통국가간通國家間 시작」, 『상허학보』
14집, 상허학회, 2005.

국외 논저

Angenot, Marc, *Glossaire pratique de la critique contemporaine*, Hurtubise
HMH, 1979.

Barthes, Roland, *Critique et Vérité*, Seuil, 1966.

Culler, Jonathan, *The Pursuit of Signs: Semiotics, Literature, Deconstruction*,
Routledge & Kegan Paul, 1981.

Eliot, T. S., "Tradition and the Individual Talent", *Selected Essays*, Faber &
Faber, 1963.

Foster, Thomas C., *How to Read Novels Like a Professor: A Jaunty Exploration
of the World's Favorite Literary Form*, Harper Perennial, 2008.

Genette, Gérard, *Narrative Discourse: An Essay in Method*, trans. Jane E.
Lewin, Cornell University Press, 1980.

Lacan, Jacques, *Ecrits*, trans. Bruce Fink, W. W. Norton & Company, 2002.

Olney, James, *Memory and Narrative: The Weave of Life-Writing*, University
of Chicago Press, 1989.

Sokolowski, Robert, *Introduction to Phenomenology*, Cambridge University
Press, 1999.

Todorov, Tzvetan, *The Poetics of Prose*, trans. Richard Howard, Cornell Uni-
versity Press, 1977.

가라타니 고진, 『일본근대문학의 기원』, 박유하 옮김, 민음사, 1997.

게오르크 루카치, 『소설의 이론』, 김경식 옮김, 문예출판사, 2007.

게오르크 루카치, 『역사소설론』(3판), 이영욱 옮김, 거름, 1999.

노스럽 프라이, 『비평의 해부』, 임철규 옮김, 한길사, 2000.

마루야마 마사오, 가토 슈이치, 『번역과 일본의 근대』, 임성모 옮김, 이산, 2000.

마이클 본드, 『타인의 영향력―그들의 생각과 행동은 어떻게 나에게 스며드는가』, 문희경 옮김, 어크로스, 2015.

미하일 바흐친, 『장편소설과 민중언어』, 전승희·서경희·박유미 옮김, 창작과비평사, 1988.

사뮈엘 베케트, 『몰로이』, 김경의 옮김, 문학과지성사, 2008.

악셀 호네트, 『인정 투쟁―사회적 갈등의 도덕적 형식론』, 문성훈·이현재 옮김, 동녘, 1996.

움베르토 에코 외, 『논리와 추리의 기호학』, 김주환·한은경 옮김, 인간사랑, 1994.

이언 와트, 『소설의 발생』, 강유나·고경하 옮김, 강, 2009.

지그문트 프로이트, 『꿈의 해석(상)』, 김인순 옮김, 열린책들, 1997.

지그문트 프로이트, 『창조적인 작가와 몽상』, 정장진 옮김, 열린책들, 1996.

찰스 퍼니휴, 『기억의 과학―뇌과학이 말하는 기억의 비밀』, 장호연 옮김, 에이도스, 2020.

테리 이글턴, 『문학이론입문』, 김명환·정남영·장남수 옮김, 창작과비평사, 1989.

프란츠 슈탄첼, 『소설형식의 기본유형』, 안삼환 옮김, 탐구당, 1982.

필립 르죈, 『자서전의 규약』, 윤진 옮김, 문학과지성사, 1998.

S. 리몬-케넌, 『소설의 시학』, 최상규 옮김, 문학과지성사, 1985.

발표 지면

이 연구서의 근간이 된 논문들의 출전은 아래와 같다.

제1부 이광수, 상상의 서사화

「상상의 서사화」,『민족문화연구』42호, 고려대 민족문화연구원, 2005.6.

「욕망과 환상」,『비평문학』42호, 한국비평문학회, 2011.12.

「이광수의 민족계몽 이론과 그 실천」,『우리어문연구』66호, 우리어문학회, 2016.9.

「이광수 소설의 인류애」,『현대소설연구』57호, 한국현대소설학회, 2014.12.

「기억의 연금술」,『한국학연구』33집, 고려대학교 한국학연구소, 2010.6.

제2부 김동인, 지각의 서사화

「반재현론의 행방」,『민족문화연구』48호, 고려대학교 민족문화연구원, 2008.6.

「지각의 서사화」,『비평문학』30호, 한국비평문학회, 2008.12.

「김동인의 창작방법론과 그 실천」,『국어국문학』177호, 국어국문학회, 2016.12.

「탈역사적 역사소설」,『국어국문학』183호, 국어국문학회, 2018.6.

제3부 염상섭, 개념의 서사화

「기분과 서사」,『현대소설연구』29호, 한국현대소설학회, 2006.3.

「개념의 서사화」,『국어국문학』143호, 국어국문학회, 2006.9.

「재현과 논설」,『현대소설연구』73호, 한국현대소설학회, 2019.3.

「음모와 기만」,『현대소설연구』77, 한국현대소설학회, 2020.3.

「모순과 지양」,『현대소설연구』82, 한국현대소설학회, 2021.6.

「시대적 당위와 소설적 한계」,『현대소설연구』91, 한국현대소설학회, 2023.9.

「통속화의 경로」,『현대소설연구』95, 한국현대소설학회, 2024.9.

부록 이상, 방법의 서사화

「돈, 성, 그리고 사랑」, 『한민족어문학』 62집, 한민족어문학회, 2012.12.

근대 서사의 행방

ⓒ 강헌국 2024

초판인쇄 2024년 10월 17일
초판발행 2024년 11월 11일

지은이 강헌국
책임편집 서유선 | 편집 여승주 이상술 오동규
디자인 김유진 이원경 | 저작권 박지영 형소진 최은진 오서영
마케팅 정민호 서지화 한민아 이민경 왕지경 정경주 김수인 김혜원 김하연 김예진
브랜딩 함유지 함근아 박민재 김희숙 이송이 박다솔 조다현 정승민 배진성
제작 강신은 김동욱 이순호 | 제작처 한영문화사(인쇄) 경일제책사(제본)

펴낸곳 (주)문학동네 | 펴낸이 김소영
출판등록 1993년 10월 22일 제2003-000045호
주소 10881 경기도 파주시 회동길 210
전자우편 editor@munhak.com | 대표전화 031) 955-8888 | 팩스 031) 955-8855
문의전화 031) 955-2696(마케팅) 031) 955-8864(편집)
문학동네카페 http://cafe.naver.com/mhdn
인스타그램 @munhakdongne | 트위터 @munhakdongne
북클럽문학동네 http://bookclubmunhak.com

ISBN 979-11-416-0793-7 03800

www.munhak.com